ANN GRANGER

Mord trägt viele Masken

W0353405

Weitere Titel der Autorin

Aus der Mitchell-und-Markby-Reihe:
Mord ist aller Laster Anfang
Fuchs, du hast die Gans gestohlen
Warte, bald ruhest auch du
Messer, Gabel, Schere, Mord
Wer andern eine Grube gräbt
Ein schöner Ort zum Sterben
Blumen für sein Grab
Kerzenlicht für eine Leiche
Ein Hauch von Sterblichkeit
Ihr Wille geschehe
Tote kehren nicht zurück
In dunkler Tiefe sollst du ruhn
Mord wirft lange Schatten
Der Fluch der bösen Tat
Und sei getreu bis in den Tod
Ein unerledigter Mord
Eine mörderische Gesellschaft

Aus der Lizzie-Martin-und-Benjamin-Ross-Reihe:
Wer sich in Gefahr begibt
Neugier ist ein schneller Tod
Ein Mord von bessrer Qualität
Ein guter Blick fürs Böse
Die Beichte des Gehenkten
Die Tote von Deptford
Mord ist eine harte Lehre
Die Frau des Inspektors

Aus der Jessica-Campbell-Reihe:
Stadt, Land, Mord
Mord hat keine Tränen
Asche auf sein Haupt
Mord mit spitzer Feder
In des Waldes düstren Gründen
Ein unerledigter Mord
Mord will keine Zeugen

Titel in der Regel auch als E-Book und bei Lübbe Audio erhältlich

Über die Autorin:

Ann Granger war früher im diplomatischen Dienst tätig. Sie lebt heute mit ihrer Familie in der Nähe von Oxford. Bestsellerruhm erlangte sie mit der Mitchell-und-Markby-Reihe und den Fran-Varady-Krimis. Nach Ausflügen ins viktorianische England mit den Lizzie-Martin-Romanen knüpft sie mit der Serie um Inspector Jessica Campbell wieder unmittelbar an die Mitchell-und-Markby-Reihe an.

ANN GRANGER

MORD TRÄGT VIELE MASKEN

18 spannende Kriminalfälle

Übersetzung aus dem Englischen von
Dietmar Schmidt und Rainer Schumacher

Lübbe

NACHHALTIG PRODUZIERT

Die Bastei Lübbe AG verfolgt eine nachhaltige Buchproduktion. Wir verwenden Papiere aus nachhaltiger Forstwirtschaft und verzichten darauf, Bücher einzeln in Folie zu verpacken. Wir stellen unsere Bücher in Deutschland und Europa (EU) her und arbeiten mit den Druckereien kontinuierlich an einer positiven Ökobilanz.

FSC
www.fsc.org
MIX
Papier | Fördert gute Waldnutzung
FSC® C014496

Vollständige Taschenbuchausgabe

Deutsche Erstausgabe

Für die Originalausgabe:
Copyright © 2021 by Ann Granger
Titel der englsichen Originalausgabe:
»Mystery In The Making«
First published in Great Britain in 2021 by
HEADLINE PUBLISHING GROUP

Für die deutschsprachige Ausgabe:
Copyright © 2025 by
Bastei Lübbe AG, Schanzenstraße 6–20, 51063 Köln

Bei Fragen zur Produktsicherheit wenden Sie sich bitte an:
Produktsicherheit@bastei-luebbe.de

Vervielfältigungen dieses Werkes für das Text- und Data-Mining bleiben vorbehalten. Die Verwendung des Werkes oder Teilen davon zum Training künstlicher Intelligenz-Technologien oder -Systeme ist untersagt.

Textredaktion: Angela Kuepper, München
Umschlaggestaltung: Thomas Krämer unter Verwendung der Umschlaggestaltung von Lucy Davey
Einband-/Umschlagmotiv: Cover Illustration © Lucy Davey
Satz: hanseatenSatz-bremen, Bremen
Gesetzt aus der Adobe Garamond Pro
Druck und Verarbeitung: GGP Media GmbH, Pößneck

Printed in Germany
ISBN 978-3-404-19486-5

2 4 5 3 1

Sie finden uns im Internet unter luebbe.de
Bitte beachten Sie auch: lesejury.de

*Für meine Mutter,
Norah Davey Granger,
und für meine Großmutter,
Sarah Davey Martin*

Inhalt

Inhalt

Einleitung

Die folgenden Geschichten wurde alle zu verschiedenen Zeiten und vor vielen Jahren geschrieben. Sie jetzt versammelt zu sehen, fühlt sich für mich, ihre Schöpferin, wie ein unerwartetes Wiedersehen mit alten Freunden und Bekannten an. Die Tür öffnet sich, ich gehe in den Raum, und da sind sie, all die Charaktere, die meiner Fantasie entsprungen sind. Was für ein kunterbunter Haufen diesen Raum bevölkert. Die Luft hallt von ihren Stimmen wider. »Wo warst du, seit wir uns zum letzten Mal gesehen haben?«, fragen wir einander. »Was hast du so gemacht?«, und in manchen Fällen: »Was für eine Überraschung, dich hier zu sehen!« Und wenn ein, zwei dieser Figuren vielleicht denken: *Hättest du mich nicht netter machen können? Hübscher? Freundlicher? Klüger?*, nun, dann sind sie viel zu höflich, um das auch auszusprechen. Allerdings wäre es jetzt ohnehin zu spät, ihr Schicksal zu ändern, und solch ein Wiedersehen ist auch nicht der rechte Zeitpunkt, um sich zu beschweren.

In meinen über dreißig Jahren als Schriftstellerin habe ich alle möglichen Arten von Büchern geschrieben, doch die längste Zeit waren Krimis mein Metier. Allerdings sind Autoren auch immer Leser, und das lange, bevor sie Schriftsteller geworden sind, und ich liebe Bücher schon seit meiner Kindheit. Auch hatte ich das Glück, eine Mutter und eine Großmutter zu haben, die beide leidenschaftliche Leserinnen waren, und so kam ich schon früh mit allen möglichen Büchern in Kontakt, von denen die meisten eigentlich nicht für junge Leser gedacht waren. Die einzigen Kindergeschichten, an die ich mich erinnere und die ich verschlang, hatten mit Pferden zu tun, vor allem das wunderbare Garn, das die Schwestern Pullein-Thompson gesponnen hatten. In ihren Büchern gab es immer fast so viele Ponys wie Menschen. Es waren aufregende Abenteuergeschichten, oft mit einem Hauch von Mystery. Später in meinem Leben, viel später, hatte ich dann das Glück, Josephine Pullein-Thompson zu treffen und ihr zu sagen, wie sehr ich ihre Bücher genossen hatte.

Meine Großmutter, bei der ich viele Jahre lang die Ferien verbrachte, lebte im New Forest. Die frei laufenden Ponys, das Symbol dieses Gebiets, waren damals sogar noch viel freier als heute. Vor dem Haus meiner Oma gab es eine Grasfläche, und manchmal kam eine kleine Herde der Tiere vorbei und wartete am Tor meiner Großmutter. Sie brachte ihnen dann immer Wasser in einem Blecheimer, und die Ponys stellten sich tatsächlich der Reihe nach an, der Leithengst an der Spitze.

Für mich ist das wieder eine Parallele zum Schreiben. Charaktere und Plot fliegen zunächst ungeordnet durch meinen Kopf. Nur langsam sortieren sie sich. Einige drängen sich jedoch immer wieder nach vorn, während andere sich erst einmal durch den Rest durchkämpfen müssen, um dann später aufzutreten.

Meine Mutter mochte historische Romane und Biografien. Meine Großmutter hatte jedoch eher einen Hang zu Western und Krimis. Sie kaufte nahezu alles, was sie in die Finger bekam, vor allem auf Flohmärkten. Wenn sie ihre Beute nach Hause brachte, wurde alles auf einen Haufen gekippt, und den durchzuwühlen war wie eine Schatzsuche. Ein paar dieser Bücher waren natürlich in schlechtem Zustand, doch das war mir egal. Tatsächlich fühlte es sich an, als würde ich sie mit all den vorherigen Besitzern zusammen lesen. Wenn es um Bücher geht, dann hatte ich schon immer das Gefühl, bei Freunden zu sein.

Im Heim meiner Eltern in Portsmouth folgte ich dem Beispiel meiner Großmutter und plünderte jeden Secondhandladen und jeden Flohmarktstand, vor allem nach Hardcovern. Bevor man die lesen konnte, musste die Bindung jedoch verstärkt werden, damit sie nicht auseinanderfielen, und anschließend wurden sie im Ofen bei niedriger Temperatur gebacken, »um die Keime abzutöten, denn man weiß ja nicht, wo sie gewesen sind!«. Modernen Lesern mögen diese Maßnahmen vielleicht extrem erscheinen, aber das war eine Zeit, in der Antibiotika noch nicht so leicht zu haben waren.

Die ersten Krimis, die ich zwischen diesen alten Schinken fand und verschlang, waren die Gerichtsdramen um den Anwalt Perry Mason, geschrieben von Erle Stanley Gardner, selbst ein Rechtsanwalt. Gardners Bücher sind nach heutigen Maßstäben recht knapp gehalten, doch das macht sie noch lange nicht zu Kurzgeschichten beziehungsweise zu dem, was man gemeinhin darunter versteht.

Kurzgeschichten sind erst viel später Teil meiner Lektüre geworden. Ich kann mich auch nicht daran erinnern, dass meine Mutter und Großmutter Zeitschriften gelesen hätten, in denen solche Geschichten häufig zu finden sind. Also hatte ich keine Erinnerung, auf die ich hätte zurückgreifen können, als ich selbst mit dem Schreiben von Kurzgeschichten begonnen habe – außer vielleicht in einer Hinsicht, und das hat wieder mit Perry Mason zu tun, denn da galt: Was auch immer geschieht, es muss *schnell* geschehen.

Eine Kurzgeschichte ist ziemlich kniffelig. Jemand, der noch nie eine geschrieben hat, stellt sich häufig vor, dass Kurzgeschichten doch viel leichter sein müssen, als einen ganzen Roman zu verfassen. Tatsächlich ist das jedoch genau umgekehrt, und zwar aufgrund des engen Rahmens für das Narrativ. Genau wie ein Roman braucht eine Kurzgeschichte einen Anfang, einen Mittelteil und ein Ende. Aber es gibt dort keinen Raum, um

Nebenschauplätze zu bedienen oder sonst wie abzuschweifen. Jedes einzelne Wort zählt.

Gleichzeitig müssen die Figuren von Anfang an greifbar und real wirken. Es bleibt schlicht keine Zeit, sie kennenzulernen. Der Leser, die Leserin muss sie sofort erkennen und an sie glauben. Einige von ihnen mögen angenehm erscheinen, andere finster … und neue Bekanntschaften sind manchmal auch nicht das, was sie zu sein scheinen!

Dem Autor bleibt nur wenig Raum für Fehler, und der Weg ist voller Fallstricke. Der Autor kann nicht in Beschreibungen fliehen, dafür ist schlicht kein Platz. Trotzdem muss ein stimmiges Bild gezeichnet und den Charakteren Tiefe verliehen werden.

Ein paar der Storys in diesem Band sind länger als andere, weil sie ursprünglich als Fortsetzungsgeschichten für Zeitschriften gedacht waren. Bei Fortsetzungsgeschichten gibt es noch ein paar andere Herausforderungen. Hier hat der Autor zwar mehr Platz für seine Geschichte, aber er kann nicht alles auf einmal erzählen. Jede Episode muss ein zufriedenstellendes Ganzes ergeben und zugleich das Verlangen im Leser wecken zu wissen, was als Nächstes geschieht.

Wenn man sich hinsetzt, um eine Kurzgeschichte zu schreiben, gleicht das dem Öffnen eines Schmuckkästchens. Man sieht all die bunten, funkelnden Objekte, und jedes repräsentiert eine Figur oder ein Element der Geschichte. Dann sucht man sich die heraus, die man braucht, und platziert sie auf dem Schachbrett der eigenen Fantasie. Sie sind alle an einem entscheidenden Punkt in ihrem Leben, und ihr Schicksal liegt in deinen Händen. Kein Wunder, dass einige von ihnen da ein wenig besorgt aussehen. Aber für den Autor kann das ein Powertrip sein! Ich habe es wirklich genossen, diese kurzen Geschichten zu schreiben. Ich hoffe, Sie genießen es auch, sie zu lesen.

Traurigerweise gibt es heute immer weniger Möglichkeiten,

Kurzgeschichten zu veröffentlichen. Zeitschriften suchen sie nicht länger so, wie sie sie einst gesucht haben. Deshalb möchte ich meiner Agentin Isobel Dixon danken, die fest daran geglaubt hat, dass man diese Geschichten in Buchform sammeln kann. Mein Dank gilt auch meiner Lektorin bei Headline, Clare Foss, die die Idee aufgegriffen und umgesetzt hat.

Und so erhebe ich das Glas auf das Wiedersehen mit all meinen alten Freunden, die diese Geschichten bevölkern. Und sie prosten mir ebenfalls zu. (Denn sie genehmigen sich gern mal ein Schlückchen oder ein Glas Sherry!) »Wirklich schön, dich wiederzusehen!«, rufen sie. »Auf all die glücklichen Erinnerungen!« Und hoffentlich auch: »Du hast dich gut gehalten!«

Ann Granger

Alles, was eine Dame wissen muss

Zu Jane Pritchards Kindheitserinnerungen zählte unter anderem ein Buch. Es hatte ihrer Großmutter gehört und trug den Titel: *Alles, was eine Dame wissen muss.* Jeder kann sich wohl an einflussreiche Literatur erinnern, auch wenn er sie schon vor langer Zeit gelesen hat, und das altehrwürdige Handbuch hatte die junge Jane fasziniert. Verziert mit Bildern einer schmunzelnden Dame, die kleine Notizen schrieb oder in Hut und Handschuhen jemanden besuchte, lehrte es die Leserinnen die korrekte Reaktion auf jede nur erdenkliche Situation, in die man als arglose Frau geraten konnte. Bewaffnet mit diesen Regeln, die so stramm waren wie ein fest geschnürtes Korsett, zog die Dame von Welt hinaus ins Leben und fürchtete weder Menschen noch gesellschaftliche Fallstricke, im Gegenteil: Dank ihrer Kenntnis der Etikette würde sie stets Herrin der Lage sein.

Unglücklicherweise hatte das wunderbare Buch Jane nicht verraten, wie sie mit einem Mörder umgehen sollte – jedenfalls nicht, soweit sie sich erinnerte. Aber vermutlich hatte die Autorin das nur übersehen. Jane gestattete sich einen Moment der Tagträumerei und entwarf im Geiste einen Leserbrief:

Sehr geehrter Herausgeber,
vor Kurzem habe ich die Bekanntschaft eines Gentlemans mit mörderischen Neigungen gemacht …
Ich bitte um Ihren Rat …

Jane schüttelte den Kopf, nachdem sie kurz die Konzentration verloren hatte, rutschte auf ihrem Stuhl herum und lächelte den jungen Mann nervös an, der ihr in dem winzigen Wohnzimmer gegenübersaß. Er war ein ganzes Stück jünger als sie – um die acht Jahre vielleicht –, und sie war siebenunddreißig. Sein Äußeres war recht ansprechend, wäre da nicht dieser prüfende Blick gewesen; er trug eine leicht spießige, aber sportliche Jacke sowie eine Hose mit Bügelfalte. Kurz wünschte Jane sich, sie hätte sich etwas anderes angezogen als abgeschnittene Jeans und ein ausgewaschenes Sweatshirt.

Eine Dame, die sich mit ihrer Toilette Mühe gegeben hat, wird sich stets behaglich fühlen.

»Soll ich uns noch etwas Tee machen?«, fragte Jane. Sie wollte die Gelegenheit nutzen, für fünf Minuten aus dem Zimmer zu fliehen, um die Fassung wiederzuerlangen. Die Situation war äußerst stressig, und sie sollte sich lieber konzentrieren, anstatt sich in exzentrischen Fantasien zu ergehen.

»Vielen Dank«, sagte der junge Mann und griff nach dem Becher, den Jane ihm zuvor gegeben hatte. »Brauchen Sie Hilfe?«

»Nein, danke!«, antwortete Jane ein wenig zu nachdrücklich und lief in die Küche, um den Kessel aufzusetzen.

Tee wird zwischen vier und fünf Uhr nachmittags serviert. Dazu sollte eine Auswahl an sowohl schlichten als auch raffinierten Kuchen gereicht werden. Servietten sind essenziell.

Jane öffnete eine Dose und starrte verzweifelt auf den einen krümeligen Keks, der verlassen auf dem Boden lag. Dann tunkte sie den Teebeutel in das kochende Wasser und eilte zu ihrem Besucher zurück.

»Tut mir leid. Ich habe weder Kuchen noch anderes Gebäck«, entschuldigte sich Jane.

»Das esse ich sowieso nie«, sagte der junge Mann, nippte an dem Becher, den Jane selbst mit lustigen Katzen bemalt hatte, und schaute aus dem Terrassenfenster auf den Rasen.

»Einen netten Garten haben Sie da«, bemerkte der Mann. »Ich bin auch ein kleiner Hobbygärtner.«

Er wollte sie mit freundlichen Worten ermuntern, und sie verstand sofort. »Ich habe dieses Cottage vor gut einem Jahr gekauft«, erzählte sie, »nach meiner Scheidung. Davor habe ich in London gelebt. Aber wissen Sie, die meisten Leute in meinem Bekanntenkreis waren gemeinsame Freunde, und na ja … Ich wollte einfach nur weg und noch einmal neu anfangen. Ich bin Schriftstellerin. Außer meinem Computer und einem Stapel Papier brauche ich nicht viel.«

Jane hatte das schreckliche Gefühl, ihm das schon einmal gesagt zu haben. Wie ein Kind, das etwas für eine Schulaufführung auswendig gelernt und dann einen Fehler gemacht hatte, musste sie noch einmal von vorn anfangen.

»Ich weiß, dass das Cottage abgelegen ist, aber das hat mir nichts ausgemacht. Das tut es noch immer nicht. Und mir war auch klar, dass es hier ein Nachbarhaus gibt, versteckt hinter den Bäumen, aber ich habe noch nicht einmal darüber nachgedacht, wer dort leben könnte. Ich glaube, anfangs habe ich mir vorgestellt, es sei leer, vollkommen verlassen …«

Jane hielt inne und fragte sich, ob das einfach nur eine Phrase oder ob ihr gerade ein Freud'scher Fehler unterlaufen war. »Ich meine«, fuhr sie mit fester Stimme fort, »ich habe dort nie jemanden ein oder aus gehen sehen. Deshalb war es auch eine echte Überraschung für mich, als eine Woche nach meinem Einzug plötzlich Mr. Warren auftauchte.«

Jane war draußen im Garten gewesen, um eine Wäschespinne aufzubauen. Der Metallpfosten war schwer, und sie brauchte eigentlich jemanden, der ihn festhielt, während sie ihn verkeilte. Wenn sie das nicht ordentlich machte, dann würde der erste Windstoß in die Wäsche fahren wie in die Segel eines Schiffes und die einzelnen Teile einfach davontragen.

Auf der anderen Seite der Hecke zwischen Janes und dem Nachbargrundstück raschelte etwas. Dann tauchte plötzlich ein Kopf dahinter auf wie eine Puppe in einem Kasperletheater. Der Kopf gehörte einem Mann, der ungefähr genauso alt war wie Jane, vielleicht auch ein wenig älter, ein-, zweiundvierzig. Er hatte glattes mausgraues Haar und einen kleinen, ordentlich gestutzten Schnurrbart.

»Kann ich Ihnen behilflich sein?«, fragte er. Natürlich konnte er.

Als er in den Garten trat, bekam Jane ihn von Kopf bis Fuß zu sehen und erkannte, dass auch der Rest seines Erscheinungsbildes an eine Maus erinnerte. Der Mann war klein, ein wenig rundlich, und er trug eine braune Hose sowie einen beigen Pullover. Unter dem Adamsapfel hatte er eine kastanienbraune Krawatte geknotet, und er huschte hin und her und stellte die Wäschespinne mit geschickten Händen auf. Dabei lächelte er Jane die ganze Zeit über an und entblößte seine leicht vorstehenden Schneidezähne.

»Es ist wirklich schön, wieder eine Nachbarin zu haben«, sagte er. »Mein Name ist übrigens Harold Warren. Ich lebe mit meiner Mutter zusammen.«

Jane stellte sich ihm mit knappen Worten vor.

»Sie sind Schriftstellerin?«, hakte Mr. Warren nach, und seine Augen funkelten. »Ich liebe Bücher. Ich lese alles Mögliche, einfach alles, was ich in die Finger bekomme.«

Mr. Warren erklärte weiter, dass er unverheiratet sei, und seine Mutter, mit der er sich das Haus teilte, alt und gebrechlich. Sie sei ständig auf Hilfe angewiesen, sagte er. Deshalb arbeitete er wohl auch nicht. Und Jane nahm an, dass seine Mutter Rente bekam. Sie dankte Mr. Warren für seine Hilfe und bot ihm eine Tasse Tee an.

Mr. Warren schüttelte den Kopf. »Ich kann meine Mutter nicht so lange allein lassen.«

Und mit diesen Worten kehrte er auf seine Seite der Hecke zurück.

Schweigen senkte sich über Janes Wohnzimmer. Janes Besucher nippte an seinem Tee, und Jane griff nach ihrem eigenen Becher.

»Haben Sie ihn danach noch öfter gesehen?«, fragte ihr Besucher in beiläufigem Ton.

Jane schüttelte den Kopf. »So gut wie nie. Der Garten der Warrens ist vollkommen verwildert, und ihr Haus kann man wegen der Bäume von hier aus nicht erkennen. Die Einfahrt liegt außerdem hinter der Kurve, ein Stück die Straße runter. Deshalb sehe ich auch nicht, wenn jemand kommt oder geht. Dann und wann habe ich einmal ein Auto gehört, und manchmal habe ich es auch gesehen, wenn ich die Straße hinuntergegangen bin. Außerdem musste Mr. Warren ja auch mal raus. Dann hat er mir immer zugewunken, und manchmal hat er auch das Fenster heruntergelassen und mir einen Gruß zugerufen. Gelegentlich haben wir kurz miteinander geplaudert. Er hat mir leidgetan, und ich habe ihn immer als vorbildlichen Sohn gesehen. Als ich das nächste Mal richtig mit ihm gesprochen habe, da hat er mir ein paar Äpfel gebracht.«

Jane war wieder hinten in ihrem Garten und jätete gerade Unkraut in einem Blumenbeet. Da war ein Rascheln auf der anderen Seite der Hecke zu hören, und wie schon beim letzten Mal tauchte Mr. Warrens Kopf über der Hecke auf. Jane schrie überrascht auf und ließ fast die Hacke fallen. Mr. Warren entschuldigte sich dafür, sie erschreckt zu haben, und hielt eine Plastiktüte in die Höhe.

»Ich dachte, Sie hätten vielleicht gern ein paar Äpfel. Das ist allerdings Fallobst. Also werden Sie sie direkt essen müssen. Die halten nicht lange. Aber es sind Bramley, sehr gut zum Einkochen. Wir haben mehr, als Mutter und ich verarbeiten können.«

»Wie geht es Ihrer Mutter denn?«, fragte Jane.

»Ach, wie immer.« Er seufzte. »Da kann man nichts machen. Die Arme. Es ist ziemlich anstrengend, aber wir kommen schon zurecht.«

Und mit diesen Worten eilte er davon.

Das war das zweite Mal, dass er sich als freundlicher Nachbar erwiesen hatte. Jane fühlte sich verpflichtet, es ihm gleichzutun.

Ein Gegenbesuch sollte weder zu schnell erfolgen noch allzu lange dauern.

Jane backte mit den Äpfeln ein paar Kuchen. Die fror sie dann ein bis auf zwei. Einen wollte sie selbst essen, und mit dem anderen machte sie sich auf den Weg zum Haus der Warrens. Vermutlich kochte und backte Mr. Warren nicht viel, denn er hatte mit seiner Mutter ja alle Hände voll zu tun.

Wenn man jemanden besucht, der ans Haus gefesselt ist, ist eine kleine, selbst gebackene Leckerei stets willkommen.

Jane ging die lange, überwucherte Einfahrt zum Haus hinauf. Die Kronen der stolzen alten Bäume trafen sich über ihrem Kopf und sperrten das Tageslicht aus. Es war kühl und feucht. Das Laub war vom Regen glitschig. Überall herrschte Stille. Noch nicht einmal Vogelgesang war zu hören.

Das Haus selbst tauchte mit der gleichen erschreckenden Plötzlichkeit vor Jane auf wie Mr. Warrens Kopf über der Hecke. Den Kuchen wie ein religiöses Opfer in beiden Händen haltend, blieb Jane stehen und studierte die Szenerie. Hätte sie es nicht besser gewusst, sie hätte geglaubt, das Haus sei verlassen. Auf den schmalen Fenstern lag eine dicke Staubschicht, und die Mauern waren offensichtlich schon seit Ewigkeiten nicht mehr gestrichen worden. Zu ihrer Rechten und ein Stück abseits stand eine Garage zwischen den Bäumen. Abdrücke in der feuchten Erde zeigten, wo ein Auto entlanggefahren war, doch das war die einzige Spur von Leben. Das Garagentor war geschlossen.

Als Jane sich der Haustür näherte, sah sie neben den Stufen Gartenabfälle, die die Kellerfenster verstopften. Jane stieg die steinernen Stufen hinauf, und das Laub knirschte unter ihren Füßen. Dann legte sie die Hand auf den angelaufenen Messingklopfer. Das Geräusch hallte durchs Haus wie ferner Donner.

Einen Augenblick später hörte Jane Schritte, die sich der Tür näherten. Nur unter Mühen ließ sie sich öffnen. Die Scharniere waren wohl angerostet. Schwach war durch den Spalt eine Gestalt auf der anderen Seite zu erkennen. Dann wurde die Tür weiter geöffnet, und Mr. Warren stand da in seiner mausgrauen Hose, dem beigen Pullover und mit der kastanienbraunen Krawatte. Er trug Slipper.

»Oh«, sagte er und blinzelte Jane an. »Mrs. Pritchard!«

Jane hielt ihm den Kuchen hin. »Ich wollte Ihnen den hier bringen. Ich dachte, weil Sie so nett waren und mir die Äpfel geschenkt haben. Ich habe gleich mehrere davon gebacken. Vielleicht wollen Sie ja ...«

»Danke. Ja. Aber Sie sollten wirklich nicht ...«, unterbrach Mr. Warren sie. Er wirkte aufgeregt und streckte die Hand nach dem Kuchen aus.

Doch bevor er die Hand um das Tablett schließen konnte, öffnete sich hinter ihm, in den Tiefen des finsteren Flurs, eine Tür, und die Silhouette einer Frau trat hindurch.

Die Frau, die Jane zunächst nicht deutlich erkennen konnte, bewegte sich langsam auf sie zu. Sie hatte einen seltsamen, unregelmäßigen Gang, und sie streckte die Hand aus, um sich an der Wand abzustützen. Jetzt konnte Jane erkennen, dass sie ein unansehnliches Kleid aus bedrucktem Stoff und eine schmutzige Strickjacke trug. Ihr Haar war grau, aber voll; es fiel ihr lose und in verfilzten Strähnen bis auf die Schultern. Sie hatte große blassblaue Augen, die sie nun staunend auf ihre Besucherin richtete. Es war zwar unmöglich, das Alter der Frau einzuschätzen, doch ihre Haut wirkte bemerkenswert glatt.

Dann traf Jane der Geruch: ein ekelhafter Gestank von alter Unterwäsche und Schweiß, von Dreck, steifer Kleidung und ungewaschener Haut. Die Füße der Frau waren nackt – deshalb bewegte sie sich auch so leise –, und die ungeschnittenen Zehennägel hatten sich zu Krallen gekrümmt wie bei einem Raubvogel.

Janes Gesichtsausdruck verriet, dass sie etwas sah, doch Mr. Warren schien ohnehin zu fühlen, dass da jemand hinter ihm war. Er wirbelte herum und stieß ein Geräusch aus, das teils aus Überraschung, teils aus Verzweiflung oder Verlegenheit, teils aber auch aus Wut zu bestehen schien.

Sofort lief Mr. Warren zu der zerlumpten Gestalt und packte sie fest am Arm.

»Du sollst doch nicht hier draußen sein«, sagte er.

»Wer ist das?«, fragte die Frau und starrte Jane über Mr. Warrens Schulter hinweg staunend an. Jetzt sah Jane auch, dass die Pupillen in den blassblauen Augen deutlich vergrößert und seltsam unfokussiert waren.

Jane hob die Stimme und antwortete: »Mein Name ist Jane Pritchard, Mrs. Warren. Ich wohne in dem Cottage nebenan. Ich nehme an, Ihr Sohn hat Ihnen von mir erzählt …«

»Ich habe keinen …«, begann die Frau verärgert.

Warren trat zwischen die beiden Frauen. Er blickte über die Schulter zu Jane und sagte gereizt: »Sie versteht das nicht. Das ist Demenz.« Er begann, seine Mutter zu dem hinteren Raum zu schieben.

»Komm, meine Liebe. Zurück in die warme Küche. Du wirst dich noch erkälten.«

»Du hast mir die Schuhe weggenommen«, beschwerte sich die alte Frau.

»Nein, das habe ich nicht«, erwiderte Mr. Warren in autoritärem Ton. »Du ziehst sie immer selbst aus.«

Er stieß sie durch die Tür am Ende des Flurs, schloss sie und lief wieder zu Jane zurück.

»Sie sehen es ja selbst, Mrs. Pritchard«, begann er rasch. »Sie leidet unter Demenz, und dagegen kann man leider nichts tun.«

»Ich verstehe«, erwiderte Jane. Sie wusste nicht so recht, wie sie das ausdrücken sollte, aber die Frau war vollkommen verdreckt. Man sollte sie zumindest einmal baden und ihr die Zehennägel schneiden. »Hilft Ihnen jemand mit Ihrer Mutter, Mr. Warren? Vielleicht könnte die Bezirkskrankenschwester ja einmal die Woche vorbeikommen und Ihnen … äh … zur Hand gehen.«

»Nein!«, wehrte Mr. Warren sich in scharfem Ton. »Das ist nicht nötig!« Er riss sich wieder zusammen. »Ich will ja nicht undankbar klingen, Mrs. Pritchard, und es ist wirklich sehr freundlich, dass Sie sich Gedanken machen. Aber ich kann sehr gut allein für meine Mutter sorgen. Außerdem machen Fremde ihr Angst. Ich bin der Einzige, dessen Hilfe sie akzeptiert.«

Mr. Warren schickte sich an, Jane die Tür vor der Nase zuzuschlagen, doch sie hielt noch immer die Kuchenplatte in der Hand, und sie wollte, dass er sie nahm. Also streckte sie die Arme aus. Die Folge davon war, dass die sich schließende Tür Jane erwischte, und fast hätte sie den Kuchen fallen gelassen, doch Mr. Warren fing ihn im letzten Moment auf.

»T… Tut mir leid«, stammelte er. »Ich habe nicht erwartet … Das ist keiner ihrer guten Tage. Aber das soll Sie nicht kümmern. Wir kommen schon zurecht, Mutter und ich. Ich kann auch ganz gut kochen, wenn ich das sagen darf.« Und mit diesen Worten entblößte er seine Nagezähne und verschwand.

»Ich habe mich tierisch geschämt, und um ehrlich zu sein, kam ich mir auch ziemlich dumm vor«, erzählte Jane ihrem Besucher.

Der junge Mann hielt den leeren Becher in beiden Händen und beobachtete Jane aufmerksam.

»Ich wollte mich doch nicht einmischen«, fuhr Jane fort. »Himmel, ein neugieriger Nachbar kann einem das Leben zur Hölle machen! Außerdem hatte ich Mitleid mit ihm. Wie schlimm muss es sein, den ganzen Tag dort eingesperrt zu sein – und die ganze Nacht –, und das mit jemandem in diesem Zustand. Natürlich war mir sofort klar, dass er Hilfe benötigte, aber er hat mein Angebot abgelehnt. Er wirkte fest entschlossen, sich selbst um sie zu kümmern. Wissen Sie …« Jane zögerte. »Ich habe mich irgendwie für die beiden verantwortlich gefühlt. Ich weiß, einerseits ging mich das nichts an, aber andererseits … Wenn jemand in Not ist, dann ignoriert man das doch nicht einfach, oder? Meiner Einschätzung nach hätte er früher oder später ohnehin Hilfe gebraucht, und je früher desto besser … für beide. Deshalb beschloss ich, die Sache eine Woche lang auf sich beruhen zu lassen, und dann noch mal vorbeizugehen.«

Im Laufe der folgenden Woche sah Jane keine Spur von Mr. Warren. Am Samstagnachmittag schien die Sonne nach mehreren bewölkten Tagen strahlend hell, und Jane beschloss, einen Spaziergang zu machen. Das Buch, an dem sie zu arbeiten versucht hatte, war an einem seltsamen Punkt angelangt. Sie brauchte eine Pause.

Bei der Rückkehr zum Cottage kam sie an Mr. Warrens Einfahrt vorbei, und spontan entschied sie sich für einen Besuch.

Diesmal würde sie jedoch nicht an die Vordertür klopfen. Offensichtlich war sie nicht täglich in Gebrauch, und bei der letzten Gelegenheit hatte Jane mit ihrem Klopfen die alte Dame gestört. Außerdem war es auf dem Land ohnehin üblich, die Hintertür zu benutzen. Das hatte sie ganz vergessen. Also würde sie diesmal um das Haus herumgehen und diskret an die Küchentür klopfen.

Der hintere Teil des Grundstücks war genauso verwildert wie die Front. Hier hatte vor Jahren ein produktiver Obsthain gestanden, doch jetzt wurden die Apfelbäume schon lange nicht mehr geschnitten, und zwischen ihnen wucherte das Gras. Direkt am Haus hatte sich das Gebüsch in einen wahren Urwald verwandelt.

Neben der Hintertür stand ein Fenster offen, und eine Bewegung auf der anderen Seite erregte Janes Aufmerksamkeit. Es war Mr. Warren, doch als sie ihm zuwinken wollte, drehte er sich zur Seite, ohne sie zu sehen, und kehrte in den Raum zurück, außer Sicht.

Jane ging zum Fenster und lugte hinein. Sie hatte die Hand gehoben, um ans Glas zu klopfen, doch dann hielt sie inne.

Ja, das war die Küche, groß, altmodisch und unsauber. Mrs. Warren saß auf einem klapprigen, viel zu dick gepolsterten Sessel neben einem antiken Küchenschrank. Sie trug noch immer dasselbe verdreckte Blumenkleid, aber eine andere, wenn auch nicht sauberere Strickjacke. Ihr Gesicht glänzte vor Schweiß, und ihr verfilztes Haar klebte an der Haut. Die großen blauen Augen hatte sie weit geöffnet, und ihr stand eine derartige Angst ins Gesicht geschrieben, dass Jane unwillkürlich die Hand vor den Mund schlug, um nicht laut aufzuschreien.

Warren beugte sich gerade über seine Mutter und hielt ihr ein Glas mit Wasser oder irgendeiner anderen Flüssigkeit an den Mund.

Mrs. Warren schüttelte den Kopf und wand sich.

»Jetzt komm schon«, befahl Mr. Warren in rauem Ton »Runter damit!«

»Ich will nicht, Harold …«, wimmerte die alte Dame.

»Du wirst tun, was ich dir sage. Ich muss ins Dorf, und ich will nicht, dass du hier rumläufst, während ich weg bin.«

»Das werde ich nicht, Harold. Versprochen.«

Mr. Warren drückte ihr weiter das Glas an den Mund. »Wenn du das nicht trinkst«, sagte er, »dann gibt es heute kein Abendessen und morgen auch nicht … vielleicht noch nicht einmal übermorgen.«

Jane hegte nicht den geringsten Zweifel daran, dass Mr. Warren das auch so meinte und dass er diese Art von Strafe schon öfter angewandt hatte. Sein Tonfall war vollkommen anders als alles, was sie bis jetzt in seiner Stimme gehört hatte. Er klang nicht nur bedrohlich, sondern so, als freute er sich gar auf die bevorstehenden Grausamkeiten.

Und die alte Frau empfand das genauso. Jane beobachtete, wie sie den Inhalt des Glases schluckte. Ein Teil davon lief ihr übers Kinn und hinterließ Flecken auf ihrem bedruckten Oberteil.

Warren drehte sich wieder zum Fenster um. Jane hatte gerade noch genug Zeit, um sich zu ducken. Sie hörte fließendes Wasser und das Stöhnen von Metall. Die Spüle musste sich direkt am Fenster befinden. Jane wartete zwei, drei Minuten, und als sie schließlich einen Blick riskierte, sah sie Warren nicht mehr. Mrs. Warren hingegen saß noch immer auf ihrem Stuhl und hatte die Augen geschlossen. Schwach murmelte sie vor sich hin.

Jane lief zu dem Gestrüpp zurück und versteckte sich zwischen den Büschen. Nach einer Weile hörte sie das Knarren des Garagentors, dann das Grollen eines startenden Motors. Warren fuhr die Einfahrt hinunter und war verschwunden. Alles war still.

Jane kam aus ihrem Versteck und lief zum Haus. Die Küchentür war abgeschlossen, doch das Fenster stand noch einen Spalt offen – Gott sei Dank. Jane wusste nicht, wie lange Warren im Dorf bleiben würde, aber das war ihre einzige Chance, ins Haus zu kommen.

Sie zog das Fenster weit auf und kletterte auf die Fensterbank.

»Mrs. Warren? Bitte, haben Sie keine Angst! Ich bin's nur. Jane aus dem Cottage …«

Doch Mrs. Warren lag einfach in ihrem Sessel. Offensichtlich schlief sie tief und fest.

Jane gelang es, über die Spüle zu klettern und sich dahinter auf den Boden gleiten zu lassen. Sie lief zu dem Sessel und der reglosen Gestalt darin. Sofort stieg ihr wieder der säuerliche Gestank in die Nase, doch diesmal war Jane darauf vorbereitet, und so ignorierte sie ihn einfach. Sanft rüttelte Jane die Frau an der Schulter, doch Mrs. Warren schlief einfach weiter. So aus der Nähe betrachtet und vollkommen entspannt, wirkte die Frau deutlich jünger. Die Falten auf ihrer Haut waren nicht sonderlich tief. Das graue Haar wiederum war zwar verdreckt, aber dick. Ordentlich gewaschen und frisiert wäre es sogar prachtvoll gewesen. Jane runzelte die Stirn, berührte vorsichtig eines der Augenlider der Schlafenden und schob es hoch.

»Unter Drogen …«, murmelte Jane. Sie richtete sich wieder auf und drehte sich um. Das Glas stand noch auf der Arbeitsplatte und daneben ein kleines Fläschchen, wie man es in der Apotheke bekam. Jane griff danach. Es enthielt eine kristalline weiße Substanz, und auf dem schon älter wirkenden Aufkleber stand: Chlorhydrat. Der Rest war nicht mehr zu lesen, doch das war auch egal. Jane wusste genau, was das bedeutete.

Warren hatte sich also ein altmodisches, aber ohne Zweifel wirksames Schlafmittel mischen lassen und es seiner Mutter aufgezwungen. Das kam Jane ziemlich drastisch vor. Bei längerem Gebrauch von Chlorhydrat drohten schwere Nebenwirkungen wie Abhängigkeit, Depressionen und kardiologische Störungen. Auch wenn man die alte Frau nicht allein lassen konnte, rechtfertigte das nicht im Mindesten den Einsatz eines Mittels wie Chlorhydrat.

Jane ging durch die Küche und schaute in den Flur. Er war noch genau so, wie sie ihn von ihrem letzten Besuch her in Erinnerung hatte: schäbig, der Teppich abgewetzt. Irgendwo tickte leise eine Uhr, aber nicht hier. Das Geräusch drang durch eine halb offene Tür, die zu einem Raum auf der anderen Seite des Flurs führte. Jane ging hinein.

Bei dem Raum schien es sich um eine Mischung aus Wohn-

und Arbeitszimmer zu handeln. Offenbar nutzte Warren ihn. Hier war es deutlich wärmer und sauberer als sonst wo im Haus. Der Gasofen musste vor Kurzem noch gebrannt haben. Es gab auch ein paar Bücher, aber nicht so viele wie im Haushalt eines eifrigen Lesers, und als solcher hatte Warren sich ja bezeichnet. Allerdings gab es ein großes Fernsehgerät und einen neuen CD-Player. Bei den anderen Möbeln handelte es sich größtenteils um solide, recht teure Stücke einschließlich eines großen viktorianischen Sekretärs. Er stand offen. Warren musste gerade erst daran gearbeitet haben. Jane sah mehrere Papiere auf der Schreiboberfläche.

Jane wusste, dass sie das eigentlich nicht tun sollte, doch extreme Umstände erforderten extreme Maßnahmen. Sie trat zum Sekretär und warf einen raschen Blick auf die Papiere. Es handelte sich um Kontoauszüge, und die Summen darauf ließen Jane blinzeln. Ein wenig Familiengeld? Das war verdammt viel! Doch auf den Ausdrucken stand nur ein Name: Harold Warren. Also lief alles auf den Namen des Sohnes.

Jane lief ein Schauder über den Rücken, und was lange nur ein Verdacht gewesen war, verwandelte sich in furchterregende Sicherheit. Aber wie sollte sie das beweisen? Die Kontoauszüge reichten nicht dafür. Wenn die alte Frau senil war, dann hatte der Sohn natürlich volle Kontrolle über ihre finanziellen Angelegenheiten. Vermutlich war er sogar ihr Vormund.

Aber in den Fächern des Sekretärs fanden sich noch andere Papiere und mit etwas Glück auch eindeutigere Beweise. Jane wusste nicht, wie viel Zeit ihr blieb, bis Warren wieder zurückkehrte. Hektisch holte sie eine Handvoll Papiere aus den Fächern und blätterte sie durch. Da waren Rechnungen für Gas, Strom und Autoreparaturen.

Ein Umschlag rutschte aus dem Stapel in Janes Hand, fiel zu Boden und gab seinen Inhalt preis. Jane schnappte erschrocken nach Luft und sammelte das Zeug rasch ein.

Das waren Fotos. Jane breitete sie auf dem Teppich aus. Die Bilder waren gemischt, doch eines, gar nicht mal so alt, zeigte ein Paar. Die Frau trug einen eleganten Zweiteiler und hielt einen Blumenstrauß in der Hand. Sie lächelte glücklich in die Kamera. Der Mann neben ihr hatte Ansteckblumen am Kragen, und der Boden vor den beiden war voller bunter Flecken. Konfetti.

Der junge Mann in Janes Wohnzimmer rutschte auf dem Sofa herum. Vorsichtig stellte er seinen Becher wieder auf den Tisch. »So«, sagte er. »Da haben Sie also herausgefunden, worum es wirklich ging.«

»Ja, das waren Hochzeitsfotos. Der Mann war Warren, und die Frau war eindeutig diejenige, die er mir als seine Mutter vorgestellt hatte, auch wenn sie jetzt in einem furchtbaren Zustand war. Aber das war nicht seine Mutter. Das war seine Frau!«

»Und dann haben Sie die Polizei kontaktiert.« Endlich lächelte Detective Sergeant Sullivan. »Sie haben gerade noch rechtzeitig reagiert und ein furchtbares Verbrechen verhindert, Mrs. Pritchard.«

»Ja, aber ich kann ehrlich gesagt nicht behaupten, das alles zu verstehen, auch jetzt noch nicht. Was genau hatte er denn vor?«

»Oh …« Sullivan machte eine weit ausholende Geste. »Es war eigentlich recht einfach. Clevere Täter planen immer einfach. Es ist ein Fehler, kompliziert zu denken. Warren ist davon ausgegangen, dass die meisten Menschen schlicht glauben, was man ihnen sagt. Warum sollten sie einem auch misstrauen? Er hat Ihnen erzählt, sie sei seine Mutter, und Sie hatten keinen Grund anzunehmen, dass es sich anders verhielt.

Als die beiden sich kennenlernten, war Warren Apotheker in einer kleinen Stadt am Meer. Mrs. Beryl Darcy, wie sie damals hieß, war Witwe. Nach dem Tod ihres Mannes stand sie finanziell zwar ziemlich gut da, fühlte sich aber einsam. Sie hatte keine

Familie, und tatsächlich war sie in die kleine Stadt am Meer gekommen, um sich Gesellschaft zu suchen. Die fand sie bei Warren.

Er war mehrere Jahre jünger als sie, aber sie hatte immer auf sich geachtet und konnte sich schöne Kleider leisten. Deshalb kam ihr auch gar nicht in den Sinn, dass ein jüngerer Mann sie nicht attraktiv finden könnte. Die beiden heirateten. Vermutlich fütterte er sie über einen langen Zeitraum hinweg mit kleinen Dosen starker Medikamente. Irgendwann hatte er dann die vollständige Kontrolle über sie. Er brachte sie dazu, ihm ihr Geld und ihren Besitz zu überschreiben. Dann musste er sie nur noch loswerden.

Er kaufte ein einsam gelegenes Haus, zog mit ihr dorthin und begann, sie langsam zu vergiften, sodass sie die Hälfte der Zeit gar nicht mehr wusste, was los war. Wenn jemand fragte, dann sagte er, sie sei seine Mutter, die nie das Haus verließ.

Hätte er jedoch ›Frau‹ gesagt, dann hätte das die Neugier der Leute geweckt, und sie hätten sich gefragt, warum er sich keine Hilfe holte. Aber eine ältere Dame ... Nun, da akzeptierten die Leute die traurige Situation schlicht, und sie betrachteten Warren als fürsorglichen Sohn. Irgendwann hätte er dann erzählt, dass man sie in ein Pflegeheim gebracht habe, und kurz darauf hätte er ihren Tod verkündet. Die angebliche Beerdigung wiederum hätte dann irgendwo weit weg stattgefunden – in ihrem ›Heimatort‹ vielleicht. Das hätte doch jeder geglaubt, und warum auch nicht?«

Jane schauderte. Sullivan stand auf und ging zur Terrassentür, durch die man in Janes Garten und zu der Hecke blicken konnte, hinter der das Gestrüpp von Warrens Grundstück lag.

»Vermutlich hätte er sie tatsächlich irgendwo dort verscharrt«, sagte der Sergeant, »oder sie unter dem Kellerboden begraben. An einem sicheren Ort. Und dann ... Nun, er hätte sich einfach davonstehlen, ins Ausland gehen und einen neuen

Anfang machen können. Oder wenn er sich sicher genug gefühlt hätte, dann hätte er auch in dem Haus wohnen bleiben können.«

Sullivan schaute über die Schulter zurück zu Jane. Sie war kreidebleich.

»Sie haben definitiv einen Mord verhindert, Mrs. Pritchard. Wir sind gerade noch rechtzeitig zu Mrs. Warren gekommen.«

»Wie geht es der armen Frau jetzt?«, flüsterte Jane.

»Sie ist zwar immer noch schlecht beieinander, aber sie erholt sich gut. Sie weiß, was passiert ist, und sie brennt darauf, Sie kennenzulernen, um sich bei Ihnen zu bedanken.«

»Ich brauche keinen Dank«, sagte Jane. »Aber ich werde sie besuchen. Ich bin ja so froh, dass es ihr gutgeht. Und was wird mit ihm passieren? Ich hoffe doch, dass man ihn einsperrt und den Schlüssel wegwirft.«

DS Sullivan verzog das Gesicht. »Das ist zu viel gehofft. Er wird seine Strafe absitzen, und dann … Wer weiß? Vielleicht wäre er einfach verschwunden, und wir hätten nie wieder etwas von ihm gehört. Aber einmal Hochstapler, immer Hochstapler. Diese Leute greifen gern wieder auf ihre alten Tricks zurück. Er könnte glauben, dass er jetzt weiß, was falschgelaufen ist, und sich vornehmen, es beim nächsten Mal richtig zu machen.«

Sullivan warf Jane einen verschmitzten Blick zu. »Persönlich glaube ich, dass er hiergeblieben wäre und sich nach einem neuen Opfer umgesehen hätte, wäre er damit durchgekommen. Es gibt jede Menge alleinstehende Frauen mit ein wenig Geld, die an ruhigen Orten leben, einsam …«

Seine Stimme verhallte, und er schaute sich demonstrativ im Raum um.

»W… Wollen Sie damit etwa sagen«, erwiderte Jane leise, »dass der Mord, den ich verhindert habe, schlussendlich mein eigener hätte sein können?«

»Sie sind wesentlich klüger als die arme Beryl Darcy Warren«, versicherte ihr Besucher ihr freundlich. »Aber vermutlich ja, ich denke, er hat Sie sich als nächstes Opfer ausgesucht.«

Sergeant Sullivan schaute wieder zum Fenster hinaus und nickte anerkennend. »Ja, Sie haben da einen wirklich hübschen Garten, Mrs. Pritchard. Tatsächlich ist hier alles ganz nett. Machen Sie sich keine Sorgen, nur weil Sie allein hier wohnen.« Er drehte sich wieder um und lächelte Jane an. Er sah verdammt gut aus. »Wir werden ein Auge auf Sie haben.«

Hm, dachte Jane, griff sich die leeren Becher und marschierte in die Küche.

Alles, was eine Dame wissen muss, Großmutters altes Buch, hatte sein Bestes getan, die wichtigste aller Regeln jedoch vergessen:

Aufpassen, meine Dame! Immer aufpassen!

Ein seltener Fino

Als Gentleman spricht man niemals über Geld. Das bedeutet aber keineswegs, dass ich, obwohl ich unbestreitbar ein Gentleman bin, mir niemals *Gedanken um* das Finanzielle gemacht hätte. Unmittelbar vor den unglückseligen Vorfällen, von denen ich berichten möchte, hatte ich sehr viel über Geld nachgedacht – eine äußerst leidvolle Angelegenheit.

Ich sollte es wohl näher erklären. Seit einigen Jahren arbeitete ich an meinem Buch *Flora und Fauna der Iberischen Halbinsel.* Ich war und bin noch immer überzeugt, dass mein Buch, wenn es erst vollendet und veröffentlicht ist, das unverzichtbare Referenzwerk zu diesem Thema schlechthin sein wird.

Ursprünglich widmete ich meine Arbeit dem berühmten Naturforscher Charles Darwin. Ich hatte den großen Mann sogar kurz vor seinem Tod im Jahre 1882 besucht. Ich reiste nach Cambridge und erhielt nur unter erheblichen Schwierigkeiten und allein dadurch, dass ich darauf beharrte, meine Forschung sei von überragender Wichtigkeit, Zutritt zum Haus seiner Familie. (Vorausschauend hatte ich ein Exemplar des Manuskripts mitgebracht, um es Darwin vorzulegen. Ich war mir sicher, er würde es zu schätzen wissen.)

Leider muss ich sagen, dass der große Wissenschaftler mich bitter enttäuschte. Mir ist bewusst, dass er zum Zeitpunkt meines Besuchs alt und krank war, aber trotzdem fand ich sein Benehmen schroff bis hin zur Grenze der Unhöflichkeit. Ich überreichte ihm mein Manuskript, doch statt seiner Freude Ausdruck zu verleihen, sagte er nur, er werde einen Blick darauf werfen, falls er einmal Zeit habe. Er legte es höchst gleichgültig zur Seite und fragte mich, ob ich noch etwas wolle. Aber gewiss, verkündete ich, ich erbäte seine Erlaubnis, ihm mein Buch zu widmen.

»Na ja«, sagte er, »wenn Sie möchten. Mir ist es gleichgültig. Ich werde nicht mehr leben, wenn es veröffentlicht wird.« Er fügte hinzu: »*Falls* es veröffentlicht wird!«

Ich fuhr nach Hause und strich die Widmung. Persönlich bin ich fest davon überzeugt, dass er auf meine Gelehrsamkeit neidisch war.

Natürlich musste ich im Lauf meiner Forschung oft Spanien und Portugal besuchen und dort einige Zeit verbringen. All das kostete Geld: mein gesamtes Vermögen, wie es sich fügt. Die Reste meines persönlichen Kapitals hatte ich schon vor einigen Jahren für mein Vorhaben ausgegeben. Seit dieser Zeit war ich von den Zuwendungen meiner Tante Matilda abhängig.

Meine Tante (die ältere Schwester meines verstorbenen Vaters) war eine reiche, kinderlose Witwe. Sie bewohnte allein ein großes Haus in Chertsey – demjenigen in Surrey –, zusammen mit einer ältlichen Köchin und einer Zofe. Einen Gärtner gab es auch, der mindestens siebzig sein musste. Von den Dienstboten abgesehen, leistete ihr nur ein Dackel namens Oscar Gesellschaft.

Oscar war kein junger Hund mehr. Seine Schnauze war recht grau, er war übergewichtig und von üblem Temperament. Die Menschen behaupten oft, Maulesel oder Kamele seien die störrischsten aller Tiere. Sie können noch nie mit einem alten Dackel zu tun gehabt haben. Entschied sich Oscar, einen bequemen Sessel in Beschlag zu nehmen, war es das Beste, ihn dort nicht weiter zu stören. Seine Zähne mochten vom Alter gelb sein, aber sehr spitz waren sie auch.

Was meine Tante angeht, nun, es heißt immer, Menschen würden sich an ihr Haustier angleichen, und sie hatte gewisse

Charakterzüge mit Oscar gemeinsam. Auch sie war ältlich (aber rüstig und gesund), stämmig, hatte recht kurze Beine und wenig Geduld. Sowohl sie als auch Oscar hatten eine scharfe Nase und ein wachsames Auge.

Ich musste mich sehr anstrengen, um in Tante Matildas Gunst zu bleiben. Sie hätte ihre Zuwendungen vom einen Augenblick zum anderen einstellen können, und wäre das geschehen, wäre auch meine Arbeit zum Stillstand gekommen. An diese Möglichkeit wollte ich gar nicht denken. Zu alldem kam die Frage ihres Testaments.

Nun hatte ich Grund zu der Hoffnung, sie würde mir ihr Vermögen hinterlassen. Ich hatte zwar zwei Cousinen, aber sie waren Frauen und hatten geheiratet, sodass sie nicht mehr den Familiennamen trugen. Nur ich brachte den Namen in die nächste Generation, und das hatte Tante Matilda mehrmals erwähnt.

Nicht dass die Cousinen die Hoffnung schon aufgegeben hätten. Oh nein! Ständig besuchten sie Tante Matilda, brachten ihre unerquicklichen Kinder mit und überschütteten sie mit kleinen Aufmerksamkeiten. Ihre Besuche häuften sich, wenn ich zu Feldstudien in Spanien oder Portugal weilte. Ich war mir sicher, sie ergriffen die Gelegenheit beim Schopfe, mein Ansehen bei meiner Tante zu unterminieren, um meiner Aussicht auf die Erbschaft zu schaden.

Als wäre das nicht genug, hatten beide Cousinen sich entschieden, ihre sehr unansehnlichen Töchter nach meiner Tante zu benennen (auch wenn meiner Meinung nach drei Matildas in einer Familie bei Weitem zu viele waren).

Nun hatte Tante Matilda eine einzige kleine Schwäche (sah man vom Verwöhnen ihres elenden Köters ab). Sie wusste guten Sherry zu schätzen. Wie es sich fügte, führte meine Forschung mich in die schöne Region Spaniens um Jerez, deren Name mit jenem berühmten Aperitif synonym ist; ein wunderbarer Teil der Welt.

Dieser Teil Andalusiens ist das Spanien der Träume. Tags reist man durch eine Landschaft aus Burgen, großen Landhäusern, weiß getünchten Dörfern und Viehweiden, auf denen Stiere für die Arena gezüchtet werden. Nachts entspannt man sich unterm Sternenzelt in der milden warmen Luft, das Klimpern der Gitarren im Ohr, in einer Hand ein Glas mit einem Getränk, das sich mit dem Nektar der Götter messen kann. Denn man befindet sich im Geburtsland des Sherrys. Er ist ein Wein, der wie die Frauen Spaniens Schönheit, Würde und Anmut in sich vereint. Er bezaubert das Auge, verführt die Nase, und sein Geschmack muss langsam genossen werden. Man rollt ihn um die Zunge. Man schließt die Augen und ergibt sich einem Erlebnis, das durch seinen physischen Zauber geradezu erotisch wirkt.

Man sollte wissen, dass der allerbeste Sherry aus Weinbeeren gewonnen wird, die auf kalkigem Boden wachsen. Die sandigeren Böden liefern einen geringeren Wein. Aber der wahrhaft große Fino, ah, er ist etwas derart Besonderes und Seltenes, dass die mit ihm gefüllten Flaschen so grimmig gehütet werden wie ein Nationalheiligtum und das Land nur selten verlassen. Bei meinem letzten Besuch gelang es mir jedoch, in Sanlúcar de Barrameda eine Flasche dieser einzigartigen Schöpfung zu ergattern. Ein Triumph!

Ich brachte ihn mit nach England und nach Chertsey, um ihn Tante Matilda zu schenken. Ich malte mir ihr Entzücken aus, den ausgezeichneten Eindruck, den meine Aufmerksamkeit hinterlassen würde. Ich erwog sogar die durchaus denkbare Möglichkeit, dass sie sofort ihren Anwalt verständigen mochte, um mich zum Alleinerben einzusetzen.

Ich fand sie in nachdenklicher Stimmung vor. Sie begrüßte mich mit weniger Freude als erhofft. Gleichgültig. Ich präsentierte ihr die Flasche seltenen Finos, zuversichtlich, dass er ihre Stimmung ändern würde.

»Hab Dank, Charles«, sagte sie. »Stell ihn einfach auf die Anrichte.«

Das war nicht die Reaktion, die ich erwartet oder erhofft hatte!

»Liebe Tante«, sagte ich, »kann es sein, dass dich etwas bedrückt? Fühlst du dich nicht wohl? Wenn das der Fall sein sollte, empfehle ich ein Glas des ausgezeichneten Fino, den ich dir gerade geschenkt habe. Er dürfte dich rasch aufmuntern.«

»Mich bedrückt allerdings etwas«, antwortete meine Tante. »Sieh dir doch einmal Oscar an, bitte. Sag mir, was du denkst.«

Unwillig richtete ich den Blick auf den Dackel, der neben meiner Tante auf dem Sofa saß. Ich starrte ihn an. Er starrte mich an. Ich verbarg meine Abneigung für ihn. Er verbarg weder seine Abneigung noch seine Verachtung.

»Er kommt mir vor wie immer«, sagte ich.

Ich sprach die Wahrheit. An ihm hatte sich nichts verbessert. Vielleicht war er ein bisschen dicker geworden, aber vermutlich war es besser, wenn ich nicht darauf einging.

Meine Tante seufzte. »Er ist nicht er selbst. Er ist wirklich recht unruhig. Ich habe den Tierarzt gerufen, damit er nach ihm sieht, aber er konnte nichts feststellen und war so taktlos, Oscars Alter zu erwähnen. Ich habe ihm sehr deutlich gesagt, dass ich keinen Grund sähe, weshalb das Alter ein Tier beeinträchtigen sollte, für das so gut gesorgt wird. Die Dienste dieses Mannes werde ich nicht wieder in Anspruch nehmen. Gleichzeitig fürchte ich, dass tatsächlich mit Oscar etwas nicht stimmt.«

Sie strich dem Tier über den Kopf. Oscar drehte die Augen zu ihr hoch.

»Er ist so klug«, gurrte meine Tante. »Er versteht jedes Wort, das wir sprechen.«

Zu entscheiden, wie ich darauf antworten sollte, war schwierig. Ich wagte nicht, denselben Fehler wie der Tierarzt zu begehen und Oscars Alter zu erwähnen, besonders, weil meine Tante ebenfalls nicht mehr die Jüngste war.

»Nun«, sagte ich, »weißt du, liebe Tante, wir alle erleben doch von Zeit zu Zeit kurze Phasen der Antriebslosigkeit und eines allgemeinen Gefühls, deprimiert zu sein. Das muss keine Erkrankung bedeuten. Eher rührt es von der Jahreszeit her; die kurzen Tage und langen Stunden der Dunkelheit im Winter sind ein Beispiel. Auch eine Woche mit schlechtem Wetter, das uns im Hause hält und die körperliche Ertüchtigung verhindert, kann ein Grund sein. Oscar benötigt nur ein wenig Ermutigung und vielleicht ein Tonikum, das auf Hunde abgestimmt ist. In kurzer Zeit wird er wieder auf dem Damm sein.«

Oscar bedachte mich mit einem Blick, den ich nur als sarkastisch bezeichnen konnte. Vielleicht verstand er nicht nur jedes Wort, das gesagt wurde, sondern auch viel von dem, was unausgesprochen blieb.

Meine Tante war sofort aufgemuntert. »Wie freundlich von dir, Charles«, sagte sie. »Danke für deinen Rat – oh, und danke für den Sherry. Wie lieb von dir, daran zu denken, wie sehr ich ihn mag.«

Sehr zufrieden verließ ich Chertsey.

In der folgenden Woche fuhr ich wieder dorthin. Ich stellte fest, dass meine Tante in weit besserer Stimmung war, geradezu fröhlich. Ich warf einen Blick auf die Anrichte. Die Flasche Fino war so gut wie leer. Nur noch ein Glas oder zwei waren übrig. Vor meinem inneren Auge klopfte ich mir auf die Schulter.

»Wie schön, dich wiederzusehen, Charles«, sagte Tante Matilda.

Es wurde immer besser.

»Ich freue mich, dass du erheblich fröhlicher wirkst als bei meinem letzten Besuch«, sagte ich. »Bedeutet das, dass sich Oscars Zustand verbessert hat?«

Ich sah den Hund an. Er hatte einen merkwürdigen Ausdruck in den Augen. Auch er vermittelte einen Eindruck von Milde, aber sein Blick wirkte etwas benebelt.

»Ach, es geht ihm so viel besser!«, rief meine Tante begeistert. »Und dafür habe ich dir zu danken, Charles.«

»Mir?« Ich war erstaunt.

»Aber ja. Ich habe deinen Ratschlag beherzigt.«

Ich zögerte. »Welchen Ratschlag meinst du denn genau, Tante?«

»Oscar ein Tonikum zu geben. Mehr war nicht erforderlich, damit er wieder der Alte wurde.« Sie wies auf die Anrichte. »Ich habe ihm einen oder zwei Tropfen von deinem Fino ins Futter gemischt. Das hat ihm richtig gutgetan. Er ist besser gelaunt, und er schläft tief und fest.«

Einen Augenblick oder auch zwei erschien es mir, als bliebe die Welt stehen. Ich konnte nicht fassen, was ich da hörte. Ich bildete es mir doch hoffentlich nur ein? Der Fino, den ich mit solchem Entzücken aus Spanien mitgebracht und Tante Matilda mit derart großen Hoffnungen geschenkt hatte … Er war einem *Dackel* vorgesetzt worden? Das war doch nicht möglich. Aber: Oh doch, das war es. Ich sah Oscar wieder an. Sein benebelter Blick, seine grundlose Milde … der Hund war betrunken!

In meinen Ohren brauste es. Mir schien der Kopf zu platzen. Sollte alles, was ich für wertvoll hielt und voller Hoffnung auserwählten Empfängern überreichte, derart verschmäht werden? Darwin hatte mein geliebtes Manuskript zur Seite gelegt und offen bezweifelt, ob es zu einer Veröffentlichung tauge. Diese dumme alte Frau hatte einen seltenen, großen Sherry behandelt, als wäre er ein Tonikum für Hunde. Lebten denn nur Philister auf dieser Welt?

Ich hörte mich mit zusammengebissenen Zähnen fragen: »Hast du irgendetwas davon selbst getrunken?«

Sie schüttelte den Kopf. »Ich habe ihn für den lieben Oskar aufgespart.«

Die Ungerechtigkeit all dessen war zu viel für mich: die Beleidigung meiner Person, meiner Arbeit und eines großartigen Tropfens, die Entwürdigung all meiner Anstrengungen …

Ich sah rot, stürmte zur Anrichte und ergriff die Flasche. Ich schüttete die Hälfte dessen, was darin übrig war, in ein Glas auf dem Tablett und trug es zu Tante Matilda.

»Trink!«, befahl ich.

Sie sah mich beunruhigt an. Ich musste recht aufgebracht wirken. Nun, ich *war* aufgebracht.

»Aber was ist mit Oscar …«, begann sie.

Ich gestattete ihr nicht auszureden und beugte mich über meine Tante. Am Kiefer packte ich sie und öffnete ihren Mund. »Trink!«, schrie ich sie an. Ich goss ihr das Glas Fino, alles auf einmal, zwischen die Lippen, während sie sich wehrte und keuchte, panisch protestierte.

Ich muss es ihm lassen, Oscar versuchte, seine Herrin zu verteidigen. Er sprang mich an, aber sein allgemeiner Mangel an Fitness, sein Gewicht und sein jüngster Sherry-Genuss wendeten sich gegen ihn. Er fiel vom Sofa und plumpste schwerfällig auf den Teppich, wo er liegen blieb und mich ohnmächtig anfunkelte.

Um zu verhindern, dass der Wein ihr wieder aus dem Mund lief, verschloss ich Tante Matilda mit beiden Händen die Lippen und wiederholte meinen Befehl, den Sherry zu schlucken.

Sie wehrte sich noch immer, und dann drang ein merkwürdiger Laut aus ihrer Kehle. Ihre Augen traten hervor. Sie krallte kraftlos nach meiner Hand.

Zu spät erkannte ich, dass sie keine Luft bekam. Ich riss die Hände weg und versuchte, sie wiederzubeleben, aber vergebens. Mit einem Mal lag sie still da, und ich wusste, dass sie tot war. Ihre Augen starrten schrecklich zu mir hoch, und kein Leben stand mehr in ihren.

Mir war klar, dass ich nicht den Kopf verlieren durfte. Ich

ging zur Anrichte und goss die letzten Tropfen Sherry in ein sauberes Glas. Ich hob es an die Lippen und kostete ihn. Ah! Wenn auch nur flüchtig, wurde dieses Getränk endlich von jemandem genossen, der ihn zu schätzen wusste.

Oscar betrachtete mich die ganze Zeit und knurrte tief in der Kehle. Ich nahm mein Glas an den kleinen Tisch am Sofa und stellte es ab. Ich zerraufte mir das Haar und eilte in die Halle, wo ich nach der Zofe rief.

»Hilfe! Hilfe! Meiner Tante ist unwohl. Rufen Sie den Arzt!«

Der Arzt kam rasch, aber bei Weitem zu spät. Ich berichtete, meine Tante und ich hätten uns ein Gläschen von dem seltenen Fino gegönnt, den ich ihr bei meinem letzten Besuch geschenkt hatte, als sie plötzlich keine Luft mehr bekommen habe. Ich deutete auf mein Glas auf dem Tisch und Tante Matildas, das auf den Teppich gefallen war. Oscar schnüffelte genießerisch daran und versuchte, die verbliebenen Reste auszulecken.

Ich fürchtete, der Arzt könnte die roten Male am Kiefer meiner Tante bemerken, daher erwähnte ich zur Erklärung, dass ich versucht hätte, sie zu retten, indem ich ihr den Mund aufzwang, aber vergeblich. Ich raufte mir die Haare und die Kleidung. Ich schluchzte.

Der Arzt hatte Mitgefühl und klopfte mir auf den Arm. »Mein guter junger Mann, Sie sind verstört, aber geben Sie sich keine Schuld! Solche traurigen Vorfälle ereignen sich so schnell, dass nur wenig getan werden kann, wenn kein Mediziner dabei ist. Kein Laie hätte Ihre Tante retten können.«

Die Leichenschau befand auf Unfalltod. Nach der Trauerfeier versammelten sich meine Cousinen, ihre Gatten und ich beim Anwalt zur Verlesung des Testaments. Jeweils kümmerliche dreihundert Pfund hatte meine Tante jeder meiner Cousinen, mir und den beiden kleinen Matildas hinterlassen.

Dreihundert Pfund! Mehr nicht? Und *mir*, der den Familiennamen weitergab, dieselbe Summe wie den beiden Frauen und ihren grässlichen Töchtern? Selbst aus dem Grab heraus gelang es Tante Matilda, mich zu kränken.

Und was wurde aus dem großen Haus und Chertsey und dem Rest des Geldes? Man kann es kaum fassen. Meine Tante hatte eine Stiftung geschaffen, deren einziger Nutznießer Oscar war. Kurz gesagt war Oscar der Universalerbe. Die Stiftung schrieb vor, dass er weiterhin im Haus in Chertsey wohnen sollte. Die Köchin, die Zofe und der Gärtner sollten ihre Arbeit behalten, das Haus instandhalten und sich um den Hund kümmern. Erst wenn Oscar starb, sollte alles verkauft und der Erlös an diverse Tierschutzvereine verteilt werden.

Es lag im Interesse der Dienstboten, dass Oscar so lange lebte wie möglich, denn bis er starb, behielten sie ihre Pfründe. Trotz ihrer fleißigen Bemühungen verschied Oscar zwei Jahre später. Der Tierarzt, der den Kadaver untersuchte, stellte fest, dass er sehr alt gewesen sein musste, geradezu steinalt für Hundeverhältnisse.

Oscar war wohl ein Hund mit viel Glück gewesen. Aber womöglich hatte es am Ende doch an dem Tonikum aus einem seltenen Fino gelegen.

Optische Täuschung

1.

Der Froschmann saß allein da. Unbequem hockte er auf einem zerfallenden Baumstumpf, der einmal einen längst verschwundenen Steg gestützt hatte. Er trug weder Maske noch Schwimmflossen und hatte die Kopfhaube seines Taucheranzugs zurückgestreift. Das Gesicht hatte er in den Händen vergraben, und Hetty Farrell sah nur einen zerzausten braunen Haarschopf. Der Rest von ihm ließ an eine gestrandete Amphibie unbekannter Spezies denken.

Sie hatte gerade ihr Auto neben dem großen weißen Kastenwagen mit der Aufschrift *Unterwasser-Suche und -Rettung* geparkt, der hinter dem Rücken des Tauchers stand, verdeckt von einer Reihe überwucherter Bäume. Der Froschmann war allerdings kein offizieller Polizeitaucher, kein Teil des Teams, das im Kastenwagen angerückt war. Er war eindeutig ein Amateur und von der Arbeit ausgeschlossen, die am Seeufer vor sich ging.

Ich nehme an, dachte sie voll Mitgefühl, *er ist der arme Kerl, der die Leiche gefunden hat.*

*D*ie hektische Betriebsamkeit ringsum stand in scharfem Kontrast zu seiner brütenden Gestalt. Ein Motorboot der Wasserpolizei, am Ende eines schmalen Stegs aus Holzlatten vertäut, schlingerte auf dem See, während Gestalten an Bord gingen und es verließen. Zwei uniformierte Beamte der Cumbria Constabulary, hinzugezogen, um Schaulustige auf Abstand zu halten, beantworteten gutmütig Fragen, während sie den Leuten den Zutritt zum Steg verwehrten. Die Meute aus Bootsfahrgästen, deren Ausflug sich unerwartet verschoben hatte, schwatzte, spekulierte und hantierte mit Fotoapparaten.

Am hinteren Ende der Menge stand auf einer natürlichen Erhebung des Geländes die hochgewachsene, dürre Gestalt von Bradley Wills und blickte majestätisch zum funkelnden Wasser des Sees. Sein herrischer Blick nahm sowohl die Aktivitäten des Suchtrupps als auch die steilen Hänge der Fells auf der anderen Seite von Coniston Water in sich auf. Mit seinem erhobenen Kinn und den hinter dem Rücken verschränkten Händen war er die personifizierte Unnahbarkeit.

Die aufgeregten Schaulustigen betrachteten ihn voll Ehrfurcht aus der Ferne und spekulierten wild, welchen Rang er einnahm. Einige hielten ihn optimistisch für den Polizeipräsidenten, manche vermuteten unter Verlust jeder Verhältnismäßigkeit sogar den Lord Lieutenant der Grafschaft in ihm. Andere lagen richtig und stuften ihn als einen Inspector ein.

Keiner von ihnen schenkte der schlanken, aber sportlichen jungen Frau in Cordjeans, festen Schuhen, dicken Socken und Pullover auch nur einen Blick, die auf sie zukam, während ihr der braune Bubikopf um die Ohren tanzte. *Nur eine weitere Wandererin,* dachten sie, wenn sie überhaupt etwas dachten.

Fast hatte sie Bradley Wills auf seinem Hügel erreicht und musste ein Grinsen unterdrücken. Unweigerlich gingen ihr Cowpers Zeilen durch den Kopf:

Ich bin Herrscher, so weit das Auge reicht,
Denn wer bestritte wohl mein Recht?

Dennoch war Hetty sich bewusst, dass der Inspector noch so sehr vorgeben konnte, die Menge nicht zu bemerken – er musste über sie extrem erbost sein. Bradley Wills war für seinen Mangel an Geduld bekannt. Im Augenblick fror er seine Verärgerung ein. Sein Panzer aus Gleichgültigkeit würde vermutlich ohne Warnung von irgendetwas durchstoßen werden, was das Maß vollmachte, und dann würde Wills' Temperament sehr zum Missvergnügen aller Umstehenden hervorbrechen.

Hetty näherte sich der hoch aufragenden Gestalt mit einiger Vorsicht und räusperte sich respektvoll. »Guten Morgen, Sir.«

Der Inspector entspannte sich so weit, dass er den Kopf zu ihr neigte, ohne ihn allerdings in ihre Richtung zu drehen.

»Farrell«, sagte er, zur ganzen Welt, wie es schien.

»Jawohl, Sir. Ich bin so schnell gekommen, wie ich konnte. Irgendwelche Fortschritte?«

Wills nahm einen Arm vom Rücken und schaute auf eine große, teuer aussehende Armbanduhr. »Sie sind nun lange genug dort unten.«

Ein gereizter Unterton war seiner Stimme anzumerken. Im selben Moment, in dem er die Feststellung traf, besaß einer der Kamerabegeisterten die Unverschämtheit, ihn zu knipsen. Dass er nun zu irgendjemandes Urlaubserinnerungen an den Lake District gehörte, erwies sich als der Tropfen, der das Fass zum Überlaufen brachte.

Das Gesicht des Inspectors lief dunkelrot an. Die Muskeln um Mund und Kiefer zuckten alarmierend. Er hob einen Finger, deutete und brüllte: »Sagen Sie diesem erbärmlichen Kerl, er soll sofort damit aufhören! Ich beschlagnahme seine Kamera, wenn er noch ein einziges Foto aufnimmt, auch wenn es von seiner Frau und seinen Kindern ist!«

Der Fotograf stolperte erschrocken zurück und hätte dabei fast den Apparat fallen gelassen. Einer der Uniformierten näherte sich geschwind, doch der Fotograf hatte sich bereits getrollt, bevor der Beamte die Stelle erreichte, an der er gestanden hatte.

Vom Ufer kam ein Ruf. Ein weiteres Polizeiboot war eingetroffen. Eine schwarz gekleidete Gestalt ging von Bord auf den schmalen Holzsteg und stapfte ihn entlang zum Ufer. Schimmernde Wassertropfen flogen durch die Luft, und die Holzplanken zitterten und knarrten unheilverkündend unter ihren Füßen. Die Erwartung der Zuschauermenge war beinahe körperlich zu greifen. Doch kaum war der Taucher seinem wässrigen Element entkommen, sah er nicht mehr respektgebietend aus, sondern nur schwerfällig und ein wenig lächerlich. Trotzdem teilte sich die Menge der Neugierigen ehrerbietig vor ihm, und wo er vorübergegangen war, wurde geflüstert.

Der Taucher stapfte am steinigen Ufer zu Inspector Wills auf seinem Feldherrnhügel, der das Näherkommen schweigend und neidischen Blicks beobachtete. Keuchend blieb der Mann stehen und erstattete Meldung.

»Da unten ist etwas, Sir, das stimmt schon. Kann aber ehrlich nicht sagen, was es ist. Es ist in eine große Kunststoffplane eingewickelt, die mit einem Seil zusammengebunden und mit einem Gegenstand wie einem großen Stein beschwert worden ist.«

»In welchem Abschnitt des Sees genau?«, fragte Hetty. »Ich bin gerade erst eingetroffen. Ich konnte nicht sehen, wo Sie gesucht haben.«

Der Taucher sah sie an und grinste. Nicht einmal unter den grausigsten Umständen war er unempfänglich für die Reize eines hübschen Mädchens. Er wandte sich um und zeigte auf den schmalen länglichen See. »Da vorn, etwa dort, wo Coniston Old Man über dem Wasser aufragt.«

Hetty kannte den Hügel, auf den er deutete und der so genannt wurde, weil jemand einmal gemeint hatte, sein Umriss erinnere an einen schlafenden Mann, der auf dem Rücken lag.

Das Grinsen des Tauchers war von Wills nicht unbemerkt geblieben. »Was ist mit der Hand?«, fuhr er ihn an.

Der Taucher sah angemessen kleinlaut drein. »Konnte mir

nicht sicher sein, Sir. Da ragte schon etwas raus. Könnte ein Teil einer Hand gewesen sein.«

»Können Sie das ganze Bündel ohne weiteres Gerät aus dem Wasser holen?«

»Das nehme ich schon an, Sir.«

»Dann tun Sie es!«, befahl Wills.

Der Froschmann watete schwerfällig zu den anderen Mitgliedern seines Teams zurück. Inspector Wills ließ sich endlich herab, von seiner Erhebung zu treten und den blassen Blick auf seine Untergebene zu richten.

»Schöner Tag, Farrell«, sagte er. »Ich hatte gehofft, ich könnte angeln gehen.« Er musterte ihre praktische Kleidung. »Sie, nehme ich an, wollten in den Fells wandern?« Er wartete ihre Antwort nicht ab, sondern sah noch missmutiger drein. »Vermutlich kann man das hier auch als Angeln bezeichnen, in gewisser Weise wenigstens.«

Die Aktivität am Ufer hatte zugenommen, und das Motorboot fuhr brüllend davon und hinterließ zwei schäumende Linien.

Hetty gab sich alle Mühe, genauso geschäftsmäßig kühl zu erscheinen wie der Inspector, aber Vorfälle dieser Art sagten ihr nicht zu. Von Zeit zu Zeit fanden Taucher, Angler, Jacht- und Windsurfing-Begeisterte etwas in den Seen. Manchmal waren diese Funde harmlos und hätten nur nicht dort ins Wasser gehört, wo sie eben waren, aber gelegentlich war die Entdeckung düsterer Natur.

An diesem Morgen hatte ein Mann in einem recht erregten Zustand die Polizei angerufen, um zu melden, dass er ein merkwürdiges Objekt auf dem Seegrund gefunden habe.

»Ich glaube«, hatte er gekeucht, »es könnte eine Leiche sein!«

Und darum waren sie alle hier – das Unterwassersuchteam, Leute vom Criminal Investigaton Department, kurz CID, sowie uniformierte Beamte – und wimmelten an diesem schönen Samstagmorgen umher, ohne auf die wundervolle Umgebung zu achten. Dass sie wegen Personalknappheit gezwungen waren, ihr freies Wochenende aufzugeben, rechtfertigte die schlechte Laune des Inspectors ohne Weiteres. Hetty war darüber auch nicht allzu begeistert.

»Es könnte eine Leiche sein«, gab Wills in zynischem Ton ihre Gedanken wieder, »vielleicht aber auch eine altmodische Lampe oder irgendwelche Gartenabfälle. Fragen Sie mich nicht, weshalb die Leute so etwas immer wieder in die Seen werfen. Man sollte ja meinen, die Umstände, die sie sich machen, um ihren Müll loszuwerden, überstiegen jede Vernunft. Ich persönlich denke, sie tun es, um unbequem zu sein.«

Hetty nickte beipflichtend. »Wer hat es gefunden?«

Wills seufzte, zeigte auf die zusammengekauerte Gestalt des einsamen Froschmanns am Ufer und bestätigte damit ihre Vermutung. »Dieser Bursche. Woodley heißt er. Gehen Sie mal zu ihm und lassen sich die Geschichte erzählen. Und glauben Sie mir, wenn wir das Ding an Land bringen, dann war es den ganzen Aufwand hoffentlich wert. Vor allem meinen ausgefallenen Angeltrip!«

Entschlossen setzte er sich zum Steg hin in Bewegung.

Hetty kehrte zu ihrem Wagen zurück und holte die Thermosflasche, ohne die sie niemals in die spektakulären, aber einsamen Fells aufbrach, jene Hügel, die sie umgaben. Sie nahm sie mit ans Ufer und trat auf die Gestalt zu, die noch immer dasaß wie Rodins berühmte Skulptur, in eigenen Gedanken verloren.

»Mr. Woodley?« Hetty sah auf ihn hinunter. »Hätten Sie gern einen Becher Tee?«

Er blickte hoch. Er war ein recht junger Mann, sie hielt ihn für Anfang dreißig, mit einem stumpfen, aber nicht unattraktiven Gesicht, das recht rot war, vielleicht von der Aufregung, möglicherweise auch von der Temperaturänderung. Unten am Seegrund, wo er zuvor gewesen war, musste es sehr kalt sein.

Für einen Moment lang starrten seine Augen sie an, ohne sie zu sehen, dann trat ein Ausdruck in sein Gesicht, der dem von Inspector Wills beim Anblick des Fotografierenden nicht unähnlich war.

»Sind Sie eine Journalistin?«, fragte er aggressiv. »Vom Lokalblättchen? Lassen Sie mich bloß in Ruhe. Ich will jetzt mit niemandem reden.«

»Sergeant Farrell«, sagte sie. »Cumbria CID.«

Er stöhnte und barg wieder das Gesicht in den Händen. Durch die Finger hindurch murmelte er: »Das hat mir auch noch gefehlt! Eine Frau, die dämliche Fragen stellt.«

Sie hielt ihm zugute, dass er vermutlich noch unter Schock stand, aber es gab Grenzen. Gewiss musste eine junge Frau in ihrem Beruf gerade in ländlicher Umgebung noch immer hier und da mit einer Bemerkung rechnen. Heutzutage fielen sie jedoch meist gutmütig aus, und es kam nur selten vor, dass jemand echte Feindseligkeit gegen sie richtete. Dass sie nun bei diesem Mann auftrat, der zudem noch jung war, erstaunte und verärgerte sie gleichzeitig. Auf weniger persönlicher Ebene stellte sie fest, dass er seiner Redeweise nach nicht aus der Gegend stammte. Zu dieser Jahreszeit, gegen Ende des Sommers, kamen Gäste aus allen Teilen Großbritanniens in den Lake District, und sogar von Übersee. Daher musste der Umstand, dass er fremd war, nichts zu bedeuten haben.

»Falls Sie die Person sind, die den Fund eines verdächtigen Objekts am Seeboden gemeldet hat, müssen Sie doch mit einigen Fragen gerechnet haben, Mr. Woodley. Wollen Sie sagen, dass Sie das Gefühl haben, einer Befragung im Augenblick nicht gewachsen zu sein?« Hetty lächelte ihm mitfühlend zu, aber in ihren grauen Augen stand ein streitlustiges Funkeln.

Vielleicht war er es gewohnt, die Lage im Griff zu haben, statt von anderen gelenkt zu werden, und er reagierte, wie sie es erwartet hatte.

Er nahm die Hände vom Gesicht und blinzelte zu ihr hoch. Hetty hatte den Verdacht, dass ihm vollkommen klar war, wie sie vorsätzlich seine Kooperation zu einer Frage seiner Mannesehre gemacht hatte. Er hatte jedoch nicht die Absicht, wie ein Schwächling zu wirken.

Er setzte sich auf. »Ich beantworte jede Frage, die Sie stellen wollen. Sie sagten, Sie hätten Tee?«

Hetty füllte den Schraubbecher und reichte ihm das dampfende Getränk. Während er es trank, musterte sie seine Hände: wohlgeformt, stark, gute Maniküre. Sie stufte ihn als Mitglied des gehobenen Managements oder jemanden mit Finanzverantwortung ein. Er mochte seine Freizeit an der frischen Luft verbringen, aber er arbeitete in geschlossenen Räumen mit einigem Komfort.

»Viel gibt es nicht, was ich Ihnen sagen könnte.« Er hatte bereits seine Haltung wiedererlangt und sprach in einer knappen, entschiedenen Weise. Woodley hatte unter echtem Schock gestanden, aber nun hatte er sich erholt. Da er unten am Seegrund ein übles Erlebnis gehabt hatte, attestierte Hetty ihm im Stillen einiges an Widerstandskraft.

»Sagen Sie mir bitte, wer Sie sind und wie es kommt, dass Sie heute hier getaucht haben?« Sie setzte sich auf das dürre trockene Gras, zückte ihr Notizbuch und stützte die Arme auf ihre gebeugten Knie.

Er lachte kurz auf. »Es heißt ja, es ist ein schlechtes Zeichen, wenn die Polizisten anfangen, jünger auszusehen. Ich weiß nicht, was es bedeutet, wenn sie hübscher sind.«

Ihr Lächeln musste erstarrt sein, denn er fügte hinzu: »Schon gut, schon gut! Sehen Sie mich nicht so an. Ich bin nicht sexistisch, nur taktlos.« Er brachte ein schiefes Grinsen hervor. »Sie werden mir doch nicht irgendetwas vorwerfen, oder? Sie sehen aus, als wollten Sie mir gleich meine Rechte vorlesen.«

»Vielleicht, dass Sie meine Zeit verschwenden, wenn Sie so weitermachen, Mr. Woodley.« Sie lächelte, während sie es sagte, aber ihr Tonfall ließ ihn wissen, dass sie nicht bereit war, sich noch mehr Unsinn in diesem Tenor gefallen zu lassen.

Er zog die Schultern zusammen, als er es begriff. »Ich heiße Ned Woodley. Ich habe einen langweiligen Job in London. Bei der kleinsten Gelegenheit lasse ich das alles hinter mir, wie man so sagt. Mein Patenonkel wohnt in der Gegend. Er heißt Felix Crowe. Ich wohne bei ihm.«

Er zeigte hinter sich zum Seeufer. »Sein Haus wird Stoney How genannt. Von hier aus können Sie es nicht sehen, aber wenn Sie auf dem Wasser sind, erkennen Sie ganz knapp seine Schornsteine.«

»Ich kenne es«, rief Hetty aus. »Oder eher weiß ich davon. Es ist ein Staatsmannshaus. Ich bin noch nie drin gewesen.«

Der Begriff des Staatsmannshauses, der im Lake District gebräuchlich war, hatte nichts mit Diplomatie zu tun. In früheren Zeiten war ein Staatsmann ein wohlhabender Bauer gewesen, ein Gutsherr von beträchtlichem Einfluss in der Gemeinde. Einige der großflächigen Häuser, in denen ein Staatsmann mit seiner umfangreichen Familie gelebt hatte, standen noch und waren von erheblichem historischem Wert. Tatsächlich eines zu besitzen und darin zu wohnen … Hetty betrachtete Woodleys Patenonkel mit einer Mischung aus Respekt und Neid.

»Kommen Sie vorbei und besuchen Sie mich, wann immer Sie wollen.« Seinem Angebot fügte Ned mit einem weiteren schiefen Grinsen hinzu: »Obwohl nach dieser Sache wohl mehr Polizisten vor meiner Tür stehen werden, als ich gebrauchen kann – der Tür meines Onkels, meine ich.«

»Vielleicht stehe ich ja vor der Tür«, entgegnete Hetty ungestüm. »Eine Einladung auf Stoney How lasse ich mir nicht entgehen.« Sie erinnerte sich, dass sie eigentlich hier war, um Neds Schilderung des Hergangs zu erfahren. Sie notierte sich alles, was er bisher ausgesagt hatte. »Kann ich Ihre Telefonnummer haben? Auch Ihre Durchwahl an Ihrem Arbeitsplatz in London?«

»Wozu brauchen Sie die?« Er sah bestürzt aus.

»Eventuell müssen wir noch einmal mit Ihnen sprechen, nachdem Sie die Grafschaft verlassen haben.«

»Verstehe.« Er wirkte noch immer unbehaglich, hob aber eine Reisetasche aus Segeltuch auf, die neben ihm auf dem Boden stand. »Einer Ihrer Streifenbeamten hat sie mir aus dem Auto geholt. Ich habe hier alles Mögliche drin, da müsste sich auch eine Geschäftskarte finden lassen.«

Er war also ein Mann, der sogar an einem Wochenende im Grünen seine Visitenkarten dabeihatte. Er durfte es nicht erfahren, aber unversehens hatte er eine ganze Menge alter Erinnerungen in ihr wachgerufen.

Auch sie hatte einmal in der City von London gearbeitet, eine ehrgeizige Senkrechtstarterin wie viele andere. Eines Morgens allerdings war ihr, als sie eingezwängt in einem Pendlerzug stand, die Erkenntnis gekommen, dass sie ihr Leben so nicht verbringen wollte: am Morgen verspätet im Zug zu stehen, und das unzählige Male in absehbarer Zukunft. Sie war ausgebrochen und hatte sich bei der Polizei beworben. Familie, Freundeskreis und Kollegen waren fassungslos gewesen. An die Neckereien wollte sie gar nicht zurückdenken, die komischen Abschiedskarten mit rotnasigen Bobbys. Die Party, bei der ein improvisierter Bürochor »A Policeman's Lot Is Not a Happy One« gesungen hatte.

Aber ihr Los war gegen alle Aussichten durchaus glücklich. Allerdings konnten Tage wie dieser, an denen die grimmige Realität sie einholte, schon einen Schatten über alles werfen.

»Bitte.« Ned Woodley reichte ihr eine kleine beigefarbene Karte und riss sie damit abrupt in die Gegenwart zurück.

»Danke sehr.« Hetty nahm sie entgegen und las, dass er für eine Versicherungsgesellschaft tätig war. Vielleicht war seine Arbeit wirklich so langweilig, wie er behauptete. Sie schob sich die Visitenkarte in die Tasche. »Gut, also sind Sie hergekommen, um zu tauchen? Ist das Ihr Hobby?«

Er nickte. »Ich habe hier nicht ernsthaft getaucht, sondern nur meine neue Ausrüstung getestet. Am Grund des Sees entdeckte ich dann eine Art Mulde. Aus Neugier bin ich hingeschwommen und fand dort eine unangenehme Überraschung vor.« Ned trank den Teebecher leer. »Hätten Sie vielleicht noch mehr davon?« Er klang nun menschlicher. Vielleicht war noch ein Rest vom Schock vorhanden.

Sie goss ihm nach. »Bitte sehr.« Er musste ein guter, erfahrener Taucher sein, überlegte sie. Auf jeden Fall sehr fit. Verstohlen musterte sie ihn erneut und korrigierte ihre erste Meinung. Niemand, der fünf Tage in der Woche an einen Schreibtisch gekettet war, konnte sich ohne beträchtliche Anstrengung so fit halten. Allmählich warf Mr. Woodley einige Fragen auf.

»Den Stein habe ich zuerst gesehen«, berichtete er. »Er kam mir ungewöhnlich vor, kein Felsbrocken, sondern etwas Behauenes. Das war schon seltsam genug. Zuerst hielt ich es für ein Spiel des Lichts, eine optische Täuschung. Dann fragte ich mich, ob ich über irgendein archäologisches Wunder gestolpert sei. Ich sah genauer hin und erkannte, dass der Stein an ein großes Plastikbündel gebunden war, anscheinend zum Beschweren. In dem Moment bekam ich ein schlechtes Gefühl. Ich hätte fast den Schwanz eingezogen, wäre weggeschwommen und hätte das Ding in Ruhe gelassen, wenn ich ehrlich bin, aber dann sah ich die Hand …«

Mit einer übergenauen Bewegung setzte er den Trinkbecher ab. »Sie ragte aus einem Riss im Plastik.«

Anderthalb Stunden erforderte es, den Fund vom Seegrund zu heben, und weitere vierzig Minuten, ihn an Land zu schaffen. Die Menge hatte sich mittlerweile verstreut, und blau-weißes Flatterband sperrte den Uferbereich ab und verhinderte den Zugang Unbefugter.

Der Fund lag auf dem Kies. Unregelmäßig geformt war er, lang und schmal, in glänzendes schwarzes Plastik gewickelt und oben und unten jeweils mit Seil zugeschnürt, fast wie ein Knallbonbon. Ein Ende war um den »Stein« gebunden, der sich, nachdem er ans Ufer gebracht worden war, überraschenderweise als eine Zierurne erwies, wie man sie in architektonischen Gärten aufstellte.

Sie umstanden das Paket. Ned Woodley hatte seine Fassung zurückgewonnen und den Taucheranzug durch Jeans und ein Sweatshirt aus seiner Leinentasche ersetzt. Er wirkte nun jünger, noch keine dreißig. Er sah auch besser aus. Das, dachte Hetty gereizt, war jedoch ohne Bedeutung. Es war eine Polizeiangelegenheit, und eine ernste noch dazu.

»Da!«, rief Ned und deutete auf den Fund.

Sie sahen alle hin. Aus einem Riss im schwarzen Plastik ragte etwas, das bemerkenswert an Fingerspitzen erinnerte. Schweigen senkte sich über die Gruppe. Hetty wappnete sich für ein unangenehmes Erlebnis.

Eine Autohupe zerriss die Stille mit ihrem Misston. Sie kündigte einen Neuankömmling in einem Tweedanzug an, der mit einem schwarzen Koffer in der Hand am Ufer entlang auf sie zukam.

»Bin ich rechtzeitig?«, wollte er mit deutlichem schottischem Akzent wissen, als er sie erreichte. »Einen guten Tag, Wills! Das da?« Er nickte zu dem Paket am Boden.

»Wer ist das?«, wandte sich Ned flüsternd an Hetty.

»Dr. Harris, der gekommen ist, um zu bekunden … äh, Sie wissen schon, dass es tot ist … wenn es das ist, was in der Plane ist …« Sie riss sich zusammen und fügte ernst hinzu: »Routine!«

»Aber kaum nötig«, entgegnete Ned unfreundlich. »Nachdem es, an eine Steinvase gebunden, eine Weile da unten gelegen hat, wird es kaum aufspringen und Hornpipe tanzen.«

»Wir versuchen unter diesen Umständen immer«, tadelte sie ihn, »ein wenig Respekt zu zeigen.«

Er hatte den Anstand, ein zerknirschtes Gesicht zu ziehen.

»Dann wollen wir doch mal sehen!« Bradley Wills übernahm

das Kommando. Die Seile wurden entfernt, und die Plastikplane wurde aufgeschlagen. Wasser lief ihnen als dünne Rinnsale um die Füße. Sie sahen viel Schlamm und einige kleinere Steine. Dazwischen lag ein Körper, ihren vereinten Blicken preisgegeben. Niemand sagte ein Wort.

Dr. Harris beugte sich ernst über die reglose Gestalt. »Ich verstehe.« Sein schottisches Schnarren wurde noch prononcierter. »Und um meine medizinische Meinung *dazu* abzugeben, bin ich unter großen persönlichen Umständen hergefahren, ja? Ganz zu schweigen davon, dass ich das Tempolimit überschritten habe, um rechtzeitig anzukommen?«

Er klopfte dem Untersuchungsgegenstand auf die Brust. »Als professionelle Meinung würde ich äußern, dass der fragliche Körper aus Plastik besteht und eine Art Modellpuppe ist. Zuletzt gesehen wurde sie vermutlich in einem Schaufenster, wo sie die neueste Herrenmode zur Schau stellte. Man könnte wohl sagen, dass sie tot sei. Mit Sicherheit hat sie niemals gelebt!«

Wieder setzte Schweigen ein. Bradley Wills hob die blutunterlaufenen Augen und fixierte damit Ned Woodley. Als er sprach, war seine Stimme sehr leise, aber niemand hätte auch nur eine Silbe überhören können.

»Hält das zufälligerweise irgendjemand für komisch?«

»Ich wusste es nicht. Woher hätte ich es wissen sollen?«, rechtfertigte sich Ned Woodley zum fünften oder sechsten Mal. »Das Licht ist in dieser Tiefe sehr schlecht. Ich hatte eine Unterwassertaschenlampe, aber das ist nicht das Gleiche, wie wenn man etwas im Tageslicht betrachtet. Das trübe Wasser täuscht einen leicht. Das Bündel war an der Steinvase festgebunden, ich konnte die Finger sehen, die herausguckten, und ich hatte überhaupt keinen Grund anzunehmen, dass es keine Leiche war. Ich wollte nicht daran herumpfuschen, indem ich mich vergewisserte. Ich habe getan, was jeder andere auch getan hätte: Ich bin weggeschwommen, so schnell, dass ich mich bestimmt für die nächste Olympiade qualifiziert habe. Ich ging an Land und rief die Polizei, wie man es als ehrlicher Bürger tut. Was hätten Sie denn erwartet?«

»Jaja, Mr. Woodley«, sagte Inspector Wills. Er hielt dessen Visitenkarte zwischen den Fingern und klopfte gereizt mit einer Ecke davon auf den Schreibtisch. »Ich glaube nicht, dass wir Sie heute noch länger belästigen müssen.«

»Dann kann ich nach Hause gehen?«

»Sobald Sie Ihre Aussage unterschrieben haben, Mr. Woodley. Führen Sie den Gentleman hinaus, wenn Sie so gut wären, Sergeant.«

Hetty und Ned Woodley stiegen die Treppe schweigend hinunter und gingen zum Parkplatz, wo Ned seinen Range Rover abgestellt hatte.

»Fühlen Sie sich nicht schlecht deswegen«, riet sie ihm. »Sie haben alles richtig gemacht.«

»Ich bin ein Trottel«, knurrte er.

»Nun hören Sie aber mal! Sie hatten recht, und es war ein menschlicher Körper – nur eben kein echter. Seien wir doch ehrlich, wir wollen überhaupt keine Leiche in diesem oder irgendeinem anderen See finden. Die Anstrengungen heute kosteten Schweiß und Geld, aber so ist das eben.«

Er betrachtete sie, während sie sprach, und sah noch immer finster drein. »Das sagen Sie mir jetzt. Sobald ich fort bin, gehen Sie wieder hinein und schließen sich den anderen an, die sich vor Lachen über mich am Boden wälzen.«

»Glauben Sie mir«, versicherte Hetty ihm, »Inspector Wills hat sich noch nie lachend am Boden gewälzt. Man weiß von ihm, dass er an Weihnachten müde lächelt.«

Ned schwieg, dann lachte er rau und entschieden anziehend. »Danke, dass Sie so anständig damit umgehen. Wenn Sie Stoney How noch immer besichtigen wollen, dann kommen Sie doch irgendwann in der kommenden Woche vorbei. Ich bin bis Freitag hier.«

»Sie machen richtig Urlaub?« Sie war überrascht. »Ich hatte den Eindruck, Sie wären nur übers Wochenende hergekommen.«

Er wirkte ein wenig verlegen. »Ich hatte noch Resturlaub, Sie wissen, wie das ist.«

»Ich habe mein Wochenende verloren«, seufzte sie.

Er verfiel wieder in Bestürzung. »Und das war meine Schuld. Sie müssen gleich morgen nach Stoney How kommen! Besuchen Sie mich zum Mittagessen!«

Sie war in Versuchung und ein wenig erstaunt, dass er sich an das Interesse erinnerte, das sie ausgesprochen hatte.

»Was ist denn mit Ihrem Onkel?«, fragte Hetty voller Zweifel. »Stört es ihn denn nicht, wenn Sie verirrtes Polizeipersonal an seinen Tisch bitten?«

»Er wird sich freuen.« Ned schaute sich auf dem Parkplatz um. »Äh, wo ist das denn jetzt alles?«

»Wo ist was alles?«

»Dieses Ding, diese Schaufensterpuppe und die Steinvase.«

»Ich bin mir nicht sicher. Irgendwo in einer Polizeiwerkstatt, würde ich meinen. Wir versuchen herauszufinden, wo es herkommt. Wir haben wirklich nicht viel Verständnis, wenn die Leute ihren Müll in die Landschaft schmeißen oder in unsere Seen.«

Beiläufig fragte Ned: »Wenn Sie herausfinden, woher es stammt, könnten Sie es mich wissen lassen? Ich meine, ich wüsste es gern, nach dem Schrecken, den wir hatten, und dem Ärger, den es uns allen gemacht hat.«

Hetty dachte darüber nach. »Das nehme ich schon an. Es ist aber höchst unwahrscheinlich, dass wir es herausfinden.«

Er zögerte und lächelte. »Gut, dann sehen wir uns morgen!«

Hetty blickte dem Range Rover hinterher, wie er den Polizeiparkplatz verließ. Ein leises Runzeln zog ihr über die Stirn, als das Fahrzeug aus ihrer Sicht verschwand, und sie strich eine rebellische braune Haarlocke zurück.

Inspector Wills wandte sich vom Fenster ab, als sie wieder in sein Büro kam. »Fährt nach London zurück, der Bursche?« Sein Tonfall deutete darauf hin, dass Ned noch nicht vergeben war, Bradley um seinen Angeltrip gebracht zu haben.

»Er bleibt noch ein paar Tage, glaube ich.« Sie zögerte und entschied, die Einladung zum Mittagessen auf Stoney How nicht zu erwähnen.

Wie sich zeigte, war es eine kluge Entscheidung. Inspector Wills verzog die Lippen zu einem stummen Fauchen. »Ich traue dem jungen Kerl noch immer nicht. Gut möglich, dass er es wegen einer Wette gemacht hat.«

»Ach, kommen Sie schon …«, begann Hetty.

»Kümmern Sie sich darum, Sergeant!«

»Jawohl, Sir.« Hetty nahm Woodleys Visitenkarte vom Schreibtisch und zog sich von der erlauchten Erscheinung ins Großraumbüro zurück.

Dort fragte sie: »Wer weiß, wo die Schaufensterpuppe und die Urne aufbewahrt werden?«

Kurze Zeit darauf war sie in einer Werkstatt, ganz wie sie es Ned gegenüber vermutet hatte, und musterte die Puppe, die auf einem aufgebockten Tisch lag. Die Urne stand daneben auf dem Fußboden. Die Plastikplane, die um die Schaufensterpuppe gehüllt gewesen war, lag zusammengefaltet in der Nähe, bei den Seilen, die man ordentlich aufgerollt hatte. Irgendwann zwischen ihrer Offenbarung am Seeufer und dem Moment, als sie schändlich hier abgeladen worden war, hatte die Puppe den Namen »George« erhalten. Niemand schien zu wissen, wer sie getauft hatte, aber ihr Freund aus dem Wasser hieß nun George.

Hetty schaute sich die Puppe an. Sie war lebensgroß und hatte künstliche, aber lebensecht aussehende Haare und weiche Wimpern. Sie berührte sie. Die Gliedmaßen waren abnehmbar und hatten Gelenke, damit George in einem Schaufenster so positioniert werden konnte, dass er die Blicke auf sich zog. Die Oberfläche glänzte weder noch sah sie offensichtlich nach Plastik aus, sondern bestand aus einem anspruchsvollen hautfarbenen Material mit einer matten Lackierung. George war sogar anständig mit billiger Baumwollunterwäsche bekleidet.

»Nehmen Sie ihm die Fingerabdrücke ab, Sarge?«, spöttelte ein vorbeigehender Streifenwagenfahrer.

Hetty ignorierte ihn. »Na gut, George!«, sprach sie die Schaufensterpuppe an. »Wenn du mir nachsiehst, dass ich so frei bin …«

Doch an der Unterwäsche fand sich kein Herstelleretikett, das sie vielleicht zu einer bestimmten Ladenkette geführt hätte. George selbst stammte einem Stempel in seinem Nacken nach aus Korea. Aber auch dort nahm kein Hersteller ihn namentlich in Anspruch.

Hetty seufzte. Solch eine Puppe war nicht billig, sie musste eine Menge Geld kosten. Nur die besseren Geschäfte hätten jemanden wie George im Schaufenster stehen. Sie konnte sich nicht vorstellen, dass ein Kleinstadtladen solch eine anspruchsvolle Schaufensterpuppe verwendete. Falls doch, würde man dort gut auf sie achtgeben. Hetty hatte wenig Lust, unbegrenzte Zeit darauf zu verwenden, in den umgebenden größeren Ortschaften von Geschäft zu Geschäft zu ziehen. Falls die Puppe gestohlen worden war, lag hoffentlich eine Anzeige vor.

Aber warum, um alles in der Welt, sollte jemand sie in den See werfen? Hetty betrachtete die Schaufensterpuppe mit unzufriedenem Blick. Aus einem anderen Grund als einem Streich oder vielleicht wegen einer Wette? Aber wenn es so war, hätte der Übeltäter sich doch nicht die Mühe gemacht, sie an die

Steinvase zu binden? Ein Scherz war kein Scherz, wenn niemand davon wusste, und ein Bündel am Grund eines Sees hatte nur geringe Aussichten, gefunden zu werden. Dass Ned sie entdeckt hatte, war pures Glück gewesen. Sie glaubte nicht, ganz egal, was Bradley Wills annahm, dass Ned sich solche Arbeit gemacht hätte, nur um der Polizei einen albernen Streich zu spielen.

Sie wandte sich der Urne zu. Sie war mit kunstvollen Mustern verziert, konnte also auch nicht ganz billig gewesen sein. Dass teurer Gartenschmuck gestohlen wurde, kam nicht gerade selten vor, und der Verlust der Urne konnte ebenfalls angezeigt worden sein.

Hetty verbrachte den Rest des Samstagnachmittags damit, die Anzeigen nach gestohlenem Gartenmobiliar und Gartenzierrat durchzugehen. Von der Erkenntnis abgesehen, dass es im Lake District offenbar einen aktiven Gartenzwergentführer gab, zog sie eine Niete. Mithilfe der Gelben Seiten rief sie die größeren Geschäfte in den umliegenden Ortschaften an. Die meisten wussten es nicht zu schätzen, am Samstagnachmittag wegen einer verschwundenen Schaufensterpuppe gestört zu werden, und niemand hatte eine solche verloren.

»Zeit, nach Hause zu gehen«, sagte sie sich.

Auf dem Korridor begegnete sie Inspector Wills, der ebenfalls Feierabend machte.

»Ich hoffe sehr«, verkündete er, »dass wenigstens mein Sonntag ungestört bleibt! Ich lege morgen im Garten einen Fischteich an.«

Er ging weiter seines Wegs, ohne zu bemerken, dass sein Sergeant auf der Stelle stehen geblieben war.

Die dicke Plastikplane, in welche jemand die Schaufensterpuppe eingewickelt hatte, war von der Sorte, mit der man Gartenteiche auskleidete! Das und die Urne deuteten zusammen auf ein Gartencenter hin.

»Warum ist mir das nicht gleich eingefallen?«, fragte sie sich.

Der Sonntagmorgen fand Hetty früh auf den Beinen und munter vor. Der Tag war schön, mit sauberer, knackig-kalter Luft. Überall ringsumher erhoben sich majestätisch und wild die Bergrücken der Fells. Von Zeit zu Zeit führte die Straße durch kleine Wälder; die steilen Hänge waren am unteren Ende begrast, doch je höher es ging, desto kahler wurden sie, bedeckt mit trockenem braunem Farn, hervortretendem Fels und Schiefer. Schafe mit schwarzen Gesichtern und langen Schwänzen betrachteten sie gleichmütig, wenn sie vorbeirauschte. Davon abgesehen sah sie nur Wanderer und Fahrradfahrer. Sie hatte sich am Abend zuvor eine Liste nahe gelegener Gartencenter angelegt und war zum größten davon unterwegs.

Gartencenter hatten an Sonntagen ziemlich viel zu tun, bemerkte Hetty mit einiger Bestürzung. Der Parkplatz war voll. Ganze Familien mit Kindern waren hier. Einige Kunden schoben Einkaufswagen vor sich her, die das Center zur Verfügung stellte, und waren offenbar entschlossen, sie mit Gartenpflanzen und -schmuck jeder Art zu füllen. Um emsige Verkäufer mit ihren Fragen zu behelligen, war es der falsche Morgen.

Als Erstes ging Hetty zu den Statuen. Sie fand steinerne Vogeltische und Vogelbäder, griechische Göttinnen, die an pummeligen Putten lehnten. Sie sah anmutige Reiher aus Blei und quadratische und runde Vasen und Töpfe aus der griechischen Antike und dem Rokoko. Alle waren, wie Hetty den Preisschildern entnahm, teuer, aber nichts glich exakt der Urne, die sie aus dem See gefischt hatten. Wenn man sich solchen Zierrat nicht leisten konnte, gab es auch billigere Versionen aus Plastik, die ihren steinernen Vorbildern zum Teil verblüffend ähnlich sahen. Und dort suchte sich, staksig wie ein watender Vogel, niemand anderer seinen Weg als Bradley Wills mit einer karierten Mütze, einem Pullover, Thermoweste und schäbiger Cordhose.

Hetty sah den Inspector gerade noch rechtzeitig und verzog sich in eine andere Abteilung. Sie fand eine große Rolle von der

Plastikplane und fragte nach dem Absatz in letzter Zeit. Davon verkauften sie eine Menge, erfuhr sie. Sich an einen bestimmten Verkauf zu erinnern sei so gut wie unmöglich, solange daran nichts Ungewöhnliches gewesen sei, wie eine große Menge zum Beispiel. Der Verkäufer war widerspenstig und konnte nur dadurch zum Reden gebracht werden, dass Hetty ihm ihren Dienstausweis unter die Nase hielt. Daraufhin wurde er abwehrend und fragte, ob das zu bedeuten habe, dass er sich durch Kassenrollen und Kreditkartenquittungen kämpfen müsse. Nichts, was geschehen war, hätte solch einen drastischen Schritt gerechtfertigt, also konnte Hetty ihn beruhigen.

Die Zeit verrann, und sie musste um halb eins auf Stoney How sein. Sie zog sich zum Ausgang zurück.

»Farrell? Ich wusste nicht, dass Sie sich fürs Gärtnern interessieren.«

Ihr sank das Herz. Dort an der Kasse stand Bradley Wills, mit einem schrillbunten Plastikreiher unter dem Arm. Er stellte den Vogel neben sich auf die Theke, und als Hetty sie nebeneinander sah, fiel ihr eine gespenstische Ähnlichkeit zwischen beiden auf.

Sie schluckte. »Eigentlich nicht. Ich … äh …« Wills hatte deutlich gemacht, dass er am Sonntag nicht mit Dienstangelegenheiten behelligt werden wolle. Auf einem Stand in der Nähe wurden Alpenveilchen angeboten. Hetty nahm sich eins davon. »Ich bin zum Mittagessen eingeladen und wollte vorher noch ein kleines Mitbringsel besorgen.«

»Eine Zyklame?« Wills nickte anerkennend. »Sehr passend.«

Stoney How lag am Ende eines Weges, der von der Hauptstraße abzweigte. Der Weg war breit, aber unbefestigt bis auf eine Schicht tief in den Grund gedrückter Steine und kleiner Felsen. Früher hatten ihn regelmäßig Packesel genommen, die sicheren Schritts über die Fells zum See und einem lange nicht mehr existierenden Fähranleger gezogen waren. Die moderne Welt hatte den Verkehr woandershin umgeleitet.

Eine hohe Mauer und ein schützender Saum aus Bäumen umgaben das Haus. Hetty empfand unvermittelt einen Unwillen, geradewegs hineinzufahren, obwohl das Tor offen gelassen worden war, vielleicht sogar für sie. Sie hielt im Schatten der Umfassungsmauer, nahm das Alpenveilchen vom Beifahrersitz und stieg aus dem Wagen.

Durch das Tor betrat sie ein Grundstück, das mehr ein großer Hof war als ein Garten und damit seine bäuerischen Ursprünge verriet. Links von ihr sah sie eine neu aussehende Garage, eine notwendige Ergänzung, die leider gar nicht in ihre Umgebung passen wollte.

Rechts von ihr stand das Haus wie in einer Zeitschleife, beschattet von Bäumen. Es war weiß getüncht und hell, aber sein unregelmäßiger Grundriss, die Reste eines gezimmerten Laufgangs und die winzigen Fenster in den massiven Mauern verrieten sein Alter. Überall war es sehr ruhig.

Als sie dort stand und die Fassade betrachtete, störte abrupt lautes Gebell den Frieden. Automatisch trat sie einen Schritt zurück, denn mehr als ein Hundemaul hatte die Stimme erhoben. Nun bedauerte sie, den Wagen auf der anderen Seite der Mauer zurückgelassen zu haben. Eventuell musste sie dorthin fliehen, um in seinem Innern Schutz zu finden.

Hinter der Garage, aus den Tiefen des Gartens, die von hier aus nicht sichtbar waren, sprangen die Urheber der Unruhe hervor, ein Paar Dackel.

Der Lärm, den die beiden produzierten, stand in keinem Verhältnis zu ihrer Größe. Einer war langhaarig und kupferfarben, der andere glatthaarig und schwarz und hellbraun. Sie schossen zu Hetty, bellten entweder eine Begrüßung oder eine Warnung, sie wusste es nicht zu sagen.

»Hallo!«, rief sie ihnen ermutigend zu, worauf sie sich ein

Stück zurückzogen, aber erbittert weiterbellten. Am anderen Ende wackelten allerdings zögernd die Schwänze. Die Ohren waren gespitzt. Die Neugierde gewann die Oberhand.

»Sie beißen nicht oder so!«, rief eine klare Stimme.

Ein Mädchen von etwa zehn Jahren war im Kielwasser der Hunde um die Ecke der Garage gekommen. Sie hatte leuchtend rote Locken und trug eine Latzhose und purpurne Stiefel. »Copper! Jo-Jo!«, brüllte sie im Befehlston.

Die Dackel verstummten und eilten mit nunmehr hektisch wedelnden Schweifen zu Hetty und beschnüffelten die Schuhe des Neuankömmlings. Das Mädchen sah Hetty offen an.

»Ich bin Freddy«, sagte es. »Wer sind Sie?«

»Hetty Farrell.« Sie zögerte und kam sich dumm vor. Sie hatte angenommen, sie würde erwartet. Ned hatte die Einladung beiläufig ausgesprochen, dabei war er nicht einmal der Eigentümer von Stoney How, sondern nur ein Hausgast.

»Sind Sie die neueste Freundin meines Bruders?«, fragte das Mädchen laut. Sein Blick wanderte über Hetty und musterte kritisch jedes Detail ihres Äußeren.

»Ich bin mir nicht sicher, ob ich deinen Bruder …«, setzte Hetty an.

Die Haustür öffnete sich, und Ned kam heraus. »Habe ich doch richtig gehört! Die Schurken schlagen ihren üblichen Krach. Freut mich, dass Sie hergefunden haben, Miss Farrell, oder Sergeant oder wie auch immer. Ihren Vornamen kenne ich gar nicht, fürchte ich.«

»Sie heißt Hetty«, meinte Freddy. »Das hat sie gerade gesagt, und sie hat auch gesagt, dass sie dich gar nicht kennt.« Ihr ernster Blick kehrte zu der Besucherin zurück.

»So habe ich das nicht gesagt«, verteidigte sich Hetty. »Ich sagte, ich sei mir nicht sicher. Ich wusste nicht, dass er dein Bruder ist.«

»Woher auch?«, warf Ned ein. »Das also, fürchte ich, ist

meine Schwester Freddy. Sie müssen sie entschuldigen.« Während er sprach, zerzauste er dem Mädchen liebevoll das Haar und nahm seinen Worten damit jede Kritik.

»Also«, meldete sich Freddy ungeduldig, »ist sie jetzt deine neue Freundin oder nicht?«

»Nicht!«, riefen Hetty und Ned gleichzeitig.

Freddy sah milde angeekelt drein und lief ins Haus; die Hunde folgten ihr auf dem Fuße.

»Ist Ihre ganze Familie hier?«, fragte Hetty; die Aussicht darauf machte sie beklommen.

»Himmel, nein. Zwischen meiner Schwester und mir klafft eine ziemliche Alterslücke, wie Sie sehen. Ihre Mutter ist Dads zweite Frau. Sie ist Schauspielerin und im Moment bei den Proben, daher kann sie sich nicht um ihr Kind kümmern. Freddy geht in der nächsten Woche Gott sei Dank wieder zur Schule, aber sie verbringt fast die ganzen Sommerferien hier bei Felix. Sie kommt gut mit ihm aus, und er stört sich nicht daran, wenn sie das ganze Haus auf den Kopf stellt. Er hat dadurch jemanden, den er bekochen kann.«

Ned geleitete Hetty zum Haus, während er sprach.

»Haben Sie Ihr Auto draußen gelassen? Fahren Sie es später ruhig herein. Aber kommen Sie und lernen Sie Felix kennen. Er kocht ein gewaltiges Menü zu Ihren Ehren!«

Wenigstens der Herr des Hauses hatte sie erwartet.

»Ha! Die Frau Polizistin!«

Eine gewaltige rundliche Gestalt mit weißem Bart, in eine blau gestreifte Metzgerschürze gehüllt, trat auf sie zu. Der Herr des Hauses hielt ein ziemlich gefährlich aussehendes Kochmesser in der Hand. Hetty sagte sich, dass man hier eine merkwürdige Art habe, seine Gäste zu empfangen.

»Und sie bringt ein Alpenveilchen! Wie freundlich von Ihnen, meine Liebe.«

Glücklicherweise legte er das Messer weg, bevor er versuchte, die Pflanze entgegenzunehmen und Hetty gleichzeitig die Hand zu schütteln. »Felix Crowe«, stellte er sich vor. »Ich habe für uns Huhn Marengo zubereitet, in Weißweinsauce mit Champignons und Schalotten. Das Gericht wurde von Napoleons Koch für den Kaiser persönlich kreiert. Sie haben doch keine Einwände? Gut, Ned, öffne den Wein, sei so nett. Oder würde die Dame ein Glas Sherry bevorzugen?«

Als sie durch die Haustür getreten war, hatte Hetty sich in einem langen, geraden, mit Eiche getäfelten Flur wiedergefunden. Ned führte sie in ein Zimmer mit niedriger Decke und dunkler Täfelung und den Überresten eines einstmals wuchtigen Herdes. Eine Wand nahm ein Gewürzschrank ein, in dessen Tür »1767« geschnitzt war. Aus den Tiefen des Gebäudes hörte man Freddy mit einem oder beiden Hunden schimpfen.

»Gern einen Wein«, sagte Hetty. »Ich danke Ihnen, dass ich kommen und Ihr Haus sehen durfte.«

»Normalerweise steht es nicht offen zur Besichtigung«, sagte Felix. Er setzte sich schwerfällig auf die Kante eines, wie sie hoffte, stabilen Stuhls, nahm das Messer und musterte seine Schneide. »Aber wenn jemand sich dafür interessiert und vorher anruft, führe ich eine kleine Gruppe gern herum.«

Freddy erschien in der Tür. »Weißt du noch den Pudding, den du heute Morgen gemacht hast, Onkel Felix? Also, Jo-Jo hat ihn gefressen.«

»Was!« Felix erhob sich zornig von seinem Stuhl.

»Ich hab ihn ihm wieder abgenommen«, sagte Freddy und fügte leise hinzu: »Etwas davon sieht noch ganz gut aus.«

Racheschwüre ausstoßend, stapfte Felix davon in die Küche.

»Keine Sorge«, sagte Ned zu der beunruhigten Hetty, »so was passiert in diesem Haus ständig.«

Sie entspannte sich. »Ich bin sowieso keine große Puddingesserin. Die Eichentäfelung hier sieht sehr alt aus.«

»Sie ist von sechzehnhundertirgendwas. Ich zeige Ihnen das Haus, während Felix sich in der Küche um die kulinarischen Katastrophen kümmert. Ich dachte, dass wir später, nach dem Essen, vielleicht an den See gehen. Es gibt einen Weg hinunter, der hier hinter dem Haus beginnt.«

Er lächelte sie an. Hetty erwiderte das Lächeln und überlegte mit einem Zwicken ihres Gewissens, dass Inspector Wills nichts von alledem billigen würde.

Obwohl es hinterher keinen Pudding gab, war das Mittagessen sehr nett. Felix, so viel war offensichtlich, war ein Koch, der im großen Maßstab dachte. Vermutlich war es gut so, dass es nur einen Gang gab, dachte Hetty, als sie Käse und Biskuits ablehnte.

Ein Spaziergang erschien ihr als bessere Idee denn je. Ihre Wanderschuhe fuhren stets im Auto mit, denn sie konnte nie wissen, wann sie einmal in unwegsames Gelände musste. Hetty zog sie an, und zusammen mit Ned folgte sie dem von Bäumen beschatteten Weg ans Seeufer, während Freddy und die Dackel vorauseilten.

»Lebt Ihr Vater noch?«, wagte Hetty sich vor.

»In Amerika«, antwortete er, ohne weiter darauf einzugehen.

Hetty konnte kaum nachhaken, aber sie war neugierig. Die Familie schien leicht desorganisiert zu sein.

Vielleicht erriet Ned, was ihr durch den Kopf ging, denn er fuhr fort: »Freddy hat es nicht geschadet, in so vielen Häusern gewohnt zu haben. Wenn überhaupt, hat es sie eher altklug gemacht.«

Hetty hätte vielleicht infrage gestellt, ob es wünschenswert sei, ein Kind zwischen Internat und jenen Familienangehörigen oder Freunden, die zufälligerweise gerade nichts anderes zu tun hatten, hin und her zu schieben. Sie wollte jedoch keinen Streit vom Zaun brechen, und sie war hier zu Gast.

Sie kamen zwischen den Bäumen hervor, überquerten einen in Ufernähe entlangführenden Weg und stiegen zum Seerand hinunter. Beide Hunde planschten im seichten Wasser und erinnerten mit ihrem nassen geglätteten Fell an ein Otterpaar. Freddy folgte ihnen; ihre purpurnen Stiefel waren schon durchtränkt.

»Die Sache von gestern tut mir leid«, sagte Ned. »Sie haben noch keine Spur zum Schuldigen, nehme ich an?«

»Uns liegt keine Anzeige vor, dass eine Schaufensterpuppe oder eine Vase gestohlen worden wären. Ich gebe aber nicht auf, wenigstens noch nicht.«

Er warf einen Kiesel über das Wasser. »Sie denken doch daran, es mir zu erzählen, oder? Falls Sie etwas herausfinden?« Er klang ein wenig zu beiläufig.

»Aber sicher.« Sie sah ihn neugierig an, doch er wich ihrem Blick aus, oder so kam es ihr wenigstens vor.

»Was ist das für ein Haus dort unten?« Sie zeigte nach vorn.

»Greywalls«, sagte er knapp. Nach kurzem Schweigen fügte er mit einigem Widerwillen hinzu: »Es gehört einem gewissen Erwin van Leeuwen, einer Art Einsiedler.« Ned hob die Stimme und rief: »Freddy! Pass auf die Hunde auf! Da vorn ist Röhricht!«

Das Mädchen und die Hunde waren außer Sicht. Eine Antwort gaben sie nicht.

Ned murmelte etwas vor sich hin und ging schneller. Hetty folgte ihm mit einem Gefühl von Besorgnis, das, wie sie hinterher entschied, in ihrer Polizeiausbildung wurzelte.

Das Ufer krümmte sich zu einer schmalen Landspitze. Sie folgten ihm und gelangten hinter das Röhricht. Freddy saß zu Hettys Erleichterung am Ufer, je einen Arm um eines der triefnassen Tiere gelegt. Sie wandte nicht den Kopf, als sie sich näherten, aber sie sagte mit kleiner Stimme: »Da ist was Schlimmes im Röhricht, Copper hat es gefunden. Ich weiß nicht, was es ist, doch es sieht komisch aus, und es gefällt mir nicht.«

»Was? Wo denn?« Ned wirkte besorgt. Er setzte an, zum Röhricht zu gehen, aber Hetty vertrat ihm den Weg.

»Mein Job!«, sagte sie bestimmt. Mit leiser Stimme fügte sie hinzu: »Ihre Schwester ist sehr aufgeregt. Sie sollten sich um sie kümmern. Ich werfe einen Blick darauf.«

Mit offenkundigem Widerstreben ließ er sie gehen.

Keine Menschenseele war draußen auf dem See, nicht einmal ein Ruderboot. Nebel verschleierte die Fells am anderen Ufer und erinnerte Hetty, wie rasch das Wetter in dieser Gegend umschlagen konnte. Weiter hinunter an diesem Ufer stand ein baufälliger Bootsschuppen. Er musste zu dem anderen Haus gehören, das Greywalls hieß. Das Wasser schlug sanft um die zusammengedrängten Schilfrohre. Vor ihren Füßen, wo die Hunde und Freddy getobt hatten, war es aufgewühlt und schlammig.

Hetty nahm einen durchnässten Ast vom Wasserrand und teilte damit vorsichtig das Röhricht. Zwischen ihnen hatte sich etwas Dunkles verfangen, das wie Stoff aussah.

Sie schob sich näher. Es war wirklich Stoff. Ein Hosenbein.

»Oh nein«, murmelte Hetty.

Bradley Wills' Pläne für das Wochenende und ihre eigenen auch waren wahrhaft zum Untergang verurteilt. Copper hatte eine Leiche gefunden, und diesmal war sie echt.

2.

Hetty kehrte zu Ned zurück, der mit seiner Schwester an Land saß und ihr den Arm um die Schulter gelegt hatte. Freddy musste erraten haben, dass etwas Unangenehmes geschehen war, aber sie stellte auffälligerweise keine Fragen.

Mit einem gemurmelten Wort des Trostes ließ Ned sie allein und kam zu Hetty, die Brauen fragend hochgezogen.

»Am besten bringen Sie Freddy zum Haus zurück«, sagte Hetty mit leiser Stimme. »Ich glaube, es ist das Gleiche, was Sie gestern gefunden haben, nur diesmal ist es echt.«

Ned wurde blass. »Sind Sie sicher?« Ohne ihre Antwort abzuwarten, versuchte er an ihr vorbei zum Röhricht zu gehen. Sie ergriff ihn am Arm.

»Nichts darf angerührt werden! Je weniger Personen das Ufer zertrampeln, desto besser. Ich habe mein Handy in der Handtasche und werde uns Hilfe rufen.«

»Konnten Sie sehen … War es ein Mann oder eine Frau?«, zischte Ned.

»Ein Mann, glaube ich. Beeilen Sie sich, Ned. Wir sollten keine Zeit vergeuden, und Freddy könnte neugierig werden.«

Er zögerte noch immer. Ihr kam es so vor, als hätte er noch weitere Fragen auf den Lippen, aber schließlich nickte er. »Ich brauche nicht lange. Ich sage Felix, er soll Freddy im Haus halten, dann komme ich so schnell wieder, wie ich kann.«

Als sie fort waren, nahm Hetty das Mobiltelefon aus der Handtasche, seufzte und meldete die Entdeckung. Zum Schluss bat sie, Inspector Wills zu verständigen, der noch in seliger Unwissenheit mit seinem Garten beschäftigt war.

Nachdem sie aufgelegt hatte, blieb noch die Umgegend vor unbefugtem Betreten zu schützen, bis die Kriminaltechniker da waren. Der Bootsschuppen fiel ihr ins Auge. Er wirkte verlassen. Wasser leckte an den Holzpfählen, und das Lamellentor, das auf den See führte, schien abgesperrt zu sein. Sie konnte das Haus namens Greywalls von hier aus nicht sehen, aber es musste gleich hinter den Bäumen stehen. Davon abgesehen war Stoney How das einzige andere Gebäude in der Nähe.

Der Lake District war ein Urlaubsgebiet, und Touristen gab es viele. Der Leichnam, der mit dem Gesicht nach unten lag, war selbst bei oberflächlicher Betrachtung eindeutig nicht für die freie Natur gekleidet. Vielmehr hatte sie den Eindruck, er habe einen Anzug getragen, nun völlig durchnässt, und sie hatte den Absatz eines einstmals eleganten Schuhs gesehen.

Hetty schob die Hand in die Tasche, und ihre Finger berührten etwas Steifes. Sie zog eine Visitenkarte heraus, Neds Visitenkarte. Sie musste sie wieder in ihre Tasche gesteckt haben, nachdem sie sie am Vortag von Wills' Schreibtisch genommen hatte.

Hetty las sie stirnrunzelnd. Mit einigem Zögern nahm sie wieder das Handy heraus. »Hallo? Sergeant Farrell noch mal. Kann jemand für mich etwas überprüfen? Es geht um folgende Firma ...« Sie nannte den Namen und eine Telefonnummer. »Ja, ich weiß, dass wir Sonntag haben, aber es ist eine Versicherungsgesellschaft. Da muss es eine Notrufnummer geben. Katastrophen ereignen sich nicht nur zu den üblichen Geschäftszeiten.«

Wer wüsste das besser als ich, dachte sie bitter. *Hier bin ich um vier Uhr nachmittags an einem schönen Sonntagnachmittag, theoretisch an meinem freien Wochenende, und was tue ich? Ich stehe herum, mit einer Leiche als Gesellschaft!*

Laut fuhr sie fort: »Ich möchte wissen, ob ein Edward Woodley noch dort beschäftigt ist, und falls möglich, was seine Aufgaben sind. Danke.«

Ned zu überprüfen gefiel ihr nicht, schon gar nicht, nachdem sie so fröhlich miteinander zu Mittag gegessen hatten. Aber vielleicht hätte sie das schon vorher erledigen sollen.

Und wieder waren sie alle da: Taucher, Polizeifotograf, Dr. Harris mit seiner kleinen schwarzen Tasche, ein echter Zirkus. Blau-weißes Absperrband riegelte den Bereich ab. Ein Elektriker war damit beschäftigt, Leuchten einzurichten, denn das Tageslicht schwand bereits. Mit dem Wagen kam man nicht an diese Stelle. Sämtliche Ausrüstung musste zu Fuß herbeigetragen werden, und niemand war in sonderlich guter Stimmung.

Ned war zurückgekehrt und sah von Weitem zu. Er wirkte besorgt, aber ungeduldig. Von dem Leichnam waren an Ort und Stelle Fotos gemacht und Messungen vorgenommen worden, nun wurde er an Land gezogen. Ned trat einen Schritt vor und versuchte etwas zu erkennen. Mehr denn je hatte Hetty den Eindruck, dass ihn nicht nur morbide Neugier antrieb. Er wollte etwas Bestimmtes ganz verzweifelt erfahren.

Bradley Wills war eingetroffen. Er trug noch immer seine schäbige Gartenhose und einen Pullover mit Löchern an beiden Ellbogen.

»Was soll das alles, Farrell? Das ist doch wohl nicht noch eine Schaufensterpuppe?« Sein Kopf am Ende des langen dünnen Halses zuckte vor wie ein zorniger Vogel, der nach ihr picken wollte.

»Fürchte nein, Sir. Diesmal ist er definitiv echt.«

Wills hatte Ned Woodley entdeckt. »Was zum Henker macht der Kerl schon wieder hier? Sagen Sie mir nicht, dass er den jetzt auch gefunden hat.«

Zeit für ein Bekenntnis, dass sie zum Mittagessen auf Stoney How gewesen war und ein Tier, das der Familie gehörte, sie zur Leiche geführt hatte.

Wills hörte mit ständig wachsendem Ärger zu, bis sie fertig war. »Kein sehr umsichtiges Verhalten, Farrell!«, knurrte er.

»Nein, Sir«, gab sie bedrückt zu.

»Was um alles in der Welt haben Sie sich dabei gedacht? Ich habe Sie angewiesen, sich mit dem Tun dieses Burschen zu befassen, aber doch nicht, sich mit ihm anzufreunden und gesellschaftlich zu verkehren! Ich glaube nach wie vor nicht, dass er gestern rein zufällig auf die Schaufensterpuppe im See gestoßen ist! Und jetzt fällt es mir schwer zu glauben, dass allein der Zufall Sie und ihn zu diesem echten Leichnam im Wasser geführt haben soll!« Wills steigerte sich in einen regelrechten Wutanfall hinein.

»Jawohl, Sir. Ich meine, nein, Sir. Ich habe veranlasst, dass die Firma, für die er arbeitet, überprüft wird, und ich hätte die Einladung zum Mittagessen nicht annehmen sollen. Bedeutet das, dass ich von dem Fall entbunden werde?«

Hetty stellte die Frage mit einiger Unruhe. Ihr war noch nie ein Fall entzogen worden, aus egal welchem Grund. Der Gedanke, dass dies nun geschehen könnte, erfüllte sie mit einer Bestürzung, die sie nur schwer kaschieren konnte.

»Das besprechen wir später. Sehen wir uns erst einmal an, was Sie hier haben. In jedem Fall haben Sie einen Mangel an Urteilsvermögen bewiesen, Farrell. Ich bin von Ihnen extrem enttäuscht.«

Hettys Gesicht glühte, aber der Inspector wurde von Dr. Harris abgelenkt, der auf ihn zutrat.

»Ich habe den Tod festgestellt. Für die Ursache brauchen wir natürlich einen Rechtsmediziner. Selbst ich kann aber sehen, dass er am Hinterkopf eine Wunde hat, die er sich unmöglich selbst zugefügt haben kann. Mir erscheint es unwahrscheinlich, dass er einfach ins Wasser gestürzt ist.«

In Hettys Handtasche klingelte das Mobiltelefon. Sie zog sich von der Menge zurück und hielt es sich ans Ohr. Was sie hörte, führte dazu, dass ihre Bestürzung zunahm, aber auch in Wut umschlug. »Danke!«, sagte sie zum Anrufer.

Sie steckte das Handy weg und ging zu der Stelle, an der Ned wartete und die Vorgänge am Wasserrand beobachtete.

»Mr. Woodley …«

Er grinste schief. »Dienstlich, was?«, fragte er. »Jetzt bin ich nicht mehr ›Ned‹?«

»Ja, es ist dienstlich. Ned, ich meine, Mr. Woodley, jemand hat sich mit Ihrem Arbeitgeber in Verbindung gesetzt.«

»Oh.« Er sah erneut und angespannter auf Bradley Wills und auf die Bahrenträger, die sich soeben bereit machten.

»Ned! Ich meine, Mr. Woodley, würden Sie sich wenigstens anhören, was ich zu sagen habe!« Er versuchte noch immer, einen Blick auf die Bahre zu erhaschen, aber die Leiche war ordnungsgemäß bedeckt worden.

Ned seufzte. »Schon gut, Hetty, ich weiß, was Sie sagen werden.«

»Ach, tatsächlich?«, fuhr sie auf. Ihr fiel es schwer zu verbergen, was sie empfand. »Sie sind nicht ganz ehrlich zu mir gewesen, und ich habe den Verdacht, dass Sie versucht haben, mich auszunutzen. Ich sollte Sie über die Fortschritte der polizeilichen Ermittlungen auf dem Laufenden halten.«

Ein sturer Ausdruck trat in sein Gesicht. »So ist das nicht … oder nicht ganz. Tut mir leid, dass Sie sich gekränkt fühlen. Ich konnte mich Ihnen nicht anvertrauen. Die Angelegenheit ist heikel. Ich muss außerordentlich vorsichtig sein, was ich in der Öffentlichkeit sage.«

»Jetzt hören Sie aber auf!«, rief sie. »Ich bin Polizistin. Mit mir zu sprechen ist nicht das Gleiche, wie mit irgendjemandem zu reden.«

»Wie kommt es nur«, fragte er wehmütig, »dass ich die größten Schwierigkeiten habe, Sie als Polizistin zu sehen?«

»Dann fangen Sie besser an zu üben!«, lautete ihre unfreundliche Antwort. »Ihnen sollte klar sein, dass ich genau weiß, wie man mit heiklen Informationen umgeht. Sie haben mich in eine höchst unangenehme Lage gebracht, Ned, und das ist noch gelinde ausgedrückt.« Sich vorzunehmen, ihn nur »Mr. Woodley« zu nennen, hatte keinen Sinn. »Ihr Arbeitgeber hat uns mitgeteilt, dass Sie für ihn als eine Art Ermittler arbeiten.«

»Das ist richtig, ich befasse mich mit möglichem Versicherungsbetrug und solchen Dingen.« Sein Blick fiel auf Bradley Wills. »Hören Sie, Hetty, müssen Sie Ihrem Inspector denn alles sagen? Mir wäre es lieber, wenn er nichts davon wüsste.«

»Ned«, sagte sie müde, »wir haben vermutlich eine Mordermittlung vor uns. Inspector Wills hat seine Unzufriedenheit bereits deutlich gemacht. Er muss es erfahren. Mir scheint, dass Sie uns noch sehr viel mehr verschwiegen haben. Für den Anfang könnten Sie mir verraten, was Sie gestern Morgen wirklich dort in dem See gesucht haben?«

»Ich schwöre, das geht Sie nichts an, ich meine, die Polizei von Cumbria.«

»Aber es handelt sich um eine Polizeiangelegenheit!« Hetty stierte ihn erbost an. »Ned, was immer es ist, Sie dürfen es uns nicht verschweigen. Mir! Sie waren eindeutig interessiert daran, woher die Puppe von gestern stammte. Und noch wichtiger, Sie scheinen sehr interessiert an einem Blick auf die Leiche zu sein. Ich stelle Ihnen eine einfache Frage, und ich erwarte eine ehrliche Antwort. Glauben Sie, Sie könnten die Identität des armen Kerls kennen, den wir gerade aus dem Wasser gefischt haben?«

Ned schwieg. Er stand direkt vor ihr und sah finster auf sie herunter. Steif sagte er: »Ich glaube, es könnte die Leiche eines gewissen Michael Holst sein.«

»Ich bearbeite einen Fall«, gab Ned zu.

»Ach nein, wirklich?«, erwiderte Bradley Wills.

»Das hätten Sie von Anfang an sagen müssen«, murrte Hetty.

Zu dritt saßen sie in Wills' Büro. Draußen war es dunkel geworden, und die Neonröhren über ihren Köpfen summten unregelmäßig. Das Gebäude machte den Eindruck, halb leer zu sein. Die meisten waren nach Hause gegangen. Das galt nicht für das Team, das den Toten im See untersuchte, wie die Zeitungen ihn ohne Zweifel nennen würden, obwohl Ned ihn mittlerweile provisorisch identifiziert hatte und Schritte eingeleitet worden waren, um Holsts Angehörige zu verständigen.

»Ich habe in der Firma angerufen«, fuhr Ned fort. »Sie ist über die Situation im Bilde und hat akzeptiert, dass ich mich Ihnen anvertrauen muss.« Er zögerte. »Sehen Sie, ich weiß, dass Sie Polizeibeamte sind, aber …«

Bradley Wills legte seine gefalteten Hände auf den Schreibtisch. »Mr. Woodley, Sie dürfen mir glauben, ich würde nur zu gern sehen, wie Sie unter dem Vorwurf der Behinderung der Justiz vor den Richter treten. Dank der Fürsprache von Sergeant

Farrell, die darauf hingewiesen hat, dass Sie uns durch die Identifizierung des Verstorbenen viel Zeit und Mühe erspart haben, bin ich geneigt, uns Ihre gestrige Verschwiegenheit nachzusehen. Ich bitte Sie allerdings, sich jetzt nicht mit uns anzulegen.«

Ned warf Hetty einen Blick zu, der teils gehetzt und teils dankbar wirkte. Weiterhin versuchte sie, sich abgeklärt zu geben, aber leicht fiel es ihr nicht. Trotz Neds Versprechen, alles offenzulegen, wurde sie das Gefühl nicht los, dass er vorhatte, ihnen so wenig zu verraten wie nur möglich.

»Die Geschichte beginnt 1917 mit der Oktoberrevolution in Russland«, sagte Ned unerwartet. »In den Zwanzigerjahren überfluteten russische *émigrés* in großer Zahl Westeuropa. Etliche davon ließen sich in Frankreich nieder, ein Land, das vielen der exilierten Adligen von Besuchen in glücklicheren Zeiten bekannt war.«

»Diese Geschichtslektion ist hoffentlich unverzichtbar«, sagte Inspector Wills mürrisch.

Hetty spitzte bereits die Ohren und hoffte, ihr Chef würde sich weitere Unterbrechungen sparen. Dass Ned überhaupt etwas sagte, was sie nicht bereits wussten, war ein Anfang. Ihn zu unterbrechen konnte sich katastrophal auswirken.

»Sie ist essenziell«, beantwortete Ned die Frage des Inspectors. »Sehen Sie, im zaristischen Russland waren die Emigranten sehr reiche Leute gewesen, nur um nun als mittellose Flüchtlinge dazustehen. Viele hatten gewaltige Ländereien und Paläste zurückgelassen. Den Glücklicheren unter ihnen war es gelungen, den Familienschmuck außer Landes zu schmuggeln. Nach und nach verkauften sie ihn nun, um zu überleben.«

Hetty erkannte allmählich, wohin das Ganze führte. Sie sah, wie Wills den Mund öffnete, und blickte ihn warnend an. Der Inspector war entweder über die Unverschämtheit seiner Sergeantin erstaunt oder begriff, dass sie vollkommen recht hatte und dass er im Moment besser schwieg; auf jeden Fall hielt er sich zurück.

»Ein damaliger Diamantenhändler namens van Leeuwen kaufte eine Anzahl dieser russischen Stücke zu sehr vorteilhaften Konditionen auf, aber nicht, um sie weiterzuverkaufen, sondern um sie zu behalten, denn er war ein Sammler. Bei den Juwelen handelte es sich um wunderbare Steine, von Meistern geschliffen, oft im extravaganten Geschmack des Zarenreichs gefasst. Unter anderem erwarb er einen vollständigen Satz Diamantschmuck, der in den 1880ern anlässlich der Krönung von Zar Alexander III. für eine russische Hofdame angefertigt worden war. Aus diesem Grund erhielt die gesamte Sammlung den Namen Romanow-Diamanten.«

Ned zuckte mit den Schultern. »Wohl, weil es romantisch klang. Alle Juwelen waren russischen Ursprungs und gehörten der Aristokratie, also waren sie höchstwahrscheinlich bei Hofe getragen worden.«

»Existiert die Sammlung noch als vollständiger Satz?«, fragte Hetty fasziniert.

Ned machte ein grimmiges Gesicht. »Wenn ich das beantworten könnte, wäre ich ein glücklicher Mann.«

»Die Sache ist die«, fuhr er fort, »dass Menschen mit wertvollen Privatsammlungen dazu neigen, über sie zu schweigen.«

Mittlerweile konnte er sich sogar Bradley Wills' Aufmerksamkeit sicher sein.

»Als van Leeuwen starb, erbte sein Sohn die Sammlung. Der Sohn hieß Paul und heiratete eine Engländerin. Nach seinem Tod wurde Mrs. Pamela van Leeuwen zur Eigentümerin. Sie lebte viele Jahre lang in der Nähe von Paris, ist kinderlos und hat sich Gedanken über die Zukunft der Sammlung gemacht, denn sie ist keine junge Frau mehr. Insbesondere wollte sie dafür sorgen, dass die Sammlung komplett blieb. Als Engländerin kontaktierte sie ein Londoner Museum und regte an, die Romanow-Diamanten auszustellen. Sollte die Ausstellung ein

Erfolg sein, würde sie in Betracht ziehen, dem Museum die gesamte Sammlung zu stiften.

Alles wurde unter strengster Geheimhaltung arrangiert, denn Pamela van Leeuwen und das Museum fürchteten zu Recht, das Interesse von Dieben zu wecken. Vereinbart wurde, dass die Sammlung auf dem Luftweg von Paris nach London gebracht werden solle, in der Obhut eines Mannes, dem sie vertraute. Dieser Mann war Michael Holst. Wir wurden angefragt, den Schmuck während der Überführung zu versichern. Holst sollte in Paris unter Begleitschutz zu seinem Flugzeug gebracht und von Wachleuten am Flughafen Heathrow abgeholt werden. Der Zoll war verständigt, eine schnelle Sonderabfertigung verabredet. Holst hatte bereits für diverse Klienten als Kurier für vertrauliche Dinge fungiert. Wir waren mit seiner Beauftragung in diesem Fall einverstanden. Erst wenn die Juwelen sicher im Lande waren, sollte die Leihgabe bekannt gegeben werden. Damit wollten wir die Möglichkeit ausschließen, dass jemand sie unterwegs an sich brachte.« Ned lächelte grimmig. »Das zumindest war die Idee. Der Kurier, Holst, ging an Bord des Flugzeugs und erreichte Heathrow ohne Probleme. Er brachte die Formalitäten hinter sich und wurde von einem Wachmann in Uniform und Helm abgeholt, aus dem Gebäude begleitet und in einen Panzerwagen gesetzt, der sofort losfuhr …«

Ned machte eine dramatische Pause.

»Und er wurde nie wieder gesehen, der arme Kerl, bis heute. Leider fehlt auch jede Spur zu den Romanow-Diamanten.«

»Falscher Wachmann«, sagte Inspector Wills mit einem Seufzer.

»Ganz genau. Das echte Wachschutzteam wurde später auf einem Rastplatz entdeckt. Die Leute saßen gefesselt in ihrem eigenen Fahrzeug. Als Versicherer müssen wir eine hohe Schadenssumme begleichen. Verständlicherweise ist die Gesellschaft darüber nicht glücklich. Wenn möglich, wollen wir die Juwelen intakt wiederbeschaffen. Natürlich arbeitet die Polizei an dem Fall …«, fügte er ein wenig unbehaglich hinzu. »Aber unter diesen Umständen muss feinfühlig ermittelt werden. Das ist meine Aufgabe.«

Die Andeutung, dass offizielle Anstrengungen anders als taktvoll ausfallen könnten, kam bei seiner Zuhörerschaft gar nicht gut an.

»Dieser van Leeuwen, der auf Greywalls wohnt, wer ist er?«, fragte Hetty ungeduldig.

»Erwin van Leeuwen ist ein Kunsthändler im Ruhestand«, antwortete Ned, »ein entfernter Verwandter des verstorbenen Paul van Leeuwen. Pamela van Leeuwen hat ihn über ihren Plan informiert, die Romanow-Diamanten in einem Londoner Museum ausstellen zu lassen. Sie ist natürlich davon ausgegangen, dass er sich dafür interessieren würde! Er war jedoch mehr als interessiert; er verwahrte sich strikt gegen die Idee, und Pamela musste ihm die Sicherheitsvorkehrungen erklären und ihm versichern, dass mit aller Sorgfalt vorgegangen würde. Leider ließ sie dabei fallen, dass sie beabsichtige, die Sammlung dem Museum für immer zu stiften. Erwin van Leeuwen machte die Vorstellung, die Sammlung aus der Hand der Familie zu geben, sehr wütend. Es kam zu einem bitteren Wortgefecht, und Erwin leitete in Frankreich juristische Schritte ein, um zu verhindern, dass die Diamanten außer Landes gelangten, hatte damit jedoch keinen Erfolg. Nach allem, was man hört, ist er allerdings niemand, der leicht aufgibt.«

»Wie das Auffinden des unglücklichen Mr. Holst im See zu bestätigen scheint«, sagte Bradley Wills grimmig.

Ned warf ihm einen Blick zu. »Selbst vor dem Fund von Holsts Leiche heute hatten wir Grund, Erwin zu verdächtigen. Er hat ein starkes Motiv. Er hat außerdem einen Chauffeur namens Stark, sein Mann für alles. Ein Überwachungsvideo von Heathrow zeigt den falschen Wachmann. Sein Gesicht wird von seinem Helm verdeckt, aber vom Körperbau her gleicht er Stark, der ein Schrank von einem Mann ist. Vor seiner unehrenhaften Entlassung aus der Royal Navy war er Kampftaucher.«

Inspector Wills rutschte auf seinem Stuhl umher, und Hetty begriff, dass er kurz davorstand, etwas preiszugeben, und zwar sehr gegen seinen Willen. »Ich sollte Ihnen sagen, dass ich ein vertrauliches Memo über einen wichtigen Juwelendiebstahl in London gesehen habe. Und das ›vertraulich‹ gilt weiterhin, Farrell!«

Hetty wischte seine Warnung beiseite. »Aber niemand hat Erwin van Leeuwen zu dem Diebstahl vernommen?«

Ned grinste schief. »Van Leeuwen ist von sich aus zu Scotland Yard gegangen, kaum dass eine bestürzte Pamela ihn aus Frankreich angerufen und die schlechten Neuigkeiten mitgeteilt hatte. Er gab dem Sicherheitsdienst in Heathrow, der Polizei und der echten Wachschutzfirma die Schuld und verlangte zu erfahren, was die Polizei unternimmt, um die Juwelen wiederzubeschaffen. Er ist ganz schön lästig geworden.«

»Aber wo hat er sich am Tag des Überfalls aufgehalten?«, fragte Hetty. »Und wo war sein Chauffeur, dieser Stark?«

»Beide haben Alibis«, antwortete Ned. »Ein Besucher sah sie auf Greywalls.« Wieder machte er eine dramatische Pause. »Ein völlig verlässlicher Besucher: der Pfarrer.«

»Der Pfarrer?«, rief Hetty.

»Der Pfarrer einer der hiesigen Gemeinden, der offenbar für die Reparatur des Kirchendachs Geld sammelt. Sie stehen knapp vor der Zielsumme, und der Pfarrer war entzückt, als er eine Nachricht von Greywalls erhielt, dass Mr. van Leeuwen eine beträchtliche Spende zu machen gedenke und den Pfarrer bitte, am kommenden Nachmittag zum Haus zu kommen, um die Einzelheiten zu besprechen. Natürlich sagte der Pfarrer zu, auch wenn der Besuch sich mit der Cricket-Übertragung im Fernsehen überschnitt. Der Pfarrer ist ein großer Cricket-Fan.

Er konnte es sich aber nicht leisten, van Leeuwens Angebot abzulehnen, daher ging er wie bestellt nach Greywalls. Van Leeuwen bat ihn, vor dem Tor zu parken und den Weg zur Haustür zu Fuß zu gehen, angeblich, weil die Auffahrt frisch gekiest sei. Das entspricht der Wahrheit. Der Pfarrer folgte dem Weg. Er führte an dem Pförtnerhaus vorbei, in dem Stark wohnt. Der Vorhang des Fensters im Erdgeschoss war beiseitegezogen, und der Pfarrer – cricketbegeistert, wenn Sie sich erinnern – blickte auf den flackernden Fernsehschirm, der das Spiel zeigte. Er sah auch Stark, wie er in einem Sessel vor dem TV-Gerät klebte. Der Pfarrer war recht neidisch auf ihn. Er stattete jedoch van Leeuwen den Besuch ab wie erbeten, sie besprachen die Spende, und er folgte wieder dem Weg zurück. Er kam erneut an dem Pförtnerhaus vorbei, wo das Spiel noch lief, das Stark nach wie vor anschaute. Der Pfarrer fuhr so schnell nach Hause, wie er konnte, um das Finale auf seinem eigenen Gerät sehen zu können. Er beschwört jedes Wort davon, und ich glaube nicht, dass an seiner Aufrichtigkeit Zweifel bestehen.« Inspector Wills räusperte sich. »Kommen wir nun zu Ihren Aktivitäten, Mr. Woodley. Ich nehme an, Sie befinden sich in unserer Gegend, um gegen Erwin van Leeuwen zu ermitteln, nicht aber, um, wie Sie Sergeant Farrell weisgemacht haben, Verwandte zu besuchen.«

Hetty errötete.

»Zum Teil war es wahr!«, beharrte Ned. »Ich wollte meine Schwester sehen.«

»Was trieben Sie dann am See?«, entgegnete Wills.

Neds Gebaren, das bis zu diesem Moment betont offen gewesen war, wurde – Hettys Erachten nach – entschieden zwielichtig. Er starrte Wills' Briefbeschwerer an und sagte: »Ich dachte, ich könnte über den See ans Haus kommen und mich dort umsehen. Ich nahm meine Taucherausrüstung mit und ging hinunter ans Ufer. Dann schwamm ich zum Bootsschuppen, aber mit einem Mal kam Stark und fing an, darin zu arbeiten. Weil mein

Plan vereitelt worden war, beschloss ich, im tieferen Wasser ein wenig zu tauchen, nur zu meinem Vergnügen. Ich habe eine neue Ausrüstung und wollte sie ausprobieren. Und dann fand ich die … diese Schaufensterpuppe.« Ned verzog das Gesicht. »Ich wusste nicht, dass sie da war, und sie hat mir wirklich einen Schreck eingejagt! Ich hatte keine Möglichkeit festzustellen, dass es sich um keine … echte Leiche handelte.«

Bradley Wills schlug die Hände auf den Tisch, dass der Briefbeschwerer klapperte, und erschreckte Hetty und Ned.

»Es reicht! Diese amateurhafte Schnüffelei muss aufhören, Mr. Woodley. Es handelt sich nun umfassend um eine Polizeiangelegenheit, und *wir* bearbeiten sie.«

»Hey!« Ned sprang auf. »Bei allem schuldigen Respekt, Inspector, meine Firma kann es am allerwenigsten gebrauchen, wenn van Leeuwen – falls er wirklich weiß, wo die Juwelen sind – aufgeschreckt wird und etwas Drastisches tut. Mrs. van Leeuwens große Angst besteht darin, dass die Romanow-Sammlung auseinandergerissen und der Schmuck getrennt verkauft wird. Aus diesem Grund besteht sie darauf, dass die Geheimhaltung auch weiterhin gewahrt wird. Die Fassungen könnten eingeschmolzen, die größeren Steine geschnitten und in neuen Schmuckstücken verarbeitet werden. Ein gutgläubiger Käufer würde die Herkunft vielleicht nicht in Zweifel ziehen, und es gibt möglicherweise eine ganze Reihe skrupelloser Käufer. Jede Hoffnung, die Romanow-Sammlung wiederzufinden, wäre für immer dahin.«

»Nun stellen Sie zum zweiten Mal die Kompetenz meiner Beamten infrage!«, donnerte Bradley Wills. Er zügelte sich und fügte hinzu: »Sie können sich auf Sergeant Farrells Diskretion und Taktgefühl verlassen.«

»Ich?«, rief Hetty unelegant aus. »Soll das heißen, ich werde nicht von dem Fall entbunden?«

»Ganz im Gegenteil, Farrell. Ich halte Sie für genau die richtige Person, um van Leeuwen zu vernehmen. Überrumpeln Sie ihn, wenn ich bitten darf.«

In einem Schweigen, das anscheinend keiner von ihnen zu brechen geneigt war, begleitete Hetty Ned über den Polizeiparkplatz zu seinem Range Rover.

Dort fragte Ned endlich: »Sind Sie wütend auf mich, Hetty?« Er klang nicht sonderlich reumütig, sondern eher milde amüsiert.

»Sollte ich das nicht sein?«, entgegnete sie, das Kinn aggressiv angespannt.

»Ich habe alles gesagt, Het, ehrlich.« Die Abkürzung ihres ohnehin abgekürzten Namens klang von seinen Lippen erstaunlich natürlich, aber Hetty verschloss ihr Herz.

Ned konnte sie auf die Palme bringen, doch beim Mittagessen an diesem Tag war er lustig und unterhaltsam gewesen, hatte sie geradezu entwaffnet. Dann hatten sie Michael Holsts Leiche entdeckt, und sie hatte herausgefunden, womit sich Ned wirklich beschäftigte. Sie wusste nicht, was sie denken sollte. Nur eines stand fest: Sie musste davon ausgehen, dass er bereits in diesem Moment eine weitere höchst irreguläre Aktion auf eigene Faust plante.

»Wenn ich Ihnen nur glauben könnte, Ned«, sagte sie offen. »Ich habe aber das Gefühl, dass Sie uns noch so einiges verschweigen. *Mir* verschweigen! Es handelt sich um eine polizeiliche Ermittlung.«

»Jawohl, Sergeant Farrell!«

»Machen Sie sich nicht über mich lustig!«, warnte sie.

»Gütiger Himmel, wie könnte ich es wagen!«, erwiderte Ned mit solcher Emphase, dass sie beinahe gelacht hätte.

Ihre impulsive Heiterkeit verflüchtigte sich jedoch, als Ned fortfuhr: »Die Romanow-Sammlung wiederzufinden ist *mein Job*, Hetty, und weder Sie noch Bradley Wills können mich davon abhalten. Sie müssen verstehen, weshalb ich mir so große Sorgen mache, die Polizei könnte es vermasseln – tut mir leid, aber Sie wissen, was ich meine! Wenn Sie auf Greywalls Fragen stellen, schafft man den Schmuck, von dem ich sicher bin, dass er dort irgendwo verborgen gehalten wird, in ein anderes Versteck, und wir werden ihn niemals finden.«

»Und *Sie* sollten sich klarmachen, dass wir nun wegen Mordes ermitteln«, entgegnete sie. »Die Aufklärung des Tötungsdelikts ist wichtiger, als die Juwelen wiederzufinden. Wenn Sie gesehen werden, wie Sie bei Greywalls herumschleichen, alarmieren Sie Erwin van Leeuwen und ziehen Starks Aufmerksamkeit auf sich. Überlassen Sie es mir!«

»Ich bleibe Ihnen aus dem Weg«, versprach er.

»Ned! Das ist nicht das Gleiche. Wenn Sie Schwierigkeiten verursachen, gibt der Inspector *mir* die Schuld daran. Nur weil ich auf Stoney How zu Mittag gegessen habe, glaubt er, dass ich zu Ihren Gunsten voreingenommen wäre.«

»Leider«, murmelte Ned, »glaube ich nicht, dass Sie das sind.«

»Ich bin Polizeibeamtin. Das ist mein Beruf. Ich möchte nicht von dem Fall entbunden werden. Und schon gar nicht will ich beim CID rausgeworfen werden und wieder Uniform tragen. Wenn Sie sich noch weiter einmischen, könnte beides passieren. Ich möchte nicht nur, dass Sie mir aus dem Weg bleiben, sondern ich möchte, dass Sie nach London zurückkehren.« Unter ihrem zerzausten Pony sah sie ihn warnend an.

»Wollen Sie das wirklich, Hetty?«, fragte er ernst.

Aus irgendeinem Grund, wie sie hinterher mürrisch überlegte, war ihr die Antwort schwergefallen. Trotzdem sagte sie: »Jawohl, das will ich!«, und zwar mit einigem Nachdruck.

Der Montagmorgen dämmerte hell und klar. Kurz nach dem Frühstück fuhr Hetty nach Stoney How.

Wie beim ersten Mal wurde sie von Copper und Jo-Jo begrüßt, die sie hysterisch bellend, aber schwanzwedelnd umsprangen.

Niemand kam nachschauen, warum die Hunde solch einen Lärm veranstalteten. Die Haustür stand offen, und Hetty spähte hinein. »Ist jemand zu Hause?«

»In der Küche«, dröhnte eine ferne Stimme.

Sie durchquerte die eichenvertäfelte Halle. In der geräumigen Küche beaufsichtigte Felix Crowe, heute in einer rot gestreiften Schürze, Freddy, die mit ernstem Gesicht Teig ausrollte. Hetty wusste nicht, ob das Kind so angespannt wirkte, weil es sich auf seine Aufgabe konzentrierte, oder aus einem anderen Grund.

»Ah, die Kriminalbeamtin!«, dröhnte Felix. »Genau rechtzeitig für den Kaffee! Wir machen Scones«, fügte er hinzu.

Freddy sah auf. Ihr Gesicht und ihre Kleidung waren reichlich mit Mehl bestäubt. »Hallo«, sagte sie beiläufig und wandte sich wieder ihrer Arbeit zu.

»Wo ist Ned? Ist er fort?«

Obwohl sie ihn selbst gedrängt hatte wegzufahren, konnte Hetty nicht verhindern, dass sich eine Beklommenheit in ihre Stimme schlich.

»Er ist nicht nach London zurückgekehrt. Vor zehn Minuten ist er losgefahren, aber wohin, das weiß ich nicht.«

Felix war mit dem Kaffee beschäftigt. Hetty seufzte. Sie hatte Ned um nur wenige Minuten verpasst. Wo er jetzt war, wusste sie nicht, und sie misstraute seinen Aktivitäten.

Sie senkte die Stimme. »Ich bin eigentlich gekommen, um mich zu erkundigen, wie es Freddy geht.«

Felix warf einen Blick auf Freddy, die Scones ausstach.

»Gut, gut. Hat nicht mehr darüber gesprochen.«

»Felix, das ist nicht unbedingt ein gutes Zeichen. Es wäre besser, wenn sie uns mit Fragen löchern würde.«

Felix machte eine warnende Handbewegung. »Ich weiß, meine Liebe. Aber geben Sie ihr Zeit. Erzwingen kann man das nicht.«

»Fertig!«, rief Freddy. Die Scones, die recht ungleichmäßig dick geraten waren, lagen auf einem Backblech.

Sie wurden sofort in den Ofen geschoben, und Felix schenkte sich und Hetty Kaffee ein. Freddy holte eine Plastikflasche mit Erdbeermilch aus dem Kühlschrank. Sie nahm sie mit ans Fenster in der dicken Außenwand der Küche, kletterte in den sonnigen Winkel und schlürfte ihr Getränk durch einen Strohhalm. Jo-Jo und Copper suchten unter dem Tisch sorgsam nach heruntergefallenen Teigresten.

Die Hände um den Kaffeebecher geschlossen, musterte Hetty das Kind. Sie warf Felix einen bedeutungsvollen Blick zu und rollte in Freddys Richtung mit den Augen. Felix deutete die Nachricht.

»Hier gibt es einen schönen Weg den Hügel hinauf!«, dröhnte er. »Warum gehst du nicht mit Hetty ein bisschen spazieren, Freddy? Ihr könntet dann auch die verflixten Viecher mitnehmen, dann laufen sie mir nicht zwischen die Füße, während ich hier aufräume.«

»Bestimmt ist Hetty unterwegs, um wen zu verhaften«, sagte Freddy begeistert.

»Heute nicht«, sagte Hetty.

Dabei dachte sie: *Es sei denn, deinen Bruder, der sich, egal wo er ist, vermutlich gerade in eine polizeiliche Ermittlung einmischt.*

Sie stellte den leeren Becher ab. »Na, gehen wir, Freddy. Eine Stunde habe ich Zeit.«

Immerhin war sie um ihr freies Wochenende gebracht worden. Davon abgesehen hatte es Vorrang, sich um Freddy zu kümmern.

Aber Hetty hätte zu gern gewusst, wohin Ned gegangen war, und vor allen, was er gerade trieb.

»Solange er sich nur von Greywalls fernhält«, murmelte sie.

Greywalls war ihre nächste Station. Sie musste mit Erwin van Leeuwen sprechen.

3.

Der Hang war steiler, als er aussah. Hetty wanderte regelmäßig und war solches Gelände gewohnt, fragte sich aber, wie Freddy damit zurechtkam. Sie hätte sich keine Sorgen zu machen brauchen. Freddy stapfte die Steigung mit der Beweglichkeit einer Bergziege hoch. Ihre Locken leuchteten in der Sonne. Die Hunde hatten größere Schwierigkeiten. Ihre kurzen Beine kamen auf Touren, während sie über den rauen Boden sprangen.

Sie folgten einer niedrigen Feldsteinmauer. Schafe mit schwarzen Gesichtern waren ihre einzige Gesellschaft; dazu kam nur ein stämmiges, kurzbeiniges Fell-Pony, das den Kopf hob, als sie vorbeigingen, um sich dann wieder dem Rupfen des kurzen trockenen Grases zuzuwenden. Am Ende erreichten sie die Kuppe, verschnauften an einem Zaunübertritt und lehnten sich an die raue Steinwand, in die er eingelassen war.

In der Ferne konnten sie den See sehen, ein langer dünner Silberfinger, den dunkle Bäume umgaben. Hinter ihnen erhoben sich die drolligen und doch beeindruckenden Konturen von Coniston Old Man. Stoney How lag gleich unter ihnen; seine schmalen Schornsteine blickten zwischen den Ästen hervor. Hetty hielt nach Greywalls Ausschau und erhaschte einen Blick auf Erwin van Leeuwens Dach.

Unruhe regte sich in ihr. Wo war Ned?

»Wie schade, dass dein Bruder nicht mitkommen konnte«, sagte sie. »Du weißt wohl nicht, wohin er wollte, oder, Freddy?«

Freddy saß mit baumelnden purpurroten Stiefeln auf der Feldsteinmauer und schüttelte den Kopf, dass die feurigen Locken flogen. »Mögen Sie Ned?«, fragte sie auf ihre unverblümte Art.

Geschieht mir nur recht, dachte Hetty reumütig. Ich hätte seinen Namen nicht fallen lassen dürfen. »Doch, sicher mag ich ihn«, antwortete sie in kernigem, aber hoffentlich auch beiläufigem Tonfall.

Freddy drehte den Kopf zur Seite und musterte sie. »Er hat einen richtigen Job und alles.«

»Das weiß ich.« Hetty fand es amüsant, solch eine Empfehlung von den Lippen von Neds Schwester zu hören. Allerdings waren »richtiger Job« wohl kaum die Worte, mit denen Bradley Wills die Tätigkeit eines zivilen Ermittlers beschrieben hätte. Der Inspector war der festen Ansicht, dass solche Dinge allein in die Hände der Polizei gehörten.

»Er sieht gut aus, er trinkt nicht oder so, und er fährt auch nicht zu schnell.« Freddy wollte offenbar keine einzige Tugend Neds unerwähnt lassen. »Er ist ein toller Schwimmer, und er hat im Augenblick keine feste Freundin. Haben Sie einen festen Freund?«

Falls Freddy in jungen Jahren bereits einen Beruf im Auge hatte, musste es der einer Heiratsvermittlerin sein.

»Nein, ich habe keinen Freund und wäre dafür auch viel zu beschäftigt«, sagte Hetty fröhlich.

Freddy war mittlerweile auf den Zaunübertritt geklettert und saß obenauf, sodass sie Hetty um eine Winzigkeit überragte. *Raffinierter psychologischer Schachzug,* dachte Hetty. Ned hatte recht. Die unorthodoxe Kinderstube hatte seine Schwester altklug gemacht. Die kleine Hexe war ganz schön manipulativ.

Aber nicht mit mir, dachte Hetty entschlossen. »Komm, Freddy, lass uns weitergehen. Ich habe nicht so viel Zeit. Ich muss noch jemanden besuchen.«

»Und verhaften?«, fragte Freddy voller Hoffnung. Die Mutter der Kleinen war immerhin beim Theater. Das Dramatische gefiel ihr.

»Das bezweifle ich sehr.« Hetty wechselte das Thema. »Ist dein richtiger Name Frederica?«

Freddy verzog das Gesicht. »Noch schlimmer, ich heiße Freda. Ich habe den Namen nach irgendeiner Verwandten von Mummy.«

»Niemand mag je seinen Namen«, tröstete Hetty sie. »Ich heiße Henrietta, und das ist so ein Zungenbrecher! Es dauert auch so lange, ihn zu schreiben.«

Nachdem sie einen gemeinsamen Grund zu klagen gefunden hatten, setzten sie ihren Weg gesellig fort. Freddy kickte mit der Schuhspitze nach einem Grasbüschel. »Ned hat Felix und mir erzählt, dass er den Mann im Wasser gekannt hat.«

»Wirklich?« Hetty war erstaunt, dass Ned mit dem Mädchen über solche Dinge sprach.

Freddy stellte es im nächsten Augenblick klar. »Eigentlich hat er es nur Felix erzählt, aber ich habe draußen vor dem Küchenfenster gelauscht.«

Freddy war schon eine Marke, skrupellos und von rascher Auffassungsgabe. Hetty sprach das Thema, das sie bereden wollte, daher direkt an. Bei Freddy schien das der beste Weg zu sein.

»Musst du oft daran denken, Freddy? Wie du den Mann im Wasser gefunden hast? Träumst du davon oder so?«

Verneinend schüttelte Freddy den roten Schopf. »Ich habe ihn ja gar nicht richtig gesehen. Nur seine Beine. Er sah aus wie eine Guy-Fawkes-Puppe. Ist er ins Wasser gefallen?«

»Wir wissen noch nicht genau, was passiert ist, aber wir werden es herausfinden.«

Freddys Gedanken hatten sich noch nicht von ihrer ursprünglichen Richtung entfernt. »Wenn Sie es schnell herausfinden und sonst nichts zu tun haben, dann ist Ned bis Freitag hier. Sie könnten ja zusammen segeln gehen oder so.«

Freddys unschuldsvoller Blick fixierte Hetty, die merkte, wie sie errötete.

Also wirklich, dieses Kind!

»Sehen Sie«, fuhr Freddy gelassen fort; sie war ganz Herrin der Situation und wusste es genau. »Ich glaube, es wird höchste Zeit, dass er heiratet. Sie wirken nett, und er mag Sie.«

Hetty blieb stehen und nötigte Freddy, zu ihr hochzusehen. »Hör mal gut zu, meine Liebe!«, sagte sie. »Es ist sehr gefährlich zu versuchen, das Leben anderer Menschen zu regeln.«

Freddy war unbeeindruckt. »Nein, ist es nicht«, sagte sie. »Nicht, wenn man es richtig macht.«

Erleichtert lieferte Hetty ihre junge Freundin wieder bei Felix ab.

»Ich glaube nicht, dass sie sich über die Dinge den Kopf zermartert«, sagte sie zu ihm. »Oder zumindest nicht über die Dinge, an die ich gedacht habe.«

»Ich halte sie beschäftigt und sorge dafür, dass sie Sie nicht belästigt«, entgegnete er und erriet vielleicht mehr über das Gespräch am Zaunübertritt, als es Hetty lieb war.

Nach dem Wortgefecht mit Freddy sollte es doch ein Kinderspiel sein, Erwin van Leeuwen zu Leibe zu rücken, dachte sie, als sie von Stoney How wegfuhr.

Hetty parkte am Tor und ging die Auffahrt zu Greywalls hoch. Der frische Kiesbelag fiel ihr ins Auge. Dieser Teil von Neds Geschichte stimmte also.

Greywalls war keineswegs solch ein altes Haus wie Stoney How. Hetty hielt den überspannten gotischen Stil für viktorianisch. Das Pförtnerhaus gleich innerhalb des Tores war ähnlich gestaltet, ein Cottage, das durch Spitzbogenfenster und zinnenbewehrtes Mauerwerk über den Dachtraufen damit kokettierte, es könnte auch eine Kapelle sein. Hetty blieb stehen und warf einen Blick durch das Fenster. Sie konnte den Fernseher sehen und einen bequemen, tiefen Sessel direkt davor. Noch ein Aspekt von Neds Story, der sich als korrekt erwies. Das Pförtnerhaus schien im Moment verlassen zu sein. Auf jeden Fall kam kein Stark in Sicht und fragte sie, was sie wolle.

Sie erreichte das Haus und betätigte einen altmodischen

Klingelzug. Irgendwo tief im Gebäude ertönte verstimmtes Geklimper.

Eine Frau öffnete ihr die Tür. Sie trug eine Schürze und sah aus wie die Haushälterin. Hetty nannte ihren Namen, aber weder ihren Beruf noch ihren Rang als Sergeant.

Wenig später wurde sie zu Erwin van Leeuwen geführt.

Dank ihrer Erfahrung in Polizeiarbeit wusste Hetty, dass es ein großer Fehler war, etwas vorauszusetzen oder sich vorzustellen, bevor man die Gelegenheit erhielt, die Realität mit eigenen Augen zu betrachten. Dennoch hatte sie den Fehler begangen, sich auszumalen, wie Erwin van Leeuwen aussehen mochte, vielleicht, weil Ned mit solch grimmigem Misstrauen über ihn gesprochen hatte.

Das Bild, das sich im Ergebnis in ihr gebildet hatte, war das einer hochgewachsenen, finsteren und zwielichtigen Gestalt. In der Wirklichkeit unterschied sich die echte Person von ihrer Fantasievorstellung so sehr, dass Hetty an sich halten musste, um ihre Überraschung zu verbergen.

Van Leeuwen war ein kleiner, untersetzter Mann mit kahl werdendem Kopf, dessen glänzend rosa Scheitel ein wirrer Flaum aus weißem Haar umgab. Sein pausbäckiges Gesicht mit der Stupsnase ließ Hetty an ein gealtertes Baby denken. Als sie eintrat, mühte er sich von seinem Stuhl hoch, um sie zu begrüßen, und sie sah den kräftigen Gehstock, den er in Reichweite hielt.

»Miss Farrell! Wie kann ich Ihnen helfen?«

Hetty zückte ihren Dienstausweis und hielt ihn ihm hin. »Ich habe ihn der Frau an der Tür nicht gezeigt. Ich hielt es für besser, wenn die Natur meines Besuches vorerst unter uns bleibt.«

Van Leeuwen musterte die Karte und gab sie zurück. Er wirkte weder bestürzt noch überrascht. »Ich habe natürlich mit der Polizei gerechnet. Ich hatte gehofft, dass es Neuigkeiten zum

Verbleib der Romanow-Sammlung gäbe. Sind Sie deswegen hier?« Seine rundlichen Züge formten einen erwartungsvollen Ausdruck.

»Nicht direkt.« Hetty wählte ihre Worte sorgfältig. »Auch wenn meine Ermittlungen damit in Zusammenhang stehen. Ich komme wegen der Leiche, die gestern aufgefunden wurde. Sie haben davon gehört?«

Van Leeuwen wies auf einen Sessel, und als sie sich setzte, ließ er sich dankbar auf seinen eigenen Stuhl zurücksinken. »Oh ja, eine unglückliche Seele ist im See ertrunken. Stark, mein Chauffeur, hat mir erzählt, dass die Polizei nicht weit von hier einen Toten aus dem Wasser gezogen hat. Ein Sommergast, nehme ich an?«

»Wir warten noch auf den Autopsiebefund.«

Die Identität des Opfers war offiziell nicht bekannt gegeben worden, und Erwin van Leeuwen konnte sie nicht kennen, es sei denn, er war in den Fall verwickelt. Sie war gespannt, wie er reagieren würde, wenn er es erfuhr.

»Der Mann ist jedoch vorläufig als ein gewisser Michael Holst identifiziert worden«, fuhr Hetty fort. »Ich glaube, der Name könnte Ihnen geläufig sein.«

Van Leeuwens Miene wirkte geradezu komisch. Er riss den Mund auf, und seine runden blauen Augen traten hervor. Dann ergriff ihn das Entsetzen. »Holst? Ist das möglich? Der arme Holst? Aber wie kann das sein?«

»Wir wissen es noch nicht, Mr. van Leeuwen. Michael Holst ist nicht mehr gesehen worden, seit er den Flughafen Heathrow mit einem Wachmann verlassen hat, der sich später als falsch erwies.«

Der Hausherr klatschte in die pummeligen Hände. »Ich wusste es! Ich habe Pamela gewarnt, die Frau meines Cousins. Ich habe ihr gesagt, welch ein Risiko es darstellt, die gesamte Sammlung zu versenden, alles auf einmal! Das war so unnötig und hat den Ärger regelrecht herausgefordert. Aber sie wollte mir nicht zuhören, diese eigensinnige Frau. Ich habe versucht, sie aufzuhalten, müssen Sie wissen. Ich habe mich rechtlich beraten lassen. Sie konterte mit eigenen Anwälten. Die Angelegenheit war sehr unangenehm.«

»Soviel ich weiß«, sagte Hetty, »suchten Sie rechtlichen Beistand, als Sie hörten, dass Mrs. Pamela van Leeuwen nicht nur beabsichtigte, die Juwelen als Leihgabe nach London zu schicken, sondern sie dem Museum auch zu übereignen.«

Zorn flackerte in den runden blauen Augen auf. »Also wissen Sie davon. Das kann Sie doch nicht überraschen. Niemanden kann es überraschen.« Van Leeuwen beugte sich vor. »Das ist keine Frage des Wertes der Juwelen! Es geht darum, dass diese Sammlung einzigartig ist und unersetzlich. Wo ist sie jetzt? Sagen Sie mir das! Zerteilt und zerstört, nach allem, was ich weiß! Ach, es ist eine Tragödie!« Er hob bedauernd die Hände.

»Das Gleiche gilt für den Tod von Michael Holst«, erinnerte sie ihn.

Van Leeuwen hörte mit dem Gestikulieren auf und legte seine Hände auf die Knie.

»Armer Kerl, armer Kerl, ich wollte nicht gefühllos klingen. Aber Sie müssen verstehen, die ganze Angelegenheit nahm ihren Anfang mit Pamelas irrwitziger Idee, die Sammlung zu versenden. Das war völlig überflüssig. Mein lieber verstorbener Cousin Paul, Pamelas Ehemann, hätte solch eine Torheit niemals erlaubt. Die Sammlung gehört in die Familie.« Er klopfte sich mit den Fingern auf die Kniescheiben. »Jetzt ist sie verloren, und der arme Holst auch. Ihn hat sie das Leben gekostet.«

»Wie erklären Sie sich, dass er so nahe an Ihrem Haus aufgefunden wurde?«, fragte sie.

Wenn sie erwartet hatte, dass die Frage van Leeuwen aus dem Gleichgewicht brächte, so wurde sie enttäuscht. Er sah sie an. »Ist das nicht offensichtlich? Der arme Mann entkam seinen Entführern und war auf dem Weg hierher, um mich zu sprechen. Entweder fiel er aus irgendeinem Grund ins Wasser, oder … oder die Strolche folgten ihm und verhinderten, dass er mich erreichte. Es ist wirklich entsetzlich.« Er zog ein großes Taschentuch hervor und wischte sich über die Stirn.

Hetty wusste nicht recht zu sagen, was sie von Erwin van Leeuwen halten sollte. Seine Überraschung über die Identität des Opfers erschien ihr aufrichtig. Andererseits hatte er zugegeben, mit der Polizei gerechnet zu haben. Er hätte ausreichend Zeit gehabt, seine Antworten einzuüben.

»Könnte ich vielleicht mit den anderen Mitgliedern Ihres Haushalts sprechen?«, fragte sie.

»Aber natürlich.« Van Leeuwen steckte das Taschentuch ein. »Ich wollte Ihnen sowieso eine Erfrischung anbieten. Ich klingele nach Mrs. Beckett.«

Mrs. Beckett war die Haushälterin, die ihr die Tür geöffnet hatte. Sie komme täglich ins Haus, erklärte sie, putze, reinige und koche. Mr. van Leeuwen sei auf strenger Diät. Er esse nur leichte Kost zu Mittag, gewöhnlich Fisch, und bevor sie gegen halb sechs nach Hause gehe, bereite sie ihm einen Salat zum Abendessen.

Van Leeuwen hörte allem zu, nickte und rief immer wieder: »Ja, richtig!«

Mrs. Beckett hatte nichts weiter hinzuzufügen. Von der Leiche im See habe sie gehört und halte es für eine »echte Schande«. Der Name Holst sage ihr nichts.

Hetty dankte ihr, und sie ging. Sie lehnte den Sherry ab, den van Leeuwen ihr anbot, und fragte, ob sie auch mit dem Chauffeur Stark sprechen könne.

Zum ersten Mal wirkte van Leeuwen ein wenig verunsichert. »Stark? Ja, selbstverständlich. Ein guter Kerl. Sehr zuverlässig.« Er zögerte. »In seinem Vorleben gibt es eine unerquickliche Episode aus der Zeit, als er noch bei der Royal Navy war – es ist nicht nötig, es wieder aufzuwärmen. Er hat einen Fehler begangen und dafür bezahlt. Ich habe ihn nie anders als vollkommen loyal erlebt. Seit zehn Jahren arbeitet er bereits für mich.«

Erneut ließ sich schwer sagen, ob van Leeuwen nur einen treuen Angestellten verteidigen wollte oder ob er die unehrenhafte Entlassung andeutete, bevor die Polizei von allein darauf kam, damit sie kein schlechtes Licht auf ihn warf.

Er wuchtete sich wieder hoch und hinkte an seinem Stock ans andere Ende des Raumes. Hetty bemerkte erst jetzt eine Reihe von Druckknöpfen an der Wand.

»Ich bin nicht gut zu Fuß, müssen Sie wissen, meine Liebe. Ich habe dieses System einbauen lassen, einfach, aber effizient. Jeder dieser Knöpfe ist mit einer Stelle verbunden, wo Stark sein könnte – der Garage, dem Pförtnerhaus, dem Bootsschuppen.«

Van Leeuwen berührte den jeweiligen Knopf mit dem stummeligen Finger, sobald er ihn nannte. »Wenn ich ihn brauche, drücke ich den Knopf für den Ort, wo ich ihn vermute, oder alle, wenn ich mir nicht sicher bin. Eine Klingel läutet dann dort, und Stark weiß, dass er zum Haus kommen soll. Schauen wir einmal, ich glaube, er arbeitet heute am Wagen.« Er drückte den mittleren Knopf.

Sodann kehrte er zu seinem Sessel zurück und nahm Platz. »Nun, warten wir einige Minuten. Wenn er schmutzige Hände hat, braucht er Zeit, um sich zu reinigen.«

Hettys Blick war von der Reihe der Rufknöpfe zu einigen Aquarellen von Seelandschaften gewandert, die über ihnen an der Wand hingen.

»Gefallen sie Ihnen?« Van Leeuwen klang erfreut. »Ich war früher Kunsthändler. Heute bin ich Sammler wie Pauls Vater, nur dass er Schmuck sammelte. Bei mir sind es Gemälde.«

Sind es nur Gemälde?, fragte sich Hetty. Oder hatte die Gelegenheit, die Romanow-Diamanten in die Hände zu bekommen, für seine Sammelleidenschaft eine zu große Herausforderung bedeutet, als dass er ihr widerstehen konnte?

»Mr. van Leeuwen«, fragte sie unvermittelt, »wann haben Sie die Sammlung vor ihrem Verschwinden zuletzt gesehen?«

Ihr war der Gedanke gekommen, dass van Leeuwen mit seiner Bewegungseinschränkung vermutlich schon einige Zeit nicht mehr nach Frankreich gereist war, wo der Schmuck aufbewahrt worden war.

»Oh, es liegt vier oder fünf Jahre zurück.« Van Leeuwen schien sich zu wundern, aus welchem Grund sie die Frage stellte. »Bei meiner letzten Reise über den Ärmelkanal besuchte ich Pamela, unter anderem, um über die Romanow-Diamanten zu sprechen. Ich wollte erfahren, was sie damit vorhatte. Sie müssen wissen, ich hatte das Gefühl, dass sie etwas mit ihnen plante. Ich flehte sie an, nichts zu entscheiden, ohne es vorher mit mir zu besprechen.«

»Und sie besprach sich mit Ihnen?«, fragte Hetty.

»Oh nein!« Erneut funkelte Zorn in seinen hervorstehenden blauen Augen auf. »Erst nachdem sie sich entschieden hatte. Erst dann informierte sie mich lediglich, wenn Sie so wollen. Ganz unverfroren. Sie sagte, sie beabsichtige, die Sammlung zur Ausstellung nach London zu schicken. Sie wollte keine Einwände hören, und dann begriff ich, dass sie noch mehr bezweckte – sie wollte die gesamte Sammlung dem Museum schenken! Sie sollte als Van-Leeuwen-Sammlung ausgestellt werden, zum Andenken an ihren Ehemann und ihren Schwiegervater. Offenbar glaubte sie, das wäre eine passende Verwendung für die Romanow-Diamanten. Ich betonte, wie aufgebracht sowohl Paul als auch sein Vater darüber gewesen wären, aber sie ist eine starrsinnige Frau. Eine unmögliche Person!«

Er steigerte sich in seine Erregung hinein und zückte wieder das Taschentuch.

Während er sich den Schweiß vom geröteten Gesicht wischte, überdachte Hetty, was sie über Pamela van Leeuwen wusste. Hatte sie wirklich die Absichten verfolgt, die sie Erwin gegenüber erklärte? Dass sie die Diamanten nur als ersten Schritt eines Planes nach England schickte, mit dem sie eine permanente Gedenkstätte für ihren Mann und ihren Schwiegervater zu schaffen gedenke? Welche Rolle spielte die Versicherungssumme beim Verlust der Steine? Diese Frage hätte sie Ned stellen sollen, hatte es aber unterlassen.

Ein Geräusch drang in ihre Gedanken, und Hetty fuhr zusammen. An der Tür räusperte sich jemand diskret. Sie wandte sich um.

Ned hatte Stark einen »Schrank von einem Mann« genannt. Er war gewiss groß und kräftig gebaut, mit glatten dunklen Haaren, die er aus der Stirn nach hinten gekämmt trug. Seine Haut war erstaunlich blass für jemanden, der, wie Hetty annahm, viel Zeit im Freien verbrachte, und das schon sein ganzes Leben lang; er musste in den Vierzigern sein. Solch einen Teint, helle Haut mit schwarzen Haaren, gab es. Hetty war diese Kombination schon untergekommen, und sie hatte sie stets unnatürlich gefunden, obwohl sie, besonders bei einer Frau, durchaus reizvoll wirken konnte.

Stark stierte sie an, und sie war sich sicher, dass er ahnte, wer sie war und aus welchem Anlass sie kam. Er sagte dennoch nur: »Jawohl, Sir?«, und richtete den Blick auf seinen Dienstherrn.

»Ah, Stark!«, sagte van Leeuwen umständlich. »Kommen Sie herein! Das ist Sergeant Farrell. Sie ist wegen der Leiche hier – dem armen Mann, der nicht weit von hier im See ertrunken ist. Anscheinend handelte es sich um Holst. Sie erinnern sich, dass ich Ihnen von Holst erzählt habe? Er war der Kurier, der die Romanow-Sammlung befördert hat.«

»Jawohl, Sir. Wirklich, Sir?«

Stark hob fragend die dichten schwarzen Brauen, aber er führte nicht weiter aus, was er wissen wollte.

»Waren Sie mit Michael Holst bekannt, Mr. Stark?«, fragte Hetty ihn.

»Nein, Ma'am.« Er hatte eine hölzerne Sprechweise und war offenbar ein Mann weniger Worte.

»Sie haben keine Idee, weshalb er in dieser Gegend gewesen sein könnte?«

»Keine, Ma'am.«

»Und sind Ihnen hier in letzter Zeit ungewöhnliche Aktivitäten aufgefallen?«

Hetty rechnete fest damit, dass Stark erneut verneinen würde, doch stattdessen sagte der Mann: »Tatsächlich, ja, Ma'am.«

Hetty blinzelte. Van Leeuwen rief aus: »Was höre ich da? Davon haben Sie mir nichts gesagt, Stark!«

»Ich wollte nicht, dass Sie sich Sorgen machen, Sir. Ich behielt die Dinge im Auge.« Starks Blick, von schweren Lidern überschattet, kehrte zu Hetty zurück. »Im See hat sich ein junger Mann mit Taucherausrüstung herumgetrieben, Ma'am. Er machte nicht den Eindruck eines gewöhnlichen Touristen, und er hat sich sehr für die Grundstücke am Seeufer interessiert, so wie dieses hier. Deshalb habe ich mich ein wenig kundig gemacht. Ich nehme an, er wohnt ganz in der Nähe, auf Stoney How.«

Ned. Hetty unterdrückte ihre Erbitterung. Dass Ned es gewagt hatte, sie zu warnen, dass sie Stark oder seinen Dienstherrn nicht alarmieren dürfe. *Na warte, bis wir uns wiedersehen!,* dachte sie wutentbrannt. Auf den Gedanken folgte ein noch größerer Wunsch zu wissen, wo er sich in diesem Moment aufhielt.

Sie musterte Stark, dessen blasses Gesicht so reglos war wie eine Maske. Dennoch, in seinen dunklen Augen lauerte etwas, da war sie sich sicher. Triumph, nichts anderes! Stark hatte sie aus dem Konzept gebracht, und das wusste er genau. Er hatte den Spieß umgedreht. Den Besuch auszudehnen, hatte nun wenig Sinn.

»Vielen Dank«, sagte sie. »Ich muss Sie vielleicht noch einmal sprechen, Mr. Stark.«

Als Stark gegangen war, dankte sie Erwin van Leeuwen für seine Hilfe und wiederholte, dass sie ihn womöglich erneut aufsuchen müsse.

»Jederzeit, meine Liebe!« Van Leeuwen humpelte entschlossen zur Tür. »Ich würde Sie einladen, zum Mittagessen zu bleiben, aber Mrs. Beckett wird nicht für zwei gekocht haben. Vielleicht beim nächsten Mal?«

Hetty lehnte sein Angebot höflich ab. Als sie die Haustür erreichten, fragte sie jedoch: »Darf ich vielleicht Ihren Garten durchqueren? Ich habe gesehen, dass er zum See hinunterreicht.«

»Aber gern. Ich wünschte, ich könnte Sie begleiten, aber leider …« Als unausgesprochene Begründung klopfte er mit dem Gehstock auf den Boden. »Der Garten ist ein wenig überwuchert. Als ich noch beweglicher war, habe ich mich gern um ihn gekümmert, aber jetzt ist niemand mehr dafür da. Stark trimmt die Hecken und entfernt das Unkraut von der Auffahrt, und er mäht auch das bisschen Rasen gleich hinter dem Haus. Aber davon abgesehen ist der Garten zu einem regelrechten Dschungel geworden.«

Sie schüttelten einander die Hand und trennten sich.

Der Garten war allerdings ein Urwald. Halbwegs ordentlich war er nur unmittelbar am Haus und am Weg zum Tor. Hinter dem Haus bis ans Seeufer hatten sich Büsche und Bäume ungehindert breitgemacht. Hetty ging los und fragte sich bald, ob sie eine Machete brauchen würde, um vorwärtszukommen.

Aber es musste einen Weg zum Bootsschuppen geben, und tatsächlich stieß sie darauf, einen schmalen Trampelpfad, der sich zwischen ungestutzten Büschen durchwand und anscheinend regelmäßig benutzt wurde. Sie folgte ihm.

Über ihrem Kopf schlossen sich die Baumwipfel. Unter dem

Blätterdach herrschte ein Halbdunkel; kein Sonnenlicht drang hindurch. Während sie ging, lauschte sie und blickte um sich, gewahr, dass Stark hier irgendwo sein konnte. Mit etwas Glück hatte er sich auf den Rückweg zur Garage gemacht.

In dem Gewirr aus Ästen und Ranken knackte ein Zweig. Hetty blieb stehen; das Herz schlug ihr bis zum Hals. Sie bemühte sich darum, sich zusammenzureißen. Ein Vogel vielleicht oder ein kleines wildes Tier, womöglich sogar eine Hauskatze auf der Jagd.

Sie ging vorsichtiger weiter. Links von ihr raschelte es im Gebüsch. Sie versuchte, das Geräusch zu ignorieren, erhaschte aber aus dem Augenwinkel eine Bewegung. In den Büschen war etwas, etwas, das zu groß war für ein Kaninchen oder eine Ratte.

»Also gut!«, rief sie mit scharfer Stimme. »Ich bin Polizeibeamtin. Kommen Sie sofort dort heraus!«

Stille setzte ein. Dann verriet ein lauteres Knacken brechender Zweige, dass die bisher ungesehene Gestalt sich bald zu erkennen geben würde. Die Wand aus Unterholz schaukelte und wiegte, bevor jemand hervorkam. Die Büsche teilten sich, und Ned Woodley trat ein kurzes Stück entfernt vor ihr auf den Weg.

»Guten Morgen, Sergeant Farrell!« Er trug eine abgewetzte Jeans und einen dunklen Sweater. Seine Haare waren voller Gras und Blätterstückchen, sein Gesicht war schmutzig. Jeder Polizeibeamte außer ihr, so dachte sie, hätte ihn wegen Landstreicherei festgenommen.

»Das hätte ich mir denken können!«, rief sie mit einer Mischung aus Ärger und Schicksalsergebenheit aus. (Ganz zu schweigen von einem Hauch Erleichterung.) »Was, um alles in der Welt, tun Sie hier? Außer ein Grundstück widerrechtlich zu betreten?«

»Für Sie gilt ja wohl das Gleiche«, entgegnete er prompt.

»Ich habe die Erlaubnis des Eigentümers, mich umzusehen. Um Himmels willen, Ned, Stark ist hier irgendwo.«

»Er hat den ganzen Morgen in der Garage zu tun. Ich habe mich vergewissert.« Ned blickte in die Richtung der Gebäude, die von hier aus nicht zu sehen waren. »Bis auf die paar Minuten, als er zum Haus ging, während Sie dort waren. Dann kam er heraus und machte sich wieder an den Wagen. Ich habe gesehen, wie Sie ankamen«, fügte er verspätet hinzu.

»Ach ja? Dann hätten Sie sich mir entweder zu erkennen geben oder sich vom Acker machen müssen, schön weit weg, zurück nach Stoney How. Wenn Sie gesehen worden wären, hätten Sie *alles* ruiniert. Ist Ihnen denn klar«, fügte Hetty mit einer gewissen Befriedigung hinzu, »dass Stark von Ihrem Interesse an Greywalls weiß und mir vorhin Ihr verdächtiges Verhalten gemeldet hat?«

Ned grinste. »Hat er? Der hat echt Nerven, was? Ansonsten ein uncharmanter Bursche. Was halten Sie denn vom alten Erwin?«

»Ich bin mir nicht sicher«, gestand Hetty. »Ich finde ihn schwer zu durchschauen. Er war sehr freundlich und hilfsbereit. Aber hinter der Fassade ist er wegen irgendetwas extrem wütend. Er hat gesagt, er sei natürlich entrüstet über den Verlust des Schmucks. Die Schuld daran gibt er Pamela, weil sie es war, die entschieden hat, die Sammlung nach England bringen zu lassen. Er war auch sehr aufgebracht, als ich ihm eröffnete, dass der Mann, den wir aus dem Wasser gefischt haben, Michael Holst ist.«

»Als hätte er das nicht gewusst!«, knurrte Ned.

»Ich bin mir nicht sicher, ob er es wusste.« Hetty runzelte die Stirn. »Er wirkte ehrlich geschockt, und die Schuld daran legte er ebenfalls Pamela zur Last. Wenn ich es recht bedenke, wirkte er über den Raub der Romanow-Sammlung mehr erschüttert als über Holsts Tod, auch wenn er sein Bedauern aussprach.« Sie seufzte. »Ich bin mir sicher, dass ihn Pamela van Leeuwens Entscheidung, die Sammlung zu stiften, aufrichtig erbost hat. Pamela und er hatten deswegen einen schlimmen Streit und wetzen noch immer die Messer. Ich wünschte, ich könnte mit Pamela van Leeuwen persönlich sprechen. Es besteht wohl keine Aussicht, dass sie in unser Land kommt, oder?«

»Oh doch«, entgegnete Ned. »Sogar eine große Aussicht, würde ich sagen. Sehen Sie, Het, Sie sind Polizeibeamtin. Sie glauben doch nicht alles, was die Leute Ihnen so sagen, oder? Ich tue es ganz bestimmt nicht, nicht in meinem Beruf. Was immer passiert ist, es wurde von hier aus geplant, auf diesem Anwesen! Das Zerwürfnis zwischen Erwin und Pamela van Leeuwen, von dem er Ihnen so bereitwillig erzählt hat, könnte genauso ein Schwindel sein wie der falsche Wachmann, der Holst entführt hat. Einzig zu dem Zweck inszeniert, uns in die Irre zu führen.«

»Ja, das weiß ich durchaus, vielen herzlichen Dank, Mr. Woodley! Ich bin mir sehr wohl im Klaren darüber, dass sowohl Erwin als auch Pamela van Leeuwen die Unwahrheit sagen könnten, vielleicht nach Absprache, vielleicht auch unabhängig voneinander.« Sie hob das Kinn. »Und nun wäre ich Ihnen dankbar, wenn Sie das Grundstück verlassen würden.«

»Sonst werden Ihr Name und Ihre Adresse aufgenommen!«, erwiderte Ned respektlos.

»Glauben Sie nur nicht, ich hätte davor Angst. Sie behindern meine Ermittlungen«, drohte sie.

»Wenn Sie mir so kommen«, entgegnete Ned, »zeige ich Ihnen nicht, was ich gefunden habe.«

»Wenn Sie irgendetwas gefunden haben, das mit dem Fall zu tun hat«, beharrte Hetty, »müssen Sie es mir so oder so melden.«

Neds Miene wurde aufreizend ausdruckslos. »Ich würde allerdings sagen, dass ich es in dem vielen Unterholz eventuell nicht wiederfinde.«

Hetty gestand ihre Niederlage ein – wenigstens vorerst. »Also gut. Ich gebe nach. Treiben Sie sich doch hier herum und lassen sich von Stark erwischen, wenn Sie es unbedingt so wollen. Aber ich würde gern sehen, was Sie gefunden haben. Bitte.«

Ned wies mit einer übertriebenen Gebärde in die Tiefen des Unterholzes hinter sich. »Folgen Sie mir, Sergeant Farrell!«

Früher einmal war es eine Treppe gewesen, die zu einem Bootssteg hinunterführte. Steinerne Geländer säumten sie auf beiden Seiten; Gewächse hatten sie überwuchert und verdeckten sie zum größten Teil. Kletterpflanzen rankten an den anmutigen Geländerpfosten hoch. Die Kanten der steinernen Stufen waren zerbröckelt, die Flächen gebrochen, wo Unkraut sich einen Weg hindurch erzwang. Trotzdem war es möglich, sich vorzustellen, wie sie einmal ausgesehen hatte, wenn das Wasser an ihr unteres Ende schlug und der fabelhafte Blick über den See vor einem lag.

Dennoch wusste es Hetty gar nicht zu schätzen, dass sie durchs Unterholz gestolpert und genauso schmutzig geworden war und so abgerissen aussah wie Ned, nur um ein verfallenes Architekturmerkmal zu Gesicht zu bekommen. »War es das?«, fragte sie recht ungnädig.

»Nein, das ist es«, erwiderte Ned.

Am oberen Ende jeder Balustrade hatte eine Zierurne auf einem Sockel gestanden. Die rechte war noch vorhanden, wenngleich fast völlig überwuchert und kaum zu erkennen. Die auf der linken Seite fehlte.

Wo sie gestanden hatte, war leicht zu erkennen. Die Sockelplatte war noch da, und die Rankpflanzen darum waren erst vor Kurzem grob ausgerissen worden. Ned zeigte schweigend auf die Oberfläche des leeren Sockels. Auf ihr war ein blasser Kreis aus sauberem Stein zu erkennen. Die Urne konnte nicht vor mehr als einer Woche entfernt worden sein.

Hetty packte mit beiden Händen die Pflanzen, von denen die andere Urne überwuchert war, und zog sie weg, sodass die steinerne Vase darunter sichtbar wurde. Auch wenn sie von Moos bedeckt war, kam ihr das Muster darauf nur zu bekannt vor. Ohne Zweifel war dies ein Zwilling der Urne, die Ned am Grund des Sees gefunden hatte, an eine eingewickelte Schaufensterpuppe gebunden.

»Also, Sergeant Farrell«, zischte Ned, »was halten Sie davon?«

4.

»Die Puppe, die wir aus dem See geholt haben, war mit einer Steinvase beschwert, die von Greywalls stammt«, murmelte Hetty. Was wohl Inspector Wills daraus machen würde. Sie ertappte sich bei dem Gedanken, dass damit wenigstens der Verdacht ausgeräumt wäre, dass Ned die Bergung der Schaufensterpuppe aus dem See als eine Art Streich inszeniert hätte.

»Richtig, also machen Sie mir nicht länger weis, dass Erwin van Leeuwen nicht der Kopf hinter dem Ganzen wäre«, sagte Ned grimmig.

Die Brise pfiff über den See und raschelte hinter ihnen in den Blättern der Bäume. Wasser platschte ans Fundament des Bootsschuppens, und aus dem Gebäude drang das Knarren von Holz.

»Ich würde zu gern dort hineinsehen«, murmelte Hetty mehr zu sich selbst als zu Ned.

Neds Blick war dem ihren zum Bootsschuppen gefolgt. »Habe ich schon versucht. Abgeschlossen. Ich könnte hineinkommen, indem ich ihn umschwimme und unter dem Tor hinwegtauche.«

Die Idee erschreckte sie so sehr, dass sie ihn musterte, als fiele ihr seine Anwesenheit erst jetzt auf. »Auf keinen Fall werden Sie das tun! Ich könnte zurück zum Haus gehen und Erwin van Leeuwen um den Schlüssel bitten. Aber wenn ich es mir so recht überlege, müssen wir uns überall genau umsehen. Ich werde Inspector Wills Bericht erstatten, und er wird einen

Durchsuchungsbeschluss beantragen. Nachdem Sie – wir – nun das hier gefunden haben …«, Hetty wies auf den blassen Fleck an der Sockelplatte, wo die Vase einmal gestanden hatte, »glaube ich, dass wir einen hinreichenden Grund haben, um ihn zu bekommen.«

Ned machte eine halsstarrige Miene. »Mir gefällt die Verzögerung nicht.«

»Das lässt sich nicht ändern. Sie haben noch keine Ahnung, dass wir den Sockel gefunden haben und wissen, wo die Vase fehlt. Hören Sie, Ned, wir müssen das Grundstück wirklich auf der Stelle verlassen. Wenn wir zusammen gesehen werden, haben wir den Salat. Bitte, gehen Sie jetzt.«

Ned wand sich ein wenig, rieb sich mit den schmutzigen Händen durch das zerzauste Haar und schaffte es, dass er noch ungepflegter denn je aussah. »Sie sollten auch gehen, Hetty. Kommen Sie mit einem Trupp Streifenbullen wieder.«

»Zum gegenwärtigen Zeitpunkt benötige ich keine Unterstützung, vielen herzlichen Dank. Ich werde etwa zehn Minuten nach Ihnen aufbrechen. Auf diese Weise werden wir nicht zusammen gesehen, und ich würde gern noch einen Blick in die Runde werfen.«

Er wollte noch immer nicht nachgeben. »Mir gefällt es nicht, Sie hier alleinzulassen, Het.«

»Ich habe Erwin van Leeuwens Erlaubnis, mich in seinem Garten aufzuhalten. Und mein Walkie-Talkie habe ich dabei.« Sie klopfte sich auf die Jacke. »Gehen Sie, Ned. Je früher Sie verschwinden, desto eher kann auch ich aufbrechen.«

Dieses Argument überzeugte ihn endlich, auch wenn er nach wie vor schwer unzufrieden wirkte. Er nickte und tat dann etwas, das sie auf der Welt als Letztes erwartet hätte: Er beugte sich vor und küsste sie auf die Wange. »Pass auf dich auf, Het!«, flüsterte er.

Und dann war er verschwunden, bevor sie reagieren konnte.

»Hmn!«, machte Hetty und rieb sich die Wange. *Hoffen wir, dass er so etwas lässt, wenn Freddy zusieht. Das würde die kleine Dame in ihren Plänen doch sehr bestätigen.*

*N*eds Abschiedsgeste haftete etwas eigenartig Verwirrendes an sich. Hetty war zuerst erschrocken gewesen, doch nun empfand sie abwechselnd Empörung und unerklärliche Zufriedenheit. »Du machst da wirklich zu viel aus einer bedeutungslosen Nebensächlichkeit«, schalt sie sich streng.

Sie bemühte sich, die Fassung wiederzuerlangen. Sie war hier, um zu schauen, was sie finden konnte, und nicht, um sich an verfallenen Treppen verworrenen emotionalen Tagträumen hinzugeben wie die verknallte Heldin eines Liebesromans.

»Hör also auf zu feixen wie die Grinsekatze, Mädel«, fuhr sie fort, »und mach dich an die Arbeit.«

Am Bootsschuppen stellte sie fest, dass er, ganz wie Ned gesagt hatte, abgeschlossen war. Hetty spähte durch ein mit Laubsägearbeiten verziertes Holzpaneel, das statt Fenstern Licht hineinließ, konnte aber nur wenig erkennen. Im Innern schien ein Ruderboot oder Dingi zu liegen. Auf dem See konnte sie sich Erwin van Leeuwen nicht vorstellen. Aber Stark war als junger Mann bei der Marine gewesen, und das Boot konnte ihm gehören.

Sie wollte sich gerade abwenden, als ihr etwas ins Auge fiel. In einem Ritz im Holzrahmen steckte ein rötliches Haarbüschel fest. Der Wind hatte wieder die Wasserfläche des Sees aufgerührt und das Ufer erreicht, sodass die Haare in der Luft wehten und das Licht fingen.

Vorsichtig löste Hetty ein paar Strähnen. Für Menschenhaar war es zu dick und fühlte sich zu glatt an. Unvermittelt identifizierte es.

Sie hielt das realistische, aber synthetische Haar von »George« in der Hand, der Schaufensterpuppe, die sie aus dem See gezogen hatten.

Zusammen mit dem Beweis der fehlenden Urne stand für sie außer Zweifel, dass Puppe und Vase in dem Dingi aus dem Bootsschuppen auf den See hinausgefahren und von Starks kräftigen Armen ins tiefe Wasser geworfen worden waren.

Hetty nahm einen kleinen Plastikbeutel aus ihrer Handtasche, schob vorsichtig die Haare hinein und verschloss ihn. »Beweis Nummer eins«, murmelte sie. Sie schob sich den Plastikbeutel in die Hosentasche und drehte sich um.

Ein paar Schritte entfernt stand Stark im Schatten der Bäume und beobachtete sie. In seiner rechten Hand glänzte ein Revolver mit einem hässlichen Stummellauf.

Hettys Herz machte einen schmerzhaften Satz, aber sie blieb nach außen hin gelassen, und ihr gelang sogar ein Lächeln.

»Legen Sie die Waffe weg, Mr. Stark. Ich bin keine Einbrecherin.«

»Sie sind was Schlimmeres«, sagte Stark verdrossen. »Sie sind eine lästige Schnüfflerin.«

»Ich habe die Erlaubnis Ihres Arbeitgebers …«, begann sie, durfte den Satz jedoch nicht beenden.

»Halten Sie den Mund!«, befahl er ihr in einem Tonfall, der ihr sagte, dass es klüger wäre, ihm zu gehorchen – zumindest vorerst.

Er kam zu ihr und streckte die freie Hand aus. »Geben Sie mir Ihre Tasche.«

Für Widerspruch war es der falsche Moment. Hetty nahm die Handtasche von der Schulter und warf sie ihm zu. Sie hatte kurz – sehr kurz – überlegt, sie nach ihm zu schleudern. Aber solch ein Trick, der in Filmen prächtig funktionierte, würde ihn in der Realität kaum veranlassen, die Waffe fallen zu lassen. Im Gegenteil, eher würde er schießen. Sein weißes Gesicht war vor unnatürlicher Nervosität starr, und der Ausdruck in seinen dunklen Augen war ein Hinweis, dass ihm mit Vernunft nicht beizukommen wäre. Der Mann war angespannt wie eine Uhrfeder, und die kleinste Bewegung, die leiseste Weigerung, seinen Befehlen zu gehorchen, konnte sich als fatal erweisen.

Die Tasche – mit dem Mobiltelefon darin – landete mit einem gedämpften Geräusch auf dem laubbedeckten Boden. Sie hatte jedoch noch ihr Funkgerät.

»Jacke!«, befahl Stark.

Hetty verließ der Mut, als ihr klar wurde, dass er möglicherweise, wahrscheinlich sogar, in den Bäumen gelauert und belauscht hatte, wie sie Ned auf ihr Polizeifunkgerät in der Jacke hinwies. Indem sie Ned weggeschickt hatte, hatte sie Stark in die Hände gespielt. Er hätte gezögert, sich mit ihnen beiden anzulegen. Auf sich gestellt, bedeutete sie für keinen skrupellosen Schurken kein großes Hindernis.

Hetty ließ sich die Jacke von den Schultern gleiten, und sie gesellte sich zu ihrer Handtasche auf den Boden.

Stark entspannte sich ein wenig. Das war das erste ermutigende Zeichen, das sie sah. Lange hielt es nicht an. Er winkte mit dem Revolver.

»Marsch!«

Sie wollte sich gerade in die Richtung bewegen, in die Stark zeigte, als sie unerwartet unterbrochen wurden.

Aus dem Bootsschuppen drang ein lautes elektrisches Summen. Sie erschraken beide, und der Revolver in Starks Hand zuckte bedrohlich. Wieder erklang das Summen.

Im ersten Moment hielt Hetty es für ein Telefon, aber dann erkannte sie, was es wirklich war: Erwin van Leeuwen rief Stark zu sich ins Haus. Er hatte einen der Klingelknöpfe gedrückt, die er ihr gezeigt hatte.

Stark wirkte unentschlossen. Der Summer ertönte ein drittes Mal, und er klang in Hettys Vorstellung gereizter als zuvor.

Stark schien zu einer Entscheidung zu gelangen. Das

Schwenken der Waffe hörte auf. »Egal!«, sagte er. »Gehen Sie, wie ich es gesagt habe, junge Dame.«

»Ihr Chef will etwas von Ihnen.«

»Der kann warten! Tun Sie, was ich sage!«

Sie folgten einem schmalen Fußweg zwischen die Bäume. Sie gingen nacheinander, Hetty voraus. Sie war sich unangenehm des Revolvers bewusst, den der Mann hinter ihr auf ihren Rücken richtete.

Die ganze Zeit überschlugen sich ihre Gedanken. Das kurze Zwischenspiel mit dem Summer hatte ihr etwas über die Beziehung zwischen Erwin von Leeuwen und seinem Chauffeur verraten. Ned glaubte, dass van Leeuwen der Kopf hinter dem Raub sei, aber Hetty war anderer Ansicht.

Sie testete ihre Theorie, indem sie über die Schulter sagte: »Ich würde sagen, für Sie war es ein Kinderspiel, Mr. van Leeuwen zu verheimlichen, was Sie treiben, denn er ist gehbehindert und vertraut Ihnen völlig. Er hat keine Ahnung, was Sie vorhatten, oder?«

Stark würdigte sie keiner Antwort, und sie musste erneut versuchen, ihre Theorie darzulegen. »Sie haben sich das alles ausgedacht, oder? Der falsche Wachmann, der Raub der Romanow-Sammlung. Weiß Mr. van Leeuwen etwas davon? Was ist mit den Juwelen? Hat er sie?«

Hinter ihr schnaubte Stark verächtlich. »Der alte Trottel! Er? Der ist zu beschäftigt, Anwälte zu bezahlen, damit sie sich mit anderen Anwälten streiten, die von dieser Frau in Paris bezahlt werden! Die beiden streiten über ein Vermögen an Diamanten und lassen zu, dass ich sie ihnen vor ihrer Nase wegschnappe.«

Also, dachte Hetty, *es ist wie mit den Dieben in Aesops Fabel. N*ur dass in diesem Fall weder Pamela noch Erwin van Leeuwen etwas gestohlen hatten. Sie waren jedoch so sehr darin vertieft gewesen, über das Eigentum des Schatzes zu streiten, dass ein Dritter ihn erfolgreich hatte entwenden können.

Sie waren aus den Bäumen hervorgekommen und durchquerten eine Steinmauer an einer Lücke, um auf den offenen Hang zu gelangen. Steil ragte er vor ihnen auf. Hetty blickte sich rasch um. Die Stelle schien völlig verlassen zu sein. Sie hatte gehofft, Wanderer zu entdecken, und sei es nur in der Ferne, aber keine Menschenseele war zu sehen. Nur einige Schafe trotteten ihr aus dem Weg, als sie sich an den Aufstieg machten. Sie trug kein geeignetes Schuhwerk zum Klettern und rutschte mit ihren glatten Sohlen immer wieder auf dem kiesigen Boden aus. Außerdem blies der Wind die Kälte heran, und sie trug keine Jacke mehr.

Hinter ihr atmete Stark schwer. Seine Physis ließ jedoch erwarten, dass er ausreichend fit war. Der Aufstieg würde ihn nicht ausreichend belasten, dass er unaufmerksam wurde oder sie eine Chance erhielt, ihm zu entkommen. Voll Unbehagen fragte sie sich, wohin es ging.

Sie nahm das Gespräch wieder auf, so einseitig es auch war. Wenigstens konnte sie so viel herausfinden, wie sie vermochte, und auf einen unvorhergesehenen Zwischenfall hoffen, der das Blatt wendete.

»Der falsche Wachmann, der Michael Holst in Heathrow abgeholt hat, das waren Sie«, sagte Hetty. »Mit der Schaufensterpuppe haben Sie sich ein Alibi verschafft. Sie haben sie in einen Sessel vor den Fernseher gesetzt und Mr. van Leeuwen gesagt, Sie wollten sich das Spiel ansehen.«

»Es war mein freier Tag.« Stark klang indigniert. »Ich hatte das Recht fernzusehen, wenn ich es wollte.«

»Ja, aber woher wussten Sie, dass der Pfarrer an dem Nachmittag vorbeikommen und Sie sehen würde – die Puppe, meine ich?«

Hinter sich hörte sie ein raues Lachen. »Kinderspiel. Jeder weiß, dass der Padre verrückt ist nach Cricket. Und Mr. van Leeuwen kommt zwar nicht mehr viel unter die Leute, aber er ist sehr großzügig, und wenn es irgendwo was Gutes zu tun gibt, dann ist er dabei, sobald er davon hört. Ich hab ihm vorgeschlagen, dass er was spendet für den Kirchturm oder was immer es war. Ich sagte, ich rufe den Pfarrer für ihn an und lade ihn ein. Also gab ich dem Padre am Abend vorher Bescheid, dass er am nächsten Nachmittag vorbeikommen soll, und sagte dem Alten, wann er auftauchen würde. Ja, und danach musste ich nur noch die Puppe klarmachen, damit sie von der Auffahrt aus gesehen werden konnte, den Fernseher einschalten und den Dingen ihren Lauf lassen.«

»Und Michael Holst ...« Sie stellte nun die gefährlichste aller Fragen. »Sie haben Michael Holst getötet?«

»Der wollte sich aus dem Staub machen!« Mit einem Mal dröhnte Starks Stimme laut und wütend an ihrem Ohr.

Hetty blieb stehen und drehte sich um. Stark hatte nun zwei dunkelrote Flecken auf beiden Wangen, die sein blasses Gesicht umso mehr in eine groteske Clownsmaske verwandelten.

»Sie haben also zusammengearbeitet, Sie und Holst? Sie waren Partner?«

»Das hatte ich wenigstens gedacht!«, knurrte Stark. »Aber er hat versucht, mich übers Ohr zu hauen. Ich habe die Puppe wie geplant entsorgt. Aber dann geht dieser Versicherungsdetektiv da tauchen. Und er findet am Grund des Sees tatsächlich die Puppe! Danach hat es am Ufer nur so von Polizei gewimmelt.«

Starks Miene war mürrisch, seine Stimme bitter. »Hat alles verdorben, der Kerl. Holst verlor die Nerven – nicht, dass er jemals viel davon gehabt hätte. Er fiel mir in den Rücken. Sagte sich wohl, er könnte behaupten, ich hätte ihn entführt und gefangen gehalten, und man würde ihm glauben. Ich war stinksauer auf ihn und schlug mit einem Bootshaken zu ... Er war auf der Stelle mausetot. Ich habe seine Leiche im Bootsschuppen versteckt, und sobald es ging, wollte ich mit ihm rausfahren und ihn aus dem Boot werfen wie die Schaufensterpuppe.«

Er schwieg und leckte sich nervös die Lippen.

»Aber ich konnte nicht mehr vernünftig planen. Ich bekam Panik, weil ich so ganz allein war. Ich bin Samstag nachts rausgefahren, im Schutz der Dunkelheit, und habe Holst in den See geworfen. Ich dachte, er versinkt schön, aber er ist ans Ufer zurückgetrieben, und am Morgen haben Sie ihn dann in den Binsen gefunden.«

Sie setzten sich wieder in Bewegung. Hetty war nachdenklich. Sie überquerten eine Kuppe und stiegen auf der anderen Seite hinunter in ein weites Tal. Ein Bach lief an dessen Grund entlang, und nicht weit von ihnen stand eine Feldsteinhütte, vermutlich gebaut, um Schafhirten Unterkunft zu bieten. Obwohl es unwahrscheinlich war, dass sie noch immer diesem Zweck diente, machte sie den Eindruck, dass sie in jüngerer Zeit instandgesetzt worden sei. Hetty vermutete, dass diese Hütte ihr Ziel war.

Tatsächlich überquerten sie den Bach auf glatt gespülten Steinbrocken und bogen seitlich zur Hütte ab. Sie hatte eine starke Tür aus Holz mit Haspe und Vorhängeschloss.

»Ich habe die Hütte in Ordnung gebracht«, sagte Stark unerwartet und zeigte auf das Schloss. »Dachte mir, dass mir der Bau noch mal nützlich sein könnte. Ich war mir nie sicher bei diesem Holst. Dachte mir schon, dass ich ihn vielleicht einsperren müsste. Aber wie sich zeigte, musste ich ihm sogar eins überziehen.«

Trotz all ihrer Anstrengungen zitterte Hettys Stimme. »Wenn Sie mich hier erschießen, ist der Knall meilenweit zu hören.«

Als Antwort grunzte Stark. Er suchte etwas in seiner Tasche, hielt aber den Revolver fest auf sie gerichtet. Hetty sah zu, wie er einen Schlüsselbund hervorzog und das Vorhängeschloss entriegelte. Er zog die Tür auf.

In der Hütte sah es dunkel und wenig einladend aus.

Er nickte Richtung Tür. »Na los.«

Sie unternahm einen letzten Versuch, es hinauszuzögern. »Sagen Sie mir nur eins. Wann haben Sie – meinetwegen mit Holst – angefangen, die Tat zu planen?«

Unerwartet spaltete ein hässliches Grinsen Starks Gesicht. »Ich hatte Zeit genug! Der Alte und ich, wir sind nach Frankreich gefahren, fünf Jahre oder so ist das her. Er wollte diese Mrs. Pamela van Leeuwen besuchen, und ich musste ihn fahren.«

Starks Miene schlug zu rechtschaffenem Abscheu um. »Kaum waren wir dort angekommen, als er und sie zu streiten anfingen. Ob ich – oder sonst jemand – die Hälfte davon mithören konnte, schien sie nicht zu interessieren. Bald wurde klar, dass sie über Schmuck stritten, russische Juwelen, Diamanten. Sie wollte sie nach London in irgendein Museum schicken. Redete ständig von einer Schenkung zum Andenken an ihren Mann und noch irgendwen. Der alte Erwin war dafür, dass der Schmuck ›in der Hand der Familie‹ blieb, so sagte er immer. Damit meinte er, wenn sie ihn schon weggibt, dann halt ihm. Was er damit vorhatte, kann ich Ihnen nicht sagen. Er ist stinkreich und hat schon eine Sammlung von Gemälden und Statuetten und anderem Zeug. Aber so was haben Sie noch nie gehört, wie die sich angekeift haben, mit Zähnen und Klauen, und was die sich gegenseitig vorwarfen!«

Stark schüttelte den Kopf, verwundert über die Erinnerung. »Zuerst kam es mir lustig vor. Sie waren ja nicht gerade Jungspunde, die beiden, aber sie steigerten sich hinein wie zwei Kinder. Man sollte meinen, dass sie ein bisschen mehr Verstand hätten. Dann wurde mir klar, dass die Alte wirklich einen ganzen Koffer Diamantschmuck an irgendein Museum verschenken wollte.«

Starks Stimme nahm einen entsetzten Tonfall an. »Können Sie sich so was vorstellen? Ausnahmsweise war ich mal mit meinem Chef einer Meinung. Er hat ihr ins Gesicht gesagt, dass sie den Verstand verloren hat, und ich würde meinen, er hatte recht.«

Stark gab ein weiteres verächtliches Schnauben von sich. »Meiner Meinung nach war das echte Verschwendung. Ich überlegte mir, was ich damit anstellen könnte. Der Schmuck ließe sich leicht verkaufen. Selbst wenn mir ein Hehler nur die Hälfte des Wertes geben würde, wäre es mehr Geld, als ich in meinem ganzen Leben verdienen könnte. Und sie hätten es nicht anders verdient. Rumzuzanken wie zwei verzogene Bälger!«

An dem, was Stark sagte, war etwas Wahres dran, überlegte Hetty wehmütig. Hätten Erwin und Pamela van Leeuwen sich vernünftiger und anständiger benommen, wäre vielleicht nichts von alledem geschehen.

Starks Redelaune war verflogen. Er stieß Hetty durch die offene Tür der Hütte und knallte sie hinter ihr zu. Sie hörte das Klappern des Vorhängeschlosses und das Klicken, mit dem der Bügel einschnappte. Dann herrschte Stille.

Wenigstens war Stark fort, und sie erhielt Zeit. Aber wie viel Zeit das war, wusste Hetty nicht. In der fensterlosen Hütte war es dunkel. Ein wenig Sonnenschein drang unter Tür und durch eine Lücke in den Wänden hindurch. Auch das Dach ließ etwas Licht herein, und nachdem ihre Augen sich an das Halbdunkel gewöhnt hatten, konnte sie die Umrisse ihres Gefängnisses ausmachen. Die Steine waren grob behauen, ihre Oberfläche uneben. Das Dach bestand wohl aus Holzplanken. Gegen Abend würde das Licht schwächer werden – aber möglich, dass Stark bis dahin schon wieder hier wäre. Sie musste jetzt einen Weg nach draußen finden.

Hetty schauerte. Ohne ihre Jacke war es kalt in der Hütte. Aktivität jeder Art würde sie warmhalten. Sie ratterte an der Tür, um zu prüfen, wie stark sie war, und fuhr auf der Suche nach einem tieferen Spalt mit den Händen über die rauen Wände. Selbst wenn sie fündig würde, so würde es ihr nicht helfen. Auch nur einen der Steine zu lösen, erforderte lange Arbeit, und sie hatte keinerlei Werkzeuge. Zumindest nicht im modernen Sinn. Aber der primitive Mensch war sehr gut mit Steinen zurechtgekommen, und das konnte sie auch. Sie musste nur etwas Geeignetes finden.

Hetty kniete nieder und suchte den Boden aus Erde sorgfältig mit den Fingerspitzen ab. Lange dauerte es nicht, und sie entdeckte einen größeren Stein, der mit den Kieseln im Boden steckte.

Sie brauchte eine Weile, um ihn herauszuheben, und als sie fertig war, schwitzte sie, ihre Fingernägel waren eingerissen und die Haut abgescheuert. Aber endlich! Mit einem triumphierenden Strahlen hielt sie den Stein in den Händen; er war in etwa so groß wie eine Kokosnuss.

Doch wie und wo sollte sie ihn benutzen? Durch die Wände oder die Tür kam sie damit nicht. Es blieb nur das Dach. Hetty sah hoch.

Soweit sie erkennen konnte, waren die Holzplanken an einem Dachstuhl festgenagelt, eine recht schlichte Konstruktion. Sie reckte sich danach, aber die Planken waren außerhalb ihrer Reichweite. Hetty seufzte.

Sie steckte sich den Stein in die Bluse und streifte ihre Schuhe ab. Indem sie sich mit Fingerspitzen und Zehen an den Spalten und Vertiefungen in den Wänden festhielt, gelang es ihr, auf Dachhöhe zu klettern. Sie klemmte sich in eine Ecke, den Rücken zur einen Wand, die Beine gegen die andere gestemmt, holte den Steinhammer heraus und schlug mit erhobenen Armen gegen eine Holzplanke – dort, wo diese an den Dachstuhl genagelt war.

In ihrem ganzen Leben hatte sie sich noch nie so sehr angestrengt. Der Winkel, in dem sie arbeiten musste, minderte die Wucht ihrer Schläge und raubte ihren Bemühungen einiges an Wirksamkeit. Obwohl sie in Form war, wurden ihre Arme und Beine rasch so müde, dass sie das Gefühl hatte, sie könnte sich nicht lange genug halten, um die Arbeit zu beenden, oder schlimmer, nicht verhüten, zu Boden zu stürzen und sich zu verletzen. Zweimal kletterte sie wieder hinunter, um sich kurz auszuruhen. Angetrieben vom Gedanken an Stark, stieg sie danach jedes Mal wieder hoch, sobald es ihr möglich war, und begann von Neuem. Das Licht ließ rasch nach, und sobald die Dunkelheit eingebrochen war, würde Stark zurückkehren, kein Zweifel. Sie fragte sich, wo Ned sein mochte und was man auf dem Revier darüber dachte, dass sie nicht zurückkehrte. Aber sie hatte gar keine Zeit, sich darüber Gedanken zu machen. Nichts war wichtiger als die Flucht.

Ned war nicht untätig gewesen. Er war nach Stoney How geeilt, wo er lautstark von seiner Schwester und den Dackeln begrüßt wurde.

»Du siehst schmutzig aus«, sagte Freddy kritisch. »Und du hättest schon früher wieder hier sein sollen. Hetty war da, und wir sind spazieren gegangen. Ich glaube, sie mag dich, auch wenn sie es nicht zugibt. Ich habe ihr gesagt, dass du sie magst.«

Ned beugte sich über sie und fragte entnervt: »Du hast nicht etwa schon wieder versucht, mich zu verheiraten, oder? Ich habe dir ganz klar gesagt, was ich davon halte.«

»Aber du magst sie doch, oder? Ich habe Felix gefragt, und er sagt, das ist so. Felix mag sie auch, und ich mag sie, und Jo-Jo und Copper ebenfalls.« Freddy sprach mit sanfter Beharrlichkeit, entschlossen, ihn zu einer vernünftigen Erkenntnis zu bringen, egal, wie sehr er sich dagegen sperrte.

Ned gab die Diskussion auf und ging ins Haus. Als er an einem Spiegel vorbeikam, sah er, in welchem Zustand er war, und lachte glucksend. »Der wilde Mann aus dem Wald ist da«, sagte er zu Felix, der aus der Küche getreten war.

Ein wenig später hatte er sich gesäubert und nahm an, dass

Hetty genügend Zeit gehabt hatte, um zum Stützpunkt zurückzukehren. Er rief die Polizei an und bat darum, Sergeant Farrell zu sprechen.

Sergeant Farrell sei nicht im Gebäude, erfuhr er. Unbehagen überfiel Ned. »Wann hat zuletzt jemand von ihr gehört?«, fragte er. »Hier spricht Edward Woodley, ich bin der Taucher, der die Schaufensterpuppe im See gefunden hat. Ich muss dringend Sergeant Farrell sprechen.«

Aber zu Sergeant Farrell hatte, wie es schien, seit dem frühen Morgen kein Kontakt mehr bestanden.

Ned knallte den Telefonhörer auf die Gabel. »Felix! Ich fahre in die Stadt.«

Freddy eilte ihm hinterher. »Kann ich mitkommen?« Ihr Gesicht unter dem feurigen Lockenschopf war zu einer beschwörenden Miene verzogen.

»Nicht diesmal, Liebes! Es ist geschäftlich«, antwortete Ned grimmig.

»Was haben Sie sich dabei gedacht, sich vorsätzlich in eine polizeiliche Ermittlung einzumischen, Mr. Woodley?« Bradley Wills war eisiger denn je.

Ungeduldig wischte Ned das Missvergnügen des Inspectors beiseite. »Ich habe Ihnen gesagt, dass ich mich nur in dem Garten umgesehen habe, und dabei habe ich herausgefunden, woher diese Urne stammt. Erwin van Leeuwen ist definitiv in die Sache verwickelt. Hören Sie, wo ist Hetty …? Sergeant Farrell, meine ich. Sie sollte hierherkommen, Ihnen berichten und einen Durchsuchungsbeschluss beantragen.«

Inspector Wills zögerte. »Warten Sie einen Moment, Mr. Woodley.«

Er ging zur Tür und rief nach jemandem in einem Büro den Gang hinunter. Ein kurzes Gespräch folgte, das Ned nicht verstehen konnte, bis auf einmal, als Wills die Stimme hob. »Warum zum Teufel hat mir niemand gemeldet, dass Sergeant Farrell nichts von sich hören lässt?«

Er musste erkannt haben, dass Ned seine Worte gehört hatte, und kehrte zurück, knallte die Tür seines eigenen Büros zu und isolierte Ned. Das Stimmengemurmel wurde so undeutlich, dass es nicht mehr möglich war, auch nur zu sagen, wer gerade sprach. Frustriert wartete Ned, bis er hörte, wie sich im gebohnerten Korridor rasch Schritte entfernten. Jemand war beauftragt worden, eine Suche einzuleiten, hoffte er. Die Tür öffnete sich, und Wills trat wieder ein.

Den Inspector hatte seine normalerweise beachtliche Ruhe beinahe – wenn auch nicht ganz – verlassen. Er atmete schwer, und die Muskeln an seinem Kiefer zuckten.

»Wie es scheint, Mr. Woodley«, sagte er steif, »ist Sergeant Farrell weder zurückgekehrt noch hat sie angerufen oder kann kontaktiert werden. Warum, wissen wir nicht«, fügte er mit einer winzigen Spur Verlegenheit hinzu.

»Sie ist auf Greywalls!« Ned sprang auf. »Sie müssen sofort dorthin! Wer weiß, was van Leeuwen ihr schon angetan hat.«

»Wir – um genau sein, ich persönlich – machen uns auf der Stelle auf den Weg zum Haus, Mr. Woodley.« Inspector Wills straffte die Schultern. Er war vor einem Außenstehenden zum Narren gemacht worden. Wills' Gebaren deutete an, dass er zu gegebener Zeit den Verantwortlichen mit Glocke, Buch und Kerze exkommunizieren und dafür sorgen würde, dass er litt. Bis dahin würde er niemandem in seinem Team eine weitere Gelegenheit bieten, ihn vor einem Angehörigen der Öffentlichkeit ins falsche Licht zu rücken.

Ned fixierte den Inspector mit einem Blick, der so stählern ausfiel, dass Bradley Wills, nicht daran gewöhnt, der Empfänger solcher Entschlossenheit zu sein, recht erschrocken dreinblickte.

»Und ich«, teilte Ned ihm mit, »werde Sie begleiten!«

Knack!

Hetty hatte kurz vor dem Aufgeben gestanden. Die Planken, an denen sie über Stunden hinweg zugange gewesen war, hatten sich gelockert, aber sie schienen mit kräftigen Zimmermannsnägeln befestigt zu sein, und sie zu durchbrechen war einfach zu viel für sie. Doch als sie gerade verzweifeln wollte, gab die Planke in der Ecke nach.

Mit neuem Eifer schlug sie mit ihrem Steinhammer nach oben. Die Planke sprang hoch, und ein Stoß kalter, leicht feuchter Luft traf sie. Hetty ließ den Stein fallen und hob die Arme, um mit geschwollenen, blutenden Fingern die nächste Latte in Angriff zu nehmen. Auch sie löste sich; der Nagel steckte noch und bildete einen gefährlichen Stachel, vor dem sie sich hüten musste.

»Noch eine«, murmelte Hetty.

Die nächste Dachlatte zeigte sich widerspenstiger, aber Hetty war nun ermutigt und sah nicht ein, dass sie an einem Stück Holz scheitern sollte. Es ächzte, der Nagel hielt, dann brach er. Nun klaffte ein Loch im Dach, durch das sie sich gerade eben hindurchquetschen konnte.

Einfach war es keineswegs, aber es gelang ihr. Sie zog sich hinaus in die frische Luft und hielt keuchend inne, halb noch in der Hütte, halb draußen, und machte eine Bestandsaufnahme.

Jegliches Zeitgefühl hatte sie verloren. Sie nahm an, dass es Abend sein musste, weil das Licht schwächer wurde. Tatsächlich war noch etwas geschehen, das sie in keiner Weise mitbekommen hatte.

Während sie eingesperrt gewesen war, hatte das Wetter einen seiner hier nicht ungewöhnlichen Streiche gespielt. Ein kalter, dichter Nebel hatte sich herabgesenkt und hüllte alles in eine dämpfende Decke.

Hetty wand sich ganz aus dem Loch, ließ sich vorsichtig vom Dach herunterhängen und löste ihren Griff, sodass sie zu Boden stürzte.

Tief war es nicht, aber sie rollte sich ab und kam ein kleines Stück entfernt auf die Beine. Hätte sie nicht gewusst, dass die Hütte gleich in der Nähe war, wäre sie nie auf den Gedanken gekommen. Hinter dem Nebelschleier war sie so gut wie unsichtbar.

»Oh nein«, flüsterte sie erschrocken.

Der Versuch, durchs Dach zu brechen, hatte sie warmgehalten. Nun sickerte der Nebel durch ihre Baumwollbluse und schloss sie in seine eisige Umarmung. Hetty wusste, dass das Klügste in dieser Situation wäre, an einer geschützten Stelle zu warten, bis der Nebel sich lichtete. In dieser Gegend konnte so etwas recht unvermittelt geschehen.

Allerdings war sie nicht passend gekleidet, um reglos zu bleiben, sie konnte keine Körperwärme bewahren. Außerdem mochte Stark bei diesem Wetter zwar nicht zu ihr zurückkehren wollen, blieb aber eine echte Bedrohung für jemand anderen: für Erwin van Leeuwen, der noch auf Greywalls war und nichts von der Tücke seines Chauffeurs ahnte.

Starks ausgeklügelter Plan war zunichte. Er war, wie er selbst zugab, mehrmals in Panik geraten; zuerst, als er Holst getötet hatte, und später, als er dessen Leiche so ungeschickt versenkt hatte, dass sie wieder ans Ufer getrieben war. Jetzt, wo die Polizei ihm auf den Fersen war, musste man Stark so gut wie alles zutrauen, und jeder, der ihm im Weg stand, schwebte in Gefahr. Sie musste van Leeuwen warnen.

Aber ihre Chancen, zur Straße zurückzufinden, waren praktisch gleich null, und im Nebel konnte keine Suchmannschaft die Fells nach ihr durchkämmen. Sie hatte eine Art von Gefangenschaft gegen die andere eingetauscht. Der Nebel, der ihre Retter fernhielt, setzte sie auf dem Hügel fest.

5.

Hetty schlang sich die Arme um die Schultern und durchforstete ihr Gedächtnis, wie weit Stark mit ihr gegangen war und welche Art Terrain sie durchquert hatten. Der Nebel störte ihren Orientierungssinn, und sie wusste, dass an den Hängen der Fells alle möglichen tückischen Gruben und Abbrüche lauerten, die unvorsichtige Wanderer in die Falle locken wollten.

Die Hütte war ein Bezugspunkt, wenn Hetty sie nur wiederfinden könnte. Mit ausgestreckten Händen ging sie vorsichtig einige Schritte. Gott sei Dank! Ihre Finger strichen über die rauen Steine. Sie lehnte sich mit dem Rücken an die Hauswand und tastete umher, bis sie die Tür gefunden hatte. Nun wusste sie, wie sie sich orientieren musste, damit sie in die Richtung blickte, aus der sie gekommen waren.

Der Bach! Sie hatten einen Bach überschritten. Hetty spitzte die Ohren und glaubte, das leise Gluckern des Wasserlaufs zu hören. Behutsam setzte sie einen Schritt vor den anderen und hielt auf das Geräusch zu.

Das Plätschern von Wasser auf einem Felsbett wurde lauter und verriet ihr, dass sie in die richtige Richtung ging. Eine eisige Nässe durchtränkte ihren Schuh. Sie zog den Fuß zurück, bückte sich und betastete den Boden. Ihre Finger strichen durch Wasser. Den Bach hatte sie gefunden.

Hetty wusste, dass das Gewässer den Hügel hinunter zum See strömte. Sie versuchte sich an alles zu erinnern, was sie während des Aufstiegs mit Stark beobachtet hatte, und war ziemlich sicher, dass der Bach in einer weiten Biegung das Gelände von Stoney How umfloss. Sie bewegte sich vorsichtig weiter voran, sich immer der Tatsache bewusst, dass der Wasserlauf urplötzlich einen steilen Hang hinunterrauschen konnte, wie es bei einigen Bächen in den Fells geschah. Andererseits konnte sie sich an keinen solchen Wasserfall in dieser Gegend erinnern.

Sie hatte eine schwer einzuschätzende Entfernung zurückgelegt, als ihr auffiel, dass sie das Gluckern des Baches nicht mehr hörte. Sie ließ sich auf Hände und Knie nieder und kroch vorwärts. Mit einem Mal fanden ihre tastenden Hände eine begraste Kante und dahinter nur noch Luft.

Der Bach lief nun unterhalb von ihr zwischen zwei Böschungen. Weiterzugehen bedeutete einen Unfall zu riskieren. Hetty hielt inne und schlug sich mit den Händen auf die Oberarme, um die Blutzirkulation anzuregen. Dabei versuchte sie sich auszumalen, was während ihrer Abwesenheit geschehen sein mochte.

Mittlerweile musste man sie auf dem Revier vermissen. Sie hätten vergeblich versucht, sie per Funk zu rufen. Sie wären nach Greywalls gefahren. Wenn Bradley Wills dort unvermittelt mit Verstärkung auftauchte, würde Stark mit Sicherheit in Panik geraten.

Hetty runzelte die Stirn. Der Nebel, der eine solide verquirlte Masse gewesen war, wirkte am Boden vor ihr nun dunkler. Dafür konnte es keine andere Erklärung geben als ... Jawohl! Der Nebel hob sich! Noch während sie zusah, löste sich der dunkle Streifen auf und offenbarte die verschwommenen Umrisse einer Steinmauer.

Hetty sprang auf und ab und rief: »Hurra!« Lange dauerte es nicht, und der Nebel hatte sich genügend gelichtet, dass sie weitergehen konnte, und dann, wie von Geisterhand, verschwand er ganz, und der Weg am Fell hinab war deutlich sichtbar,

Unter sich entdeckte Hetty wie das gelobte Land die schlanken Schornsteine von Stoney How.

Die Dackel hörten, wie sie auf den Hof stolperte, und schossen wütend bellend aus dem Haus. Freddy folgte ihnen dichtauf.

Sie war ein praktisches Kind, ergriff die blau gefrorene Besucherin bei einer eiskalten Hand und zog sie in die Küche, wo Felix, die Schürze vor dem Bauch, über einem blubbernden Topf Suppe präsidierte.

»F-Felix?«, stammelte Hetty. »Ich muss Ihr Telefon benutzen.«

»Mein liebes Mädchen!«, rief Felix aus und legte den großen Holzlöffel beiseite. »Ein Glas Brandy brauchen Sie! Was um alles in der Welt ist Ihnen zugestoßen?« Er packte ihre Hände und rieb sie zwischen seinen breiten Pranken.

»Ich habe keine Zeit, es zu erklären. Wo ist Ned?« Sie schaute sich besorgt um.

Felix warf einen Blick auf Freddy. »Ich würde annehmen, er ist zu Ihrem Inspector Wills gegangen.«

»Was? Felix, bitte, das Telefon!«

Als sie ihren Anruf im Revier beendet hatte, kam Freddy mit einem Becher Kaffee und stellte ihn ihr hin. Hetty legte das Telefon weg und nahm das dampfende Gefäß dankbar in beide Hände. »Du bist ein Schatz, Freddy.« Sie nippte an dem Gebräu und verbrühte sich beinahe die Zunge. »Autsch!«

»Wo ist deine Jacke?«, fragte Freddy ernst.

»Hab sie verloren.«

»Nicht schlimm«, tröstete Freddy sie. »Du kannst einen von Neds Pullovern ausborgen.«

Sie huschte davon und kehrte kurz darauf mit einem unförmigen wollenen Kleidungsstück zurück, das sie ihr in die Arme schob. Hetty zog es sich mühsam über. Der Pullover reichte ihr fast bis zu den Knien, und die Ärmel mussten mehrmals umgeschlagen werden. Für sie war es mehr ein Poncho als ein Sweater.

Freddy sah sie zweifelnd an. »Bevor du jemanden verhaftest, solltest du dir aber vielleicht etwas anderes anziehen, weißt du.«

»Ich hoffe, Sie passen auf sich auf, meine Liebe«, sagte Felix dröhnend. »Niemand von uns möchte, dass Ihnen etwas geschieht – und einer von uns ganz besonders nicht, könnte ich mir vorstellen.«

»Damit meint er Ned«, dolmetschte die stets hilfsbereite Freddy.

Vor Greywalls standen Polizeiwagen, als Hetty eintraf. Ein Constable bewachte das Tor. Er kannte sie nicht, und als eine abgerissene Erscheinung in gewaltig übergroßem Sweater vor ihn trat, weigerte er sich verständlicherweise zunächst, sie passieren zu lassen. Ihre Behauptung, sie habe ihren Dienstausweis verloren, stieß auf taube Ohren, aber glücklicherweise kam ein anderer Constable hinzu, der sie erkannte und sich für sie verbürgte.

Am Fuß der Treppe stand eine zornige Mrs. Beckett mit verschränkten Armen und einem grimmigen Gesicht, das ihrer Missbilligung Ausdruck verlieh. Nach den Geräuschen zu urteilen, wurde gerade das obere Stockwerk durchsucht.

Als sie Hetty erblickte, platzte es aus der Haushälterin heraus: »So etwas habe ich noch nie erlebt, im ganzen Leben nicht! Trampeln durch mein frisch geputztes Haus, gucken in alle Schränke und Schubladen! Machen so viel Unordnung, wie es ihnen gefällt, und kein Wort einer Entschuldigung oder Erklärung! Ein anderer Haufen ist in Mr. Starks Pförtnerhaus und stellt es ebenfalls auf den Kopf! Für wen halten die uns denn? Und wonach suchen sie, erklären Sie mir das mal!«

Hetty hatte keine Absicht, ihr das oder irgendetwas anderes zu sagen, jedenfalls vorerst. Stattdessen fragte sie: »Wo ist der Inspector?«

»Im Wohnzimmer mit noch einem Gentleman und dem armen Mr. van Leeuwen. Er ist nicht gesund, wissen Sie! Für ihn ist das alles ein furchtbarer Schock. Sie sollten das eigentlich besser wissen!« Ganz eindeutig gab Mrs. Beckett allein Hetty die Schuld am ganzen Trubel.

Erwin saß zusammengesunken in seinem Sessel; das rosige Gesicht war vor Bestürzung eingefallen. Mehr denn je sah er wie ein ältlicher Säugling aus, einer, dem man soeben die Lieblingsrassel weggenommen hatte. Inspector Wills stand an der Leiste mit den Klingelknöpfen und musterte sie misstrauisch, während Ned im Zimmer umherstrich wie ein eingesperrter Tiger.

Hetty hatte sich keine großen Gedanken darüber gemacht, wie ihr Wiedererscheinen wirken mochte, aber im Nachhinein überlegte sie, dass sie solch einen dramatischen Auftritt vermutlich nie wieder zuwege bringen würde.

»Hetty!«, rief Ned, stürzte auf sie zu und zog sie in eine Umarmung, die ihr den Atem raubte. »Dir geht es gut! Ich habe mir solche Sorgen gemacht! Was ist passiert? Ich habe dir doch gesagt, du sollst nicht allein dortbleiben!« Besorgt betrachtete er sie von oben bis unten, runzelte die Stirn und fragte: »He, ist der Pullover etwa von mir?«

»Sergeant Farrell!« Inspector Wills klang erleichtert, bevor er in seinem gewohnten schnarrenden Tonfall hinzufügte: »Wo um alles in der Welt sind Sie gewesen? Mr. Woodley! Lassen Sie meine Sergeantin los!«

Von Ned an die Brust gedrückt zu werden war wirklich recht angenehm, aber für alles gab es den richtigen Moment und den passenden Ort, und hier und jetzt war keines von beiden.

Hetty löste sich von Ned und gab den Anwesenden einen Abriss ihrer Abenteuer. Erwin hörte zu und schien den Tränen nahe zu sein.

»Das hätte ich niemals geglaubt! Ausgerechnet Stark! So vertrauenswürdig, wie er war! So viele Jahre bei mir … Das passt überhaupt nicht zu ihm …«

»Wo ist Mr. Stark?«, fragte Hetty.

»Verduftet!«, antwortete Ned.

»Für den Augenblick hat er sich uns entzogen«, räumte Bradley Wills ein. »Aber weit kommt er nicht. Wir haben im Pförtnerhaus einen Revolver gefunden, sodass er höchstwahrscheinlich nicht mehr bewaffnet ist.«

Erwin fragte wehleidig: »Aber was ist mit der Romanow-Sammlung? Hat Stark sie mitgenommen?«

Alle starrten ihn an. Hetty sagte sich, dass in der ganzen Aufregung die Diamanten beinahe übersehen worden wären.

»Wir haben keine Ahnung«, sagte Inspector Wills. »Ich bezweifle sehr, dass Stark sie aktuell persönlich in Besitz hat. Er ist viel zu überhastet aufgebrochen, um sie aus ihrem Versteck zu holen. Ich vermute, dass der Schmuck noch immer auf dem Anwesen versteckt ist und Stark deshalb nach Greywalls zurückkehren wird. Mehr denn je braucht er Geld, und die Diamanten sind eine große Summe wert.« Der Inspector unterstrich seine Schlussfolgerung mit einem Nicken.

Hetty war geneigt, ihm zuzustimmen, aber sie machte sich größere Sorgen um Erwin als um die verschwundene Romanow-Sammlung.

»Wird Mr. van Leeuwen hier sicher sein, wenn Stark noch frei ist, auch wenn er keine Waffe mehr hat?«

Erwin fuhr in seinem Sessel auf. »Ich kann nicht glauben, dass Stark mir etwas antun würde. Nein, nein! Ich kenne ihn seit Jahren.«

Schützen würde ihn das nicht, aber niemand mochte es Erwin sagen.

Bradley Wills räusperte sich. »Nun, Mr. van Leeuwen, ich würde vorschlagen, dass wir diskret eine Wache aufstellen. Zwei Beamte werden über Nacht bei Ihnen im Haus bleiben. Damit droht Ihnen keine Gefahr.«

»Ach du meine Güte«, sagte Erwin erschrocken. »Mir gefällt gar nicht, wie das klingt.«

»Auf ein Wort, Farrell«, murmelte der Inspector.

Hetty zog sich mit ihm in die Eingangshalle zurück. Mrs. Beckett war aus der Ferne zu hören, wie sie den Suchtrupp abkanzelte. »Das ist meine Küche! Was holen Sie all meine Töpfe und Pfannen aus den Schränken? Unerhört, so etwas!«

»Was halten Sie von van Leeuwen, Sergeant?«, fragte der Inspector mit leiser Stimme.

»Ich halte ihn für unschuldig«, sagte Hetty. »Er ist eher wie ein …« Verlegen verstummte sie.

»Eher wie ein ältliches Baby«, beendete Wills den Satz für sie.

Hetty lächelte. »Ich fürchte, genau daran erinnert er mich. Nicht nur durch seine Erscheinung, sondern auch durch sein Temperament. Er ist ein netter alter Herr. Ein wirklicher Exzentriker, so würde ich ihn bezeichnen. Stark hatte überhaupt keine Mühe, ihn zu täuschen.«

Wills nickte. »Das sehe ich auch so. Ich wüsste nur zu gern, wo Stark jetzt steckt.«

»Ich bin bereit, heute Nacht Wache zu halten«, bot sie an.

»Das werden Sie schön sein lassen, Farrell«, befahl Wills ihr knapp. »Sie haben für einen Tag genug Abenteuer erlebt, und nachdem Sie eine Stunde lang im Nebel herumgeklettert sind, brauchen Sie nicht auch noch die Nacht durchzuwachen. Übrigens …« Er sah noch missbilligender drein. »Wo haben Sie nur diesen entsetzlichen Sweater her? Mit so etwas möchte ich keinen mir unterstellten Beamten im Dienst sehen. Und eigentlich auch nicht außer Dienst.«

»Tut mir leid, habe meine Jacke verloren«, entschuldigte sie sich.

»Nun, pflegen Sie sich, sobald es Ihnen möglich ist, Farrell.«

»Jawohl, Sir.« Hettys Stimme wurde entschieden. »Aber ich möchte dennoch heute Nacht hierbleiben. Mr. van Leeuwen kennt mich. Er ist von nervöser Disposition. Ich glaube, er würde sich wohler fühlen, wenn jemand bei ihm wäre, den er kennt.«

Sie kehrten zu Ned und Erwin zurück. In ihrer Abwesenheit hatte Ned die Gelegenheit ergriffen und sich lobend über die Seelandschaften an der Wand geäußert. Erwin, der sich freute, jemanden gefunden zu haben, der seine geliebten Gemälde zu schätzen wusste, erging sich über ihre Feinheiten.

Das Hupen eines Autos lenkte sie ab. Auf das Hupen folgte ein Gewirr erhobener Stimmen. Der gewissenhafte Constable am Tor versuchte gerade einem weiteren Neuankömmling den Zutritt zum Gelände zu verwehren.

Eine Frauenstimme verlangte laut und herrisch: »Treten Sie zur Seite, guter Mann!«

»Was ist denn da …«, begann Inspector Wills und ging zum Eingang. Er kam zu spät.

Mrs. Beckett riss bereits die Tür auf. Die Haushälterin war von einer Ehrfurcht erfüllt, die sich kaum noch übertreffen ließ, und führte eine hochgewachsene, schlanke ältere Frau hinein, die mit höchster Eleganz gekleidet war. Ihr maßgeschneidertes schwarzes Kostüm sah aus, als stammte es von einem führenden Modehaus. Ihr gewelltes graues Haar war von einem Meister frisiert worden. Sie trug große Perlenohrringe mit einer passenden vierreihigen Perlenkette. Teures Parfüm umgab sie.

Sie starrten sie offenen Mundes an. Mrs. Becketts Wangen röteten sich, und mit funkelnden Augen übernahm sie die Vorstellung. Allerdings ignorierte sie dabei alle bis auf ihren Dienstherrn.

»Mrs. Pamela van Leeuwen möchte Sie sprechen, Sir.«

Mrs. Beckett brachte Tee im offensichtlich besten Porzellanservice des Anwesens. Die Haushälterin gab sich, als empfinge sie ein Mitglied des Königshauses.

»Darf ich Ihnen eine Tasse anbieten, Ma'am?«, fragte sie leise. Hetty hatte ganz den Eindruck, dass Mrs. Beckett sich gerade eben einen Kniefall verkniff.

»Wie freundlich von Ihnen«, sagte Pamela van Leeuwen, und die Haushälterin schwebte wie im siebten Himmel aus dem Raum.

Erheblich forscher fragte Pamela: »Wäre jemand so freundlich, mir darzulegen, was genau hier vor sich geht?«

Sie hatte ihre Frage an die Versammelten insgesamt gerichtet. Vorhersagbar versuchten sie alle auf einmal, es ihr zu erklären.

Bradley Wills gelang es, seine Autorität auszuüben, die Berichte der anderen verstummen zu lassen und die Ereignisse zusammenzufassen.

Pamela hörte schweigend zu und neigte den Kopf zur Seite. »Der arme Holst. Andererseits, wenn das, was Sie sagen, zutrifft, war er an der Tat beteiligt. Ich habe mich in ihm getäuscht.«

»Unsere Firma hatte bei früheren Aufträgen gute Erfahrungen mit ihm gemacht«, sagte Ned. »Wir hielten ihn für zuverlässig.«

»Ich hielt Stark für zuverlässig.« Erwin blickte traurig in seine Tasse.

Pamela richtete sich auf, als wollte sie eine ungeliebte Pflicht in Angriff nehmen, faltete die Hände im Schoß und sagte: »Ich muss mich entschuldigen, Erwin. Du hattest völlig recht. Die Sammlung auf einmal zu versenden war viel zu riskant. Für Holst und für deinen Chauffeur war die Versuchung einfach zu groß. Man kann es den Männern kaum verübeln.«

Erwin wurde ganz aufgeregt. Seine vorstehenden blauen Augen blinzelten heftig, und seine Tasse rasselte beunruhigend auf der Untertasse. Zum Glück setzte er sie ab, gerade als Hetty sich anschickte, hinzuspringen und das empfindliche Porzellan vor einem Sturz auf den Fußboden zu bewahren.

»Nein, nein, meine liebe Pamela, du solltest dich nicht bei mir entschuldigen! Ich sollte dir sagen, wie leid es mir tut, dass ich solch fürchterliche Umstände gemacht habe. Natürlich wolltest du dafür sorgen, dass die Sammlung vollständig bleibt, und ein Museum wäre der ideale Empfänger gewesen, auch, was das Gedenken an Paul und seinen Vater betrifft. Solch eine gute Idee, und ich weiß nicht, weshalb ich so … so *vehement* dagegen war.«

Ned und Hetty tauschten schiefe Blicke. Ein wenig spät war

es, aber Erwin und Pamela hatten sich endlich durchgerungen, vernünftig zu sein und sich die Ansichten des jeweils anderen in Ruhe anzuhören.

Pamela van Leeuwen bemerkte den Umschwung ebenfalls. »Wir haben beide Fehler begangen, Erwin. Wir haben uns benommen wie verwöhnte Kinder. Ich hoffe, wir können es hinter uns lassen und neu anfangen?«

»Selbstverständlich!«, rief van Leeuwen. Sein rosiges Gesicht leuchtete.

Inspector Wills räusperte sich. »Ich möchte nur ungern einen Missklang einbringen, aber niemand kann *neu anfangen,* solange der Schmuck noch fehlt.«

Van Leeuwens füllige Wangen fielen ein, und seine Augen wurden feucht vor Erregung. »Unersetzlich! Antiker Schmuck höchster Kunstfertigkeit! Steine reinsten Wassers!«

Pamela war von nüchternerem Gemüt und stellte fest: »Das ist gewiss ärgerlich.«

Über ihnen waren schwere Schritte zu hören, und Erwin blickte perplex zur Decke. »Sie glauben doch nicht irgendetwas in meinem Haus zu finden?« Entsetzen verzog sein plumpes Gesicht. »Pamela, du glaubst doch gewiss nicht, dass ich …«

»Unsinn, Erwin, selbstverständlich nicht«, versicherte sie ihm.

»Mit Fremden im Haus kann ich nicht schlafen«, verkündete Erwin.

Sie hatten die nächtliche Wache besprochen, und der Hauseigentümer erwies sich als schwierig und halsstarrig.

»Wir könnten Sie in einem Hotel unterbringen, Mr. van Leeuwen«, schlug Wills vor.

Erwins Gesicht legte sich in Falten. »Ich verabscheue Hotels! Wenn jemand hierbleibt, dann Mr. Woodley.«

»Woodley ist kein Polizeibeamter«, erwiderte der Inspector.

Erwin errötete, und die Verärgerung, von der Hetty vermutet hatte, sie lauere unterdrückt hinter seinem nervösen Gebaren, brach sich Bahn. »Aber es ist *mein* Haus, oder etwa nicht? Ich werde Mr. Woodley aufnehmen, der die Versicherungsgesellschaft vertritt, und Sergeant Farrell, bei der es sich um eine sympathische junge Dame handelt. Diese beiden oder überhaupt niemanden!«

Er blieb unnachgiebig, aber am Ende wurde ein Kompromiss erreicht. Erwin willigte ein, zusätzlich zu Hetty und Ned zwei Constables zu akzeptieren, unter der Bedingung, dass sich keiner der beiden fremden Polizeibeamten im Haus aufhielt.

Ein Constable wurde daher in Starks Pförtnerhaus postiert, der andere im Bootsschuppen. Hetty bewachte im Haus den Vordereingang, Ned die Hintertür. Sie standen in Funkkontakt miteinander, aber bislang war nichts geschehen.

Gelegentlich drang leises Schnarchen aus Erwins Schlafzimmer auf den Korridor und erinnerte Hetty, dass sie nicht allein im vorderen Teil des Hauses war. Dennoch fand sie es reichlich gespenstisch. Sie blickte auf die Armbanduhr. Beinahe drei. Der Wind raschelte in den Bäumen vor dem Haus, und der Wechsel der Nachttemperaturen ließ das Gebälk knarren. Bei einem Knarzen, das lauter war als üblich, machte ihr Herz einen Satz. Die Tür schwang auf, und jemand flüsterte: »Hetty?«

»Du hättest mich fast zu Tode erschreckt!«, zischte sie. »Du sollst doch den hinteren Teil des Hauses bewachen.«

»Weiß ich, aber mir ist langweilig, und offen gesagt bin ich mir ziemlich sicher, dass er nicht mehr kommt.«

Nach kurzem Schweigen wisperte Hetty: »Ich auch.«

Ned setzte sich neben sie auf den Fußboden. Sie konnte ihn gerade in dem Mondlicht erkennen, das durch das vorhanglose Fenster einfiel. Er ließ die Arme auf den Knien ruhen.

»Het? Wie versessen bist du darauf, bei der Polizei zu bleiben?«

»Sehr versessen«, antwortete sie indigniert.

»Jetzt geh doch nicht gleich in die Luft. Was ich sagen wollte … Meine Firma könnte noch eine Ermittlerin mit deiner Erfahrung brauchen. Wir könnten zusammenarbeiten. Ich glaube, darin wären wir sehr gut, meinst du nicht auch?«

»Zusammenzuarbeiten bedeutet, dass man dem anderen keine Informationen vorenthält. Du hast mir noch immer nichts verraten, was ich nicht selbst herausgefunden hätte. Wie kam es wirklich dazu, dass du die Schaufensterpuppe im See gefunden hast?«

»Ich habe Stark beobachtet, wie er nachts im Boot hinausfuhr.« Ned seufzte tief. »Die Sicht war schlecht, und ich war mir nicht sicher, was er da machte, aber ich glaubte, dass er etwas über Bord warf. Dass ich eine Puppe finden würde, hatte ich nicht erwartet. Ich dachte, wenn ich etwas finde, dann eine Stahlkassette. Die Schaufensterpuppe hat mich wirklich umgehauen; ich dachte, ich hätte eine Leiche gefunden, wahrscheinlich Holst – entsetzlicher Schock. Aber dann tauchte die Leiche des armen Holst ja später wieder auf.«

»Du hättest mir sagen müssen, dass du den Verdacht hattest, Holst und Stark würden unter einer Decke stecken.«

»Ich wusste nicht, dass sie unter einer Decke steckten!«, wandte er ein. »Ich dachte, Holst wäre Starks Gefangener.« Nach einem Augenblick fügte er hinzu: »Wenn wir zusammenarbeiten würden, wirklich zusammen mit selben Interessen, für die Firma, dann würden wir Informationen austauschen – und alles andere.«

Sie war sich nicht ganz sicher, was »alles andere« bedeuten sollte. In seiner Stimme lag ein Unterton, der andeutete, dass er an eine Verbindung dachte, die weit darüber hinausging, für dieselbe Firma zu arbeiten.

Falls dem so war, überstiegen Neds Pläne alle Fantasien, die sie womöglich gehegt hatte. Allerdings musste sie zugeben, sich dem einen oder anderen Tagtraum hingegeben zu haben.

»Ich weiß es nicht, Ned«, sagte sie entmutigt. »Ich bin schon einmal aus einem Job in der City geflohen.«

»Das ist ja auch kein gewöhnlicher Job in der City. Ich reise viel. Ich weiß nie, was ich als Nächstes zu ermitteln habe. Wir wären zusammen. Würde dir das nicht gefallen?« Hoffnungsvoll wartete er auf eine Antwort.

Als er keine erhielt, fügte er hinzu: »Denk einfach in Ruhe darüber nach.«

Sie wurde allmählich schläfrig. Der Tag war lang gewesen, die Nacht ebenfalls, und Bradley Wills hatte ganz recht gehabt, als er daran zweifelte, ob sie bis zum Morgen wach bleiben könnte.

»Das mache ich«, murmelte sie.

Ned fuhr verlegener fort: »Eigentlich wollte ich dich etwas ganz Bestimmtes fragen, Hetty. Mir ist klar, dass es kein guter Augenblick ist, aber irgendwie bekommen wir nie einen guten Augenblick, in dem wir allein sind. Entweder spitzen Freddy oder Felix die Ohren oder dein Inspector. Oder du lässt dich von Stark entführen. Ich sollte wohl einen Strauß roter Rosen dabeihaben und auf ein Knie sinken, aber wie es ist … Hetty?«

Ein Druckgefühl gegen seine Schulter unterbrach ihn. Ihr Kopf war zur Seite gesunken und ruhte friedlich auf seinem Arm. Sie schlief tief und fest.

»Hast kein einziges Wort davon gehört, was?«, fragte Ned leise. »Na, dann ein andermal …«

»Stark ist nicht aufgetaucht, Sir. Von ihm fehlt jede Spur«, meldete Hetty.

Ein wenig schuldbewusst sah sie Ned an. Sie hatte kaum Erinnerung an die Ereignisse der Nacht nach den ersten Stunden, seit Ned sich zu ihr gesellt hatte. Ein Sonnenstrahl hatte sie geweckt, und sie hatte feststellen müssen, dass sie mit dem Kopf auf Neds Schulter fest geschlafen hatte. Ned hatte drei Stunden reglos dagesessen, um sie nicht aufzuwecken, und war, wie er sie informiert hatte, »so gut wie versteinert« gewesen.

»Du hättest mich wecken sollen!«, hatte sie gestöhnt.

»Wieso? Nichts passiert.« Ned hatte ein wenig niedergeschlagen geklungen.

Nun war es kurz nach acht Uhr morgens, und Bradley Wills war eingetroffen, um sich seinem Team mit den verquollenen Augen anzuschließen.

Das Klacken eines Stocks auf Parkettboden kündigte Erwin van Leeuwen an, glanzvoll in einen Morgenmantel aus schwarzer Seide mit scharlachrotem Besatz gehüllt.

»Guten Morgen Ihnen allen. Möchten Sie mir beim Frühstück Gesellschaft leisten?«

Mrs. Beckett war ein wenig früher eingetroffen, und der Geruch nach frischem heißem Kaffee hing in der Luft. Frühstück klang nach einer guten Idee. Ihnen sollte allerdings kein Glück beschieden sein.

Es klopfte an der Tür, und der Fahrer des Inspectors trat ein. »Verzeihen Sie, Sir. Nachricht vom Revier.« Er zögerte, als er Erwin in seiner ganzen schwarzen und scharlachroten Pracht erblickte.

»Und?«, fragte der Inspector.

»Es geht um diesen Stark, Sir. Die Streifenpolizei hat ihn in Gewahrsam.«

»Was?«, schrie Erwin.

»Der Schmuck!«, rief Ned; er hatte stets die Interessen seiner Versicherung im Sinn.

Der Fahrer schüttelte den Kopf. »Keine Spur davon. Es ist eine komische Geschichte. Er wurde kurz vor Morgengrauen auf dem Polizeiparkplatz festgenommen, wo er versuchte, in die Werkstatt einzubrechen. Zuerst wussten sie nicht einmal, wer er ist. Sie hielten ihn für einen Betrunkenen und sperrten ihn in die Ausnüchterungszelle. Identifiziert haben sie ihn erst vor ein paar Minuten und dann sofort das CID verständigt.«

Die Müdigkeit fiel von Hetty ab, und sie stieß einen schrillen Schrei aus, bei dem sich alle Köpfe in ihre Richtung drehten.

»Tut mir leid! Aber die Juwelen, sie sind nicht hier! Das waren sie niemals. Wir haben unsere Zeit verschwendet. Ich weiß, wo sie sind.«

Sie scharten sich um den aufgebockten Tisch. Erwin hatte sich eilig angekleidet, Pamela van Leeuwen war aus einem nahe gelegenen Hotel gerufen worden. In der Werkstatt herrschte Halbdunkel, und jemand hatte die Leuchtstoffröhre an der Decke eingeschaltet. George, die Schaufensterpuppe, einsam und vergessen, seit Hetty ihn nach seiner Bergung aus dem Wasser untersucht hatte, ruhte schmachvoll unter einem schmutzigen Laken. Die Bedeckung war nun entfernt worden, und in dem gnadenlosen Neonlicht erschien die Puppe kaum noch lebensecht und erheblich weniger attraktiv.

»Erinnert einen an Frankensteins Monster, finden Sie nicht?«, meinte Ned.

»In jedem Fall ist es ein grauenvolles Ding«, sagte Pamela van Leeuwen, die sich mit einem vor Widerwillen verzogenen Mund über George beugte. »Sie wurde aus dem See geborgen?«

»Stark hat sie benutzt, um sich ein Alibi zu verschaffen«, erläuterte Hetty. »Aber sie hat ihm nicht nur dafür gedient. Sehen Sie, Kopf und Arme sind abnehmbar …«

Erwin, auf seinen Stock gestützt, fragte mit schwacher Stimme: »Sie vermuten, dass die Romanow-Diamanten in dieser Puppe sind?«

»Ich halte es für sehr wahrscheinlich«, antwortete sie. »Tja, George«, wandte sie sich an die Schaufensterpuppe, »ich fürchte, das kostet dich den Kopf.«

Der Kopf ließ sich mühelos entfernen, wobei der Geruch nach Schlamm vom Seegrund frei wurde; er erwies sich aber als genauso leer wie die Brusthöhle. Die Zuschauer, die sich aufgeregt näher herangedrängt hatten, entspannten sich und lehnten sich mit allgemeinem Ächzen zurück.

»Hübsche Idee, Hetty«, seufzte Ned und unterdrückte ein Gähnen. »Schade, dass sie falsch war.«

»Augenblick«, erwiderte sie. »Wenn man die Steine aus ihren Fassungen nehmen würde, wie viel Raum bräuchte man, um sie unterzubringen?«

Er zuckte mit den Schultern. »Wenn sie lose wären, vielleicht in ein Stück Öltuch eingeschlagen, na ja, nicht sehr viel.«

»Dann versuchen wir es mit den Armen«, beharrte Hetty.

Das wurstförmige Päckchen war George in den rechten Arm geschoben worden. Hetty zog es mit verständlichem Triumph hervor. Es war in Blasenfolie gehüllt und mit Schnur umwickelt. Das Plastik war feucht, und der Neonschein ließ es glitzern und Licht in den Blasen funkeln, als befände sich Rauschgold in dem Päckchen.

Niemand sprach ein Wort. Selbst das Atmen schien schwerzufallen. In völliger Stille zerschnitt Hetty die Schnur und wickelte die Blasenfolie auf. Als die letzte Windung zurückgeschlagen wurde, keuchten alle auf.

Das Funkeln war kein Spiel des Deckenlichts auf feuchtem Plastik gewesen. Zu einem langen Knäuel aus Edelmetall und Edelsteinen verwirrt, waren die einzelnen Stücke der Romanow-Sammlung nicht unterscheidbar, wie sie vor ihnen lagen, strahlten aber wie weißes Feuer.

»Nur ein Stück ist ernsthaft beschädigt«, sagte Hetty. »Bemerkenswert, wenn man bedenkt, wie rau der Schmuck behandelt wurde.«

»Die Tiara«, sagte Erwin van Leeuwen bitter. »In drei Teile geschnitten, damit sie in den Arm der Schaufensterpuppe passt. Stark, dieser erbärmliche Vandale!«

»Sie lässt sich reparieren«, versicherte Ned ihm.

Sie waren im Salon von Stoney How. Draußen nieselte es,

aber hier saßen sie alle gemütlich vor einem knisternden Feuer, nachdem Felix ihnen ein köstliches Mittagessen gekocht hatte. Hetty genoss eine Woche Urlaub, von dem Bradley Wills der Meinung war, sie habe ihn sich verdient.

Möglicherweise hatte der Inspector aus gemischten Motiven entschieden. »Sie können sich genauso gut freinehmen, Farrell. Woodley ist wieder im District; halten Sie ihn mir gefälligst vom Leib!«

Pamela van Leeuwen hatte ihre Pariser Konfektion gegen eine passendere Garnitur getauscht, einen Tweedrock mit Seidenbluse, über der sie eine teure Strickjacke trug. Die zwanglose Garderobe war nur eine schlechte Verkleidung. Sehr reich zu sein, überlegte Hetty, brachte etwas mit sich, eine Aura des Selbstvertrauens, des Wissens, dass man sich keine Sorgen zu machen brauchte, auch wenn ein Vermögen an Schmuck beinahe für immer verloren gegangen war.

»Zerbrich dir nicht den Kopf darüber«, sagte Pamela gelassen.

»Aber Stark war bei mir beschäftigt!« Erwin gehörte zu den Menschen, die dazu neigten, sich im Elend zu suhlen.

Pamela hatte nicht die Absicht, dies zu dulden. »Kopf hoch, Erwin!«, befahl sie. »Ende gut, alles gut. Die Sammlung ist wieder da, und – was viel wichtiger ist – du und ich sind wieder Freunde.«

Bei diesen Worten blühte Erwin auf. »Ich habe jemanden an Starks Stelle eingestellt, wusstest du das schon?«, fragte er. »Eine junge Frau mit ausgezeichneten Referenzen. Allerdings nur als Chauffeurin, sie wird keine Gartenarbeiten übernehmen. Aber dafür habe ich auch jemanden gefunden.« Er strahlte sie an. »Pamela bleibt eine oder zwei Wochen auf Greywalls. Vielleicht begleite ich sie nach Paris, für einen kleinen Urlaub.«

Hetty stand am Fenster und sah zu, wie die beiden van Leeuwens davonfuhren, am Steuer Erwins neue Chauffeurin.

Ned trat hinter sie und flüsterte ihr ins Ohr: »Was denkst du?«

»Ich denke, dass es sehr gut funktionieren wird«, antwortete Hetty. »Das Problem war, dass Erwin von Stark zu abhängig geworden ist.«

»Erwins neue Chauffeurin meinte ich nicht. Ich meinte Erwin und Pamela. Eine Romanze am Lebensabend?«

»Das wäre doch schön, oder?« Hetty dachte darüber nach. »Erwin kam mir recht einsam vor. Ich würde sagen, dass trotz ihres vielen Geldes auch Pamela einsam ist. Sie würden einander guttun.«

Ned legte ihr die Arme um die Taille. »Und was ist mit uns? Ich denke, dass wir uns ebenfalls guttun würden.«

An einer Antwort hinderte sie die Ankunft Freddys, die die Szene voller Zufriedenheit betrachtete. Alles entwickelte sich genau so, wie Neds Schwester es wollte.

»Der Regen hat aufgehört«, sagte sie. »Würdet ihr beide nicht gern ein bisschen spazieren gehen, ich meine, so ganz allein?«

Unter ihrem roten Lockenschopf glänzte ihr Gesicht erwartungsvoll. Jo-Jo und Copper saßen links und rechts von Freddy und zeigten fragende Mienen, die den Ausdruck des Mädchens widerspiegelten.

Ned stöhnte melodramatisch. »Du wirst bemerkt haben«, sagte er, »dass mein Schwesterlein alles andere als subtil ist.«

»Ja, das ist mir schon aufgefallen.« Hetty sah über die Schulter und lächelte ihm ins Gesicht.

»Aber manchmal hat sie ganz gute Ideen. Wie wäre es mit dem Spaziergang – nur wir allein? Es gibt da etwas, was ich mit dir besprechen möchte.«

»Ja«, sagte Hetty, »das würde mir gefallen.«

Jo-Jo und Copper spürten die Stimmung und pflichteten bei, indem sie begeistert mit den Schweifen auf den Boden klopften.

Chili, Feuerwerk und eine Prise Mord

Ich verstehe nicht, weshalb du dir solche Mühe gibst«, sagte George Parker.

Er stand in der Küchentür. Kate Parker seufzte. Immer, wenn sie alle Hände voll zu tun hatte, kam George in die Küche. Sie strich sich eine Locke ihrer ergrauenden, unfrisierten Haare hinters Ohr und ging an den Tisch. Sie war eine große, tüchtige Frau, langsam und methodisch in ihren Bewegungen. Behutsam gab sie Hähnchenfleisch in die Schüssel mit der Chili-Marinade und rührte um, aber ein wenig von der Beize spritzte ihr auf die kurzen Finger. Was das für ein helles Rot war, fast wie frisches Blut.

George kam näher, die Hände in den Taschen, das ganze Gesicht eine Studie der Kritik.

»Es ist Guy-Fawkes-Nacht«, sagte sie. »Du weißt doch, dass ich im Organisationsausschuss für die Dorfparty bin.«

»Was interessiert uns die Guy-Fawkes-Nacht?«, fragte George.

Er stieß gegen die Schale mit der Salsa, die Kate gerade erst zubereitet hatte. Ihr gelang es, sie aufzufangen, bevor sie zu Boden fiel.

»Wen interessiert es«, fuhr er fort, »dass 1605 ein Haufen Irrer versucht hat, das Parlament in die Luft zu sprengen? Es war einfach dumm, Fässer mit Schießpulver im Keller zu verstecken! Natürlich wurden sie entdeckt und hingerichtet. Aber daran auf diese Art und Weise zu erinnern ist unzivilisiert. Und dann noch eine ausgestopfte Puppe auf dem Scheiterhaufen zu verbrennen … Das ist doch barbarisch. Außerdem ereignen sich jedes Jahr Unfälle mit den Feuerwerkskörpern.«

»Es ist für die Kinder«, sagte Kate. »Sie lieben das große Feuer. Sie jubeln, wenn die Guy-Fawkes-Puppe in Flammen aufgeht. Wir sorgen dafür, dass die Feuerwerksvorführung ungefährlich ist. Kinder interessieren sich nicht für Geschichte. Sie mögen nur das Drumherum.«

»Was ist das?«, fragte George und deutete auf die Schale mit dem Hähnchenfleisch in der scharlachroten Chili-Marinade.

»Ich mache Chicken Fajitas. Jedes Ausschussmitglied bringt etwas anderes mit. Ich wollte anbieten, Hot Dogs zu machen, aber Julie Wilson ist mir zuvorgekommen.«

Kate ergriff einen Kebabspieß, nahm ein paar Streifen Hähnchenfleisch aus der Schale und drückte sie sorgsam auf die lange Stahlnadel.

Als der Name Julie Wilson fiel, war Georges Gesicht so rot geworden wie die Chili-Marinade. Er zuckte, nahm die Hände aus den Taschen, überlegte es sich anders und schob sie wieder hinein. Er räusperte sich.

»Ach, Kate – du wirst der Ansicht sein, es ist nicht der richtige Moment. Aber ich schätze mal, es gibt keinen guten Moment für das, was ich dir sagen muss.«

Kate spießte ein weiteres Stück Hähnchen auf. »Muss das jetzt sein, George? Du siehst doch, wie beschäftigt ich bin.«

»Ich möchte die Scheidung«, sagte George.

Kate erstarrte. Sie musste sich verhört haben. »Du willst was?«

»Die Scheidung!«, rief George.

Als seine Stimme verhallt war, fragte Kate: »Warum denn?«

»Ach, komm schon, Kate …« George hatte zu schwitzen begonnen. »Wir langweilen uns miteinander. Das weißt du selbst. Mach keinen Aufstand.«

Sie wandte sich ihm zu, den Kebabspieß in der Hand. »Mach keinen Aufstand? Versteh ich dich richtig? Du sagst mir, dass du mich nach fünfundzwanzig Jahren Ehe verlässt, und ich soll mich nicht aufregen?«

Wenn George wusste, dass er im Unrecht war, wurde er stets aggressiv. Er streckte das Kinn vor und sagte laut: »Wenn du es unbedingt wissen musst, ich habe eine andere kennengelernt.«

»Darf ich erfahren, wer das arme Ding ist?«, fragte Kate.

»Lass den Sarkasmus, Kate. Das passt nicht zu dir. Es ist … äh, es ist Julie Wilson.«

Na klar, dachte Kate. Natürlich Julie. Jeder Mann im Dorf war hinter Julie Wilson her. Wenn die Gerüchte stimmten, hatten mehrere ihr Ziel bereits erreicht.

»Sei nicht albern, George«, sagte sie. »Julie ist verheiratet.«

»Sie wird ihren Mann verlassen. Wir sind verliebt!«, fügte er selbstbewusst hinzu.

»Blödsinn. Du bist sechsundfünfzig. Sie ist halb so alt wie du.«

»Nein, das stimmt nicht!«, rief er. »Ich bin nur zwanzig Jahre älter als sie!«

»Lass das Schreien, George. Bist du jetzt in der Midlifecrisis?«

Wütend stürzte er sich auf sie. Er hätte nur daran denken sollen, dass sie den langen stählernen Kebabspieß in der Hand hielt. Er drang ihm so mühelos in die Brust wie ein Messer durch Butter. Ein roter Fleck breitete sich auf seinem Hemd aus. Im ersten Moment hielt Kate ihn für Chili-Marinade, dann erst begriff sie, dass es Blut war.

George starrte sie mit hervorquellenden Augen an. Er torkelte zurück, entweder um zu fliehen oder Hilfe zu suchen. Als er aber die Tür erreichte, kippte er nach vorn und krachte auf den gefliesten Küchenboden.

Kate rannte zu ihm und drehte ihn unter großer Anstrengung auf den Rücken. Mit absoluter Sicherheit war er tot.

Kate setzte sich auf einen Küchenstuhl und betrachtete Georges reglosen Körper. Sie stand wohl unter Schock. Verstört sollte sie sein, weinen sollte sie. Stattdessen beherrschte sie nur ein Gedanke: Verdammt! Muss das ausgerechnet heute Morgen passieren, wo ich so viel zu tun habe?

Sie hatte nicht beabsichtigt, George zu töten. An seinem Tod trug er selbst die Schuld. Aber wenn sie es der Polizei erklärte, würde man ihr glauben? Vermutlich nicht. In diesem Moment entdeckte sie, dass ein weißer Umschlag aus seiner Tasche ragte. Sie zog ihn heraus und öffnete ihn. Das Kuvert enthielt einen Brief in Georges Handschrift.

Liebste Julie,
ich muss Dich sehen. Ich werde Kate heute sagen, dass ich die Scheidung will. Triff mich um zwei an der alten Kiesgrube.

Die alte Kiesgrube! Fast war es, als sagte George ihr, was sie tun sollte.

Die Grube wurde nicht mehr genutzt und war mit Wasser gefüllt. Sie galt als gefährlich. Einsam und abgelegen, war sie abgezäunt, und Schilder warnten die Leute, dort nicht zu schwimmen. Im Laufe der Jahre war der Maschendrahtzaun aber an mehreren Stellen heruntergesackt oder von Leuten zerschnitten worden, die auf das Gelände wollten, um Brombeeren zu sammeln, die dort üppig wucherten.

Sie würde George zur Kiesgrube fahren, seine Leiche beschweren und ihn hineinwerfen. War er einmal versunken, würde niemand ihn je finden. Kate würde ihn als vermisst melden, und nach einer Weile hätte jeder ihn vergessen.

Sie packte ihn bei den Schultern, und es gelang ihr, ihn zu der Verbindungstür zwischen Haus und Garage zu schleifen.

Ihn ins Auto zu kriegen erwies sich als erheblich schwieriger. Kate fürchtete schon, sie würde es nicht schaffen. Aber sie war eine große, kräftige Frau, und endlich hatte sie ihn hochgewuchtet und auf den Beifahrersitz geschoben. Dort befestigte sie ihn mit dem Sicherheitsgurt und überlegte, was sie als Nächstes tun sollte.

Wieder sah sie auf den Brief. Wie hatte George ihn Julie geben wollen? Nicht mit der Post und schon gar nicht, indem er ihn ihr in den Briefkasten warf – zu gefährlich. Es musste eine Stelle geben, wo er seine Briefe an Julie hinterließ und sie vermutlich ihre an ihn.

»Und ich weiß auch, wo das ist!«, rief Kate aus.

George war im Dorf geboren und hatte hier die Grundschule besucht. Als sie nach ihrer Hochzeit hierhergezogen waren, hatte er ihr erzählt, wie er und ein Sandkastenfreund füreinander Briefe hinter einem lockeren Stein in der Kirchhofmauer deponiert hatten. Er hatte ihn ihr sogar gezeigt. »Wir haben so getan, als wären wir Spione!«, hatte er gescherzt.

George war immer ein Gewohnheitstier gewesen. Kate faltete die Nachricht sorgfältig zusammen und steckte sie wieder in den Umschlag. Sie blickte auf die Armbanduhr. Elf. Wenn Julie Wilson den Brief heute noch abholen und um zwei an der Kiesgrube sein sollte, musste George auf dem Weg gewesen sein, das Schreiben in sein Versteck zu legen, als er in der Küche haltmachte und – törichterweise – um die Scheidung bat.

Sie musterte seinen zusammengesackten Leichnam im Auto. Das musste noch eine Viertelstunde warten. Kate verließ das Haus und schlenderte, nach außen hin unbesorgt, zur Kirche. Als sie dort ankam, suchte sie nach dem lockeren Stein. Welcher war es noch gleich? Die ersten beiden, an denen sie wackelte, bewegten sich nicht. Aber beim dritten Versuch glitt der Stein mühelos aus der Mauer.

»Natürlich«, murmelte Kate. »Er wird ja dauernd bewegt.«

Sie quetschte den Brief in sein Versteck und eilte nach Hause.

Die Leichenstarre war bei George noch nicht eingetreten, aber lange würde es nicht mehr dauern. Sie musste ihn jetzt bewegen. Aber wenn sie mit ihm neben sich durchs Dorf fuhr, würde sie jemand sehen. Sie müsste die abgelegeneren Wege nehmen. Und selbst das war riskant.

Kate holte eine Schachtel mit Schminkutensilien aus dem Schlafzimmer. Sie rieb Georges Wangen mit Rouge ein und umringte seine geschlossenen Augen mit Mascara und Eyeliner. Großzügig puderte sie sein Gesicht. Dann holte sie einen alten Gartenhut und zog ihn ihm in die Stirn. Um den Hals wickelte sie ihm einen Wollschal und legte ihn ihm auch über den Mund. Von seinem Gesicht erkannte man nicht mehr viel, und was man sah, wirkte grell und kaum menschlich. Kate steckte ein Paar Handschuhe ein und fuhr los.

Auf den abgelegenen Wegen begegnete ihr niemand. Sie gratulierte sich schon, als sie um eine Ecke bog und Miss Pemberton mitten auf der Straße sah. Kate blieb keine andere Wahl, als anzuhalten.

Miss Pemberton war schon älter und kurzsichtig. Sie wurde von ihrem übergewichtigen Dackel begleitet, der Casper hieß. Sie trat auf den Wagen zu und bückte sich zum Fenster auf der Fahrerseite. »Hallo, Kate, meine Liebe. Was machen Sie denn hier?« Ihr kurzsichtiger Blick schweifte an Kate vorbei und versuchte, die zusammengesackte Gestalt mit Hut und Schal scharf zu sehen.

»Ich habe diesen Guy Fawkes abgeholt«, antwortete Kate, »und bringe ihn zum Scheiterhaufen. Sie wissen ja, dass es einen Wettbewerb um den besten Guy gibt.«

»Das ist auf jeden Fall ein großer Bursche!«, rief Miss Pemberton. »Was hatte ich als Kind für eine Freude an der Guy-Fawkes-Nacht! Jetzt halte ich es an einem kalten Abend draußen nicht mehr aus, und Casper fürchtet sich vor dem Feuerwerk, deshalb können wir nicht hingehen. Ich hoffe, alles läuft gut.«

Sie ging davon. Als sie endlich außer Sicht war, seufzte Kate erleichtert auf. Selbst Miss Pemberton wünschte ihr alles Gute. Es schien vorbestimmt zu sein.

Danach begegnete sie niemandem mehr auf dem Weg zur Kiesgrube. Sie parkte hinter Brombeersträuchern, die im November schon kahl waren, und schob Georges Leiche aus dem Wagen. Er fiel auf den Boden. Kate fehlte die Kraft, ihn noch weiterzuschleifen, aber es gelang ihr, ihn an den Rand der Grube zu rollen.

Sie füllte seine Taschen mit Steinen und band ihm mit dem Wollschal einen größeren Felsbrocken an die Beine. Mit letzter Kraft rollte sie ihn noch einmal herum – über die Kante. Platschend schlug er unter ihr ins Wasser und verschwand außer Sicht. Kate setzte auf dem Weg ein kleines Stück zurück und parkte den Wagen hinter einigen Bäumen. Sie ging wieder zur Kiesgrube und versteckte sich hinter den Büschen. Georges Leiche zu beseitigen hatte viel Zeit beansprucht, und es war schon beinahe zwei.

Pünktlich um vierzehn Uhr näherte sich ein kleiner roter Fiat. Julie Wilson stieg aus. Sie war eine hübsche schlanke Frau, die gern enge Kleidung trug und eine Mähne aufgebauschter blonder Haare hatte.

Während sie Julie beobachtete, dachte Kate: *Sie trägt an allem die Schuld. Ohne sie wäre der arme dumme George noch am Leben. Wenn sie nicht aufgehalten wird, tut sie es wieder. Sie wird noch eine Ehe ruinieren und noch eine Katastrophe verursachen.*

»Georgie?«, rief Julie. Der Wind fing sich in ihren blonden

Haaren und peitschte sie zu einer goldenen Wolke auf. »Bist du schon hier, Liebling?«

Kate warf einen Stein in die Büsche, die am Rand der Grube wuchsen.

»George?« Julie beschattete die Augen mit der Hand und sah in die Richtung, aus der das Geräusch gekommen war. Sie ging auf die Stelle zu.

Wirklich, es war lächerlich einfach. Julie gesellte sich zu George ins Wasser, nachdem Kate sich von hinten an sie herangeschlichen und ihr mit einem Stein auf den Kopf geschlagen hatte.

In roten Fiat steckte noch der Zündschlüssel. Kate zog die Handschuhe über, die sie mitgebracht hatte, und ließ den Wagen an. Eine Meile die Straße hinunter war eine große alte Siedlung aus baufälligen Cottages, die vor hundert Jahren für Feldarbeiter gebaut worden waren, aber längst leer standen. Hippies hatten sich dort breitgemacht und ungehindert die Häuschen besetzt. Die Dörfler gaben den »Leuten aus den alten Cottages« die Schuld für kleine Diebstähle und Vandalismus. George insbesondere hatte regelmäßig an den Gemeinderat geschrieben und verlangt, dass die Hausbesetzer vertrieben würden.

Kate ließ den roten Fiat mitsamt Schlüssel im Zündschloss in der Nähe der Häuschen stehen, gerade noch außer Sicht. Lange würde es nicht dauern, bis jemand aus der Hippiegemeinde den Wagen entdeckte. Danach, da war sie sich sicher, würde er weggefahren, versteckt und binnen einer Stunde ausgeschlachtet werden.

Kate schlurfte zu ihrem Wagen zurück. Sie war nun wirklich müde, aber sie musste weitermachen. Die Feuerwerksparty begann um sechs. Was wäre sie froh, wenn endlich alles vorbei war.

Die Flammen sprangen in den dunklen Abendhimmel hoch, knisterten und versprühten goldene Funken. Kinder rannten kreischend auf und ab. Etwas knallte, und bunte Lichter zerbarsten über ihnen. Die Kinder jubelten.

Kate half am Essensstand aus und sah, wie ein großer Mann auf sie zutrat. Sie hatte ihn schon bemerkt; unruhig war er auf und ab geschritten und hatte die Menge mit Blicken abgesucht.

»Guten Abend, Inspector Wilson!«, rief sie.

»Hallo, Kate.« Julies Mann blieb vor ihr stehen. *Er wirkt besorgt, d*achte sie mitfühlend. Er arbeitete im Polizeirevier in der Stadt, aber seine Frau und er hatten sich vor anderthalb Jahren ein Häuschen in dem Dorf gekauft.

»Möchten Sie eine Chicken Fajita?«, fragte sie.

»Ich glaube schon. Sie sehen gut aus.« Er reichte ihr das Geld fürs Essen. »Sie haben meine Frau Julie nicht zufällig gesehen? Ich bin direkt von der Arbeit hergefahren und hatte eigentlich erwartet, sie hier zu sehen. Sie wollte die Hot Dogs beisteuern.«

Kate schüttelte den Kopf. »Nein, sie ist nicht gekommen. Uns fehlen die Hot Dogs wirklich. Wenn ich sie sehe, sage ich ihr, dass Sie hier sind.«

»Danke«, murmelte er, den Mund voller Hähnchenfleisch.

»Sie sind nicht der Einzige, der jemanden vermisst«, fuhr Kate freundlich fort. »Ich kann George nirgendwo finden. Er ist heute Morgen aus dem Haus und noch nicht zurück. Um ganz ehrlich zu sein, allmählich mache ich mir Sorgen.«

»Was?«, fragte Inspector Wilson scharf.

Sie sah ihm nach, als er davoneilte. Ihm musste klar sein, wie seine Frau zu anderen Männern stand. Nun, da er gehört hatte, dass George ebenfalls vermisst wurde, wäre sein Verdacht geweckt. Morgen früh wüsste das ganze Dorf, dass George Parker und Julie Wilson zusammen durchgebrannt waren. Für Kate gäbe es viel Sympathie – und für den netten Police Inspector Wilson ebenfalls.

Noch ein Mann war am Stand stehen geblieben. »Die sehen sehr gut aus, Mrs. Parker.«

»Councillor James!«, rief sie aus. Er wohnte ebenfalls im Dorf und arbeitete im Distriktrat. George hatte ihn immer wieder auf der Straße angesprochen und sich über die Hippies beschwert.

»Ist Ihr Mann in der Nähe?«, fragte er, als er seine Fajita bezahlte.

»Ich fürchte nein. Ich habe ihn seit heute Morgen nicht mehr gesehen. Ich weiß nicht, wo er ist.«

Er spitzte die Ohren. Noch jemand, der den Tratsch verbreiten würde. »Ich habe Neuigkeiten für ihn. Der Rat hat entschieden, die Besetzer aus den alten Häuschen zu vertreiben.«

»Das wird George freuen«, sagte Kate.

Er beugte sich vertraulich zu ihr. »Um die Wahrheit zu sagen, wir müssen die Cottages abreißen. Dort soll die neue Müllkippe hin. Wir verbreitern die Straße, damit die Müllwagen dort fahren können, und legen die alte Kiesgrube trocken … Alles in Ordnung mit Ihnen, Mrs. Parker?«

Arme Connie

Mrs. Lorrimer spähte durch die Gardinen. Sie konnte Connie im Garten sehen, wie sie Dahlien für die Vasen im Wohnzimmer schnitt. Hatte sie einen Stängel durchtrennt, schüttelte sie die Blüte nachdrücklich, um alle Ohrenkneifer hinauszukatapultieren, und legte die Blume erst dann in den Korb. *Arme Connie,* dachte Mrs. Lorrimer. Sie musste ihretwegen wirklich etwas unternehmen, und zwar bald. An ihrem nächsten Geburtstag wurde Connie dreißig Jahre alt. Dreißig und unverheiratet. Mrs. Lorrimer konnte realistischerweise nicht erwarten, ihre Tochter im Alter von dreißig Jahren noch unter die Haube zu bringen.

Seitdem Connie vor zwölf Jahren als tölpelhafte Achtzehnjährige in ihrem begrenzten gesellschaftlichen Kreis debütiert hatte, versuchte Mrs. Lorrimer, einen Mann für sie zu finden. Bitter dachte sie an den außerordentlichen Aufwand, den sie betrieben hatte, und den Mangel an Erfolg, der ihren vielen Anstrengungen beschieden gewesen war. Sie war meilenweit mit der Kutsche gefahren (die Benutzung eines neumodischen Motorwagens lehnte sie standhaft ab), um ihre Karte in den Häusern von Damen mit geeigneten Söhnen zu hinterlassen. Sie hatte Picknicks und Tennispartys organisiert. Connie sah mit einer Kreissäge und einem Tennisschläger am besten aus und konnte einen schwungvollen Aufschlag spielen. Connie im Ballkleid war kein so großer Erfolg; ihre Tochter hatte die ärgerliche

Angewohnheit, sich bei solchen Anlässen in der Garderobe zu verstecken. Davon abgesehen war sie eine nette, fröhliche junge Frau, die gern lange Spaziergänge unternahm, begeistert bastelte und ihre Tendenz, bei jeder amüsanten Bemerkung schallend loszulachen, überwunden hatte. Mrs. Lorrimer war es ein völliges Rätsel, weshalb Connie keinen geeigneten Kandidaten vorzuweisen hatte. Andere Mädchen fanden durchaus Ehemänner. Unscheinbare Mädchen, dicke Mädchen, dünne Mädchen, Mädchen ohne Vermögen, aber mit vorstehenden Zähnen, flacher Büste und Leberflecken. Warum erwies es sich als so schwierig, für Connie jemanden aufzutreiben?

Himmel, dachte Mrs. Lorrimer verzweifelt, *keine Mutter hat mehr versucht als ich.* Nachdem gesellschaftliche Anlässe ausgereizt gewesen waren, hatte sie Connie mit zum Diamantjubiläum der Königin genommen, aber auch wenn die Sehenswürdigkeiten ihr gefallen hatten, war es Connie nicht gelungen, auf auch nur einer der Partys zu glänzen, für die Mrs. Lorrimer mit erheblichem Einfallsreichtum Einladungen ergattert hatte. Entmutigt, aber nicht geschlagen, war Mrs. Lorrimer unter erheblichen Unkosten mit ihrer Tochter nach Frankreich gereist. Aber was Connie anging, hatten sich französische Junggesellen als enttäuschend unromantisch erwiesen. Die Erinnerung wurmte sie, und Mrs. Lorrimer glaubte nicht, dass sie jemals den Franzosen verzeihen würde, den Erwartungen nicht gerecht geworden zu sein, die ihre eindeutig unverdiente Reputation geweckt hatte.

Trotzdem war sie noch nicht bereit aufzugeben. Sie kam aus einer Soldatenfamilie mit einer Tradition, bis zum letzten Mann zu kämpfen – oder, im Fall der weiblichen Familienmitglieder, um den letzten Mann. Mrs. Lorrimer kannte ihre Pflicht, und darüber hinaus hatte der Schimmer einer letzten Chance unerwartet einen Strahl der Hoffnung ins Dunkel von Connies Existenz geworfen. Erst gestern hatte sie beim ansässigen Tuchhändler eine Nachbarin getroffen. Während ihrer oberflächlichen Konversation hatte die Dame sie gefragt:

»Haben Sie schon gehört? Dr. Benson hat eine junge Assistenz eingestellt.«

Mrs. Lorrimer war erbleicht und hätte beinahe geschwankt, sodass sie sich an der Theke hatte festhalten müssen. Ein neuer junger Arzt? Hatte der Himmel ihre Gebete erhört und endlich einen heiratsfähigen Junggesellen in ihre vornehmlich weibliche Umgebung entsandt?

So nonchalant wie möglich hatte Mrs. Lorrimer festgestellt: »Wie schön für Dr. Benson. Ich bin sicher, seine Arthritis macht Hausbesuche für ihn so schwierig. Ist der … ist die neue Assistenz verheiratet?« Das boshafte Funkeln in den Augen ihrer Freundin bei dieser Frage war ihr nicht entgangen – jeder wusste, wie sehr sie sich bemüht hatte und wie kolossal sie gescheitert war bei ihren Versuchen, einen Mann für Connie zu finden –, aber um ihrer Tochter willen hatte sie es ignoriert.

»Oh nein, unverheiratet, soviel ich weiß.«

Ein unverheirateter junger Arzt. Die Erlösung war nahe! Mrs. Lorrimer hatte völlig vergessen, weswegen sie in den Laden gekommen war, und hatte das Geschäft mit einer Rolle Gummiband, für das sie keine Verwendung hatte, und butterweichen Knien verlassen.

Eine schlaflose Nacht hatte sie damit verbracht, einen Plan nach dem anderen zu schmieden und gleich wieder zu verwerfen. Doch als sie am Morgen aufstand, wusste sie genau, was zu tun war.

Mrs. Lorrimer begab sich an ihren Schreibtisch und setzte sorgsam einen Brief an Dr. Benson auf.

Mir ist bewusst, wie lästig es für Sie sein muss, mich zu Hause aufzusuchen, aber da ich hörte, dass Sie eine neue

Assistenz haben, möchte ich Ihnen mitteilen, dass ich nichts dagegen einzuwenden hätte, wenn diese mich am Donnerstagnachmittag um halb vier hinsichtlich meiner Migräne aufsuchen würde.

Am Abend eröffnete sie Connie, was sie in die Wege geleitet hatte.

»Ach, ich werde ihm nicht gefallen«, entgegnete Connie im Brustton der Überzeugung.

Nur mit Mühe beherrschte Mrs. Lorrimer ihre Verärgerung. »Warum denn nicht, Liebes? Du siehst nicht aus, als wärst du schon fast dreißig.« Sie musterte ihre Tochter. »Andererseits wirkst du auch nicht wie achtzehn. Wir müssen dich herrichten, Connie. Und bitte, tu nicht so, als wäre es dir gleichgültig. Natürlich möchtest du heiraten. Alle Mädchen möchten das.«

Connies rundes, gutmütiges Antlitz lief rot an, und der Ausdruck darauf wurde ganz jämmerlich.

Ich hoffe, dieses lange Gesicht setzt sie nicht in seiner Anwesenheit auf!, dachte ihre besorgte Mutter.

Den ganzen folgenden Morgen verbrachten sie mit der Vorbereitung auf den Besuch des neuen Arztes. Connie wurde um sechs aus dem Bett geholt, ihre Haare gewaschen und in Läppchen gewickelt hochgebunden, damit sie sich kräuselten. Ihr bestes Kleid wurde sorgsam gebügelt. Den Dienstmädchen wurde befohlen, die Eingangshalle zu bohnern und das Gesellschaftszimmer noch vom letzten Stäubchen zu befreien. Die Köchin wurde angewiesen, ihren besten Mohnkuchen zu backen und mit dem besten Porzellan zu decken, wenn der neue Arzt nach Abschluss der Konsultation seinen Tee einnahm.

»Indischer und chinesischer Tee«, befahl Mrs. Lorrimer. »Und die silbernen Teelöffel.« Es konnte nicht schaden, dem jungen Mann zu zeigen, dass sie wohlhabend waren und Connie etwas in die Ehe einzubringen vermochte.

Keine Londoner Theaterproduktion konnte sich einer Besetzung rühmen, die ihre Dialoge besser geprobt hatte oder eine sorgfältigere Regie genoss.

»Ich werde in der Ecke sitzen«, sagte Mrs. Lorrimer, »und wenn er angemeldet wird, werde ich sagen: ›Kommen Sie herein, Herr Doktor.‹ Du wirst am Fenster stehen und ihm dein rechtes Profil zuwenden, mit dem du besser wegkommst, und was wirst du sagen?«

Gehorsam antwortete Connie: »›Wie freundlich von Ihnen, Mama aufzusuchen, Herr Doktor. Ich bin Ihnen so dankbar.‹«

»Ja, aber bitte nicht in solch einem Singsang. Und schau nicht drein wie ein verängstigtes Kaninchen, und grinse nicht, um Himmels willen! Senke einfach sittsam den Blick. Vielleicht wirfst du ihm ein schüchternes Lächeln zu. Ich muss schon sagen, als ich jung war, wussten wir Mädchen so etwas ganz von allein!«

Im Laufe des Morgens wurde Connies Haar gebürstet, über kratzigen Pferdehaarpolstern aufgetürmt und mit siebenundzwanzig Nadeln fixiert. Ihr Pony wurde mit der Brennschere gekräuselt, sodass das Schlafzimmer mit dem Geruch nach versengten Haaren angefüllt war. Ihre kräftige Figur wurde in ein Federstahlkorsett (garantiert rostfrei) gezwängt, was ihren Körper schmerzhaft in eine affektierte Haltung brachte. Wagemutig wurde ihre Nase gepudert. (Sie tendierte zum Glänzen.) Connie kannte ihre Zeilen in- und auswendig und hatte ihre Augen überanstrengt, indem sie vor dem Spiegel züchtige Blicke übte.

»Du siehst sehr hübsch aus, Liebes«, sagte ihre Mutter aufrichtig erfreut. »Also bitte, Connie, verpfusche es diesmal nicht.«

Die Stunde kam. In der Ferne läutete die Türklingel. Schritte trappelten über das Parkett der Halle. Das Zimmermädchen kam mit sehr rotem Gesicht herein und flüsterte ehrfürchtig: »Besuch für Sie, Ma'am.«

»Kündige ihn an, dummes Ding!«, zischte Mrs. Lorrimer.

»Doktor Harris!«, rief das Zimmermädchen und stierte starr nach vorn.

»Kommen Sie herein, Herr Doktor!«, rief Mrs. Lorrimer huldvoll.

Eine Gestalt mit einer schwarzen Tasche in der Hand füllte den Eingang. »Guten Tag, meine Damen«, sagte Dr. Harris fröhlich. »Ich freue mich sehr, Ihre Bekanntschaft zu machen, Mrs. Lorrimer. Doktor Benson hat mir Ihre Akte anvertraut. Schauen wir doch, was ich für Sie tun kann. Wenn es gestattet ist, möchte ich sagen, dass es mich sehr freut, von Ihnen ausdrücklich angefordert worden zu sein. So viele Menschen, darunter leider auch viele Frauen, hegen starke Vorurteile gegen weibliche Ärzte.«

Dr. Emily Harris zog sich die Handschuhe aus, hob Mrs. Lorrimers schlaffes Handgelenk und maß den Puls, offenbar ohne die hervorquellenden Augen und den fleckigen Teint der Patientin wahrzunehmen. »Meine Güte, Sie haben aber einen bemerkenswert schnellen Puls, Mrs. Lorrimer. Jawohl, Sie können versichert sein, uns Ärztinnen wird es auch in Zukunft geben.«

Man konnte nicht damit rechnen, dass der Besuch zu dem Erfolg wurde, auf den Mrs. Lorrimer gehofft hatte, es sei denn, in medizinischer Hinsicht. Dr. Harris verschrieb Mrs. Lorrimer ein Pulver gegen ihre Kopfschmerzen. Mrs. Lorrimer saß reglos und schweigend da, während Dr. Harris bei Mohnkuchen und Tee lebhaft und mit bemerkenswerter Selbstsicherheit von dem Cottage sprach, das sie im Ort gekauft hatte, und von ihrer Hoffnung, sich einen professionellen Ruf zu erwerben. Wenig überraschend erfuhr Mrs. Lorrimer, dass Dr. Harris sowohl das Frauenwahlrecht verfocht als auch etwas, was sich Geburtenkontrolle nannte, bei welchem Thema Mrs. Lorrimer den Gestirnen dankte, dass sie noch in einer Unwissenheit erzogen worden war, wie sie einer Dame anstand. Was die arme Connie betraf, so hatte ihre Mutter sie ganz vergessen und zuckte zusammen, als die Stimme ihrer Tochter plötzlich erklang, weil Dr. Harris sich erhob, um sich zu verabschieden. »Oh, ich bringe Sie an die Tür, Frau Doktor.«

Mrs. Lorrimer fragte sich, ob es sich lohne, Connie zu signalisieren, sie könne sich die Mühe sparen. Mit Überraschung und Verärgerung bemerkte sie, dass Connies rundes Gesicht vor Begeisterung leuchtete und sie beinahe schön wirkte. Als ob das noch eine Rolle spielte. Mrs. Lorrimer jedenfalls scherte es nicht mehr. Das Schicksal war gegen sie.

Connie und Dr. Harris gingen zum Gartentor. Am Straßenrand stand ein funkelnagelneues Automobil, umgeben von einem Pulk neugieriger kleiner Jungen, die auseinanderstoben, als die beiden Frauen sich näherten. Dr. Harris stellte ihre Tasche auf den Rücksitz, band sich den Hut mit einem Schal fest, sprang athletisch auf den Fahrersitz und setzte sich hinters Lenkrad.

»Sie könnten wohl nicht die Kurbel für mich drehen, Miss Lorrimer?«

»Oh, doch, gern«, rief Connie und eilte vor das Fahrzeug. Sie bückte sich und ergriff die Metallstange, ohne darauf achten, ob Schmiere und Staub an ihr bestes Kleid kamen. Als der Motor brüllend zum Leben erwachte, kehrte sie an die Seite des Automobils zurück und sah zu der Ärztin hoch.

»Dr. Harris …« Connies Gesicht leuchtete vor Anstrengung und vor Aufregung rot. »Glauben Sie … ich weiß, dass Sie viel zu tun haben … aber kann ich Sie einmal in Ihrem Cottage besuchen, vielleicht an einem Abend?«

Stille setzte ein, die nur durch das Knattern des Motors durchbrochen wurde. Dr. Harris musterte Connie nachdenklich. Als ihre Blicke einander begegneten, stellte sich eine wortlose Verständigung zwischen ihnen ein. Die Ärztin lächelte.

»Ja, Miss Lorrimer. Bitte suchen Sie mich an einem Abend auf. Ich bin sicher, wir haben vieles gemeinsam.«

Blind Date

Es fällt in der Tat schwer, sich einem alten Freund zu verweigern, besonders wenn dieser Freund versucht, einem etwas Gutes zu tun.

»Ich weiß, wie unglücklich du bist, seit das mit Roger auseinandergegangen ist«, sagte Daisy auf ihre fröhliche, taktlose Art. »Aber einfach nur Trübsal zu blasen hilft dir auch nicht. Du musst zu der Party kommen.«

»Was für eine Party?«, fragte Emma misstrauisch.

Draußen waren die Straßen von Banbury kalt und grau, aber im Innern des Restaurants war es warm und gemütlich. Um sie herum wurde munter geplappert; Porzellan klirrte, und der Geruch von Essen erfüllte die Luft. Die Kellner huschten mit Tellern voll Pasta umher. Von Zeit zu Zeit wurde ein Korken mit einem befriedigenden *Plopp* aus einer Flasche Wein gezogen.

Just in dem Augenblick, da Daisy die Party erwähnte, drehte Emma Spaghetti um ihre Gabel. Sie vermutete, dass Daisy diesen Moment gewählt hatte, weil sie sich auf das Essen konzentrierte; Daisy hoffte, so ihre vorbereitete Rede ohne Unterbrechung halten zu können.

»Ich will auf keine Party gehen«, sagte Emma mit einem Mund voll Spaghetti.

»Wenn ich dir erst davon erzählt habe, wirst du *doch* gehen wollen. Es ist nämlich Halloween, und deshalb ist es eine Kostümparty.«

»Kostümpartys mag ich erst recht nicht.«

»Aber diese wird wirklich spaßig werden. Sie hat ein *Thema,* weißt du? Alles, was mit Geistern und Hexen zu tun hat. Ich organisiere sie übrigens«, fügte Daisy hinzu.

»Ich hoffe, sie wird ein Erfolg, aber lass mich da raus.«

Daisy blickte so tadelnd drein, wie nur Daisy es konnte. »Liebes, ich versuche doch nur, dir zu helfen.«

Emma fühlte sich sogleich schuldig und bat um Verzeihung. »Ich weiß, dass du nur freundlich sein möchtest, aber ich brauche das nicht. Sieh mal: Wenn ich zu dieser Party gehe, werden dort zwei Arten von Gästen sein.«

Emma zählte die Kategorien an ihren Fingern ab. »Erstens: Leute, die Roger und mich als Paar kennen und die es in Verlegenheit bringen würde, mich alleine zu sehen. Sie würden nicht wissen, was sie zu mir sagen sollten. Zweitens: vollkommen Fremde. Ich habe nicht gerade Lust darauf, meinen Abend mit vollkommen Fremden zu verbringen, egal, ob sie nun als Teufel oder als grimmiger Schnitter verkleidet sind! Außerdem wüsste ich nicht, worüber ich mich mit ihnen unterhalten sollte, und mich interessiert auch nicht, was sie zu sagen haben. Ich bin einfach nicht in der Stimmung, Daisy.«

»Ah«, sagte Daisy listig, »aber du hast noch nicht gehört, wo diese Party stattfinden wird! Nämlich in Farlington Hall.«

Das musste Emma beeindrucken. Farlington Hall in der Nähe von Stratford-upon-Avon war ein riesiger Landsitz, den man in ein Hotel verwandelt hatte. Seine Architektur war eine chaotische Ansammlung viktorianischer Gotik; außerdem stand auf dem Gelände die Ruine einer mittelalterlichen Kapelle. Dort einen großen Raum für eine Party zu mieten musste ziemlich teuer sein. Emma erwähnte es Daisy gegenüber.

»Das geht schon in Ordnung«, sagte Daisy leichthin. »Die Firma bezahlt alles.«

»Die Geschäfte laufen wohl gut«, bemerkte Emma.

Daisy strahlte sie an. »Und? Kommst du?«

In der Furcht, einen Fehler zu begehen, aber dennoch in Versuchung geführt, antwortete Emma: »Nun ja, mal sehen.«

Das war der Punkt, an dem Daisy zum Gnadenstoß ansetzte. »Wunderbar! Dann kannst du auch James kennenlernen!«

»Wer ist James?«, quiekte Emma so laut, dass die Leute am Nachbartisch die Köpfe drehten.

»Er ist wirklich ein Süßer. Er wird dir gefallen.«

»Nein, das wird er nicht«, sagte Emma rasch. »Er wird mir nicht gefallen, und ich werde ihm nicht gefallen. Blind Dates habe ich schon mit sechzehn aufgegeben. Blind Dates funktionieren nie.«

»Ich habe ihm alles über dich erzählt«, fuhr Daisy fröhlich fort. »Er brennt darauf, dich kennenzulernen.«

»Nein, Daisy!«

Daisy beugte sich vertraulich vor. »Ich hatte da diese wunderbare Idee. Da Farlington Hall nicht weit von Stratford-upon-Avon liegt, habe ich für dich und James Shakespearekostüme vorgeschlagen. Hamlet und Ophelia. Was könnte besser passen? Hamlet sieht ständig Geister und hat dieses lange Gespräch mit einem Schädel. Ophelia hat sich ertränkt. Damit wärt ihr dann wirklich ein schön-schauriges Paar.«

»Hat James dem zugestimmt?«, fragte die entsetzte Emma.

»Ja, er hält es für eine großartige Idee.« Daisy klang selbstbewusst. Doch andererseits klang Daisy immer selbstbewusst.

Emmas Beziehung mit Roger hatte fast zehn Jahre lang gehalten. Als sie sich trennten, nannten sie die üblichen Gründe dafür: »Wir sind zu jung zusammengekommen.« – »Wir haben nicht viel gemeinsam.« – »Wir haben unterschiedliche Ziele.«

Ihre Freunde sagten: »Betrachtet das nicht als *Ende* von etwas, sondern als den *Beginn* von etwas Neuem.«

Es war leichter, gute Ratschläge zu erteilen, als sie anzunehmen. Ein neues Leben zu beginnen erforderte Mut. Es bedeutete, sich Singlegewohnheiten anzueignen, nachdem man jahrelang als Teil eines Paars gedacht hatte. Es bedeutete, Risiken einzugehen.

»Und das werde ich!«, sagte Emma sich selbst. »Ich *muss.* Ich werde auf Daisys Halloweenparty gehen, und ich werde diesen James treffen. Es wird ein Abenteuer sein.«

Das war der Grund, warum Emma am Samstagabend in ihren Schlafzimmerspiegel blickte und ihr Spiegelbild kritisch musterte. Für ihr Opheliakostüm hatte sie sich ein langes grünes Samtkleid geliehen und sich eine Efeuranke in ihr schulterlanges blondes Haar gebunden. Sie hatte ihr Gesicht gepudert und einen sehr blassen Lippenstift aufgetragen, was ihr ein ätherisches Aussehen verlieh. Mit dem Ergebnis war sie recht zufrieden. Wie sich jedoch James verkleiden würde, blieb eine offene Frage.

Für die lange Fahrt von Banbury nach Farlington musste Emma den Rock hochziehen. Die Nacht war kalt und klar. Die Sterne funkelten wie Diamanten, und der Mond warf ein silbriges Licht auf die Felder zu beiden Seiten der Straße. Vor morgen würde es noch Frost geben.

Als Emma Farlington Hall erreichte, war der Parkplatz unter den Bäumen bereits fast voll, und sie musste ihren Wagen an der Zufahrt hinter dem Tor abstellen. Sie stieg aus und stand im Dunkeln. Die Bäume rauschten um sie herum, und sie spürte, wie der kalte Wind ihr Haar zerzauste. Das Licht aus den gotischen Fenstern des Hotels lud sie ein, darauf zuzueilen. Doch als sie näher kam, hätte die dunkle Masse des Gebäudes mit seinen Türmen eher bedrückend gewirkt, wären da nicht die Musik und der fröhliche Lärm von drinnen gewesen. Emma ging über die Veranda in die Haupthalle, wo in einem großen offenen Kamin ein Feuer brannte. Sie war nervös, fühlte aber auch ein nicht gerade unangenehmes Gefühl der Vorfreude. Vielleicht würde es ja doch ganz lustig werden.

Die Party war bereits in vollem Gange. Es gab jedes Kostüm, das man sich nur vorstellen konnte: Teufel, Hexen und natürlich der grimmige Schnitter; jemand trug sogar einen großen orangefarbenen Kürbiskopf.

Ich wette, es ist verdammt heiß da drunter!, dachte Emma.

Ein anderer Gast trug einen Skelettanzug: weiße, auf schwarze Kunstfaser gemalte Knochen. Es gab alle möglichen Arten Furcht einflößender Monster, drei Grafen Dracula mitsamt Zähnen und selbst einen Engel in weitem weißem Gewand voll Silbersternen. Der Engel hatte niedliche kleine Flügel zwischen den Schulterblättern befestigt. Aber es war unmöglich, einen Hamlet in der Menge zu entdecken.

Was trug ein Hamlet überhaupt? Irgendeine Art Kostüm aus dem 16. Jahrhundert: Wams, Rüschen, die Art von Dingen eben, nahm Emma an. Sie fragte sich, ob James es als genauso peinlich empfand wie sie, dass er dieser Scharade zugestimmt hatte.

»Darling! Wie schön, dich zu sehen!« Der Engel schwebte in einer Wolke glitzernder Gaze auf Emma herab. Emma hätte sich denken können, dass Daisy der Engel war. Nur Daisy würde als Engel verkleidet auf eine Halloweenparty gehen.

»Misch dich einfach unters Volk«, riet ihr Daisy. »Hol dir was zu trinken. Ich habe James noch nicht gesehen, aber er wird bald hier sein. Halte einfach Ausschau nach Hamlet.« Sie flatterte davon.

Emma tat ihr Bestes. Sie trank ein Glas Wein und wechselte dann klugerweise zu Orangensaft, weil sie noch fahren musste. Sie tanzte mit einem der Grafen Dracula. Unglücklicherweise endete die Unterhaltung mit ihm, als ihm die Reißzähne herausfielen. Emma verdrückte sich flink, als er über den Boden kroch und zwischen den Beinen der Leute nach seinem Gebiss suchte.

Inzwischen war es unerträglich heiß geworden. Körper stießen gegen sie, und Füße traten auf die ihren. Von Hamlet war noch immer keine Spur zu sehen, und am schlimmsten war, dass Emma den Gast in dem Skelettanzug mittlerweile als einen von Rogers Tennispartnern erkannt hatte. In dem verzweifelten Bemühen, ihm aus dem Weg zu gehen und etwas frische Luft zu schnappen, drängte sie sich entschuldigend durch die Menge und in die Haupthalle zurück.

An der Rezeption war niemand zu sehen, und außer Emma war nur noch eine einzige andere Person hier. Der Mann saß auf der Haupttreppe und war als Hamlet verkleidet.

»Hallo«, sagte er zu Emma.

Er hatte eine nette Stimme, und in seinem schwarzen Samtwams und den gestärkten Rüschenmanschetten sah er wirklich atemberaubend aus. Er hatte zerzaustes braunes Haar und ein schiefes Grinsen, was Emma schon immer als unwiderstehlich empfunden hatte.

»Ich habe nach Ihnen gesucht!«, rief sie. »Ich bin Ophelia.« Sie streckte die Hand aus. »Dieses Kostüm war Daisys Idee, nicht meine! Wie hat sie Sie überredet?«

Hamlet stand auf, ergriff Emmas Hand und verneigte sich galant. »Sie war so enthusiastisch. Ich konnte einfach nicht Nein sagen.«

»Ich habe Sie vorhin nicht da drin gesehen«, sagte Emma und deutete auf den Partyraum.

Er schüttelte den Kopf. »Ich bin gerade erst eingetroffen. Mein Wagen hatte eine Panne, und ich musste per Zug und Taxi hierherkommen. Dann bin ich nach oben gegangen, um mein Kostüm anzuziehen. So konnte ich ja wohl kaum mit dem Zug fahren!« Er klopfte auf sein Wams und lachte. »Deshalb bin ich so spät.«

»Ich verstehe. Es ist gut, dass Sie sich unter diesen Umständen noch die Mühe gemacht haben.« Emma blickte sich um. »Wo ist der Schädel?«

»Der Schädel?« Hamlet wirkte verblüfft.

»Ja, hat Hamlet üblicherweise nicht einen Schädel dabei? Ich meine natürlich nicht im ganzen Stück; aber wann immer man Bilder von ihm sieht, hält er Yoricks Schädel in der Hand. *Sein oder nicht sein* und so weiter.«

»Ah«, sagte er. »Der Schädel. Ich … Ich habe ihn verloren.«

»Wo?«

»Um Ihnen die Wahrheit zu sagen, ich habe ihn im Zug vergessen … in einer Plastiktüte.« Er blickte sie abschätzend an, als fürchtete er, Emma würde ihm eine Standpauke halten.

Emma aber kicherte. »Das wird irgendeinen Passagier in großen Schock versetzen!«

In diesem Augenblick ertönte ein Gong.

Hamlet wirkte erleichtert. »Ich glaube, jetzt gibt es Abendessen«, sagte er. »Lassen Sie uns gehen, Ophelia. Ich verhungere, und wenn wir die Menge auf dem Weg zum Büfett nicht schlagen, wird nichts mehr für uns übrig sein.« Er ergriff ihre Hand, und gemeinsam stürzten sie sich ins Getümmel.

Später, nachdem sie sich mit voll beladenen Tellern wieder einen Weg aus der Menge gebahnt hatten, gingen sie erneut in die Halle und setzten sich auf die Treppe.

»Arbeiten Sie für Daisys Firma?«, fragte Emma.

»Ja, in der Buchhaltung.«

»Mein Job ist auch ziemlich eintönig«, gestand Emma. »Ich arbeite für die Stadtverwaltung. Manchmal träume ich davon, meine Stelle aufzugeben und etwas ganz Aufregendes und anderes zu tun. Aber so einfach ist das leider nicht.«

Hamlet nickte mitfühlend. »Die Karriere, die ich mir eigentlich für mich vorgestellt hatte, hat sich leider nicht bezahlt gemacht«, sagte er. »Ich habe es versucht, aber nach einem Jahr musste ich aufgeben. Ich war Zauberkünstler.«

Emma legte ihre Gabel auf den Teller und drehte sich überrascht zu Hamlet um. »Wirklich? Auf der Bühne?«

»Nicht auf der Bühne. Ich bin nur in einigen Clubs aufgetreten. Manchmal war das Publikum gut, und manchmal waren da zwei, drei Betrunkene, die mir wirklich auf den Keks gegangen sind. Am meisten Spaß hat mir gemacht, wenn man mich als Entertainer für Kinderpartys engagiert hat. Ich habe ›Münzen‹ in ihren Ärmeln und weiße Mäuse in ihren Taschen gefunden. Sie haben so laut gekreischt, dass das Haus zusammenzubrechen drohte, und wollten immer mehr. Und«, fügte er hinzu, »ich habe immer ordentliche Portionen Eis und Götterspeise bekommen. Aber Geld ließ sich, wie gesagt, nicht damit verdienen, und regelmäßige Auftritte waren nur schwer zu bekommen. Unterm Strich muss wenigstens genug zum Essen übrig bleiben.«

»Aber Sie haben es wenigstens versucht«, sagte Emma ernst. »Das ist das Wichtigste. Sie hatten den Mut dazu.«

Hamlet blickte sie einen Augenblick lang fest an, dann sagte er leise: »Danke.«

Sie kehrten auf die Party zurück. Der Abend wurde immer lauter und ausgelassener. Emma tanzte mit Hamlet. Dann schlurfte das Skelett, Rogers Freund, herbei und zog sie von ihm weg.

Glücklicherweise war er inzwischen so betrunken, dass er Emma nicht erkannte. Hamlet erschien wieder und rettete sie. Sie tanzten erneut miteinander, bevor Emma wieder abgeklatscht wurde, diesmal von einem maskierten Henker. Das war ein wenig unheimlich, und Emma war froh, als Hamlet wieder auftauchte und sich durch die Menge in ihre Richtung drängte. Allerdings warf er ab ungefähr zweiundzwanzig Uhr immer wieder nervöse Blicke auf seine Armbanduhr.

»Die ist aber nicht aus dem sechzehnten Jahrhundert!«, neckte ihn Emma.

Hamlet grinste reumütig. »Es tut mir wirklich leid, Emma, aber ich werde bald gehen müssen. Ich habe noch einen weiten Weg vor mir. Ich muss zum Bahnhof zurück und den Zug erwischen. Danach brauche ich noch mal zwanzig Minuten bis nach

Hause. Würden Sie mich bitte eine Minute entschuldigen? Ich werde mir ein Taxi rufen, das mich zum Bahnhof bringt.«

»Oh, ich kann Sie auch nach Banbury fahren«, bot Emma ihm sofort an.

»Danke, aber leider wohne ich genau in der entgegengesetzten Richtung. Ich lebe in einem Außenbezirk von Birmingham. Ich bin mit dem Zug nach Stratford-upon-Avon gefahren und dann weiter mit dem Taxi.«

»Oh«, sagte Emma, und sie wusste, dass sie genauso enttäuscht aussah, wie sie klang.

Hamlet bahnte sich einen Weg durch die Partygäste und verschwand außer Sicht, doch ungefähr zehn Minuten später kehrte er zurück; er wirkte sehr besorgt.

»Ich kann kein Taxi bekommen, jedenfalls keines, das hierher fährt. Sie sind alle besetzt. Heute Nacht ist viel los.«

»Ich habe mein Auto hier«, bot ihm Emma an. »Ich kann Sie zwar nicht nach Birmingham fahren, aber zumindest bis zum Bahnhof von Stratford-upon-Avon.«

»Würden Sie das tun? Dann müssten Sie allerdings weg von der Party. Das will ich nicht. Und es ist ein gutes Stück Fahrt.« Inzwischen wirkte er zunehmend nervös und blickte sich ständig um.

»Es dauert nicht länger als eine Viertelstunde. Was die Party betrifft, so kann ich immer noch zurückkommen. Aber da ich ohnehin nach Banbury muss, werde ich es vermutlich bleiben lassen.«

»Gut«, sagte Hamlet. »Danke. Ich laufe nur schnell hoch und ziehe das Kostüm aus. Treffen wir uns am besten in der Halle vor der Treppe.«

Es dauerte nicht lange, und er kam die Treppe hinuntergerannt. Nun trug er Jeans und eine Lederjacke. Dabei sah er noch immer recht romantisch aus. Er trug einen kleinen Koffer, den er jetzt in die Höhe hielt. »Mein Kostüm.«

»Ich muss in meinem fahren«, sagte Emma. »Ich bin gar nicht auf die Idee gekommen, dass ich mich auch hier umziehen könnte.«

»Ich habe das nur gemacht, weil ich mit dem Zug gefahren bin.« Er blickte in Richtung der Party. »Ich sollte nicht gehen, ohne Daisy vorher Auf Wiedersehen und Danke zu sagen.«

»Ich werde das Auto holen«, schlug Emma vor. »Ich musste unten in der Einfahrt parken, aber es wird nicht lange dauern. Sie werden gerade genug Zeit haben, um Daisy zu suchen.«

»Richtig …« Er blickte Emma hilflos an und hob wieder den Koffer. »Damit komme ich nicht durch den Mob. Könnten Sie ihn schon mit ins Auto nehmen? Er ist nicht allzu schwer.«

Er verschwand im Partyraum, und Emma blieb mit dem Koffer zurück. Sie ging an der jungen Frau vorbei, die hier als Nachtportier arbeitete und freundlich fragte: »Sie gehen schon?«

»Ich fürchte, ja, aber es war ein wunderbarer Abend.«

»Gut. Ich hoffe, wir sehen Sie bald wieder.« Hotelangestellte sagten so etwas immer.

Emma eilte die dunkle, von Bäumen gesäumte Auffahrt hinunter. Inzwischen war es sehr kalt geworden, und sie zitterte, als sie schließlich ihren Wagen fand. Sie war nicht die Einzige, die so weit weg vom Haus geparkt hatte. Da war noch ein Wagen, der weit unter die Bäume gefahren und kaum zu sehen war.

Emma legte den Koffer auf den Rücksitz und fuhr zum Vordereingang. Hamlet stand dort und blickte wieder auf die Uhr. Er lief auf sie zu, kletterte auf den Beifahrersitz und warf die Tür zu.

»Alles in Ordnung«, versicherte ihm Emma. »Die Züge fahren mindestens noch bis Mitternacht.«

Vor dem Bahnhof von Stratford-upon-Avon verabschiedeten sie sich rasch voneinander.

»Es war wirklich ein großartiger Abend«, sagte Hamlet. »Darf ich Sie anrufen? Montag vielleicht?«

»Ja.« Emma kramte in ihrem Handschuhfach und fand eine ihrer Visitenkarten. »Hier, das ist meine Büronummer. Wenn Sie vor 17.30 Uhr anrufen, bin ich da.«

Er steckte die Karte in seine Tasche, beugte sich in den Wagen und küsste Emma keusch auf die Wange. »Ich rufe Montag an.«

Mit diesen Worten rannte er in den Bahnhof.

Daisy klingelte am folgenden Abend an der Tür. Sonntag.

»Darling!« Sie brach auf Emmas Sofa zusammen und blickte zu ihr auf. Sie sah aus wie jemand, der die Nacht durchgemacht hatte und sich nicht gerade wie ein Engel benommen hatte. »Es tut mir ja so leid!«

»Was tut dir leid?«, fragte Emma verwirrt. »Du hattest recht. Es war ein großer Spaß.«

»Oh! Gut …« Daisy zögerte. »Dann hast du also nichts verloren? Börse, Kreditkarte, Schmuck?«

Emma schüttelte den Kopf. »Warum? Sollte ich?«

Daisy warf dramatisch die Hände in die Höhe. »Anderen Leuten ist das passiert.« Als sie sah, dass Emma noch immer verwirrt war, fuhr sie fort: »Um wie viel Uhr bist du gegangen?«

»Früh, kurz nach zehn. Ich musste …«

Daisy fiel ihr ins Wort. »Ah, dann warst du gar nicht mehr da, als es entdeckt wurde. Es war ungefähr halb elf, als die ersten Sachen vermisst wurden. Erst war es nur einer der Gäste, dann noch einer, und dann schauten alle nach und … Oh, das war ein Chaos! Die Polizei sagt, das seien Profis gewesen. Sie meint, es müssten mindestens zwei gewesen sein und vermutlich im Kostüm, sodass wir es nicht bemerkt haben. Einer hat im Partyraum gearbeitet und den Leuten alles aus den Taschen gezogen, was er erwischen konnte. Er hat sich sogar Armbanduhren und Schmuck geschnappt. Meine Halskette hat er sich auch geholt! Ich bin ja so wütend. Ich weiß einfach nicht, wann er das gemacht haben soll. Das einzige Mal, wo ich es mir denken könnte, war, als irgendein Kerl ziemlich früh zu mir gekommen ist, um sich von mir zu verabschieden. Er hat mich umarmt und geküsst. Die Polizei sagt, dass er mir vermutlich in diesem Augenblick die Kette abgenommen hat. Der hat Nerven! Ich habe nichts gespürt. Er muss der reinste Magier gewesen sein. Er hat den Leuten die Uhren von den Handgelenken geklaut, und sie haben nichts, aber auch gar nichts davon gemerkt. Einer hat eine Rolex verloren! Die Polizei glaubt, der Täter hat die Beute dann einem Partner gegeben, der sie hinaustragen sollte – jemandem, der wirklich unschuldig aussah.«

Daisy wischte eine ärgerliche Haarsträhne beiseite, die ihr ins Gesicht gefallen war. »Und das mit James tut mir auch leid. Er rief heute Morgen an und sagte, er sei erkältet; deshalb sei er auch nicht auf die Party gekommen. Eine ziemlich schwache Entschuldigung, wenn du mich fragst.«

»Aber … aber er war da …«, flüsterte Emma. Während Daisy gesprochen hatte, war ihr ein Schauder über den Rücken gelaufen. »Er trug sein Kostüm …«

Ein Polsterwams, vermutlich voller geheimer Taschen.

»Nicht James, Darling. Ich habe dir doch gesagt, dass er nicht da war. Das muss jemand anderer gewesen sein. Hat er dir seinen Namen nicht genannt?«

»Ich habe ihn Hamlet genannt«, antwortete Emma schwach. »Ich habe ihm meine Geschäftskarte gegeben, damit er mich anrufen kann.«

Ja, dachte sie, *ich* habe ihn Hamlet genannt. Er hat nicht gesagt, dass er Hamlet sei. Er hat nur ein Kostüm aus dem 16. Jahrhundert getragen; also habe ich angenommen … *Er* hatte *keinen* Schädel. Im Zug vergessen, jaja! Ich frage dich, wer würde einen Schädel vergessen? Ich habe mit Daisy über ihn gesprochen. Ich habe ihn gefragt, ob er in Daisys Firma arbeitet, und er hat einfach Ja gesagt. Und dass er in der Buchhaltung tätig ist.

Jede Firma hat eine Buchhaltung. Dafür musste man nicht wissen, um was für eine Firma es sich handelt. Als ich ihm anbot, ihn nach Banbury zu fahren, sagte er sofort, er wohne genau in der entgegengesetzten Richtung. Natürlich wollte er früh gehen, und dass er den Zug erwischen müsse, war nur eine Entschuldigung (genauso wie für sein spätes Erscheinen). Aber vielleicht wollte sein Wagen wirklich nicht anspringen, wo auch immer er ihn zurückgelassen hat. Es war eine sehr kalte Nacht. Er war in Farlington gefangen, und so geriet er in Panik. Also kam er mit der Geschichte zurück, dass er kein Taxi bekommen könne, und ich habe natürlich angeboten, ihn zu fahren, und brav die Beute an der Rezeption vorbeigetragen. Ich weiß nicht, wohin er gegangen ist, nachdem ich ihn am Bahnhof abgesetzt habe. Oh, Emma, du hast noch viel zu lernen!

Daisy strahlte wieder. »Ich freue mich, dass du jemanden kennengelernt hast, der dir gefällt. Womit verdient er sein Geld?«

Langsam antwortete Emma: »Er ist Zauberkünstler.«

»Oh?«, sagte Daisy. »Das ist mal was anderes! Glaubst du, er wird dich anrufen?«

Emma schüttelte den Kopf. »Nein, nein, das glaube ich nicht.«

Ein gefährlicher Schritt

1.

Emma drückte sich in den Beifahrersitz von Mr. Collins' uraltem Land Rover, der den Hügel hinunter nach Sidmouth rumpelte. Die Feinheiten des perfekten Mordes, mit dem ihr Verstand seit einigen Wochen rang, mussten momentan hinter dem Bedürfnis nach Selbsterhaltung zurückstehen.

»Wir sind angekommen, meine Liebe!« Mr. Collins hielt schlingernd den Wagen an. »Tut mir leid, dass ich nicht warten und Sie zurückfahren kann!«

»Keine Sorge! Vielen Dank, dass Sie mich mitgenommen haben!« Emma stieg hastig aus, froh, wieder festen Boden unter die Füße zu bekommen.

»Ich möchte doch, dass Sie mir gewogen bleiben!«, bellte er durchs Fenster. »Immerhin könnten Sie meinen Tod planen!«

An diese Sorte Humor auf ihre Kosten war sie gewöhnt. Sie winkten einander zu, und der Land Rover preschte brüllend davon; Urlauber stoben vor ihm wie Schafe auseinander. Emma zupfte sich Stroh von der Jeans. Über ihr kreisten rau schreiend die Möwen, und zu beiden Seiten scharten sich Menschen entspannt um Postkartenständer und Eiscremewagen. Emma allerdings war nicht an die Küste von South Devon gekommen, um sich zu erholen, sondern um an ihrem neuen Buch zu arbeiten, dessen Abgabetermin sie unbedingt einhalten musste. Vielleicht lag es an der Seeluft, vielleicht auch an zu viel Ruhe und Frieden oder einfach einem nagenden Missmut, dass alle anderen anscheinend Urlaub machten; was immer der Grund sein mochte, die Schreibblockade hatte zugeschlagen.

Um sie zu beseitigen, brauchte Emma die Gesellschaft eines anderen Menschen: jemand, dem sie Ideen an den Kopf werfen konnte, damit sie in unerwartete Richtungen wegsprangen, ganz wie Mr. Collins' fahrbarer Untersatz. Sie freute sich, dass Damian kam. Seine Gegenwart mochte genau das Richtige für sie sein.

Am Busbahnhof wartete schon jemand an genau der Haltestelle, an der Damians National Express ankommen sollte. Der stämmige, recht junge Mann im kurzärmeligen Hemd lehnte an der niedrigen Mauer. Konzentriert starrte er auf eine zusammengefaltete Zeitung. Ihr fiel auf, dass er das Kreuzworträtsel musterte. Als sie an ihm vorbeiging, sah er auf und bedachte sie mit einem scharfen Blick, zückte dann einen Kuli aus seiner Hemdtasche und trug sorgsam ein Lösungswort ein.

Emma setzte sich auf die Mauer. Die steife salzige Brise ergriff Strähnen ihrer langen braunen Haare und legte sie ihr über Augen und Mund. Geistesabwesend strich Emma sie weg, steckte sie sich wirkungslos hinters Ohr und nahm den Brief heraus, den sie mitgebracht hatte, damit ihre Schwester wenigstens im Geiste bei ihr war.

Er war kurz, kaum mehr als eine Mitteilung. An einer Ecke war ein runder Fleck, und selbst jetzt noch roch das Papier schwach nach Petroleum. Sie stellte sich Bridget vor, die vor Schweiß klebte und den Brief in einer Atempause schrieb, die sie sich gestohlen hatte, während sie Fliegen verscheuchte und versuchte, das unablässige Geschrei kranker Babys und ihrer verzweifelten Mütter auszublenden. *Wir sind Dir sehr dankbar,* hatte ihre Schwester gekritzelt. Bridget, die so viel für andere tat, auch wenn deren Chancen noch so gering waren, bedankte sich bei *ihr*. Emma spürte das vertraute Gefühl, unwürdig zu sein, und steckte den zerfledderten Zettel wieder ein.

»Entschuldigen Sie!« Der junge Mann hatte seine Zeitung in den Abfalleimer geworfen. »Sie sind Emma Durrant, richtig? Die Krimiautorin? Ich dachte, ich hätte Sie nach dem Bild im Lokalblatt erkannt. Da stand, Sie hätten sich hier über den Sommer ein Cottage gemietet.«

Erwartet hatte sie eine Frage nach dem Busfahrplan. Verdutzt murmelte Emma eine Bestätigung. Eine böse Vorahnung befiel sie. Sein Gesicht und seine Stimme wirkten freundlich, aber er strahlte einen Eifer aus, der ihrer Erfahrung nach einen Schwall von Fragen über das Leben als Schriftstellerin ankündigte.

»Ist es heutzutage nicht sehr schwierig, einen Verlag zu finden?«, fragte er und fügte offenherzig hinzu: »Ich sollte eingestehen, dass ich nie Krimis gelesen oder sie mir im Fernsehen angeschaut habe. Sie ärgern mich. Sie sind viel zu überspannt. Eine Ermittlung besteht zum überwiegenden Teil aus Routine mit viel Formulararbeit. Standardverfahren müssen eingehalten werden.«

»Sie scheinen sich dabei ja sehr sicher zu sein«, entgegnete Emma frostig.

Er ließ sich nicht abschrecken. »Nehmen Sie nur den Helden. Ein Polizeiermittler hat selten freie Hand und ist im Allgemeinen ein recht durchschnittlicher Bursche. In den Romanen scheinen Detective Inspectors immer Exzentriker zu sein. Aber andererseits befassen sich Kriminalromane auch nicht mit dem wirklichen Leben, nicht wahr?«

»Nein«, versetzte Emma, »es handelt sich um erfundene Geschichten. Nichts anderes sollen sie sein: Geschichten. Ich kann meine Figuren so anlegen, wie ich es möchte.«

Sie warf einen verzweifelten Blick auf einen heranfahrenden Bus und betete, dass Damian darin war. Jawohl, sie entdeckte ihn; er stand im Gang, teils verdeckt von einer pummeligen Frau in einem außerordentlich bunt gemusterten Kleid.

»Entschuldigen Sie mich.« Sie glitt von der Mauer und klopfte sich den Hosenboden ab. »Ich erwarte jemanden in diesem Bus.«

Sie ging weg, aber er folgte ihr. »Wirklich? Ich habe vorhin erst meine Mutter in einen Bus gesetzt. Sie besucht eine Freundin.«

Es war ganz offensichtlich, dass er sehen wollte, mit wem sie sich traf. *Gut,* dachte Emma grimmig. *Dann steht ihm eine Überraschung bevor.*

*D*ie füllige Frau in dem bunten Kleid stieg die Stufen hinunter und jammerte dem Fahrer etwas wegen ihres Koffers vor. Damian wartete auf halber Höhe hinter ihr und zog ein finsteres Gesicht, wie es nur ein dreizehnjähriger Junge vermochte.

Als er Emma sah, winkte er lakonisch und verdrehte die Augen gen Himmel.

Zum ersten Mal wirkte Emmas Begleiter verdutzt. »Ist das, äh, Ihr Sohn?«

Das war der Tropfen, der das Fass zum Überlaufen brachte. Sie war siebenundzwanzig, um Himmels willen! Sah sie wirklich wie die Mutter eines großen schlaksigen Dreizehnjährigen aus? Damian war ein gutes Stück gewachsen, seit sie ihn zum letzten Mal gesehen hatte. Seine Arme ragten aus den langen Ärmeln hervor.

»Mein Neffe!«, fuhr Emma ihn an.

»Ich dachte mir doch, Ihr Sohn kann er unmöglich sein. Auf Urlaub?«

Vielleicht war es am besten, ihm einfach die Information zu geben, die er wollte. Sobald er sie hatte, ging er hoffentlich weg.

»Seine Eltern sind in Übersee. Für Damian wäre es unpraktisch, sie zu besuchen, deshalb verbringt er den Sommer bei mir.«

Das musste genügen. Es war nicht nötig, auf den Altersunterschied zwischen Bridget und ihr einzugehen oder auf das

Krankenhaus, das Bridget und ihr Mann in einem Land führten, das unter Bürgerkrieg und Hungersnot litt.

»Er geht auf ein Internat, was? Armer Junge«, sagte er mitfühlend.

Darauf zu antworten war kaum nötig, denn Damian hatte eine pralle, aus allen Nähten platzende Sporttasche aus dem Gepäckfach gezogen und kam auf sie zu. Sein vorgeschriebener Haarschnitt, die altmodische Tweedjacke und die graue Flanellhose verkündeten, dass er aus einer Lehranstalt kam, in der Traditionen großgeschrieben wurden. Überraschender war, dass die Frau im bunten Kleid ihn begleitete.

»Hallo, Tante Em«, sagte Damian mit gezwungenem Lächeln. »Das ist Mrs. Pugh.«

Mrs. Pugh war von unbestimmbarem Alter, aber sehr augenfälliger Erscheinung.

Emma fand, dass sie an nichts so sehr erinnerte wie einen großen Papageien auf seiner Sitzstange. Ihr Kleid zeigte ein Muster aus scharlachroten Mohnblüten auf elfenbeinweißem Hintergrund. Dazu passend trug sie knallroten Lippenstift und auf den dick gepuderten Pausbacken mit großzügiger Hand appliziertes Rouge. Auf ihren Stilettos stakste sie unsicher herbei, auf eine Art, die dreist und unterwürfig zugleich wirkte. Ihre stechenden dunklen Augen über der gekrümmten Nase verliehen ihr ausdrucksmäßig eine Mischung aus Neugier und Verschlagenheit.

»Damian und ich«, verkündete sie in behaglichem Ton, »sind schon enge Freunde!« Ihre plumpe Vertraulichkeit war ohne jede Grundlage und machte einen schlechten Eindruck. Aus Damians Gesicht sprach die Frustration, als sie lächelnd seinen Arm tätschelte.

Damian bewies, dass seine Eltern einen Gegenwert für das Schulgeld erhielten. »Es hat mich gefreut, Sie kennenzulernen, Mrs. Pugh. Ich hoffe, Sie genießen Ihren Urlaub.« Seine Worte klangen höflich, ganz gleich, was er im Innern empfand. Er reichte ihr die Hand.

Mrs. Pugh umschloss sie mit schwer beringten Fingern. »Er hat mir alles über sich erzählt! Sie müssen die Tante sein, die er besucht!« Der stechende Blick schwenkte zu Emma, während Damian sanft, aber bestimmt seine Hand befreite. »Mrs. Durrant?«

»Nein! Ja! Ich bin seine Tante, aber ich ...«

»Und das muss Mr. Durrant sein!«, rief Mrs. Pugh aus und wandte sich dem Mann neben Emma zu.

Wer von den beiden Angesprochenen entsetzter dreinblickte, ließ sich nur schwer sagen. »Wir sind nicht verheiratet!«, rief Emma. »Er ist ...«

»Oh? Nun, ich bin tolerant, meine Liebe! Das muss man heutzutage ja auch sein, oder nicht?«

Zum Glück erfolgte eine Unterbrechung. Von einer dünnen Frau in Slacks und wetterfester Jacke kam ein lauter Schrei. »Felicity! Hier drüben!«

»Das ist meine Cousine! Also, auf Wiedersehen, Damian. Es hat mich gefreut, dich und deine Tante und deinen Onkel kennenzulernen!«

Mit einem Winken ihrer plumpen Hand entfernte sie sich endlich. Auf den hochhackigen Sandalen schwankend, zog sie ihren Rollkoffer hinter sich her.

Wie aus einem schwelenden Vulkan brach es aus Damian hervor: »Was für eine fürchterliche Frau! Sie hat sich einfach neben mich gesetzt und mir eine Frage nach der anderen gestellt! Ich meine, richtig persönliche, unangenehme Fragen. Sie gab nicht auf, bis sie eine Antwort erhielt. Sie fragte einfach immer weiter. So was von neugierig. Und die ganze Zeit lächelte sie mich an, aber nur mit dem Mund, nicht mit den Augen, weißt du, was ich meine?«

»Das kann nicht sehr angenehm gewesen sein«, sagte Emma

mitfühlend. »Niemand beantwortet gern persönliche Fragen.« Sie schoss einen vielsagenden Blick auf den Mann ab, der bei ihnen stand, und hob Daimans Reisetasche mit beiden Händen an. Sie fühlte sich an, als wäre sie voller Ziegelsteine. »Wir nehmen uns besser ein Taxi. Mein Wagen hat den Geist aufgegeben, und einen neuen kann ich mir nicht leisten. Das Cottage ist ein Stück außerhalb der Ortschaft.«

»Hören Sie, ich kann Sie mitnehmen!«, bot Emmas unerwünschte Bekanntschaft an und streckte die Hand nach der Sporttasche aus.

Sie schwang sie außer Reichweite, bevor er die Tasche kidnappen konnte. »Nein, danke. Ich möchte Ihnen auf keinen Fall zur Last fallen.«

Endlich war sie ihn los. Auf dem Weg zum Taxistand informierte sie Damian: »Du hattest vielleicht Mrs. Pugh am Hals, aber ich kam nicht von einem Mann weg, der denkt, ich schreibe Müll!«

»Jede Wette, er war nicht so schlimm wie Mrs. Pugh. Weißt du was, Tante Em?«, fuhr Damian erregt fort. »Du solltest sie in einen von deinen Romanen einbauen, als Mordopfer! Ich bin nämlich echt überrascht, dass noch niemand sie umgebracht hat.«

Das Cottage stand an einer schmalen gewundenen Landstraße, die von hohen Hecken eingegrenzt wurde. Sie führte zu Collins' Hof, andere Nachbarn gab es in der Nähe keine. Die Eigentümer hatten das Häuschen zwar beträchtlich renoviert, das Strohdach erneuert und die Wände geweißt, aber nicht seinen bruchbudenhaften Charme einer bilderbuchhaften Perfektion geopfert. Leider hatte es keinen Garten, nur einen Hinterhof mit einem Gebäude, das früher eine Außentoilette gewesen war und jetzt als Geräteschuppen diente. Platz war gerade genug für zwei Blumenbeete auf beiden Seiten der Vordertür, die mit roten Rosen bepflanzt waren. Früher im Jahr waren purpurne Aubrietien über die niedrigen Bruchsteinmauern geklettert, die das Cottage vom Fahrweg trennten. Eine von Emmas ersten Aufgaben nach ihrem Einzug hatte darin bestanden, sie zurückzuschneiden.

Als sie fertig gewesen war, hatten die Pflanzen furchtbar ausgesehen, und sie hatte befürchtet, sie getötet zu haben. Nun aber spross dort wieder eine Masse von kleinen grünen Blättern.

Damian wuchtete seine Sporttasche durch die schmale Tür und schaute sich um. »Wo schlafe ich denn, Tante Em?«

»Ich zeige es dir. Weißt du, Damian«, sagte Emma nachdenklich, »nun, wo du älter bist, kannst du mich vielleicht einfach Em oder Emma nennen. Als du noch klein warst, war es in Ordnung, aber jetzt …«

»Ich verstehe«, sagte Damian. »Du willst nicht, dass die Leute denken, du wärst älter, als du bist!«

»Unsinn!«, erwiderte Emma. »Dein Zimmer ist hier oben.«

Sie führte ihn die Wendeltreppe hinauf. Damian inspizierte das kleine Zimmer, dessen Decke nur ein paar Zoll über seinem Kopf verlief. »Toll! Ich komme runter, sobald ich mich umgezogen habe. In dem Bus wurde man bei lebendigem Leib gekocht. Die Schule verlangt aber, dass wir in diesem Aufzug reisen. Ich meine, es ist doch peinlich.«

Emma ging wieder hinunter und überlegte, dass einem in Damians Alter so ziemlich alles peinlich ist. Sie empfand leise Verzweiflung. Das Fahrrad würde ihm gar nicht gefallen. Kein bisschen.

Als Damian später die Wendeltreppe hinunterpolterte, war er wie verwandelt: In seinen abgewetzten Jeans, dem T-Shirt und den Turnschuhen war er bis auf den Haarschnitt nicht von seinen Altersgenossen zu unterscheiden.

Er sah so fröhlich aus, dass Emma entschied, es sei ein guter Moment, ihm die Sache mit dem Fahrrad zu erklären.

»Weil ich im Moment kein Auto habe und hier festsitze, musste ich Fortbewegungsmittel für uns organisieren«, begann sie. »Ich hatte mein altes Fahrrad behalten, deshalb war ich versorgt, und zum Glück konnte Mrs. Collins vom Bauernhof mir ein Fahrrad für dich leihen. Du musst dich allein beschäftigen, Damian, denn ich fange gerade mit einem neuen Buch an.«

»Was ist das für ein Fahrrad?«, fragte Damian misstrauisch.

»Ein voll funktionstüchtiges, wenn es auch alt ist. Es ist kein Mountainbike oder so. Mrs. Collins hatte … sie hatte es noch.« Mrs. Collins hatte es in einer Scheune in einem Haufen aus schadhaftem Feldgerät gefunden, und offen gesagt sah es so auch aus. Das Fahrrad war ein schwerfälliges Vehikel mit großen quietschenden Rädern und einem Lenker zum Männchenmachen. Der Rahmen war erstaunlich solide, das ganze Ding unfassbar schwer.

»Wo ist es denn?«, fragte Damian mit hohler Stimme.

»Draußen im Schuppen.«

Er ging hinaus. Emma machte sich daran, den Tisch zu decken. Lange brauchte sie nicht auf Damian zu warten. Als er zurückkehrte, war er bleich vor Entsetzen.

»Das ist ja uralt! Darauf kann ich nicht fahren! Die Leute würden mich sehen und sich kranklachen!«

»Es muss nur geputzt werden. Hör mal, es ist doch besser als nichts, oder? Du hast die Wahl. Das Fahrrad oder Schusters Rappen.«

Damian sackte am Tisch zusammen und stützte den Kopf auf die Hände. »Erst Mrs. Pugh, jetzt ein Fahrrad aus dem Zweiten Weltkrieg! Mum sagt immer, aller schlimmen Dinge sind drei! Ich möchte wissen, was Nummer drei sein wird.«

Emma schlug einen forschen Ton an. »Nun übertreib mal nicht. Ich habe die Bremsen geprüft. Sie sind in Ordnung. Und ich habe eine Klingel und einen Scheinwerfer gekauft. So, Folgendes.« Sie öffnete den Kühlschrank. »Du weißt, dass ich Vegetarierin bin, oder? Aber hier sind Frühstücksspeck und Wurst für dich, und im Gefrierfach liegen Hamburger. Du kannst sie dir selbst braten.«

Der Gedanke ans Essen holte Damian aus seiner Untergangsstimmung. Er kam zu ihr und schaute Emma über die Schulter.

»Was ist mit der Pizza mit den Oliven und allem? Die sieht gut aus.« Er sah sie tadelnd an.

Und so teilten sie sich am Ende ihre vegetarische Pizza.

»Ich hoffe«, sagte Emma, »dass du das ganze Fleisch auch isst, denn immerhin habe ich gegen meine Prinzipien verstoßen, um es zu kaufen.«

»Also ehrlich«, sagte Damian, »du bist so zimperlich bei Fleisch, und dann schreibst du die ganze Zeit über Leichen. Da misst du doch mit zweierlei Maß.«

»Fang bloß nicht an!«, rief sie. »Für einen Vormittag habe ich mir genügend Kritik angehört.«

Nach dem Mittagessen zog sich Emma an ihre Schreibmaschine zurück, aber zum Arbeiten kam sie nicht. Sie stützte das Kinn auf die Hände. Jede Kritik nagte an ihr, und sie hatte die Verachtung nicht vergessen, die ihre Bekanntschaft an der Bushaltestelle geäußert hatte. Unrealistisch waren ihre Geschichten also? Und trotzdem geschahen jeden Tag Dinge, die seltsamer waren als alles, was eine am Hungertuch nagende Autorin sich einfallen lassen konnte.

Damian war gegangen, um sich das Fahrrad noch einmal anzusehen. Sein Gesicht erschien am Fenster. »Hast du Fahrradöl?«

»Unter der Spüle …«, murmelte Emma.

Einen oder zwei Augenblicke später war er wieder da. »Hast du ein paar Lappen und einen Schraubenzieher?«

»An derselben Stelle … Ich versuche mich zu konzentrieren, Damian. Sieh dich einfach um, bis du findest, was du suchst.«

»Na klar, sorry, danke.«

Danach stand ihr frei, so viel mentale Energie aufzuwenden,

wie sie wollte, aber ihre Antwort an den Mann am Busbahnhof ging ihr nicht aus dem Kopf. Sie hatte ihm entgegnet, sie könne ihre Figuren so anlegen, wie sie es wollte. Und das konnte sie. Doch als sie nun darüber nachdachte, fragte sie sich nicht zum ersten Mal, wieso sie Schriftstellerin geworden und ob die Saat dafür nicht schon in der Kindheit ausgebracht worden war.

Ihre Schwester Bridget war nicht nur älter, sondern auch eindeutig brillant. Ihrer Mutter war gesagt worden, dass sie vermutlich keine weiteren Kinder bekommen werde, aber nach vielen Jahren war Emma zur Welt gekommen, ein »Kind in den Wechseljahren«, wie man es früher allgemein genannt hatte. Sie war mehr oder weniger im Schatten der bewunderten älteren Schwester aufgewachsen. Bridget hatte in Medizin promoviert und einen Kommilitonen geheiratet; gemeinsam betrieben sie nun ein Krankenhaus für Mütter und Kleinkinder in einem Land, das unter Dürre, Seuchen und Bürgerkrieg litt.

Emma hatte immer gewusst, dass sie auf keinen Fall in die Fußstapfen dieses glänzenden Vorbilds von einer Schwester treten konnte. Sie hatte Zuflucht in Büchern gesucht und irgendwann begonnen, selbst welche zu schreiben. Nun fragte sie sich, ob sie sich dem Schreiben zugewandt hatte, weil es ihr gestattete, sich die Welt einzurichten, wie es ihr gefiel, und einer Wirklichkeit den Rücken zuzuwenden, in der sie sich ihres Wertes allzu unsicher war. Dennoch erschien Schreiben angesichts dessen, was Bridget leistete, wie eine Frivolität. Ihre Schwester rettete Menschenleben, wo der Tod drohte, schenkte Hoffnung, wo es nichts als Verzweiflung gab, und stellte sich Gefahren, vor denen andere flohen. Emma andererseits saß hier in einem schmucken kleinen Häuschen auf dem friedlichen Land, wo die einzigen Gefahren von ihr selbst in ihrem Kopf erschaffen und dann zu Papier gebracht wurden.

Schließlich stand sie auf, setzte Tee auf und schaute, was Damian trieb.

Er hatte das Fahrrad komplett zerlegt und kauerte zwischen den Einzelteilen, großzügig mit Öl beschmiert und völlig in seine Arbeit versunken. Als der frühe Abend anbrach, hatte er es wieder zusammengebaut und auf Hochglanz poliert. Stolz fuhr er damit den Weg hoch und runter und ließ die neue Klingel schrillen. Die Räder eierten nicht mehr, sondern liefen rund und schnurrten dabei leise.

Emma war beeindruckt. »Hör zu«, sagte sie. »Morgen mache ich eine Schreibpause. Wir packen uns einen Mittagsimbiss ein und fahren an den Klippen entlang. Ich zeige dir die Schmugglertreppe. Sie ist ähnlich wie die Jakobsleiter in Sidmouth, aber abgelegener, und sie hat weniger Stufen.«

Als sie aufbrachen, war es ein schöner, luftiger Morgen. Emma band sich aus Vorsicht die langen Haare zu einem Pferdeschwanz. Beide nahmen sie eine Dose Cola, einen Apfel, eine Tüte Chips und einen Pullover mit.

»Wir sollten heute zurechtkommen, aber das Wetter kann hier unvermittelt umschlagen. Wenn der Nebel über die Hügel kommt, dann senkt er sich schnell herab.«

Sie folgten dem Fahrweg bis zu dem Hof, wo Mr. Collins gerade seine Kühe ins Freie trieb. Sie blieben stehen, umgeben von neugierigen Tieren, und Emma stellte Damian vor. Die Kühe schnüffelten feucht, und der Hofhund erkannte Emma und setzte ihr zur Begrüßung seine schlammigen Pfoten auf die Jeans.

»Du hast den dreckigen ollen Drahtesel also wieder in Schuss gebracht?«, fragte Mr. Collins; in Latzhose und Gummistiefeln stützte er sich auf die nächste Kuh. »Ist gut geworden, so wie's aussieht.«

Damian strahlte.

Danach sahen sie niemanden mehr. Ein Pfad brachte sie vom Fahrweg über die Landspitze zum Klippenrand. Dort traf er auf den Klippenweg, der mehrere Meilen weit am Abgrund entlangführte. Über ihnen spannte sich ein strahlend blauer Himmel. Links ging es erschreckend steil nach unten; rote Felsen und rote Erde fielen zu einem steinigen Strand ab, auf dem das Meer immerfort andere Muster aus weißem Schaum leckte. Als sie anhielten, um die Aussicht zu genießen und ein wenig zu verschnaufen, war nur ein Boot zu sehen, das auf dem Wasser tanzte.

»Bis zur Schmugglertreppe ist es nur noch ein kleines Stück«, erklärte Emma. »Sie besteht aus einhundertdreiundzwanzig Stufen. Niemand weiß, wer sie errichtet hat. Die Treppe ist teils aus dem Fels der Klippe geschlagen und teils gemauert. Sie führt zum Strand hinunter. Dort unten gibt es auch eine Höhle, in der, wie es heißt, das Schmuggelgut gelagert wurde. Die Schmuggler sollen es dann die ganze Treppe hoch zur Oberseite der Klippe getragen haben. Ehrlich gesagt, das glaube ich nicht! Wenn du die vielen Stufen siehst, wirst du verstehen, wieso. Auch wenn sie vor hundertfünfzig Jahren weniger erodiert und sicherer waren, würde niemand, der bei Verstand ist, sie mit einem Fass auf den Schultern hinaufsteigen!«

»Können wir sie hinuntergehen?«, fragte Damian interessiert.

»Der Stadtrat hat ein Geländer anbringen lassen. Aber die Fahrräder könnten wir nicht mitnehmen.« Emma ließ unerwähnt, dass sie sich aus Höhen nicht wirklich etwas machte.

Sie wollte weiterfahren, aber Damian hatte noch immer einen Fuß am Boden.

»Sieh mal!« Er klang bestürzt und ungläubig.

Emma hob die Hand und beschattete ihre Augen. Vor ihnen fiel das Land ab. Von überhängenden Felsen beschirmt, bog und wand sich der Pfad vor ihnen. Und in einiger Entfernung war eine Gestalt auf dem Weg, eine Gestalt in grellem Rot und Weiß.

Die Hand, mit der Damian in ihre Richtung zeigte, zitterte

angespannt. »Das ist sie! Ich kann es nicht fassen! Das ist dieses schreckliche Weib, diese Mrs. Pugh!«

Emma blinzelte in die Sonne. »Bist du sicher? Sie ist weit entfernt, und das wäre wirklich ein Zufall.«

»Aber klar bin ich sicher! Ich habe dir doch erzählt, dass Mum sagt, aller schlimmen Dinge sind drei. Wie ist sie hier hochgekommen?«

»Vermutlich vom anderen Ende des Weges aus. Er führt über der Stadt hinweg, und Gäste wandern ihn oft bis zur Schmugglertreppe. Weißt du, es sieht wirklich so aus, als wäre sie es. Ich wünschte, wir hätten ein Fernglas.«

»Da brauche ich doch kein Fernglas!«, beharrte Damian. »Sie ist es, ganz allein.«

»Ist sie denn allein?« Emma runzelte die Stirn. Die Biegung des Weges und ein vorspringender Felsen verdeckten ein wenig die Sicht. Mit Sicherheit war nur die Gestalt einer Frau in einem rot-weißen Kleid erkennbar. Wer immer sie war, sie drehte mehrmals den Kopf von der See und der Aussicht weg, als führte sie ein Gespräch mit jemandem, der neben ihr ging.

»Was machen wir jetzt?«, fragte Damian verzweifelt. »Wenn wir weiterfahren, begegnen wir ihr. Also ehrlich, so ein Pech!«

Emma überlegte. »Ich kann mir nicht vorstellen, dass Mrs. Pugh einhundertdreiundzwanzig Stufen zum Strand hinunter- und wieder hinaufsteigt. Sie ist einfach nicht der Typ dafür. Sie wird nur über den Rand blicken und zur Ortschaft zurückkehren. Wir haben es nicht eilig. Wir können hier abbiegen, quer über die Landspitze fahren und uns ein Plätzchen für unser Picknick suchen. Später, wenn sie fort ist, kommen wir zurück.«

Sie saßen an einer Hecke im Sonnenschein und aßen ihre Äpfel und Chips.

»Schön ist es hier.« Damian legte sich hin und verschränkte die Hände unter dem Kopf.

»Ich hoffe, die Sommerferien werden dir nicht langweilig. Hast du in letzter Zeit von deiner Mum gehört?«

»Vor zwei Wochen. Sie haben nicht viel Zeit zum Briefeschreiben. Sie sagt, ich soll mir keine Sorgen um sie machen. In ihrem Gebiet finden im Moment keine Kämpfe statt. Es gibt jedoch viele Flüchtlinge, Hunderte von Menschen jeden Tag an der Essensausgabe, und natürlich sind alle Babys krank und kommen zu Mum und Dad. Aber manchmal verstecken die Leute ihre kranken Kinder in ihren stickigen Zelten. Sie denken, die Babys sterben, wenn sie sie der Sonne aussetzen, also bringen sie sie auch nicht ins Krankenhaus. Mum muss durch die Zeltreihen kriechen, um sie zu finden.«

»Ich wünschte, ich wäre so engagiert wie Bridget«, stellte Emma fest.

»Echt?« Damians Einwurf war schwer zu deuten, und aus irgendeinem Grund erwähnten sie seine Eltern nicht mehr.

Als sie ungefähr eine Stunde später zur Klippe zurückkehrten, war sie menschenleer. Sie erreichten die Treppe und stiegen von den Rädern.

»Wir könnten die Fahrräder in die Hecke dort legen«, sagte Damian aufgeregt. »Niemand würde sie sehen; nicht, dass jemand hier wäre. Dann könnten wir hinuntersteigen. Komm schon, Em! Lange brauchen wir dafür nicht.«

Er klang so begeistert, dass Emma es ihm kaum abschlagen konnte. Sie schob ihr Widerstreben beiseite. Und so trugen sie die Räder zur Hecke, versteckten sie und begannen den steilen Abstieg.

Emma ging voran, auch wenn ihr schon schwindelte und sie sich an dem wackligen Geländer festhielt, das an die Felswand geschraubt war. Sie konzentrierte sich auf ihre Füße und versuchte, nicht zum Strand hinunterzublicken. Die Treppe verlief ganz so, wie die Erbauer den besten Weg nach unten vermutet hatten. Hinter ihr zählte Damian laut die Stufen. *Hinunterge-*

hen, dachte Emma, *ist schlimm genug. Wieder hochzusteigen wird schlimmer sein.* Danach lag noch eine lange Fahrradfahrt nach Hause vor ihnen. Vielleicht hätte sie Damians Wunsch nicht so bereitwillig nachgeben sollen.

Sie schob sich um eine Biegung der Steinwand und blieb stehen. Damian prallte gegen sie und schrie auf. »Was ist denn?«

»Das Geländer ist locker. Schau mal, alle Halteklammern sind abgerissen. Wir sollten wieder hochsteigen, in die Stadt fahren und es melden.«

»Ach, komm schon, Em! Wir sind fast unten angekommen. Ich habe hundertdrei gezählt«, flehte er. »Leg einfach die Hand an die Klippenwand, dann hältst du das Gleichgewicht. Alles wird gut. Denk an die Schmuggler, die früher mit großen Fässern voll Brandy die Treppe hoch und runter gewetzt sind!«

»Ich habe es dir doch gesagt. Ich glaube nicht, dass es jemals so war!«

Trotzdem war es nicht so leicht, die alte Geschichte abzutun, während sie sich an der Klippe festklammerte. Die Stelle war abgelegen, ideal für ein wenig Unfug, sollte man dazu aufgelegt sein. Brecher schlugen lautstark auf den Kiesstrand. Seevögel schossen kreischend vor ihren Gesichtern vorbei. Immer wieder rieselte rote Erde an der Klippe entlang nach unten, denn ständig forderte die Erosion durch Wind und Wetter ihren Tribut. Ohne die Hilfe des Geländers fühlte sich Emma furchtbar unsicher.

Sie versuchte, ihre Fantasie zu zügeln. Die letzten Stufen bogen sich um die Klippe, sodass sie das untere Ende der Treppe nicht erkennen konnte. Aber es konnte nicht mehr weit sein. Sie musste nur die letzte Biegung hinter sich bringen, und … Emma blieb wieder stehen; ein Klecks in Rot und Weiß stach ihr ins Auge.

Am Fuß der Schmugglertreppe, an die Klippenwand gelehnt, saß Mrs. Pugh.

Also war sie am Ende doch hinuntergestiegen. An der Art, wie sie dasaß, war jedoch etwas Merkwürdiges: vornübergesackt, den Kopf schlaff auf die Seite gelegt, die Beine ohne jede Eleganz vor sich ausgestreckt, die Arme lahm.

»Bleib, wo du bist, Damian!«, rief Emma mit Schärfe, als sie begriff, dass auch er jeden Moment den Fels umrundet haben würde. Sie hörte seine Einwände, als sie waghalsig die letzten Stufen übersprang und auf dem Kies zu der sitzenden Gestalt eilte.

In der Tat handelte es sich um Mrs. Pugh. Sie trug noch immer das aufdringliche Kleid mit den roten Mohnblüten und die hochhackigen Riemchensandalen. Sie hatte aber nichts mehr zu sagen und auch keine Fragen mehr zu stellen.

Hinter Emma war Damian ungeduldig geworden, hatte ihren Befehl ignoriert und war zum Strand hinuntergesprungen.

»Bleib, wo du bist!«, rief Emma ihm erneut zu, aber zu spät. Er stand schon neben ihr und starrte die Gestalt im rot-weißen Kleid an.

»Sie ist es!«, flüsterte er. »Ist mit ihr alles in Ordnung, Em?«

»Nein.« Selbst in ihren eigenen Ohren klang Emmas Stimme belegt und verzerrt. »Rühr sie nicht an, Damian!« Er hatte sich über die sitzende Frau gebeugt. »Sie … sie hatte einen Unfall. Sie muss ausgerutscht sein, gestürzt …« Emma sah zu der steinernen Treppe mit dem losen Geländer.

»Ist sie schwer verletzt?« Damians Stimme klang jetzt viel jünger als die eines Dreizehnjährigen.

Emma kauerte sich nieder und blickte in das vertraute runde Papageiengesicht. Von einem Ohr lief ein Blutrinnsal herunter. »Ja, ich fürchte schon.«

Aber das war eindeutig keine genaue Beschreibung der Situation.

Mrs. Pugh war tot.

Die Polizei versorgte sie mit Tee und Verständnis. Ein weiblicher Sergeant, eine lächelnde junge Frau in Emmas Alter mit weichem West-Country-Dialekt, nahm ihre Aussagen auf.

»Die Treppe wird gesperrt, bis das Geländer wieder in Ordnung gebracht worden ist«, sagte sie. »Eine furchtbare Vorstellung, dass ein Tourist so tief abstürzt. Sie trug natürlich die falschen Schuhe.« Sie schüttelte den Kopf. »Riemchensandalen mit hohen Absätzen, um die Schmugglertreppe hinunterzusteigen! Sie würden kaum glauben, wozu manche Leute imstande sind. Man braucht schon auf dem Klippenweg festes Schuhwerk, auch ohne dass man die Treppe hinuntersteigen will. Sie hätte auch nicht alleine hinunterklettern dürfen! Bei solchen Unternehmungen sollte man am besten immer einen Begleiter haben.«

Emma trat die pummelige, grell gekleidete Gestalt von Mrs. Pugh auf dem Klippenweg vor Augen, wie sie den Kopf drehte, als redete sie mit jemandem. Hatte sie sich das nur eingebildet? Emma öffnete den Mund, doch bevor sie etwas sagen konnte, fuhr die Sergeantin fort.

»Sie haben beide einen sehr hässlichen Schock. Wir bringen Sie und Ihre Fahrräder nach Hause. Von so etwas wollen Sie sich doch nicht den Urlaub verderben lassen!«

Emma warf einen Blick auf Damian, der bleich und ungewöhnlich schweigsam dasaß. Ihren Aufenthalt auf der Wache auszudehnen wäre keine gute Idee.

Sie hatte der Sergeantin ohnehin nichts Konkretes mitzuteilen, nur einen vagen Eindruck.

»Haben Sie vielen Dank«, sagte sie. »Komm mit, Damian.«

Sie verließen das Büro, und auf dem Korridor öffnete sich just in diesem Augenblick eine andere Tür, aus der ein Mann kam, einen Stapel Papier auf den Armen. Unverkennbar waren der untersetzte Körperbau und sein Ausdruck stirnrunzelnder Konzentration, mit dem er die Papiere fixierte und an der Bushaltestelle sein Kreuzworträtsel gemustert hatte.

Emma fasste die Sergeantin am Ärmel und zischte: »Wer ist denn das?«

»Detective Inspector King«, antwortete sie überrascht.

Er hörte seinen Namen und blickte auf. Einen Moment lang starrten Emma und er einander an, dann zog er die Brauen hoch und kam auf sie zu.

»Miss Durrant? Damian? Was führt Sie hierher? Recherche etwa?« Er grinste Emma an. »Befassen Sie sich mit der polizeilichen Vorgehensweise? Wir sind immer bereit, Schriftstellern zu helfen, wissen Sie.«

»Nein«, erwiderte Emma kühl. »Wir sind gekommen, um einen Unfall zu melden.«

»Ist einem von Ihnen etwas zugestoßen?« Besorgnis vertrieb die Belustigung in seinen Augen.

»Nein, aber der Frau, mit der Damian gereist ist. Sie erinnern sich an sie? Sie trug ...«

»Mrs. Pugh!« Er erinnerte sich nicht nur, er klang schockiert, und als er fortfuhr, lag Schärfe in seiner Stimme. »Was für ein Unfall?« Er blickte die Sergeantin fragend an.

»An der Schmugglertreppe«, antwortete Emma, bevor die Polizistin etwas sagen konnte. »Die arme Frau ist tot. Wir haben gerade unsere Aussagen gemacht ...«

Inspector King wirkte wie vom Donner gerührt. Er sah die Sergeantin an. »Lassen Sie mich den Bericht sehen.«

»Jawohl, Sir!«, sagte sie zackig, und beide verschwanden sie in dem Büro, das Emma und Damian gerade verlassen hatten.

»Der Mann hat absolut keine Manieren«, sagte Emma zornschäumend zu Damian.

Vielleicht hatte er sie gehört, denn er streckte kurz den Kopf wieder aus der Tür. »Auf Wiedersehen, Miss Durrant! Ich melde mich bei Ihnen.«

»Na, toll«, brummte Emma, als sie mit Damian die Polizeiwache verließ.

An diesem Abend froren sie in dem Cottage. Emma begriff, dass sie beide wohl unter Schock litten. Sie schaltete den Heizlüfter ein, und brütend saßen sie beide davor.

Endlich sagte Damian: »Ich mochte sie nicht, aber es ist ein furchtbarer Gedanke, dass sie auf der Treppe ausgerutscht und in den Tod gestürzt ist. Man fühlt sich schuldig, wenn jemandem, über den man unhöflich gesprochen hat, etwas zustößt, oder? Ich habe irgendwie das Gefühl, ich hätte mir gewünscht, dass ihr etwas passiert.«

»So ein Unsinn, Damian«, erwiderte Emma standhaft.

»Du bist aber auch ganz schön still«, erwiderte er. »Was denkst du?«

»Nun, wenn du es wissen musst, ich frage mich, ob Mrs. Pugh wirklich allein unterwegs war. Ich hatte den Eindruck, jemand wäre bei ihr. Was ist mir dir? Hast du noch jemanden gesehen?«

Er schüttelte den Kopf. »Mir kam's vor, als wäre sie allein gewesen.«

»Sie erschien mir nur nicht wie jemand, der diesen menschenleeren Weg allein geht. Sie war gesellig. Im Bus hat sie dir ein Gespräch aufgedrängt und kam an der Haltestelle zu uns und ließ sich nicht davon abhalten, mit uns zu reden, mit mir und diesem Mann ...«

»Detective Inspector King«, warf Damien hilfsbereit ein.

»Also gut, Inspector King. Und was ist mit dieser Cousine, von der sie abgeholt wurde? Wer war das? Mir will das alles nicht zusammenpassen.« Sie seufzte, und in diesem Moment klingelte das Telefon.

»Emma? Hier Matt King. Ich sagte, ich würde mich melden, wissen Sie noch? Wie geht es Ihnen? Hoffentlich sind Sie nicht allzu erschüttert.«

»Mir geht es ganz gut. Damian ist ein wenig still.«

»Ich dachte, ich fahre rüber zu Ihnen und besuche Sie. Sind Sie einverstanden? Ich möchte Ihnen aber nicht zur Last fallen.«

Emma zögerte. Ihr war nicht nach Besuch zumute, andererseits wollte sie nicht ungehobelt wirken. Vermutlich versuchte er zu helfen und vielleicht auch seine gestrige Taktlosigkeit, was ihre Bücher betraf, wiedergutzumachen. »Ja, bitte, kommen Sie nur«, sagte sie. »Damian könnte es guttun.«

Zwanzig Minuten später traf er ein, und sie setzten sich mit Kaffeebechern an den Tisch und sprachen über den Unfall.

»Die Dinge zu bereden hilft«, sagte er. »Wenn man den Schock unterdrückt, ist es das Schlimmste, was man tun kann.«

Emma überlegte, dass die Gegenwart eines echten Detective Inspectors mit Sicherheit einen positiven Effekt auf Damian ausübte, denn er hatte sich beträchtlich zusammengerissen und zeigte großes Interesse an der polizeilichen Untersuchung des Unfalls. Tatsächlich steigerte er sich sogar ein wenig zu sehr hinein und redete zu viel.

»Em denkt«, informierte er ihren Gast, »dass Mrs. Pugh nicht allein war. Jemand war mit ihr auf dem Weg, als wir sie sahen.«

Matt richtete einen neugierigen Blick auf Emma, die errötete.

»Das war nur ein Eindruck. Ich habe niemanden gesehen. Sie drehte aber den Kopf, als würde sie mit jemandem reden.«

Matt wandte sich dem Jungen zu. »Was ist mit dir, Damian? Hattest du denselben Eindruck?«

»Nicht so richtig. Ich habe aber auch nicht auf Einzelheiten geachtet. Ich sah nur Mrs. Pugh und dachte: *Oh, nein!* Ich habe schon zu Em gesagt, dass ich ihretwegen jetzt ein schlechtes Gewissen habe.«

»Wieso das?« Matts Augenbrauen zuckten hoch.

»Weil ich das Gefühl habe, ich hätte ihr irgendein Unglück gewünscht. Ich habe Em gegenüber darüber gescherzt, dass jemand Mrs. Pugh umbringen könnte. Weil ich sie nicht mochte, habe ich schlecht über sie gesprochen, und mir fällt nicht einmal jetzt, wo sie tot ist, etwas Nettes ein, das ich über sie sagen könnte. Man soll ja etwas Nettes über die Toten sagen, oder?«

»Nicht in meinem Beruf«, entgegnete Matt bedauernd. »Wir finden gewöhnlich alle Leichen, die jemand im Keller hat!«

»Em und ich haben sie nicht die Treppe runtergestoßen oder so!«, wandte Damian peinlicherweise ein. Trotz der erschrockenen Einwände der anderen beiden blieb er halsstarrig. »Polizisten werden bei solchen Dingen doch immer misstrauisch, oder nicht? Wenn sich Leute anscheinend selbst die Treppe hinuntergestürzt haben? Du schreibst doch Krimis, Em, du solltest es wissen!«

»Wir sind in keinem meiner Bücher, Damian. Und trotzdem …« Sie wandte sich Matt zu. »Es kommt mir nicht richtig vor. Je mehr ich darüber nachdenke, desto mehr bin ich überzeugt, dass diese Frau niemals allein einen Spaziergang auf den Klippen unternommen hätte. Und dann all die Stufen hinunterzugehen, wobei sie genau wusste, dass sie auch wieder hochsteigen müsste. Sie war einfach nicht der Typ dafür.«

»Passendes Schuhwerk trug sie auch nicht«, fügte Matt King hinzu. »Aber wissen Sie, Emma, wir erleben, wie Touristen die verrücktesten Dinge tun. Der Verwandten zufolge, bei der sie zu Besuch war, ist Mrs. Pugh allein aufgebrochen. Sofern sie keinem anderen Spaziergänger begegnet ist, war niemand bei ihr. Immerhin haben Sie sie aus einiger Entfernung gesehen, Emma. Haben Sie dort oben noch jemand anderen beobachtet?«

»Nein«, sagte Emma. Im nächsten Moment stand ihr ein Bild vor Augen. »Da war ein Boot!«, rief sie aus. »Erinnerst du dich, Damian? Gleich vor dem Ufer lag ein Boot, zum Angeln oder so. Jeder, der auf dem Boot war und zur Küste geblickt hat, hätte die Klippenwand und die Schmugglertreppe gesehen und auch jeden, der auf der Felskuppe wanderte! In ihrem Mohnkleid hätte man Mrs. Pugh noch auf eine Meile entdeckt. Wenn Sie die Person in diesem Boot finden, Matt« – sie wandte sich ihm aufgeregt zu –, »haben Sie noch einen Zeugen.«

»Niemand hat bisher gemeldet, dass er jemanden fallen gesehen hätte«, entgegnete er.

»Vielleicht haben die Leute im Boot nicht den Sturz an sich beobachtet. Aber sie könnten gesehen haben, wie Mrs. Pugh mit einem Begleiter sprach oder eben nicht allein wanderte.«

Er sah zweifelnd drein. »Wir werden es überprüfen. Die Ortspresse berichtet morgen von dem Vorfall, und vielleicht ruft uns jemand an, aber ich bin da nicht besonders optimistisch. Ich glaube, Sie werden feststellen, dass sich in diesem Fall niemand anderes als die Sandalen als Schurken entpuppen werden, Emma. Wie Sie schon sagten, wir sind in keinem Ihrer Bücher.« Er lehnte sich zurück und streckte die Beine aus. »Finden Sie es hier nicht zu warm?«

»Damian und ich haben gefroren.«

Nun sah er leicht verlegen aus. »Daran hätte ich denken sollen. Versuchen Sie, sich keine weiteren Gedanken zu machen. Es war ein tragischer Unfall, mehr nicht.«

Er lächelte sie an. Dabei kräuselten sich die Krähenfüße um seine Augen, was die beamtentypische Barschheit seines Verhaltens milderte. Emma wandte den Blick ab, rutschte auf ihrem Stuhl umher und murmelte: »Wir kommen schon zurecht.«

»Haben Sie zu Abend gegessen?«, war seine pragmatische Antwort.

»Das habe ich ganz vergessen!« Emma war bestürzt. »Oje, Damian, es tut mir leid, hast du Hunger?«

»Und wie«, antwortete Damian nur.

»Wenn dem so ist ...« Inspector King stand auf und ging entschlossen zur Küche. »Ich mache Ihnen etwas. Ich bin kein Meisterkoch, aber Eier und Speck bekomme ich hin.«

»Em ist 'ne Veggie!«, rief Damian.

Matt drehte sich verwirrt um. »Eine was?«

»Ich bin Vegetarierin.« Emma stellte fest, dass sie defensiv klang. »Hören Sie, braten Sie den Speck und Eier für sich und Damian. Ich mache mir ein Omelett.«

»Omelett kann ich«, sagte er.

Protestierend hob sie die Stimme. »Ich möchte aber nicht, dass es im Speckfett gebraten wird. Ich mache es selbst.«

»Aha!«, entgegnete er grinsend. »Ihnen geht es schon wieder besser.«

»Wir werden das hinter uns lassen«, sagte Emma beim Frühstück am nächsten Morgen zu Damian. »Ach, übrigens, wie hast du geschlafen?«

»Wie ein Klotz«, gab er zu.

»Das ist gut. Also, heute setze ich mich hin und arbeite ernsthaft. Was möchtest du unternehmen?«

Damian schüttelte den Cornflakeskarton und schielte in der Hoffnung hinein, das kostenlose Spielzeug zu entdecken. »Ach, ich fahre wieder mit dem Rad herum.«

»Pass auf den schmalen Fahrwegen auf den Verkehr auf, besonders bei Lastwagen. Auch mit Pkw kann es eng werden.«

»Ich wollte eigentlich querfeldein fahren. Ich nehme einen Apfel mit, so wie gestern, oder mache mir ein Sandwich. Zum Tee bin ich wieder da. Dann kommst du wenigstens mit deinem Buch voran.«

Nachdem er losgefahren war, machte sich Emma an die Arbeit. Aber über erfundenen gewaltsamen Tod zu schreiben, nachdem sie erst am Vortag einen echten Todesfall beobachtet hatte, fiel ihr nicht leicht. Mrs. Pugh lauerte in den Winkeln ihres Verstandes. Sah sie aus dem vorderen Fenster, erinnerten die roten Rosen, die sich im Wind wiegten, an das Mohnkleid. Fast schien es, als stände Mrs. Pugh dort draußen, winkte Emma durch die Scheibe zu und lächelte liebenswürdig, während ihre stechenden kleinen Augen Fragen stellten. Als das Telefon klingelte, war Emma froh über den Vorwand, ihren Stuhl zu verlassen und den Hörer abzunehmen.

»Emma? Matt. Ich rufe nur an, um zu fragen, wie es Ihnen heute Morgen geht. Hoffentlich störe ich Sie nicht in einem Moment der Inspiration.«

»Von wegen Inspiration, meine Gedanken sind festgefahren. Uns geht es gut. Damian macht heute eine Radtour. Danke, dass Sie gestern vorbeigesehen haben, Matt …« Emma zögerte. »Sie haben das Boot doch nicht vergessen? Das Boot, das ich von der Klippe aus gesehen habe? Je mehr ich darüber nachdenke, desto sicherer bin ich, dass wir – Sie – einen Zeugen haben könnten.«

»Ach ja, das Boot …«, sagte er vage. »Ich glaube, ich habe jemandem Bescheid gesagt. Aber lassen Sie Ihre Fantasie nicht mit sich durchgehen, Emma. Sparen Sie sich das für die Bücher auf, ja?«

»Hören Sie mal, Sie brauchen gar nicht so herablassend zu sein!«, wütete Emma indigniert. »Ich weiß, dass Sie ein echter Kriminalbeamter sind und meine Ermittler nur auf dem Papier existieren, aber eine Meinung steht mir trotzdem zu. Und außerdem sind Damian und ich schließlich die einzigen Zeugen, die Sie bisher haben.«

»Dessen sind wir uns bewusst.« Einen Moment lang klang er grimmig. Forsch fuhr er fort: »Sie werden zur amtlichen Feststellung der Todesursache durch den Coroner erscheinen müssen. Sie ist übrigens Freitag um zehn. Ich komme und hole Sie beide ab. Sie brauchen sich keine Sorgen zu machen, erzählen Sie nur Ihre Geschichte … ich meine«, korrigierte er sich, »sagen Sie dem Coroner einfach nur, was Sie wirklich gesehen haben, nicht, was Sie glauben, vielleicht gesehen haben zu können, ja?«

»Ich werde jede Frage beantworten, die er mir stellt«, beschied Emma ihm knapp.

»Gut, das ist die richtige Einstellung. Also, weiter gutes Arbeiten, Emma.« Er legte auf.

Sein letztes Ersuchen war unmöglich zu erfüllen. Emma arbeitete halbherzig vor sich hin, aber am Ende knüllte sie das Ergebnis ihrer Anstrengungen zusammen und warf die Seiten in den Papierkorb. Sie ging in die Küche und lenkte sich damit ab, dass sie eine Gemüsesuppe zubereitete, eine Zucchiniquiche und ein Blech Frischkäse-Plätzchen.

Als Damian gegen vier nach Hause kam, saß Emma mit einer mehlbestäubten Schürze auf einem Küchenhocker und trank Tee.

»Hier riecht's gut!«, rief Damian anerkennend. Er streckte den Kopf zur Tür herein und beäugte die Frischkäse-Plätzchen, die auf einem Untersetzer abkühlten.

Sie schob ihm das Blech zu. »Bedien dich. Tee ist in der Kanne. Bist du weit gefahren?«

Er trat in der Tür von einem Fuß auf den anderen und lächelte verstohlen. »Ich bin zur Schmugglertreppe gefahren.«

»Ach?« Emma stellte ihren Becher ab. »War das denn heute eine gute Idee? Wir müssen es hinter uns lassen. Ich hatte außerdem gedacht, sie sperren das Gelände ab, damit niemand dort hinuntergeht.«

»Haben sie auch.« Damian kam herein, nahm ein Plätzchen und biss hinein. »Sie haben ein Schild aufgestellt, und Absperrband war auch welches da«, sagte er undeutlich. »Aber ich bin drübergeklettert. Warte!«, rief er, als sich in Emmas Gesicht die Zurechtweisung ankündigte. »Das war ganz ungefährlich. Ich hatte die richtigen Schuhe an. Die Polizei glaubt doch, dass Mrs. Pugh in ihren Sandalen ausgerutscht ist? Diese Sergeantin hat uns ganz genau erklärt, wie wichtig festes Schuhwerk ist, wenn man auf Erkundung geht.«

»Ja, und ich habe darüber nachgedacht. Die Polizei hat vermutlich recht. Ich glaube, diese törichte Frau war genau die Sorte Mensch, die mit hochhackigen Schuhen allein wandern geht. Das wird der Coroner auch feststellen: einen Unfall. Du und ich müssen am Freitag übrigens zum Gericht.«

Damian sah selbstgefällig aus. »Wirklich? Na, dann ist es ja gut, dass ich nicht auf das Schild geachtet habe und runter an den Strand gegangen bin, denn ich habe etwas wirklich Interessantes gefunden!«

Er stieg von seinem Hocker und verschwand nach draußen. Kurz darauf kam er wieder heran, die Hände hinter dem Rücken. »Ich habe den ganzen Strand abgesucht. Es war Ebbe, und ich habe nach allem Treibgut gesucht, das interessant aussah. Aber zuerst habe ich den ersten hiervon entdeckt …«

Damian bewies einen feinen Sinn für das Dramatische, als er eine Hand hinter dem Rücken hervorzog und einen triefenden Gegenstand vorwies. »Nach einer Suche über die ganze Länge des Strandes hatte ich das Glück, auch den anderen zu finden, der weit vom ersten hinter einem Stein angespült worden war, deshalb war es reines Glück. Was hältst du davon?« Er brachte den zweiten Gegenstand nach vorn und hielt ihn neben den anderen.

»Ich weiß nicht, was ich davon halten soll«, sagte Emma matt.

Hoch erhoben hielt Damian ein salzwassergetränktes, mit Tang behangenes, aber dennoch völlig intaktes Paar von Wanderschuhen für Frauen.

2.

»Ein Paar Schuhe.« Inspector King streckte den Arm aus und stieß einen der Schuhe mit einem Finger geziert um. Eine tote kleine Krabbe fiel heraus.

Die Schuhe waren auch am Morgen nach ihrem Fund noch feucht und verströmten einen deutlichen Geruch, während sie auf seinem Schreibtisch lagen. Ein Blatt Zeitungspapier schützte die Holzplatte. Emma, Damian und Matt King umstanden ihn und betrachteten den Fund.

»Von dem Strand, an dem Mrs. Pugh starb. Die Wanderschuhe einer Frau!« Emma betonte die letzten drei Wörter ungeduldig.

»Ja, schon«, stimmte er zu, doch die Bedeutung schien ihm unerheblich zu sein. »Wie Sie schon sagten, vom Strand am Fuß der Schmugglertreppe. Einer Treppe, mein lieber Junge, die abgesperrt ist und an der ein unübersehbares polizeiliches Hinweisschild den Zutritt verbietet.« Er wandte sich Damian zu.

Dieser errötete und verlagerte unbehaglich sein Gewicht. »Ich weiß, aber ich war neugierig. Für mich war es ja auch nicht gefährlich.«

»Die verstorbene Mrs. Pugh glaubte auch, für sie sei es nicht gefährlich gewesen. Ich habe eine Leiche, die am Fuß der Treppe aufgefunden wurde; auf eine zweite kann ich verzichten!«

»Entschuldigen Sie, Sir«, bat Damian zerknirscht.

»Hören Sie!«, unterbrach Emma. »Damian weiß, dass er die Absperrung nicht hätte ignorieren sollen. Ich habe bereits mit ihm geschimpft. Aber er hat die Schuhe gefunden! Sehen Sie denn nicht, was das bedeutet?«

»Nein«, entgegnete Matt. »Aber ich vergaß: Sie schreiben Detektivgeschichten. Die Schuhe sind ein Beweis, meinen Sie das? Sie glauben, dass sie vielleicht Mrs. Pugh gehört haben könnten?«

Emma fauchte beinahe vor Erbitterung. »Aber selbstverständlich!«

»Andererseits trug Mrs. Pugh Schuhe, als Sie sie fanden«, stellte er mit enervierender Ruhe klar.

»Sie trug Sandalen mit hohen Absätzen! Jeder sagt, dass sie ganz schön blöd gewesen sein muss, die Schmugglertreppe mit hohen Absätzen hinunterzugehen. Aber vielleicht hatte sie zu diesem Zweck ihre Wanderschuhe mitgenommen.«

»Und warum waren sie dann nicht an ihren Füßen, als Sie sie aufgefunden haben?«

»Das weiß ich nicht!« Emma brüllte beinahe.

»Setzen wir uns doch alle.« Matt machte den Anfang, nahm an seinem Schreibtisch Platz und legte die Hände links und rechts von den Schuhen darauf. »Emma, Sie bitten mich anzunehmen, dass Mrs. Pugh mit zwei Paar Schuhen losgegangen ist?«

»Warum nicht? Ich mache das oft. Viele Frauen tun es. Wenn ich auf eine Party gehe, trage ich unterwegs flache Schuhe, besonders wenn ich fahre, und nehme meine High Heels in einem Beutel mit. Oder umgekehrt mache ich einen Besuch in hochhackigen Schuhen und nehme welche mit flachen Sohlen mit, falls jemand einen Spaziergang vorschlägt.«

»Gut, gut!« Er hielt die Hände hoch, um ihren Wortschwall einzudämmen. »Aber diese Schuhe waren nicht an Mrs. Pughs Füßen, Emma, und sie lagen nicht in ihrer Nähe am Strand, als sie aufgefunden wurde. Für mich deutet es darauf hin, dass sie einer anderen Person gehörten, die sie nicht mehr wollte und weggeworfen hat. Mir ist es zwar lieber, wenn die Leute ihren Müll nicht ins Meer werfen würden, aber diese Person hat es getan. Die Flut hat sie an den Strand gespült, wo Damian sie gefunden hat.«

»Die Schuhe sind aber neu. Meine Güte, Matt.« Emma nahm die Schuhe und drehte sie um. »Sehen Sie sich doch die Sohlen und die Absätze an. Kaum Abnutzung. Sie sind wassergetränkt, voller Tang und Schmutz, aber trotzdem sind sie neu. Jemand hat sie für seinen Urlaub gekauft.«

»Und dummerweise am Wasser stehen lassen. Sie können jedem weiblichen Sommergast fast überall längs der Bucht gehört haben. Wir haben keinen Grund zu der Annahme, dass sie Mrs. Pugh gehört haben.«

»Was ist mit dieser Cousine?« Emma ließ nicht locker. »Sie könnte es bestätigen.«

»Mrs. Lampeter? Die arme Frau. Sie ist sehr verstört. Sie hatte die unerfreuliche Aufgabe, Mrs. Pughs Leiche zu identifizieren. Ich glaube kaum, dass ich ihr diese unappetitlichen Gegenstände unter die Nase halten kann, Emma.« Er hob die

Stimme und überrollte den Einwand, den sie vorzubringen versuchte. »Besonders da Mrs. Pugh ihre Sandalen trug, als sie ausrutschte und stürzte! Wenn sie Wanderschuhe mitgebracht hatte, wieso zog sie sich sie nicht an, bevor sie Anstalten machte, zum Strand hinunterzugehen?«

»Vielleicht«, sagte Emma angespannt, »hat sie das ja getan.«

Stille trat eine. Eine große blaue Schmeißfliege summte über den Schuhen. Matt verscheuchte sie mit einer ärgerlichen Handbewegung. Die Fliege surrte ans Fenster und knallte gegen die Scheibe.

»Okay! Was ist geschehen? Sie stürzte die Treppe hinunter, brach sich den Schädel, aber dann wechselte sie umsichtig zu den hochhackigen Schuhen und schleuderte die flachen ins Meer, bevor sie starb. Na kommen Sie, Emma, selbst wenn sie das aus irgendeinem völlig unerfindlichen Grund gewollt hätte, wäre es physisch unmöglich gewesen. Sogar Sie müssen das doch einsehen!«

»Dann hat jemand die Schuhe gewechselt«, erwiderte Emma.

Diesmal hielt die Stille noch länger an. Damian beäugte den Inspector nervös.

»Wozu?«, fragte Matt leise.

»Weil jemand wollte, dass es wie ein Unfall aussieht. Um den Anschein zu erwecken, sie wäre wegen der Sandalen und des losen Geländers abgestürzt, das schon bei einem früheren Besuch absichtlich beschädigt worden war – oder nach dem Vorfall gelockert wurde! Während sie tot oder sterbend dalag, zog ihr diese Person die Schuhe aus, legte ihr die Sandalen an und warf die Schuhe ins Wasser. Er oder sie ahnte nicht, dass das Meer sie gleich wieder an Land spülen würde.«

»Wer?« Matts Stimme hatte sich nicht geändert.

»Die Person, die bei ihr war. Ich bin sicher, dass jemand sie begleitet hat, auch wenn ich niemanden sehen …«

»Wieso?«, fragte er, ohne sie aussprechen zu lassen.

Diesmal war Emma aus dem Konzept gebracht. »Das weiß ich nicht.«

»Ich auch nicht.« Er beugte sich vor. »Finden Sie nicht auch, dass es eine recht weit hergeholte Geschichte ist? Was ist mir dir, Damian? Stimmst du der Theorie deiner Tante zu?«

Damian zögerte und sah Emma entschuldigend an. »So richtig wohl nicht, aber trotzdem, es werden Leute ermordet.«

»Und davon reden wir ja auch, nicht wahr? Von Mord?« Matt richtete den Blick wieder auf Emma, und seine Augen zeigten nun keine freundliche Duldsamkeit mehr. »Himmelherrgott, Emma. Was glauben Sie denn, was Mord ist? Eine Zerstreuung an einem langweiligen Tag wie einer Ihrer Romane? Finden Sie nicht, dass Sie zumindest hochgradig verantwortungslos sind? Sie erheben Anschuldigungen, für die Sie nicht den Hauch eines Beweises haben. Nein – ein Paar herrenloser, durchweichter Schuhe zähle ich nicht als Beweis. Sie setzen dem Jungen Flausen in den Kopf … Tut mir leid, Damian, aber ich war auch mal dreizehn und wollte, dass das Leben ein Abenteuer ist. Leider gibt es so gut wie immer eine vernünftige, wenn auch enttäuschende Erklärung für solche Dinge. Mrs. Pugh ist gestürzt, weil sie versucht hat, eine ausgetretene Treppe an einer Klippe mit ungeeignetem Schuhwerk hinunterzusteigen, und das, während ein Abschnitt des Geländers lose war.«

»Das wollen Sie dem Coroner sagen?«, fragte Emma.

»Aber selbstverständlich! Was soll ich denn sonst sagen? Ich kann kein Paar alter – na, meinetwegen, neuer! – Schuhe vorlegen und in Anbetracht solch überwältigender Beweise aussagen, dass ich Fremdverschulden vermute. Können Sie sich vorstellen, dass der Coroner dann befindet: ›Oh, ja, Inspector! Widerrechtliche Tötung, kein Zweifel! Die Untersuchung wird bis zum Abschluss Ihrer Ermittlungen vertagt.‹«

»Ich finde das nicht lustig«, erwiderte Emma kühl.

»Ich auch nicht.« In seiner Stimme lag ein stählerner Unterton, den sie von ihm nicht kannte und nicht zu ignorieren vermochte. Die Schmeißfliege brummte wütend. Matt fuhr herum und schlug nach ihr. Sie fiel von der Scheibe, landete neben den Schuhen mit zappelnden Beinen auf dem Rücken und machte Surrgeräusche.

Auch Emma nahm ihre zeitweilige Niederlage an. »Na gut! Damian und ich werden Sie nicht weiter behelligen. Wir nehmen die …« Sie streckte die Hand aus.

»Nein.« Matt hob mit einer einzigen geschickten Bewegung Zeitung und Schuhe auf und legte das Bündel in einen Drahtkorb. »Ich kümmere mich darum. Ich möchte nicht, dass Sie durch den Ort laufen und Hinz und Kunz fragen, ob sie sie erkennen.«

»Sie wollen nicht, dass ich zu Mrs. Lampeter gehe und sie frage, ob sie sie erkennt!« Emma warf ihre langen Haare zurück.

»Das stimmt. Das möchte ich nicht. Mrs. Lampeter hat genug Sorgen.«

»Ich wäre dabei taktvoll.«

»Emma«, sagte Matt forsch, »Sie lassen es ganz.«

Damian murmelte warnend: »Em! Bitte!«

Emma kochte. »Was ist mit dem Boot? Haben Sie sich wenigstens darum gekümmert?«

»Danke. Ich habe Ihre Information weitergeleitet. Die Sache wird bearbeitet.« Er lächelte gezwungen. »Wir wissen Ihre Hilfe zu schätzen, Emma. Aber wenn es um düstere Komplotte geht, so beschränken Sie sie bitte auf Ihre Bücher, okay?«

»Der war stinksauer, Emma!«, rief Damian, als sie die Wache verlassen hatten.

»So, war er das? Und was glaubst du, was ich bin? Kein Wunder, dass so viele Verbrechen nicht aufgeklärt werden.«

»Ich weiß nicht …« Damian klang bedrückt. »Es ist alles ein bisschen weit hergeholt, wenn man darüber nachdenkt. Warum sollte jemand Mrs. Pugh die Treppe hinunterstoßen wollen? Ich meine, ernsthaft. Mir ist klar, dass sie nicht gerade liebenswert war und die ganze Zeit Fragen gestellt hat …«

»Genau!« Emma blieb unvermittelt stehen. »Und ich werde auch ein paar Fragen stellen.«

»Hör zu, Em, wir sollten die Sache auf sich beruhen …«

»Ich übernehme die volle Verantwortung. Vielleicht solltest du lieber zum Cottage zurückkehren.«

»Wo wollen wir denn hin?« Trotz seiner Vorbehalte hatte Damian eindeutig nicht die Absicht, außen vor zu bleiben.

»Hinunter ans Meer. Dort ist ein Bootsverleih. Ich werde mich bloß erkundigen. Ich richte keinen Schaden an.«

Mittag war gekommen, und der sonnenbeschienene Strand war mehr oder minder verlassen. In der Hütte des Bootsverleihs war niemand, aber an einem hölzernen Steg lag ein kleines Motorboot vertäut. Darin kauerte ein Mann und arbeitete an dem Motor. Er trug ein ärmelloses T-Shirt, und seine muskulösen Arme waren zu einem Walnussbraun verbrannt.

»Entschuldigen Sie!«, rief Emma, während sie mit Damian nervös auf dem Steg vortrat.

Der Mann richtete sich auf, und das kleine Boot schwankte gefährlich. Er hob den Blick zu ihren fragenden Mienen. Er hatte dichte schwarze Locken, und über sein von Wind und Wetter gezeichnetes Gesicht rannen Schweißperlen. Seine Jeans war völlig mit Farbe bekleckert, und gegen ihren Willen fand Emma, dass er ein wenig disreputierlich aussah.

»Hallo.« Er wischte sich die Hände an einem öligen Lappen ab. »Was wollt ihr denn?«

»Uns nach dem Angeln erkundigen«, antwortete Damian, bevor Emma etwas sagen konnte. »Sind Sie der Besitzer?«

Er nahm mit einigem Widerstreben den Blick von Emma. »Allerdings. Luke Pardoe. Bleibt einfach, wo ihr seid.«

Er warf den Lappen auf den Boden und wischte sich mit dem Unterarm über die verschwitzte Stirn. Als er auf den Steg kletterte, zogen sich Damian und Emma automatisch ans Ufer zurück. An der Hütte gesellte er sich zu ihnen. Er war sogar noch größer, als er unten im Boot gewirkt hatte, und überragte sie beide.

»Wann wollt ihr denn raus? Und den ganzen Tag oder den halben?«

»Wir sind uns nicht sicher«, sagte Emma nervös. »Wir sind gekommen, um uns zu erkundigen, was es kostet.«

Mit einem schmutzigen Daumen zeigte er auf eine hölzerne, an die Hütte genagelte Tafel, auf der eine Preisliste geschrieben stand.

»Ich habe aber keine Angel oder so«, erklärte Damian.

»Ausrüstung kann gestellt werden. So steht es da.«

Emma machte den Versuch, das Gespräch in die Hand zu nehmen. »Sie müssen viele Gäste haben, die aufs Meer wollen.«

»Bin ganz zufrieden. Die meisten sind nicht so hübsch wie du.«

Sie ignorierte seine Anmache, seine penetrante Duzerei und wie seine Augen dabei funkelten. »Damian und ich waren neulich auf den Klippen und haben gesehen, wie Leute in einem Boot angelten. Vielleicht war das eins von Ihren Booten. Wir dachten, dass es Spaß machen könnte, so kamen wir auf die Idee.«

»Ach ja?« Mit seinen dunklen, durchtriebenen Augen musterte er sie von Kopf bis Fuß.

»Sie müssen von der See aus ja einen, äh, prächtigen Blick auf die Küste haben. Ich nehme an, Sie können die ganze Schmugglertreppe und alles sehen?«

Er beugte sich über sie. Emma trat unwillkürlich einen Schritt zurück, verunsichert von der Nähe dieser funkelnden Augen und dem Geruch nach Farbe, Öl, Schweiß und Meer.

»Also«, fragte Luke Pardoe leise, »was willst du wirklich wissen, hm? Oder möchtest du dir hier nur die Zeit vertreiben? Nicht dass ich was dagegen hätte! Ich mag Gesellschaft, wenn's die richtige ist.«

»Sie ist gekommen, um sich nach dem Angeln zu erkundigen!«, warf Damian grimmig ein. Schützend stellte er sich zwischen Emma und Pardoe.

»Ach, aber sie angelt doch schon! Angelt nach Informationen, und damit ist sie nicht allein. Echt, selten so viele neugierige Leute erlebt. Ich war noch nie so gefragt wie in den letzten Tagen.«

»Wer hat sich denn noch danach erkundigt?« Emma platzte mit der Frage heraus, ehe sie es sich versah.

Er grinste sie an. Weiße Zähne blitzten in dem sonnenverbrannten Gesicht. »Ach, wir wollen doch nicht tratschen, oder?« Er wandte sich an Damian. »Also gut, Junge, kommt zurück, wenn deine Schwester sich entschieden hat, und ich fahre euch raus. Aber im Moment bin ich beschäftigt.«

Er wandte sich um, ging davon und stieg wieder ins Boot. Sie hörten das Klirren von Metall auf Metall, als hätte er einen Schraubenschlüssel fallen gelassen, und er fluchte.

»Er ist misstrauisch«, flüsterte Damian. »Er wird uns nichts verraten.«

»Ich wünschte, ich wüsste, wer noch danach gefragt hat.« Emma seufzte.

»Er hat gedacht, du wärst meine Schwester.«

»Das stört mich nicht. Inspector King hat mich für deine Mutter gehalten!«

»Wenn es nur so wäre!«, entfuhr es Damian. Er wurde purpurrot und ging rasch weg.

Am Abend vor der Feststellung der Todesursache rief Inspector King an. Damian nahm den Hörer ab und überbrachte Emma eine Nachricht.

»Er entschuldigt sich, dass er uns morgen früh doch nicht abholen kann. Wir müssen allein zum Gericht kommen.«

Emma stützte die Unterarme auf die Schreibmaschine. »Hast du dir überlegt, was du dem Coroner sagen willst?«

»Ich werde sagen, dass ich sie von Weitem gesehen habe und dann am Fuß der Treppe. Ich finde, wir sollten die Schuhe nicht erwähnen. Dem Inspector würde das nicht gefallen, und er wäre wieder sauer auf uns.«

Sie musste zugeben, dass er recht hatte.

Die Feststellung der Todesursache fand in einem kleinen Raum statt, in dem unbequeme hölzerne Stühle standen. Emma hielt eifrig Ausschau nach Mrs. Lampeter.

Sie erkannte Mrs. Pughs Cousine sofort, auch wenn sie sie nur kurz an der Bushaltestelle gesehen hatte. Mrs. Lampeter war in Trauerkleidung, einem dunklen Mantel, der zu warm war für die Jahreszeit. Obwohl sie verstört war, klang ihre Stimme überraschend klar und tief. Wenn Emma die Augen schloss, konnte sie sich leicht vorstellen, dass sie einem sehr jungen Mann zuhörte.

Mrs. Lampeter gab zu Protokoll, dass ihre Cousine Felicity Pugh am ersten Morgen ihres Urlaubs wandern gegangen sei und versprochen habe, rechtzeitig zum Mittagessen zurück zu sein.

»Wie ich es verstehe«, sagte der Coroner, »wurde die Frage nach ungeeignetem Schuhwerk aufgebracht. Können Sie uns sagen, welche Art von Schuhen Mrs. Pugh getragen hat?«

»Sandalen!«, rief Mrs Lampeter. Sie griff in eine Tasche ihres dunklen Mantels und förderte ein zerknülltes Taschenbuch zutage. »Ich habe ihr gesagt, sie soll vorsichtig sein. Ich habe gesagt, mit so hohen Absätzen geht das nicht.« Sie tupfte sich die Nase ab. »Arme Felicity! Ich denke immer wieder daran. Wäre ich nur mitgegangen, aber ich war mit einem besonderen Mittagessen für uns beschäftigt, weil es der erste Tag ihres Besuchs war, wissen Sie.«

Emma und Damian sagten beide aus, was sie vereinbart hatten. Ein Arzt nannte einen Schädelbruch als Todesursache. Ein junger Mann von der Gemeinde Sidmouth erklärte, das Geländer sei zu Beginn der Saison inspiziert worden und habe sich in einwandfreiem Zustand befunden.

»Laut Polizeibericht war der untere Teil vom Fels abgerissen worden«, stellte der Coroner nach einem Blick in seine Unterlagen fest.

»Für Vandalismus kann man uns nicht verantwortlich machen«, sagte der Mann von der Gemeinde in gekränktem Tonfall. »Wir nehmen regelmäßige Inspektionen vor und melden alle Anzeichen von Vandalismus der Polizei.« Er funkelte Matt an.

Der Coroner befand auf Unfalltod. Er drückte Mrs. Lampeter sein Beileid aus und fügte hinzu, dass unter den gegebenen Umständen der Gemeinde kein Vorwurf gemacht werden könne. Er hoffe, die Polizei bemühe sich, die Vandalen zu ermitteln.

»Komm mit!« Emma packte Damian beim Arm, als das Gericht die Sitzung aufhob. Sie hetzte der Cousine hinterher und holte sie unmittelbar vor dem Gebäude ein.

»Mrs. Lampeter!«

Die Frau im dunklen Mantel drehte sich um und sah sie unsicher an.

»Ich hoffe, es macht Ihnen nichts aus«, keuchte Emma. »Ich … wir … möchten Ihnen nur unser Beileid wegen Ihrer Cousine ausdrücken.«

»Oh, ja, Sie haben sie gefunden. Was für ein Schock.« Mrs. Lampeter richtete ihre milden blauen Augen auf Damian. »Und du bist der junge Mann, den Felicity im Bus kennengelernt hat. Sie hat mir von dir erzählt. Es war nett von dir, ihr Gesellschaft zu leisten.«

Damian errötete verlegen und sah auf seine Füße.

»Was für ein unerfreulicher Beginn deiner Sommerferien«, fuhr Mrs. Lampeter an ihn gerichtet fort. »Ich finde wirklich, ich sollte versuchen, es wenigstens ein bisschen wiedergutzumachen. Felicity hätte sich das bestimmt gewünscht. Kommen Sie doch beide zum Tee. Am Montag? Würde Ihnen das passen?«

Emma sah aus dem Augenwinkel, wie Matt King auf sie zukam, und sagte rasch: »Wie freundlich von Ihnen. Wir kommen gern.«

Matt trat zu ihr, als Mrs. Lampeter davonging. »Nun, Emma, ich hoffe, es war keine allzu große Tortur.«

»Gar nicht«, antwortete sie. »Ich hoffe, dass Sie die Vandalen finden, die das Geländer beschädigt haben.«

»Dafür bin ich nicht zuständig. Ich bin sicher, jemand kümmert sich darum.«

»Dieser Mann von der Gemeinde ...« Damian verzog nachdenklich das Gesicht. »Er war sehr versessen darauf, die Schuld an dem kaputten Geländer irgendwelchen Vandalen zuzuschieben, oder? Ich weiß, Sie sind nicht zuständig, Inspector, aber glauben Sie auch, dass es Vandalen gewesen sind?«

»Ich halte mich an die Tatsachen, Damian. Wenn die Untersuchung abgeschlossen ist, wissen wir Bescheid.«

Damian sah ihn ernst an. »Ich dachte immer, Detektive hätten Ahnungen.«

»Nur in den Büchern deiner Tante.«

»Ach, sind wir wieder dabei, meine Bücher herunterzumachen«, warf Emma zuckersüß ein. »Welch eine Überraschung!«

»Das tue ich überhaupt ...« Der Inspector verbiss sich seine Antwort. »Ich wollte noch kurz mit Ihnen sprechen. Ich habe gesehen, dass Sie mit Mrs. Lampeter geredet haben.«

»Damian und ich haben ihr kondoliert«, sagte Emma kühl. »Ich gehe davon aus, dass wir dazu keine ausdrückliche polizeiliche Erlaubnis benötigen.«

»Selbstverständlich nicht«, sagte Matt King milde. »Wenn es sich darauf beschränkt.«

Emma entschied sich, nicht zu antworten, und unter ihrem harten Blick hatte sogar Inspector King den Anstand, ein wenig betreten dreinzuschauen. Damian rettete beide.

»Ich habe nachgedacht. Ich hätte nichts dagegen, bei der Polizei zu sein und Ihre Arbeit zu machen. Entweder das oder Enthüllungsjournalist.«

»Solange du nur nicht vergisst, dass wir uns an die Regeln halten müssen und die Journalisten sie beugen dürfen.« Matt wandte sich Emma zu und zögerte. »Der wahre Grund, weshalb ich herkam, um mit Ihnen zu sprechen, war aber, dass ich mich gefragt habe, ob Sie Zeit hätten für einen kleinen Happen zum Mittagessen?«

»Das ist nett von Ihnen«, sagte Emma. »Aber als Vegetarierin ...«

»Ich kenne ein Hotel mit einer ausgezeichneten Salattheke.« Er lächelte entwaffnend.

Das Hotel war ein edwardianisches Gebäude mit geräumigem Restaurant, das vor einem Hintergrund von gestärktem Leinen und Ornamenten aus vergoldetem Gips neben gewöhnlichen Mittagsmenüs auch eine wunderbare Selbstbedienungstheke für kalte Mahlzeiten bot. Ein angenehmes Stimmengemurmel, das Klirren von Glas und das diskrete Klappern von Geschirr erfüllten den Raum. Durch lange Fenster mit Samtvorhängen bot er einen schönen Ausblick auf das Meer.

»Das ist sehr hübsch hier«, sagte Emma mit aufrichtigem Vergnügen. »Wirklich etwas anderes als das Cottage. Wirst du das alles essen, Damian?«

»Ja«, sagte Damian nur und stellte seinen überhäuften Teller ab.

»Ein Junge im Wachsen«, meinte der Inspector. »Gesunder

Appetit! Ich möchte mich entschuldigen, dass ich Sie nicht wie versprochen zum Gericht fahren konnte. Ich wurde aufgehalten – am Telefon, ein Ferngespräch.« Er schenkte Emma ein Glas Weißwein ein.

»Schon gut. Wir haben uns etwas gegönnt und ein Taxi gerufen, das in den Ort fuhr.«

Damian sah sehnsüchtig auf den Wein, nahm aber schicksalsergeben die Coca-Cola, die er serviert bekommen hatte.

»Und ich wollte auch nicht andeuten, dass Sie so taktlos sein könnten, Mrs. Lampeter zu ihrer Cousine zu befragen, gleich nach der Feststellung der Todesursache. Ich fand, dass sie sich sehr gut hielt.«

»Sie kam mir sehr angenehm vor«, sagte Emma vorsichtig und warf Damian einen warnenden Blick zu. Es bestand kein Grund, Matt King von der Einladung zum Tee zu erzählen, die sie erhalten hatten. Doch Damian aß sich methodisch durch seinen vollen Teller und beteiligte sich nicht am Gespräch.

»Ja«, stimmte Matt zu. »Sie ist eine sehr nette Dame und hier im Ort recht gut bekannt, weil sie sich viel in der Wohltätigkeitsarbeit engagiert.«

»Ich bin noch immer überrascht, dass sie Mrs. Pugh nicht überzeugen konnte, sich geeignetes Schuhwerk anzuziehen.«

»Ach ja, die Schuhe«, murmelte Matt. »Ich bin froh, dass Sie beim Coroner nicht davon gesprochen haben, Emma.«

»Ich habe meine Pflicht getan«, sagte Emma tugendhaft. »Ich habe sie der Polizei übergeben.«

»Ja, das haben Sie. Da wäre noch eine Kleinigkeit …«

Emma hob über dem Rand ihres Weinglases die Brauen und richtete ihre ausdrucksvollen grauen Augen auf Kings Gesicht. Er lief ein wenig rosig an.

»Luke Pardoe, der die Angelboote betreibt …«

»Ich glaube es ja nicht!« Sie stellte das Glas ab. »Woher wissen Sie …«

»Das spielt keine Rolle. Ganz unter uns gesagt, Emma, Sie sollten hier vorsichtig sein. Oh, Pardoe ist ein guter Fischer und geht mit dem Boot um wie kein Zweiter. Aber er ist, nun, sagen wir, ein ungeschliffener Diamant, ja?«

»Er war auf Emma scharf!«, rief Damian undeutlich, während er auf einer großen Portion Schinken kaute.

»Ach, wirklich?« Matt klang gepresst. »Was hat er gesagt?«

»Er hat nichts gesagt«, erwiderte Emma und funkelte ihren Neffen an. »Rede keinen Unsinn, Damian!«

»Ich finde, Sie sollten sich von Pardoe fernhalten, Emma«, sagte Matt ein wenig nachdrücklicher, als vielleicht zu erwarten gewesen wäre. »Nur ein freundschaftlicher Rat.«

»Ich glaub, er ist eifersüchtig!«, rief Damian in den Wind, als sie nach Hause gingen.

»Wer? Matt King? Also ehrlich, Damian. Was für ein Unsinn!«

»Er wurde ganz rot, als du ihn angesehen hast.«

»Vermutlich bekam er ein schlechtes Gewissen. Woher wusste er, dass wir mit Pardoe gesprochen haben?«

Mrs. Lampeter wohnte in einem großen frei stehenden Haus mit gepflegtem Garten an einer abgelegenen Straße mit gleichartigen Häusern, eine Viertelmeile vom Meeresufer entfernt. Hier gab es Doppelgaragen zuhauf und jedes Anzeichen für Wohlstand. Am Montagnachmittag schoben Emma und Damian ihre ältlichen Fahrräder die geharkte Kiesauffahrt hoch und stellten sie befangen an das Geländer der gefliesten Veranda.

»Ich bin so froh, dass Sie kommen konnten«, sagte Mrs. Lampeter. »Bitte nennen Sie mich Rose. Damian, ich habe nicht vergessen, welch gesegneten Appetit man als Junge deines Alters hat. Ich weiß noch, wie Edward, mein Sohn, mit dreizehn war. Meine Güte, wie die Zeit verfliegt.«

Sie ging an ein Tischchen und nahm ein Foto in einem silbernen Rahmen in die Hand. »Das ist mein Sohn, als er etwa so alt war wie jetzt du, und das …« Sie stellte den Rahmen wieder hin und hob einen anderen Rahmen mit einem Studioporträt eines gut aussehenden Mannes mit zurückgekämmten Haaren und einem schmalen Gesicht wie seine Mutter an. »So sieht Edward heute aus! Für mich hat er sich natürlich gar nicht so sehr verändert. Aber Mütter sagen ja immer, dass ihr Sohn für sie ewig ein Junge bleiben wird, oder? Ich nehme an, deine Mutter bringt dich auch in Verlegenheit, wenn sie meint, wie sehr du noch immer deinen Babyfotos ähnelst.« Sie lächelte ihn freundlich an.

»Das würde ich nicht sagen«, erwiderte Damian steif. »Wenn sie über etwas redet, ist es ihre Arbeit. Falls sie noch Babyfotos von mir hat, sind sie irgendwo in England eingelagert. Sie und Vater sind in Afrika und arbeiten in einem Flüchtlingslager. Die Bedingungen sind ziemlich primitiv, und sie haben nur Platz für das Nötigste, keinen persönlichen Kram.«

Mrs. Lampeter schob einen Teewagen herein. In ihrem behaglichen Wohnzimmer, in dem leise eine Standuhr tickte, stopfte Damian eine große Vielfalt von Sandwiches und Kuchen in sich hinein. Emma musterte Rose Lampeter, die wie an der Bushaltestelle eine Twillhose trug, heute mit einer Baumwollbluse kombiniert.

Mrs. Lampeter bemerkte ihr Interesse, verstand es allerdings falsch. »Heutzutage trägt man ja keine Trauerkleidung mehr, außer zu Beerdigungen und natürlich der Feststellung der Todesursache. Ich kann mir nicht helfen, ich finde es irgendwie merkwürdig.«

»Merkwürdig ist«, versetzte Emma, »dass Mrs. Pugh keine für eine Wanderung angemessene Kleidung getragen hat. Hatte sie denn gar keine festen Schuhe mitgebracht?«

»Nein. Ich habe ihr ausdrücklich geraten, sich ein Paar Wanderschuhe zu kaufen, bevor sie herkäme. Aber Felicity konnte sehr eigensinnig sein. Ich sollte das wohl nicht sagen, aber sie legte Wert auf modische Kleidung. Sie mochte farbenfrohe Stoffe und schöne Dinge. Ich könnte sie mir gar nicht in Wanderkleidung vorstellen. Es war umso tragischer, weil sie mich wenigstens zwei Jahre lang nicht mehr besucht hatte, aber wir schrieben uns regelmäßig. Wenn man in mein Alter kommt, ist so wenig Verwandtschaft übrig. Ich werde Felicity vermissen. Aber jeder ist so freundlich zu mir gewesen. Matthew King war sehr hilfsbereit. Ich kannte seine Mutter, wissen Sie, bevor sie nach Spanien zog.«

Emmas Teetasse rasselte auf der Untertasse. »Sie lebt in Spanien?«

»Seit sechs oder sieben Jahren. Sie litt unter sehr schwerer Arthritis und wollte in ein trockeneres Klima. Die Seeluft bekam ihr gar nicht. Heute kann sie nicht mehr viel reisen. Ich glaube, er fliegt jedes Jahr nach Spanien, um sie zu besuchen.«

»Natürlich«, brummte Emma, als Damian und sie den langen Heimweg antraten.

»Em …«, rief Damien mit nachdenklich verzogenem Gesicht.

»Lass mal, Damian. Ich denke nach.«

»Aber, Em …«

»Später!«

Sie hatten das Ortszentrum erreicht. Emma hielt an und wandte sich Damian zu, der hinter ihr fuhr. »Sag, kannst du schon mal zum Cottage vorfahren? Ich … möchte nur noch bei jemandem wegen einer Sache vorbeisehen.«

»Okay«, sagte er. »Ich wollte sowieso einen Brief schreiben.«

»Emma?«, fragte Matt King und stand überrascht auf, um sie zu empfangen.

»Ich halte Sie nicht lange auf.« Emma setzte sich vor den

Schreibtisch. »Ich glaube, Sie sind nicht ganz offen mit mir gewesen, Inspector King. Vielmehr vermute ich, dass Sie mich benutzt haben.«

Er sah sie argwöhnisch an. »Welcher Gedanke hat sich denn jetzt wieder in Ihrem Kopf festgesetzt?«

»Nur etwas, was ich eben erst begriffen habe. Damian und ich waren vorhin zum Tee bei Rose Lampeter. Sie hat mir erzählt, dass Ihre Mutter in Spanien lebt und nie nach England zurückgekehrt ist.«

»Ich verstehe …« Matt lehnte sich zurück und verschränkte ein wenig trotzig die Arme. »Nur weiter.«

»An dem Tag, an dem wir uns an der Haltestelle begegneten, erzählten Sie mir, Sie hätten Ihre Mutter in einen Bus gesetzt. Aber wenn das stimmte, worauf haben Sie dann dort noch gewartet? Nur, dass sie gar nicht mit dem Bus weggefahren ist, nicht wahr? Weil sie in Spanien ist. Warum also waren Sie überhaupt dort? Warum warteten Sie gerade an dieser Haltestelle? Auf wen haben Sie gewartet, Matt?« Sie sah ihn fragend an.

»Sagen Sie es mir«, entgegnete er. »Da Sie es herausgefunden haben, sagen Sie es.«

»Das werde ich. Der Bus traf ein. Mehrere Personen stiegen aus, aber nur Damian und Mrs. Pugh kamen zu uns und sprachen mit uns. Mrs. Pugh ging dann mit Mrs. Lampeter fort. Sie boten freundlicherweise an, uns nach Hause zu fahren, aber wir lehnten ab und nahmen ein Taxi. Aber dass Sie es anboten, bedeutete, dass Ihr Vorhaben am Busbahnhof erledigt war. Folglich war die Person, auf die Sie gewartet haben, entweder doch nicht im Bus, oder …« Sie beugte sich vor, und eine lange braune Locke fiel ihr unpassenderweise ins Gesicht. Sie strich sie sich hinters Ohr. »Oder Sie hatten sie bereits gesehen.«

»Sie, Emma?«, fragte Matt ruhig. »Eine Frau?«

»Richtig. Ich wollte Damian abholen. Aber Sie, glaube ich, haben auf Mrs. Pugh gewartet! Sie kannte Sie nicht, aber irgendwoher kannten Sie Mrs. Pugh, und darüber wüsste ich sehr gern mehr. Ich finde nämlich, dass Sie mir eine Erklärung schuldig sind. Sie haben sich absichtlich an mich gehängt, weil Sie einen Vorwand suchten, an der Bushaltestelle zu stehen. Mrs. Pugh wäre es vielleicht aufgefallen, wenn ein einzelner Mann dort herumgelungert und sie angestarrt hätte. Bei einem Paar, das einen glaubhaften Grund hatte, dort zu sein, bestand die Gefahr nicht. Also, Matthew King, werden Sie mir verraten, weshalb Sie sich an mich gehängt haben?«

3.

»Nein, Emma«, erwiderte er. »Ich werde Ihnen nicht sagen, weshalb ich am Busbahnhof gewartet habe.«

»Warum nicht?« Emmas Haare suchten sich diesen Augenblick aus, ihr ins Gesicht zu fallen. Sie strich sie mit beiden Händen zurück und blickte ihn drohend an, eingerahmt von einem Gewirr aus braunen Locken.

Einen Moment lang musterte Inspector King nachdenklich ihr errötetes Gesicht und ihre funkelnden Augen und seufzte. »Weil es Sie, offen gesagt, nichts angeht.«

»Nichts angeht?«, gab Emma wütend zurück. »Sie haben mich benutzt. Ich habe ein Recht, es zu erfahren!«

»Ich gebe gar nichts in dieser Art zu. Sie lassen wieder Ihre schriftstellerische Fantasie mit sich durchgehen. Außerdem haben Sie ... Es tut mir leid, aber wissen Sie, Sie haben überhaupt kein Recht, irgendetwas zu erfahren. Es handelt sich um eine polizeiliche Angelegenheit.«

Emma stand auf, deutlich gewahr, dass ihr windzerzaustes Äußeres jede Darstellung von Würde verhinderte. »Gut! Wenn das Ihre Haltung ist, dann gehe ich eben. Ich dachte, die Polizei wollte die Bevölkerung ermutigen, sie zu unterstützen. Aber wenn Sie das so angehen, dann erwarten Sie bloß nicht, dass ich Ihnen noch einmal irgendwelche Erkenntnisse mitteile!«

Während sie hinausmarschierte, hörte sie ihn rufen: »Emma, warten Sie einen Moment!«, aber sie ignorierte ihn.

In zügigem Tempo fuhr Emma nach Hause. Außerhalb Sidmouth schob sie das Rad den steilen Hügel hinauf und murmelte dabei ihre Meinung von Inspector King vor sich her. Ihre Haare wehten im Wind, als sie durch Sidford und Sidbury fuhr, und am Ende fiel sie keuchend und erschöpft durch die Tür ins Cottage; die Bluse klebte ihr vom Schweiß am Körper.

Damian briet sich gleichmütig Würste zum Abendessen. »Du bist ganz rot im Gesicht«, stellte er fest, als er vom Herd zu ihr herübersah.

Ema knurrte und ging nach oben, um sich ein Bad einzulassen. Als sie wieder herunterkam, erfrischt und beruhigt, hatte Damian den Fernseher eingeschaltet. Sie machte sich ein Erdnussbuttersandwich und setzte sich zu ihm aufs Sofa.

»Entschuldige, dass ich dich allein nach Hause habe fahren lassen«, sagte sie. »Ich bin zur Polizeiwache gegangen, um mit Inspector King zu sprechen, aber die Mühe hätte ich mir wirklich sparen können.«

»Ich musste sowieso einen Brief schreiben, das habe ich dir ja gesagt. Ich habe ihn in den Briefkasten am Anfang des Fahrwegs gesteckt und dabei Mrs. Collins getroffen. Sie sagte, ich soll hoch zum Hof kommen, wenn ich nichts mit mir anzufangen wüsste. Ich dachte, vielleicht tue ich das sogar, wenn es dir nichts ausmacht.« Er sah sie von der Seite an.

»Natürlich macht mir das nichts aus, Damian! Du hast schließlich Ferien und sollst unternehmen, was immer du möchtest. Es tut mir leid, dass ich dich in meine sinnlose Suche verwickelt, zu Pardoe mitgeschleift und in meine verpfuschten Bemühungen, etwas herauszufinden, hineingezogen habe.« Sie seufzte. »Aber auch wenn ich nicht viel erreicht habe, glaube ich immer noch nicht, dass ich mir alles nur einbilde, egal was Matt King sagt. Er weiß, dass ich recht habe. Er weigert sich nur, mir zu sagen, was vor sich geht. Das macht mich rasend, weil es so unfair ist. Aber du solltest dir darüber nicht den Kopf zerbrechen, Damian.«

Die Neun-Uhr-Nachrichten hatten begonnen und zeigten Bilder von einer Nahrungsausgabestation. Damian beugte sich aufmerksam vor. Die Bilder verschwanden und wurden von einem Inlandsbeitrag ersetzt. Damian entspannte sich.

»Dachtest du, du siehst vielleicht kurz deine Eltern?«, fragte Emma mitfühlend. »Ich schaue bei diesen Bildern immer genau hin, ob ich vielleicht Bridget entdecke.«

»Einmal habe ich Mum gesehen, ganz kurz, wie sie ein Baby wog.« Damians Stimme war merkwürdig tonlos.

»Du vermisst deine Eltern ganz schön, was?« Emma biss in ihr Sandwich.

Damian antwortete nicht direkt auf ihre Frage. »Als ich sehr klein war, haben sie mich noch mit ins Ausland genommen. Das war toll. Ich erinnere mich, wie ich mit anderen Kindern im Staub spielte und Unfug im Wasser am Flussufer anstellte. Erst als ich groß genug war, um zur Schule zu gehen, mussten sie mich zurücklassen.«

Emma legte den Rest ihres Sandwichs beiseite. »Ich erinnere mich daran. Du warst sechs oder sieben, als du aufs Internat kamst, richtig?«

Er nickte, und sie fuhr fort: »Das war hart, für dich und für deine Eltern.«

»Ja.« Damian zögerte und hob dann langsam an zu sprechen. Seine Worte wählte er mit großer Sorgfalt. Er wollte eindeutig etwas erklären, was ihm sehr wichtig war, und versuchte es, sowohl für sich zu ordnen als auch ihr darzulegen.

»Ich habe dir und Inspector King gesagt, dass ich gemischte

Gefühle gegenüber Mrs. Pugh habe, weil ich nichts Nettes über sie sagen konnte, nachdem sie diesen … Unfall hatte. Gegenüber Mum und Dad habe ich ebenfalls gemischte Gefühle. Ich schäme mich dafür. Ich wünschte, es wäre anders.«

»Niemand sollte sich jemals für seine Gefühle schämen, Damian«, sagte Emma.

Er ignorierte ihre tief empfundene Antwort und fuhr fort: »Siehst du, ich habe meine Eltern lieb. Mir ist klar, dass ihre Arbeit wichtig ist und Leben rettet und dass sie alle möglichen Risiken eingehen. Ich bewundere sie. Sie sind großartige Menschen. Nur … nur kann ich nicht anders, ich wünschte auch, dass sie im Lauf der Jahre ein bisschen mehr Zeit für mich gehabt hätten. Ich wünsche mir, ich würde sie öfter sehen. Sie schreiben mir ja, wann immer sie können. Ich fühle mich selbstsüchtig, wenn ich so etwas denke, denn was sie tun, ist wichtiger als ich. Die Menschen dort brauchen ihre Hilfe so dringend – aber ich kann trotzdem nicht anders. Mir kommt es vor, als hätten meine Eltern für jeden anderen auf der Welt Zeit, nur für mich nicht. Mir ist klar, dass das in deinen Ohren ziemlich jämmerlich und ichbezogen klingen muss.«

»Das finde ich ganz und gar nicht. Ich verstehe sehr gut, weshalb du so empfindest, und es ist auch nur zu natürlich. Ich weiß aber auch, dass Bridget und dein Vater die ganze Zeit an dich denken, auch wenn sie sehr beschäftigt sind. Sie sorgen sich auch um dich, Damian.«

»Das weiß ich ja. Aber sie brauchen nicht noch eine Sorge mehr, oder? Davon haben sie ja schon genug. Manchmal denke ich, dass ihr Leben viel einfacher wäre, wenn sie mich nicht hätten.«

»Nein, Damian!« Schockiert nahm Emma seinen Arm. »Deine Eltern halten große Stücke auf dich. Überleg nur, wie viel es ihnen bedeutet, dass sie, wenn ihre Arbeit sie niederdrückt, an dich denken können und wissen, dass sie jemand anderen in ihrem Leben haben. Du bist ihnen so wichtig. Ach, ich weiß, dass ich recht habe, und ich wünschte, ich könnte es besser erklären.« Sie machte eine Geste der Verzweiflung.

»Schon gut, Em. Danke auf jeden Fall, und danke, dass ich die Sommerferien bei dir verbringen darf und dass du so oft zur Schule kommst und mich am Wochenende zum Tee abholst.«

Damian setzte sich gerade auf, bevor sie darauf etwas erwidern konnte, und erklärte damit das Thema für abgeschlossen. »Was machst du morgen?«, fragte er forsch. »Schreibst du an deinem Buch?«

»Das sollte ich, aber das schaffe ich nicht, solange die Sache mit Mrs. Pugh nicht gelöst ist. Sie geht mir einfach nicht aus dem Kopf, und ich kann an nichts anderes denken. Außerdem soll Matt King bloß nicht glauben, dass ich mich einfach so des Platzes verweisen lasse. Ich möchte dich zwar nicht weiter damit belästigen, Damian, aber würde es dir etwas ausmachen, wenn du mich zum Strand am Fuß der Schmugglertreppe führst und mir einfach mal zeigst, wo du die Schuhe gefunden hast?«

»Du weißt aber«, warnte ihr Neffe sie, »dass es dem Inspector nicht gefallen wird. Er möchte, dass du das Ganze auf sich beruhen lässt.«

»Inspector King«, sagte Emma, »spielt nicht mit offenen Karten. Aber soll er nur. Das kann ich genauso. Ab jetzt stelle ich eigene Ermittlungen an, ohne mich mit ihm abzusprechen. Das hat er sich ganz allein zuzuschreiben. Ich habe ihm alles, was ich herausgefunden habe, vorgelegt, und er hat mir nichts im Gegenzug verraten. Aber das hat alles bestätigt, was ich von dem Augenblick an gedacht habe, als wir Mrs. Pugh gefunden haben. An der ganzen Sache ist etwas faul. Ich werde herausfinden, was, und unsere – meine, will ich sagen – Ermittlungen müssen bei den Schuhen beginnen, die du am Strand gefunden hast.«

Damian beobachtete sie von der Seite. »Du bist dir also

immer noch sicher, dass die Schuhe Mrs. Pugh gehört haben? Mrs. Lampeter hat ausgesagt, dass Mrs. Pugh sich geweigert hat, sich feste Schuhe zu kaufen.«

»Das weiß ich«, entgegnete Emma. »Ich glaube aber, dass Mrs. Lampeter gelogen hat.«

Am nächsten Morgen wehte an der Schmugglertreppe eine steife Brise. Die Stufen waren noch immer abgesperrt, aber die Tafel mit dem polizeilichen Hinweis war umgefallen. Daher, stellte Emma klar, konnten sie aufrichtig aussagen, sie nicht gelesen zu haben. Sie kletterten über das Absperrband und stiegen ohne Hilfe zum Strand hinunter, denn das beschädigte Geländer war ganz abmontiert worden; sogar die Halteklammern in der Klippenwand fehlten. Offenbar wollte die Gemeindeverwaltung es komplett erneuern.

Vom unruhigen Meer preschten Wellen heran. Sie folgten rasch aufeinander und sprühten Gischt in die Luft. Die Seevögel hielten sich am Ufer. »Das bedeutet, dass über dem Meer schlechtes Wetter ist«, sagte Emma, indem sie eine Volksweisheit aus einer fernen Erinnerung heranzog.

»Jemand ist trotzdem mit dem Boot hinausgefahren.« Damian deutete. »Er muss gut damit umgehen können. Er hat es hier an Land gebracht.«

Auf dem Kies am anderen Ende des Strandes lag ein kleines Motorboot mit einer winzigen, weiß gestrichenen Kabine. In seiner Nähe war niemand zu sehen. Emma blickte zu der roten Felswand und dem begrasten oberen Rand der Klippe hinauf, hinter dem der Weg verlief. Dort oben war ebenfalls niemand; er hätte sich gegen den Himmel abgezeichnet.

Damian war mit der unverhohlenen Neugierde eines Jungen bereits über die Kiesel und Steine zum gestrandeten Boot gelaufen und strich dort herum. Er hatte die Turnschuhe ausgezogen, an den Schnürsenkeln zusammengebunden und sich um den

Hals gehängt. Die Steine, die sich in seine bloßen Füße bohrten, schien er nicht zu bemerken.

Als sie zu ihm ging, rief er: »Stell dir vor, Em, das ist Luke Pardoes Boot!« Er platschte durch das seichte Wasser, in dem das Heck ruhte.

»Für mich sehen sie alle gleich aus«, sagte Emma zweifelnd. Ihr wurde unbehaglich zumute. An diesem abgelegenen Ort wollte sie Pardoe nicht von Angesicht zu Angesicht gegenübertreten, auch nicht mit Damian als Zeugen. Nervös sah sie über die Schulter.

»Doch, ganz bestimmt gehört es Pardoe! Ich erinnere mich an diese Schramme im Lack der Kabine, gleich neben dem Bullauge und dem Namen *Lucy.*«

»Du bist achtsamer als ich«, gab sie niedergeschlagen zu. So viel zu Emma Durrant, der großen Detektivin. Sie erkannte nicht einmal Pardoes Boot wieder! Sie runzelte die Stirn. »Aber wo ist er? Hey!« Ihre Stimme hob sich zu einem beunruhigten Kreischen. »Ihm gefällt es vielleicht nicht, was du da machst.«

Damian war ins Boot geklettert und hatte die Kabine untersucht, nun kam er wieder hervor. »Da drin liegen eine dreckige alte Jeansjacke und eine offene Werkzeugtasche. Ach, und ein Fernglas. Ich frage mich, wo er ist.« Er sah den Strand hinauf und hinunter und zeigte auf die Klippe. »Vielleicht ist er da drin?«

Er wies auf die dunkle Öffnung der Schmugglerhöhle. Emma hatte sie einmal betreten, vor über einem Jahr bei ihrem vorigen Aufenthalt. Sie erinnerte sich an eine nicht besonders tiefe Höhle, die im Laufe der Zeit von den Wellen ausgespült worden war. Die Öffnung durchmaß etwa zweieinhalb Schritt, und von dort, wo sie stand, konnte sie niemanden im Innern sehen. Sie fragte sich, ob die alten Geschichten wahr seien und man in der Höhle Schmuggelgut gelagert hatte, das hier an Land gebracht worden war, bevor man es mühevoll über die Treppe auf die Klippe geschafft hatte.

»Gehen wir hin und schauen es uns an«, sagte Damian, der anscheinend ihre Gedanken las. »Es sieht nicht so aus, als wäre er drin, aber es könnte interessant sein.«

Sie näherten sich der Höhle, Damian voller Begeisterung, Emma voller Grauen, eine Empfindung, die sie sich nicht erklären konnte.

»Leer!«, rief Damian schließlich enttäuscht. Er sagte nicht, was er zu finden gehofft hatte, und seine Stimme hallte von den Felswänden wider und verstärkte so seinen Ausruf.

Emma entspannte sich. »Du kannst nicht erwarten, jedes Mal eine Spur wie Mrs. Pughs Schuhe zu finden, Damian.«

Aber sie hatte sich nicht davor gefürchtet, so etwas Alltägliches zu finden wie ein Paar Schuhe. Matt King, dachte sie reumütig, hätte gesagt, ihre Fantasie ginge mal mit ihr durch. Was hatte sie denn eigentlich erwartet? Und wo war Pardoe? War er die Treppe zur Oberseite der Klippe hochgestiegen? Beobachtete er gerade den Strand von dort oben und hatte zugeschaut, wie sie sein Boot inspiziert hatten?

Sie blickte über die Schulter zum offenen Eingang, erwartete geradezu, Lukes schäbige Gestalt zu entdecken, wie er in einer Jeans voller Farbflecken dastand und sie angrinste. Doch nur das verlassene gestrandete Boot war zu sehen, das sich leicht auf den Wellen wiegte, die gegen sein Heck leckten.

Ein unangenehmes Gefühl kroch ihr den Rücken hinunter. In der Höhle roch es nach feuchtem Stein und verrottenden Pflanzen. Sie wollte nur noch hinaus. Trotz der Nähe von frischer Luft befiel sie das Gefühl, eingeengt zu sein, das sich bis zur Panik steigern wollte.

»Komm schon, Damian, gehen wir! Die Höhle macht mir eine Gänsehaut!«

Damian, der unter keinen solchen Beklemmungen litt, war bis in die halb dunklen hintersten Winkel vorgedrungen. »Hier ist so eine Art Gang, Em! Er ist nur etwa hüfthoch, aber ich könnte da problemlos reinkriechen. Warte, ich guck mal, wie weit er geht.« Der letzte Satz klang gedämpft, was darauf hindeutete, dass Damian den Gang bereits erkundete.

»Warte!«, rief sie besorgt und ging tiefer in die Höhle. »Das ist vielleicht nicht sicher!«

Damian gab keine Antwort.

Oh, nein!, dachte sie. *Er steckt fest!* Emma stolperte über den Steinboden bis nach hinten und wurde mit Anblick von Damians nackten Füßen belohnt. Der Rest von ihm verschwand in einem Loch in der Höhlenwand. »Alles in Ordnung?«, fragte sie.

»Ja-a …« Allzu sicher klang er nicht.

»Sei bloß vorsichtig!«, drängte sie.

Ohne Vorwarnung kroch er rückwärts auf Händen und Knien heraus. Noch in dieser Haltung sah er zu ihr hoch, die Augen aufgerissen, der Mund geöffnet, aber sprachlos.

»Was ist denn?«, flüsterte Emma. Sie ging auf die Knie und wollte in den Gang sehen. Ihre Augen hatten Schwierigkeiten, sich an das schlechte Licht anzupassen, und sie konnte kaum etwas erkennen bis auf eine Art Hindernis, das den engen Raum einnahm.

Damian streckte die Hand aus und zog sie zurück. »Nein, sieh nicht hin, Em!«

Etwas in seiner Stimme veranlasste sie, den Kopf abrupt zu ihm zu drehen. »Was ist da?« Die namenlose Beklemmung kehrte wieder, umfasste ihr Herz und ihren Magen wie ein Schraubstock. Mehr als alles andere wollte sie aufspringen und aus dieser entsetzlichen Höhle fliehen.

Damian schluckte. »Er ist da drin«, sagte er heiser.

»Er?« Der Instinkt raubte ihr wieder den Mut, und sie wusste, wen er meinte. »Pardoe?« Sie blickte zögernd auf die kleine Öffnung. »Bist du dir sicher? Da ist nicht genügend Platz für ihn! Er ist ein großer Kerl.«

»So wie er jetzt ist, hat er Platz«, sagte Damian erschüttert.

»Er liegt auf dem Rücken. Jemand hat ihm den Schädel eingeschlagen und ihn dort reingeschoben.«

Emma und Damian saßen auf den Felsen und sahen zu, wie die Polizei die Höhle absperrte. Die Ebbe hatte eingesetzt, und Pardoes Boot lag hoch auf dem Trockenen. Eine Möwe hockte auf dem Kabinendach. Nach einer Weile kam Matt über den Kies zu ihnen.

»Sie machen es sich zur Gewohnheit, Leichen zu entdecken, Miss Durrant.«

»Ich hab ihn gefunden«, sagte Damian leise.

»Ja, das hast du, was?« Matt streckte die Hand vor und zerzauste ihm die Haare. »So ein Pech. Auf ein Wort mit Ihnen, Emma? Damian, wenn du zum Klippenweg hochsteigst, findest du jemanden mit Thermoskannen. Lass dir dort eine Tasse heißen Tee geben.«

Damian nickte, nahm die Turnschuhe vom Hals und zog sie sich an. Er stand auf und ging über den Kies davon.

Matt setzte sich an die Stelle, die der Junge freigemacht hatte, und gemeinsam sahen sie zu, wie Damian die Schmugglertreppe hinaufstieg.

»Was haben Sie hier unten gemacht, Emma?«, fragte Matt leise.

»Nach Spuren gesucht«, antwortete sie. »Es klingt töricht. Das war es wohl auch. Aber ich möchte die Wahrheit über Mrs. Pugh erfahren, und Sie haben mich so wütend gemacht.«

»Ja, das stimmt. Es tut mir leid.« Matt schwieg kurz. »Hören Sie, Emma, ich kann Ihnen nicht das Warum und Wofür von alldem erklären, weil es eine Dienstangelegenheit darstellt, verstehen Sie? Sobald es mir möglich ist, erzähle ich Ihnen alles. Ich verspreche …«

Ein Ruf schallte über den Strand. Einer der Polizisten, die ihn absuchten, winkte ihnen. Matt murmelte eine Entschuldigung, stand auf und ging zu der Stelle. Emma sah beklommen zu, als sie sich über etwas beugten, was am Wasserrand lag. Matt bückte sich danach und hob es vorsichtig mit spitzen Fingern hoch. Von dort aus, wo sie saß, sah es nach einem Gegenstand aus Metall aus, vielleicht einem Schraubenschlüssel. Luke Pardoe hatte, als sie ihn am Bootsverleih aufgesucht hatten, mit einem Schraubenschlüssel hantiert.

Der Wind schien abzukühlen, und ihr schauderte. Sie schlang sich die Arme um die Schultern, damit ihr wärmer wurde, und sah zu, wie der Gegenstand sorgsam in einen Beutel gelegt wurde, den man verschloss. Matt kehrte zu ihr zurück.

»War sie das?«, fragte sie düster. »Die Mordwaffe?«

»Möglich.« Er setzte sich wieder zu ihr. »Emma, ich hoffe, ich kann mich bald mit Ihnen darüber unterhalten. Bis dahin wünsche ich mir, dass Sie gut auf sich und den Jungen aufpassen. Damit ist es mir sehr ernst. Ich weiß, dass Sie sich über die Dinge gern eine eigene Meinung bilden, aber bitte beherzigen Sie diesmal meinen Rat. Halten Sie alle Türen verschlossen und die Fenster verriegelt. Ihr Cottage ist recht abgelegen.«

»Die Collins sind nur den Fahrweg hoch, auf dem Hof.«

»Das stimmt. Wäre es nicht so, würde ich Ihnen raten, in eine Pension in der Stadt zu ziehen. Falls Sie sich entscheiden, im Cottage zu bleiben, und Sie zu gleich welcher Tag- und Nachtzeit etwas beunruhigt, dann rufen Sie sofort die Polizei an, und wir kommen.«

Sie drehte den Kopf, um ihm offen ins Gesicht zu blicken. Er war, fand sie, kein gut aussehender Mann, nicht im konventionellen Sinn, aber er wirkte wie ein resoluter, praktischer Mensch, und in diesem Moment flößte er ihr Zuversicht ein, trotz all ihrer bisherigen Vorbehalte, was seine Einstellung anging.

»Sind wir in Gefahr?«, fragte sie ihn. »Warum, Matt?«

Er beugte sich vor. »Emma, wir können nicht sagen, dass Mrs. Pughs Tod etwas anderes als ein Unfall gewesen ist. Aber

Pardoes Tod und der Versuch, seine Leiche zu verstecken, stellen ohne jeden Zweifel einen vorsätzlichen Mord dar. Er ist noch nicht lange tot. Als Sie und Damian eintrafen, hat der Mörder den Schauplatz des Verbrechens womöglich gerade erst verlassen. Wer immer es war, muss dort oben auf dem Klippenweg gewesen sein und hat Sie beide vermutlich gesehen, wie Sie hier unten entlangliefen, sich Pardoes Boot anschauten und in die Höhle gingen. Vielleicht haben Sie sogar mehr gesehen. Vielleicht konnten Sie auch einen Blick auf den Mörder erhaschen.«

»Nein«, entgegnete sie, »wir haben niemanden beobachtet. Wir haben nach Pardoe gesucht, aber es war keine Menschenseele in Sicht. Außer Möwen haben wir nichts gesehen.«

Der Wind packte ihre Haare und wickelte sie ihr über Mund und Kinn. Matt King streckte die Hand aus und löste vorsichtig die verwirrten Strähnen.

»Das wissen Sie«, sagte er. »Aber weiß es der Mörder?«

Am nächsten stand Mrs. Collins vor der Tür. »Jim sagt, der junge Bursche möchte auf den Hof kommen und uns zur Hand gehen? Das bringt ihn auf andere Gedanken, und wir könnten heute Hilfe wirklich brauchen.«

»Ja, bitte!«, rief Damian und sprang vom Frühstückstisch auf.

»Aber vergiss nicht, dann musst du auch arbeiten.« Mrs. Collins zwinkerte Emma zu.

»Natürlich arbeite ich! Macht mir nichts aus!«

»Danke«, sagte Emma, als Damian gegangen war, um seine ältesten Sachen anzuziehen. »Er ist tapfer, aber er braucht doch Beschäftigung, denke ich.«

»Furchtbare Sache, dieser Mord.« Mrs. Collins setzte sich auf Damians freien Stuhl und verschränkte ihre fülligen Unterarme auf dem Tisch. Kopfschüttelnd sagte sie: »Nicht dass ich überrascht war, dass es mit Luke Pardoe ein schlimmes Ende genommen hat. Er war immer, sagen wir, unzuverlässig und nicht wählerisch in seinem Umgang. Er hielt sich für einen prima Kerl mit seinen Mädchen und allem und hat schon immer für ein Pfund oder zwei getan, was immer von ihm verlangt wurde. Die Leute hier wussten alle über ihn Bescheid.«

»Kennen Sie eine Mrs. Lampeter?«, fragte Emma aus dem Impuls heraus.

»Oh, ja.« Mrs Collins strahlte auf. »Eine sehr nette Dame, sehr engagiert bei der Organisation von Festen und dergleichen. Ich habe mir immer gedacht, dass sie sich einsam fühlen muss in diesem großen Haus, seit ihr Sohn ausgezogen ist. Er ist ein ziemlich erfolgreicher Geschäftsmann in London. Sie ist sehr stolz auf ihn, und er denkt an seine Mutter und kommt sie von Zeit zu Zeit besuchen, aber natürlich ist er zu beschäftigt, um häufig hier zu sein.«

Damian kam die schmale Wendeltreppe heruntergepoltert.

»Zu essen bekommt er bei uns reichlich, nur keine Sorge«, sagte Mrs. Collins. »So haben Sie mal einen Tag für sich, meine Liebe.«

Theoretisch sollte sie froh sein, einen ganzen Tag allein zu sein, denn das nächste große Werk der Kriminalliteratur von E. Durrant bestand bislang aus einem Stapel leerer Blätter Schreibmaschinenpapier.

Erfüllt von Entschlossenheit, setzte Emma sich an die Arbeit. Matts Ratschlag folgend, hatte sie Vorder- und Hintertür abgeschlossen. Damian befand sich auf dem Hof. Das Telefon stand neben ihr, sollte sie es brauchen. Nichts konnte ihre Kreativität hemmen.

Ihr gelang es, bis zur Mittagszeit zu arbeiten. Halbwegs zufrieden mit ihren Fortschritten ging sie in die Küche und machte sich Essen. Dabei jedoch begann sie wieder über die jüngsten Ereignisse nachzudenken.

Was immer Matt King sagte, ihm musste klar sein, dass Luke

Pardoes Tod am Strand, wo auch Mrs. Pugh gestorben war, einfach einen zu großen Zufall darstellte. *Also gut,* dachte Emma, *meinetwegen ist schon Merkwürdigeres geschehen.*

Aber auch wenn Matt es ihr gegenüber nicht zugab, mit ziemlicher Sicherheit sah er ein, dass Mrs. Pughs Tod erneut untersucht werden müsste. Was hatte er mit den Schuhen gemacht, die Damian am Strand gefunden hatte? Und Pardoe? Er hatte sie nach der Feststellung der Todesursache vor Pardoe gewarnt. Allerdings war er ihr die Erklärung schuldig geblieben, woher er wusste, dass sie mit dem Fischer gesprochen hatte. Dass er Pardoe hatte beobachten lassen, war die einzige Erklärung.

»Also«, sagte Emma laut, »wenn Matt am Busbahnhof war, um nach Mrs. Pugh Ausschau zu halten, wie ich es glaube, und wenn er Pardoe beobachten ließ, kann ich davon ausgehen, dass zwischen Mrs. Pugh und Luke Pardoe irgendeine Verbindung bestand – einmal abgesehen davon, dass beide am selben Strand tot aufgefunden wurden – und beide von Damian und mir.«

Sie versuchte, sich Mrs. Pugh vorzustellen, mit ihrem dick aufgetragenen Lippenstift und Puder, in ihrem engen grellen Kleid und den hohen Absätzen, wie sie mit Luke Pardoe in seiner zerschlissenen Jeans und dem ärmellosen T-Shirt gesellschaftlich verkehrte. Emma erschien es unwahrscheinlich. Ihr wollte nichts einfallen, was die beiden verbunden haben sollte. Was um alles in der Welt konnte Mrs. Pugh getan haben, das auch nur in entfernter Weise kriminell war oder die Polizei interessierte? Pardoe war in vielerlei Hinsicht ein fauler Apfel gewesen. Mrs. Pugh konnte man nicht gerade als liebenswerten Menschen bezeichnen, aber eine Gaunerin? Gewiss nicht.

Versuch es auf einem anderen Weg. Wieso war Pardoe am Strand gelandet? Nicht zum Fischen. Um jemanden zu treffen?

Sie hörte ein Klopfen auf Glas. Emma schaute voll Unbehagen zum Fenster, aber dort sah sie nur ein wenig von einem Rosenbusch.

Was war mit Mrs. Pugh? Sie war niemand gewesen, dem Emma zutraute, dass sie freiwillig so viele Stufen zu einem steinigen Strand hinunterstieg. War sie dorthin gegangen, um jemanden zu treffen? Lag Emma doch richtig, wenn sie glaubte, gesehen zu haben, dass Mrs. Pugh mit einem Begleiter gesprochen hatte, der nie in ihr Blickfeld getreten war? Hatten sie und Pardoe sich jeweils mit derselben Person getroffen?

In Emmas Küche schien eine schattenhafte Gestalt zu schweben, jemand, der nie gesehen wurde, der aber zu beiden Anlässen dort gewesen sein musste: der Mörder.

»Wieder schriftstellerische Fantasie!«, ermahnte sie sich. Sie brauchte frische Luft. Normalerweise wäre sie aufs Fahrrad gestiegen oder einem der hübschen Wege gefolgt, aber nach Matts Warnung war ihr nicht mehr so sehr nach Alleinsein. Damian war auf dem Bauernhof beschäftigt, und es wäre unfair gewesen, ihn dort wegzuholen. Die andere Möglichkeit bestand darin, nach Sidmouth zu fahren und die Promenade entlangzuspazieren. Dort wären genügend Menschen und absolut keine Gefahr.

Emma spülte das Geschirr vom Mittagessen, zog sich eine präsentierbarere Cordhose und eine saubere Bluse an, band sich das Haar, wuchtete das Fahrrad aus dem Schuppen und machte sich auf den Weg.

Sie stellte das Rad auf dem Parkplatz eines Supermarkts ab und kettete es sorgsam an einen geeigneten Metallpfahl. Man musste recht verzweifelt sein, um solch ein Fahrrad zu stehlen, aber sie war darauf angewiesen und ging lieber auf Nummer sicher.

Emma lief mit flinkem Schritt Richtung Strandpromenade. Sidmouth schien heute besonders belebt zu sein, so schien es ihr, als sie den schmalen Straßen zum Ufer folgte. Als sie zur Fußgängerzone kam, sah sie auch, wieso. Dort fand ein Trödel- oder Kunsthandwerksmarkt statt. Menschen scharten sich um eine Vielzahl von Ständen auf dem Pflaster.

Von ihrem ursprünglichen Ziel abgelenkt, trat Emma automatisch an einen Stand, der gebrauchte Bücher anbot. Eine Kiste enthielt vor allem alte gebundene Exemplare, die sehr danach aussahen, als stammten sie aus einer Haushaltsauflösung. Neugierig ging sie die Bände durch. Auf braun geränderten Seiten, die nach Staub und Feuchtigkeit rochen, fand sie Schilderungen greller romantischer Abenteuer und unglaublicher Heldentaten. Zerbrechliche Heldinnen wurden von Scheichs in der Wüste entführt; finstere bärtige Spione brachten den Helden in unmögliche Situationen, aus denen er stets mit Leichtigkeit entkam. Sie fand zerfledderte Kochbücher voller Rezepte aus Kriegszeiten und jede Menge Praxisratgeber, die bei früheren Generationen so beliebt gewesen waren. Zwischen alldem stieß Emma auf ein Buch mit Kinderreimen. Als sie es durchblätterte, fiel ihr das Wort *Treppe* ins Auge.

Nach ihren Abenteuern an der Schmugglertreppe weckte der Zufall ihre Aufmerksamkeit, und sie las:

Ich wollte die Treppe nach unten gehen,
da traf ich einen Mann, der war nicht dort.
Heut konnte ich schon wieder nichts von ihm sehen.
Ich wünschte so, er ginge fort.

Emma schauderte es. Der kleine Nonsens-Reim wirkte mit einem Mal finster auf sie, als müsste das vergilbte Büchlein, das nach Schimmel roch, eine Botschaft für sie enthalten. Aber was? Sie zwang sich, es erneut zu lesen. Was versuchte das Gedicht ihr zu sagen? Ein Mann, der nicht dort war. Ein Mörder auf der Treppe. Das Gedicht gab ihre Überlegungen von vorhin auf unheimliche Weise wider.

»Miss Durrant?«

Emma zuckte zusammen, schrie auf und ließ das Buch fallen. Sie fuhr herum.

Hinter ihr stand ein großer Mann mit schmalem Gesicht,

der auf eine recht altmodische Weise gut aussah. In seiner hellen Jacke und dem Leinenhut wirkte er ein wenig fehl am Platz zwischen den heutigen Urlaubern mit ihrer grellen Freizeitkleidung. Dennoch erschien ihr an ihm etwas vage vertraut, auch wenn sie nicht wusste, wohin sie ihn stecken sollte. Sie runzelte die Stirn.

»Es tut mir so leid«, entschuldigte er sich, als er ihre Bestürzung sah. Er nahm den Hut ab und hielt ihn vor die Brust, eine Geste, die seinen altmodischen Eindruck noch unterstrich. Dennoch war er nicht alt. Ohne Hut erwiesen sich seine Haare als dicht und wellig, und Emma reduzierte ihre Einschätzung seines Alters von Ende vierzig auf Ende dreißig.

Ihr Gefühl, sie solle ihn kennen, verstärkte sich, doch selbst wenn ihr Leben davon abgehangen hätte, erinnerte sie sich weder an seinen Namen noch an die Gelegenheit, bei der sie ihn schon gesehen haben konnte.

»Ich wollte Sie nicht erschrecken«, sagte er. »Selbstverständlich wissen Sie nicht, wer ich bin! Bitte verzeihen Sie, dass ich Sie anspreche, aber meine Mutter hat mich vorhin auf Sie aufmerksam gemacht.«

»M-Mutter?«, stammelte Emma.

»Ja, sie ist gerade in den Laden dort gegangen.« Er wies mit dem Panamahut auf ein Textilgeschäft. »Ich dachte, ich komme einfach herüber und stellte mich vor, während ich auf sie warte.« Er lächelte. »Mein Name ist Edward Lampeter.«

4.

»Hier ist es doch sehr gemütlich«, sagte Edward Lampeter.

Zu dritt saßen sie in dem Café. Edward hatte darauf bestanden, Emma und seine Mutter zu echten Scones mit Erdbeermarmelade und Sahne nach Devon-Art einzuladen.

Emma war weder Scones abgeneigt noch der Gelegenheit, Rose Lampeter ein weiteres Mal zu befragen, aber das unerwartete Auftreten Edwards komplizierte die Szenerie. Sie konnte sich des Gefühls nicht erwehren, dass sie auf dem falschen Fuß erwischt worden war, und sie fühlte sich in dem netten kleinen Café irgendwie in der Falle.

»Wie schade«, fuhr Edward fort, »dass Ihr Neffe nicht bei uns ist. Was macht er denn heute?« Über die Teegedecke hinweg lächelte er Emma freundlich an.

»Damian hilft meinem Nachbarn, Mr. Collins, auf dem Hof.« Während Emma antwortete, konzentrierte sie sich darauf, einen Löffel dicke Sahne über ihr Scone zu streichen.

»Die arme Felicity konnte den Jungen so gut leiden«, sagte Rose Lampeter. Sie nahm die Teekanne und schenkte ihnen allen nach. Ihre Hand bebte leicht.

Emma fragte sich, ob der Gedanke an die verstorbene Felicity Pugh es war, der sie zum Zittern brachte. Rose war eindeutig durcheinander, und Emma konnte nicht sagen, ob sie litt oder nur einfach nervös war. Dass sie noch immer erschüttert sein mochte, war verständlich. In den zaghaften Blicken, die Rose ihrem Sohn zuwarf, steckte jedoch mehr als Trauer. Emma kam es vor, als bäte sie ihn jedes Mal um Erlaubnis, bevor sie etwas sagte.

Edward war andererseits völlig entspannt. »Ein schöner Gedanke, dass Felicity und der junge Damian so gut miteinander auskamen. Die Generationenkluft kann dann doch nicht breit geklafft haben! Ein wenig überraschend, finden Sie nicht, Miss Durrant?«

»Ich weiß es nicht«, sagte sie vorsichtig und fügte hinzu: »Bitte nennen Sie mich Emma.«

»Worüber sie sich wohl unterhalten haben.« Edward lehnte sich zurück als Zeichen an die Kellnerin, ihnen mehr heißes Wasser zu bringen.

»Über die Sommerferien und Damians Schule, nehme ich an.« Emma versuchte nonchalant zu klingen, aber sie hatte den starken Eindruck, dass diese Antwort Edward nicht zufriedenstellen würde.

»Üben Sommerferien auf dem Land heute noch dieselbe Anziehungskraft auf einen Jungen aus wie bei uns?«, überlegte er. »Vielleicht langweiligen sie sich ja doch. Sie scheinen alle Computerfreaks zu sein, nicht wahr? Wir leben in einem technologischen Zeitalter. Schreiben Sie Ihre Bücher mit einem Textverarbeitungsprogramm, Emma?«

»Wenn ich London bin, schon. Aber hier unten habe ich nur eine Schreibmaschine.«

»Das muss für den jungen Mann doch eine Enttäuschung sein.« Edwards Augen fixierten sie und glänzten dabei beunruhigend.

»Nun, das glaube ich nicht.« Emma wusste, dass sie gereizt klang. »Ich weiß nicht, ob Damian so versessen auf Videospiele oder überhaupt irgendwelche Computerdinge ist. Erzählt hat er davon nichts. Er ist gern an der frischen Luft. Er war ganz versessen darauf, heute auf dem Bauernhof zu helfen.«

»Meine Generation«, stieß Rose hervor, »ist sehr gut ohne Computer ausgekommen! Edward hat immer alles sehr schnell gelernt, aber meines Erachtens machen diese Geräte das Leben so kompliziert ...« Sie unterbrach sich und warf ihrem Sohn einen weiteren gehetzten Blick zu.

»Nun, Technik ist ein guter Diener und ein schlechter Herr«, sagte Edward bedächtig. »Meinen Sie nicht auch, Emma?«

Was sollte das denn jetzt?, fragte sich Emma, als sie nach Hause strampelte. Was, um alles in der Welt, wollten sie wissen? Sie hatten versucht, etwas aus ihr herauszubekommen; zumindest galt das für Edward.

Während sie sich den Kopf darüber zerbrach und das Fahrrad den steilen Hügel hochschob, kam ihr in den Sinn, dass Inspector King sich vielleicht für ihr Treffen mit den Lampeters interessierte. Rasch verwarf sie den Gedanken jedoch wieder. Sie hatte Matt gesagt, dass sie sich ihm niemals wieder anvertrauen würde, und das würde sie auch nicht tun. Ihr eiserner Entschluss weckte ein Schuldgefühl, aber auch das wies sie von sich.

Damian kam ungefähr eine Stunde, nachdem Emma das Cottage erreicht hatte, zurück. Sein Gesicht war knallrot unter dem Staub, und er sah erschöpft, aber zufrieden aus.

»Du hast Sonne abbekommen«, sagte sie mit einer gewissen Besorgnis.

»Ich hatte echt einen Megatag!«, rief Damian. »Ich glaube, ich gehe doch nicht zur Kriminalpolizei und werde lieber Bauer.«

Mega? Vielleicht war Damian doch computersüchtig. »Was ist mit Abendbrot?«

»Mrs. Collins hat mich so vollgestopft, dass ich heute Abend wirklich nicht mehr viel essen kann, Em. Sie hat einen riesigen Auflauf mit Fleisch und Kartoffeln gemacht, und danach gab es Apfelkuchen. Sie hat mir mammutmäßige Portionen auf den Teller gepackt, und Mr. Collins sagte: ›Das isst du alles auf, mein Junge. Nur mit einem Sandwich im Bauch kann ein Mann nicht den ganzen Tag schwer arbeiten!‹«

Damian gelang eine recht gute Nachahmung des rollenden Devon-Rs, mit dem der Bauer sprach, aber in seiner Stimme lag ein gewisser Stolz, dass er den Männern zugerechnet worden war.

»Ich möchte auch nicht viel. Ich hatte Scones in Sidmouth.« Emma hielt kurz inne und erzählte ihm von ihrem Treffen mit den Lampeters.

Damians Reaktion traf sie recht unvorbereitet. »Edward Lampeter? Mit dem hast du gesprochen? Himmel, Em, du musst echt vorsichtiger sein!«

Er klang so aufgeregt und sah auch so aus, dass Emma ihn überrascht anblickte. »Damian? Was um alles in der Welt ist denn los? Was weißt du über Edward? Du bist ihm doch nie begegnet.«

Damian trat von einem Fuß auf den anderen und sah auf den gefliesten Küchenboden. »Tja, Em, ich sollte es dir lieber erzählen. Ich dachte, ich schnüffle auch ein bisschen herum, um dir zu helfen. Ich wollte dir nur erst nichts davon sagen, nur für den Fall, dass nichts dabei herauskommt.«

»Wovon sprichst du da eigentlich, Damian?« Emma zog sich einen Stuhl heran und zeigte auf den anderen. »Setz dich und sag mir einfach, was du getrieben hast.«

Damian gehorchte. »Siehst du, als Mrs. Lampeter uns von ihrem Sohn Edward erzählte, wusste ich, dass ich den Namen schon mal gehört hatte. Dann zeigte sie uns Fotos von ihm als Baby und ein aktuelles Bild auch. Na ja, in der Schule haben wir einen Jungen namens Jason Carter. Jasons Vater hatte ein Geschäft mit jemandem namens Edward Lampeter gemacht, und es ging schief. Jason hat uns erzählt, dass Lampeter ein echter Gauner sei, nur dass sein Vater das nicht gewusst habe, als er sich mit ihm einließ. Jasons Vater wäre wegen seiner Verbindungen zu Lampeter beinahe in große Schwierigkeiten geraten, und er hat auch eine Menge Geld verloren. Lampeter kam ungeschoren davon, und Jasons Dad wäre fast hinter Gittern gelandet. Zum Glück hatte er einen richtig guten Anwalt, der ihn rausgehauen hat! Es stand in der Zeitung, mit Fotos und allem. Jason zeigte es uns. Der Mann mit Jasons Vater auf dem Zeitungsfoto – na, ich war mir völlig sicher, dass es derselbe Mann war wie der auf Mrs. Lampeters gerahmtem Foto.«

»Ich verstehe.« Nachdenklich wand sich Emma eine lange Haarsträhne um die Finger. »Und was hast du gemacht?«

»Ich habe Jason geschrieben, den Brief, den du neulich in den Kasten geworfen hast. Ich habe ihn gebeten, mich anzurufen.

Ich sagte, ich würde glauben, hier unten Edward auf die Spur gekommen zu sein.« Damian sah ein wenig beschämt aus. »Ich hätte es dir wohl erzählen sollen, Em, aber ehrlich, ich dachte, vielleicht bilde ich mir zu viel ein, und alles läuft ins Leere, und nichts kommt dabei raus. Jason hat nicht angerufen. Er muss den Brief mittlerweile haben, wenn er zu Hause ist. Aber vielleicht ist er auch mit seiner Familie verreist, ich weiß es nicht.«

Emma grübelte darüber nach. »Ich muss zugeben, ich mochte Edward nicht besonders, ohne zu wissen, wieso. Ich hatte das Gefühl, von ihm manipuliert zu werden. Er stellte merkwürdige Fragen, nicht seltsam genug, um unangenehm zu sein, aber einfach unerwartet. Er sprach von Computern und wollte wissen, worüber Mrs. Pugh und du im Bus gesprochen hättet. Damian, sie hat doch nicht über Computer gesprochen, oder? Das klingt verrückt. Das war doch nun wirklich nicht ihr Thema.«

Damian hatte die Augen aufgerissen. »Doch, Em, das hat sie!«

Er sprang von seinem Stuhl auf. »Ich habe dir ja gesagt, dass sie ständig Fragen stellte. Und einmal fing sie von Computern an. Sie wollte wissen, was genau eine Diskette ist. Sie hätte so etwas noch nie gesehen. Wie viel Informationen könnten auf einer Diskette gespeichert werden? Ich sagte ihr, es wären quadratische Plastikscheiben, ungefähr so groß …« Er zeigte es mit den Händen. »Aber die eigentliche Diskette sei kreisrund und in der Hülle verborgen. Sie hatte ein Taschenbuch in der Handtasche, und ich benutzte es als Beispiel und sagte, dass der Text des ganzen Romans auf einer einzigen Diskette gespeichert werden könnte. ›Man stelle es sich vor!‹, rief sie da.« Damian verzog das Gesicht.

»Na gut …« Emma steckte sich die Haarsträhne wieder hinters Ohr. »Langsam kommen wir weiter. Ich weiß nur nicht, wohin. Das Schwierigste ist es zu entscheiden, was wir als Nächstes tun.«

Das Telefon klingelte.

Die Stimme am anderen Ende gehörte einem Jugendlichen. »Kann ich bitte mit Damian sprechen? Hier ist Jason.«

Emma legte die Hand auf die Sprechmuschel. »Das ist dein Freund Jason!«, zischte sie.

»Gib schon her!« Unelegant entriss Damian ihr den Hörer. »'tschuldigung …«, fügte er verspätet hinzu.

Aber Emma waren Manieren in diesem Moment egal. Ungeduldig drängte sie ihn mit einer Handbewegung, den Anruf anzunehmen, und während er sprach, trat sie von einem Fuß auf den anderen.

Nach einer kurzen Zeit, in der Damian aufreizenderweise immer nur »Jaja …« und »Nein, glaube ich nicht …« sagte, reichte er ihr den Hörer.

»Jason sagt, sein Vater möchte dich sprechen, wenn das okay ist.«

Nervös nahm Emma den Hörer an. »Hallo? Hier Emma Durrant.«

»Andrew Carter«, sagte eine befehlsgewohnte Männerstimme. »Mein Sohn hat mich informiert, dass Sie etwas mit Edward Lampeter zu tun bekommen haben.«

»Richtig, aber es könnte sich um einen anderen Mann desselben Namens handeln, und nicht den, den Sie kennen«, sagte Emma vorsichtig.

»Ich habe Grund zu der Annahme, dass es derselbe Mann ist. Ich frage mich, Miss Durrant, ob es Ihnen möglich wäre, mich in meinem Londoner Büro aufzusuchen? Ich zögere Sie zu bitten, einen ganzen Tag zu opfern, weil ich weiß, dass Sie als Schriftstellerin sehr beschäftigt sind. Ich glaube aber, ein Treffen könnte von großem beiderseitigem Nutzen sein.«

»Äh, ja.« Emma überlegte schnell. »Ich kann den Zug von Honiton nehmen.« Eifer schlich sich in ihre Stimme. »Morgen ginge es!«

»Sehr gut. Wenn Sie gegen zwölf in meinem Büro sein würden? Wir könnten reden, und danach gestatten Sie mir vielleicht, Sie zum Mittagessen einzuladen.«

»Danke sehr, ich werde da sein. Oh …« Nun musste sie die unausweichliche Einschränkung äußern, so wie bei jeder Essenseinladung. »Ich esse allerdings vegetarisch.«

»Wirklich?« Carter klang angenehm überrascht. »Ich ebenfalls.«

»Den nehme ich«, sagte Emma, nachdem sie wenig später den Zugfahrplan studiert hatte. »Eine dreistündige Fahrt mit der Eisenbahn, egal ob ich ab Honiton oder Axminster fahre. Ich rufe heute Abend das Taxiunternehmen an, damit mich morgen ein Fahrer in aller Herrgottsfrühe abholt und rechtzeitig nach Honiton bringt. Kurz vor zwölf bin ich an der Waterloo Station. Du wärst dann den ganzen Tag allein, Damian.«

»Kein Problem«, antwortete er fröhlich. »Ich gehe wieder auf den Hof.«

»Hm, ich frage mich, ob Mrs. Collins dir vielleicht erlaubt, morgen bei ihnen zu übernachten? Ich sollte abends wieder da sein, aber wenn ich aus irgendeinem Grund aufgehalten werde und über Nacht in London bleiben muss, wüsste ich lieber, dass du auf dem Hof bist.«

Sie hob die Hand, um dem empörten Protest zuvorzukommen, der sich in Damians Gesicht ankündigte. »Ich weiß! Ich weiß, dass du mühelos allein hier klarkommst. Aber unter diesen Umständen wäre es mir einfach lieber, okay? Du kannst einen Schlafsack mitnehmen, damit Mrs. Collins dir nicht extra ein Bett beziehen muss.«

Am Telefon erklärte Mrs. Collins, sie sei entzückt, Damian für die fragliche Nacht zu beherbergen. Damian war hin- und hergerissen zwischen dem Wunsch, auf dem Hof zu schlafen, und dem Bestreben klarzustellen, dass er kein hilfloses Kind mehr sei. Er willigte gutmütig ein.

»Das wäre also geklärt«, sagte Emma. »Überleg nur, Damian, morgen um diese Zeit haben wir vielleicht Antworten auf all unsere Fragen!«

Während der langen Zugreise nach London ging Emma alle Tatsachen des Falls, die sie kannte, noch einmal durch. An der Waterloo Station beeilte sie sich, um ein Taxi zu erwischen, und traf kurz nach zwölf in Andrew Carters Büro ein.

Jasons Vater war ein großer, schlanker Mann mit hellen Haaren, scharfen grauen Augen und liebenswürdiger Art. Emma mochte ihn auf den ersten Blick.

»Ich weiß es zu schätzen, dass Sie solche Mühe auf sich genommen haben, um zu kommen«, sagte er, als er ihr die Hand zur Begrüßung schüttelte. »Ich hoffe, unser Treffen lohnt sich, gemessen am Zeitaufwand.«

Emma, puterrot vor Aufregung und von der Hetzjagd durch London, nickte nachdrücklich. »Das wird es sicher! Glauben Sie mir, ich möchte wirklich alles über Edward Lampeter erfahren.«

Er lächelte ihr zu, aber seine grauen Augen blieben ernst. »Aber ja. Tatsächlich gibt es jemanden, der Ihnen erheblich mehr mitteilen kann als ich. Er wird in Kürze hier sein.« Andrew blickte auf die Uhr. »Wie wäre es mit einer Tasse Kaffee nach Ihrer langen Reise, um wieder zu Kräften zu kommen? Ich habe für unser Mittagessen einen Tisch um halb zwei reserviert. Ein wenig spät vielleicht, aber wir sollten zuerst reden, denke ich. Hier sind wir ungestörter als in einem Restaurant.«

Auf seinem Schreibtisch summte es. »Ja? Gut. Schicken Sie ihn bitte herein.« Andrew straffte sich. »Entschuldigen Sie mich einen Moment, Emma.«

Er ging an die Tür, um den Neuankömmling zu begrüßen, und wandte sich Emma wieder zu. »Das ist Superintendent Page vom Rauschgiftdezernat der Metropolitan Police.«

»Sehr erfreut, Sie kennenzulernen!«, keuchte Emma überrascht.

Superintendent Page zeigte eine erschreckende Ähnlichkeit mit einer Bulldogge: Er hatte breite Schultern, ein rundes Gesicht mit gequetscht wirkenden Zügen und sandfarbene Haare. Ihre Hand umschlang er mit einer gewaltigen Pranke.

»Hallo, Miss Durrant! Ich bin ein großer Bewunderer Ihrer Bücher. Natürlich haben sie nichts …«

»Ich weiß«, sagte Emma resigniert. »Sie haben nichts mit dem wirklichen Leben zu tun. Das sollen sie aber auch gar nicht. Sie sind erdichtet.«

»Und deshalb lese ich sie auch!«, rief Superintendent Page fröhlich. »Echte Verbrechen habe ich schon genug, vielen Dank. Was ich an Ihren Büchern schätze, ist, dass der Held am Ende immer den Schurken zur Strecke bringt. Gelänge mir das doch auch!«

Die Sekretärin kam mit dem Kaffee herein. Als sie wieder gegangen war, sagte Andrew: »Das ist doch eine sehr schöne Überleitung zu Edward Lampeter, finde ich.«

Superintendent Pages zerbeultes Gesicht kräuselte sich zu einem Grinsen. »Sie fangen an, Miss Durrant! Lassen Sie uns Ihre Geschichte hören. Beginnen Sie mit dem Anfang, wenn es Ihnen nichts ausmacht. Sie wären erstaunt, wie viele Leute es nicht tun. Sie fangen in der Mitte an und springen hin und her. Aber Sie sind eine Schriftstellerin, Sie werden nicht so erzählen.«

»Der Anfang?«, fragte Emma nachdenklich. »Nun, alles fing damit an, dass ich meinen Neffen vom Busbahnhof abholen wollte …«

Schweigend hörten sie ihr zu. Als sie fertig war, rückte sich der Superintendent auf seinem Stuhl zurecht und griff nach der leeren Kaffeetasse, die vor ihm auf dem Schreibtisch stand.

»Gut. Nun, Miss Durrant, ich glaube, es ist an der Zeit, Sie ins Vertrauen zu ziehen.«

»Das wäre mal etwas Neues!«, murmelte Emma und dachte an Matt King.

Page hatte es gar nicht hören sollen, aber er hatte ihre Worte verstanden und grinste wieder breit. »Na, na, nun machen Sie Inspector King mal keine Vorwürfe. Er durfte Sie auf keinen Fall einweihen. Die nötige Ermächtigung dazu war ihm nicht erteilt worden. Ihre Begegnungen mit King erfolgten ja auch vor Ihrem Treffen mit Lampeter. Durch dieses Treffen hat sich jedoch alles geändert.

Nun zu Edward Lampeter. Wir haben Grund zu der Annahme, dass Gelder aus dem Verkauf gewisser illegaler Substanzen von ihm ›gewaschen‹ werden, wie man landläufig sagt. Das Geld geht durch die Bücher von durchaus gutgläubigen Firmen, bei denen Lampeter Direktor ist. Langer Rede kurzer Sinn, wir haben seine Büros durchsucht, bekamen aber keinen einzigen Beweis für solche Geschäfte in die Hände. Die Unterlagen, die wir fanden, dokumentierten nur völlig legale Vorgänge. Wir wissen, dass es einen zweiten Satz von Unterlagen gibt, vermutlich in Form gespeicherter Daten auf Diskette, aber wir haben sie nicht entdecken können. Was uns zu Mrs. Felicity Pugh bringt.«

Page seufzte. »Wissen Sie, wir alle haben diese Dame unterschätzt. Auf verhängnisvolle Weise, fürchte ich. Vor zwei Jahren hat Edward Lampeter Geld, das der Cousine seiner Mutter gehörte, in eines seiner Unternehmen investiert. Die Firma ging pleite, und Mrs. Pugh verlor ihre Anlage. Sie war wütend darüber. Ein Familienstreit entbrannte, und sie schwor, nie wieder mit ihrer Cousine Rose oder mit Edward Lampeter zu reden. Sie erstattete Anzeige, und das Betrugsdezernat ermittelte, konnte aber keine Beweise für ein Verbrechen entdecken. Damit schien die Angelegenheit zunächst erledigt zu sein.

Als wir bei unserer Durchsuchung von Edward Lampeters

Büros nicht fanden, was wir suchten, mussten wir offen gesagt abziehen wie die begossenen Pudel. Wir standen wieder ganz am Anfang. Wir gingen Lampeters Akte durch und stießen auf Mrs. Pugh und ihre zwei Jahre alte Anzeige gegen ihn. Jemand wurde zu ihr geschickt, um noch einmal mit ihr zu sprechen, und sie teilte uns etwas mit, das uns sehr interessierte. Sie war von ihrer Cousine Rose Lampeter kontaktiert worden. Rose wollte den Streit beilegen und hatte Felicity zu sich nach Sidmouth eingeladen.

Felicity war Rose nicht mehr böse, Edward Lampeter hatte sie allerdings nicht verziehen. Sie wollte die Einladung annehmen, und wir baten sie nur, Augen und Ohren offen zu halten, während sie bei ihrer Cousine unterkam. Wir haben sie nicht aufgefordert, bei ihr herumzuschnüffeln.«

Pages Stimme wurde nachdrücklicher. »Wir haben sie nur gebeten, aufmerksam zu sein und uns zu verständigen, wenn ihr etwas Ungewöhnliches auffiele, das Rose im Zusammenhang mit Edward Lampeter sagte oder tat. Lampeter, das wussten wir, hatte seine Mutter in letzter Zeit mehrmals besucht, häufiger, als es seine Gewohnheit war. Wir fragten uns, ob er nur ein sehr pflichtbewusster Sohn sei oder es einen weiteren Grund gebe, aus dem er immer wieder an die Küste fuhr.«

»Aufmerksam war Mrs. Pugh allerdings!«, rief Emma. »Ihr das Herumschnüffeln zu untersagen war, als würde man einem Bluthund verbieten, einer Fährte zu folgen. Sie stellte gern Fragen. Sie stellte die ganze Zeit Fragen. Es tut mir leid, ich wollte Sie nicht unterbrechen.«

Page lächelte schief. »Aber Sie haben völlig recht! Wie wir jetzt wissen. Deshalb sagte ich ja, wir alle hätten Mrs. Pugh unterschätzt. Nicht nur ihre Neugier und Beharrlichkeit, sondern auch ihre Intelligenz. Damit meine ich nicht, dass sie eine besonders kluge Frau gewesen wäre. In dem Fall hätte sie sich diskreter verhalten. Aber in verschiedener Hinsicht war sie scharfsinnig genug. Das geht klar aus den Fragen hervor, die sie Ihrem Neffen zu den Computerdisketten stellte. Was wir nun nicht wissen ist, ob sie wirklich Datenträger gefunden oder in Erfahrung gebracht hat, wo sie aufbewahrt werden. Aus den verdächtigen Umständen ihres Todes lässt sich schließen, dass es ihr wohl gelungen ist. Wir möchten Sie auffordern, von jetzt an sehr vorsichtig zu sein, Miss Durrant. Gehen Sie den Lampeters nicht aus dem Weg, aber denken Sie immer daran, was Mrs. Pugh zugestoßen ist. Falls Sie ihnen begegnen sollten, berichten Sie bitte jedes Wort, das einer von ihnen sagt, an Inspector King. Er weiß übrigens, dass Sie sich heute mit mir treffen.«

»Ach«, sagte Emma mürrisch. »Wirklich?«

Am Nachmittag verabschiedete sich Emma nach einem sehr angenehmen Mittagessen von Andrew Carter. In London übernachten wollte sie eigentlich nicht. Ihre Wohnung und ihren Schreibcomputer hatte sie einer mittellosen befreundeten Schriftstellerin überlassen, die nun versuchte, den »großen Roman« zu Papier zu bringen. Wenn sie dort auftauchte, unterbrach sie vermutlich nur den kreativen Fluss. Damian schlief heute Nacht natürlich auf dem Bauernhof. Trotzdem wollte sie nach Devon zurück.

Sie brauchte Zeit mit sich allein zum Nachdenken.

Bevor sie das Cottage erreichte, brach der Abend herein. Das Häuschen sah sehr abgelegen aus, als sie aus dem Taxi stieg. Nachdem sie den Schlüssel im Schloss gedreht hatte, fand sie sich von einer bedrückenden Stille umfangen. Jedes leise Knarren im Gebälk ließ Emma zusammenfahren. Sie wünschte, Damian wäre bei ihr, aber sie hatten eine Absprache, und sie wollte nicht zum Hof gehen, um ihn abzuholen. Sie setzte den Teekessel auf, zog die Vorhänge zu und schaltete den Heizlüfter ein.

Das Klingeln des Telefons zerriss die Stille wie eine Luftschutzsirene.

Aus irgendeinem Grund war Emma überzeugt, der Anrufer würde sich als Edward Lampeter erweisen. Vielleicht wusste er von ihrer Fahrt nach London? Sie nahm den Hörer ab und stieß hervor: »Ja? Wer ist da?«

»Matt King. Emma? Alles okay?« Er klang besorgt.

»Oh, ja! Ach, Matt, ich bin froh, dass Sie es sind«, plapperte sie. »Mir geht es gut. Ich bin gerade aus London zurück. Matt, es tut mir leid, dass ich so …«

»Bleiben Sie, wo Sie sind!«, befahl er. »Ich komme zu Ihnen.«

Zwanzig Minuten später hatte Emma sich zusammengerissen, umgezogen und ihr Haar gebürstet, und er traf ein.

Als sie beim Geräusch von Matts Wagen aus dem Fenster blickte, war es draußen schon dunkel. Sie öffnete ihm die Haustür, und sie lächelten einander befangen an.

»Kommen Sie herein«, bat sie nach einer Verzögerung, die ihr unpassend lang erschien.

»Ich störe doch nicht?«

»Nein, gar nicht. Damian schläft auf dem Bauernhof.«

»Ich habe mich gefragt, wie es in London gewesen ist. Wie gefiel Ihnen Page?«

»Ein lieber Kerl. Ach, Matt!« Emma breitete entschuldigend die Hände aus. »Es tut mir leid, dass ich nicht zu Ihnen gekommen bin und gesagt habe, dass ich Edward Lampeter kennengelernt habe. Ich hatte es überlegt und mich dagegen entschieden.«

Matt ergriff eine ihrer ausgestreckten Hände. »Meine Schuld. Als wir uns zum letzten Mal gesehen haben, war ich taktlos, gelinde gesagt. Ich hätte versuchen können, meine Situation zu erklären. Freunde?«

»Freunde«, sagte sie fest.

Matt schien zu merken, dass er noch immer ihre Hand hielt, und ließ sie abrupt los. »Schauen Sie, Emma, mir gefällt es nicht, wenn Sie heute Nacht ganz allein hier sind. Könnten Sie vielleicht auch auf den Hof gehen?«

»Ich komme schon zurecht. Ich kann Mrs. Collins nicht zumuten, ein zweites Bett bereitzustellen.«

»Wie wäre es denn, wenn Sie sich heute Nacht ein Zimmer in einer Pension nehmen würden? Hier gibt es zahlreiche Möglichkeiten.«

»Ehrlich, Matt, ich komme zurecht!«

Im Grunde war sie sich dessen gar nicht mehr so sicher, sobald er wieder fort wäre.

»Ich bin für Sie verantwortlich«, entgegnete er. »Sie sind eine wichtige Zeugin. Als Ermittlungsleiter des vorliegenden Falles empfehle ich Ihnen, heute Nacht eine andere Unterbringung aufzusuchen.«

Das reichte ihr. Die wichtigtuerische Art, mit der er seine Anweisung erteilte, vernichtete Emmas neu entstandenen guten Willen ihm gegenüber. Wenn er gesagt hätte, dass er sich um sie sorge, er persönlich … Nicht dass sie erwartet hätte, solche Worte von ihm zu hören. Dennoch … »Ich bleibe im Cottage«, erwiderte sie von oben herab. »Ich komme sehr gut allein zurecht, vielen Dank, Inspector King!«

Sie blickten einander in die Augen, und er sah, dass ihr mit dem, was sie sagte, ernst war.

»Also gut, Emma.« Er seufzte und sah sich um. »Dann bleibe ich auch und …«

»Wie bitte?«, quiekte sie empört.

»… und schlafe im Sessel, ist das in Ordnung? Zu dieser späten Stunde kann ich Ihnen keinen anderen Personenschutz organisieren. Andernfalls würde ich einen weiblichen Constable abstellen. Entweder so, oder Sie ziehen in eine Pension.«

»Ich verstehe!«, versetzte Emma. »Sie haben vor, mich in die Ecke zu drängen, damit ich mir für die Nacht ein Zimmer nehme. Aber das können Sie vergessen. Schlafen Sie doch im

Sessel, wenn Sie es so sehr wollen. Da verrenken Sie sich schön den Rücken.«

»Unsinn«, entgegnete er, als wollte er Öl ins Feuer gießen. »Er sieht durchaus bequem aus.«

Nachdem sie ihm ein Kissen und eine Decke gebracht hatte, gab Emma so weit nach, dass sie sagte: »Sie könnten auch in Damians Zimmer schlafen.«

»Vielen Dank. Ich komme hier gut zurecht.« Auch er war halsstarrig. Sie waren aus dem gleichen Holz geschnitzt.

Mehr Mitgefühl angesichts der unbequemen Unterbringung ihres Gastes hätte Emma gut angestanden, aber kaum legte sie den Kopf aufs Kissen, schlief sie ein. Der lange Tag und die Fahrten nach London und zurück verlangten ihren Tribut.

Sie erwachte, als an ihre Schlafzimmertür geklopft wurde und eine Männerstimme rief: »Ich bringe Ihnen eine Tasse Tee!«

Emma öffnete die Augen. Die Sonne lachte durchs Fenster. Sie setzte sich auf. »Danke sehr!«

»Ich stelle sie neben Ihrer Tür auf den Boden. Stoßen Sie sie nicht um!«

Diese unnötige Ermahnung musste er natürlich wieder hinzufügen, nicht wahr?

Emma schwang die Beine aus dem Bett, zog sich den Morgenmantel über und holte sich den Tee. Sie nahm auf der Fensterbank Platz, von der aus sie auf den Fahrweg blickte, nippte an dem heißen Gebräu und überlegte, was sie frühstücken wollte.

Doch nur eine oder zwei Minuten später knallte die Haustür zu, und Matt erschien auf dem Weg. Er sah zum Fenster hoch, entdeckte sie, winkte lakonisch zum Abschied, stieg in seinen Wagen und fuhr davon.

Emma blickte auf den Radiowecker. Viertel nach acht. Natürlich, er musste pünktlich zum Dienst erscheinen. Ihre Vision eines gemütlichen gemeinsamen kleinen Frühstücks zerbarst in Scherben.

»Ach, Matt King!«, rief Emma gereizt. »Gerade läuft alles richtig, und dann musst du es wieder verderben.«

Emma frühstückte allein, aber reichlich. Sie nahm an, dass Damian von Mrs. Collins ein gewaltiges Bauernhoffrühstück vorgesetzt wurde, und deshalb wunderte sie sich nicht, dass er noch nicht nach Hause zurückgekehrt war. Allerdings rechnete sie zum Mittagessen fest mit ihm.

Aber die Mittagszeit kam ohne eine Spur von Damian. Er musste Beschäftigung auf dem Hof gefunden haben; offensichtlich hatte er Spaß an der Landwirtschaft. Trotzdem hätte er anrufen und es ihr mitteilen müssen.

Für Emma war der Vormittag kein Erfolg gewesen. Sie hatte zu schreiben versucht, aber es war hoffnungslos. Die ganze Zeit zerbrach sie sich den Kopf über Mrs. Pugh, wenn sie nicht gerade aus irgendeinem unerfindlichen Grund über Inspector King nachdachte.

Es wurde zwei Uhr, und sie entschied, dass sie dringend frische Luft brauchte. Sie würde zum Collins-Hof gehen und schauen, was Damian trieb. Aus Vorsicht zog Emma Gummistiefel an und folgte dem Fahrweg.

Matts Reifenspuren waren vor dem Tor im Staub zu sehen. Sie entdeckte außerdem eine zweite Spur. Emma runzelte die Stirn. Gegen elf, als sie sich einen Kaffee gemacht hatte, war sie sicher gewesen, ein Auto zu hören. Weil es nicht vor dem Cottage angehalten hatte, hatte sie sich nicht die Mühe gemacht, aus dem Fenster zu sehen. Gelegentlich nahmen Sommergäste die falsche Abzweigung und folgten dem Fahrweg in der Hoffnung, dass er bald auf eine richtige Straße mündete. Stattdessen fanden sie sich auf einem einspurigen Weg voller Schlaglöcher wieder, der ins Nichts führte, und drehten um.

Der Tag war wunderschön. Vögel raschelten in den Hecken, und Schafe blökten gesellig, während sie vorbeikam. Mrs. Collins nahm gerade ihre Morgenwäsche von der Leine, die nun getrocknet war.

»Guten Tag!«, rief Emma. »Danke, dass Sie Damian aufgenommen haben.«

Mrs. Collins nahm eine hölzerne Wäscheklammer aus dem Mund. »Aber gern, meine Liebe. Wie war es denn in London?«

»Sehr gut. Äh, wo ist Damian?«

Mrs. Collins sah sie leeren Blickes an. »Das weiß ich nicht, meine Liebe. Er ist heute Vormittag nach Hause gegangen, gegen elf war das. Er hat mir noch geholfen, die Eier der frei laufenden Hühner einzusammeln, dann sagte er, Sie würden ihn erwarten, und verschwand.« Mrs. Collins trat bestürzt einen Schritt vor. »Meine Güte, Emma! Was ist denn los? Sie sind ja weiß wie eine Wand!«

»Sind Sie … sind Sie sicher, dass er nicht mit Mr. Collins irgendwo auf dem Hof ist?«, fragte Emma.

»Ja, meine Liebe. Mein Mann ist nach Sidmouth gefahren.«

Emma machte kehrt und rannte zu ihrem Cottage zurück. Drinnen packte sie das Telefon und tippte mit einem zitternden Finger die Nummer ein, die Matt ihr gegeben hatte.

Kaum hörte sie seine Stimme, platzte sie heraus: »Matt! Sie müssen sofort kommen! Es ist wegen Damian!«

»Ganz ruhig, Emma.« Seine Stimme beruhigte sie mit ihrer unerschütterlichen Kompetenz beträchtlich. »Was hat Damian getan?«

»Nichts. Ich weiß es nicht. Er ist verschwunden! Er ist heute Mittag nicht vom Hof zurückgekommen. Ich bin hingegangen, um ihn zu suchen, und Mrs. Collins sagte, er wäre um elf aufgebrochen, um zu mir zurückzukehren. Ihm ist etwas passiert, ich weiß es genau! Er ist ein sehr verlässlicher Junge. Er würde nicht einfach ohne Nachricht losziehen. Ich bin für ihn verantwortlich! Bridget hat ihn mir anvertraut! Ich hätte früher nach ihm sehen müssen und nicht bis zum Nachmittag warten dürfen. Es ist alles meine Schuld. Gegen elf habe ich ein Auto gehört, aber ich habe mir nichts dabei gedacht … Oh, Matt, er ist gekidnappt worden, ich bin mir ganz sicher!«

5.

»Ich gebe Ihnen recht, es ist eine Möglichkeit. Aber bevor wir uns überstürzt auf die Schlussfolgerung einschießen, dass Damian gekidnappt wurde«, redete Matt ihr zu, »wollen wir uns erinnern, dass wir von einem abenteuerlustigen dreizehnjährigen Jungen sprechen …«

»Erinnern wir uns«, unterbrach Emma hitzig, »dass wir in Wirklichkeit über Edward Lampeter sprechen! Erkennen Sie denn nicht, was geschehen ist? Edward Lampeter wollte ganz genau wissen, was Mrs. Pugh während der Busfahrt zu Damian gesagt hat. Er horchte mich aus und musste feststellen, dass ich es ihm nicht sagen kann. Deshalb hat er sich Damian geschnappt und verhört ihn jetzt. Damian muss furchtbare Angst haben! Wir müssen ihn finden und retten. Tun Sie etwas, Matt! Wozu sind Sie ein Inspector?«

Sie standen einander mitten im winzigen Wohnzimmer des Cottages gegenüber, wohin Emmas unzusammenhängender Anruf Matt vorgeladen hatte. Mit lobenswerter Pünktlichkeit war er nach nur fünfzehn Minuten eingetroffen. Nun aber, da er vor ihr stand, reagierte er nicht so, wie Emma es erwartet hatte. Mit dem Kopf strich er gefährlich dicht an den geschwärzten Eichenbalken der Decke vorbei, und im Gesicht trug er den störrischen Ausdruck, von dem sie mittlerweile wusste, was er bedeutete: dass er dachte, sie lasse ihre Fantasie über die Stränge schlagen.

»Selbst Sie«, sagte sie verärgert, »können nicht behaupten, dass ich mich hier in etwas hineinsteigere! Das ist nicht in einem Buch passiert, in meinem oder dem von jemand anderem, sondern ganz real uns. Damian und mir!«

Er hielt ihrem wütenden Blick stand und entgegnete: »Wenn Edward Lampeter mit Damian sprechen möchte, warum lässt er nicht einfach seine Mutter Sie beide noch einmal gemeinsam zum Tee einladen? Dabei könnte er mit Damian über alles sprechen, Mrs. Pugh eingeschlossen. Emma, mir ist klar, dass Damian normalerweise verlässlich ist. Aber niemand ist perfekt, und schon gar kein dreizehnjähriger Junge! Er könnte zur Teezeit wieder auftauchen, ganz zerknirscht, dass er über irgendetwas völlig die Zeit vergessen hat.«

Matt konnte wohl kaum erwarten, dass sie diesen Logikvortrag gut aufnahm.

»Blödsinn«, zischte Emma. »So etwas macht er nicht. Er besitzt eine Armbanduhr und weiß, dass ich unter den gegenwärtigen Umständen unruhig bin.«

»Wenn Sie sich beruhigen könnten, wäre das sehr hilfreich.« Matt wich vernünftigerweise einen Schritt zurück, als in Emmas Augen die Kampflust aufblitzte. »Also gut, haben Sie nachgesehen, ob er sein Fahrrad mitgenommen hat?«

»Hat er nicht! Und wie weit soll er zu Fuß schon gekommen sein?«, schrie Emma wütend und verzweifelt.

»Ein gutes Stück, würde ich sagen. Als ich in seinem Alter war …«

»Wir reden aber nicht von Ihnen! Wir reden hier von meinem Neffen!«

Emmas Wut schlug in vollständige Niedergeschlagenheit um. Sie sank in den nächsten Sessel – zufällig das Möbelstück, auf dem Matt die vergangene Nacht verbracht hatte.

»Sie verstehen mich einfach nicht!« Emma stützte die Ellbogen auf die Knie und vergrub ihr Gesicht in den Händen. Die langen Haare fielen nach vorn und verbargen ihren Oberkörper. »Meine Schwester hat *mir* ihren Sohn anvertraut. Ich habe sie und ihren Mann enttäuscht, ganz zu schweigen davon, dass ich den armen Damian im Stich gelassen habe. Ich habe ihn in die ganze Sache hineingezogen, ich und mein Wunsch, eine Detektivin zu sein. Ach, ich fühle mich völlig nutzlos. Ich kann Damian nicht helfen, ich kann gar nichts. Ich kann nur meine Bücher hinklatschen, und auch sie sind, Ihrer Aussage nach, hoffnungslos realitätsfern.«

Matt seufzte und durchquerte den Raum. Er balancierte vor ihr auf seinen Absätzen, wischte ihr das durcheinandergeratene Haar zurück und löste ihr vorsichtig die Hände vom Gesicht.

»Emma, hören Sie mir zu. Brechen Sie jetzt nicht zusammen. Das hilft uns nicht, und es sähe Ihnen auch gar nicht ähnlich. Wo ist Ihr Kampfgeist geblieben? Ich weiß von Ihrer Schwester und ihrer medizinischen Arbeit in Übersee. Sie ist eine wunderbare Frau. Wir sind aber nicht alle zu Helden geschaffen. Sie tun, was Sie am besten können, und das auch sehr gut. Ich finde es schwierig, einen zusammenhängenden Polizeibericht zu verfassen, und könnte nicht einmal daran denken, ein Buch zu schreiben. Damian hält Sie offenbar für die Größte, und ich weiß, dass junge Menschen in diesem Alter sehr kritisch sind, was Erwachsene angeht. Leichtfertig verschenken sie ihre Anerkennung nicht gerade.«

»Wenn Sie recht haben, wieso ist er verschwunden, ohne mir Bescheid zu geben?«, murmelte Emma.

»Und ich finde Sie auch wirklich besonders«, fuhr Matt unerwartet fort, ohne auf ihren Einwurf einzugehen.

Damit riss er Emma aus dem Nebel ihrer Verzweiflung. »Matt?« Sie starrte ihn an.

Er lief ziegelrot an, stand auf und fuhr hastig fort: »Okay, ich veranlasse, dass nach ihm gesucht wird. Sie bleiben hier für den

Fall, dass er heimkommt oder Sie anruft. Sollte das geschehen, verständigen Sie mich bitte sofort.«

Damit eilte er aus dem Cottage. Emma ging ins Badezimmer, um sich das Gesicht zu waschen. Sie blickte in den Spiegel. Ein wildes Antlitz mit fleckigem Teint und geschwollenen Augen, umrahmt von unordentlichen Locken, sah sie an. Matt hatte recht. Sämtliche rationale Denkfähigkeit einzubüßen nutzte niemandem, weder Damian noch ihr selbst – und gewiss nicht der Polizei. Und wie um alles in der Welt sah sie nur aus.

»Also, Emma!«, sagte sie streng zu ihrem Spiegelbild. »Keine Zeit für einen Anflug von Schwermut. Reiß dich zusammen.«

Entweder wirkte die Ermahnung oder Matts Vortrag. Sie ging in die Küche und machte sich einen Becher Kaffee. Während sie ihn trank, setzte sie sich, um nachzudenken.

Ganz gleich, wie vorsichtig Matt King es auch formulierte, in einer Hinsicht war sie sich völlig sicher: Er hielt es wie sie für sehr gut möglich, dass Damian von Edward Lampeter entführt worden war. Er konnte am Morgen vor dem Bauernhof auf den Jungen gewartet und ihm angeboten haben, ihn nach Hause zu fahren. Damian hätte Lampeter nicht getraut, aber vielleicht war ihm der Gedanke gekommen, dass es eine gute Gelegenheit sei, Detektiv zu spielen; dann hätte er sich aus dem Impuls heraus entschlossen, das Risiko einzugehen. Das war das wahrscheinlichste Szenario.

Was also würde sie an Lampeters Stelle tun? Sie würde ihren Gefangenen irgendwo verstecken. Aber nicht im Haus seiner Mutter. Das wäre zu offensichtlich. Entweder die Polizei oder Emma konnten dort jederzeit auftauchen. Irgendwo anders.

Das Schrillen des Telefons drang durch ihre Gedanken, und sie hetzte an den Hörer. »Damian?«

»Hallo, meine Liebe!« Mr. Collins' vertraute Stimme dröhnte durch die Leitung. Er setzte wenig Vertrauen in die Fähigkeit von Drähten, Ton zu übertragen, und glaubte, durch Schreien die Dinge vorantreiben zu können.

»Oh«, sagte Emma. »Ich dachte, es könnte Damian sein.«

»Wegen dem Jungen rufe ich ja an!«, brüllte Mr. Collins. »Ich komme gerade aus der Stadt. Das Telefon klingelte, und ich bin rangegangen. Der Junge sagt, er hat versucht, Sie anzurufen, aber Ihr Telefon funktioniert nicht. Das denkt er jedenfalls, weil er nicht durchkommt. Er möchte, dass Sie ihn dringend treffen. Drüben auf den Klippen oberhalb von der alten Schmugglertreppe. Ich musste versprechen, es Ihnen sofort zu sagen. Er meint, Sie sollen nicht trödeln und da sofort hinkommen.«

»Geht es ihm gut? Wie hat er geklungen?«, fragte Emma besorgt.

»Ich mag diese Apparate nicht!«, donnerte Mr. Collins anstelle einer Antwort. »Ich heb nie ab, wenn meine Frau in der Nähe ist. Stimmen klingen für mich am Telefon alle gleich, meilenweit weg und quakig.«

Zwischen Erleichterung und Zorn hin- und hergerissen, legte Emma den Hörer weg. Was um alles in Welt hatte Damian vor? Wenn er geplant hatte, auf die Klippe zu gehen, warum hatte er ihr nichts davon gesagt?

Nun, das würde sie bald herausfinden. Damian hatte darum gebeten, dass sie sich beeilte. Sie rannte aus dem Cottage, stieg auf ihr Rad und fuhr los. Mit gesenktem Kopf und Beinen, die wie Kolben arbeiteten, raste sie zur Landspitze.

Erst als sie fast schon dort war, erinnerte sie sich, dass Matt sie gebeten hatte, ihn sofort zu verständigen, wenn Damian sich meldete – was sie vergessen hatte.

Die Felskuppe über den Klippen war vollkommen menschenleer, als Emma endlich ankam, atemlos und überhitzt. Fast fiel sie vom Fahrrad, versteckte es unter der Hecke und spähte beklommen in beide Richtungen den Weg entlang.

Keine Menschenseele. »Damian!« Der Wind fing ihre Stimme ein und schleuderte sie fort, hinaus über die See, wo sie in den schrillen Schreien der Meeresvögel unterging.

»Damian, ich bin's, Emma! Wo bist du?« Sie ging vorsichtig an den Abgrund und sah hinüber. Der Strand unter ihr war ebenfalls verlassen, und weiße Brecher wälzten sich über den groben Kies.

In der Hecke raschelte es. Emma fuhr herum. »Damian …« Sie verstummte entsetzt. »Sie!«

»Guten Tag, Emma«, sagte Edward Lampeter höflich. »Wirklich ein schöner Tag, finden Sie nicht? Ich weiß Ihr rasches Erscheinen zu schätzen.«

»Wie … wo ist Damian?« Sie machte einen Schritt vor, aber seine Miene ließ sie innehalten. »Wie haben Sie ihn gezwungen, diesen Anruf zu machen?«

»Das brauchte ich gar nicht, meine Liebe. Mir gelang es, meine Mutter zu überreden, ihn zu tätigen. Über die Leitung klingt ihre Stimme ähnlich wie die eines Jungen. Sie hätte sie natürlich nicht täuschen können. Deshalb ließ ich sie auf dem Hof anrufen. Die Collins kennen die Stimme des Jungen nicht so gut, und sie brauchten ja auch nur die Nachricht weiterzugeben. Was sie offensichtlich getan haben.«

Im einsetzenden Schweigen schien Emmas Herz so laut zu pochen, dass sie sich einbildete, nicht nur sie könne es hören, sondern auch Lampeter. Er lächelte sie an, noch ganz entspannt, doch seine Augen waren hart wie der Kies am Strand unter ihr.

»Sie haben Mrs. Pugh ermordet«, sagte sie düster.

Lampeter sah erstaunt aus. »Ganz bestimmt nicht! Das war ein Unfall.«

Er sah den Unglauben in ihrem Gesicht. »Doch, es stimmt. Felicity war eine höchst anstrengende Frau und immer versessen, ihre Nase in die Angelegenheiten anderer Leute zu stecken. In diesem Fall in meine! Sie stieß auf … auf Eigentum von mir, das ich zur sicheren Aufbewahrung im Hause meiner Mutter gelassen hatte. Während eines Spaziergangs mit meiner Mutter auf dieser Felskuppe war sie so unvorsichtig, ihr mitzuteilen, dass sie … es gefunden hatte.«

»Sie meinen die Disketten«, rief Emma gegen den Wind. Wenn sie ihn am Reden halten konnte, arbeitete die Zeit für sie. Jemand könnte von der Stadt aus den Klippenweg entlangkommen. »Die Disketten mit den Buchhaltungsdaten Ihrer kriminellen Geschäfte.«

»Sie sind gut informiert«, sagte Edward kühl, und Emma begriff, dass sie aus Unbesonnenheit ihre Lage um Etliches verschlimmert hatte.

Auf keinen Fall würde er ihr nun noch erlauben, dass sie die Felskuppe wieder verließ. Aber im Augenblick redete er noch.

»Meine Mutter und Felicity stritten darüber, mehr oder weniger genau hier …«

Lampeter wies auf das obere Ende der Schmugglertreppe. Die polizeiliche Hinweistafel war verschwunden. Vermutlich hatte sie jemand über die Hecke geworfen.

»Im Verlauf des Streits versetzte Mutter Felicity einen Stoß – aus Ärger, ohne die Absicht, echten Schaden anzurichten. Aber Felicity stürzte. Das Geländer war locker gewesen, und sie konnte sich nirgendwo ausreichend festhalten.«

»Die Schuhe?«, fragte Emma angespannt.

»Ach ja. Mutter hatte Angst, dass die Polizei Fragen stellen könnte. Felicity, die sich meines Wissens noch zu keinem Anlass vernünftig gekleidet hatte, war in ihren Sandalen die ganze Strecke vom Ort bis zum Anfang des Klippenwegs gegangen, aber ihre festen Schuhe trug sie bei sich. Für den Klippenweg zog sie sie an. Mutter tauschte sie einfach wieder gegen die Sandalen und hoffte, die Leute würden glauben, Felicity wäre wegen ihrer hohen Absätze und dem lockeren Geländer gestürzt – das Mutter noch mehr löste, damit es überzeugender wirkte, dass es den Unfall verursacht hatte. Und jeder hätte geglaubt, dass es genau so geschehen wäre, wenn Sie nicht gewesen wären, meine Liebe.« Lampeter starrte Emma ins Gesicht, und seine Stimme schlug in einen hasserfüllten Ton um.

»Nur ich? Was ist mit Luke Pardoe?« Emma gelang es, die Frage zu stellen, obwohl ihre Kehle ziemlich trocken geworden war.

»Dieser erbärmliche Pardoe? Ein Nichtsnutz und bemerkenswert blöde. An dem Tag fischte er da draußen …« Edward wies auf das Meer. »Er sah, wie Mutter Felicity stieß, und er sah auch, wie sie das Geländer abriss. Er hat versucht, sie zu erpressen, was sie in Panik versetzte. Sie rief mich an und forderte mich auf, die Dinge in Ordnung zu bringen.«

»Und Sie haben Luke Pardoe überredet, sich mit Ihnen am Strand zu treffen, ganz wie Sie mich verleitet haben hierherzukommen«, sagte Emma dumpf. »Das hätte ich mir gleich denken sollen.«

»Richtig«, stimmte Edward ihr zu. »Ich hatte gedacht, Pardoe könnte ich vielleicht kaufen, aber als ich mit ihm sprach, wurde mir klar, dass es zu riskant war. Auf ihn war einfach kein Verlass, und sehen Sie, es ist niemals eine gute Idee, sich in die Gewalt eines Erpressers zu begeben. Aber sogar dabei haben Sie mir Scherereien bereitet, Miss Durrant. Ich hatte beabsichtigt, die Leiche hinaus aufs Meer zu schaffen und über Bord zu werfen, damit es aussah, als wäre Pardoe aus dem Boot gefallen und ertrunken. Doch bevor ich dazu in die Lage kam, erschienen Sie mit dem Jungen auf der Felskuppe und stiegen die Treppe hinunter. Mir blieb gerade genug Zeit, um Pardoe in die Höhle zu ziehen und zu hoffen, dass Sie ihn nicht entdecken.«

Edward Lampeter klang recht enerviert, als er hinzufügte: »Aber Sie mussten ihn finden. Wirklich, Miss Durrant, Sie haben mir endlos Schwierigkeiten bereitet.«

»Also haben Sie uns beobachtet«, murmelte Emma. »Ich

hatte so ein Gefühl, dass jemand die Augen auf uns richtet. Wo waren Sie?«

Lampeter lächelte müde und zeigte auf einen Felsvorsprung an der Höhle unter ihnen. »Nur ein paar Schritte entfernt, gleich um die Ecke. Sie hätten genauso gut auf mich treffen können, wären Sie nicht in die Höhle gegangen. Als Sie sich auf den Weg machten, um die Polizei zu holen, konnte ich entkommen.«

Emma hob den Kopf und flüsterte: »Und Damian? Wo ist er? Haben Sie ihm etwas angetan?« So besorgt war sie, dass sie ihre Angst vergaß und auf Lampeter zuging.

Auch er bewegte sich auf sie zu. »Es tut mir sehr leid, Emma, aber ich fürchte, es muss noch ein Unfall geschehen … Man hätte die Treppe wirklich ordnungsgemäß absperren müssen.«

Er griff nach ihr. Emma schrie auf und trat einen Schritt zurück, wandte sich um und versuchte wegzurennen. Sie rutschte aus und stürzte in ganzer Länge zu Boden. Lampeter beugte sich über sie. Sie versuchte, sich zur Seite zu rollen, ohne daran zu denken, wie nah am Abgrund sie waren.

Plötzlich war unter ihr nichts mehr. Emmas Hände krallten nach einem Halt, fanden aber nur Luft, als sie über den Rand der Klippe rutschte und hilflos hinunter zum steinigen Strand weit, weit unter ihr glitt.

Verzweifelt scharrte sie mit beiden Händen an der Klippe, suchte nach irgendetwas, das ihren Sturz bremsen konnte. Wie durch ein Wunder strichen ihre Finger über einen winzigen Schössling, der gegen die Schwerkraft und trotz des Mangels an Nährboden aus einem Riss im Fels gewachsen war. Gleichzeitig fanden ihre Zehen einen breiten Riss, der einen winzigen Sims bildete. Sie kam zum Halten.

Aber ihre Situation hatte sich nur wenig verbessert. Der Schössling bog sich unter ihrem Gewicht, und der Riss, in dem sie mit den Zehen Halt gefunden hatte, war nicht tief genug, um auch ihre Fersen zu stützen. Unfähig, sich zu entspannen, begannen ihre Beine unter der Anstrengung zu schmerzen, während ihre Arme sich anfühlten, als sollten sie ihr ausgerissen werden. Emma drückte sich an die Klippe und spürte, wie die steife Brise den Schweiß kühlte, der sie am ganzen Leib bedeckte.

Sie verdrehte den Hals und blickte hoch, um zu sehen, wie weit sie von der Oberkante entfernt war. Nicht sehr weit, aber zu weit, um ohne Hilfe hinaufzuklettern. Zu ihrem Entsetzen sah sie Edward Lampeters Gesicht, das über die Kante zu ihr hinunterspähte, einen Ausdruck wilder Entschlossenheit in den Augen. Auch er wirkte leider viel zu nahe, als dass es ihr angenehm gewesen wäre. Sie fühlte sich voll und ganz seiner Gnade ausgeliefert. Wäre es ihr möglich, nach oben zu klettern, würde er sie dort erwarten. Könnte sie einen sicheren Weg nach unten finden, hätte Lampeter über die Schmugglertreppe den Strand lange vor ihr erreicht und würde sie dort abfangen.

Sie konnte jedoch beides nicht, und mit unbeschreiblichem Entsetzen sah sie zu, wie Edward den Arm nach unten vorstreckte, um den Schössling mit der offenkundigen Absicht zu ergreifen, ihn zu schütteln, bis sie den Halt verlor.

Ohne Warnung verschwand sein Gesicht. Im nächsten Moment wurde Emma lauter Stimmen gewahr und dem Trampeln von Schritten auf dem Klippenweg über ihr.

»Emma!«, rief eine raue, besorgte Stimme über ihrem Kopf.

Sie blickte wieder hoch und sah, dass Edwards Kopf unfassbarerweise Matts Gesicht gewichen war. Ihr Herz schlug schneller. *Gott sei Dank!*, dachte sie. Zwar hing sie noch immer bedenklich an der Klippe, aber Hilfe war zur Stelle.

Doch war sie rechtzeitig eingetroffen? Emmas schmerzende Gliedmaßen konnten sie nicht viel länger halten. Das Blut pochte ihr in den Ohren. Unter ihr war der erschreckende und vermutlich tödliche Abgrund. Sie wusste, dass sie nicht auf die Steine unter sich blicken durfte, und dennoch empfand sie ein beinahe unwiderstehliches Bedürfnis danach.

Matt streckte seinen Arm hinunter. »Emma, können Sie eine Hand heben und meine Hand ergreifen?«

Eine Hand von dem Schössling zu nehmen, während ihre Füße auf derart unsicherem Grund ruhten, erforderte eine Menge Mut. Emma brachte es irgendwie über sich, aber wie genau, das konnte sie hinterher nicht mit Sicherheit sagen. Matts Griff umschloss ihre schwitzige Hand fest.

»Okay, ganz ruhig. Tun Sie genau, was ich sage. Links von Ihnen ist ein Sims, ein bisschen höher, als Ihre Füße im Moment stehen. Sehen Sie nicht nach unten! Verlassen Sie sich einfach auf mein Wort. Können Sie mit Ihrem linken Fuß danach tasten?«

Sie gehorchte und fand den Sims. Indem sie sich an Matts Hand festhielt, gelang es Emma, sich auf den höheren Sims hinaufzuziehen.

»Gut gemacht! Jetzt das Gleiche noch einmal, aber rechts von Ihnen ...«

Auf diese Weise, indem sie seine Anweisungen befolgte und sich an seine Hand klammerte, kroch Emma langsam an der Klippenwand hoch und wurde schließlich keuchend über die begraste Kante auf den Weg gezogen.

Zuerst klammerte sie sich noch an Matt, während die Welt sich irritierend um sie drehte. Ihr wurde sehr übel. Dann beruhigte sich ihr Magen, und ihre Sicht kam zur Ruhe. Sie hob den Kopf und blickte in sein Gesicht, das besorgt auf sie hinunterschaute.

»Ich ... alles ist gut ...«, konnte sie flüstern. »Ach, Matt, in meinem ganzen Leben war ich noch nie so erfreut, jemanden zu sehen. Er wollte dafür sorgen, dass ich abstürze. Wo ... wo ist er?« Selbst jetzt, da sie sicher war, konnte man ihrer Stimme die Angst anmerken, als sie von Lampeter sprach.

»Alles ist gut«, sagte Matt beruhigend und umfasste ihre Schultern. »Er kann Ihnen nichts tun. Er ist dort drüben.« Mit einer Kopfbewegung wies er auf den Klippenweg hinter sich.

Sie sah an ihm vorbei. Edward Lampeter wurde mürrisch, aber hilflos den Weg entlang abgeführt; zwei Polizeibeamte hielten ihn zwischen sich fest. Als spürte er Emmas Augen auf sich, drehte er den Kopf und sah zurück. Für einen Moment begegneten sich ihre Blicke. Dann wandte Lampeter den Kopf ab. Emma erschauerte und umfasste Matts Hand wie nach Rückversicherung suchend fester.

Dann jedoch entdeckte sie in der Ferne eine weitere Gestalt, die einer Frau, die den Weg entlang aus Richtung des Ortes auf sie zulief. Sie kam Emma bekannt vor.

»Matt …«, keuchte sie. »Rose Lampeter!« Sie deutete mit einer zitternden Hand auf die Frau.

»Sie ist der Grund, weshalb wir hier sind«, sagte Matt. »Ihr Sohn hatte sie zu dem Anruf beim Collins-Hof überredet, aber als er das Haus verlassen hatte, rief sie uns an. Sie hatte begriffen, dass die Dinge zu weit gegangen waren, und so ergeben sie ihrem Sohn auch ist, sie wusste, dass er aufgehalten werden musste.«

Emma hielt sich am Ärmel des Inspectors fest. »Matt! Wo ist Damian? Wir müssen ihn finden! Fragen Sie Lampeter, wo er ist!«

Bevor er antworten konnte, hatte sich Emma aufgerappelt und rannte den Polizeibeamten und ihrem Gefangenen hinterher. Sie erreichte sie im selben Moment wie Rose Lampeter.

»Oh, Miss Durrant, sind Sie wohlauf?«, fragte sie keuchend. »Ich hatte solche Angst, dass ich zu spät dran war!«

Sie wandte sich Matt zu, der Emma gefolgt war, und hob beschwörend die Hände. »Inspector King, Sie müssen das verstehen! Edward hat versucht, mich zu beschützen. Alles, was er getan hat, geschah nur aus diesem Grund. Wenn ich nur sofort zu Ihnen gegangen wäre, gleich nachdem ich die arme Felicity die Treppe hinuntergestürzt hatte. Ich wollte es ja gar nicht – sie hatte mich nur so wütend gemacht. In meinem Haus herumzuschnüffeln, gleich am ersten Abend ihres Besuchs! Und Edwards

Sachen zu finden und zu durchsuchen. Es … es war so ein Vertrauensbruch! Ich weiß, dass sie ärgerlich auf den armen Edward war wegen des Geldes, das sie verloren hatte. Aber das war nicht seine Schuld.«

Lampeter hatte der Ansprache seiner Mutter teilnahmslos zugehört.

»Wo ist Damian?«, schrie Emma ihn an. Ihre Stimme überschlug sich.

Rose starrte erst sie an, dann ihren Sohn. »Edward? Der Junge? Wo ist der Junge?«

»Ihm geht es gut«, antwortete Lampeter mürrisch. »Er ist dort unten …« Er nickte Richtung Strand. »In der Höhle.«

»Emma!«, rief Matt mit Schärfe. »Vorsicht!«

Doch Emma war schon zur Schmugglertreppe gerannt und eilte Hals über Kopf die schmalen Stufen hinunter. Sie erreichte den Strand, stolperte über den Kies und durch den dunklen Eingang der Höhle.

Damian lag auf dem sandigen Boden am Ende der Höhle, Hände und Füße gefesselt, ein Taschentuch über den Mund gebunden.

Emmas Finger rangen mit den Knoten, während der Gefangene unartikulierte Protestlaute von sich gab.

»Hier, lassen Sie mich!«, rief Matt. Er war in die Höhle gekommen und ließ sich neben Emma auf die Knie nieder.

Ohne Zweifel hatte sich Damian gefürchtet, aber nachdem Matt seine Fesseln gelöst und ihm den Knebel abgenommen hatte, wirkte Emmas Neffe eher verlegen als alles andere.

Er saß auf dem Boden, sein Gesicht eine Studie in Frustration und Wut, während er sich die Handgelenke rieb und zwischen ihnen hin und her blickte. »Hallo, äh … Inspector«, sagte er unbeholfen.

»Bist du in Ordnung?« Emma packte ihn bei den Armen.

»Ja, lass mich bloß los, Em! Ehrlich, ich komme mir wie ein Idiot vor. Ich habe mich einfach von ihm entführen lassen. Tat alles, was er wollte, und zack! Da saß ich hier, zusammengeschnürt wie eine Weihnachtsgans.«

»Spielt keine Rolle. Hauptsache, alles ist gut!« Emma drückte ihn an sich.

»Habt ihr Lampeter erwischt?«, fragte er besorgt und löste sich höflich, aber bestimmt aus ihrer Umarmung.

»Jaja. Die Polizei hat ihn abgeführt.«

»Das hätte ich zu gern gesehen«, murmelte Damian. »Trotzdem, ich bin froh, dass du okay bist, Em. Ich habe mir große Sorgen um dich gemacht, nachdem er mich hier zurückgelassen hatte. Wie hast du mich gefunden?«

»Äh … die Einzelheiten erzähle ich dir später«, antwortete Emma ausweichend, »aber Mrs. Lampeter hat die Polizei verständigt. Darum kam sie hierher – zum Glück«, fügte sie hinzu.

Damian und sie sahen beide zu Matt King, der auf einem Stein in der Nähe saß, die Unterarme auf die Knie gelegt, und sie beobachtete.

»Willst du noch immer Polizist werden, Damian?«, fragte Matt.

»Weiß ich nicht«, sagte Damian. Indigniert hob er die Stimme. »Oh, nicht wegen der Gefahr!« Jeder Zweifel an seinem Mut sollte im Keim erstickt werden. »Sondern weil ich darüber nachdenke, Bauer zu werden. Aber andererseits« – nun klang er nachdenklich –, »ich wette, in der Landwirtschaft geht es nicht annähernd so aufregend zu.«

Der Inspector schnaubte. »Dachte, du hättest genug Aufregung bekommen für den Rest deines Lebens!«

»Kannst du laufen?«, fragte Emma.

Damian rappelte sich auf und schüttelte den Arm ab, mit dem sie ihn stützen wollte. »Na klar.«

»Lassen Sie ihn gehen«, riet Matt, als Damian ein wenig

wacklig die Höhle verließ. »Er ist erschüttert, aber unverletzt – bis auf sein Selbstbild. Mit dreizehn ist nichts wichtiger als die Würde.«

»Ich weiß. Er will nicht, dass eine einfache Frau sich um ihn sorgt.« Emma zog ein schiefes Gesicht.

»Sie sind keine einfache Frau«, sagte Inspector King.

Emma sah zu ihm hoch. Sie waren nun allein in der Schmugglerhöhle. Es schien sehr still zu sein, die einzigen Geräusche kamen von den Brechern vor dem Höhleneingang.

»Ich habe Ihnen nicht gedankt«, sagte sie. »Schließlich haben Sie mich von der Klippe gerettet. Und es tut mir leid, dass ich vergessen habe, Sie zu verständigen, nachdem Mr. Collins mich angerufen hatte.«

»Ende gut, alles gut.« Matt schwieg kurz. »Das soll heißen, eine Sache wäre da noch – nur um es zu einem Ende zu bringen, das ich angemessen finde.«

»Was soll das sein?« Emma runzelte die Stirn und strich sich das Haar aus der Stirn.

»Na, das natürlich.« Er beugte sich vor und küsste sie.

»Oh«, sagte Emma, als sie es wieder konnte. »Ja, natürlich …«

Die Sommerferien näherten sich dem Ende. Das neue Buch war tatsächlich fertig geworden. Der erste Entwurf lag auf dem Schreibtisch, ein befriedigend dicker Papierstapel.

»Und auch wenn es Eigenlob ist«, sagte die Autorin bescheiden, »ich bin sehr zufrieden damit. Auch wenn man das selbst nie sagen sollte, Damian. Vermutlich bedeutet es, dass mein Lektor es hassen wird.«

»Ich fand es ziemlich gut«, sagte Damian treu.

Für ihn war es an der Zeit, zur Schule zurückzukehren. Seine Tasche war gepackt, und widerstrebend hatte er sich wieder in Flanellhose und Tweedjacke gezwängt.

Davon abgesehen sah er ganz verwandelt aus, völlig anders als der Junge, der vor sechs Wochen aus dem Bus gestiegen war, Mrs. Pugh dicht auf den Fersen. Sein Gesicht und seine Hände waren braun gebrannt, seine Haare von der Sonne gebleicht. Er schien wenigstens einen Zoll gewachsen zu sein, und zugenommen hatte er auch. Er brauchte dringend eine größere Tweedjacke.

»Ich besorge sie beim Schulausstatter«, sagte seine Tante und zupfte die Revers auf seiner Brust zusammen. »Die hier hält nicht mehr lange. Nicht bei deinem Wachstum.«

»Heute Morgen habe ich einen Brief von Mum bekommen«, sagte Damian.

»Ich habe die Briefmarke gesehen. Alles in Ordnung?«

»Ja, wir sehen sie bald. Sie kommen nach Hause, sie haben ein wenig Urlaub. In ungefähr drei Wochen.«

»Das ist eine gute Nachricht! Aber dann müssen wir dir unbedingt eine neue Jacke besorgen, bevor Bridget eintrifft. In der hier darf sie dich nicht zu Gesicht bekommen.«

Damian nahm auf dem Fenstersitz Platz, drehte den Kopf und sah hinaus. Die Rosen im Blumenbeet neben der Haustür waren verblüht und hatten rote und weiße Blätter auf den Weg verstreut wie Konfetti.

»Erinnerst du dich, wovon wir gesprochen haben, Em? Du weißt schon, als ich sagte, dass ich mit Mum und Dad irgendwie nicht weiterwüsste?« Er drehte den Kopf zurück und sah ihr in die Augen. »Ich komme jetzt besser damit zurecht.«

»Gut«, sagte Emma. Sie wusste nicht genau, was sie hinzufügen sollte. »Das freut mich, Damian.«

»Ich bin mir irgendwie über einiges klar geworden.«

»Du wirst langsam erwachsen«, sagte sie. »Das ist für jeden eine schwierige Zeit. Ich erinnere mich gut!« Sie schwieg kurz. »Ich bin mir auch über einiges klar geworden, über Dinge, die mich bedrückt haben.«

»Du hast mir dabei geholfen, Em. Danke, dass du mir immer zugehört und das Richtige gesagt hast.«

»Von wegen. Ich höre dir immer gern zu.« Emma dachte darüber nach. »Matt hat mir bei meinem Problem geholfen.«

»Ach, echt?« Damian grinste.

Zum Glück fuhr in diesem Moment Matts Auto vor dem Cottage vor. Emma öffnete ihm die Tür, als er den Gartenweg hochkam. Er lächelte breit, als er sie sah, und als er den Kopf senkte, um die Tür zu durchqueren, schlang sie ihm zur Begrüßung die Arme um den Hals. Damian beobachtete sie mit Interesse.

Matt sah ihn und hob den Kopf. »Na, bist du so weit? Wir haben noch genug Zeit, aber ich denke, wir sollten schon mal zum Busbahnhof fahren.«

»Ich bin so weit«, sagte Damian und fügte wehmütig hinzu: »Wünschte nur, die Ferien wären nicht vorbei.«

»Bis nächstes Jahr also?« Matt zerraufte dem Jungen die Haare.

»Nimmst du denn das Cottage wieder, Em?«, wollte Damian wissen.

Matt sah ihr in die Augen. »Wie sieht es aus, Emma?«, fragte er ruhig.

»Ja, natürlich! Ich meine, ich bleibe vielleicht sowieso …«

»Das hatte ich gehofft«, sagte er.

Damian stöhnte, als seine Tante und der Inspector einander auf eine Weise anblickten, die er ganz offensichtlich als würdelos ansah.

Seine eigenen Gedanken waren jedoch noch immer bei den zurückliegenden Wochen.

»Es waren wirklich tolle Ferien!«, rief er begeistert. »Gauner fangen und alles.«

»Ich weiß nicht, ob wir das für die nächsten Sommerferien wieder versprechen können«, neckte Matt ihn. »Ich hoffe, dass es nicht so kommt.«

»Ich weiß nicht …«, sagte Emma träumerisch. »Es war schon aufregend.«

»Emma?«, rief Inspector King erschrocken aus; ein Ausdruck des Entsetzens zog über sein Gesicht. »Nein, bitte! Nicht noch einmal. In Zukunft bitte nur in deinen Büchern!«

Der Beobachter

Ich wurde vom dumpfen Dröhnen eines Nebelhorns geweckt, kroch aus meiner Koje und schlurfte zum Bullauge. Es zeigte mir nichts außer einem Vorhang aus blassgrauem Nebel. Ich war mir allerdings bewusst, dass das Schiff angehalten hatte. Es bewegte sich nur leicht mit den Wellen, doch das Dröhnen der Maschinen unter meinen Füßen hatte aufgehört. Ich holte meine Armbanduhr aus dem Nachttisch und zog mir rasch einen dicken Pullover über.

Die junge Hostess stand vor der Kabinentür. Das Nebelhorn ertönte erneut und verschluckte unseren Morgengruß. Als das Echo verhallte, sagte sie: »Wir haben angehalten, weil dort draußen ein paar Fischerboote sind. Deshalb werden wir auch ein wenig später in Lissabon anlegen.«

Diese Nachricht kümmerte mich nicht. Wenn ich eines habe, dann Zeit. Auf meinem Weg zum Frühstück im Speisesaal traf ich einen der Schiffsoffiziere und fragte ihn, wo genau wir uns befänden. Er antwortete, dass wir vor Cabo da Roca lägen, der felsigen Landzunge an der portugiesischen Küste, wo Europa einen Zeh in den Atlantik steckt.

Ich kenne diesen Küstenabschnitt sehr gut. Er ist berüchtigt für seinen plötzlich aufkommenden Nebel. Auch das Meer selbst ist hier tückisch. Die Wellen werfen sich gegen die Felsen und auf die Sandstrände, ein Paradies für tollkühne junge Surfer.

Ich habe schon mein ganzes Leben lang mit dem Meer zu

tun. Mein Name ist van Leeuwen. Manchmal behaupte ich scherzhaft, ich sei Holländer, doch in Wahrheit bin ich in England geboren. Es war mein Vorfahre, Cornelius van Leeuwen, der im Jahre 1688 im Gefolge von Wilhelm von Oranien nach England kam.

Wilhelm landete mit einer Armee im Namen der protestantischen Sache und mit seiner Frau Mary an, um den Thron seines katholischen Schwiegervaters zu übernehmen, James II. Die Engländer mochten James nicht und hießen Wilhelm um seiner Frau willen willkommen. Dabei unterschätzten sie den Mann maßlos. Indem er die englische Krone für seine Frau Mary übernahm, griff Wilhelm auch für sich nach der Krone, und das Paar regierte gemeinsam. Nach Marys Tod herrschte Wilhelm dann allein.

Zu dem Zeitpunkt mochten die Engländer ihn zwar genauso wenig wie James, doch Wilhelm war nicht so leicht zu vertreiben, denn er neigte nicht dazu, seinen Feinden zu vergeben.

Ein Zugeständnis hatte man ihm jedoch abgerungen: Seine niederländischen Soldaten waren wieder heimgeschickt worden. Mein Vorfahre, Cornelius, blieb jedoch in London, denn listig, wie er war, hatte er eine Engländerin geheiratet, eine schlichte Frau mit einem anständigen Vermögen.

Später wurde meine Familie dann zu wohlhabenden Reedern. Deshalb liegt das Meer mir sozusagen im Blut, obwohl ich kein Seemann bin. Wir haben ganz einfach unser Geld damit gemacht.

Inzwischen war ich schon seit Jahren im Ruhestand. Meine Frau war tot, und ansonsten hatte ich keine Familie. Ich bin viel gereist, vorzugsweise auf Kreuzfahrtschiffen. Das Schiff, auf dem ich bei dieser speziellen Reise fuhr, war für ein Kreuzfahrtschiff ungewöhnlich klein. Es war gerade erst in einer skandinavischen Werft umgebaut worden, um fortan Touristen durchs Mittelmeer zu schippern. Aber seine erste Fahrt im neuen Gewand musste das Schiff natürlich von Skandinavien aus unternehmen. Das Ziel war der römische Hafen Civitavecchia. Dort würden die Passagiere aus dem Norden das Schiff verlassen und nach Hause fliegen. Anschließend würden neue Passagiere an Bord kommen, und das Schiff würde sie auf eine Kreuzfahrt durchs Mittelmeer und an der adriatischen Küste entlang mitnehmen. Da ich genügend Zeit hatte, hatte ich mich entschlossen, an beiden Fahrten teilzunehmen. Also würde ich in Civitavecchia an Bord bleiben und meine neuen Reisegefährten begrüßen.

Am Morgen nahm ich ein leichtes Frühstück zu mir: zwei Tassen guten Kaffee, ein Brötchen und ein wenig Marmelade. Als ich den Speisesaal verließ, suchte ich in meiner Tasche nach den Zigaretten. Ich bin zwar kein starker Raucher, aber nach dem Essen rauche ich gern mal eine. Im Innern des Schiffes war Rauchen allerdings nicht gestattet: moderne Sensibilitäten. Doch alte Gewohnheiten legt man nur schwer ab. So war ich trotz des rauen Wetters gezwungen, die Wärme zu verlassen und auf das nebelverhangene Deck zu gehen.

Rechts von mir führte ein Niedergang zum Oberdeck, links ein weiterer zum Deck unter mir. Ich hatte nicht das Bedürfnis, diese Stufen hinunterzufallen und mir das Genick zu brechen. So etwas passiert leicht, das weiß ich. In einer stummen Welt rückte der Nebel immer näher an mich heran. Mit eisigen Fingern strich er über meine Wange und tastete sich frech meinen Nacken hinunter vor. Ich zündete mir die Zigarette an und warf das erloschene Streichholz über die unsichtbare Reling ins Meer. Aus Sicherheitsgründen blieb ich nahe der Tür zum Empfang.

In dem Moment sprach er.

»Guten Morgen, Mr. van Leeuwen.«

Die Stimme war tief, männlich und mir vollkommen unbekannt. Der Mann hatte keinen speziellen Akzent. Der Sprecher konnte Engländer sein oder schlicht jemand, der die Sprache gut beherrschte. Ich konnte ihn nicht sehen, aber er musste links von mir stehen, neben dem Niedergang zum unteren Deck. Vielleicht war er ja sicherer als ich, oder vielleicht hatte er nur nicht meine Erfahrung.

Freundlich erwiderte ich: »Guten Morgen.« Ich dachte, er sei womöglich genau wie ich zum Rauchen nach draußen gezwungen worden. Ich suchte nach dem Glühen einer Zigarette im Nebel, sah aber nichts. »Die Sonne wird den Nebel bald vertreiben«, sagte ich. »Dann sind wir wieder unterwegs.«

»Ohne Zweifel«, erwiderte der Mann sorglos.

Ich hatte erwartet, dass er sich identifiziert. Er musste doch wissen, dass ich ihn nicht erkennen konnte. Er wiederum hatte mich natürlich durch die Glastür gesehen, als ich durch den Empfang aufs Deck gegangen war. Dass ich derart im Nachteil war, ärgerte mich ein wenig.

Der Mann schien meine Gedanken zu lesen. »Sie können mich nicht identifizieren, Mr. van Leeuwen.« Der dämliche Kerl klang amüsiert.

»In jedem Fall erkenne ich Ihre Stimme nicht«, erwiderte ich gereizt. Ich war zu alt für solche Spielchen.

»Nicht?«, fragte der Mann. »Aber wir sind doch früher schon zusammen gefahren, Mr. van Leeuwen. Wir sind sozusagen alte Schiffskameraden.«

Rasch ging ich im Geiste die Gesichter meiner Mitpassagiere durch. Keines davon kam mir irgendwie vertraut vor. War das vielleicht ein Mannschaftsmitglied? Ein Kellner? Ein Steward? Aber von denen würde doch keiner derart vertraut mit mir reden … oder?

»Ich bin in meiner Zeit schon auf vielen Schiffen gefahren«, sagte ich. »Auf welchem waren Sie denn mein Mitpassagier?«

»Auf diesem hier.« Er lachte. »Aber da hieß es noch *Berenice.* Erinnern Sie sich nicht an die *Berenice?*«

Meine Brust zog sich unangenehm zusammen, und das hatte nichts mit der Kälte zu tun. Die *Berenice.* Das eine Schiff, das ich nie vergessen werde. Die eine Fahrt, die ich nie vergessen werde. Aber was meinte er damit, dass dieses Schiff die alte *Berenice* sei? Soweit ich wusste, war die *Berenice* schon längst außer Dienst.

»Sie reden doch Unsinn«, knurrte ich. »Dieses Schiff ist neu. Das ist seine Jungfernfahrt.«

»Nein, das ist kein neues Schiff«, korrigierte mich der Mann geduldig. Er klang noch immer amüsiert. »Ja, Name, Farbe und Ausstattung sind neu, aber man hat die alte Dame nur auf jung getrimmt. Da ist es nicht überraschend, dass Sie sie nicht erkannt haben.«

Jetzt hatte der Mann Zweifel in mir geweckt. War mir irgendetwas an diesem Schiff vertraut erschienen, als ich an Bord gekommen war? Falls ja, dann hatte ich das vermutlich auf meine lange Erfahrung mit Schiffen im Allgemeinen zurückgeführt. »Ich glaube, da irren Sie sich«, sagte ich. »Wollen Sie nicht ein wenig näher kommen, damit ich Sie sehen kann? Oder mir Ihren Namen nennen?«

Die einzige Antwort war eine Art Grunzen.

Inzwischen war es kälter geworden. Meine Zigarette war heruntergebrannt. Ich warf sie dem Streichholz hinterher über die Reling. Dabei hätte ich fast in Richtung meines unsichtbaren Mitreisenden gezielt, so sehr ärgerte mich sein unangebrachter Humor.

»Wenn Sie mich damals gekannt haben«, fuhr ich in einem Tonfall, kälter als der Nebel, fort, »dann wissen Sie sicher auch, dass jene Fahrt für mich mit traurigen Erinnerungen verbunden ist.«

Da lachte er. Ja, er *lachte!* Ich hörte ihn deutlich.

Ungeachtet der Gefahr trat ich einen Schritt auf ihn zu, doch er war schneller. Ich hörte eine Bewegung in dem dichten weißen Nebel, einen Schuh, der über das Deck schrappte. Ich hörte seine Schritte – *Tapp-Tapp-Tapp* –, als er über den Niedergang zum unteren Deck lief. Ihm zu folgen war unmöglich. Er war weg. Ich hatte ihn verloren.

Aber das hier war noch immer ein Schiff auf See, und der Mann war noch irgendwo an Bord. Ich musste ihn nur finden. Oder er würde mich finden. Oh ja, er würde mich wiederfinden. Mit seinem spöttischen Lachen hatte er verraten, dass er mein Geheimnis teilte. Er wusste, was vor all den Jahren an Bord der *Berenice* geschehen war. Er kannte die Wahrheit. Doch aus irgendeinem Grund hatte er bis jetzt nichts deswegen unternommen. Aber dann hatte er wohl meinen Namen auf der Passagierliste gesehen und beschlossen zu handeln. Ich verstand sein Spiel. Ich bin ein reicher Mann, und wenn man das größte Geheimnis eines reichen Mannes kennt, dann kann man gut Profit herausschlagen.

Ich tastete nach der Türklinke hinter mir, zog die Tür auf und floh in die herrliche Wärme und Klarheit des Empfangs.

»Ah, Mr. van Leeuwen!«, rief das Mädchen dort. »Sie waren viel zu lange draußen. Sie müssen doch bis auf die Knochen durchgefroren sein. In jedem Fall sind Sie kreidebleich.«

Ich murmelte irgendeine Antwort und ging zurück in den Speisesaal, wo ich mir noch zwei weitere Tassen guten, starken Kaffees gönnte. Das brachte meinen Kreislauf in Gang, und mein Hirn nahm wieder den Betrieb auf. Jeder Geschäftsmann ist auch ein Mann der Tat. Ich würde mich nicht zum Narren halten lassen. Mich würde niemand quälen und verspotten. Ich würde mich nicht erpressen lassen. Niemals! Der Kerl würde für seine Frechheit zahlen.

Genau wie der alte Wilhelm von Oranien vergab ich meinen Feinden nie.

Von dem Moment an, da der Nebel sich verzog und wir uns wieder in Bewegung setzten, tat ich alles dafür, meinen Feind zu identifizieren. Ich ignorierte sogar meinen Lieblingsanblick, als wir in den Hafen von Lissabon einliefen: den Turm von Belém. Wenn die portugiesischen Entdecker in ihren winzigen, hölzernen Karavellen die Segel setzten, dann war der klobige, viereckige Turm das Letzte, was sie von ihrem Heimatland sahen. Wenn sie Glück hatten und irgendwann sicher von ihren gefährlichen Fahrten zurückkehrten, mussten sie schier unglaubliche Freude empfunden haben, wenn der Ausguck den vertrauten Anblick meldete, der im Sonnenlicht weiß funkelte.

In meinem Herzen war jedoch keine Freude, sondern nur das Verlangen nach Rache. Doch dafür musste ich erst einmal die Fakten abklären, und der erste Fakt war die Frage, ob dieses Schiff wirklich die ehemalige *Berenice* war, wie der Mann gesagt hatte.

Ich machte mich auf den Weg zur Brücke und führte ein Gespräch mit dem Kapitän. Dabei bemerkte ich, wie gut das Schiff umgebaut worden war. Schließlich musste ein modernes Kreuzfahrtschiff alle nur erdenklichen Annehmlichkeiten bieten, auch so ein kleines wie dieses hier.

Tatsächlich zöge ich kleine Schiffe vor, sagte ich ihm. Ich sei noch nicht einmal versucht gewesen, eine Kreuzfahrt auf einem dieser riesigen schwimmenden Hotels zu buchen. »Wie alt ist unser Schiff eigentlich?«, fragte ich ihn.

»Ungefähr dreißig Jahre«, antwortete er. Alt genug. Mich verließ der Mut, aber ich fragte weiter wie geplant. Das Schiff, sagte ich, sei für seine neuen Besitzer doch sicher umbenannt worden … oder? Ja, antwortete der Kapitän und nannte mir den alten Namen. Neue Hoffnung keimte in mir auf. Ich fragte ihn, ob das Schiff vielleicht auch mal *Berenice* geheißen habe. Der Kapitän schüttelte den Kopf. Nicht, soviel er wusste. Den Namen eines Schiffes zu ändern war dieser Tage nichts Ungewöhnliches. Bei jedem Besitzerwechsel und jeder Veränderung des Einsatzzwecks wurde ein neuer Name auf den Bug gepinselt. Früher, im Zeitalter der Segelschiffe, hatte man hingegen geglaubt, es bringe Unglück, ein Schiff umzutaufen. Damals waren Seeleute noch sehr abergläubisch. Sie hatten gewusst, dass man Schiffe mit zweifelhafter Historie bisweilen umbenannte, um ihrer Vergangenheit zu entkommen.

Und genau das hatte ich bis jetzt immer geglaubt, auch geschafft zu haben: der Vergangenheit zu entkommen. Aber als ich den Kapitän wieder verließ, war ich schon glücklicher. Es schien nun doch recht unwahrscheinlich zu sein, dass es sich bei dem Schiff um die alte *Berenice* handelte. Mein Feind hatte mich schlicht aus der Fassung bringen und seinem Willen unterwerfen wollen. Trotz dieses Wissens untersuchte ich das Schiff vom Bug bis zum Heck, bis ich wirklich sicher war, dass es sich nicht um die *Berenice* handelte. Es war ein kleiner Triumph. Ich hatte ihn ertappt. Allerdings schien der Kerl vor zwanzig Jahren auf der *Berenice* gewesen zu sein, und er kannte die Wahrheit. Er wusste, was an jenem Abend geschehen war …

Meine Frau und ich waren damals auf einer Mittelmeerkreuzfahrt. Nach einem Zwischenstopp in Korfu fuhr die *Berenice* in Richtung der dalmatinischen Küste. Dabei gerieten wir in starken Wind, der das Schiff von der Seite her traf. Die *Berenice* wurde wild hin und her geworfen. Im Speisesaal waren sämtliches Geschirr und alle Gläser weggeräumt worden, bevor sie auf dem Deck zerschellen konnten. Viele Passagiere waren grün angelaufen und hatten sich in ihre Kabinen zurückgezogen. Meine Frau und ich gehörten zu den wenigen, die es zum Abendessen schafften. Uns war zwar nicht wirklich nach Essen zumute, aber an einem Tisch zu sitzen war immer noch besser, als allein in der Kabine oder in einer leeren Lounge zu hocken.

Schon länger hatten wir einander nicht wirklich viel zu sagen. Selbst beim Dinner sprachen wir nur mit dem Kellner. Doch als wir aufstanden, fragte ich meine Frau, ob sie an der Bar noch etwas trinken wolle. Sie erwiderte Nein, kurz und knapp. Mir fiel auf, dass sie noch schweigsamer und abweisender war als sonst. Vermutlich war sie seekrank.

Als wir geheiratet hatten, waren wir halbwegs glücklich gewesen. Allerdings gründete unsere Ehe nicht auf Leidenschaft, und beide taten wir auch nicht so. Aber Ehen, die auf gegenseitigem Respekt und Kameradschaft beruhen, halten oft länger als solche, in denen Lust das Wichtigste ist. Und so hatten wir uns beide gesagt, dass wir durchaus auf Zufriedenheit hoffen durften.

Was mich betraf, so hatte ich meine Frau des Geldes wegen geheiratet. Mein Unternehmen war damals in Schwierigkeiten geraten, und mein finanzieller Ruf hatte Schaden genommen. Wie mein Vorfahre, der alte Cornelius, so hatte auch ich nach einer schlichten, aber wohlhabenden Frau gesucht, um all meine Probleme zu lösen, und genau wie Cornelius hatte auch ich eine gefunden.

Ihre Familie stammte aus einer langen Linie von Großgrundbesitzern. Sie hatten zwar keinen Titel, aber sie besaßen ein unangenehm zugiges Landhaus und jede Menge Land, einschließlich zweier Bauernhöfe. Sie hatten weise investiert, aber nur wenig ausgegeben, und so waren sie sowohl reich geworden als auch mit guten Verbindungen gesegnet. Bei der Hochzeit war meine Frau dreißig Jahre alt. Ihr Vater war kurz zuvor gestorben, und ihre Mutter war eine despotische ehemalige Schönheit, die ihre Tochter einfach widerlich behandelte.

So kam die Hochzeit uns beiden gerade recht. Kaum wurde bekannt, dass ich »Geld geheiratet« hatte, da hatten die Investoren wieder Vertrauen in mein Unternehmen. Und meine Frau erhielt im Gegenzug einen Ring am Finger und Freiheit von dem Drachen, den sie »Mama« nannte. Sie war zufrieden damit, das Geld, das sie bereits von ihrem Vater geerbt hatte, in mein Geschäft zu investieren. Was den Rest des Geldes betraf, so würden wir warten müssen, bis der Drache gestorben war. Und nur ein Jahr später tat meine Schwiegermutter genau das. Sie erstickte an einer Gräte, als sie allein in diesem Mausoleum von Landhaus zu Abend aß.

Zur Beerdigung kam die gesamte lokale Prominenz, und sogar die Qualitätspresse berichtete darüber. Das Haus, die Höfe, der Rest des Landes und jeder Penny an Vermögen gehörte nun einzig und allein meiner Frau. Es schien wirklich so, als wäre unsere Verbindung mehr als nur gesegnet.

Doch unglücklicherweise brachte das meine Frau auf Ideen. »Wir sollten Kinder haben«, sagte sie, »jemanden, der alles erbt, wenn wir mal nicht mehr sind.« Ich hatte jedoch eine andere Idee, um meinen Namen unsterblich zu machen: Nach meinem Tod sollte all mein Besitz an einen Wohltätigkeitsfond gehen. Aber wie ich ja schon gesagt habe, stammte meine Frau aus einer sehr, sehr alten Familie. Für sie war es vollkommen undenkbar, die Blutlinie freiwillig aussterben zu lassen. Und schließlich gab ich ihren Wünschen nach. Immerhin hatte sie das Geld, und allmählich wurde mir klar, dass sie sich dessen durchaus bewusst war.

»Nun, gut«, sagte ich. »Dann bekommen wir eben Kinder.«

Doch es kamen keine Kinder, nicht einmal ein einziges. Meine Frau zog von einem Arzt zum anderen, von Spezialist zu Spezialist, und unterzog sich allen möglichen Behandlungen – ohne Erfolg. Unser Privatleben drehte sich nur noch um Tabellen und das Messen von Temperaturen.

Eines Tages verlor ich dann die Geduld. Ich sagte ihr, es sei genug. Sie müsse sich dem Unvermeidbaren beugen. Sie – *wir* – würden kinderlos bleiben. Diese Worte hat sie mir nie verziehen.

Von da an ging es bergab. Zwar hielten wir die Fassade aufrecht, doch da war nichts mehr dahinter. Meine Frau war erst neununddreißig. Immer wieder schaute sie mich spekulativ an.

Ich hatte jedoch nicht die geringste Absicht, mich wie einen Gebrauchtwagen eintauschen zu lassen. Außerdem hätte mein Unternehmen den Abzug von so viel Kapital nicht überlebt. Soweit es mich betraf, kam eine Scheidung nicht infrage.

Also würde ich etwas tun müssen, um mich mit ihr zu versöhnen. Da sah ich eine Werbung für die Kreuzfahrt auf der *Berenice,* und ich erklärte meiner Frau, dass ein gemeinsamer Urlaub uns guttun würde. Dann könnten wir ausführlich miteinander reden. Widerwillig willigte sie ein.

Doch tatsächlich redeten wir eben *nicht* miteinander. Stattdessen verschlechterte sich unsere Beziehung in der Enge des kleinen Schiffes noch. Je mehr ich versuchte, zu einer Verständigung zu kommen, desto gleichgültiger wurde sie. Als die *Berenice* dann am Abend in eine Schlechtwetterfront geriet, war mir klar, dass mein Plan nicht funktionieren würde. Ich würde mir etwas anderes überlegen müssen.

Wir verließen den fast leeren Speisesaal, und trotz des schwankenden Schiffs ging ich an Deck, um meine übliche Zigarette zur rauchen. Zu meiner Überraschung folgte mir meine Frau ein paar Minuten später.

»Geh wieder rein!«, schrie ich über den Wind hinweg. Ich sah, wie unsicher sie auf den Beinen stand und dass sie sich an die Reling klammerte.

»Ich habe eine Entscheidung gefällt!«, schrie sie zurück.

Das war einfach nur lächerlich. Ausgerechnet hier, mitten auf dem stürmischen Meer und während wir uns aus Angst um unser Leben festklammerten, da wollte sie mit mir diskutieren!

»Um Himmels willen!«, rief ich. »Erzähl mir das später. In fünf Minuten bin ich wieder drin, wenn ich meine Zigarette geraucht habe. Wir sehen uns dann in der Kabine.«

»NEIN!«, brüllte sie. »Ich will es dir *jetzt* sagen!« Der Wind riss die Worte förmlich aus ihrem Mund und schleuderte sie in die Luft.

Mir war sofort klar, was passiert war. Das alles hatte sich bis zu genau diesem Moment in ihr aufgestaut. Jetzt würde sie mir sagen, dass sie die Scheidung wollte, und aus ihrer Sicht war der jetzige Zeitpunkt gar nicht mal so schlecht dafür. In der Kabine wäre es nur zu einem Streit gekommen. Hier draußen jedoch, bei all dem Wind und einem eisglatten Deck unter den Füßen, waren wir gar nicht in der Lage, groß zu diskutieren. Wir hatten schon genug damit zu tun, uns aufrecht zu halten. Sie wollte mir meinen Marschbefehl geben und dann im Inneren verschwinden, bevor ich etwas darauf erwidern konnte. Wenn ich dann wieder in der Kabine wäre, würde es zu spät sein. Dann hätte ich nicht länger die Initiative, und mir würde nichts weiter übrigbleiben, als sinnlose Argumente anzuführen oder erbärmlich zu betteln. Mehr musste sie nicht sagen.

Just in diesem Moment ging ein gewaltiger Ruck durch die *Berenice.* Meine Frau verlor den Halt und stolperte auf mich zu. Instinktiv packte ich sie am Arm, um sie zu retten. Kurz wankten wir in dieser erzwungenen Umarmung. Sie schrie mich an, ich solle sie loslassen, und ich schrie zurück, dass sie eine Närrin sei. Sie würde fallen.

Dann kam mir ein Gedanke inmitten all dieses Chaos. Es war ein Moment absoluter Klarheit, die Antwort auf diese Situation. Während unseres Ringkampfes hatten wir uns oben an den Niedergang zum unteren Deck bewegt.

»Dann, bitte!«, schrie ich. »Du willst frei von mir sein? Ich auch von dir!« Und mit diesen Worten stieß ich sie mit aller Kraft von mir.

Ihr Schrei ging im Rauschen von Wind und Wellen unter. Sie stolperte nach hinten und ruderte hilflos mit den Armen, doch auf dem Niedergang fanden ihre Füße keinen Halt. Sie packte zwar das Geländer, doch ihr Eigengewicht riss sie wieder los. Kopfüber stürzte sie nach unten und landete mit einem furchtbaren Knall auf dem unteren Deck.

Meine Frau rührte sich nicht mehr. Vorsichtig stieg ich zu ihr hinunter. Ich wollte nicht auch noch draufgehen. Ihre Augen waren geöffnet. Kurz dachte ich, sie würde noch leben. Ich legte die Hände um ihren Hals, nur um sicherzugehen; doch da sah ich bereits den Schleier auf ihren Augen. Mehr musste ich nicht tun. Ich hatte schon genug getan.

Alle waren sehr freundlich zu mir. Die Leiche meiner Frau wurde in Split an Land gebracht. Der britische Vizekonsul half mir, den Transport des Sarges nach England zu organisieren. Die Begräbnisfeier fand in derselben Landkirche statt wie die ihrer Eltern. Anschließend lud ich nur ausgewählte Trauergäste in das zugige, alte Haus zu kaltem Schinken und Salat. Als Getränk servierte ich Champagner.

»Lassen Sie uns das Leben meiner geliebten Frau feiern«, sagte ich und hob mein Glas. »Ihr zum Gedenken!«

»Ihr zum Gedenken!«, riefen die alten Colonels und ihre pferdegesichtigen Ehefrauen.

Selbst unser Parlamentsabgeordneter war da. Meine Frau hatte seiner Partei gespendet. Er sorgte sich wohl, dass ich nicht das Gleiche machen würde.

Ich versicherte ihm, er müsse sich keine Sorgen machen. Ich würde die Verpflichtungen meiner verstorbenen Frau erfüllen. Er dankte mir aufrichtig, bis er erkannte, dass ich es nicht wirklich ernst meinte.

Und natürlich gab ich ihm nichts.

All das lag in der Vergangenheit, und ich hatte geglaubt, dass das auch so bleiben würde. Dabei war ich absolut sicher gewesen, dass niemand gesehen hatte, wie ich meine Frau gestoßen oder dass ich ihr die Hände um den Hals gelegt hatte, als sie hilflos vor mir gelegen hatte. Doch nun wusste ich, dass es einen Zeugen gab.

Ich war geradezu besessen davon, ihn zu finden, bevor unser Schiff Civitavecchia erreichte, denn ich wusste, dass ich der einzige Passagier an Bord war, der auch für die anschließende

Mittelmeerkreuzfahrt auf dem Schiff bleiben würde. Aufmerksam schaute ich in jedes Gesicht und lauschte jeder Stimme. Ich rechnete fest damit, dass er mich wieder ansprechen oder einen Brief unter meiner Kabinentür hindurchschieben würde. Doch da kam nichts. Niemand nahm Kontakt zu mir auf. Und ich konnte ihn einfach nicht finden.

Inzwischen hatte sich so viel Wut in mir aufgestaut, dass es kaum noch zu ertragen war. Ich war zu einem modernen Fliegenden Holländer geworden! Verfolgt von meiner Vergangenheit, war ich ein Gefangener auf diesem Schiff, und meine Nemesis war mit mir an Bord. Aber wo? Und wer war er? Wo hatte er sich versteckt, und wie lange wollte er dieses Spiel noch spielen? Er hatte die Rolle eines Meeresgeistes angenommen, doch ich bin nicht abergläubig. Ich bin Geschäftsmann. Mich interessiert nur die Realität, und der Mann war aus Fleisch und Blut, und das hieß, er konnte Fehler machen. Einen hatte er bereits begangen, als er mir erzählt hatte, dieses Schiff sei die ehemalige *Berenice*. Dass das nicht stimmte, hatte ich längst geklärt. Und er würde auch noch einen weiteren Fehler begehen, und dann hätte ich ihn!

Schließlich erreichten wir Civitavecchia. Glücklich und voller Enthusiasmus kamen die neuen Passagiere an Bord. Gereizt begrüßte ich sie und ging ihnen ansonsten aus dem Weg. Bald taten sie das Gleiche mit mir. Jetzt kam ich zu dem Schluss, dass mein Peiniger zur Mannschaft gehören musste. Also konzentrierte ich mich auf die Stewards und das Personal im Speisesaal. Die meisten waren jedoch viel zu jung, als dass sie schon vor zwanzig Jahren auf der *Berenice* hätten sein können. Das Gleiche galt für die Schiffsoffiziere. Arbeitete der Mann, den ich suchte, vielleicht im Maschinenraum? Oder kochte er womöglich mein Essen? Dabei konnte ich gar nichts essen. Die Wut raubte mir den Appetit, und das wiederum vergrößerte meinen Frust nur noch. Der Kerl spielte mit mir wie ein Angler mit dem Fisch am Haken.

Langsam fuhren wir an der langen Küste von Italien entlang und legten in verschiedenen Häfen an. Ich suchte den Kerl in Neapel und auf Capri. Ich spähte in schmale Gassen und schaute in reich geschmückte Kirchen. Mein Blick wanderte auf der Suche nach ihm über die Hügel von Sizilien. Und jeden Tag zehrte mein Versagen an mir wie ein Geschwür. Ich träumte jede Nacht von ihm, wohlwissend, dass er mich schon am nächsten Tag wieder kontaktieren könnte. Die Zeit lief auch ihm davon.

Wir erreichten den Golf von Tarent, und früh an einem schönen, angenehm warmen Abend lag das Schiff vor der kleinen antiken Stadt Gallipoli vor Anker.

Ich ging allein an Land, wanderte durch die schmalen Gassen und ging im Geiste alles durch. Dabei überlegte ich Folgendes: Wie hätte er mitten in jenem Sturm beschwören können, dass ich meine Frau an Bord der *Berenice* mit Absicht gestoßen hatte? Wäre er sich damals schon sicher gewesen, dann hätte er doch mit Sicherheit den Kapitän informiert, und ich hätte kein Mitleid bekommen, sondern wäre bis zu unserer Ankunft in Split in meine Kabine gesperrt worden. Mein Ankläger hatte also nur einen Verdacht, aber keine Beweise. Wenn er mich wieder konfrontieren würde, dann würde ich ihm ins Gesicht lachen, genau wie er es bei mir gemacht hatte.

Mit schnellem Schritt erkundete ich die Stadt. Ich vergaß meine Probleme und entwickelte tatsächlich Interesse an meiner Umgebung. Gallipoli ist ein Ort mit ruhigen Straßen zwischen hohen Barockgebäuden, die im Licht der Abendsonne golden und blassgelb schimmern. Frauen saßen auf Küchenstühlen vor ihren Türen und tratschten miteinander. Für mich sahen sie alle gleich aus: stämmig und mit schwarzen oder dunklen Kleidern. Das waren gute, fromme und hart arbeitende Mütter und Großmütter.

Was ihre Söhne und Enkel betraf, so feierten die gerade einen Sieg von Gallipoli im Fußball. Junge Männer fuhren ausgelassen auf Motorrädern und Rollern durch Straßen, die viel zu schmal für Autos waren. Sie trugen rote Trikots, und die Beifahrer schwenkten rote Fahnen. Das ließ sie wie wilde Revolutionäre wirken, doch ich nahm an, dass Rot schlicht die Farbe ihres Teams war. Ich lächelte großmütig, als sie um mich herumrasten und die Kunde vom Sieg lauthals in die Fenster schrien für den Fall, dass jemand noch nicht davon gehört hatte.

Just diesen Augenblick, da ich an einer Straßenecke stand und zum ersten Mal seit dem Nebel fast schon wieder glücklich war, suchte er sich aus, um mich wieder anzusprechen.

Auch er hatte die feiernden Fußballfans beobachtet. »Ach, Mr. van Leeuwen«, sagte er, »wie schön wäre es doch, noch mal jung zu sein … Jung und unschuldig.«

Ich wirbelte herum, doch eine Bande von Jugendlichen rannte direkt vor mir vorbei und um die Ecke. Inmitten all dieser Menschen war auch er verschwunden. Ich zögerte. Was sollte ich jetzt tun? Ich beschloss, zum Schiff zurückzukehren und zu warten. Irgendwann würde der Mann ebenfalls wiederkommen müssen, und dann würde ich am Fuß der Gangway stehen. Das war der einzige Weg an Bord. Ich würde mir jedes Gesicht ganz genau ansehen, und diesmal würde er sich verraten … irgendwie.

Ich machte mich auf den Weg. Die tratschenden Frauen schauten zu mir. Ich wünschte ihnen »Buona sera«, und freundlich erwiderten sie meinen Gruß. Ich fühlte ihre Blicke in meinem Rücken. Sie waren neugierig. Sie wussten, dass ich von einem im Hafen liegenden Kreuzfahrtschiff kam, und vielleicht fragten sie sich, warum ich allein unterwegs war. Schließlich war ich ein Fremder hier, und ihre Welt waren die schmalen Gassen der Stadt.

Ich weiß nicht, wann genau mir bewusst wurde, dass er mir folgte. Ich hörte nichts, aber ich hatte da so ein Gefühl zwischen den Schulterblättern. Ich wirbelte herum, sah nur die tratschenden Frauen. Doch ein paar Türen hatten keine weiblichen Wächter, obwohl sie weit offen standen und Licht und Luft in die dunklen, überfüllten, aber voller Stolz geputzten Häuser ließen. Das hier war eine echte Nachbarschaft, eine Gemeinschaft, die auf Vertrauen beruhte. Der Kerl hätte durch jede dieser unbewachten Türen gehen können. Ich wollte jedoch nicht einfach so irgendwo reinspähen, und unglücklicherweise beschränkte sich mein Italienisch eben auf »Buona sera«. Also konnte ich auch nicht fragen.

Der Kerl war jedoch definitiv hinter mir, und er war clever. Das musste ich ihm zubilligen. Nur dann und wann hörte ich einmal das Echo eines Schrittes, doch wenn ich mich umdrehte, war er nie da. Ich war fast wieder am Ufer angelangt. Jetzt beeilte ich mich. Irgendwie hatte ich das Gefühl, wenn ich erst einmal das Meer sehen könnte, dann wäre es mit der heimlichen Verfolgungsjagd vorbei. Dann musste der Typ den Schutz der schmalen Straßen und offenen Türen verlassen, und es gab dort auch keine rot gewandeten Fußballfans mehr. Die Frauen und die Jugendlichen beobachteten mich nun aufmerksamer. Die jungen Männer hatten sogar den Sieg vergessen, und die Frauen riefen nicht mehr laut über die Straße hinweg, sondern flüsterten miteinander. Die Fußballfans feierten nicht mehr. Stattdessen richtete sich ihre jugendliche Aufmerksamkeit auf einen neuen und äußerst seltsamen Anblick: auf mich, wie ich rannte. Immer schneller lief ich in Richtung Hafen und in die vermeintliche Sicherheit des Schiffs.

Dann hörte ich ihn wieder. »Rennen Sie doch nicht so schnell, Mr. van Leeuwen! Wir beide sind doch keine jungen Männer mehr! Das halten wir nicht lange durch!«

Ich blieb stehen, drehte mich um und sah ihn. Endlich.

Es war tatsächlich ein älterer Mann mit Halbglatze und völlig außer Atem. »W… warten Sie bitte«, keuchte er und streckte die Hand nach mir aus. Er hielt etwas in den Fingern.

Ich sprang auf ihn zu, packte ihn am Kragen, und er wurde von der Wucht meines Angriffs auf den Bürgersteig geworfen. Ich schlug seinen Kopf auf die Steine, einmal, zweimal … Ich fühlte mehr, wie sein Schädel brach, als dass ich es hörte. Ich konnte nicht mehr aufhören. Immer wieder riss ich seinen Kopf hoch und rammte ihn nach unten. Es war, als steckte ich erneut im Nebel fest – in einem Nebel aus Wut, Frust, Rachelust und Angst.

Hände packten meine Schultern und zogen mich von meinem Opfer weg. Der Nebel klärte sich. Ich sah einen älteren Italiener zu meinen Füßen liegen. Blut lief ihm aus dem Kopf, und seine Augen waren offen, ihr Blick starr. Sie waren tot. Nicht weit von ihm entfernt lag meine Geldbörse.

Da erkannte ich, was passiert war. Das war nicht mein Verfolger. Ich hatte beim Rennen meine Börse verloren, und der arme, alte Kerl hatte sie aufgehoben und war mir hinterhergerannt. Nicht nur, dass er nicht mein Verfolger war; mein Verfolger hatte auch nur in meinem Kopf existiert. So hatte er mich zwanzig Jahre lang auf meinen Reisen begleitet; doch ich hatte seine Stimme immer wieder zum Schweigen gebracht und mich schlicht geweigert, ihm zuzuhören. Irgendetwas – vielleicht die Ähnlichkeit unseres Schiffes mit der *Berenice* – hatte dann dazu geführt, dass er aus meinem Unterbewusstsein entkommen war. Ich will es nicht »Gewissen« nennen, denn ich glaube nicht, dass ich eins habe, nicht im religiösen und auch nicht im moralischen Sinne. Stattdessen hatte ich das Bewusstsein, dass eine Tat wie Mord nicht auf ewig verborgen werden kann. Irgendwann kommt immer die Wahrheit heraus.

Als ich zu Beginn unserer Kreuzfahrt an Bord gegangen war, da hatte der Dämon in mir seine Ketten gesprengt. Im Nebel, allein an Deck, hatte er mit mir gesprochen. Ich hatte ihn gehört und ihm endlich gelauscht. Und als ich schließlich festgestellt hatte, dass unser jetziges Schiff nicht die alte *Berenice* war, da war es zu spät gewesen. Ich hatte meinen Dämon nicht mehr zum Schweigen bringen können. Nachdem er erst einmal ins Licht meines Bewusstseins gekrochen war, konnte ich ihn nicht in die Dunkelheit zurückjagen. Wie der Flaschengeist in den orientalischen Märchen, so wollte auch er nicht in seine Flasche zurück.

Ich schaute mich um. Ich war von einer stummen Menschenmenge umgeben. Zwei Fußballfans hielten mich an den Armen; ein dritter kniete neben dem Toten. Auch ein paar der tratschenden Frauen hatten ihre Stühle verlassen und bewegten die Lippen in stummem Gebet, die schwieligen Hände gefaltet und die Blicke gesenkt und auf den Toten gerichtet. Die jungen Männer beobachteten mich mit feindseligen dunklen Augen. Einer von ihnen sprach in sein Handy. Er hatte die Polizei angerufen. Ein anderer trat mit seiner Clubfahne näher heran und deckte den Leichnam mit der scharlachroten Seide zu.

»Tut mir leid«, sagte ich. »Das war ein Fehler.«

Ich weiß nicht, ob sie mich verstanden. Es deutete jedenfalls nichts darauf hin. Der Tod dieses alten Mannes tat mir wirklich leid, denn schließlich hatte er nur in guter Absicht gehandelt. Er hatte mir die Börse zurückgeben wollen, die ich verloren hatte. Dabei bin ich ein reicher Mann, und er war arm. Ich hätte das Geld gar nicht vermisst. Aber er war ein ehrlicher Mann gewesen, und ich …?

Zum ersten Mal hatte der Nebel sich geklärt, und ich sah alles kristallklar.

»Sie müssen mich nicht so festhalten«, sagte ich zu den beiden Männern, die mich noch immer an den Armen packten. »Ich werde nicht weglaufen.« Ich gestattete mir ein Lächeln. »Ich weiß ohnehin nicht mehr, wohin.« Aber sie verstanden mich nicht.

Mord auf dem Speiseplan

»Ich habe dich für das Gebäck eingetragen«, sagte Clarissa Hooper und lächelte strahlend auf ihre ermutigende Art.

Daisy wischte sich mit einem Tuch nervös die Hände ab und verteilte damit die Farbe nur noch viel mehr. Sie fragte sich, warum Clarissas Lächeln nie ihre Augen erreichte. Clarissas große, hervorquellende blassblaue Augen waren so leer wie die eines toten Fisches.

»Ich fürchte, ich bin keine gute Bäckerin«, sagte Daisy.

»Unsinn!«, erwiderte Clarissa, genau wie Daisy erwartet hatte. »Du kannst doch was zusammenrühren, oder? Das schafft jeder.«

»Ich nicht«, erklärte Daisy so bestimmt, wie sie konnte, doch das war nutzlos. Clarissa lachte nur fröhlich auf, als hätte Daisy einen Scherz gemacht. Daisy kam eine Idee. Sie musste nicht wirklich etwas backen. Sie konnte auch einfach etwas in der nächstgelegenen Bäckerei kaufen. Was für einen Unterschied machte das schon?

Als könne sie Daisys Gedanken lesen, fuhr Clarissa fort: »Am wichtigsten ist, dass alles hausgemacht ist. Alte Leute lieben hausgemachte Küche. Letztes Jahr haben ein paar Leute beim Bäcker eingekauft, und das wollen wir doch nicht! Wir wollen, dass diese Party ein Erfolg wird!«

Dieses »wir« ärgerte Daisy. Natürlich wollte auch sie, dass die Party für die Senioren des Dorfes ein Erfolg wurde, aber sie nahm an, dass Clarissa mit »wir« im Grunde »ich« meinte. Clarissa verwendete »wir« wie einen Pluralis Majestatis, als Pronomen für die Person und auch das Amt. Als Vorsitzende des örtlichen Frauenbunds verhielt sie sich nicht viel anders als der Alleinherrscher eines Minifürstentums. Mit ihr zu diskutieren war nicht nur sinnlos, es fühlte sich auch wie Verrat an.

Widerwillig fragte Daisy: »Was für eine Art von Gebäck soll es denn sein?«

»Gute Frage.« Clarissa nickte. »Wir wollen ja nicht, dass jeder das Gleiche mitbringt. Deshalb habe ich auch eine Liste gemacht. Mrs. Forbes kümmert sich um die Sandwiches. Drei von euch backen. Eine bringt Käsestangen und eine andere Pilzpasteten. Du kannst dir aussuchen, was du machen willst. Vielleicht etwas zum Kaffee?«

»Zum Kaffee?« Entsetzt schnappte Daisy nach Luft, doch Clarissa sammelte bereits ihre Sachen ein.

»Ich muss jetzt los. Ich soll noch beim Vikar vorbeischauen, bevor ich wieder nach Hause fahre, und ich habe dem Mädchen gesagt, dass ich um Punkt eins essen will.«

Trotz dieser Worte ging Clarissa nicht, sondern spielte an ihrer riesigen Tasche herum, während sie Daisy nachdenklich betrachtete. »Du hast doch keine Familie, nicht wahr, meine Liebe?«, fragte sie unerwartet.

Daisy antwortete auf diese unverschämte Frage, dass sie einen alten Onkel habe, der am Meer wohne.

»Dann hast du ja etwas zu erwarten«, bemerkte Clarissa, und das betrachtete Daisy als noch viel unverschämter. Was ging es Clarissa an, ob und wie viel sie von wem erbte? Außerdem erwartete Daisy nicht viel von ihrem griesgrämigen Onkel Frederick. Tatsächlich hatte er ihr schon zweimal ausdrücklich gesagt, dass sie von ihm nichts zu erwarten habe. Dazu kam, dass er zwar schon gut über achtzig, aber noch immer bei bester Gesundheit war.

Doch Daisy hatte Clarissas Interesse falsch gedeutet. »Ich habe einen Neffen«, begann Clarissa und zögerte dann unglücklich. Mangelndes Selbstvertrauen passte so gar nicht zu ihr. Daisy erkannte, dass die Frau etwas loswerden musste. Sie wusste nur nicht, wo sie beginnen sollte.

»Ja?«, ermutigte Daisy sie.

»Ich habe ihm in der Vergangenheit oft geholfen … um meiner armen toten Schwester willen«, legte Clarissa überstürzt los. »Doch irgendwann habe ich mit der Faust auf den Tisch geschlagen. Ich habe ihm geschrieben, es sei an der Zeit, auf eigenen Beinen zu stehen.«

»Wo wohnt er denn?«, fragte Daisy, obwohl ihr das eigentlich vollkommen egal war.

»In London. Er arbeitet da für eine Versicherung. Natürlich weiß er, dass er nach meinem Tod alles bekommen wird, aber bis dahin wird er von seinem Gehalt leben müssen. Das habe ich ihm klar und deutlich gesagt.« Plötzlich erinnerte Clarissa sich wieder an den Grund, warum sie hier war. »Du kümmerst dich also um das Gebäck, ja? Ich komme morgen vorbei, um es abzuholen. Zwei Dutzend sollten ausreichen.«

»*Zwei Dutzend …!*« Doch Clarissa war schon durch die Tür. Durch das Fenster sah Daisy, wie sie auf ihr Fahrrad stieg und losradelte, um den Vikar heimzusuchen, einen sanftmütigen Mann, der geradezu Ehrfurcht vor Mrs. Hooper hatte.

Daisy ließ sich auf den nächstbesten Stuhl fallen. Sie konnte sich nicht mehr daran erinnern, wann sie zum letzten Mal etwas gebacken hatte, und sie hielt es für keine gute Idee, ausgerechnet jetzt damit anzufangen. Die Senioren, für die all diese Delikatessen gedacht waren, hatten vermutlich allesamt falsche Zähne … falsche Zähne, die dann von Daisys Teigwaren verklebt wurden. Sie sah das Malheur deutlich vor ihrem geistigen Auge. Und die Senioren des Dorfes pflegten sich lautstark zu beschweren, wenn irgendetwas bei ihrer jährlichen Sommergartenparty, die in einem Paddock direkt hinter Clarissas Grundstück stattfand, nicht so lief, wie sie es sich vorstellten. Zwar war Daisy selbst auch nicht mehr die Jüngste, doch das hieß nicht, dass sie mit den Alten des Dorfes mitfühlte, die nur glücklich zu sein schienen, wenn sie irgendetwas zu meckern hatten.

Plötzlich bemerkte Daisy, dass die Farbe an ihren Händen getrocknet war. Das Bild, an dem sie bei Clarissas Ankunft gearbeitet hatte, stand halb fertig auf der Staffelei. Daisy seufzte. Clarissa machte sich nie die Mühe zu fragen, ob man beschäftigt war. Sie platzte einfach herein und redete drauflos, egal wie ungelegen sie auch kommen mochte. Daisy schaute auf die Uhr. Es war zehn vor zwölf. Clarissa war um elf gekommen und hatte Daisy fünfzig Minuten lang gemaßregelt. Der Morgen war ruiniert. Jetzt war es unmöglich, noch einmal mit der Arbeit zu beginnen. Daisy ging in die Küche, um sich die Hände zu waschen und nach einem Kochbuch zu suchen.

Mavis Potter war in der Küche. Sie wollte sich gerade den Mantel anziehen und etwas früher hinausschleichen. Daisy, die typisch mittellose Künstlerin, konnte sich keine echte Haushaltshilfe leisten. So war ihr nur Mavis geblieben. Mavis war fünfzehn, erledigte die anstehenden Aufgaben schludrig und neigte dazu, es sich leichtzumachen. Aber sie war bereit, für minimales Geld zu arbeiten.

»Ich bin fertig, Mum«, verkündete Mavis frech. In Vorbereitung auf ihren Heimweg hatte sie scharlachroten Lippenstift aufgetragen, wenn auch schludrig.

Daisy überlegte, ob sie etwas dazu sagen sollte. Schließlich war so eine Art von Lippenstift nicht gerade angemessen für eine Fünfzehnjährige. Außerdem bezweifelte sie, dass Mavis »fertig« war. Das Mädchen hatte die Arbeit definitiv nur halb erledigt, doch nach Clarissas Besuch hatte Daisy schlicht nicht mehr den Nerv, sich auch noch mit ihrer Haushaltshilfe zu streiten. Also sagte sie nur: »Okay, Mavis.«

Und Mavis polterte davon.

Da es fast Mittag war, machte Daisy sich ein Sandwich und ging damit und mit dem Kochbuch in den Garten, um ein wenig die Sonne zu genießen. Rose Cottage lag am Rand des Dorfes. Daisy hatte es von einer alten Dame gemietet, einer weithin bekannten und angesehenen Dorfbewohnerin, die aus gesundheitlichen Gründen in die Karibik gezogen war. Der hübsche Garten lag zur Straße hin, und oft blieben die Leute stehen, um ihn zu bewundern oder einen kleinen Plausch über die Hecke hinweg zu halten.

Daisy setzte sich in den Schatten eines Apfelbaums. Sie biss in ihr Sandwich und starrte verzweifelt auf das noch geschlossene Kochbuch. Es war ja schön und gut, dass Mrs. Forbes Sandwiches versprochen hatte. Mrs. Forbes' Hausangestellte würde die machen, und Daisy nahm an, dass den Herstellern der Käsestangen und Pilzpasteten ähnliche Hilfe zur Verfügung stand. Mavis zu fragen kam jedoch nicht infrage. Niemals. Also musste Daisy selbst ihr Bestes tun. Fest entschlossen zu backen, was auch immer ihr als Erstes entgegensprang, klappte Daisy das Buch auf. Sollte das ein Desaster werden, dann war es eben so, und sie würde doch noch zur Bäckerei rennen und Clarissa das erklären müssen. Das wäre zwar demütigend, aber unvermeidlich.

Würstchen im Schlafrock stand oben auf der Seite. Der Name gefiel Daisy, und sie las nach, was es mit dieser Köstlichkeit auf sich hatte. Offenbar handelte es sich dabei um eine Art Hotdog. Also *Würstchen im Schlafrock*. Das war zwar nicht sehr traditionell, aber das konnte man durchaus zum Kaffee reichen.

Ein metallisches Klappern erregte Daisys Aufmerksamkeit. Sie hob den Blick und sah Clarissas Fahrrad aus der Richtung des Pfarrhauses kommen. Das Klappern stammte vom losen Schutzblech am Hinterrad. Ohne Zweifel war Clarissa gerade auf dem Weg nach Hause, um das Essen ihrer hervorragenden Köchin zu genießen. Fröhlich winkte Clarissa Daisy zu, die das

Winken erwiderte. Daisy hatte ein schlechtes Gewissen. Sie stand auf und ging in die Küche zurück. Die Wanduhr verriet ihr, dass es halb eins war. Daisy schaute im Küchenschrank nach. Für den Teig hatte sie alles, aber Würstchen hatte sie keine. Jetzt sagte ihr die Küchenuhr, dass es noch zwanzig Minuten bis eins war. Es war Mittwoch, und an diesem Tag hatten die Geschäfte im Dorf nachmittags geschlossen. Um Punkt ein Uhr würde der Metzger die Tür für den Rest des Tages abschließen. Daisy hatte keine Zeit zu verlieren. Ihr üppiges Haar, das allmählich ergraute, hatte sie an diesem Morgen hochgesteckt; inzwischen waren einzelne Strähnen schon wieder herausgefallen, doch ihr fehlte die Zeit, es in Ordnung zu bringen. Daisy setzte sich einen Raffiahut mit breiter Krempe auf und lief hinaus.

Sorgfältig schloss sie das Gartentor zum Schutz vor streunenden Hunden und ging die Straße hinunter. Sie trug ihre vernünftigen flachen Sandalen und setzte den Fuß stets mit der ganzen Fläche auf den Boden, während ihr langer Rock an den Knöcheln flatterte. Die Metzgerei lag am anderen Ende der bereits menschenleeren Hauptstraße. Alle saßen zu Tisch. Daisy kam an Clarissas hübschem, weiß getünchten Haus im georgianischen Stil vorbei und stellte sich voller Missgunst vor, wie Clarissa jetzt da drinhockte und friedlich ihre Mahlzeit genoss, ohne einen Gedanken an den Ärger zu verschwenden, den sie anderen bereitet hatte.

Keuchend traf Daisy beim Metzger ein, doch nur, um herauszufinden, dass er gerade die Tür abgeschlossen und das Geschlossen-Schild ins Fenster gehängt hatte. Sie lugte durchs Glas und klopfte drängend. Der Metzger kam an die Tür und deutete majestätisch auf das Schild, doch als er sah, wer es war, öffnete er die Tür wieder. Er mochte die Künstler-Lady, die ins Rose Cottage gezogen war.

»Ich will nur zwei Pfund kleine Würstchen«, entschuldigte sich Daisy.

»Dann also zwei Pfund Würstchen«, sagte der Metzger.

Schwitzend machte Daisy sich in der Mittagshitze wieder auf den Heimweg. In der Hand trug sie die eingepackten Würstchen. Auf halbem Weg die Hauptstraße hinunter ließ ein schriller Schrei sie stehen bleiben.

Er drang aus dem Haus zu ihrer Linken, dem weiß getünchten georgianischen Haus, das Clarissa gehörte. Während Daisy noch auf der Straße stand und überlegte, was sie tun sollte, flog die Tür auf, und Clarissas Hausangestellte stürmte heraus. Als sie Daisy sah, lief sie sofort auf sie zu und packte sie am Arm.

»Oh, Miss! Sie müssen mit mir kommen! Madam ist tot!«

»Reißen Sie sich zusammen«, sagte Daisy instinktiv und versuchte, sich aus dem Griff des Mädchens zu befreien. Clarissa verschliss ihre Angestellten schneller, als man gucken konnte. Meist blieben sie nur ein, zwei Monate, bevor sie beschlossen weiterzuziehen. Dieses Mädchen – das sah Daisy – war schon wieder neu. Sie fragte sich, ob sie wohl zu Halluzinationen neigte.

»Mrs. Hooper kann nicht tot sein«, versuchte Daisy, sie zu beruhigen. »Ich habe sie erst vor einer halben Stunde gesehen.«

»Oh, aber das ist sie! Sie ist tot! Schrecklich!«, heulte das Mädchen und klammerte sich noch fester an Daisy.

Gegen ihren Willen ließ diese sich ins Haus ziehen. Auf dem Weg erstattete das Mädchen einen unzusammenhängenden Bericht über das, was geschehen war.

»Die Köchin hat heute ihren freien Tag. Also habe ich das Essen für Madam zubereitet – nur einen Salat und einen Reispudding. Ich hatte alles vorbereitet, aber ich habe sie nicht nach Hause kommen hören. Also bin ich einfach ins Esszimmer gegangen, um zu sehen, ob sie dort wäre. Und … und als ich die Tür geöffnet habe, da lag sie da … einfach so!«

Sie erreichten die Tür zum Esszimmer. Das Mädchen blieb abrupt stehen und deutete auf etwas Unsichtbares auf der anderen Seite der Tür.

»Ich kann da nicht wieder rein. Ich schwöre, ich kann nicht!« Tränen liefen ihr übers Gesicht.

Daisy musste zwangsläufig alleine hineingehen. Das Esszimmer war ein kleiner, aber hübscher Raum, mit zwei großen Fenstern, die sich zum Garten hin öffneten. Der polierte Tisch war für eine Person gedeckt. Der Stuhl dahinter war jedoch umgekippt, und daneben lag Clarissa, auf dem Rücken, eine Hand am Hals, um den sich eine Schnur spannte. Ihre blassen Augen waren sogar noch weiter hervorgequollen als zu Lebzeiten, und ihre Zunge ragte zwischen den Lippen hervor. Sie war ohne Zweifel tot.

Das Mädchen stand noch immer draußen im Flur. Daisy kehrte zu ihr zurück und achtete dabei sorgfältig darauf, keine Spuren zu verwischen.

Wenigstens hatte das Mädchen sich inzwischen weitgehend beruhigt, denn endlich war jemand hier, der die Verantwortung übernehmen konnte. Ihre Tränen waren getrocknet, und ihr Gesichtsausdruck war eher neugierig als entsetzt. Daisy war erleichtert. Eine hysterische Hausangestellte wäre jetzt ein Problem gewesen. Daisy musterte das Mädchen, eine hübsche junge Frau mit glänzendem braunen Haar. In ihrer schwarzen Uniform und mit der weißen Schürze und dem weißen Stirnreif sah sie ganz und gar nicht aus wie Mavis Potter, dachte Daisy reumütig. Und sie wirkte zuverlässig genug, um sie mit einer Nachricht zu betrauen.

»Holen Sie Constable Wilkes«, sagte Daisy mit fester Stimme. »Und Dr. Partridge.«

Das Mädchen riss die Augen auf, öffnete den Mund und schlug verzweifelt die Hand vors Gesicht. »Dann lebt Madam noch?«, keuchte sie. »Ich hätte sie doch nie allein gelassen, wenn ich …«

»Nein, ich fürchte, Mrs. Hooper ist tot. Aber der Constable wird die Meinung des Arztes hören wollen. Jetzt laufen Sie, und was auch immer Sie tun, verbreiten Sie keine Gerüchte auf dem Weg!«

»Nein, Miss!«, sagte das Mädchen und lief los.

Allein mit der Leiche wusste Daisy nicht so recht, was sie tun sollte. Prinzipiell war es wohl das Beste, nichts zu tun. Also ging sie wieder hinaus und schaute sich auf der Straße um. Nicht eine Menschenseele war zu sehen, außer dem Mädchen, das in Richtung Polizeirevier lief. Der arme Constable Wilkes saß vermutlich gerade beim Mittagessen, gekocht von Mrs. Wilkes. Dass er nun sofort würde aufstehen und sich auf den Weg machen müssen, würde ihm gar nicht gefallen.

Daisy kam eine Idee. Sie ging den Pfad neben dem Haus hinunter und in den hinteren Garten. Clarissas Fahrrad lehnte an einem Schuppen, in dem es vermutlich für gewöhnlich untergebracht war. Der Garten bestand größtenteils aus einem Rasen, und dahinter befand sich der Paddock, in dem die Senioren feiern würden. Daisy runzelte die Stirn. Sie kehrte ins Haus zurück, doch diesmal ging sie in die Küche. Hier war alles blitzblank, und neben dem offenen Fenster hing ein gestärkter Vorhang im Vichy-Muster. Sanft bewegte er sich in der Zugluft. Clarissas Mittagsmahl, das sie nun nie essen würde, stand servierbereit auf der Anrichte. Es war ein erbärmlicher Anblick. Der Fleischsalat stand auf einem Tablett, und der Reispudding – klumpig und mit verbrannter Kruste – wurde in einem Wasserbad warmgehalten. Daisy schaute zum Küchenfenster hinaus. Sie sah ein kleines, gepflastertes Areal und dahinter eine hohe Hecke, die das Pflaster vom Rest des Gartens trennte.

Schritte vor dem Haus verrieten, dass mindestens einer der beiden Männer eingetroffen war, nach denen Daisy geschickt hatte. Sie eilte ins Esszimmer zurück.

Constable Wilkes, eine untersetzte Gestalt mit nur halb zugeknöpftem Hemd, was auf die Eile schließen ließ, in der er sein Heim verlassen hatte, beugte sich über die am Boden liegende

Clarissa. Entsetzt verzog er das rote Gesicht und wiederholte immer wieder: »Also, ich hätte nie … Ich hätte nie …«

Er richtete sich wieder auf, holte Notizbuch und Stift heraus, doch dann schien ihm plötzlich entfallen zu sein, was er eigentlich aufschreiben wollte. Glücklicherweise traf just in diesem Augenblick Dr. Partridge ein. Auch ihn hatte man vom Mittagstisch geholt, wie deutlich an der Serviette zu erkennen war, die noch immer in seiner Weste steckte. Clarissas Mädchen folgte ihm dichtauf. Sie schaute triumphierend drein, hatte sie ihre Mission doch erfolgreich abgeschlossen.

»Ich habe beide geholt, Miss«, verkündete sie dann auch.

Partridge kniete sich kurz neben die Leiche. Dann stand er wieder auf und wandte sich an Constable Wilkes. »Sie werden Inspector Morris in den Ort holen müssen. Wir haben es hier eindeutig mit einem Mord zu tun.«

»Mord!«, kreischte das Mädchen und verfiel wieder in Panik. »Ich bleibe keine Minute mehr in diesem Haus!«

Als sich die Nachricht von Mrs. Hoopers Tod herumgesprochen hatte, herrschte großer Aufruhr im Dorf. Wer könnte das getan haben? Ja, sie war nicht sonderlich beliebt gewesen. »Aber man bringt doch niemanden um, nur weil derjenige gerne Befehle erteilt, oder?«, fragte Mrs. Potter, Mavis' Mutter. Das war die vorherrschende Meinung. Auch konnte man den wahrscheinlichsten Verdächtigen ausschließen, Mrs. Hoopers verlorenen Neffen Gerald. Die Polizei klärte sofort, dass er zum Zeitpunkt des Mordes in London im Büro gewesen war. Tatsächlich hatte er noch nicht einmal eine Mittagspause gemacht, denn er hatte sich um einen wichtigen neuen Kunden kümmern müssen. Alle, die in der Firma arbeiteten, hatten ihn entweder den ganzen Tag über gesehen oder gesprochen.

Die Polizei kam und ging. Der Fall blieb ungelöst. Gerüchten zufolge glaubte die Polizei, dass der Mörder das Esszimmer durch die Terrassentür betreten hatte. Möglicherweise hatte es sich um einen Dieb gehandelt, der es auf das Silberbesteck abgesehen hatte. Und anschließend war er auf demselben Weg entkommen: durch den hinteren Garten und über den Paddock. Da das Hausmädchen in der Küche gewesen war, hatte es auch nichts sehen können.

Die Leiche wurde für die Beerdigung freigegeben, und Gerald Horton, der Neffe, nahm an der Bestattung teil und schien sogar zu trauern. Traurig und respektvoll senkte er sein hübsches Gesicht und machte damit durchaus Eindruck. Mavis Potter war vollkommen fasziniert und erklärte, er sehe genau wie Ronald Coleman aus.

Das ärgerte Daisy irgendwie, und sie erwiderte: »Sei doch nicht dumm, Mavis, und außerdem, ich glaube nicht, dass deine Mutter damit einverstanden ist, wenn du Geld für Lippenstift ausgibst.«

Nach der Beerdigung verschwand Gerald sofort wieder, sehr zu Mavis' Bedauern. Kurz darauf stand plötzlich ein Verkaufsschild vor Clarissas georgianischem Haus. Mr. Horton hatte nicht die geringste Absicht, es zu behalten, und alle sagten, das könnten sie auch verstehen.

Zu Beginn der Ermittlungen war Daisy von der Polizei verhört worden, und wahrheitsgemäß hatte sie ihnen berichtet, dass das Hausmädchen sie zur Leiche gerufen hatte. Die Beamten hatten alles notiert und sie seitdem nicht mehr belästigt. Zusammen mit dem Rest des Dorfes hatte Daisy darauf gewartet, dass die Polizei jemanden verhaftete. Früher oder später musste es doch so weit sein. Als das jedoch nicht passierte, herrschte mehr und mehr eine angespannte Atmosphäre im Ort.

»Mutter sagt, wir hätten einen mörderischen Irren unter uns«, erzählte Mavis Daisy genussvoll.

Daisy setzte wieder ihren Raffiahut auf und ging die Hauptstraße hinunter. Vor Clarissas Haus mit dem Verkaufsschild blieb sie ein paar Minuten stehen, um der Verstorbenen stumm Respekt zu zollen; dann fuhr sie mit dem Bus in die Stadt. Dort ging sie aufs Polizeirevier und bat darum, mit Inspector Morris zu sprechen.

»Nun denn, Miss Winslow«, sagte Inspector Morris höflich. »Was können wir für Sie tun?«

Er lächelte seine Besucherin an. Und er erinnerte sich auch daran, unmittelbar nach dem Mord mit ihr gesprochen zu haben. Daisy war jetzt genauso gekleidet wie damals, auf eine Art, die Morris als »unkonventionell« kategorisierte. Sie trug einen langen Rock, eine Samtweste und ihren Raffiasonnenhut, aus dem unordentliche graue Locken hervorlugten. Dazu hatte sie sich eine ganze Reihe von offensichtlich selbst gemachten Perlenketten um den Hals gehängt. *Kunsthandwerk,* dachte Inspector Morris abschätzig. Er wusste zwar nicht, warum Daisy gekommen war, aber vermutlich würde sie seine Zeit verschwenden. Wahrscheinlich hatte sie schlicht die Aufmerksamkeit genossen, die ihr nach dem Mord zuteilgeworden war, und jetzt wollte sie mehr davon.

Daisy verschränkte die Hände im Schoß und atmete tief durch. »Darf ich fragen, ob Sie noch zu Mrs. Hoopers Tod ermitteln?«

Morris schaute ob dieser direkten Ansprache verärgert drein. »Diese Dinge brauchen Zeit«, erklärte er gereizt.

Beinahe sofort verließ Daisy der Mut, aber sie schluckte und fuhr fort: »Ich hätte vielleicht früher kommen sollen, aber wissen Sie, ich dachte, dass Sie den Fall schon längst gelöst hätten. Doch wie auch immer … Sie waren mit Sicherheit nicht an *meinen* Ideen interessiert. Aber da der Fall nicht gelöst ist, *noch nicht …*« Taktvoll entschärfte Daisy ihre Worte gerade noch rechtzeitig, als sie sah, wie der Inspector rot anlief. »Da Sie wie gesagt noch niemanden verhaftet haben, habe ich beschlossen, zu Ihnen zu kommen und Ihnen zu erzählen, was mich umtreibt. Seit dem Tag, an dem die arme Clarissa gestorben ist, ist mir das nicht mehr aus dem Kopf gegangen. Tatsächlich habe ich an nichts anderes mehr gedacht. Und jetzt glaube ich … Ich glaube, ich weiß, was passiert ist.«

»Wir wissen, wie die Tat abgelaufen ist«, erklärte der Inspector, der Daisy mit wachsender Ungeduld zugehört hatte. Seine schlimmsten Vermutungen hatten sich bestätigt. »Sie ist mit einer langen Kordel erwürgt worden, wie man sie überall kaufen kann.«

»Nein. Ich meine, ich weiß, wie sie es getan haben … Clarissas Mörder … Plural.«

»Oh, es waren also zwei?«, fragte der Inspector in spöttischem Ton. Er schaute auf seine Uhr. »Ich bin sicher, Ihre Theorie ist sehr interessant, Miss Winslow, aber …«

»Es *müssen* zwei gewesen sein«, fiel Daisy ihm aufgeregt ins Wort, »um Gerald Horton ein Alibi zu geben. Sie wissen ja, er ist der Einzige, der ein Motiv hat, und deshalb war er natürlich zunächst der Hauptverdächtige. In ihrem Testament hat Clarissa Hooper ihm alles hinterlassen. Das hat sie mir noch am Morgen vor ihrem Tod erzählt. Sie hat ihm immer Geld gegeben, doch vor Kurzem hat sie sich geweigert, ihn weiter auszuhalten. Gerald ist ein junger Mann mit einem Hang zu Ausschweifungen, und das hat ihr große Sorgen bereitet. Ich wage zu behaupten, dass er viel Geld braucht, und als sie ihm gesagt hat, von ihr habe er nichts mehr zu erwarten, da hat er verzweifelt reagiert.«

»Und wer soll sein Komplize sein?«, hakte der Inspector nach. Er sprach noch immer von oben herab, doch in seinem Gesicht zeigte sich Neugier.

»Oh, dieses Mädchen, die Hausangestellte. Es ist zwar furchtbar, sich vorzustellen, dass so ein junges Ding einen Mord begehen könnte, aber sie ist vermutlich über beide Ohren in Gerald verliebt. Er ist ja auch ausgesprochen attraktiv, und jemand, der es geschafft hat, Clarissa Hooper über Jahre hinweg Geld aus dem Kreuz zu leiern, muss wahrlich eine süße Zunge haben. Sie in das Haus einzuschleusen kann nicht schwer gewesen sein. Clarissa hat ständig ihre Angestellten gewechselt. Sie mussten nur warten, bis sie wieder eine neue suchte, und dann konnte Gerald ihr seine junge Frau schicken.«

Morris trommelte mit den Fingern auf dem Tisch. »Tatsache ist, dass wir keine Spur mehr von dem Hausmädchen haben. Sie muss sich einen neuen Job gesucht haben. Wir fragen in jeder Agentur nach, die Hausangestellte vermittelt.« Er lehnte sich auf seinem Stuhl zurück. »Aber sollten Sie recht haben, dann sind Horton und seine Freundin ein verdammt großes Risiko eingegangen, als sie geplant haben, Mrs. Hooper am helllichten Tag umzubringen, wenn jederzeit jemand vorbeikommen kann.«

»Nicht wirklich. Sie müssen wissen, dass mittags im Dorf *niemand* bei irgendjemandem vorbeikommt. Vor- oder nachmittags wäre das etwas vollkommen anderes gewesen. Dann sind die Leute unterwegs. Clarissa zum Beispiel war gerade damit beschäftigt, eine Sommerparty für die Senioren zu organisieren. Sie war um elf Uhr bei mir, um das zu besprechen. Zehn Minuten vor zwölf fuhr sie dann wieder, weil sie noch im Pfarrhaus vorbeischauen wollte.«

»Da war sie auch«, sagte Morris. »Der Vikar hat das bestätigt.«

»Stimmt. Ich habe sie selbst gesehen. Sie radelte um halb eins an meinem Cottage vorbei, da war sie auf dem Heimweg. Clarissa war äußerst pedantisch. Bei ihr hatte alles seine Ordnung. Sie hatte mir erzählt, dass sie ihr Mittagessen für Punkt eins bestellt habe. Deshalb wusste ich auch, dass sie nach Hause fuhr.

Ich hatte jedoch Panik, denn ich bin keine gute Köchin, und ich hatte keine Würstchen mehr. Außerdem war Mittwoch, und da sind die Geschäfte im Dorf nachmittags geschlossen. Aber Clarissa verweigerte man sich nicht«, erzählte Daisy reumütig. »Also setzte ich meinen Hut auf und lief zum Metzger. Das war um zwanzig vor eins. Dabei bin ich an Clarissas Haus vorbeigekommen. Alles war ruhig. Das überraschte mich nicht, denn mit ihrem Fahrrad war sie natürlich deutlich schneller als ich. Ich nehme an, dass sie nur fünf Minuten von meinem Garten bis zu ihrem Haus gebraucht hat. Sie muss also um fünf nach halb eins daheim gewesen sein, und damit hatte der Mörder genügend Zeit. Vergessen Sie nicht: Clarissa wollte um Punkt eins essen. Die Köchin hatte frei. Nur das Hausmädchen war da. Das hat die junge Frau selbst zugegeben.

Um eins war ich dann beim Metzger. Er hatte gerade die Tür abgeschlossen, aber freundlicherweise noch mal geöffnet, um mir die Würstchen zu verkaufen. Als ich den Laden wieder verließ, sah ich, dass es genau zehn nach eins war. Ich war dem Metzger äußerst dankbar dafür, dass er für mich noch zehn Minuten länger geöffnet hatte. Als ich wieder an Clarissas Haus vorbeikam, stürmte das Mädchen heraus. Den Rest kennen Sie ja.«

Daisy runzelte die Stirn.

»Ich nehme an, ich war so schockiert, dass mir nichts Besseres einfiel, als das Mädchen nach Constable Wilkes und Dr. Partridge zu schicken. Hinterher habe ich jedoch eingehender darüber nachgedacht, und ein, zwei Dinge kamen mir komisch vor.

Zum einen war da die Tatsache, dass die Hausangestellte sagte, sie habe Clarissa nicht nach Hause kommen hören. Nun, sie hat Clarissa vielleicht nicht gesehen, weil man dank der Hecke nicht aus der Küche in den Garten schauen kann, aber sie hätte mit Sicherheit das Fahrrad gehört. Das Ding hat nämlich furchtbar geklappert, und die Küchenfenster standen offen. Ich habe dieses Klappern früher am Tag selbst gehört, und während ich auf den Constable gewartet habe, habe ich das Fahrrad am Schuppen gesehen. Das Mädchen hatte das Mittagessen vorbereitet, damit alles so war, wie Clarissa es haben wollte. Während sie mich ins Haus führte, hat sie mir das ausführlich erzählt, auch, dass die Mahlzeit aus Salat und Reispudding bestand. Und tatsächlich habe ich einen Fleischsalat und Reispudding in der Küche gesehen. Wie gesagt habe ich das Mädchen geschickt, um Hilfe zu holen, und da passierte dann wieder etwas Seltsames. Das Mädchen hatte sich ziemlich schnell wieder beruhigt – ein wenig *zu* schnell für meinen Geschmack! Aber als ich sie bat, auch Dr. Partridge zu holen, da schaute sie verzweifelt drein und fragte, ob Madam vielleicht noch lebe? Sie hatte Angst, dass ich Lebenszeichen bei der armen Clarissa gesehen hätte. Als ich ihr antwortete, dass der Constable nur die Meinung des Arztes würde hören wollen …« Hier hielt Daisy inne und lächelte den Inspector nervös an.

»Das stimmte auch«, sagte Morris. »Das war eine gute Idee von Ihnen.«

»Danke. Nun, als das Mädchen erkannte, warum ich Partridge dort haben wollte, entspannte es sich wieder und zog wahrlich gut gelaunt von dannen! So kaltblütig …« Wieder hielt Daisy inne, und der Inspector wartete höflich darauf, dass sie fortfuhr. »Dann habe ich über die dritte Merkwürdigkeit nachgedacht, und das ist tatsächlich die seltsamste von allen. Wenn Clarissa ihr Mittagessen für Punkt eins bestellt hatte, dann hat sie mit Sicherheit auch erwartet, dass es Punkt eins serviert würde. Doch als das Mädchen auf die Straße gelaufen kam und behauptete, die Herrin tot aufgefunden zu haben, da war es schon zehn *nach* eins. Wäre das Essen zehn Minuten zu spät gekommen, dann wäre Clarissa in die Küche gegangen, um nachzusehen, warum.

Ich glaube, Folgendes ist passiert: Gerald und das Mädchen warteten auf den freien Tag der Köchin. Gerald sorgte dafür, dass er den ganzen Tag im Büro arbeitete und dass alle ihn sehen konnten. Dann hörte die Hausangestellte Clarissas Fahrrad zum Schuppen klappern und bereitete sich auf ihre Rolle vor. Um

Punkt eins ging sie ins Esszimmer. Clarissa saß am Tisch und erwartete ihr Mittagessen. An den Möbeln habe ich gesehen, dass sie mit dem Rücken zur Tür gesessen haben muss. Als sie die Tür gehört hat, hat sie vermutlich geglaubt, das sei der Salat, doch stattdessen war es diese furchtbare Frau – mit einem Strang. Es muss wirklich sehr leicht gewesen sein. Clarissa hat nicht den geringsten Verdacht geschöpft …«

»Hätten Sie gerne etwas Wasser?«, fragte der Inspector, als Daisy ihre Erzählung kurz unterbrach. Sie war kreidebleich.

»Später«, antwortete sie. »Lassen Sie mich erst weitererzählen. Ich bin fast fertig. Nachdem sie sich vergewissert hatte, dass Clarissa wirklich tot war – und es muss ein schneller Tod gewesen sein, Gott sei Dank –, da öffnete sie die Terrassentür, um zu suggerieren, dass der Täter auf diesem Weg eingedrungen war. Anschließend rannte sie dann schreiend auf die Straße und schnappte sich die erstbeste Person. Das war zufällig ich. Wäre ich nicht da gewesen, dann hätte sie einfach so lange geschrien, bis jemand herausgekommen wäre, um nachzusehen. Es war wirklich sehr einfach.«

Morris seufzte. »Ich muss zugeben, das ergibt Sinn. Unter uns … Wir haben Gerald Horton nie wirklich abgeschrieben, auch wenn er ein Alibi hat. Und Sie haben recht. Er hat hohe Schulden. Er spielt, und zwar schlecht. Ohne Zweifel wird er stark unter Druck gesetzt. Aber wenn wir ihm wirklich etwas anhängen wollen, dann müssen wir zuerst dieses Mädchen finden. Wie schon gesagt, fragen wir bei allen Agenturen nach …«

»Oh, nein«, unterbrach Daisy ihn. »Das bringt nichts. Versuchen Sie es lieber einmal bei Schauspielagenturen. Ich bin sicher, dass sie Schauspielerin ist. So ein hübsches Ding und all diese Emotionen … Und sie konnte sogar auf Kommando weinen! – Außerdem«, fuhr Daisy selbstbewusst fort, »habe ich den Reispudding gesehen. Der stammte definitiv von jemandem, der so etwas noch nie gemacht hatte. Er sah fast so schlimm aus wie alles, was ich so zusammenrühre, aber ich behaupte ja auch nicht, kochen zu können. Das versuchte ich auch, Clarissa zu erklären, als sie mich bat, etwas zu backen, aber sie wollte mir einfach nicht zuhören. Doch so ein professionell aussehendes Hausmädchen wie diese junge Frau hätte doch mit Sicherheit einen einfachen Reispudding zustande gebracht.«

»Das wäre mir nie aufgefallen«, gab der Inspector zu.

»Sie war also kein professionelles Hausmädchen. Wenn ich richtig informiert bin, haben Schauspielagenturen neben den Daten ihrer Klienten auch Fotos von ihnen. Mir ist egal, wie viele Fotos ich mir anschauen muss. Ich bin sicher, dass ich die junge Frau identifizieren kann.«

Und wie sich herausstellte, stimmte das auch. Das Mädchen erwies sich als größtenteils erfolglose Schauspielerin, die unter Gerald Hortons Fuchtel stand, genau wie Daisy vermutet hatte. Aber nicht so sehr, dass sie sich einer Mordanklage allein gestellt hätte. Sie gestand alles.

Clarissas Hoopers Haus blieb lange leer, denn kein Einheimischer wollte dort wohnen. Schließlich kaufte es ein Paar von außerhalb.

Während all das geschah, fand die Party für die Senioren statt. Allerdings wurde sie in den Garten des Pfarrhauses verlegt. Sie war ein großer Erfolg. Nur Daisy war einfach nicht dazu gekommen, Würstchen im Schlafrock zu machen.

Auf Abwegen

Arthur Hooper band sich die fleckenlose weiße Schürze um, während er die Treppe herunterkam. Morgens den Laden zu öffnen erfüllte ihn stets mit tiefem Vergnügen. Draußen stand auf glasierten Fliesen über dem Schaufenster: *Hooper & Son. Lebensmittel.* Von diesem Duo war Arthur der »Sohn« – er war Junggeselle mittleren Alters mit schütter werdendem Haar und zufrieden.

Er entzündete die Gaslampen im Geschäft, denn draußen war es noch nicht richtig hell. Was für einen Hort an Reichtümern sie offenbarten! Fetten Speck und rosige Schinken, vor Fett und Gallert triefende Schweinepasteten, gelbe Käseräder, Tee in Dosen, Kaffeebohnen in Säckchen, Lakritzstangen und Erdmandeln, Kekse aller Art in Glaskästen (und zerbrochene für einen Penny die Tüte). Das alles zusammen bildete Mr. Hoopers persönliches Königreich. Er öffnete stets früh, und oft erlangte er dadurch zusätzliche Kundschaft. Vielleicht ein Kind aus einer armen Familie, das zu ihm geschickt wurde, um für zwei Pence Tee zu kaufen, den er ihm in einen Bogen Papier einschlug, oder ein Dienstmädchen aus einem wohlhabenderen Haus, das ein halbes Pfund Butter von dem kleinen Berg erwarb, den er über Nacht im kühlen Keller aufbewahrte.

Aber als er an diesem Tag die Ladentür öffnete, verflüchtigte sich seine zufriedene Miene. Im Eingang saß eine zusammengesunkene Gestalt.

»Wieder einer von denen«, sagte Mr. Hooper resigniert.

Nicht zum ersten Mal fand er in seinem Eingang einen schlafenden Stadtstreicher vor. Mr. Hooper war kein Unmensch, und wenn er solch einen Unglücklichen entdeckte, weckte er ihn, indem er ihn an der Schulter rüttelte, und manchmal schenkte er ihm sogar eine alte Pastete. Heute Morgen aber war sein unerwünschter Schlafgast eine Frau, ein armes zerlumptes Geschöpf, und obwohl er sie mit zunehmender Heftigkeit schüttelte, konnte er sie nicht aus dem Schlaf reißen.

»Sturzbetrunken«, stellte Mr. Hooper fest. Er beugte sich vor und inspizierte das blasse Gesicht, das von schlaffen dünnen Haarsträhnen umgeben war. »Ach du lieber Gott!« Er hatte keine Betrunkene vor sich, sondern eine Tote. Die Nacht war sehr kalt gewesen.

»Sie darf nicht bei mir gefunden werden«, murmelte der Lebensmittelhändler. »Die Leute hier in Camden Town sind so heikel. Wer kauft denn schon Schweinepastete oder ein Pfund Speck in einem Geschäft, in dessen Eingang eine Leiche aufgefunden wurde?«

Er sah auf die Straße. Nebenan war ein Putzmachergeschäft, das von Miss Minchin betrieben wurde. Sie war eine Dame unbestimmten Alters und unberechenbaren Temperaments, die sich in schwarzen Bombasin und fingerlose Spitzenhandschuhe kleidete; an ihrer Büste haftete eine goldene Taschenuhr. Für Miss Minchin hatte Mr. Hooper nicht viel übrig. Im vergangenen Sommer war sie an einem besonders heißen Tag in sein Geschäft marschiert – als es voller Kunden gewesen war – und hatte erklärt, sie könne seinen Käse bis auf die Straße riechen; wie »verwesende Tote«, so hatte sie sich ausgedrückt.

Mr. Hooper befiel eine unheilige Versuchung, Zweckmäßigkeit mit Vergeltung zu kombinieren. »Dir gebe ich verwesende Tote!« Er packte die Leiche an den Schultern und zerrte sie das kurze Stück zu Miss Minchins Eingang. Dort legte er sie ab. »Soll sie damit glücklich werden!« Dann ging er zurück und wusch sich sorgfältig die Hände. Als Lebensmittelhändler musste er auf Reinlichkeit achten.

Eine Stunde später öffnete Miss Minchin ihr Geschäft. Mr. Hooper konnte es auf die Minute genau sagen, weil ein unirdischer Schrei die morgendliche Stille zerriss. Schritte tappten über das Pflaster, und sie erschien bestürzt an seinem Eingang.

Zum Glück war das Geschäft leer.

»In meinem Eingang liegt eine ermordete Leiche – der Ripper hat wieder sein teuflisches Werk verrichtet!«, verkündete sie, sank zusammen und blockierte die Tür.

Mr. Hooper, höchst alarmiert, aber mehr von ihren Worten als ihrer Ohnmacht, zog sie ins Ladenlokal. Ihre Absätze hinterließen zwei lange Rillen im sauberen Sägemehl, und sie war umständlicher zu handhaben als die Tote. Er lehnte sie neben der Messingwaage gegen die Mahagonitheke, spritzte ihr Wasser ins Gesicht und ging hinaus, um ihre Behauptung zu ergründen.

Noch immer war es früh und kalt, aber hell, und er entdeckte tatsächlich Blut an dem löchrigen Mieder und dem ausgefransten Schultertuch der verstorbenen Herumtreiberin. Offensichtlich handelte es sich nicht um das Werk des Rippers, sondern das allzu alltägliche Ergebnis einer Schlägerei nach der Sperrstunde am vorherigen Abend. Dem Lebensmittelhändler gefror das Blut in den Adern. Er hätte sofort den Constable holen sollen. Nun hatte er einen Todesfall nicht gemeldet, die Spuren am Schauplatz eines Verbrechens berührt und sich in schreckliche Schwierigkeiten gebracht! Aber es sollte noch schlimmer kommen.

Miss Minchin war in der Zwischenzeit von allein aus der Bewusstlosigkeit erwacht und erschien nun, doppelt wütend, hinter ihm. »Ich bin eine angesehene Putzmacherin. In meinem Eingang kann ich ermordete Leichen nicht dulden! Sie müssen mir helfen, sie loszuwerden.«

»Warum ich?«, fragte er kleinlaut.

»Sie sind ein Mann, oder?«, erwiderte seine Nachbarin vernichtend. »Sie können von einer schwachen Frau nicht verlangen, dass sie sich darum kümmert. Lassen Sie sich etwas einfallen.«

Das Rumpeln von Rädern und das Klappern von Hufen kündigten den Kohlenmann an, der mit seinem Wagen in die Straße einbog. Unverzüglich beeilten sich Mr. Hooper und Miss Minchin, die Leiche im Eingang zu verbergen. Der Kohlenwagen hielt, und der Kohlenmann lud einen Sack ab und trug ihn zu einem Haus auf der anderen Straßenseite. Die Gebäude dort waren im Gegensatz zu den Geschäften gegenüber von hinten nicht zugänglich, und alles musste vorn hineingebracht werden.

Panik und Miss Minchins grimmige Miene bewegten Mr. Hooper zu einer furchtlosen Entscheidung. »Nehmen Sie ihre Füße«, befahl er.

Gemeinsam schleppten sie die Leiche über die Straße, luden sie auf den Kohlenwagen und bedeckten sie mit leeren Kohlensäcken. Gerade rechtzeitig eilten sie zurück, dann kam der Kohlenmann wieder aus dem Haus, stieg auf seinen Kutschbock, pfiff seinem Pferd zu und fuhr nichts ahnend weiter.

Mr. Hooper wischte sich den Schweiß von der Stirn. »Gehen Sie nach Hause, Miss Minchin, und vergessen Sie die ganze Sache.«

Er selbst machte sich ebenfalls auf den Weg nach Hause und versuchte vergeblich, den eigenen Rat zu befolgen.

Der Kohlenmann fuhr die nächste Straße hinunter und blieb vor dem Rose and Crown stehen. Dieser Pub wurde über eine Kohlenrutsche beliefert, die in den Keller führte. Der Kohlenmann öffnete die Fallklappe und erledigte seine Arbeit. Als er den letzten leeren Sack wieder auf den Wagen warf, entdeckte er einen Fuß, der aus dem Haufen herausragte.

Er kletterte auf die Ladefläche und zog die Bedeckung beiseite. »Mann!«, rief er aus. »Wie kommt'n das hier rauf? Dafür halt ich aber nicht den Kopf hin.«

Verstohlen blickte er sich um, zog die Leiche vom Kohlenwagen und sandte sie mit geübter Hand die Kohlenrutsche hinunter in den Keller. Er fuhr so schnell weg, wie seine alte Mähre gehen konnte, und vergaß darüber völlig, die Fallklappe wieder zu schließen.

Kurz darauf stieg der Wirt des Rose und Crown mit dem Oberkellner in den Keller, um die Fässer für den beginnenden Tag anzustechen. Die größeren Fallklappen zur Anlieferung von Fässern waren geschlossen, aber die kleine Falltür über dem Kohlenhaufen in der Ecke ließ Licht herein.

»Geh mal besser rauf und mach sie zu«, sagte der Wirt. »Sonst fällt noch jemand rein.«

»Schauen Sie nur!«, keuchte der Kellner. »Da ist schon einer reingefallen.«

Vorsichtig näherten sie sich der Leiche. »Armes altes Mädchen hat sich's Genick gebrochen«, stieß der Wirt hervor. »Wenn die Brauerei davon hört ... Hör zu! Du musst ja die drei Dutzend Pasteten vom alten Hooper holen. Hinter den Läden ist eine Gasse. Wir legen die arme Seele in die Schubkarre, bedecken sie, du fährst sie nach hinten und lädst sie in der Gasse ab, dann holst du die Pasteten und kommst zurück.«

Wie geheißen stapfte der Kellner mit seiner grausigen Last in die Gasse hinter den Läden. Als er sie aber aus der Schubkarre kippen wollte, kam ihm der Gedanke, dass sie mit Kohlenstaub bedeckt war und das vielleicht dazu führen könnte, dass man sie mit dem Keller des Rose and Crown in Verbindung brachte. Die Tür zu einem der Hinterhöfe stand offen. Der Kellner warf einen Blick ins Innere – jawohl, ein Kohlenschuppen! Rasch legte er die Leiche hinein, ohne dass es ihm die Mühe wert gewesen wäre zu eruieren, hinter wessen Laden er war, und sehr zufrieden mit seiner Täuschung zog er sich hastig zurück.

Später am selben Morgen steckte Police Constable Collins den Kopf in Mr. Hoopers Geschäft, wie er es auf seiner Streife regelmäßig tat, und fragte gut gelaunt: »Morgen, Mr. H! Alles in Ordnung?«

Diese Frage war die übliche Vorlage für eine Einladung auf eine Tasse Tee im Hinterzimmer.

Mr. Hooper ließ das Päckchen Zucker fallen, das er gerade füllte. »Guten … guten Morgen, Officer!«

»Kalt heute«, stellte PC Collins fest, trat weiter herein und klatschte sich in die geröteten Hände. »Geht es Ihnen gut, Mr. H? Sie sehen ein bisschen blass aus.«

»Bin erkältet«, murmelte Mr. Hooper. Er wich zurück und presste sich das Paket Zucker an die Brust. »Ging gestern Abend los.«

»Was Sie brauchen«, sagte der Polizist, »ist eine Tasse heißen Tee.«

Mr. Hooper riss sich zusammen. Das war nur der alte Collins, der seine morgendliche Tasse wollte. Als er ihn zuerst gesehen hatte, hätte er beinahe geglaubt, diese Minchin … Verhalte dich natürlich!, befahl er sich streng.

»Da haben Sie ganz recht, Constable«, stimmte er mit hoher Stimme zu. »Bitte kommen Sie doch durch …«

PC Collins nahm im Hinterzimmer Platz, setzte den Helm ab und löste den Knopf seines steifen Kragens, während Mr. Hooper nervös Tee aufsetzte.

»Wenn Sie mir die Bemerkung nicht übel nehmen, Mr. H – Sie haben da etwas Kohlenstaub an der Stirn!«

Der Blechkessel klapperte auf dem Herd. Mr. Hooper kicherte hysterisch und rieb sich die Stirn. »Ich muss weiter räumen – hier ist Ihr Tee! Fühlen Sie sich wie zu Hause«, sagte er abgehackt und eilte in den Laden zurück. Er konnte nicht dort sitzen und unter den Augen des Polizisten eine Tasse Tee trinken. Seine Nerven waren völlig zerrüttet.

PC Collins trank den Tee allein aus und entschied, sich des Hinterhofs seines Freundes zu bedienen, bevor er seine Streife fortsetzte. Als er wieder aus dem weiß getünchten Abort heraustrat, fiel ihm auf, dass die Tür des Kohlenschuppens offen stand. Proper wie er war, ging er hin, um sie zu schließen – und warf zufällig einen Blick hinein.

Mr. Hooper hatte gerade den offenen Zucker in eine Reihe ordentlicher blauer Pakete gefüllt, als PC Collins mit der vollen Autorität des Gesetzeshüters eintrat.

»In Ihrem Kohlenschuppen liegt eine Leiche, Sir!«

»Das kann nicht sein!«, keuchte Mr. Hooper. »Wir haben sie doch beseitigt …«

»Ho!«, rief der Polizist. »Dann muss ich Sie um eine Erklärung bitten. Ich habe vorhin beobachtet, dass Sie Kohlenstaub auf Ihrer Stirn hatten und sich auf eine Weise benahmen, die für Sie ganz und gar nicht typisch war.«

»Ich wollte nur Miss Minchin helfen«, quiekte Mr. Hooper verängstigt. »Sie lag in ihrem Eingang. Wir haben sie auf dem Kohlenwagen versteckt.«

PC Collins sah ihn perplex an. »Nun, wir werden sehen, ob die Dame es bestätigt …«

Miss Minchin war makellos und die Ruhe selbst. Sie arrangierte gerade eine gefiederte Kreation kunstvoll auf einem Ständer. Als Collins sie zur Rede stellte, blickte sie beide mit milder Überraschung an.

»Ich bin sicher, dass ich nicht weiß, wovon Sie reden. In meinem Eingang lag keine Leiche.«

PC Collins zückte sein Notizbuch.

»Doch, da war sie!«, rief Mr. Hooper. »Ich habe sie doch

selbst …« Er verstummte, aber es war zu spät. Miss Minchins stechender Blick verriet ihm, dass sie begriffen hatte.

»Hören Sie!«, zischte Mr. Hooper verzweifelt. »Er wird es so hinstellen, als hätte ich sie ermordet! Ich weiß, ich habe Ihnen gesagt, Sie sollen die ganze Sache vergessen – und es tut mir leid, dass ich sie Ihnen in den Eingang gelegt habe –, aber Sie können mir doch jetzt nicht in den Rücken fallen!«

»Ich könnte mich erinnern«, sagte Miss Minchin mit leiser, heiterer Stimme. »Unter den richtigen Umständen.«

»Was soll das heißen?«, krächzte Mr. Hooper.

Sie wedelte mit der spitzenbedeckten linken Hand unter seiner Nase. »Nun, Arthur … Ich habe oft gedacht, dass Sie doch ein alleinstehender Gentleman sind und ich eine alleinstehende Dame bin, die so viele Jahre Tür an Tür gelebt haben, beide Geschäftsleute, die ein wenig beiseitelegen konnten – wir könnten überlegen, unsere Beziehung ein wenig dauerhafter zu machen …«

»Sie heiraten?«, schrie Mr. Hooper auf. »Niemals!«

Miss Minchin lächelte verschämt, aber ihre Augen glitzerten wie Packeis. Sie schaute zu PC Collins, der einen Bleistiftstummel anleckte und ansetzte, die Einzelheiten eines abscheulichen Verbrechens niederzulegen, dem er bei der Ausübung seiner Pflicht auf die Spur gekommen war.

»Sie haben die Wahl, Arthur … Aber zögern Sie nicht zu lange.«

Ein Unglück kommt selten allein

1.

Es ist wirklich eine Schande, dass du die Küche in Brand gesetzt hast, Em«, bemerkte Damian mit der typischen Offenheit eines Vierzehnjährigen.

»Ich habe sie nicht in Brand gesetzt!«, leugnete seine Tante vehement. »Zum x-ten Mal, Damian, es war ein Fehler in der Elektrik. Das ist ein altes Haus, und wir mussten die ganze Stromversorgung erneuern lassen. Dabei muss irgendwas durcheinandergeraten sein. Frag mich nicht, wie. Matt versucht gerade, das mit den Handwerkern zu klären.«

Aber wie auch immer, es war der recht vielversprechende Anfang einer brandneuen Ehe. Emma und Matt hatten ihre Flitterwochen gestrichen. Stattdessen hatten sie das Geld für ein frühviktorianisches Reihenhaus gespart und für ihre glorreiche Idee, es zu renovieren. Oder zumindest hatte *sie* die glorreiche Idee gehabt, dachte Emma reumütig. Matt war immer äußerst vorsichtig gewesen, was das Projekt betraf, aber das lag in seiner Natur. Schließlich war er Detective Inspector bei der Kriminalpolizei. Emma hingegen, eine Autorin von Kriminalgeschichten, war von Natur aus eher kreativ und abenteuerlustig – oder zumindest hatte sie Matt das so erklärt, als sie ihm ihre Pläne für das Haus enthüllt hatte.

Und es hatte gerade alles begonnen, Gestalt anzunehmen –

Emma hatte sogar Matt mehr oder weniger auf ihre Seite gezogen –, als plötzlich der Brand ausgebrochen war. Alle erst vor Kurzem installierten Geräte waren zerstört, einschließlich der neuen Spülmaschine, sowie ein großer Teil des frisch gefliesten Bodens.

»Ach, egal«, sagte Emma entschlossen zu Damian. »Bald sind wir in Pitlochry!«

Da die Kings ja auf die Flitterwochen verzichtet hatten, sollte dieser Urlaub etwas Besonderes werden. Nichts und niemand sollte ihn verderben, vor allem nicht die Erinnerung an die verdammte Küche! Ja, noch nicht einmal das Ärgernis, dass Matt in letzter Minute auf der Arbeit aufgehalten worden war. Er würde so bald wie möglich mit dem Zug nachkommen, denn er hatte darauf bestanden, dass Emma und Damian ohne ihn fuhren. Er hatte seiner Frau sogar sein flammneues Auto anvertraut, und das war sein ganzer Stolz. Emma war sich der daraus folgenden schrecklichen Verantwortung zwar bewusst, aber eine so lange Strecke mit ihrer alten Rostlaube zu fahren war nicht infrage gekommen.

Dass Emma ihren vierzehn Jahre alten Neffen auf diese Reise mitnahm, mochte manchen vielleicht ungewöhnlich erscheinen, doch sie kümmerte sich schon seit Jahren in den Schulferien um ihn. Dabei war sie mit ihren gerade einmal achtundzwanzig Jahren noch recht jung für eine Tante. Außerdem kam auch Matt gut mit Damian zurecht, und er verstand, warum Emma ihr Neffe so am Herzen lag.

Allerdings hatte Damian sich unerwarteterweise wenig begeistert über die Reise gezeigt. Emma war verwirrt und offen gesagt auch ein wenig beleidigt gewesen, doch Matt hatte es ihr erklärt.

»Er wird langsam erwachsen«, hatte er gesagt. »Letztes Jahr war er noch ein Kind, und jetzt ist er ein junger Mann.«

Die Veränderung sah Emma natürlich auch. Damian war ein ganzes Stück in die Höhe geschossen und wusste jetzt nicht so recht, was er mit der plötzlich gewonnenen Körpergröße und den schlaksigen Gliedmaßen anfangen sollte. Auch war er in den Stimmbruch gekommen, und er kämpfte gegen unliebsame Pickel an seinem Kinn. Aber vor allem, so deutete Matt listig an, wollte Damian nun seine Freiheit.

In gewisser Weise hatte das Internat ihn ermutigt, unabhängig zu werden, doch zugleich wurde er dort gezwungen, nach bestimmten Regeln zu leben, und die waren oft alles andere als angenehm. Natürlich rebellierten alle Teenager – das wusste Emma –, doch Damian schien fest entschlossen zu sein, das auszureizen. Früher hatte er ein so sonniges Gemüt gehabt, doch jetzt war er besorgniserregend aufmüpfig. So hatte er Emmas Einladung für die Ferien zum ersten Mal nicht mit Jubelrufen quittiert, sondern mit einem Stirnrunzeln, einem Scharren mit den Füßen und einem »Was wollen wir denn machen, wenn wir da sind?«. Seine alte Neugier und sein Abenteuergeist schienen so gut wie verschwunden zu sein. Er steckte dann auch fast die ganze Fahrt über die Nase in eine Computerzeitschrift, und wenn er das Magazin dann doch mal beiseitelegte, dann hämmerte er auf einer Handheldkonsole herum, die ein äußerst unangenehmes Summen von sich gab, wann immer man Punkte machte. Emma hoffte nur, dass die Batterien sich leeren würden, bevor sie im Hotel eintrafen.

Auch jetzt holte Damian den Handheld wieder heraus, und eine elektronische Stimme erfüllte die Luft.

»Ich muss einfach was tun!«, jammerte Damian, als er Emmas verzweifelten Blick bemerkte.

»In Schottland gibt es jede Menge zu tun«, versicherte Emma ihm.

Das Videospiel brummte mürrisch, als würde Damian durch es sprechen.

»Schau dir doch mal die Aussicht an«, ermutigte Emma ihn. »Ist die nicht großartig?«

Die Straße wand sich um das ansteigende Gelände zu ihrer Rechten. Es war ein goldener Abend. Die umliegenden Hügel, malvenfarben und grün, schienen im Licht der langsam untergehenden Sonne förmlich zu glühen. Vor ihnen lag eine wunderbare Zeit voller Wanderungen, Essen und Nichtstun.

»*Oh, ye'll tak' the high road …*«, sang Emma fröhlich.

Damian hob den Blick gen Himmel und legte das Spiel weg. Doch dann schlug er wieder die Computerzeitschrift auf, und zum großen Entsetzen seiner Tante ignorierte er die Aussicht und las.

Der Parkplatz des Hotels war fast vollständig besetzt. Emma verließ ein wenig der Mut. Zwar war sie eine gute Autofahrerin, aber Matts Wagen in enge Lücken zu manövrieren machte sie stets nervös. Sie schaute durch die Windschutzscheibe.

»Vielleicht solltest du besser aussteigen und mich einweisen, Damian.«

Damian stieg aus, und Emma setzte vorsichtig zurück. Dabei achtete sie sorgfältig auf die Zeichen ihres Neffen.

Plötzlich, ohne Vorwarnung, gab es einen dumpfen Knall, als irgendetwas die Beifahrerseite traf, und Emma hörte Damian brüllen: »Oi!« Sie trat auf die Bremse.

Sie hatte gar nicht bemerkt, dass in dem großen Wagen zu ihrer Linken der Fahrer saß. Ohne auf Emmas Manöver zu achten, hatte er einfach die Tür geöffnet, und die hatte dann Matts Auto getroffen.

Emma schlug das Herz bis zum Hals, und sie sprang hinaus. Damian rannte sofort herbei, und zu dritt begutachteten sie den Schaden.

Emmas – also eigentlich Matts – Wagen hatte es schlimmer getroffen. Deutlich war ein tiefer Kratzer im Lack zu sehen.

Emma wirbelte herum und riss wütend den Mund auf. Der Mann ragte über ihr auf, eine beeindruckende, ja, ehrfurchtgebietende Gestalt. Seine Statur war groß und kräftig, er hatte buschige Augenbrauen und ein kantiges Kinn in einem roten Gesicht.

Bevor sie etwas sagen konnte, verlangte der Mann zu wissen: »Warum passen Sie nicht einfach auf, junge Frau?«

Emma schnappte nach Luft. Nicht nur die schiere Ungerechtigkeit verschlug ihr den Atem, sondern auch die Tatsache, »junge Frau« genannt zu werden. Die überhebliche Art des Kerls machte es nur noch schlimmer.

»Ich?«, krächzte sie. »Was ist mit Ihnen? Haben Sie nicht gesehen, dass ich gerade rückwärts eingeparkt habe?«

»Das hätten Sie aber nicht tun sollen!« Seine Stimme hallte über den Parkplatz. »Da ist nicht genügend Platz dafür!«

»Doch, da *ist* Platz!«, meldete Damian sich tapfer zu Wort. »Ich habe deutlich gesehen, dass auf beiden Seiten noch ausreichend Platz gewesen ist. Sie haben einfach nicht aufgepasst, als Sie die Tür geöffnet haben. Das war Ihre Schuld!«

»Jüngelchen, wenn ich deine Meinung hören will, dann werde ich dich fragen.« Damian lief knallrot an, und der Mann wandte sich wieder Emma zu.

Doch die Unterbrechung hatte Emma Zeit gegeben, sich zu fassen. Sie richtete sich zu ihrer vollen Größe auf – den ganzen eins dreiundsechzig –, warf ihr langes braunes Haar zurück und starrte dem Kerl ins wütende Gesicht.

»So wie ich das sehe, hat Ihr Wagen keinerlei Schäden davongetragen. Meiner hingegen ist zerkratzt. Ich wäre Ihnen äußerst dankbar, wenn Sie mir jetzt Ihren Namen und Ihre Adresse geben würden.«

»Ach, ja? Ich verspüre aber nicht das geringste Bedürfnis, mir wegen so einer Kleinigkeit irgendwelchen Ärger aufzuhalsen. Kaufen Sie sich einen Lackstift.«

»Damian«, wandte Emma sich an ihren Neffen. »Schreib bitte das Nummernschild auf.«

»Okay.« Damian kramte in seinen Taschen und holte schließlich einen Bleistiftstummel und einen alten Kassenzettel hervor. Dann notierte er demonstrativ langsam das Nummernschild des Übeltäters, während dieser ihm schäumend vor Wut zuschaute.

»Ich bin Emma King«, tönte Emma. Fast hätte sie »Emma Durrant« gesagt, denn sie hatte sich an ihren neuen Nachnamen noch nicht gewöhnt. »Ich wohne in diesem Hotel. Ihre Weigerung, mir Ihren Namen zu nennen, werde ich mir merken.«

»Mein Name ist Lawrence Sherwood, und ich wohne auch in diesem Hotel.« Ein Hauch von Belustigung erschien in seinen Augen. »Ich muss schon sagen, Sie haben wirklich Nerven, Mrs. King.«

»Und wir haben auch einen Zeugen!«, warf Damian ein.

Er deutete zu einem Fahrzeug, das fast genau gegenüber geparkt war. Darin saß jemand und schien das Ganze zu beobachten. Doch just in dem Augenblick, da Damian zu dem Auto hinüberdeutete, startete der Fahrer den Motor und raste mit quietschenden Reifen davon.

Spöttisch bemerkte der riesige Mann: »Du meinst wohl, ihr *hattet* einen Zeugen.«

Er wartete nicht auf eine Antwort, sondern drehte sich einfach um und ging zum Hoteleingang.

»Matts Auto …«, stöhnte Emma reumütig und strich mit dem Finger über den Kratzer. »Er wird durchdrehen. Er wird sich von mir scheiden lassen. Das wird eine der kürzesten Ehen der Menschheitsgeschichte.«

»Der Typ ist echt frech wie Oskar!«, regte Damian sich auf. »Das war einzig und allein seine Schuld! Matt wird das verstehen.« Wirklich überzeugt klang er nicht. »Und ein Unglück kommt selten allein, wie Mum immer sagt. Zuerst die Küche und jetzt das … Ich frage mich, was wohl als Nächstes kommt.« Hoffnungsvoll schaute er zu Emma.

»Jetzt mach mich nicht noch depressiver, als ich ohnehin

schon bin.« Emma schüttelte den Finger. »Ich bin müde. Ich brauche erst einmal eine Tasse Tee, ein Bad und ein richtig gutes Dinner!«

Das Hotel war ein altes Gebäude, das im Laufe der Zeit mehrfach erweitert worden war. Oben befand sich ein wahres Labyrinth von Fluren mit Treppen und Brandschutztüren, die immer dort auftauchten, wo man sie am wenigsten erwartete, sowie mit einem Meer von Schildern, die den verwirrten Gästen helfen sollten.

Damians Zimmer lag neben dem der Kings an einem Nebengang in Richtung Lift. An diesem Nebengang gab es nur drei Zimmer, und an seinem Ende befand sich eine Brandschutztür. Jenseits davon führte eine Treppe sowohl nach oben als auch ins Erdgeschoss. Diese Nische machte einen verlassenen Eindruck, als würde sie außer von den Bewohnern der drei Zimmer von niemandem betreten werden. Da der Aufzug jedoch direkt um die Ecke lag, war die Treppe ohnehin nutzlos, es sei denn natürlich bei einem Notfall.

Zuallererst versuchte Emma, Matt anzurufen und ihn darüber zu informieren, dass sie sicher angekommen waren. Doch Matt war noch auf der Arbeit und in einer Besprechung. Emma legte das Handy weg. Sie war enttäuscht und erleichtert zugleich. Der Schaden an seinem Wagen würde Matt gar nicht gefallen. Dabei hatte Emma sich eigentlich darauf gefreut, dass Matt sich so schnell wie möglich zu ihnen gesellen würde. Jetzt fürchtete sie sich davor. Aber natürlich war es nicht so, als hätte sie ein Monster geheiratet. Es war nur so, dass dieser Mann eine derart enge Verbindung zu seinem neuen Automobil hatte, dass selbst seine frisch angetraute Ehefrau nicht wusste, wie sie dagegen hätte ankommen sollen, und sich entsprechend sorgte.

»Obwohl es nicht meine Schuld war!«, sagte sie laut.

Im Zimmer gab es einen Teekocher. Emma füllte den

Wassertank und ließ sich ein Bad ein. Dann packte sie aus, während der Teekocher zischte und Wasser in die Wanne plätscherte.

Als sie sich in die Badewanne legte, fühlte Emma, wie der Stress von ihr abfiel und schönen Gedanken ans Dinner wich. Sie streckte sich und wackelte mit den Zehen.

Es klopfte laut an der Tür. Emma setzte sich erschrocken auf, und Wasser schwappte über den Rand. Wer könnte das sein? Nicht Damian – dessen war Emma sicher, denn sie hatten sich erst für sieben Uhr verabredet, um gemeinsam zum Dinner zu gehen.

Emma hörte das Murmeln von Stimmen, und sie erkannte, dass die Geräusche nicht von ihrer Tür kamen, sondern von der nebenan, die sich direkt neben der Brandschutztür mit der Treppe dahinter befand.

Emma nahm an, dass sich die Zimmer vom Grundriss her im Wesentlichen glichen. Wenn man ihres betrat, dann lag das Badezimmer rechts und links der Kleiderschrank. Also grenzte ihre Badezimmerwand an den Schrank nebenan. Doch der Schrank musste offen sein, und in ihrer Wand fehlten ein paar Fliesen, wie ihr nun auffiel. Als Folge davon konnte sie alles recht gut hören, besonders als nebenan die Stimmen immer lauter wurden, offenbar im Zorn.

Ihr erster Instinkt war, laut zu singen, um ihren Nachbarn wissen zu lassen, dass da jemand in der Nähe war; doch dann hörte sie eine vertraute Stimme.

»Wie kannst du es wagen, mich hier zu belästigen?«

Lawrence Sherwood. Und er klang sogar noch wütender als auf dem Parkplatz.

Eine andere, jüngere, aber ebenfalls männliche Stimme protestierte: »Du schuldest es mir zumindest, mich anzuhören!«

»Ich schulde dir gar nichts!« Sherwoods Stimme triefte förmlich vor Spott. »Ist es nicht eher andersrum?«

»Ich habe es dir doch gesagt. Ich werde dich nicht enttäuschen. Wenn du nur so vernünftig wärst …«

Sherwood fiel dem anderen ins Wort. »Ich bin so vernünftig gewesen, wie man erwarten kann. Und was die Frage betrifft, ob du mich enttäuschen wirst oder nicht … Ich werde schon dafür sorgen, dass du das nicht tust. Und jetzt raus hier!«

Es folgte kurzes Schweigen. Emma lag stocksteif in dem abkühlenden Wasser. Sie wagte es nicht, zu plätschern und so die Aufmerksamkeit auf sich zu ziehen. Mit Sicherheit würde den beiden jenseits der Wand sonst sofort klar sein, dass sie belauscht worden waren.

»Ich werde das nicht vergessen!«, schrie die fremde Stimme mit einer derartigen Leidenschaft, dass Emma besorgt die Augen aufriss. »Ich warne dich, Sherwood! Das wird dir noch leidtun! Ich werde das nicht zulassen! Ich werde alles tun, um dich aufzuhalten!«

Eine Tür wurde zugeschlagen. Emma wartete und spitzte die Ohren, doch keine Schritte waren vor ihrem Zimmer zu hören, weder schnell noch langsam. Sherwoods Besucher musste durch die Brandschutztür verschwunden und dann die Treppe hinuntergelaufen sein.

Einen Augenblick später hörte Emma das schwache Geräusch eines Fernsehers nebenan. Sie stieß die angehaltene Luft aus. Was für ein Pech, dass sie ausgerechnet in den Zimmern neben Sherwoods gelandet waren. Sie und Damian würden nun besonders darauf achten müssen, ihm aus dem Weg zu gehen.

Aber offensichtlich waren Emma und Damian nicht die Einzigen, die ein Problem mit Sherwood hatten. Die Schriftstellerin in Emma begann, über die Gesprächsfetzen zu spekulieren, die sie aufgeschnappt hatte. Immer wieder ging sie sie im Kopf durch, sezierte sie und fragte sich, ob sich darin vielleicht eine Idee für ihren nächsten Roman verbarg.

Dann, plötzlich, materialisierte sich Matts Gesicht im Dampf über der Badewanne, um sie zu warnen: »Du weißt doch nicht, worum es da geht, Emma! Ein paar spontane, wütende Worte sind gewiss keine Grundlage, um ein qualifiziertes Urteil zu treffen.«

»Okay, okay«, seufzte Emma. »Ich werde niemandem davon erzählen.« Und dann fügte sie an das fiktive Gesicht gewandt hinzu: »Aber deshalb musst du noch lange nicht so grinsen.«

Im Restaurant besserte sich Damians Laune zusehends. »Ich hoffe, sie haben auch was Vegetarisches für dich, Em. Sonst verhungerst du mir noch.«

»Danach habe ich schon bei der Reservierung gefragt. Sie haben mir versichert, dass jeden Abend mindestens ein vegetarisches Gericht auf der Speisekarte steht. Ah, da ist es ja … würziger gebratener Reis auf indonesische Art … Das hört sich doch gut an. Das nehme ich.«

»Und ich nehme …« Zufrieden wanderte Damians Blick über die Speisekarte. »Entweder das Hühnchen oder das Lammsteak. Himmel! Das ist definitiv besser als der Mist, den wir in der Schule bekommen.«

»Ist es wirklich so schlimm?«, fragte Emma mitfühlend. Damians Kopf wurde von feuchten Haarbüscheln gekrönt. Zum Glück, sinnierte Emma, ging Damian nicht durch diese Phase, wenn Teenager so schlampig wie möglich aussehen wollten.

Und Damian war auch ehrlich. »Na ja, in der Mensa ist es eigentlich ganz okay, zumindest wenn man Pfefferminz mag.« Angewidert verzog er das Gesicht und legte die Speisekarte weg. »Em. Ist das nicht der Typ, der Matts Auto beschädigt hat?«

»Sherwood?« Emma versuchte, so unauffällig wie möglich über die Schulter zu blicken.

Sherwood saß allein in der hintersten Ecke und las die Speisekarte. Während Emma zu ihm schaute, kam ein Kellner mit einem Tablett und stellte eine Flasche Mineralwasser vor ihm ab. Sherwood nickte dankbar.

Das überraschte Emma. Sie hatte Sherwood eigentlich eher als den Weintyp gesehen, doch offenbar trank er keinen Alkohol.

»Achte einfach nicht auf ihn, Damian«, murmelte sie und drehte sich wieder zum Tisch um, bevor Sherwood sie bemerken konnte.

Im selben Augenblick überkam sie das Gefühl, dass jemand sie beobachtete.

Rasch schaute Emma zum Eingang des Speisesaals. Inzwischen traten immer mehr Leute ein, und hier und da kam es sogar zu Drängeleien. Kurz erhaschte Emma einen Blick auf jemanden in der Menge – einen schlanken Mann, glaubte sie –, der sich jedoch schnell umdrehte, als hätte er sich plötzlich entschlossen, doch nichts zu essen. Es war mehr ein Eindruck, als dass sie wirklich jemanden gesehen hätte. Was ihre Aufmerksamkeit erregt hatte, war die Schnelligkeit, mit der die Gestalt auf dem Absatz kehrtgemacht hatte. Die Gruppe an der Tür löste sich rasch auf. Der Flur dahinter war leer.

»Was ist?«, fragte Damian. »Gibt es ein Problem?«

»Emma!«, warnte Matts Stimme sie im Kopf.

»Ach, meine Fantasie will einfach nicht Urlaub machen«, seufzte Emma.

Nach einer guten Mahlzeit und nach der langen Fahrt früher am Tag wollte Emma einfach nur ins Bett, Damian aber nicht. Mit dem Durchhaltevermögen der Jugend verkündete er, dass er vor dem Zubettgehen noch einmal durch die Stadt laufen wolle.

»Bleib aber im Zentrum und komm nicht zu spät zurück«, ermahnte Emma ihn.

»Jaja, Ich weiß«, schnaubte Damian und stapfte beleidigt davon.

Mürrisch sinnierte Emma, dass es verdammt hart werden würde, wenn sie weiter all ihre diplomatischen Fähigkeiten aufbieten müsste, nur um mit einem Vierzehnjährigen fertig zu werden. Doch generell war Damian vertrauenswürdig und vernünftig. Damit sollte sie es auch bewenden lassen.

Emma fuhr mit dem Lift in den ersten Stock. Die Tür öffnete sich geräuschlos, und dahinter erwartete sie eine Welt, in der abgesehen vom gedämpften Murmeln eines Fernsehers kein Geräusch zu hören war. Alle waren noch beim Abendessen oder saßen an der Bar. Vielleicht machten einige auch noch einen Spaziergang wie Damian. Der dicke Teppichboden verschluckte Emmas Schritte, als sie zu ihrem Zimmer ging.

Als Emma den Eingang ihres Flurs mit den drei Zimmern erreichte, hörte sie ein lautes Klicken.

Sie bog in den Flur ein, und ein warmer Luftzug strich über ihr Gesicht. Die Brandschutztür am Ende des Flurs schwang leicht hin und her. Kurz darauf kam sie zum Stillstand.

Emma ging den Flur hinunter zu ihrem Zimmer, doch auf halber Strecke blieb sie stehen. Das laute Klicken, das sie gehört hatte, stammte mit Sicherheit von einer sich schließenden Tür. Die Brandschutztür hingegen hatte sich bei Emmas Ankunft noch bewegt, und sie hatte auch keinen Riegel. Aber wenn das eine Tür gewesen war, dann von welchem Zimmer? Alle drei Gäste waren die letzte Stunde über unten im Speisesaal gewesen. Damian hatte das Hotel inzwischen verlassen, und soweit Emma wusste, befand Sherwood sich nach wie vor unten und aß. Natürlich hätte er den Speisesaal auch direkt nach Emma und Damian verlassen können, um dann über die Treppe hinaufzugehen. Aber das war mit Sicherheit nicht schneller als mit dem Aufzug … oder?

Emma spürte ein unangenehmes Kribbeln auf ihrer Haut. Es ähnelte dem Gefühl, das sie vorhin im Speisesaal verspürt hatte. Kurz vor ihr war jemand hier gewesen. Der Nachhall einer anderen Person war noch deutlich zu spüren, wie ein Abdruck in nassem Sand. Während Emma dort stand, ließ das Gefühl jedoch immer mehr nach. In nur wenigen Sekunden würde es ganz verschwunden sein, nur mehr eine Erinnerung an eine hin und her schwingende Brandschutztür.

Emma schob besagte Tür auf und trat auf den Treppenabsatz dahinter. Von unten waren schwach die Geräusche eines geschäftigen Hotels zu hören. Von oben … nichts. Auf der Treppe war niemand.

Emma ging zu ihrem Zimmer und verdrängte das Rätsel aus ihrem Kopf. Sie hatte Wichtigeres zu tun. Sie griff nach dem Telefon und bat zum zweiten Mal an diesem Tag, sie mit der Außenwelt zu verbinden.

»Ich wollte gerade das Hotel anrufen«, sagte Matts Stimme. »Warum hast du mir nicht Bescheid gesagt, dass ihr angekommen seid? Ich dachte, ihr hättet eine Panne gehabt oder so.«

»Ich habe schon einmal versucht, dich anzurufen«, erwiderte Emma. »Die Fahrt war perfekt.«

Ja, dachte sie, *und dann sind wir hier angekommen.* Aber schlechte Nachrichten konnten immer warten.

»Das Wetter war wunderbar«, zwitscherte Emma, »und das Hotel ist toll!«

Aber Matt war nicht umsonst Detective. »Emma. Was ist los?«

»Nichts. Ich wollte mir gerade noch schnell eine Tasse Tee machen und dann ins Bett gehen.« Sie seufzte. »Ich vermisse dich.«

Matts Stimme nahm einen sanften Tonfall an. »Ich weiß, Süße. Ich versuche ja, mich zu beeilen.«

»Wann kommst du denn?«

»Irgendwann in den nächsten achtundvierzig Stunden. Hier ist fast alles klar.« Es folgte eine kurze Pause. »Emma? Bist du sicher, dass nichts passiert ist?«

»Klar! Alles gut!«, erklärte sie mit fester Stimme. »Gute Nacht, Liebling.« Und mit diesen Worten legte sie auf, bevor Matt noch mehr Fragen stellen konnte.

Kaum hatte sie das getan, drängte sich das Rätsel der hin und her schwingenden Brandschutztür wieder in den Vordergrund.

»Ein Rätsel«, sagte Emma laut, nahm einen Teebeutel und warf ihn in den Kessel. »Und Rätsel sind meine Spezialität.«

Vermutlich war es Einbildung und keine Telepathie, doch plötzlich hallte Matts Stimme in ihrem Kopf wider. »Emma! Lass es!«

»Wir werden sehen«, sagte Emma.

Am nächsten Morgen fiel das Sonnenlicht hell durchs Fenster und weckte Emma. Rasch zog sie sich an und klopfte im Vorbeigehen an Damians Tür.

Trotzdem frühstückte sie allein. Sie wusste natürlich nicht, um wie viel Uhr ihr Neffe am Abend zuvor aufs Zimmer gekommen war, aber sie würde bestimmt nicht zulassen, dass er diesen Urlaub im Bett verbrachte. Natürlich wusste sie, dass Teenager häufig nach einer anderen Uhr lebten als alle anderen. Wenn man sie sich selbst überließ, schliefen sie bis Mittag, um dann die halbe Nacht aufzubleiben.

Emma sammelte an der Rezeption ein paar Tourismusbroschüren ein und weckte Damian dann schlicht, indem sie nach dem Haustelefon griff und auf seinem Zimmer anrief. Das Klopfen mochte er ja ignoriert haben, aber einem Telefon konnten Teenager nicht widerstehen.

»Sieh zu, dass du in zehn Minuten bereit bist«, befahl sie der verschlafenen Stimme, die sich nach kurzem Klingeln meldete. Dann legte sie sofort wieder auf, als ein entsetztes »Em!« aus dem Hörer hallte.

Es blieb jedoch nicht bei zehn Minuten, es wurde eher eine Stunde. Dennoch war es recht früh, als sie sich auf den Weg machten. Damian war es sogar noch gelungen, etwas vom Frühstück abzugreifen, bevor das Büfett geschlossen wurde.

»Wie weit wollen wir eigentlich gehen?«, fragte Damian mürrisch, während er hinter Emma herschlurfte, die schnellen Schrittes in Richtung Damm und Loch marschierte.

»Erst einmal geht's zur Fischtreppe«, antwortete Emma. »Die ist für die Lachse. Sie besteht aus einer Reihe von Tanks und soll den Tieren helfen, den Damm hinauf- und am Elektrizitätswerk vorbeizukommen. Da gibt es auch einen Extraraum, wo man die Fische auf der Treppe beobachten kann. Von da können wir dann vielleicht um Loch Faskally spazieren. Oder wir könnten durch den Wald nach Killicrankie wandern. Dort haben die Schotten die Engländer im zweiten Jakobitenaufstand in einen Hinterhalt gelockt. Da würden wir dann Soldier's Leap sehen, wo ein fliehender Engländer versucht hat, auf Steinen über den Fluss zu springen.«

Offenbar wurde Geschichte heute nicht mehr so gelehrt wie früher. Emma war immer schon von dem Konflikt, der Brutalität, dem Heldentum und der herzzerreißenden Romantik des jakobitischen Dramas fasziniert gewesen, doch Damian murmelte nur: »Ich wünschte, ich hätte meinen Handheld mitgenommen.«

Frustriert schnappte Emma: »Du kannst dieses dämliche Computerspiel nicht im Gehen spielen!«

Sie sah, wie ihr Neffe trotzig die Lippen aufeinanderpresste. Eine direkte Konfrontation nutzte bei einem schwierigen Teenager rein gar nichts, erkannte sie. Computerspiele interessierten Emma nicht im Mindesten, Damian aber schon, und allen Pädagogen zufolge sollte man sich stets bemühen, die Interessen eines Kindes zu teilen. Doch man musste wohl ein wahrer Heiliger sein, um das ständige Piepen dieses vermaledeiten Kastens im Hintergrund zu ertragen. Und was die Frage betraf, ob man ihn auf eine Wanderung durch eine der schönsten Landschaften Großbritanniens mitnehmen sollte …

Emma versuchte es mit einer Ablenkung. »Guck dir doch nur die schöne Landschaft an. Atme mal tief durch.« Sie tat genau das. »Wunderbar!« Sie atmete wieder aus und sah zu Damian. »Um wie viel Uhr bist du gestern eigentlich zurück ins Hotel gekommen?«

»Nicht spät.« Sie blickten einander in die Augen. »Da waren noch Dutzende von Leuten unterwegs«, erklärte Damian. »Tatsächlich hätte mich bei meiner Rückkehr so ein Typ fast über den Haufen gerannt, als er die Treppe hinunter und aus dem Hotel gestürmt ist. Er ist zum Parkplatz gelaufen. Und kein Wort der Entschuldigung!«, fügte er beleidigt hinzu.

»Und um wieviel Uhr warst du denn im Bett?«

»Früh. Sofort.« Es folgte eine kurze Pause. »Ich habe mir noch einen Spätfilm angesehen. Ehrlich, Em! Das soll doch Urlaub sein. Mit einem Gewaltmarsch habe ich nun wirklich nicht gerechnet.«

»Du – wirst – das – genießen!« Emma knirschte mit den Zähnen und betonte jedes einzelne Wort.

Nach der Fischtreppe und dem Beobachtungsraum – beides faszinierend, obwohl sie keinen Fisch zu sehen bekamen – machten sie sich auf den Weg um Loch Faskally. Den Aufstieg nach Killicrankie sparten sie sich für einen Ausflug mit Matt auf, sobald er hier sein würde.

Dann war Mittagszeit. Die Sonne stand hoch am Himmel, und das Wasser des Lochs funkelte in ihrem Licht. Doch unter den Bäumen war es kühl, schattig, und vielleicht lag es ja an der Tageszeit, aber Emma und Damian hatten diesen idyllischen Ort für sich allein. Da sie beide mit je einer Orange und einem Päckchen Haferkekse bewaffnet waren, mussten sie keinen Hunger fürchten. Aber wie auch immer … Inzwischen hatte sogar Damian sich mit der Situation angefreundet. Er gab natürlich nicht zu, dass er den Ausflug genoss, aber er hörte auf zu knurren und äußerte sogar selbst eine Idee für einen weiteren Trip.

»Wir könnten eine der Whiskydestillerien besuchen«, schlug er vor. »In Pitlochry gibt es gleich zwei davon.«

»Du bist noch viel zu jung für Whisky.«

»Es wäre aber interessant zu sehen, wie er hergestellt wird«, erwiderte Damian gerissen. »Und ich habe gehört, dass man auch eine Gratis-Kostprobe bekommt.«

Zur Teatime kehrten sie fußkrank und erschöpft ins Hotel zurück.

»Oh, was würde ich jetzt für eine schöne Tasse Tee geben«, seufzte Emma.

»Da ist was los«, bemerkte Damian.

Emma schaute in die Richtung, in die er deutete. Ein Streifenwagen parkte vor dem Hotel … nein … *zwei* Streifenwagen! Die Rezeption war verlassen, und aus dem Büro dahinter war leises Murmeln zu hören. Emma klingelte.

Eine gehetzte Empfangsdame erschien, um ihnen ihre Schlüssel zu geben.

»Was ist denn los?«, fragte Damian sie.

Das Mädchen beugte sich vor. »Einem der Gäste ist etwas passiert.«

»Passiert?«

Emma war fasziniert von der Neugier ihres Neffen.

Das Mädchen schaute über die Schulter zum Büro. »Der arme Gentleman«, flüsterte sie. »Er war gerade Golf spielen und ist zusammengebrochen. Ich nehme an, es war sein Herz. Wirklich traurig, nicht wahr? Wenn man ausgerechnet im Urlaub stirbt …«

Irgendjemand rief die Frau zurück ins Büro. Rasch entschuldigte sie sich und verschwand, bevor Emma und Damian noch ein wenig nachhaken konnten.

»Ich frage mich, wer der Tote wohl ist«, murmelte Damian.

»Egal. Traurig ist das in jedem Fall.«

Als sie oben aus dem Aufzug stiegen, hörten sie Stimmen, und als sie in ihren Flur einbogen, war ihnen der Weg versperrt.

Ein Zimmermädchen gestikulierte wild. Der Hoteldirektor stand in der offenen Tür von Sherwoods Zimmer und sprach aufgeregt mit jemandem im Inneren.

»Tut mir leid, Miss«, sagte ein uniformierter Polizist. »Aber Sie können hier nicht durch.«

»Was soll ich denn jetzt mit den Handtüchern und Bettlaken tun?«, verlangte das Zimmermädchen schrill zu wissen.

»Ach, vergiss es, Sandra!«, schnappte der Direktor. »Solange die Polizei da drin nicht fertig ist, kann niemand rein!«

»Das ist korrekt, Miss«, bestätigte der Polizist Emma gegenüber. »Sie werden sich einen anderen Weg suchen müssen.«

»Aber wir wollen in unsere Zimmer«, protestierte sie.

Als der Hoteldirektor ihre Stimme hörte, drehte er den Kopf. »Oh, Mrs. King! Das ist schon in Ordnung, Officer. Die Dame und der junge Mann haben zwei Zimmer hier.«

Ein Wust von rotem Haar erschien in der Tür. Dann trat ein junger Mann in einem zerknitterten Jackett heraus und fixierte Emma mit strengem Blick.

»Sie haben das Zimmer neben dem hier?«

»Ja. Ist Mr. Sherwood der Verstorbene?«

Der Mann schaute verärgert drein. »Wo haben Sie das gehört? Haben Sie ihn gekannt?«

»Er hat einen Kratzer in Ems Wagen gemacht!«, erklärte Damian laut.

Der rothaarige Mann musterte ihn aufmerksam. »Ach, ja?«

Er drehte sich wieder zu Emma um. »Ich bin Sergeant Miller. Könnten wir kurz miteinander sprechen?« Er schaute zu dem

Direktor und dem Zimmermädchen. »Unter vier Augen vielleicht?«

»Wir können in mein Zimmer gehen«, schlug Damian eifrig vor.

In der Stille von Damians Zimmer gab Emma Sergeant Miller ihre und Damians persönliche Daten. Er schrieb sich alles auf.

»Und Sie sind hier in Urlaub, Mrs. King?«

»Ja, ich habe gerade einen Roman fertiggestellt und den neuen noch nicht begonnen.« Miller hob den Kopf. »Ich bin Schriftstellerin«, erklärte sie.

Für gewöhnlich weckten diese Worte zumindest leichtes Interesse, doch auf dem Gesicht des Sergeants zeichnete sich Entsetzen ab.

»Sie sind keine Journalistin?«

»Nein, ich schreibe Krimis. Sie wissen schon … Whodunnits …«

Sergeant Miller wischte sich mit der Hand über das sommersprossige Gesicht. »Ich verstehe. Und Ihr, äh, Mann ist auch Schriftsteller?«

»Nein«, antwortete Emma. »Er ist bei der Kriminalpolizei. Genau wie Sie. Detective Inspector.«

Das sorgte dann doch für Interesse.

Unter seinem Rotschopf wurde Miller kreidebleich. »Und wo … Wo ist Ihr Mann?«

»Im Augenblick in Devon. Er hofft, sich schon bald zu uns zu gesellen.«

Sergeant Miller schloss sein Notizbuch. »Ich werde Inspector Loomis informieren.« Er klang nervös.

»Mr. Sherwoods Tod ist doch nicht suspekt, oder?«, fragte Damian.

»Warum sollte er?« Millers Stimme nahm einen scharfen Tonfall an.

»Menschen sterben immer wieder im Urlaub, aber das ruft nie die Kriminalpolizei auf den Plan, die dann unterschiedliche Leute verhört und Zimmer durchsucht. Sie haben sein Zimmer doch durchsucht, nicht wahr?«

Miller funkelte Damian an. »Du hast eine furchtbare Fantasie, Junge. Was war das übrigens mit dem Wagen?«

Sie erklärten es ihm. Wieder schrieb Sergeant Miller alles auf – sein Notizbuch füllte sich allmählich –, dann fragte er: »Und sonst wissen Sie nichts über den Verstorbenen?«

Emma und Damian schüttelten die Köpfe.

»Okay«, sagte Miller und stieß mit dem Stift auf die letzte Seite voller Notizen. »Ich muss Sie bitten, keine Gerüchte über die Angelegenheit zu verbreiten.«

»Ich tratsche nicht«, erwiderte Emma kalt.

»Tut mir leid. Ich habe mich falsch ausgedrückt. Bitte, sprechen Sie mit niemandem darüber. Das Gleiche gilt für dich, Damian. Und Sie können mir wirklich nicht mehr zu Sherwood sagen? Sie haben nicht noch mal mit ihm gesprochen? Ihn mit jemandem gesehen?«

Emma rutschte nervös hin und her. Sie hatte das Gefühl, als würde Matt unsichtbar neben ihr stehen. Sie fragte sich, ob sie den Streit erwähnen sollte, den sie mitangehört hatte, und den Eindruck, dass jemand durch die Brandschutztür verschwunden war. Aber sie hatte nicht wirklich etwas gesehen, und ein paar wütende Wortfetzen würden die Polizei nur auf eine falsche Fährte führen. Also schüttelte Emma den Kopf.

»Inspector Loomis wird vermutlich auch noch mal mit Ihnen reden wollen«, sagte Sergeant Miller. »Sie werden doch noch eine Weile im Hotel bleiben, oder?«

»Der arme Sherwood«, sagte Emma, nachdem Miller verschwunden war. »Ich kann einfach nicht anders. Er tut mir irgendwie leid. Und ich wage zu behaupten, er war krank. Deshalb hat er vermutlich auch nur Wasser beim Essen getrunken.« Es folgte ein kurzes Schweigen, dann fügte sie nachdenklich hinzu: »Ich nehme an, die Fragen des Sergeants waren Routine. Allerdings schien ihn zu beunruhigen, dass ich Schriftstellerin bin und Matt bei der Kriminalpolizei ist.«

Damian beugte sich vor. »Weißt du was, Em? Ich wette, dass Sherwood ein Verbrecher war.«

»Warum sollte er das gewesen sein?«, hakte Emma nervös nach.

»Weil dieser Sergeant fast durch die Decke gegangen wäre, als er geglaubt hat, du seist eine Reporterin. Und warum sollte dieser Inspector Loomis sich sonst für den Fall interessieren?«

»Wie auch immer … Jetzt bin ich erst einmal erschöpft. All die frische Luft, die anstrengende Wanderung und dann auch noch Miller mit seinen Fragen … Ich werde mich ein wenig hinlegen, Damian. Wecke mich, wenn ich nicht rechtzeitig zum Abendessen wach sein sollte.«

Emma warf sich ins Bett und schlief trotz der unzähligen Fragen ein, die ihr im Kopf herumspukten.

Erschrocken wachte sie irgendwann wieder auf. Inzwischen hatten Schatten sich im Zimmer ausgebreitet. Es musste so gegen sechs Uhr abends sein. Doch es war kein unterbewusster Wecker, der Emma aus dem Schlaf gerissen hatte, sondern etwas anderes.

Sie setzte sich im Bett auf. Draußen auf dem Gang bewegte sich jemand, und etwas stieß gegen die Tür. Irgendjemand fummelte an der Türklinke herum; dann war das Geräusch eines Schlüssels zu hören, der sich im Schloss drehte. Die Scharniere knarrten.

Emma schlug das Herz bis zum Hals, und sie rief: »Damian? Bist du das?«

»Nein«, antwortete Matt, kam ins Zimmer und ließ seine Reisetasche auf den Boden fallen. »Ich bin's. Entgegen aller Wahrscheinlichkeit bin ich irgendwie weggekommen …«

Seine Stimme verhallte, und die Freude über die gelungene Überraschung wich Verwirrung. »Emma? Du siehst aus, als hättest du einen Geist gesehen.«

Emma schüttelte den Schock ab und warf sich Matt in die Arme. Sie drückte ihn fest an sich und rief: »Oh, Matt! Ich bin ja so froh, dich zu sehen!«

Kein Mann blieb von solch einer Begrüßung ungerührt, zumal von einer solch hübschen jungen Ehefrau. Oder falls doch, dann zumindest nicht Matt, und so reagierte er entsprechend.

Nichtsdestotrotz fragte er ein paar Minuten später: »Emma, was ist hier los? Und versuch nicht, dich rauszureden. Ich weiß, dass du etwas vor mir verbirgst. Das habe ich dir schon am Handy angehört. Und als ich gerade reingekommen bin, warst du völlig konsterniert. Komm schon! Die Wahrheit bitte.«

»Ich weiß nicht …« Emma stellte sich Matts fragendem Blick. »Ehrlich, Matt. Sergeant Miller hat mir nichts erzählt.«

»Wer ist denn Sergeant Miller?« Ein Anflug von Panik erschien in Matts blauen Augen. »Was hast du jetzt wieder angestellt, Em?«

Emma seufzte. »Setz dich. Du bist sicher müde. Ich werde uns erst einmal Tee machen, und dann erzähle ich dir alles.«

»Tu das«, sagte Matt.

Emma beschloss, ganz von vorne zu beginnen, was nichts anderes hieß, als mit dem Unfall auf dem Parkplatz.

»Ich bin also rückwärts in diese enge Lücke gefahren …«

Die Panik auf dem anziehenden Gesicht ihres Mannes nahm zu. »Der Wagen?«

»Alles in Ordnung. Da ist nur ein kleiner Kratzer …«

»Mein Auto!« Matt sprang auf und raufte sich das dunkle Haar. »Du hast mein Auto zerkratzt?«

»Nein! Das war ich nicht! Das war Sherwood!«

»Wer ist denn jetzt wieder dieser Sherwood?«, heulte Matt.

»Emma, wer sind all diese Leute? Was zum Teufel ist hier los? Ich kann dich noch nicht einmal für fünf Minuten allein lassen, ohne dass …« Ihm fehlten die Worte, und er ließ sich wieder auf seinen Stuhl fallen. »Sprich weiter.«

»Sherwood hat deinen Wagen beschädigt. Er hatte das Zimmer nebenan, aber er ist heute gestorben … offenbar auf dem Golfkurs. Damian und ich glauben jedoch, dass das nicht mit rechten Dingen zugegangen ist.«

Matt schaute skeptisch drein. »Emma, das hatten wir doch schon. Du und deine Fantasie …«

»Das ist keine Fantasie. Sherwood hatte einen Streit.« Emma erzählte Matt von den wütenden Worten, die sie im Badezimmer gehört hatte, und dann – sicherheitshalber – auch noch von der hin und her schwingenden Brandschutztür.

Matt legte den Kopf in die Hände. »Ich wusste es! Ich wusste, dass du wieder in Schwierigkeiten geraten würdest! Ehrlich, Emma, du scheinst diese Art von Katastrophen förmlich anzuziehen. Dabei bist du doch gerade einmal vierundzwanzig Stunden hier.«

»Das ist nicht schwer!«, protestierte Emma indigniert.

Matt knurrte: »Und dieser Miller ist von der hiesigen Polizei?«

»Ja, aber ich glaube, dass er von einem Inspector Loomis ersetzt werden wird«, antwortete Emma vorsichtig.

Matt seufzte resigniert. »Und ich dachte, ich würde in Urlaub fahren!«

Inspector Loomis kam kurz nach dem Abendessen. Er war ein säuerlich dreinblickender Mann mit eisengrauem, extrem kurz geschnittenem Haar und Augen, von denen Emma sofort dachte, dass ihr Blick Stahl durchbohren könnte.

»Ah, ich freue mich, dass Sie endlich angekommen sind, King«, sagte er und schüttelte Matt die Hand. »Mein Sergeant hat mir schon erzählt, dass man Sie erwartet.«

Matt hatte die Fassung zumindest ein wenig zurückgewonnen, allerdings nicht ganz, denn er war gerade draußen gewesen, um die beschädigte Autotür zu inspizieren. Dennoch gelang es ihm, Loomis' Begrüßung freundlich zu erwidern.

»Meine Frau hat mir erzählt, was passiert ist«, sagte Matt. »Und es gibt da noch ein paar Dinge, die sie Ihrem Sergeant gegenüber vielleicht hätte erwähnen sollen.«

»Oh …« Inspector Loomis musterte Emma kritisch. »Ach ja?«

»Emma?«, forderte Matt seine Frau auf.

Emma erzählte noch einmal die Geschichte von dem Streit, den sie mitangehört hatte, und der sich bewegenden Brandschutztür. »Ich habe dem Sergeant nichts davon gesagt, weil ich niemanden auf eine falsche Fährte führen wollte«, schloss sie.

»Machen Sie sich darüber keine Sorgen.« Inspector Loomis winkte ab. »Wir sind durchaus in der Lage, den Wert einzelner Informationen zu erkennen und einzuordnen.«

Matt, der sah, wie eine Erwiderung in Emma hochkochte und aus ihr zu explodieren drohte, sagte rasch: »Jetzt hat meine Frau Ihnen alles erzählt.«

»Das will ich doch hoffen«, erwiderte der Inspector mit bedeutungsschwerem Blick.

»Ja, habe ich«, bestätigte Emma gereizt. »Mehr weiß ich nicht über Sherwood. Würde ich aber gerne«, fügte sie offen hinzu.

»Emma!«, mahnte ihr Mann leise.

Doch wider Erwarten nickte Inspector Loomis. »Angesichts der Umstände denke ich, ein paar Erklärungen wären angebracht. Da Sie selbst Beamter sind, King, hoffe ich, mich auf Ihre Diskretion und die Ihrer Frau hier verlassen zu können. Und auf die des Jungen«, fügte er hinzu. »Nicht dass es nötig wäre, dem Jungen zu erzählen, was ich Ihnen nun verraten werde.«

Der kennt Damian nicht, dachte Emma.

»Lawrence Sherwood, der verstorbene Gentleman, war ein

Geschäftsmann, der sich auf verschiedenen Gebieten betätigt hat. Es war zwar alles legal, aber er war in Bereichen aktiv, die, nun ja, sagen wir, recht zwielichtiges Interesse wecken. Er besaß eine Reihe von Spielhallen und … äh … andere Etablissements.«

Ein wenig verlegen schaute Loomis zu Emma, die interessiert dreinblickte.

»Hat er eine Akte?«, fragte Matt.

Loomis' Gesichtsausdruck wurde sogar noch säuerlicher, wenn das überhaupt möglich war. »Er selbst ist nie verurteilt worden. Er hat immer seine Hände in Unschuld gewaschen. In keinem Fall hat man ihn je gefasst. Aber er hatte ein paar üble Bekannte. In der Unterwelt munkelt man, er stecke hinter gewissen Vorfällen. Wenn so ein Mann plötzlich stirbt, dann erregt das natürlich unser Interesse.«

»Und Sie haben noch keine Ahnung, was die Todesursache betrifft?« Emma erkannte, dass auch Matt neugierig geworden war. Sie fasste neuen Mut.

»Vielleicht war es ja ein Herzinfarkt.« Loomis zögerte. »Der Rechtsmediziner führt gerade ein paar Tests durch. Es ist noch ziemlich früh, um etwas Definitives sagen zu können.«

»Tests?« Emma stürzte sich auf die Worte und eine gewisse Verschlagenheit, die der Inspector ihrer Ansicht nach ausstrahlte. »Glauben Sie, dass es bei Sherwoods Tod nicht mit rechten Dingen zugegangen ist?«

»Meine Frau schreibt Krimis«, warf Matt rasch ein. »Deshalb neigt sie dazu, hinter allem ein finsteres Geheimnis zu vermuten.«

»Das stimmt nicht«, protestierte Emma entrüstet. »Die Frage ist nur fair. Sherwood war schließlich kein Unbekannter und mit Sicherheit auch kein normaler Gast.«

»Das stimmt. Das war er in der Tat nicht«, pflichtete Loomis ihr bei, verdarb den positiven Eindruck jedoch sofort wieder, indem er hinzufügte: »Aber glücklicherweise, Mrs. King, neigt die

Polizei nicht dazu, voreilige Schlüsse zu ziehen … anders als offenbar Krimiautoren. Die Untersuchungen sind nur Routine.«

Emma versagte sich eine bissige Antwort, die diese Bemerkung zu provozieren drohte, und wandte sich wieder an Matt. »Ich hoffe, ich muss nicht extra betonen, dass dieser Fall in unsere Zuständigkeit fällt. Sie sind hier im Urlaub, Mr. King. Ihre Frau mag ja darauf spekulieren, dass wir es mit einem Mordfall zu tun haben, den sie lösen kann, aber ich hoffe, *Sie* lassen sich nicht in Versuchung führen …«

»Natürlich nicht!« Matt klang verärgert. »Das wäre äußerst unangemessen von mir.«

»Ich bin froh, dass Sie das auch so sehen. Und was Sie betrifft, Mrs. King …« Loomis warf Emma einen harten Blick zu. »Das hier ist keine Fiktion. Überlassen Sie das den Profis.«

»Das versteht meine Frau«, knurrte Matt scharf.

»Gut.« Loomis stand auf. »Bitte, genießen Sie Ihre Ferien. Sie alle drei. Gute Nacht.«

»Dieser Mann«, sagte Emma wütend, nachdem Loomis gegangen war, »führt mich in Versuchung, einfach loszulaufen und genau das zu tun, was ich nicht tun soll.«

»Als wüsste ich nicht, wie ich mich im Zuständigkeitsbereich einer anderen Behörde zu verhalten hätte«, schäumte Matt. »In der Tat muss ich zugeben, dass Loomis nicht gerade taktvoll ist.« Er drehte sich zu Emma um. »Aber er hat recht, wenn er sagt, dass dieser Fall in seine Zuständigkeit fällt. Ich werde mich nicht einmischen und *du* auch nicht! Genau wie ich Loomis gesagt habe. Ich weiß, du schnüffelst gerne herum, aber es wäre mehr als peinlich, wenn Loomis das herausfinden würde. Denk einfach mal an mich, ja? Und an meinen Ruf.«

»Ach, jetzt sei doch nicht so eingebildet«, erwiderte seine liebende Ehefrau. »Es ist mir ja wohl gestattet, ein normales Interesse zu zeigen, oder?«

Matt legte den Arm um sie. »Emma, glaubst du, du könntest das Verbrechen mal für eine Weile vergessen, egal ob real oder erfunden? Wenigstens für eine geraume Zeit? Und dich stattdessen für etwas Normales interessieren wie zum Beispiel uns?«

Das war in der Tat eine ausgesprochen attraktive Idee, und Emma ließ sich nur allzu gerne darauf ein.

Matt schlief noch, als Emma am nächsten Morgen aufwachte. Sie beugte sich über ihn und flüsterte seinen Namen. Kurz rührte er sich und murmelte etwas vor sich hin, aber er öffnete nicht die Augen.

Emma schlüpfte aus dem Bett und in die Dusche. Rasch zog sie sich an und verließ das Zimmer.

Der frühe Morgen in einem Hotel war immer gleich. Überall rauschte Wasser in den Badezimmern, und Gäste liefen in den Frühstücksraum. Das Gepäck jener, die früh abreisen wollten, stapelte sich bereits im Flur, und Zimmermädchen arbeiteten sich effizient durch die Etagen. Emma klopfte an Damians Tür. Keine Antwort. Offenbar schlief er wieder ein wenig länger.

»Guten Morgen.«

Emma drehte sich um. Es war das Zimmermädchen, das sie auch vor Sherwoods Zimmer gesehen hatte, als die Polizei hier gewesen war. Jetzt schob das Mädchen einen Wäschekorb vor sich her.

»Man hat mir gesagt, ich könne das Zimmer des armen Gentleman aufräumen.« Das Mädchen war offensichtlich zum Reden aufgelegt. Sie klapperte mit einem Schlüsselbund und öffnete Sherwoods Tür. »Es war ein furchtbarer Schreck, als ich davon gehört habe.«

Emma folgte ihr wie selbstverständlich hinein. »Sandra, korrekt? Auch für mich war das ein Schock. Ich habe noch kurz zuvor mit ihm gesprochen.«

Sandra zeigte sich angemessen mitfühlend. »Konnten Sie

letzte Nacht überhaupt schlafen? Warum bitten Sie nicht um ein neues Zimmer, weit weg von hier? Mir reicht es ja schon, dass ich hier putzen muss, aber Sie wohnen hier! Sobald ich das Zimmer aufgeräumt und das Bett frisch bezogen habe, wird das wieder ein ganz normales Hotelzimmer sein wie alle anderen auch.«

Emma nickte und blickte sich um. »Hat die Polizei seine persönlichen Gegenstände mitgenommen?«

»Ja.« Das Mädchen zog das Bett ab und warf das Bettzeug in den Wäschekorb. Dann ging sie zur Ankleide und dem kleinen Tisch, auf dem der elektrische Wasserkocher stand. »Tststs.« Sie schüttelte den Kopf.

»Was ist?«, fragte Emma.

Das Zimmermädchen drehte sich wieder zu ihr um. »Ich staune immer wieder, was die Leute – also die Gäste – so alles mitnehmen. Ich meine, persönlich interessiert mich das natürlich nicht, aber einige nehmen tatsächlich so etwas wie einen billigen Keramikbecher, eine Untertasse oder einen Becher mit.« Sie deutete auf das entsprechende Tablett, das verdächtig leer war.

Emma starrte es an. »Die Teebeutel, Kaffeepads und Zuckertüten sind auch weg.«

»Die sind mir egal.« Das Mädchen zuckte mit den Schultern. »Die Leute gehen davon aus, dass sie ja dafür bezahlt haben. Gleiches gilt für all die Toilettenartikel im Badezimmer. Deshalb nehmen sie sie mit, wenn sie auschecken. Aber Geschirr ist etwas anderes.«

»Sherwood hat doch nicht ausgecheckt. Er …« Emma hielt inne.

Sandra starrte noch immer schlecht gelaunt auf das Tablett. »Da fehlen der Kocher, ein Becher und dann noch eine Untertasse. Das ist doch verrückt. Wer tut so etwas? Das muss ich der Hausdame melden.«

»Emma!« Matt stand in der Tür und sah seine Frau misstrauisch an. »Was machst du da drin?«

Emma lächelte das Zimmermädchen an, drehte sich zu ihrem Ehmann um und klimperte unschuldig mit den Wimpern. »Ich sehe mich nur ein wenig um. Ehrlich. Da fehlen ein Becher und ein Teekocher.«

»Ja, und? Die werden schon irgendwo sein. Das Zimmermädchen hat sicher nicht richtig gesucht. Komm schon. Frühstück. Damian kann nachkommen. Ich habe an seine Tür geklopft.«

Matt packte seine protestierende Ehefrau am Ellbogen und zog sie durch den Flur.

»Ist ja gut!« Emma wand sich aus seinem Griff. »Du musst mich doch nicht gleich verhaften!«

»Hm, vielleicht sollte ich das«, erwiderte Matt. »Dann wüsste ich wenigstens immer, was du gerade treibst. Das geht uns nichts an. Wir – ich, du, Damian, wir alle drei – werden uns nicht da einmischen!«

Doch da irrte sich Matt.

2.

Wenig überraschend gesellte Damian sich beim Frühstück nicht zu ihnen. Sie trafen ihn, als sie wieder nach oben kamen, wo er gerade verschlafen aus seinem Zimmer trat.

»Ich gratuliere«, sagte seine Tante. »Du hast noch eine halbe Stunde. Wir fahren heute nach Aberfeldy.«

Damian murmelte eine Antwort und schlurfte zum Aufzug, um noch etwas vom Frühstück abzubekommen. Die morgendliche Putzroutine des Hotels war in vollem Gange. Sandra, das Zimmermädchen, erschien und sagte: »Wenn es Ihnen recht ist, werde ich jetzt das Zimmer des jungen Mannes saubermachen.« Sie schloss die Tür auf und verschwand im Inneren.

»Nebenbei … Wie geht es Damian?«, fragte Matt, als er und Emma wieder in ihrem eigenen Zimmer waren. »Bei allem, was passiert ist, hatte ich gestern keine Gelegenheit, dich zu fragen.« Er grinste und zupfte verspielt an dem langen Zopf, der Emma über den Rücken fiel.

»Damian?« Emma zischte resigniert und stopfte die Hände in die Taschen. »Ich verstehe ihn einfach nicht. Er war doch immer so interessiert an neuen Orten. Gestern hat er die halbe Zeit gejammert, weil er sein Videospiel nicht dabeihatte.«

Matt lachte, drückte ihr die Schultern und schaute in ihr untröstliches Gesicht. Mit ihrem dicken geflochtenen Zopf, der schlanken Figur, dem türkisfarbenen T-Shirt und der Jeans sah Emma selbst fast noch wie ein Schulmädchen aus.

»Also, Liebling …«, begann er. »Wenn der Junge nicht mit uns kommen will, sondern lieber allein loszieht, dann lass ihn. Er hat das Herz am rechten Fleck, und es wird ihm schon nichts passieren. Oder wenn er lieber auf seinem Zimmer sitzen und Zeitschriften lesen will, warum sollen wir ihm das verbieten? Mit Sicherheit würde es ihn nicht glücklich machen, wenn wir ihn zu Dingen zwingen, die er nicht will. Er würde uns nur den Tag ruinieren.«

Eine Haarsträhne entkam dem Zopf und schwebte vor Emmas Nase. Sie schürzte die Lippen und blies das verirrte Haar weg. Matt lachte leise, beugte sich vor und gab seiner Frau einen Kuss.

Emma nahm die Hände aus den Taschen und schlang die Arme um Matts Hüften. »Es macht dir also nichts aus, dass er mitgekommen ist?« Kurz legte sich ein Schatten des Zweifels auf ihr Gesicht.

Die Lachfalten um die Augen ihres Mannes vertieften sich. »Wissen Sie, Mrs. King, auf Ihrem Gesicht spiegelt sich wahrlich jeder Gedanke in Ihrem Kopf. Ich schwöre, als Betrügerin wärst du hundsmiserabel und als Pokerspielerin eine Katastrophe. Aber das ist einer der Gründe, warum ich dich so liebe.«

Emma legte den Kopf auf die Seite. »Und was sind die anderen?«

»Die spare ich mir für später auf.« Matt stupste sie auf die Nasenspitze. »Natürlich macht es mir nichts aus, dass Damian mitgekommen ist. Er ist ein toller Junge.«

Für diese Aussage belohnte Emma ihn mit einem strahlenden Lächeln. »Es freut mich wirklich, dass du so denkst. Ich habe mich schon immer gefreut, wenn er in den Ferien zu mir gekommen ist. Und Bridget, seine Mutter, weiß, dass er bei mir in guten Händen ist.«

»Er ist schon in Ordnung, Em. Gib ihm nur ein wenig Raum. Ich erinnere mich noch gut daran, wie ich in diesem Alter gewesen bin, verfolgt von Erwachsenen, die es alle nur gut mit mir gemeint haben.«

»Ich verfolge ihn nicht!« Die Entrüstung stand Emma ins Gesicht geschrieben. Sie lief rot an.

»Nun, dann nennen wir es ›bedrängen‹«, korrigierte Matt sich rasch. »Bis zu einem gewissen Punkt ist das auch in Ordnung. Aber wenn er den Morgen allein verbringen will, dann lass ihn. Mehr habe ich nicht dazu zu sagen. Nach einem Tag allein wird ihm eh langweilig werden, und er wird sich freuen, uns auf dem nächsten Ausflug begleiten zu können.«

Emma wirkte nur teilweise überzeugt von dieser Strategie. »Weißt du, erst gestern ist er wieder aufgetaut und war genau wie früher. Das war, als wir die Polizei in Sherwoods Zimmer gefunden haben und als Sergeant Miller uns anschließend verhört hat.«

Falten erschienen über Matts dunklen Augenbrauen. »Ich will nicht, dass Damian Miller in die Quere kommt, von Inspector Loomis ganz zu schweigen.«

»Siehst du? So einfach ist das nicht, ihn sich selbst zu überlassen!« Emma gestattete sich einen triumphierenden Unterton. »Wenn wir einfach losziehen und ihn einen Tag lang allein lassen, könnte er Gott weiß was anstellen. Schließlich ist es nur natürlich, dass er wissen will, was mit Sherwood passiert ist. Sherwood war ein zwielichtiger Typ.«

Gedankenverloren schaute sie in eine unbestimmte Ferne und leckte sich die Oberlippe.

»Tu das nicht«, flüsterte ihr Matt ins Ohr. »Nicht, wo wir gerade einen Tagesausflug machen wollen. Das lässt mich nur darüber nachdenken, dieses Zimmer gar nicht erst zu verlassen.«

Emma aber dachte an alles Mögliche, nur nicht an Romantik, wie Matt reumütig feststellte.

»Tut mir leid …«, murmelte sie geistesabwesend. »Matt, Loomis hat uns gegenüber angedeutet, dass Sherwood nicht eines natürlichen Todes gestorben sein könnte. Nehmen wir einmal an, es war Mord. Je mehr ich darüber nachdenke …«

»Hey!« Besorgt erkannte Matt all die Anzeichen dafür, dass Emmas Gedanken einen Weg einzuschlagen drohten, von dem er sie nur schwer würde abbringen können. »Wir haben abgemacht, dass du die Sache auf sich beruhen lässt. Das ist nicht einer deiner Romane. Im echten Leben kann es verdammt gefährliche Konsequenzen haben, wenn man sich in Dinge einmischt, die einen nichts angehen. Vergiss nicht: Neugier ist der Katze Tod.«

»Und das sagt ausgerechnet ein Polizist«, forderte Emma ihn heraus.

»Ein Polizist auf Urlaub. Vergiss das bitte nicht. Und du bist eine Schriftstellerin auf Urlaub. So … Wo ist jetzt diese Karte?«

Wenig später kauerten sie noch immer über der Straßenkarte, als sie draußen im Flur eine vertraute Stimme hörten, die lautstark protestierte.

»Damian ist zurück«, bemerkte Emma. »Aber was zum Teufel ist da los?«

Eine weitere Stimme antwortete Damian, die Stimme einer Frau. Dann entfernten sich schnelle Schritte. Emma warf einen Blick hinaus. Da stand Sandra mit einem leeren Papierkorb in der Hand.

Das Zimmermädchen sah Emma entschuldigend an. »Tut mir leid, aber offenbar habe ich aus Versehen die Zeitschrift des jungen Mannes weggeworfen. Sie war hier in dem Papierkorb.« Um das zu demonstrieren, hob sie das leere Ding. »Er sagt, er habe sie nicht weggeworfen. Also nehme ich an, sie ist vom Tisch gerutscht und in den Papierkorb gefallen. Aber woher sollte ich das wissen? Ich habe den Inhalt mit all dem anderen Zeug in den Müllsack gekippt.«

»Wo ist Damian hin?«, fragte Emma.

»Er will versuchen, sie zu retten.« Sandra zuckte mit den Schultern. »Allerdings fürchte ich, dass der Müll schon abgeholt worden ist.«

»Machen Sie sich keine Sorgen deshalb«, beruhigte Emma sie und fügte hinzu: »Und bitte entschuldigen Sie Damian. Er ist gerade in einer schwierigen Phase.«

Wie um das zu unterstreichen, tauchte Damian plötzlich wieder auf. Sein Gesicht war vor Verzweiflung rot. »Sie ist weg! Da ist kein Müllsack mehr!«

»Er wird mit den anderen draußen im Container liegen.« Sandra warf ihm einen besorgten Blick zu.

»Damian!«, sagte Emma mit fester Stimme. »Das ist doch nicht so wichtig, oder?«

»Doch, ist es! Ich hatte noch nicht …« Damian sah Emmas Blick, biss sich auf die Lippe, drehte sich zu Sandra um und murmelte. »Nein, ist schon gut. Tut mir leid. Ich wollte Ihnen keinen Ärger machen.«

Er folgte Emma in ihr Zimmer, wo Matt gerade die Straßenkarte zusammenfaltete.

»Kopf hoch, Kumpel. Auf dem Weg können wir ja an einem

Kiosk anhalten und dir eine neue kaufen«, versuchte Matt ihn aufzuheitern.

»Aber nicht *die* Ausgabe«, seufzte Damian. »Das war eine alte mit einem ganz besonderen Artikel drin. Ich habe sie mir von einem Schulfreund ausgeliehen und ihm versprochen, sie ihm nach den Ferien zurückzugeben.«

Er ließ sich auf einen Stuhl fallen und sah aus, als wäre gerade die Welt untergegangen.

»Dein Freund wird das schon verstehen«, sagte Emma. »Was für ein Aufstand … *Aua!*« Letzteres war die Folge davon, dass Matt ihr den Ellbogen zwischen die Rippen gerammt hatte.

»Komm schon!«, sagte Matt zu Damian. »Wir wollten uns ohnehin ein wenig im Ort umsehen. Emma will ein paar Sachen für ein Picknick kaufen. Stimmt doch, Liebes, oder?«

Trotz einer steifen Brise versprach es, ein weiterer sonniger Tag zu werden. Emma hatte bereits eine Abkürzung ins Stadtzentrum entdeckt. Sie führte über einen Pfad hinten ums Hotel herum. Dabei kamen sie an einer unordentlichen Ecke des ansonsten makellos gepflegten Gartens vorbei, und plötzlich schrie Damian:

»Da ist er! Hinter der Mauer!« Er deutete nach vorne.

»Was denn?« Emma schaute verwirrt drein.

»Der Müllcontainer! Wartet kurz. Ich schaue nur rasch nach.«

»Hey!«, rief Emma, doch es war sinnlos. Damian war bereits über die niedrige Mauer gesprungen, die den Müll vom Hotel selbst trennte. Sie folgten ihm, Emma verärgert und Matt reumütig.

Sie kamen just in dem Augenblick an, als Damian in den Container kletterte. Drinnen stand er auf einem Haufen schwarzer Plastikmüllsäcke und ließ frustriert den Blick über sie schweifen.

»Das sind ja Dutzende!«, rief er. »Ich habe keine Ahnung,

in welchem meine Zeitschrift ist!« Er hockte sich neben den nächstbesten Sack.

»Dann komm raus, verdammt«, flehte Emma. »Bevor dich noch jemand sieht.«

»Ja, hüpf raus«, forderte auch Matt ihn auf. »Das ist mit Sicherheit nicht hygienisch. Und kram nicht darin rum. Du könntest dich schneiden.«

»Tetanus!«, schrie Emma sofort.

»Ich bin geimpft«, kam Damians Stimme gedämpft aus dem Container. »Gegen alles. Das ist bei uns in der Schule so. Oh ... Schaut mal ...« Sein Arm erschien über dem Containerrand, und er wedelte mit einem Metallobjekt, das in der Sonne funkelte. »Ein Teekocher! Und noch dazu in perfektem Zustand. Warum hat man den denn weggeworfen?«

»Komm sofort raus, Damian! Pronto!«, befahl Matt.

»Nein, Damian. Bleib drin.« Emma sprang auf und ab und versuchte erfolglos, einen Blick in den Container zu werfen. »Sind da auch ein Becher und eine Untertasse?«

»Jaja«, rief Damian. »Sehr lustig!«

»Ich meine das ernst«, erwiderte Emma drängend. »Sandra hat gesagt, ein Teekocher, ein Becher und eine Untertasse hätten in Sherwoods Zimmer gefehlt. Hilf mir mal, Matt. Ich will selbst nachsehen.«

»Bist du verrückt geworden?«, verlangte Matt zu wissen. »Das ist jetzt definitiv übertrieben. Ich werde dir mit Sicherheit nicht helfen, in einen Müllcontainer zu klettern.«

»Ich bin nicht verrückt.« Emma wirbelte zu ihm herum. »Gib mir den Teekocher, Damian.«

Damian warf den Teekocher über den Containerrand. Emma fing ihn auf. »Siehst du?«, rief Damian. »Da ist nicht eine Beule!« Emma hielt ihn Matt unter die Nase. »Warum sollte jemand den wegwerfen? Ich wette, was du willst, dass es der aus Sherwoods Zimmer ist. Ist da auch zerbrochenes Porzellan?«

Damians Gesicht erschien über dem Rand. »Nein. Aber Splitter könnten zwischen die Säcke gerutscht sein.«

Matt nahm Emma den Teekocher ab und schaute ihn sich genauer an. »Er sieht in der Tat unbeschädigt aus. Das muss ein Fehler sein.«

»Wir sollten ihn zu Loomis bringen.«

Matt hob den Blick. »Wir würden wie Deppen dastehen.«

»Em hat recht.« Damian kletterte aus dem Container, sprang auf den Boden und klopfte sich den Staub von den Händen. »Das ist ein Beweis. Wir sollten uns sofort auf den Weg machen.«

»Du nicht«, sagte seine Tante. »Du wirst auf direktem Weg in dein Zimmer marschieren und dich erst einmal waschen.«

»Ihr könnt mich nicht einfach so ausschließen«, heulte Damian. »Immerhin habe *ich* den Kocher gefunden. Das ist nicht fair!«

»Wir werden auf dich warten«, versprach Matt.

»Und dann gehen wir zur Polizei. Ich bin gleich wieder da.« Damian rannte zum Hotel zurück.

»Oh, nein«, stöhnte Matt und verzog das Gesicht. »Emma ... Wie soll ich das Loomis erklären? Was soll das Ding denn beweisen, verdammt?« Er wedelte mit dem Teekocher in der Luft.

»Das musst du gar nicht«, erwiderte Emma fröhlich und nahm Matt den Kocher ab. »Das werde ich übernehmen.«

»Erwarten Sie jetzt, dass ich uns allen eine Tasse Tee koche, Mrs. King?«, spottete Inspector Loomis.

Er beäugte den Teekocher, der auf seinem Schreibtisch bemerkenswert gewöhnlich aussah. »Ich muss gestehen, ich bin ein wenig verwirrt, und das nicht nur, weil ich mich frage, warum Sie das für wichtig erachten. Ich verstehe auch nicht so recht, warum der junge Mann überhaupt in den Müllcontainer geklettert ist.«

Emma ignorierte den spöttischen Unterton in Loomis' Stimme und erzählte ihm von den verlorenen Gegenständen aus Sherwoods Zimmer.

Loomis trommelte mit den Fingern auf den Tisch. »Ich werde mal mit dem Mädchen reden. Sandra, nicht wahr?« Er machte sich eine Notiz.

Dann lehnte Loomis sich auf seinem Stuhl zurück, verschränkte die Finger und schaute Damian wohlwollend an. »Ich kann mich noch gut daran erinnern, wie ich in deinem Alter war, Junge. Ich habe unheimlich gerne Räuber und Gendarm gespielt und mir all diese Geschichten im Fernsehen angesehen. Ich habe auch viele Krimis gelesen. Vielleicht bin ja deshalb später zur Polizei gegangen. Was hat Sie eigentlich dazu gebracht, Polizist zu werden, King?«

»Das frage ich mich manchmal auch«, knurrte Matt. »Vermutlich habe ich geglaubt, Polizeiarbeit sei wesentlich unkomplizierter, als sie in Wirklichkeit ist.«

Loomis lachte leise. »Siehst du?«, wandte er sich wieder an Damian. »Es ist schlicht nicht so wie in den Büchern und Filmen. Das soll keine Beleidigung sein, Mrs. King. Sie spinnen gutes Garn. Meine Frau liebt Ihre Bücher. Aber das echte Leben ist etwas vollkommen anderes. Stimmt das nicht, King?«

»Oh, ja.« Matt stand auf. »Danke, dass Sie sich Zeit für uns genommen haben. Emma, komm. Und du auch, Damian.«

»Und jetzt genießen Sie den Rest Ihres Urlaubs!«, rief Loomis ihnen hinterher.

Doch kaum waren sie weg, da änderte sich Loomis' Verhalten abrupt. »Miller! Machen Sie, dass Sie hier reinkommen!«, brüllte er.

Als Sergeant Miller erschien, stand sein Boss am Fenster und betrachtete den Teekocher.

»Bringen Sie den ins Labor.« Loomis hielt ihm das scheinbar

harmlose Haushaltsgerät hin. »Ich habe gerade erfahren, dass so ein Ding und ein paar Geschirrteile in dem Hotelzimmer fehlten. Das hätte Ihnen doch auffallen müssen, Junge! Es gefällt mir gar nicht, wenn ich von einer Gruppe Sommerfrischler auf die richtige Fährte geführt werde. Dieser Teekocher ist in einem Müllcontainer am Hotel gefunden worden. Sehen Sie zu, dass Sie dorthin fahren, und nehmen Sie das Ding auseinander. Wir suchen einen Becher und eine Untertasse. Und sagen Sie dem Rechtsmediziner, er soll sich mit dem Autopsiebericht beeilen. Ich will nicht, dass King in dem Glauben nach Devon fährt, wir seien lahmarschig hier oben.«

»Jawohl, Sir!«, bellte Sergeant Miller. Sein Gesicht war genauso rot wie sein Haar.

Draußen am Wagen sammelte Matt King, der nicht wusste, dass er mit seinem Besuch in ein Wespennest gestochen hatte, seine ungehorsame Truppe und hielt Emma und Damian einen kurzen Vortrag.

»Jetzt komme ich mir wie ein Narr vor. Ich weiß nicht, warum ich mich von euch dazu habe überreden lassen. Aber nun ist es vorbei. Wir haben Loomis den Teekocher gegeben, und jetzt liegt es an ihm. Wir drei werden das Ganze vergessen. Verstanden?«

Schweigen folgte seiner Frage.

»*Verstanden?*«, brüllte Matt.

Emma und Matt murmelten etwas vor sich hin.

»Einsteigen!«, befahl Matt ihnen frustriert. »Wir werden ab sofort einen sorglosen Urlaub ganz ohne Verbrechen verbringen. Und wenn es das Letzte ist, was ich tue!«

Sie fuhren nach Aberfeldy. Es herrschte kaum Verkehr, und die Straße wand sich durch Wälder und offenes Land. Damian war in Gedanken versunken.

»Em«, sagte er schließlich. »Ich wünschte, du hättest mir nichts verschwiegen.«

»Was denn verschwiegen?«, fragte seine Tante und versuchte, nicht allzu schuldbewusst zu klingen.

»So ziemlich alles! Du hast mir zum Beispiel nichts von den vermissten Gegenständen erzählt, bis ich den Teekocher gefunden habe. Du hattest verdammt Glück, dass ich ihn rausgefischt habe. Ich hätte genauso gut nichts sagen und ihn im Container lassen können. Fast hätte ich das auch getan.«

»Bitte entschuldige, Damian. Matt dachte, das sei nicht wichtig.«

»Ja, klar. Jetzt bin ich wieder schuld«, knurrte Matt frustriert.

»Genau das hast du doch gesagt.« Emma drehte sich auf dem Beifahrersitz zu Damian um. »Es gibt noch ein paar andere Dinge, die ich dir nicht erzählt habe. Ich habe eine Art Streit zwischen Sherwood und jemand anderem gehört. Und an dem Abend, an dem du in die Stadt spaziert bist, bin ich direkt nach oben gegangen. Ich habe zwar nicht wirklich etwas gesehen, aber ich habe gehört, wie sich eine Tür geschlossen hat, kurz bevor ich in unseren Flur gekommen bin, und die Brandschutztür ist noch immer hin und her geschwungen. Irgendjemand ist da durchgegangen, und ich glaube, dieser Jemand hat Sherwoods Zimmer durchsucht.«

»Genau! Du *glaubst* das nur«, sagte Matt gereizt. »Du *weißt* es nicht. Das ist nur deine Fantasie, Emma. Wie soll der mysteriöse Eindringling denn so leicht in Sherwoods Zimmer gekommen sein? Sherwood hatte seinen Schlüssel doch sicher beim Abendessen dabei.«

»Aber es gibt noch andere Schlüssel. Sandra hat zum Beispiel auch Schlüssel für jedes Zimmer, in dem sie putzt.«

»Sandra würde diese Schlüssel aber niemandem leihen. Das würde sie den Job kosten.«

»Sie lässt die Schlüssel in der Tür stecken, wenn sie ein Zimmer putzt«, sagte Damian. »Das ist mir aufgefallen. Sie geht rein und schrubbt zuerst das Bad und dann den Rest. Irgendwann kommt sie wieder raus und geht zum nächsten Zimmer. Für ein Zimmer braucht sie zwischen fünfzehn und zwanzig Minuten. Und die ganze Zeit über hängt ihr Schlüsselbund an irgendeiner Tür, und sie kann ihn nicht sehen.«

Schweigen folgte diesen Worten. Matt grunzte.

»Also könnte irgendjemand vorbeigekommen sein und einen Abdruck gemacht haben«, dachte Emma laut nach. »Mit warmem Wachs oder Seife. Er könnte den Schlüssel aus dem Schloss gezogen haben, um einen Abdruck zu machen, und hat ihn dann wieder reingesteckt.«

Sie fuhren durch eine Kurve.

»Das bedarf Planung«, warf Matt ein. »Der Eindringling – falls er denn je existiert hat – hätte sich vorbereiten und Sandra beobachten müssen. Das kostet alles Zeit.«

Wieder herrschte Schweigen. Dann sagte Emma: »Sherwood hat bereits im Hotel gewohnt, als wir angekommen sind. Er könnte eine ganze Woche hier gewesen sein und hat vielleicht noch länger bleiben wollen. Ich habe gehört, wie die Angestellten am Empfang miteinander geredet haben. Sie haben gesagt, Sherwood käme jedes Jahr um diese Zeit. Für ihn war das ein regelmäßiger Erholungsurlaub. Vielleicht hatte er ja sogar immer dasselbe Zimmer. Vielleicht wusste die Person, die in sein Zimmer wollte, all das und hatte schon länger eine Kopie des Schlüssels.«

»Das sind mir ein paar ›vielleicht‹ zu viel, und echte Beweise hast du nicht. Das sind alles nur Vermutungen«, protestierte Matt.

Emma wollte gerade etwas darauf erwidern, als hinter ihnen jemand hupte. Ein grüner Sportwagen raste heran, überholte sie gefährlich nah vor einer Kurve und war sofort wieder verschwunden.

»Idiot!«, knurrte Matt.

»Das ist er!«, rief Damian. »Das ist der Typ, der mich am ersten Abend fast die Treppe hinuntergestoßen hätte. Ich habe dir doch davon erzählt, Em! Als ich von meinem Spaziergang zurückgekommen bin, ist ein Mann – der Fahrer des Wagens da – aus dem Hotel gerannt und hat mich beiseitegestoßen. Dann ist er auf den Parkplatz gelaufen. Der hat bestimmt nichts Gutes im Schilde geführt.«

Damian beugte sich vor und packte die Lehne von Matts Sitz. »Tritt aufs Gaspedal«, bettelte er. »Du musst ihm hinterher. Willst du nicht wissen, wo er hinfährt?«

»Mit Sicherheit nicht«, erwiderte Matt. »Für was hältst du das hier? Für einen dieser Filme, von denen Loomis gesprochen hat? Wenn du glaubst, ich würde mit quietschenden Reifen über die Straßen hier rasen, dann irrst du dich gewaltig!«

»Aber …« Damian kam nicht dazu, den Satz zu beenden.

»Und noch etwas!« Matt hatte jetzt Schwung aufgenommen. »Du hast den Fahrer doch nur für den Bruchteil einer Sekunde gesehen. Ich bin sicher, du kannst ihn nicht identifizieren. Es sind genau solche Zeugen wie du, die uns immer wieder Ärger machen. Sie schwören, sie würden eine Person erkennen; dabei haben sie sie nur im Halbdunkel oder von hinten gesehen. Manche haben sogar *überhaupt nichts* gesehen! Es war doch dunkel, als du dem Kerl vor dem Hotel begegnet bist, oder?«

»Ziemlich«, gestand Damian. »Aber über der Tür war Licht.«

»Und dieses Licht ist genau auf das Gesicht von dem Typen gefallen?«

»Nun … Nein … Er ist die Stufen hinuntergerannt, also mit dem Rücken zum Licht.«

»Sein Gesicht lag also im Schatten. Und der Fahrer dieses Wagens ist wie schnell an uns vorbeigerast? Mit siebzig Meilen die Stunde? Komm schon, Damian! Wie soll es realistisch möglich sein, diese beiden Personen miteinander in Verbindung zu bringen?«

»Oh, okay ...« Mürrisch räumte Damian seine vorübergehende Niederlage ein und ließ sich in seinem Sitz zurückfallen.

In Aberfeldy parkten sie am Fluss, am Fuß des steilen Waldareals, das man ›The Birks‹ nannte. Ein gewundener Pfad führte zwischen den Bäumen hindurch und an einem Bergbach entlang. Eine Reihe von Holzbrücken und Geländern erleichterte den Marsch, und auf halber Strecke konnte man sich auf einem flachen Felsen ausruhen, auf dem Robert Burns angeblich sein berühmtes Gedicht »Die Birken von Aberfeldy« geschrieben hatte.

Dort aßen sie ihr Obst und ihre Kartoffelchips, und sie betrachteten das Wasser, das über Stock und Stein bergab rauschte.

Im Gegensatz zu der Expedition mit Emma am Tag zuvor sprühte Damian geradezu vor Energie. Ständig war er in Bewegung. Er platzte förmlich vor Aufregung und setzte eine Flut von Vermutungen zum verstorbenen Lawrence Sherwood in die Welt.

Als Emma sah, dass Matt kurz davorstand zu platzen, bestand sie schließlich darauf, dass sie alle das Thema erst einmal vergessen sollten, obwohl sie selbst gerne mit ihrem Neffen diskutiert hätte.

Sie stiegen den Hang weiter zum Wasserfall hinauf. Als sie einige Zeit später wieder hinuntergingen, gönnten sie sich einen Tee in der alten Wassermühle der Stadt. Matt schaute wieder auf die Straßenkarte und suchte eine schöne Strecke für ihre Rückfahrt heraus, auch wenn es ein Umweg war.

Es war bereits Abend. Die Sonne versank am Horizont, und ein warmes Glühen legte sich über die Landschaft. Matts Route hatte sie auf eine wenig befahrene Straße geführt. Überall herrschten Ruhe und Frieden. Rechts von ihnen befand sich eine Mauer, die die Grenze eines recht großen Grundstücks bildete. Tatsächlich war ihnen noch kein anderes Fahrzeug entgegengekommen, als sie plötzlich ein Schild sahen, das vor einer versteckten Einfahrt weiter vorne warnte.

Matt wurde langsamer. Dann folgte eine Lücke in der Mauer mit einem beeindruckenden schmiedeeisernen Tor. Dahinter war eine breite Einfahrt zu sehen, die zwischen Bäumen hindurchführte, und in der Ferne ein großes, auffälliges Haus.

»Halt mal kurz an, Matt«, bat Emma. »Das ist wirklich ein hübsches altes Haus.«

Matt fuhr ein Stück daran vorbei und hielt dann neben der Straße, wo es praktischerweise ein kleines freies Stück zwischen den Bäumen gab. Dort stiegen sie alle aus, gingen zurück und drückten sich die Nasen an dem schmiedeeisernen Tor platt.

»Wie ein paar viktorianische Bauernkinder, die versuchen, den Edelmann in seinem Anwesen auszuspionieren«, bemerkte Matt amüsiert.

Das Haus bestand aus graurosa Granit, und der Architekt hatte sich bei dem Entwurf offenbar von seinen Launen leiten lassen. Überall sprossen Türmchen und Zinnen und verliehen dem Haus das Aussehen einer Miniaturburg.

Leise sagte Damian: »Da ist dieser Wagen.« Er deutete nach vorne.

Die beiden anderen waren so sehr auf das Haus fixiert gewesen, dass sie den grünen Sportwagen gar nicht bemerkt hatten, der vor dem Haupteingang parkte.

»Dann weißt du ja jetzt, wo der Mann hingefahren ist, Damian«, sagte Matt. »Ich hoffe, du bist zufrieden.«

Doch Damian ging bereits die Mauer entlang.

»Wo willst du hin?«, rief Emma ihm hinterher.

»Ich sehe mich nur ein wenig um. Die Mauer biegt um die Ecke, und ein Pfad führt durch den Wald. Wir können doch ein Stück da langgehen, oder?«

Matt blickte auf seine Uhr. »Wir haben gut zwanzig Minuten. Dann müssen wir wirklich wieder zurück.«

Sie folgten Damian zwischen die Bäume. Hier war es geradezu unheimlich still. Das Laub der Bäume und der Mulch unter ihren Füßen verschluckten jedes Geräusch. Nur ein-, zweimal knackte ein Zweig im Unterholz, oder ein Vogel flatterte zwischen den Ästen. Ansonsten schienen sie im Zwielicht des Waldes vollkommen allein zu sein.

Matt deutete auf ein paar Spuren. »Irgendwo hier sind Hirsche, aber wir werden sie wohl nicht zu sehen bekommen. Sie werden uns vorher riechen.«

Kaum war er verstummt, da wurde die Stille vom kehligen Röhren eines mächtigen Motors zerrissen, irgendwo weit zu ihrer Linken.

»Der Wagen«, flüsterte Emma, obwohl es keinen Grund zum Flüstern gab. »Er fährt wieder weg.«

Sie standen zwischen den Bäumen und lauschten, während der Motorenlärm zu einem fernen Pochen abebbte. Dann folgte das Quietschen verrosteter Scharniere, gut zu hören in der klaren Luft. Schließlich erwachte der Fahrzeugmotor wieder zum Leben und raste davon.

»Er ist die Einfahrt runtergefahren, hat am Tor angehalten, um es zu öffnen, und ist dann in Richtung Aberfeldy gerast«, murmelte Matt.

»Ob er unseren Wagen bemerkt hat?«

Matt schaute unsicher drein. »Vielleicht nicht. Er ist in die andere Richtung abgebogen, nicht in die, wo wir geparkt haben. Nicht dass das wichtig wäre. Damian irrt sich vermutlich. Es ist vollkommen unmöglich, dass er den Fahrer mit Sicherheit identifizieren kann, und selbst wenn, dann würde das auch nicht wirklich etwas ausmachen. Der Mann ist aus dem Hotel gerannt. Vielleicht war er ja einfach spät dran. Vielleicht wollte er schnell zu einem Meeting oder einer Verabredung. Vielleicht wollte er zum Bus. Es könnte eine ganze Reihe von Gründen dafür geben, alle unschuldig. Damian lässt seiner Fantasie einfach freien Lauf, und du ermutigst ihn auch noch dazu, Emma. Ihre beide baut da ein Kartenhaus.«

Das war unverschämt und unfair, aber Emma wollte jetzt keinen Streit vom Zaun brechen. Damian war vorausgelaufen. Sie konnten ihn nicht einmal mehr sehen. »Wo ist er hin?«, fragte Emma.

Ein paar Augenblicke später erspähten sie ihn. Auf dieser abgelegenen Seite des Grundstücks war die Mauer eingefallen, und Damian war einfach hinübergeklettert und schlich sich jetzt zwischen den Büschen hindurch in Richtung Haus.

»Komm sofort wieder zurück!«, rief Emma, instinktiv aber gedämpft.

»Damian!« Matt war nicht so vorsichtig. »Komm raus da!«

Damian hörte sie entweder wirklich nicht, oder er wollte sie nicht hören.

»Ich hole ihn raus. Bleib hier.« Matt sprang über die Steine und lief Damian hinterher. Emma folgte ihm.

Nach gut zehn Schritt hatten sie Damian eingeholt. Er stand am Rand der Bäume und spähte über eine freie Fläche hinweg zum Ostflügel des Hauses.

»Ich habe gehört, wie der Wagen gestartet wurde«, sagte er leise. »Da bin ich über die Mauer gesprungen, um mal einen Blick aufs Haus zu werfen, aber es war zu weit weg.«

Jetzt starrten sie alle zum Haus. Es sah verlassen aus.

»Das ist viktorianisch«, erklärte Matt. »In diesem schottischen Landadelstil, den Queen Vicky so sehr geliebt hat. Vermutlich wurde es gebaut, als sie und Albert Schottland zu einer Mode gemacht haben. Ohne Zweifel von irgendeinem reichen Engländer, der gerne den Laird spielen wollte.«

Plötzlich spiegelte sich ein Lichtstrahl auf einer gläsernen Terrassentür. Er wurde kurz unterbrochen und tauchte dann wieder auf, als eine Person hinter der Tür vorbeiging. Es war unmöglich zu erkennen, ob es sich bei dem dunklen Schatten im Innern um eine Frau oder einen Mann handelte.

Drinnen musste es dunkel geworden sein, sodass irgendjemand eine Tischlampe eingeschaltet hatte, vielleicht, um in ihrem Licht zu lesen, dachte Emma.

Bei dieser Erinnerung, dass es allmählich dämmerte, legte Matt Damian die Hand auf die Schulter. »Komm.«

Sie wandten sich gerade zum Gehen, als eine Stimme befahl: »Stehen bleiben!«

Emma quiekte. Die drei drehten sich langsam um und sahen eine grauhaarige Gestalt in Tweed, die eine Schrotflinte in den Händen hielt. Neben dem Mann stand ein Hund, die Ohren gespitzt und genau wie der Mann mit einem drohenden Funkeln in den Augen.

»Ganz ruhig!«, rief Matt. Der Hund knurrte leise.

»Nein, Laddie. Seid ihr mal ganz ruhig.« Der Wildhüter – denn dafür hielt ihn Emma – nickte in Richtung Haus. »Und jetzt sagen Sie mir, warum Sie hier herumschnüffeln.«

»Mir ist durchaus klar, dass es sich hier um Privatbesitz handelt«, begann Matt, »und dass wir ihn widerrechtlich betreten haben. Es war nur Neugier. Der Junge …«

»Neugier? Für Neugier sind Sie aber verdammt nah rangekommen. Vielleicht sollten Sie Ihre Neugier ja Mrs. Frith erklären.«

»Ist sie die Besitzerin?«, fragte Emma. »Das ist doch nicht nötig.«

»Der grüne Sportwagen gehört ihr aber nicht, oder?«, mischte Damian sich dämlicherweise ein. »Wer hat den gefahren?«

Der Wildhüter zog die buschigen Augenbrauen zusammen. »Himmel! Du hast dich ja wirklich gut umgesehen. Und all diese Fragen. Jetzt bin ich neugierig. Was interessiert dich das? Sprich weiter.«

Der Gewehrlauf bewegte sich drohend. »Aber erst einmal ... Bewegung! Langsam! Vor mir! Und keine Tricks!«

»Oh, das ist doch lächerlich!«, rief Matt. »Schauen Sie, ich bin Po...«

Der Mann hob das Gewehr, und der Hund bellte.

»Tu einfach, was er sagt«, flehte Emma.

»Das wird mir ewig anhängen«, murmelte Matt.

Sie machten sich auf den Weg über die offene Fläche zum Haus. Sie gingen zu dritt nebeneinander und waren sich unangenehm bewusst, dass ihnen ein bewaffneter Mann folgte.

Von dem Hund ganz zu schweigen.

3.

Emma, Matt und Damian gingen gemeinsam und auf direktem Weg über die offene Fläche zum Haus, hinter ihnen der Wildhüter mit seiner Flinte und der Hund.

Die Abendsonne sank rasch und ließ das Haus einen fantastischen Schatten werfen, der langsam auf die kleine Gruppe zukroch. Die vielen Türmchen und Zinnen wirkten seltsam lang und verzerrt. In diesem Licht glich das Gebäude mehr einem Märchenschloss als einem normalen Haus. Doch war das nun ein Königsschloss oder der Schlupfwinkel eines Ogers?, fragte Emma sich nervös.

Sie erreichten den Schatten und verließen das warme Sonnenlicht. Als der Schatten auf sie fiel und die Luft schlagartig kühler wurde, öffnete sich die Terrassentür, und eine Frau trat heraus.

»Was soll das, Duncan?«, verlangte sie zu wissen.

Emmas Augen hatten sich inzwischen an den Lichtwechsel gewöhnt. So sah sie, dass die Frau groß und um die sechzig Jahre alt war. Ihr Haar war ungewöhnlich kurz geschnitten, und ihre knochige Gestalt steckte in einem langärmeligen Kleid aus schlichtem Stoff. Der Kragen war viktorianisch hoch, was hervorragend zu dem Haus passte. Ansonsten trug sie nur eine kleine Goldbrosche als Schmuck.

»Mrs. Firth?«, fragte Emma. »Bitte, lassen Sie uns das erklären. Das können wir auch, wenn Ihr Wildhüter uns denn nicht daran hindern würde.«

Die Frau musterte Emma von Kopf bis Fuß. Dann sagte sie: »Ich bin nicht Mrs. Firth. Mein Name ist Jean Ross. Ich bin Mrs. Firth' Haushälterin.« Sie betonte jede einzelne Silbe, als hielte sie eine Vorlesung.

Bevor Emma etwas darauf erwidern konnte, sagte der Wildhüter: »Sie haben herumgeschnüffelt, Mrs. Ross, und dabei ein Interesse gezeigt, das mir nicht gefällt. Und es scheint, als hätten sie das Haus schon eine ganze Weile beobachtet. Der Junge hier hat nach Mr. Alex' Wagen gefragt.«

»Ach, ja?« Mrs. Ross richtete ihren misstrauischen Blick wieder auf Emma.

Diese lief rot an. »Nein! Wir sind nur an der Mauer da hinten durch den Wald gewandert.« Sie drehte sich um und deutete nach hinten. »Und natürlich waren wir an dem Haus interessiert. Es ist ja auch ungewöhnlich. Damian wollte sich das mal näher ansehen und …«

»Sie sind alle über die Mauer geklettert?«, stürzte Mrs. Ross sich in scharfem Ton sofort auf Emmas Worte.

»Nein! Nun … Ja, in gewisser Hinsicht schon. Aber wir sind nicht *geklettert.* Die Mauer ist an einer Stelle eingefallen. Wir sind einfach über die Trümmer gestiegen und Damian gefolgt, um ihn zurückzuholen.«

Der Wildhüter ahnte vielleicht, dass ein Teil der Schuld bei ihm hängen bleiben würde, und so murmelte er: »Ich habe Jamie gebeten, vorbeizukommen und mir mit der Mauer zu helfen.«

»Und ich habe nur nach dem Auto gefragt«, meldete Damian sich lautstark zu Wort. »Sportwagen interessieren mich nämlich.«

»Und mein Mann ist Polizeibeamter«, fügte Emma hinzu. »Wir sind also keine Einbrecher oder so. Zeig ihr deinen Dienstausweis, Matt.«

»Geht nicht«, erwiderte Matt. »Ich habe ihn nicht dabei.«

Seine Frau drehte sich verzweifelt zu ihm um. »Warum nicht? Wir brauchen ihn!«

»Nun ja, ich habe aber nicht daran gedacht, dass wir ihn brauchen würden«, protestierte Matt gereizt. »Warum zum Teufel sollten wir auch? Wir sind im *Urlaub!* Da habe ich doch nicht daran gedacht, dass wir plötzlich vor einem Irren mit einer Knarre stehen!«

»Hey!«, rief der Wildhüter. »Passen Sie auf, was Sie sagen!«

»Ja, mach ihn bloß nicht wütend«, zischte Emma.

»Duncan«, sagte Mrs. Ross plötzlich, »nehmen Sie das Gewehr runter. Wir wissen doch beide, dass es ohnehin nicht geladen ist.«

»Nicht geladen?«, riefen Matt und Emma im Chor. Sie und Damian starrten Duncan an.

Der Wildhüter senkte die Waffe. Verlegen sagte er: »Na, das sollten Sie ja auch nicht wissen. Hätten Sie das gewusst, dann hätten Sie wohl kaum angeboten, mitzukommen und alles zu erklären.«

Als fühlte er die Verlegenheit seines Herrchens, legte der Hund sich hin und die Nase auf die Pfoten.

»Ich rate Ihnen«, knurrte Matt wütend, »so eine Nummer nicht noch einmal abzuziehen.«

»Woher sollte ich denn wissen, dass Sie Polizist sind?«, erwiderte Duncan trocken.

Irgendetwas bewegte sich im Raum hinter Jean Ross, und eine neue Stimme, eine weibliche, rief: »Was ist da los, Jean? Wer sind diese Leute?«

»Jetzt haben Sie sie gestört«, seufzte Mrs. Ross mit verhaltener Wut. »Dabei hatte ich gehofft, sie würde vor dem Abendessen noch ein Nickerchen machen. Stattdessen muss ich sie jetzt damit belästigen.«

»Mit was belästigen, Jean? Was ist hier los?«

Mrs. Ross drehte sich um und trat weg von der Tür, um mit der Person im Raum zu reden. »Da sind nur ein paar Leute, die aufs Grundstück gekommen sind, um sich das Haus anzusehen. Kein Grund zur Sorge, Mrs. Frith. Duncan und ich kümmern uns schon darum. Offenbar handelt es sich bei dem Gentleman um einen Polizeibeamten, der hier Urlaub macht.«

»Was Sie nicht sagen.« Ein leises Lachen war zu hören. »Nun, dann bringen Sie die Leute mal rein, Jean. Wenn ich schon Besucher habe, dann will ich sie auch kennenlernen.«

Obwohl es ganz offensichtlich weder Mrs. Ross noch Duncan gefiel, traten Emma, Matt und Damian durch die Tür. Sie fanden sich in einem gemütlichen Salon wieder, der mit schweren altmodischen Möbeln ausgestattet war. Emma fragte sich, ob einige davon vielleicht noch Originale waren.

Mrs. Ross war ihnen gefolgt, und nun schaltete sie das Hauptlicht an. Emma blinzelte.

Mrs. Frith stand in der Mitte des Raumes, eine kleine, gebieterische Gestalt, die sich auf einen Stock stützte. Ihre Augen funkelten, und sie musterte die Besucher von Kopf bis Fuß. Schließlich wandte sie sich an Matt.

»Ich nehme an, Sie sagen die Wahrheit. Sich als Polizist auszugeben ist nämlich eine Straftat.«

»Ich *bin* aber Polizist«, erwiderte Matt. »Inspector Matt King aus Devon. Ich mache hier Urlaub. Und das hier sind meine Frau Emma und ihr Neffe Damian.«

»Bitte, setzen Sie sich. Jean? Könnten wir wohl eine Tasse Tee haben?«

Nachdem Mrs. Ross noch immer misstrauisch den Raum verlassen hatte, ließ ihre Gastgeberin sich steif auf einen Lehnstuhl nieder, legte ihren Stock beiseite und strich den Rock ihres grünen Seidenkleids glatt.

»Mein Name ist Alice Frith«, sagte sie. »Bitte entschuldigen Sie Duncan. Er ist immer so eifrig. Er und Jean sind ein wenig überfürsorglich, was mich betrifft.« Sie lächelte. »Aber sie meinen es gut. Außerdem liegt dieses Haus sehr einsam. Da machen uns Fremde natürlich nervös. Ich habe Duncan schon vor zwei Wochen gebeten, die Mauer zu reparieren. Vielleicht wird er sich jetzt ja endlich darum kümmern.«

Offenbar war Mrs. Frith schon ein paar Minuten im Raum gewesen und hatte gelauscht, bevor sie sich bemerkbar gemacht hatte. Emmas Neugier war geweckt. Aufmerksam betrachtete sie die alte Frau, bemühte sich aber, nicht allzu aufdringlich zu wirken.

Mrs. Frith richtete ihre Aufmerksamkeit nun auf Damian. »Und du interessierst dich also für Sportwagen, ja? Alex war in deinem Alter genauso. Er konnte es gar nicht erwarten, am Steuer seines ersten Wagens zu sitzen. Das war natürlich nicht der, den du gesehen hast. Er hatte schon drei oder vier. Das ändert sich ständig. Für mich ist das zwar Geldverschwendung, aber andererseits ist man nur einmal jung.«

Sie drehte sich wieder zu Emma um. »Alex ist mein Neffe, nicht mein Sohn. Aber ich habe ihn hier in diesem Haus großgezogen. Er ist der Sohn meiner Schwester.«

»Und Damian ist der Sohn *meiner* Schwester«, erzählte Emma. »Seine Eltern sind im Ausland.«

»In Afrika«, erklärte Damian.

»Was du nicht sagst.« Mrs. Frith dachte offenbar, dass sie durch diese gemeinsamen Umstände eine gewisse Verbindung zu Emma hatte. Freundlich lächelte sie sie an.

Die Tür öffnete sich, und Jean Ross kehrte mit einem Teewagen zurück. Darauf stand nicht nur der Tee, sondern auch ein Tablett mit selbst gemachten Butter-Scones, Butterkeksen, Rosinenkuchen und für Damian eine Dose Orangenlimonade.

Mrs. Frith deutete auf Letzteres und erklärte: »Wir haben immer ein paar Dosen davon. Für Alex. Wenn er fährt, trinkt er keinen Alkohol. In diesem Punkt ist er ein sehr zuverlässiger junger Mann. Es ist auch eine große Erleichterung für mich, das zu wissen, denn der Wagen hat wirklich Kraft. Alex ist ein guter Junge.«

Emma kam der Gedanke, dass es mit Sicherheit in Alex' ureigenstem Interesse lag, einen guten Eindruck auf seine Tante zu machen. Alles deutete darauf hin, dass Mrs. Frith eine äußerst gutmütige Verwandte war, und vermutlich hatte sie auch all die schnellen Autos finanziert, in denen Alex so gerne herumfuhr. Da war es ohne Zweifel nützlich, sich zuverlässig zu zeigen. Emma hoffte nur, dass sie mit ihrer Einschätzung nicht zu zynisch war.

Doch Emma war nicht die Einzige, die großes Interesse an ihrem Gegenüber hatte. Mrs. Frith schaute sie ebenfalls neugierig an. Die alte Frau stellte die Tasse ab und sagte: »Bitte, entschuldigen Sie, Liebes, aber Ihr Gesicht kommt mir irgendwie vertraut vor. Ich bin sicher, Sie vor Kurzem schon einmal gesehen zu haben. Allerdings verlasse ich das Haus dieser Tage nur selten. Ich habe Arthritis, müssen Sie wissen. Deshalb habe ich nicht die geringste Ahnung, wo das gewesen sein könnte. Sie treten doch nicht im Fernsehen auf, oder?«

»Nein«, gestand Emma. »Ich bin Schriftstellerin.«

»Aaah!« Mrs. Frith strahlte sie an und rief triumphierend: »Jetzt kann ich Sie einordnen! Sie sind Emma Durrant! Tatsächlich lese ich gerade ein Buch von Ihnen, und hintendrauf ist Ihr Foto. Ich bin ein großer Fan von Ihnen!«

»Danke«, murmelte Emma und wurde wieder rot.

»Ich kann schlecht schlafen«, fuhr Mrs. Frith fort. »Deshalb lese ich nachts lange. Ich habe eine Abmachung mit dem örtlichen Buchladen, dass sie mir immer die neuesten Bücher schicken. Wäre es sehr aufdringlich, wenn ich Sie bitten würde, ein Exemplar für mich zu signieren, bevor Sie gehen?«

»Natürlich. Kein Problem«, rief Emma.

»Dann geh mal bitte zu dem Bücherregal da drüben«, bat Mrs. Frith Damian. »Da müssten die Bücher deiner Tante stehen.«

Damian trat zu dem großen, verschnörkelten Eichenregal und kehrte pflichtbewusst mit einem Exemplar von Emmas letztem Werk zurück, das seine Tante sodann für Alice Frith signierte.

Diese nahm das Buch wieder an sich und klopfte auf den Umschlag. »Es würde mich wirklich freuen, wenn Sie alle zum Dinner kommen könnten. Heute allerdings nicht, denn es wäre Jean gegenüber nicht fair, von ihr zu verlangen, so kurzfristig auch noch für Gäste zu kochen. Aber morgen vielleicht? Dann wird auch Alex hier sein. Er ist dieser Tage meist in London, aber ein paar Wochen verbringt er immer mit mir. Ihn zu unterhalten stellt jedoch ein Problem dar. Aber eine berühmte Schriftstellerin! Das ist schlicht eine Chance, die man sich nicht entgehen lassen darf.«

Sie lächelte. »Es wird eine nette kleine Party. Wäre halb acht in Ordnung für Sie?«

»Das war wirklich richtig peinlich«, sagte Matt, als sie wieder nach Pitlochry fuhren.

»Sie war doch süß. Und es schien sie ehrlich zu freuen, Besuch zu haben. Sie ist einsam. Ist das außer mir sonst noch jemandem aufgefallen?«, fragte Emma. »Ich weiß, die Art, wie wir uns kennengelernt haben, war wirklich seltsam; aber als sie wusste, wer wir sind, da hat sie sich richtig gefreut.«

»Ich will dir ja auch nicht widersprechen. Sie ist in der Tat eine charmante alte Dame. Ich hatte nur das Gefühl, dass wir uns ihr aufdrängen.«

»Das haben wir doch gar nicht. Sie hat uns erzählt, dass ihr Neffe zu Besuch ist und dass es ihr schwerfällt, Gesellschaft für ihn zu finden. Jetzt kann sie eine Dinnerparty für ihn veranstalten, und das freut sie.«

»Ich frage mich nur, ob er sich auch freuen wird«, bemerkte Damian auf dem Rücksitz, »wenn er uns dort sieht.«

»Er könnte glauben, dass wir seine Tante ausnutzen wollen«, sagte Matt, wie immer der Besorgte.

»Er könnte mich erkennen«, erwiderte Damian. »Immerhin hat er mich fast über den Haufen gerannt, als er an diesem Abend aus dem Hotel gestürmt ist. Und sagt jetzt nicht wieder, dass er das nicht war. Ich bin mir sicher!«

»Was auch immer du tust«, Emma drehte sich auf ihrem Sitz zu Damian um, »erwähn das bloß nicht! Wir wollen keinen Verdacht erregen.«

»Was für einen Verdacht denn?«, verlangte ein frustrierter Matt zu wissen. »Da gibt's nichts Verdächtiges! Ich wünschte nur, ihr zwei würdet endlich mit dem Unsinn aufhören!«

Sie fuhren auf den Hotelparkplatz, stiegen aus und gingen in Richtung Eingang. Als sie zum Empfang kamen, stand dort eine Person, die offenbar Erkundigungen eingezogen hatte und sich nun zu ihnen umdrehte.

»Ah, da sind Sie ja alle«, sagte Inspector Loomis. »Ich habe gerade zu erfahren versucht, wann Sie zurückerwartet werden. Könnten wir vielleicht kurz miteinander reden?«

»Ich denke, ich sollte mich bei Ihnen entschuldigen, Mrs King«, sagte Inspector Loomis im Hotelzimmer der Kings.

Damian, der auf der Bettkante saß, rief: »Der Teekocher!«

Seine Tante brachte ihn mit einem Blick zum Schweigen, doch der Inspector lächelte reumütig.

»Bei näherer Untersuchung des Teekochers sind ein paar seltsame Spuren zum Vorschein gekommen. Wir … äh … haben auch versucht, den Becher und den Untersetzer zu finden, die das Zimmermädchen als verschwunden gemeldet hat. Doch als Miller im Hotel eintraf, war der Container unglücklicherweise bereits abgeholt worden. Zwar hat er das Abholfahrzeug gefunden, doch der Container war schon auf der Mülldeponie vor der Stadt geleert worden. Ich denke, die Chancen stehen schlecht, dass wir in diesem Haufen zwei kleine Geschirrteile finden werden. Trotzdem lasse ich meine Männer suchen.«

Loomis seufzte. »Außerdem haben wir inzwischen den Autopsiebericht. Der Herzinfarkt, der Sherwood vermutlich getötet hat, wurde mit großer Wahrscheinlichkeit von einem Gift verursacht.«

»Gift!«, riefen die anderen im Chor.

»Auf pflanzlicher Grundlage.« Loomis schaute zu Damian. »Du darfst mit niemandem darüber sprechen, Junge. Hast du verstanden?«

»Natürlich«, antwortete Damian beleidigt.

Loomis richtete seinen strengen Blick auf die Erwachsenen. »Hinter einer Vergiftung steckt nicht immer Absicht. Menschen vergiften sich auch aus Versehen. Zum Beispiel, wenn man im Wald die falschen Pilze pflückt. Den Tee, den der Verstorbene vermutlich getrunken und der den Herzinfarkt ausgelöst hat, könnte er auch selbst zubereitet haben. Vielleicht hat er dafür eine eigene Kräutermischung benutzt, nur dass er die falschen Kräuter gewählt hat.«

Drei wenig überzeugte Augenpaare waren auf Loomis gerichtet, doch er blieb hartnäckig. »Mehrere Gartenpflanzen sondern zum Beispiel starke Gifte ab. Gleiches gilt für Wildpflanzen oder sogenannte Unkräuter. Natürlich variiert die Stärke des Gifts, ebenso wie die Empfänglichkeit des Opfers. Sherwood schien zwar gesund und kräftig zu sein, doch tatsächlich könnte er unter einer ernsten medizinischen Schwäche gelitten haben.«

»Vielleicht«, erwiderte Emma knapp. »Aber wenn Sie mich fragen, dann hat jemand seinen Tee vergiftet. Deshalb waren auch alle Teebeutel sowie der Becher und die Untertasse weg. Irgendjemand hat sich ins Zimmer geschlichen und die Teebeutel ausgetauscht. Dann ist er wieder zurückgekommen und hat die Beweise beseitigt. Ich habe Ihnen ja schon gesagt, dass meinem Eindruck nach jemand dort rumgeschnüffelt hat.«

»Ja, das haben Sie. Und Sie haben uns auch erzählt, dass Sie einen Streit mitangehört hätten. Können Sie sich noch daran erinnern, worum es dabei ging?«

Unter Loomis' Blick lief Emma rot an und schaute zu Matt.

Matt hustete. »Das ist jetzt ein wenig peinlich. Damian hier hat am fraglichen Abend jemanden gesehen, der überstürzt das Hotel verlassen hat. Und heute hat er geglaubt – *geglaubt* möchte ich betonen –, dass er diese Person wiedergesehen hat.« Er erzählte von Mrs. Frith.

Loomis stieß einen leisen Pfiff aus. »Ich kenne Mrs. Frith. Sie ist eine Art Einsiedlerin. Eine sehr vermögende Dame und weithin geachtet. Die dürfen wir nicht beleidigen!

Und Alex Carter, ihr Neffe ... Ich habe schon ein, zwei Dinge über ihn gehört. Er tobt sich weit weg von hier aus, kommt aber immer wieder zurückgekrochen, wenn ihm das Geld ausgeht. Jedenfalls sagen das die Leute. Tatsächlich ist er wohl der Erbe der alten Dame, und deshalb will er sie gewiss auch nicht verprellen. Und was Jean Ross und Duncan betrifft, so sind sie schon seit Jahren bei Mrs. Frith. Jean Ross kenne ich nicht wirklich, doch Duncan Mackenzie habe ich das eine oder andere Mal getroffen. Ich würde ihn als exzentrisch, aber zuverlässig beschreiben. Er erledigt seine Pflichten eben auf seine eigene Art. Wenn ich ihn das nächste Mal sehe, werde ich ihn auf das Gewehr ansprechen. Mit Sicherheit hat er einen Waffenschein dafür, und außerdem war die Flinte ja nicht geladen. Das heißt allerdings noch lange nicht, dass er damit rumlaufen und Leute bedrohen kann. Auch keine Eindringlinge.«

An dieser Stelle schaute Loomis die drei Kings streng an. Matt hustete. »Ich weiß. Wir waren im Unrecht.«

Loomis trommelte mit den Fingern auf der Stuhllehne. »Und morgen wollen Sie zum Abendessen dorthin? Dann passen Sie auf, was Sie sagen. Wir wissen nicht, ob Alex Carter irgendwas mit all dem zu tun hat, aber falls ja, dann wollen wir ihn nicht alarmieren. Und falls nein, dann wollen wir Mrs. Frith nicht unnötig Sorgen bereiten.«

Am nächsten Abend, um Punkt sieben Uhr, stand das Tor für die Besucher offen, und Matt bog in die Einfahrt ein.

Sie waren nicht die Ersten. Alex Carters grüner Sportwagen parkte bereits vor dem Haupteingang. Damian ging bewundernd um ihn herum.

»Komm schon!« Emma schaute Damian genau an, zupfte sein Jackett zurecht und strich ihm übers Haar. »Und jetzt vergiss nicht, Damian: Was auch immer du tust, sag kein Wort davon, dass du Alex an diesem Abend vor dem Hotel gesehen hast.«

»Vor allem«, fügte Matt hinzu, »da wir immer noch nicht mit Sicherheit wissen, ob es wirklich so war.«

»Er war es!«, erklärte Damian im Brustton der Überzeugung.

Mrs. Frith empfing sie im selben Zimmer, in dem sie am Tag zuvor Tee getrunken hatten. Diesmal war sie völlig in Schwarz gekleidet und trug Perlenschmuck.

Emma war sich ihrer alles andere als formellen Kleidung nur allzu bewusst. Hose, weites Jackett und eine ärmellose Bluse aus einem seidigen Stoff waren das Beste, was sie aus ihrem Koffer hatte zaubern können, dazu Schnallenschuhe mit flachem Absatz. Mit ihrem Haar hatte sie sich allerdings Mühe gegeben und es zu einem langen Zopf geflochten, den sie sich anschließend um den Kopf gewickelt und mit mehreren eilig gekauften Haarnadeln gesichert hatte.

»Darf ich Ihnen ein Glas Sherry anbieten?« Mrs. Frith deutete auf ein Tablett mit eleganten kleinen Gläsern und einer Karaffe, alles offenbar Antiquitäten aus viktorianischer Zeit. »Alex kommt gleich herunter. Damian, warum gehst du nicht in die Küche und schaust nach, was Jean so an Getränken im Kühlschrank hat?«

»Es war sehr nett von Ihnen, uns einzuladen«, bemerkte Emma.

»Es ist mir ein Vergnügen«, erwiderte Mrs. Frith.

Im selben Augenblick öffnete sich die Tür. »Ah«, rief Mrs. Frith. »Und hier ist Alex.«

Alex Carter musste um die fünf- oder sechsundzwanzig Jahre alt sein. Er war ein gut aussehender junger Mann, auch wenn Emma fand, dass er trotzig den Mund verzog, was sein ansonsten attraktives Gesicht ein wenig entstellte. Er schüttelte den Besuchern die Hand und zeigte höfliches Interesse an dem Treffen mit einer bekannten Schriftstellerin.

Sie hatten gerade die üblichen Höflichkeiten ausgetauscht, als Damian zurückkehrte, in der Hand ein Glas Cola. Er betrat den Raum hinter Alex, der ihm den Rücken zugekehrt hatte.

»Und das ist Damian«, sagte Mrs. Frith.

Alex drehte sich um. Emma sah ihn im Profil, und dabei fiel ihr auf, dass sich Nacken und Lippen des jungen Mannes kurz verspannten, als hätte man ihm eine unangenehme Überraschung bereitet. Dennoch sagte er ruhig: »Hallo, Damian.«

»Hallo«, antwortete Damian höflich.

Das Dinner war hervorragend. Am Tag zuvor, kurz vor ihrem Abschied, hatte Emma Jean Ross noch zugeflüstert, dass sie Vegetarierin sei. Deshalb hatte Mrs. Ross neben dem Lammbraten auch noch einen köstlichen, mit Käse und Eiersoufflé überbackenen Auflauf aus Tomaten, Knoblauch und Kräutern gezaubert, extra für Emma.

»Das ist köstlich«, sagte Emma zu Mrs. Frith.

»Wir ziehen unser Gemüse zum größten Teil selbst«, erwiderte die alte Dame und lächelte.

»Meine Tante ist eine tolle Gärtnerin«, warf Alex ein und grinste Mrs. Frith liebevoll an.

»Nicht mehr. Leider«, seufzte Mrs. Frith reumütig. »Gartenarbeit besteht für mich dieser Tage nur noch daraus, Duncan zu beaufsichtigen. Früher habe ich es geliebt, die Beete umzugraben und Unkraut zu jäten, aber jetzt hat meine Hüfte dem ein Ende bereitet. Ich habe allerdings noch mein Treibhaus. Da kann ich mich setzen und mit den Kräutertöpfen arbeiten. Die Tomaten stammen auch daher. Die gehen also tatsächlich auf mein Konto.«

Zum Kaffee zogen sie sich in den originalen Salon zurück. Nachdem sie es sich dort bequem gemacht hatten, fragte Alex in beiläufigem Ton: »Bleiben Sie noch länger in Pitlochry?«

»Bis Ende der Woche«, antwortete Matt. »Fast wäre der Urlaub ausgefallen. Wir hatten ein paar Missgeschicke in dem alten Haus, das wir in Devon renovieren. Und dann wurde ich auch noch auf der Arbeit aufgehalten.«

»Ich habe gehört, Sie sind Polizeibeamter.« Alex nippte an seinem Kaffee und schaute Matt wachsam an.

»Das stimmt. Emma und Damian sind vorausgefahren, und ich bin ihnen dann nach Schottland gefolgt.«

»Das ist eine wirklich lange Fahrt«, bemerkte Mrs. Frith. »Vor allem, wenn man wie Sie beide allein unterwegs ist.«

»Es war eigentlich recht leicht«, versicherte ihr Emma. »Wir hatten keinerlei Schwierigkeiten.«

»Bis wir hier angekommen sind und Sherwood die Autotür zerkratzt hat«, fügte Damian hinzu.

Schweigen senkte sich über den Raum. *Oh, Damian!,* dachte Emma verzweifelt.

Damian erkannte sofort, dass er ins Fettnäpfchen getreten war. Er lief puterrot an. »Es war nur ein leichter Stupser auf dem Parkplatz. Und es war nicht Ems Schuld. Ich meine … Ach, ist ja auch egal.«

Alex Carter stellte seine Tasse ab. »Sherwood? Wer ist das?«

»Ein Hotelgast«, antwortete Emma so beiläufig, wie sie konnte. »Es war auch nur ein Kratzer. Nichts, worüber man sich Sorgen machen müsste.«

»War das nicht der arme Mann, der auf dem Golfplatz tot umgefallen ist?«, erkundigte sich Mrs. Frith. »Das stand in der Lokalzeitung. Es hieß, er sei ein Sommerfrischler gewesen und habe in einem Hotel gewohnt.«

»Ja, das war er.« Emma fiel es immer schwerer, Gleichmut zu bewahren.

Und tatsächlich … Irgendein Ton triggerte Alex, der Emma lange und nachdenklich anstarrte, die dunklen Augen voller Neugier.

»Haben Sie mal mit ihm gesprochen?«, fragte er. »Ich meine, abgesehen von dem Unfall. Wirkte er krank?«

»Nein. Ich kann nicht behaupten, irgendetwas bemerkt zu haben. Tatsächlich hatten wir uns auch nur wenig zu sagen. Er war sehr unverschämt.«

Und damit wandten sie sich einem neuen Thema zu. Alex nahm jedoch kaum noch an dem Gespräch teil. Nach einer Weile beugte er sich zu seiner Tante. »Ich muss in London anrufen, Tante Alice. Okay?«

»Natürlich, mein Lieber.«

»Bitte, entschuldigen Sie mich.« Alex nickte den Gästen zu und verließ den Raum.

Mrs. Frith verzog das Gesicht. »Ohne Zweifel will er sich für die Rückkehr mit seinen Freunden verabreden. Ich bin sicher, Alex findet das Leben mit mir hier ausgesprochen langweilig. Allerdings tut er sein Bestes, um das zu verbergen. Trotzdem will er natürlich so schnell wie möglich zu den Lichtern der Stadt zurück.« Ein Hauch von Traurigkeit huschte über ihr Gesicht.

Zwanzig Minuten später kehrte Alex zurück und entschuldigte sich noch einmal für seine Abwesenheit.

Kurz darauf war es Zeit für die Gäste zu gehen. Inzwischen war es dunkel geworden, und Emma war aufgefallen, dass Mrs. Frith erschöpft wirkte. Sie dankten ihr freundlich für ihre Gastfreundschaft und Jean für das gute Essen.

Alex begleitete sie zum Wagen. Er schaute ihn sich genauer an. »Schöner Motor. Neu?«

»Ja.« Matt klang erfreut. »Er läuft richtig gut und ist auch noch wirtschaftlich.« Ein wenig bescheidener fügte er hinzu: »Aber natürlich ist er nicht so auffällig wie Ihrer.«

Alex stieß ein kurzes Lachen aus. »Meiner ist ja auch kein Familienauto, aber ich bin nun mal kein Familienmensch.«

»Ich wage zu behaupten, der erreicht ein gutes Tempo«, bemerkte Matt.

»Darauf können Sie wetten!« Alex' Stimme nahm einen leidenschaftlichen Tonfall an. »Auf freier Straße, wenn ich das Gaspedal durchtrete …« Zu spät erinnerte er sich daran, dass er mit einem Polizisten sprach, auch wenn der nicht im Dienst war. Er hielt inne.

»Gestern haben Sie uns nicht weit von hier überholt«, sagte Matt. »In einer Kurve, und Sie waren um die siebzig Meilen schnell, würde ich schätzen. Sie hatten verdammt viel Glück, nicht aus der Kurve zu fliegen.«

»Die Lenkung ist erstklassig«, erwiderte Alex knapp. »Sie

setzt die kleinste Bewegung um. Außerdem bin ich den Wagen gewohnt. Ich habe ein Gefühl für ihn. Gute Nacht.«

Das war ein recht abrupter Abschied. Sie schüttelten sich die Hände, und Alex ging wieder rein und ließ die Besucher zurück.

»Das hat ihm gar nicht gefallen«, sagte Emma, als sie die Einfahrt hinunterrollten.

»Dass ich ihm seinen Fahrstil unter die Nase gerieben habe? Ja, das war wohl nicht das Höflichste, was ein Gast sagen kann. Aber das richtige Wort zur rechten Zeit kann ihm das Leben retten … oder jemand anderem. Natürlich glaubt er, dass er diesen Wagen voll unter Kontrolle hat, aber er muss nur einen Augenblick unaufmerksam sein, oder es passiert etwas Unerwartetes, und dann war's das.«

Das große schmiedeeiserne Tor stand noch immer offen, doch als sie sich ihm näherten, trat eine Gestalt aus dem Zwielicht. Duncan Mackenzie wartete darauf, dass Tor wieder schließen zu können, sobald die Besucher gefahren waren. Der Hund war bei ihm. Vermutlich, dachte Emma, machte Duncan gerade seine letzte Runde, um sicherzugehen, dass alles in Ordnung war, bevor er zu Bett ging. Emma winkte ihm zum Abschied zu, als sie hindurchfuhren.

»Tut mir leid, dass ich mich verplappert habe«, stöhnte Damian nach ein paar Minuten.

»Das ist jetzt auch nicht mehr zu ändern. Aber so schlimm war das nicht. Tatsächlich glaube ich, es lief ganz gut«, erwiderte Emma optimistisch. Sie zögerte. Dann: »Weißt du, Matt, ich bin fast sicher, dass es Alex war, den ich mit Sherwood habe streiten hören. Ich habe mir die Stimme sehr genau angehört. Außerdem wirkte er leicht erschrocken, als er Damian sah, und bei der Erwähnung von Sherwood wäre er fast aus dem Sessel gesprungen. Und er wollte unbedingt wissen, wie gut wir Sherwood gekannt haben.«

Das Licht der Scheinwerfer durchschnitt das Dunkelblau der Nacht und erhellte immer wieder kurz die Bäume und Hecken am Straßenrand. Außer den Kings war niemand auf dieser Straße. Wenn das immer so war, dann war es wohl wenig überraschend, wenn Alex Carter immer mal wieder das Gaspedal durchtrat.

Matt sagte nachdenklich: »Wenn Sherwood Spielcasinos und so was gehabt hat, dann könnte ein junger Mann wie Alex ihm durchaus in die Falle gegangen sein und ihm mehr Geld geschuldet haben, als er auftreiben konnte, ohne dafür zu seiner Tante zu laufen. Hätte er das nämlich getan, hätte er zugeben müssen, wie dumm er gewesen ist. Das hätte sie sehr aufgeregt, mal ganz abgesehen davon, wie viel es sie gekostet hätte. Mrs. Frith ist keine gesunde Frau, und sie hält Alex ganz offensichtlich für den Inbegriff der Tugend. Vielleicht ist es ja naiv von ihr, so viel von einem jungen Mann zu erwarten. Andererseits ist sie hier draußen isoliert. Ich bezweifle, dass sie wirklich weiß, was in der Außenwelt so vor sich geht. Wüsste sie das, wäre sie ziemlich desillusioniert … mindestens!«

»Sie könnte ihn sogar aus ihrem Testament streichen«, fügte Emma hinzu.

»Das wäre natürlich extrem. Ich weiß nicht. Irgendetwas stimmt hier nicht. Mir gefällt das nicht. Mir gefällt das ganz und gar nicht. Selbst wenn Sherwood Alex irgendwie in der Hand gehabt hat, wäre er wirklich so dumm, dem Mann etwas anzutun?«

»Ich mag die alte Dame wirklich«, seufzte Emma. »Aber ich weiß nicht, was ich von Alex halten soll. Er wirkt schwach. Zugleich war er ziemlich arrogant, was seine Fahrkünste betrifft, und ich glaube, er könnte dumm genug für so eine Tat sein, wenn auch nur aus Angst. Möglicherweise hat er Panik bekommen, besonders, wenn Sherwood ihn bedroht haben sollte, und ich denke, genau das war der Fall. Ich kann mich nicht wirklich daran erinnern, was ich gehört habe, aber Sherwood verkündete seine Absicht, irgendetwas tun zu wollen. Vielleicht hat er ja gesagt, er würde direkt zur Mrs. Frith gehen, sollte Alex das Geld nicht auftreiben können.«

Die Straße bog scharf nach links ab. Der Wagen bebte. Matt murmelte etwas vor sich hin. Sie fuhren jetzt bergab, und zwar deutlich schneller, als es Emma gefiel. Sie wusste, dass Matt eigentlich ein vorsichtiger Fahrer war, und deshalb überraschte sie das, vor allem da Matt Alex gerade erst ob seines Fahrstils gerügt hatte.

Dann, plötzlich, erkannte sie, dass Matt zu bremsen versuchte … doch es passierte nichts, egal wie wild er aufs Bremspedal trat.

»Festhalten!«, schnappte Matt. »Damian! Du auch!«

Der Wagen schoss vorwärts und schaukelte wild hin und her. Es war, als würden sie schwerelos in die Luft gehoben werden. Emma packte das Armaturenbrett. Während Matt mit dem Lenkrad kämpfte, näherten sie sich immer mehr dem Straßenrand. Im Scheinwerferlicht war eine feste Wand aus mächtigen Bäumen zu sehen; doch irgendwie gelang es ihnen, den nächstgelegenen Stamm zu verfehlen, und stattdessen landeten sie mit dem Kühler voran im Straßengraben.

4.

Nach dem Aufprall herrschte zunächst eine unheimliche Stille, bis sie von Matts Stimme durchbrochen wurde.

»Ist jemand verletzt? Emma? Damian?« Natürlich machte er sich Sorgen, aber er klang cool und effizient.

Emma überkam eine Welle des Respekts und der Liebe. Egal unter welchen Umständen, egal, in was für eine Situation sie sich auch gebracht haben mochte, ein Mensch würde immer an ihrer Seite stehen, und das war ihr Mann. Er mochte ja nicht so fantasievoll sein wie sie, aber auf seinen gesunden Menschenverstand konnte man sich stets verlassen.

»Alles okay.« Emma stieß sich am Armaturenbrett ab und blickte besorgt nach hinten. »Damian? Wo bist du? Matt! Er ist weg!«

Damians Kopf erschien hinter der Sitzlehne. »Nein, bin ich nicht. Ich bin einfach nur vom Sitz gerutscht. Alles gut ... Aber ich habe mir das Knie angestoßen.«

»Okay. Ganz ruhig. Ich werde dich als Ersten rausholen und dann dich, Emma«, erklärte Matt.

Alle drei schafften es irgendwie aus dem Wagen, und das noch nicht einmal unter allzu großen Schwierigkeiten. Dann krochen Emma und Damian aus dem Graben, während Matt mit der Taschenlampe aus dem Handschuhfach zu der verbeulten Motorhaube ging.

Durch die Wucht des Aufpralls war die Haube aufgesprungen. Matt leuchtete mit der Taschenlampe in die Tiefen darunter und griff mit der anderen Hand hinein. Emma sah, dass das Auto vollkommen verkeilt war. Ohne Abschleppwagen würden sie es nicht mehr rausbekommen. Sie legte Damian den Arm um die Schultern.

»Alles okay?« Sie versuchte, so positiv wie möglich zu klingen, aber sie zitterte am ganzen Leib, und der Grund dafür war nicht die kühle Nachtluft, sondern der Schock.

»W... warum ist Matt so schnell gefahren?«, fragte Damian heiser. »Warum hat er vor der Kurve nicht gebremst?«

»Ich glaube ...« Emma überlegte, wie sie das Bremsversagen erklären sollte.

Just in diesem Augenblick kam auch Matt aus dem Straßengraben und ersparte es Emma, sich eine plausible Erklärung auszudenken.

»Ich kann nicht wirklich etwas sehen, aber es sieht so aus, als wäre die Bremsleitung …« Er schaute zu Damian. »… als wäre sie geplatzt.«

»Geplatzt?«, hakte Emma leise nach.

»Wie gesagt, ich konnte nicht wirklich etwas sehen!« Matts Stimme nahm einen scharfen Tonfall an, doch ruhiger fügte er hinzu: »Ich weiß es einfach nicht. Ich muss jetzt erst mal los und Hilfe holen. Wir sind gut eine Meile von der Stadt entfernt. Da komme ich zu Fuß hin. Was ist mit euch beiden?«

»Ich habe nicht die richtigen Schuhe zum Laufen«, seufzte Emma reumütig, »und Damian hat sich das Knie verletzt. Wir warten hier.«

»Es sollte nicht allzu lange dauern. Ich werde euch die Taschenlampe dalassen.« Der Gedanke, seine Frau und seinen Neffen auf dieser einsamen Straße zurückzulassen, machte Matt sichtlich unglücklich.

»Nein, nimm du die Taschenlampe«, sagte Emma. »Du wirst sie brauchen, Matt. Allein die Vorstellung, dass du im Dunkeln am Straßenrand langläufst, macht mich verrückt. Hier gibt es keinen Fußgängerweg.«

Wolken zogen vor dem Mond vorbei. Sein bleiches Licht ergoss sich über den Straßenabschnitt, der steil bergab in Richtung Stadt führte, und verwandelte ihn in ein silbernes Band. Die Heckscheibe des verunfallten Wagens funkelte. Dahinter hoben die Bäume sich als schwarze Schatten vor dem Himmel ab.

Matt wirkte verunsichert. Er beugte sich vor, umarmte Emma und gab ihr einen Kuss. Dabei flüsterte er ihr ins Ohr: »Es könnte Sabotage gewesen sein. Sicher bin ich mir jedoch nicht. Sag das aber nicht dem Jungen, sonst kommt er noch auf komische Ideen.«

Er streckte die Hand aus und zerzauste Damian das Haar. »Kümmere dich um Em. Ja?«

»Wir werden schon zurechtkommen«, erklärte Damian entschlossen.

Dann humpelte er ein Stück weg, und die Art, wie er sich bewegte, verriet, dass er keinesfalls zurechtkam. Müsste er laufen, würde Damian nicht weit kommen.

»Ich kehre so schnell wie möglich zurück«, versprach Matt und machte sich mit eiligen Schritten auf den Weg.

Emma konnte nicht leugnen, dass sie kurz Panik empfand, als sie Matt hinterherblickte. Als er außer Sicht war, wandte sie sich Damian zu. Der Junge saß am Straßenrand und betrachtete sein verletztes Knie.

»Es schwillt an wie ein Ballon«, bemerkte Damian mehr aus Stolz denn aus Schmerz.

»Lass mich mal sehen.« Emma bückte sich, um das Problem zu untersuchen. Das Knie war wirklich besorgniserregend dick. Vorsichtig drückte sie darauf. »Kannst du es überhaupt bewegen?«

Damian versuchte es und grunzte: »Ja. Es ist nicht gebrochen oder so, Em. Es hat einfach nur einen kräftigen Schlag abbekommen und ist steif. So etwas habe ich auch schon beim Rugby gehabt. In ein, zwei Tagen ist die Schwellung wieder weg, aber Laufen werde ich erst mal nicht können.« Neckisch fügte er hinzu: »Also werden du und Matt ohne mich wandern gehen müssen.«

»Ja, schon gut.« Emma lachte spöttisch. »Du darfst in deinem Zimmer bleiben und Videospiele spielen.«

Damian zog sein Hosenbein wieder übers Knie. »Was hat Matt dir zugeflüstert?«

»Nicht viel«, antwortete Emma mit fester Stimme.

»Hat sich irgendwer an dem Wagen zu schaffen gemacht?«

»Jetzt vergiss deine Fantasie mal«, befahl Emma und seufzte innerlich. So viel zu dem Thema, keinen Verdacht bei Damian zu erregen.

»Das habe ich mir schon gedacht.« Damians Tonfall wurde immer aufgeregter. »Es könnte Alex gewesen sein. Er hat den Raum eine Weile verlassen. Um zu telefonieren, hat er gesagt. Da hätte er sich auch an den Bremsen zu schaffen machen können. Zeit hatte er jedenfalls genug dafür.«

»Das wissen wir nicht, und um ehrlich zu sein, will ich auch gar nicht darüber nachdenken.« Emma schlang die Arme um die Brust und wünschte, ihr Seidentop wäre ein wenig wärmer. Dann fiel ihr ein, dass sie im Kofferraum eine große Decke hatten, die sie immer zum Picknick nutzten. Die zu holen war zwar nötig, aber die unvermeidliche Diskussion über die Bremsen schob Emma damit nur hinaus.

Es war nicht ganz einfach, den Kofferraumgriff zu erreichen, aber auch nicht unmöglich. Die Klappe flog auf, doch der Wagen steckte derart schief im Graben, dass Emma nicht hineingreifen konnte. Sie zog sich am unteren Rand des Kofferraums hinauf. Das Auto schaukelte gefährlich vor und zurück.

»Hey! Pass auf!«, rief Damian.

»Alles gut«, antwortete Emma. »Ich komme gerade so an die Decke ran … Hab sie!«

Triumphierend hielt sie sie in die Höhe. Dann gesellte sie sich wieder zu Damian an den Straßenrand und wickelte sie beide in die Decke ein.

»Schon besser! Jetzt wird alles wieder gut. Das ist ziemlich bequem, finde ich.«

»Da kommt ein Auto«, sagte Damian leise.

Emma war so sehr auf die Decke fixiert gewesen, dass sie das Fahrzeug nicht gehört hatte. Jetzt schnitt das Licht mächtiger Scheinwerfer durch die Dunkelheit und erhellte die Straße. Das Dröhnen eines Motors kam immer näher, aus Richtung des Hauses von Mrs. Frith. Dann wurde der Wagen langsamer, als suchte der Fahrer nach etwas am Straßenrand.

Das Licht der Scheinwerfer glitt über Emma und Damian, und das Fahrzeug hielt ein paar Schritte entfernt an. Aufgrund der flachen Silhouette ging Emma davon aus, dass das Alex Carters Sportwagen war. Der Fahrer stieg aus. Emma war nicht überrascht, als sie die Stimme hörte.

»Mr. King? Mrs. King?«

Da sie mitten im Scheinwerferlicht kauerte, blieb Emma nichts anderes übrig, als aufzustehen. Damian wäre auch aufgestanden, doch Emma drückte ihm die Schulter, damit er sitzen blieb. Wenn er aufstand, könnte Alex bemerken, dass Damians Knie geschwollen war. Instinktiv wollte Emma Alex nicht wissen lassen, dass einer von ihnen verletzt war.

Als er sie erreichte, klang er außer Atem und besorgt. »Sind Sie verletzt?«

»Nein. Es geht uns gut. Was machen Sie hier draußen, Alex?«

Emma konnte sich die misstrauische Frage nicht verkneifen, obwohl es vermutlich unklug war, den jungen Mann zu provozieren.

Aber wie auch immer ... Die Frage schien ihn aus dem Konzept zu bringen. »Ich ... äh ... Ich wollte gerade in die Stadt zur Nachtapotheke, um etwas für meine Tante zu holen.«

Das klang eigentlich recht plausibel, sinnierte Emma. Es könnte sogar wahr sein. Doch aus irgendeinem Grund glaubte sie ihm nicht.

»Wo ist Ihr Mann?« Alex schaute sich um und spähte in den Wald neben der Straße.

»Er ist gleich mit Hilfe wieder da«, antwortete Emma mit einem Selbstbewusstsein, das sie nicht empfand.

Alex schien zu zögern. Emma hätte sein Gesicht gerne besser gesehen, doch die Scheinwerfer waren hinter ihm.

Rasch sagte er: »Sie müssen mitkommen. Sie beide. Für drei ist gerade noch Platz im Wagen. Außerdem ist es eine kurze Fahrt. Da ist das egal.«

»Ihre Tante wird sich sicher schon fürs Bett vorbereiten«, erwiderte Emma. »Da will ich sie nicht stören oder gar mit einer Geschichte über einen Unfall ängstigen. Außerdem, wenn Matt zurückkommt, und wir sind weg, wird er nicht wissen, wo wir sind.«

»Ich werde vom Haus aus beim Abschleppdienst anrufen. Läuft er zu Fuß in die Stadt?« Alex trat an ihr vorbei und spähte die dunkle Straße hinunter. »Und machen Sie sich keine Sorgen um Tante Alice. Sie schläft schon.«

Dass er mit dieser Aussage seine Behauptung untergrub, er wolle in die Stadt zur Nachtapotheke, um ein Medikament für seine Tante zu holen, fiel ihm offenbar nicht auf, dachte Emma. Also hatte er gelogen.

Alex drängte sie, mit ihm zu kommen, und widersprach jedem Argument. »Sie wird nichts hören. Sie wird nicht aufstehen. Wir werden keinen Lärm machen. Sie wird nichts erfahren.«

Vor allem Letzteres klang sehr unglücklich für Emma. Ihr war bereits aufgefallen, dass Alex sich weder überrascht gezeigt hatte, sie zu sehen, noch hatte er sich nach dem Grund für den Unfall erkundigt. Ebenso war er nicht mit einem Wort auf die Tatsache zu sprechen gekommen, dass Matt vor noch gar nicht allzu langer Zeit seine Fahrkunst kritisiert hatte. Dabei hätte Emma erwartet, dass Alex wenigstens eine kleine Bemerkung dazu gemacht hätte – natürlich nachdem er sich vergewissert hatte, dass niemand verletzt war. Schließlich hatte er Matts Kritik nicht gerade gut aufgenommen.

»Sie können nicht hierbleiben!« Alex hob die Stimme. Er klang fast hysterisch. »Sie müssen mit mir zurück!«

Spätestens jetzt konnte nichts und niemand Emma mehr davon überzeugen, in Alex' Wagen zu steigen, ganz zu schweigen davon, dass sie das Damian erlaubt hätte. Damit hätte Alex sie vollkommen in der Hand.

»Wir warten hier«, erklärte sie dann auch derart bestimmt, dass Alex erschrak.

»In dem Fall …« Wieder spähte Alex in die Nacht und die Straße hinunter. »Ich werde mal langsam weiterfahren und sehen, ob ich Ihren Mann einholen kann.«

Das war sogar noch schlimmer. Matt hatte keine Ahnung, dass Alex unterwegs war. Und Matt hatte nur eine Taschenlampe dabei!

»Inzwischen wird er schon im Ort sein«, verkündete Emma dann auch.

Doch diesmal gelang es ihr nicht, die Angst in ihrer Stimme zu verbergen.

Mit neu gewonnenem Selbstbewusstsein erwiderte Alex: »Das ist unmöglich. Ich werde ihm hinterherfahren.«

Er drehte sich um, lief zum Wagen zurück, und bevor Emma ihn aufhalten konnte, fuhr er bereits in die Richtung, in die Matt verschwunden war.

»Und was jetzt?«, fragte Damian.

In der Dunkelheit war das Schweigen geradezu überwältigend. Emma ließ sich neben ihrem Neffen zu Boden sinken. Damian schlang die Decke um ihre Schultern.

»Matt kann schon auf sich aufpassen«, versuchte er, seine Tante zu trösten.

»Ich wünschte nur, ich wüsste, was Alex vorhat.«

Die Haarnadeln hatten sich aus Emmas Dutt gelöst, und eine Strähne fiel ihr über die Wange bis zum Schlüsselbein. Gedankenverloren zupfte sie daran. »Er könnte Matt alles Mögliche erzählen. Er könnte sagen, dass er uns wieder zu Mrs. Frith gefahren hat.«

»Matt weiß, dass wir nie mit ihm mitgefahren wären.« Damian klang so bestimmt, dass er Emma fast überzeugte; doch Damians nächste Worte entfachten ihre Ängste erneut.

»Ich denke, er war hier, um nachzusehen, ob die Sabotage unserer Bremsen funktioniert hat, ob wir wirklich einen Unfall hatten. Er hat uns gesucht, und er wirkte auch nicht überrascht, uns im Straßengraben zu sehen.«

»Das stimmt«, gab Emma zu. »Im Gegenteil. Er schien es sogar erwartet zu haben. Oh, Damian, glaubst du, er hat sich wirklich an den Bremsen zu schaffen gemacht? So etwas Furchtbares würde er doch sicher nicht tun … oder?«

»Alex hat Angst.« Damian klang fest davon überzeugt. »Er glaubt, wir wissen mehr, als wirklich der Fall ist. Er denkt, wir hätten mit Sherwood geredet und dass der uns etwas über ihn erzählt hat. Darauf wette ich.«

»Wir könnten ihm hinterher und dabei versuchen, Matt zu finden«, sagte Emma. »Aber das ist hoffnungslos. Mit dem Auto wird Alex ihn zuerst erreichen. Außerdem habe ich die falschen Schuhe an, und du hast ein kaputtes Knie. Wir kämen beide nicht wirklich voran.«

»Du musst Matt vertrauen«, ermahnte Damian seine Tante. »Er ist doch nicht blöd, und er ist ein Cop.«

Emma blieb auch nichts anderes übrig. Eine Weile saßen die beiden am Straßenrand und schmiegten sich unter der Decke aneinander.

»Em«, sagte Damian schließlich. »Ich weiß, es ist nicht der richtige Zeitpunkt dafür, aber ich muss dir etwas sagen.«

»Und was?« Emma war verwirrt.

»Es ist nur … Es tut mir leid.«

»Was tut dir leid?«

In den Schatten fühlte Emma mehr, dass Damian sich abwandte, als dass sie es sah. »Ich war in letzter Zeit ziemlich … komisch. Das ist mir total klar. Ich will dich nicht ärgern, Em.«

»Oh, Damian!« Emma drückte ihn an sich. »Das weiß ich doch.«

»Aber ich will nicht immer die Dinge tun, die du tun willst,

Em.« Er klang verzweifelt. »Ich meine, ich mag es, mit dir in Urlaub zu fahren, besonders, wenn so interessante Dinge passieren wie das hier.«

»*Das* findest du interessant?« Emma brauchte einen Moment, um diese Sichtweise zu verarbeiten. »Damian, es gibt noch andere interessante Dinge, die bei Weitem nicht so gefährlich sind.«

»Solche Dinge, von denen du sprichst, machen andere Leute im Urlaub. So was wie das hier«, Damian deutete auf den verunglückten Wagen, »passiert nur, wenn ich mit dir wegfahre. Ich hatte schon Angst, du würdest dich verändern, nachdem du einen Polizisten geheiratet hast. Ich hatte Angst, dass du genauso spießig werden würdest wie alle anderen auch. Dass wir keinen Spaß mehr haben würden.«

»Mit Matt kann man auch Spaß haben«, protestierte Emma.

»Ja, Matt ist okay, aber er ist Polizist, und als Polizist kann er nicht einfach tun, was er will. Er muss immer an seinen Job denken. Aber du ... Du bist Schriftstellerin. Die Leute erwarten von dir, dass du dich merkwürdig verhältst.«

»Nun ... Danke«, sagte Emma. Sie dachte darüber nach. »Tatsächlich glaube ich allmählich, dass ich bisweilen eher unvernünftig bin.«

»Genau das macht dich zu der Art von Tante, die ich mag«, erklärte Damian. »Alle in der Schule beneiden mich darum. Die Tanten der anderen führen sie nur mal zum Tee aus oder schicken ihnen langweilige Geschenke.«

»Aber deine Mum vertraut mir.« Emma deutete auf den kaputten Wagen. »Ich will niemanden enttäuschen, der sich so sehr auf mich verlässt wie sie. Sie darf nie davon erfahren. Jedenfalls nicht, bevor das alles nicht vorüber ist.«

Emma hatte das Gefühl, mit dem letzten Satz das Schicksal herauszufordern.

Dann, plötzlich, war zu ihrem großen Entsetzen in der Ferne ein Auto zu hören.

Damian flüsterte: »Er kommt zurück. Das ist Alex' Sportwagen. Ich erkenne den Motor.«

Emma traf eine Entscheidung. »Los, Damian! Wir werden zwar nicht weit kommen, aber im Wald wird er trotzdem Schwierigkeiten haben, uns zu finden.«

Sie kletterten durch den Graben, vorbei an dem verunglückten Auto, und verschwanden zwischen den Bäumen. Damian humpelte lahm hinter seiner Tante her, aber er jammerte nicht. Sie waren gerade erst ein paar Schritt weit im Wald, als das Licht der Scheinwerfer wieder auftauchte und der Wagen stehen blieb.

Eine Tür wurde zugeworfen, und sie hörten Schritte auf dem Asphalt. Einen Augenblick später rief Alex: »Mrs. King?«

Emma und Damian duckten sich zwischen die harzgetränkten Stämme der Nadelbäume und hielten die Luft an.

»Emma! Damian!« Alex' Stimme wurde immer aufgeregter. »Bitte, wo sind Sie? Ich muss mit Ihnen sprechen!«

Emma packte Damian am Arm, und er zischte: »Aua!« Emma zwang sich, ihn wieder loszulassen.

»Ich habe Ihren Mann nicht gefunden!«, rief Alex lauter. Er nahm vermutlich an, dass sie noch ganz in der Nähe waren. »Bitte! Wo sind Sie?«

Alex wartete noch eine Weile, und Emma und Damian hörten, wie er bis an die Bäume trat. Ungeschickt suchte er nach einem Weg ins Gehölz und fluchte leise vor sich hin. Es dauerte allerdings nicht lange, bis er erkannte, dass er so gut wie keine Chance hatte, die beiden zu finden. Das Knacken der Zweige und Alex' schwerer Atem verhallten, und ein paar Augenblicke später raste der Sportwagen mit dem vertrauten Dröhnen davon.

Emma und Damian standen auf.

»Puh!«, keuchte Emma. »Das war unheimlich. Tut mir leid, dass ich dir den Arm so fest gedrückt habe.«

»Glaubst du, er hat die Wahrheit gesagt, was Matt betrifft?«

Emma dachte kurz darüber nach. »Ich denke schon«, antwortete sie schließlich. »Alex klang verängstigt. Wir haben uns getrennt, und nun findet er keinen von uns dreien. Er hat uns verloren.«

»Und was sollen wir jetzt tun? Hierbleiben?«

»Ich weiß nicht, was das Beste ist«, seufzte Emma. »Aber ich denke, wir sollten weg vom Wagen. Wir können parallel zur Straße durch den Wald gehen. Auf die Art wird Alex uns nicht sehen, sollte er zurückkommen, und wenn wir den Abschleppwagen hören, können wir auf die Straße laufen und winken.«

Langsam machten sie sich auf den Weg bergab durch den Nadelwald. Es war dunkel, und überall gab es Hindernisse auf dem Boden: abgebrochene Äste, Wurzeln, unsichtbare Löcher und kleine Erdhaufen. Damian humpelte stärker, aber er beschwerte sich noch immer nicht. Doch nach fünf, sechs Minuten wurde offensichtlich, dass sie nicht viel weiter kommen würden. Gleichzeitig stieg die Gefahr, dass sie stolperten und sich noch mehr verletzten.

»Das geht nicht, Damian«, keuchte Emma. »Setzen wir uns einfach an den Waldrand. Von da können wir die Straße sehen.«

Damian brach dankbar auf der torfigen Erde zusammen und lehnte sich mit dem Rücken an einen Baum. Emma setzte sich neben ihn. Trotz der kühlen Nacht schwitzte sie stark. Die Seidenkleidung klebte ihr unangenehm an der Haut.

»Was ist das?« Damian berührte Emma am Arm. »Ich glaube, ich höre einen Wagen, und es ist nicht Alex.«

»Matt?«, rief Emma und schickte sich an, wieder aufzustehen.

Damian hielt sie zurück. »Nein! Warte! Der Wagen kommt nicht aus der Stadt, und er hat weiter oben angehalten, ungefähr da, wo unser Wagen im Graben liegt.«

Emma ließ sich wieder zu Boden sinken. »Bist du sicher?«

»Ziemlich. Hör doch mal.«

Emma strengte sich an. »Vielleicht ist das ja jemand, der auf dem Weg in die Stadt ist und angehalten hat, um sich den Unfall anzusehen.«

Sie warteten. Wenn da wirklich ein Fremder am Auto war, dann ließ er sich verdammt viel Zeit, sich umzusehen. Inzwischen musste er doch erkannt haben, dass da niemand war. Warum fuhr er dann nicht weiter?

Der Wind raschelte in den Bäumen über ihren Köpfen und verursachte seltsame Geräusche, die durch den Wald hallten. Emma bekam eine Gänsehaut, doch nicht von der Kälte, sondern dank ihres siebten Sinns. Irgendetwas bahnte sich seinen Weg zwischen den Bäumen hindurch und kam immer näher. Irgendetwas Lebendiges.

Damian hatte es ebenfalls gefühlt oder gehört. »Da kommt etwas, Em«, murmelte er. »Aber was?«

»Matt hat gesagt, in diesen Wäldern gäbe es Hirsche«, flüsterte Emma zur Antwort und hoffte wider alle Vernunft, dass das tatsächlich der Grund für die Präsenz in ihrer Nähe war.

Ein Zweig knackte. Jemand keuchte ganz in der Nähe, und dann ertönte ein leises Heulen. Ein Hund.

Und Emma hatte bis jetzt nur einen Hund hier in der Nähe gesehen.

Den von Duncan Mackenzie.

Matt lief in dem schlechten Licht so schnell wie möglich. Er hegte keinerlei Zweifel daran, dass sich jemand an den Bremsen seines Autos zu schaffen gemacht hatte. Emma und Damian am Straßenrand zurückzulassen hatte all seinen Instinkten widersprochen, doch auf der Hinfahrt war ihm eine Kfz-Werkstatt am Stadtrand aufgefallen, und wenn alles gut lief, dann würde er die schon bald erreichen.

Das Licht der Taschenlampe tanzte vor Matt und erschreckte dann und wann einen Hasen. Seine eigenen Schritte hallten unnatürlich laut in der Nachtluft wider; aber er musste ruhig bleiben, denn Panik könnte sich als verheerend erweisen. Matt überlegte, was genau er tun würde, sobald er die Werkstatt kontaktiert hatte.

Als Nächstes würde er Loomis herbeiholen. Glücklicherweise hatte der Inspector Matt eine Notfallnummer gegeben, bevor er sie am Tag zuvor im Hotel verlassen hatte. Matt nahm an, dass es sich dabei um Loomis' Privatnummer handelte. Doch um diese Uhrzeit würde der Inspector sich vermutlich fürs Bett fertig machen, wenn er nicht schon drinnen lag.

Im schmalen Lichtstrahl der Taschenlampe war links eine Abzweigung zu sehen, nicht mehr als ein Feldweg, vielleicht die Zufahrt zu einem Bauernhof. Matt blieb kurz stehen, legte den Kopf auf die Seite und lauschte. Ein unregelmäßiges Grollen und Rasseln näherte sich ihm, als würde irgendjemand eine riesige Blechbüchse voller getrockneter Bohnen über den steinigen Boden rollen. Das musste irgendein antikes Fahrzeug mit Allradantrieb sein. Lichter zuckten durch die Nacht. Matt trat mitten auf die Straße und winkte wie wild mit der Taschenlampe.

Rumpelnd und klappernd tauchte einer der ältesten Land Rover hinter der Kurve auf, den er je gesehen hatte, und hielt an.

»Was ist los?«, rief eine Stimme.

Matt rannte zu ihm. »Wir hatten einen Unfall. Ein Stück die Straße rauf. Können Sie mich in die Stadt mitnehmen? Zur Werkstatt?«

»Klar«, antwortete die Stimme gelassen, als würde so etwas ständig passieren.

Matt stieg ins Fahrzeug, und Sorge mischte sich unter seine Erleichterung. Der Innenraum roch, als würde man mit dem Land Rover regelmäßig Kartoffelsäcke transportieren, und der schwache, aber vertraute Geruch von Whisky ließ ihn vermuten, dass der Fahrer sich vor der Fahrt ein Schlückchen gegönnt hatte.

Dann, plötzlich, war da noch etwas Warmes, Feuchtes in Matts Ohr. Er schrie überrascht auf.

»Achten Sie nicht auf das alte Mädchen«, sagte der Fahrer. »Sie ist einfach nur freundlich.«

Matt drehte den Kopf und sah im Zwielicht gerade so ein schwarz-weißes Gesicht, das sich wieder auf ihn zubewegte, die Zunge ausgestreckt und begierig darauf, den Fremden mit einem Lecken zu begrüßen.

»Braves Mädchen«, sagte Matt rasch und wich dem Hund aus.

Mit lautem Dröhnen und ebenso lautem Klappern setzten sie sich in Bewegung und rollten Richtung Straße.

Deshalb fand Alex Matt auch nicht, als er knapp zwei Minuten später an derselben Stelle vorbeikam.

In der Werkstatt rief Matt rasch Loomis an und erklärte ihm in aller Kürze, was geschehen war. Dann entschuldigte er sich noch dafür, den Inspector so spät gestört zu haben.

»Ich bin nicht im Bett«, sagte Loomis. »Ich habe gerade Fußball geschaut. Was für ein Scheißspiel. Fahren Sie im Abschleppwagen mit. Ich werde direkt hinter Ihnen sein.« Es folgte eine kurze Pause; dann fügte Loomis mit einem Hauch von Befriedigung in der Stimme hinzu: »Ich werde noch Miller abholen. Ohne Zweifel hat der sich das Spiel auch angeguckt. Wenn ich die halbe Nacht wach sein muss, dann kann er das auch.«

Kurze Zeit später fiel das Scheinwerferlicht des Abschleppwagens auf den verunglückten Wagen.

»Da ist unser Auto ja«, sagte der Fahrer. »Aber Ihre Familie sehe ich nicht.«

Matt sprang aus der Kabine. Das Herz schlug ihm bis zum Hals. »Emma! Damian!«

Seine Stimme hallte durch die Bäume. Keine Antwort. Verzweifelt schaute Matt die Straße hinauf und hinunter. Wo konnten sie nur sein? Weit waren sie mit Sicherheit nicht gekommen, nicht zu Fuß.

»Nein«, murmelte Matt. »Nicht zu Fuß. Aber in einem Auto …«

Matt ging ein kleines Stück die Straße hinauf, wo eine ältere Limousine, die er nicht kannte, unter den Bäumen parkte. Vom Fahrer war keine Spur zu sehen. Matt schaute durch die Heckscheibe. Irgendein grobes Tuch lag auf dem Rücksitz, als hätte der Fahrer ein Tier mitgenommen.

Zwei weitere Fahrzeuge näherten sich ihnen. Sie luden Loomis, einen zerzausten Sergeant Miller und einen Constable aus.

»Ich hätte sie nicht hierlassen dürfen!«, rief Matt aufgeregt, als Loomis sich ihm näherte.

»Beruhigen Sie sich«, riet Loomis ihm. »Sie werden im Wald dahinten sein. Kein Zweifel.«

»Wie auch der Fahrer dieses Wagens da«, erklärte Matt.

In diesem Augenblick hallte ein Schuss durch die Luft.

»Emma!«, schrie Matt und stürzte in den Wald.

»Alex ist noch einmal zurückgefahren, um den Hund zu holen.« Emma war aufgesprungen und zog Damian hinter sich her, als ihr der Grund für das Schnauben und die Bewegung zwischen den Bäumen klar wurde.

»Das ist ein Jagdhund! Er wird ihm irgendetwas aus unserem Wagen zum Riechen gegeben haben, und jetzt hat er unsere Fährte aufgenommen.«

Instinktiv liefen sie immer schneller und stolperten zwischen den Bäumen hindurch auf eine kleine Lichtung. Dort blieben sie stehen.

Überraschend ruhig sagte Damian: »Wir können einem Hund nicht davonlaufen.«

Beide drehten sich um und warteten. Sie beobachteten die Bäume, durch die sie gekommen waren. Der Hund war inzwischen deutlich zu hören, und ihm folgte ein Mann. Zweige knackten wie Musketenfeuer.

Plötzlich und ohne Vorwarnung brach das Tier aus den Bäumen hervor und auf die kleine Lichtung, wo Emma und Damian standen. Just in diesem Augenblick entschied sich der Mond, wieder hinter den Wolken aufzutauchen, und strahlte alle auf der Lichtung an wie ein weißer Scheinwerfer.

Der Hund war stehen geblieben, die Nase auf Emma und Damian gerichtet. Er hatte eine Vorderpfote gehoben und rührte sich nicht. Hinter ihm rief eine Männerstimme ein sanftes Lob. Das hatte der Hund gut gemacht. Eine stämmige Gestalt trat zwischen den Bäumen hervor. Es war jedoch nicht Alex, sondern Duncan, und er hatte seine Schrotflinte dabei. Und die Waffe, fürchtete Emma, war diesmal geladen.

Duncan starrte die beiden Gestalten vor sich an.

»Wo ist Ihr Mann?«, verlangte er zu wissen.

»Hilfe holen. Er wird gleich wieder hier sein.« Die Worte klangen tapfer, hallten aber erbärmlich durch die Nacht.

Duncan trat näher heran. »Sie sind wirklich Idioten, dass Sie sich überall einmischen müssen. Sie hätten die Sache auf sich beruhen lassen sollen. Was geht Sie das überhaupt an?«

»Sie waren es«, sagte Emma. »Sie haben die Bremsleitung durchtrennt.«

Stumm bereute sie ihre vorherige Entscheidung, sich vor Alex zu verstecken. Alex hatte sie nicht gesucht, um ihnen etwas anzutun. Irgendwie hatte er herausgefunden, was Duncan getan hatte, und er hatte sie gesucht, um sie zu beschützen.

»Warum haben Sie das getan? Um Alex zu decken?«, fragte Emma. Sie konnte nur hoffen, Duncan weiter zum Reden zu bringen. Matt müsste bald da sein.

»Sie stellen Fragen? Auch jetzt noch?« Duncan schnaubte

angewidert und wechselte abschätzig zum Du. »Du bist wirklich viel zu neugierig, Mädchen, und das ist übel. Man steckt die Nase nicht in die Angelegenheiten anderer Leute.«

»Habe ich auch nicht!«, protestierte Emma. »Das hat niemand getan. Wir wissen überhaupt nicht, was passiert ist.«

»Und jetzt wirst du es auch nicht mehr erfahren«, lautete die entmutigende Antwort.

Emmas Herz schlug ihr bis zum Hals. Sie trat zwischen Damian und den Mann. Sie mussten doch etwas tun können. Wo war bloß Matt?

»Duncan!«

Die Stimme kam aus dem Wald. Duncan drehte den Kopf.

In den Schatten bewegte sich etwas. Dann trat Alex Carter auf die Lichtung.

»Duncan! Mann, sei doch nicht dumm! Das macht alles nur noch schlimmer. Wir versinken immer tiefer in diesem Sumpf. Das muss aufhören. Jetzt!«

Während er sprach, ging Alex langsam über die Lichtung und zu Mackenzie. Der Hund war offensichtlich hin- und hergerissen. Er kannte Alex als Freund, aber zugleich fühlte er die Anspannung zwischen dem Neuankömmling und seinem Herrchen. Nervös wedelte er mit dem gestutzten Schwanz, senkte den Kopf und schaute hilfesuchend zwischen den beiden Männern hin und her.

Duncan brummte: »Ich werde nicht zulassen, dass diese Leute Mrs. Frith Kummer bereiten.«

»Glaubst du wirklich, das hier würde ihr keinen Kummer bereiten?« Alex hatte den bewaffneten Mann fast erreicht. Der Hund knurrte leise ob des wilden Ausdrucks, der sich in Alex' Stimme geschlichen hatte.

»Duncan!« Alex klang nun wieder überzeugend, und der Hund war erneut verwirrt und legte den Kopf auf die Seite. Leise wimmerte er vor sich hin.

»Jetzt gib mir das Gewehr«, versuchte Alex, Duncan zu überreden. »Was passiert ist, kann nicht mehr ungeschehen gemacht werden; aber das hier wäre Mord. Das geht nicht, Duncan. Das wird herauskommen, und allein das Wissen darum würde Tante Alice umbringen. Denk doch mal nach!«

Kurz zögerte Duncan. Das Gewehr war nicht mehr so fest auf Emma und Damian gerichtet. Alex nutzte die Gelegenheit. Er sprang vor und packte den Arm mit der Waffe.

Das konnte nur schiefgehen. Emma reagierte instinktiv. Sie stürzte sich auf Damian und schlang die Arme um ihn. Als sie beide der Länge nach auf die trockene, raue Erde der Lichtung fielen, feuerte das Gewehr mit ohrenbetäubendem Lärm.

5.

Der Schuss hallte wie ein Donnerschlag in der stillen Nacht. Panisch flatterte ein Taubenschwarm in den Himmel hinauf.

Emmas erster Gedanke galt Damian. Zu ihrer großen Erleichterung war er unverletzt geblieben.

Ein weiterer Blick verriet ihr, dass auch keiner der beiden Männer getroffen worden war. Jedenfalls sah es so aus. Verzweifelt rangen sie im Mondlicht um die Waffe. Duncan hielt das Gewehr fest umklammert, und der Lauf funkelte, während er immer wieder hin und her gerissen wurde.

Eine doppelläufige Flinte, dachte Emma, und Duncan hatte einmal geschossen. *Da ist noch eine Patrone drin!* So wie die beiden Männer sich verhielten, würde sich gleich der zweite Schuss lösen, in welche Richtung auch immer.

Duncans Hund, der schlicht nicht verstand, was hier geschah, drehte durch. Er umkreiste die beiden Männer, bellte wild und sprang immer wieder vor und zurück.

Sie konnten hier nicht länger bleiben. Emma nutzte ihre Chance. Eine weitere würden sie vielleicht nicht bekommen.

»Komm! Jetzt!« Emma packte Damian am Arm, und gemeinsam liefen sie zu den Bäumen, zu Matts Stimme, die ihre Namen rief.

Trotz seines verletzten Knies flog Damian förmlich über die freie Fläche, und als sie die ersten Bäume erreichten, kam Matt aus dem Wald gerannt, und Emma warf sich ihm in die Arme.

Matt drückte sie fest an sich. »Mein Gott, Emma! Bist du okay?«

»Es geht mir … *uns* … Es geht uns gut …« Vollkommen außer Atem drückte Emma ihr Gesicht an Matts Brust. Sprachlos klammerten sie sich einen Moment lang aneinander. Worte waren unnötig. Sie wussten ohnehin nicht, was sie hätten sagen sollen.

Dann platzte Emma heraus: »Oh, Matt! Es war nicht Alex, der die Bremse sabotiert hat. Es war Duncan …«

»Jetzt ist alles gut.« Matt strich ihr zerzaustes Haar zurück, nahm ihr Gesicht in die Hände und fügte mit heiserer Stimme hinzu: »Ehrlich, Liebling. Ich glaube, ich habe gerade die schlimmsten fünf Minuten meines Lebens durchlebt.«

Er blickte über die Schulter zu Damian, der ein Stück entfernt stand und ebenfalls nach Luft schnappte.

»Alles … okay …«, keuchte Damian. »Aber dahinten wird noch gekämpft!« Er deutete in die Richtung, aus der sie gekommen waren.

In diesem Augenblick traten Loomis, Sergeant Miller und der uniformierte Constable aus dem Wald, gerade rechtzeitig, um Damian zu hören.

»Da kümmere ich mich drum«, knurrte Loomis entschlossen.

Er legte die Hände um den Mund und brüllte: »Duncan Mackenzie! Hier spricht Inspector Loomis! Leg die Waffe weg, Mann! Das ist doch sinnlos!«

Noch während er sprach, lösten die Kämpfenden sich voneinander. Alex Carter taumelte nach hinten und fiel zu Boden. Duncan hielt noch immer das Gewehr in der Hand und starrte zu Loomis und den anderen. Einen Augenblick lang stand alles auf Messers Schneide, doch als Duncan erkannte, dass er keine Chance mehr hatte, rollte er resigniert mit den Augen.

Zur großen Erleichterung aller warf er die Flinte auf den Boden.

»Tatütata, die Polizei!«, rief er spöttisch.

Alex rappelte sich wieder auf und schaute bedröppelt drein, als Miller und der Constable auf die Lichtung rannten.

Nach wenigen Sekunden war alles vorbei. Die beiden Männer waren verhaftet, und die Waffe wurde als Beweisstück beschlagnahmt. Duncans Hund, der erleichtert zu sein schien, dass jetzt alles geregelt war, trottete hinter seinem Herrchen her, als die Gruppe zurück zur Straße marschierte.

»Ich kann den Hund nicht zurücklassen!«, rief Duncan, als er in den Streifenwagen gestopft wurde. »Wenn ich gehe, dann muss der Hund mit!«

»Das ist mal was Neues«, sagte Loomis und grinste Emma an. »Es passiert nicht oft, dass ich auch einen Hund verhaften muss.«

Emma hatte Damian eigentlich in die Notaufnahme des Krankenhauses bringen wollen, damit man dort sein Knie röntgen konnte; doch Damian wollte nichts davon wissen. Nachdem er nun schon so tief drinsteckte, wollte er auf keinen Fall das Ende der Affäre verpassen.

So saßen sie kurz darauf alle zusammen in dem kleinen Polizeirevier der Stadt, umgeben von Bechern mit starkem Tee. Den Hund hatte man in den Polizeizwinger gebracht. Duncan Mackenzie saß in der Ecke, hielt seinen Becher in den Händen und funkelte die anderen im Raum an.

Was Alex Carter betraf, so ähnelte der junge Mann nicht mehr im Mindesten dem selbstgefälligen Jüngling, der er noch vor wenigen Stunden gewesen war. Nervös rutschte er auf seinem Stuhl herum, und sein Blick huschte zwischen Matt, Emma und Loomis hin und her. Ein getrocknetes Blutrinnsal reichte ihm von der Unterlippe bis zum Kinn, und von Zeit zu Zeit leckte er gedankenverloren darüber.

Schließlich stellte er sich Emmas vorwurfsvollem Blick. Er hob den Kopf und sagte mit einem Hauch von Trotz in der Stimme: »Ich wollte weder Ihnen noch Damian etwas tun. Ich wollte niemandem etwas tun. Niemandem!«

Duncan Mackenzie rührte sich in seiner Ecke. »Was der Junge sagt, stimmt«, knurrte er. »Das mit den Bremsen war ich.«

»Und Sherwood? Was ist mit dem vergifteten Tee?«, platzte Emma heraus und ignorierte damit Matts Warnsignale, das Verhör Loomis zu überlassen.

Duncan verzog das Gesicht und presste die Lippen aufeinander. Offensichtlich hatte er nicht die geringste Absicht, mehr Informationen preiszugeben als unbedingt nötig.

»Das war nicht Duncan.« Alex schaute wieder weg.

»Dann war das Ihre Idee, ja?«, hakte Loomis nach.

Duncan öffnete den Mund, schloss ihn aber wieder. Alex schwieg. Er sah noch erbärmlicher aus als zuvor.

Loomis musterte die beiden und drehte sich dann zu Miller um. »Bringen Sie Mackenzie in den Verhörraum, schreiben Sie seine Geschichte auf und zeigen Sie ihn dann an.«

Nachdem Mackenzie fort war, entspannte sich die Atmosphäre ein wenig. Allmählich kehrte auch Alex' Selbstbewusstsein zurück. Er trank einen kräftigen Schluck Tee, stellte den Becher ab und fragte: »Wenn ich Ihnen alles erzähle, ziehen Sie dann die Umstände in Betracht?«

»Und was für Umstände sollen das sein?«, entgegnete Loomis. Sein Tonfall suggerierte, dass er im Laufe seiner Karriere schon alle möglichen Entschuldigungen gehört hatte, und was immer Alex nun vorzubringen gedachte, würde ihn nicht beeindrucken.

Alex lief ob des spöttischen Tons rot an. »Wir sind keine Verbrecher! Keiner von uns!«

»Keiner von Ihnen?« Loomis blinzelte ihn an. »Wer ist abgesehen von Mackenzie und Ihnen denn noch in die Sache verstrickt? Wollen Sie damit etwa sagen, dass Mrs. Frith auch ihre Finger im Spiel hat?«

»Nein!« Alex sprang auf. Der Constable trat einen Schritt auf ihn zu, und Alex setzte sich rasch wieder. Dann beugte er sich vor. Er war sichtlich aufgeregt.

»Um Himmels willen! Sie können doch nicht ernsthaft glauben, dass Tante Alice etwas damit zu tun hat. Das ist Wahnsinn! Tatsächlich hat sie bis jetzt nicht die geringste Ahnung, dass irgendetwas nicht stimmt. Und wer soll es ihr auch sagen? Sie hat eine labile Gesundheit.« Er raufte sich die Haare. »Haben Sie vielleicht eine Polizistin oder so, die für so was ausgebildet ist?«

»Wir kümmern uns schon darum, ihr die Information zu übermitteln«, sagte Loomis. »Aber wäre es nicht besser gewesen, *erst* an Ihre Tante zu denken und *dann* die Nummer durchzuziehen?«

»Ich weiß. Das müssen Sie mir nicht auch noch unter die Nase reiben.« Alex war am Boden zerstört. »Es ist alles meine Schuld. Dabei habe ich eigentlich gar nichts getan. Ich meine, ich habe keine Straftat begangen. Ich habe weder die Bremsschläuche angerührt noch etwas in Sherwoods Tee gegeben. Das waren Duncan Mackenzie und Jean Ross. Sie wollten mir helfen und Tante Alice vor dem Ärger schützen, den ich mir eingehandelt habe. Sie haben das nicht aus eigenem Antrieb getan. Das meine ich mit ›Umständen‹. Das war alles ein Fehler. Jean wollte nicht, dass jemand stirbt!«

»Wie wäre es, wenn Sie mal ganz von vorn anfangen?«, schlug Loomis vor.

Alex trank noch einen Schluck Tee. »Okay.« Er räusperte sich.

»Ich habe die letzten drei Jahre hauptsächlich in London verbracht; aber Sherwood habe ich tatsächlich vor ein paar Jahren hier oben kennengelernt. Ich nahm an, dass er gesundheitliche Probleme hatte. Er war Abstinenzler, trank immer Tee, und manchmal habe ich auch gesehen, wie er Pillen genommen hat. Er hat geglaubt, die schottische Luft sei gut für ihn. Er kam jedes Jahr. Immer. Und er war eigentlich recht angenehm.« Alex zuckte unwillkürlich zusammen. »Vielleicht könnte man ihn auch als Hypochonder bezeichnen.

Dann hat er mich eingeladen, ihn in einen seiner Clubs zu begleiten, wenn ich wieder in London bin. Er hat gesagt, dort würde auch gespielt, aber legal. Inzwischen weiß ich, dass er davon gehört hatte, dass Tante Alice reich sei, und im Umkehrschluss angenommen hatte, dass auch ich wohlhabend sein müsste. Das ist aber nicht so!

Wie auch immer … Ich begann, in seine Clubs zu gehen. Ein paar der Leute dort waren berühmt. Ich habe ihre Gesichter erkannt. Ich dachte, wenn Celebritys da rumlaufen, dann wird das schon in Ordnung sein.«

Alex bemerkte den Ausdruck auf den Gesichtern seiner Zuhörer.

»Ich weiß, dass das dumm war«, fuhr er fort. »Die Stammgäste waren größtenteils erfahrene Spieler. Die haben es nicht übertrieben. Wenn ich ehrlich bin, wollte ich denen gegenüber angeben, sie beeindrucken. Ich …« Er seufzte.

»Um es kurz zu machen, ich war der typische Depp. Bis dahin hatte ich höchstens ein paar Mal mit Freunden Karten gespielt oder Whist mit Tante Alice, Jean und einem Besucher.

Doch dieser Club war eine ganz andere Liga. Es dauerte auch nicht lange, bis ich das merkte, aber ich war nicht klug genug, damit aufzuhören. Das war mir peinlich. Ich dachte, dann würde ich dumm dastehen. Und zum Schluss habe ich vielen Leuten eine Menge Geld geschuldet.«

Verlegen rutschte Alex auf seinem Stuhl hin und her. »Als ich zum ersten Mal Geld verloren habe, da habe ich Sherwood überredet, es mir zu stunden. Ich habe ihm versichert, dass meine Tante für meine Schulden bürgen würde. Ich war sicher, dass ich früher oder später alles wieder zurückgewinnen könnte. Tatsächlich wusste Tante Alice jedoch rein gar nichts von meiner Spielsucht, und hätte sie es gewusst, dann wäre sie entsetzt gewesen. Und das wird sie auch sein, wenn sie es *jetzt* erfährt! Sie ist sehr streng, was solche Dinge betrifft.«

Alex schien den Tränen nahe zu sein. Emma tat er irgendwie leid; andererseits hatte er sich selbst in diese Situation gebracht.

»Dann, irgendwann, musste ich Sherwood gegenüber zugeben, dass ich das Geld nicht hatte. Als er mich daraufhin daran erinnerte, dass ich gesagt hätte, meine Tante würde für das Geld bürgen, lief alles aus dem Ruder.«

»Und deshalb mussten Sie ihm gegenüber zugeben, dass Ihre Tante nichts davon wusste, korrekt?«, hakte Loomis nach.

Alex schüttelte den Kopf. »Nein. Zuerst versuchte ich, Sherwood glauben zu machen, dass ich zu Tante Alice gehen würde. Ich wollte Zeit gewinnen. Ich dachte, mir würde schon etwas einfallen, um meine Schulden zu begleichen. Ich dachte darüber nach, meinen Wagen zu verkaufen. Aber Tante Alice hatte mir das Auto gerade erst zum Geburtstag geschenkt, und hätte ich ihn so schnell wieder verkauft, dann hätte sie das mit Sicherheit verletzt. Außerdem hätte das ihren Verdacht erregt. Ja, sie lebt hier oben ziemlich isoliert und kommt kaum aus dem Haus. Aber sie ist nicht dumm. Glauben Sie mir!« Alex war zutiefst überzeugt davon. »Hätte ich den Wagen verkauft, ohne mir gleichzeitig einen neuen zu holen, dann hätte sie mich rundheraus gefragt, ob ich Geld brauche.

Dann kam Sherwood wieder zu seinem jährlichen Urlaub hierher«, fuhr Alex verbittert fort. »Er hat gesagt, sollte ich meine Schulden nicht begleichen oder meine Tante um das Geld bitten, dann würde *er* zu ihr gehen, ihr die Wechsel vorlegen, die er mitgebracht hatte, und von ihr verlangen, sie für mich zu bezahlen. Er hat gesagt, für ihn sei es eine Frage des Prinzips, dass die Leute ihre Schulden bei ihm begleichen. Ausnahmen könne er sich nicht leisten, denn das würde sich rumsprechen, und dann würde niemand mehr zahlen.«

»Das war der Streit, den ich mitangehört habe!«, rief Emma. Sie konnte sich nicht länger zurückhalten.

Alex schaute sie überrascht an. »Haben Sie? Wann?«

Emma war anständig genug, rot anzulaufen. »Das war im Badezimmer. Ich meine, die Wand zwischen den Zimmern ist ziemlich dünn, und Sie und Sherwood haben geschrien. Da konnte ich nicht anders.«

Alex zuckte mit den Schultern. »Das war auch nicht das einzige Mal, dass wir darüber gestritten haben. Ich nehme an, es ist durchaus möglich, dass er mir nur Angst machen wollte, damit ich zahle; aber ich war nicht sicher, ob er nicht einfach aus Gehässigkeit zu Tante Alice fahren würde. Schließlich hatte ich auf unkluge Art mit ihm gesprochen und ihn wütend gemacht. Sherwood war niemand, der eine Beleidigung einfach so vergaß.«

Alex atmete tief durch. »Duncan und Jean Ross sind schon seit Jahren bei meiner Tante, seit meiner Kindheit. Mit Tante Alice konnte ich nicht über meine Probleme sprechen, aber mit irgendjemandem musste ich ja reden, und das war Jean. Sie war genauso besorgt wie ich, dass Sherwood plötzlich vor dem Haus stehen und nach meiner Tante rufen würde. Wir haben darüber diskutiert, wie wir ihn davon abhalten könnten. Jean weiß viel über Pflanzen und Heilkunde. Ihre Großmutter war so was wie eine Kräuterkundlerin in ihrem Dorf, vor Jahren, irgendwann im letzten Krieg. Eine Art weiße Hexe.« Alex stieß ein kurzes Lachen aus.

»Wie auch immer … Jean hat gesagt, sie könne etwas zusammenbrauen und unter die Teeblätter mischen. Sie wollte ein paar spezielle Teebeutel machen und sie in Sherwoods Zimmer schmuggeln. Das würde ihn krankmachen. Nicht allzu schlimm, aber krank genug, dass er nicht mehr zu Tante Alice fahren könnte. Mit ein wenig Glück würde er sogar nach London zurückkehren, um zu seinem Hausarzt zu gehen. Ich hatte seinen Zimmerschlüssel nachgemacht. Den brauchte ich, um sein Zimmer nach meinen Wechseln zu durchsuchen. Ich dachte mir, wenn er nichts Schriftliches mehr hätte, was er Tante Alice zeigen konnte, dann würde er auch nicht zu ihr fahren. Doch bei der einen Gelegenheit, da ich in sein Zimmer konnte, fand ich nichts. Entweder trug er die Wechsel bei sich, oder er hatte sie im Hotelsafe hinterlegt. Deshalb habe ich mich auch auf Jeans Idee eingelassen. Ich war verzweifelt!«

Alex beugte sich vor. »Aber sie wollte ihn *nicht* umbringen! Jean hat definitiv nicht damit gerechnet, dass er einfach tot umfallen würde!«

»Sprich weiter, Junge«, sagte Loomis in gleichmütigem Ton.

Alex verschränkte nervös die Hände. Seine Finger waren schlank, fiel Emma auf, wie die eines Mädchens. Allmählich glaubte sie, Alex zu verstehen. Er war kein entschlossener Mensch. Er gehörte mehr zu jenen, die leicht von den Ereignissen überrollt wurden und sich von stärkeren Persönlichkeiten beeinflussen ließen.

»An jenem Abend gingen wir zusammen ins Hotel«, fuhr Alex kaum hörbar fort. »Ich konnte ja nicht zulassen, dass Jean das Risiko alleine trägt. Wie hätte das ausgesehen, wenn ich noch nicht einmal dort gewesen wäre? Aber wir hatten beide Angst, dass man mich sehen würde. Also warf Jean erst einmal einen Blick in den Speisesaal, um sich zu vergewissern, dass Sherwood dort war. Dann ging sie nach oben und tauschte in seinem Zimmer die Teebeutel aus. Schließlich kehrte sie wieder zu mir auf den Hotelparkplatz zurück und erzählte mir, dass alles erledigt sei. Ich sagte ihr daraufhin, sie solle wieder nach Hause fahren.

Ich selbst bin in der Stadt geblieben. Ich hatte ein paar Drinks intus und habe mir die ganze Zeit über Sorgen gemacht. Ich hatte Angst, dass man herausfinden würde, was Jean getan hatte. Was, wenn Sherwood hier zu einem Arzt gegangen wäre, und was, wenn der Proben ins Labor geschickt hätte? Was Jean und ich getan hatten, war dumm. Also beschloss ich, noch ein letztes Mal mit Sherwood zu sprechen. Ich wollte ihn regelrecht anflehen. Dann hätte ich es wenigstens versucht!

Ich fand ihn in der Hotelbar, aber er wollte mir nicht zuhören. Daraufhin bin ich wütend geworden. Ich habe mir gedacht, soll er den vergifteten Tee doch saufen! Immerhin hatte ich ihm jede Chance gegeben, das noch zu verhindern.«

Alex klang rechtschaffen wütend, und er sah auch so aus. Inzwischen, erkannte Emma, versuchte er nicht mehr nur, ihre Taten zu rechtfertigen, um die Polizei zufriedenzustellen, sondern auch, um sein eigenes Gewissen zu beruhigen.

»Ich bin wütend aus dem Hotel gestürmt.« Alex schaute zu Damian. »Und du wolltest gerade rein. Fast hätte ich dich umgerannt. Tut mir leid.«

»Ich habe mich an Sie erinnert«, erklärte Damian.

»Das habe ich mir schon gedacht.« Alex leckte sich die aufgeplatzte Lippe. »Was dann passiert ist, wissen Sie ja. Sherwood trank den Tee. Aber wir – oder besser Jean – rechneten nicht damit, dass er gesundheitlich angeschlagen sein könnte. Der Tee hat sein Herz angegriffen. Er ist zum Golfen gefahren, und die zusätzliche Anstrengung ist der Tropfen gewesen, der das Fass zum Überlaufen gebracht hat. Dass er Golf gespielt hat, wusste ich nicht.« Alex runzelte die Stirn. »Und ich wette, seine Ärzte wussten das auch nicht.«

»Manchmal wird Sport medizinisch empfohlen, wenn auch in Maßen«, bemerkte Matt.

Alex zuckte mit den Schultern. »Wie auch immer … Die Kombination von beidem war zu viel für ihn. Aber das war nicht die Absicht von Jean und mir!« Seine Stimme nahm einen aggressiven Tonfall an.

»Vielleicht nicht«, räumte Loomis ein, »aber es ist passiert. Und was war heute Nacht?«

Alex lief rot an. »Das war Duncan! Jean hat ihm erzählt, was wir getan haben.« Er drehte sich zu den anderen um. »Erinnern Sie sich noch daran, wie ich nach dem Essen zum Telefonieren aus dem Raum gegangen bin?«

Matt, Emma und Damian nickten.

Alex zuckte mit den Schultern. »Ich habe aber nicht telefoniert. Ich habe Damian erkannt, und ich habe Angst gekriegt, dass er auch mich erkannt hat. Also bin ich in die Küche gegangen und habe es Jean erzählt. Ich habe ihr erzählt, dass Sie …« Alex nickte zu Emma »… Sherwood offenbar gekannt haben. Aber ich wusste natürlich nicht, wie gut Sie ihn kannten und ob Sie von der ganzen Sache wussten. Jean hat sich ebenfalls Sorgen gemacht. Als dass mit Ihrem Wagen und Sherwood passierte, saß sie gerade in ihrem eigenen Auto auf dem Parkplatz. Sie fuhr sofort weg, aber sie hatte Angst, dass Sie sie bemerkt haben könnten. Es war, als wären Sie einfach überall!« Alex klang kurz verwirrt.

»Duncan saß in der Küche und aß zu Abend, als Jean und ich darüber sprachen. Da hat er sich dann in den Kopf gesetzt, uns … uns zu *helfen.* Er hat Ihre Bremsen sabotiert. Ich habe erst nach Ihrer Abfahrt erfahren, was er getan hat. Ich bin durchgedreht und sofort ins Auto gesprungen, um nachzusehen, ob Sie in Ordnung waren. Dann habe ich das Auto im Straßengraben gesehen. Das war furchtbar! Dass Sie mir gegenüber misstrauisch waren, war offensichtlich. Sie wollten nicht mit mir zum Haus zurück …«

Alex streckte die Hände aus. »Und als ich dann zurückgekommen bin, da habe ich Duncan davon erzählt, und der Idiot hat sich seine Flinte geschnappt und ist Mrs. King und den Jungen suchen gegangen. Den Rest kennen Sie ja.«

Kurz herrschte Schweigen. Dann nickte Loomis.

»Nun, ich bin weder Richter noch Geschworener. Es liegt nicht an mir, ob irgendetwas davon berücksichtigt wird. Das müssen wir abwarten. Aber Sie werden nicht einfach so davonkommen, Mr. Carter.«

»Ich weiß«, seufzte Alex. »Ich hätte mich den Dingen von Anfang an stellen sollen. Ich habe viel zu lange gewartet.«

Der Fluss plätscherte über die Felsen bei Soldier's Leap. Eine Gruppe von Kindern, die sich die alte Geschichte vom fliehenden Engländer und den Highlandern aus dem Mund eines Erwachsenen angehört hatten, machte kehrt und rannte lachend und kreischend den Hügel hinunter und in Richtung des Touristenzentrums von Killicrankie.

In dem Frieden und in der Einsamkeit, die dem folgten, warf Matt King einen Kieselstein in das schäumende Wasser und drehte sich auf die Hüfte und zu seiner Frau. Emma lag auf der Decke neben ihm, das Gesicht in der Sonne. Sie hatte die Augen geschlossen, und ihre Wangen leuchteten rosa. Matt brach einen Grashalm ab und kitzelte Emma damit an der Nase.

Ohne die Augen zu öffnen, hob sie die Hand, um das Insekt zu vertreiben, denn dafür hielt sie es.

Matt wiederholte den Trick. Emma öffnete die Augen. »Das hätte ich mir denken können«, sagte sie.

»Und? Genießt du den Urlaub?«, fragte Matt.

»Einfach wunderbar.«

Matt küsste sie, und sie schlang die Arme um seinen Hals und zog ihn herunter, um seinen Kuss zu erwidern.

Als Emma ihn wieder losließ, lehnte Matt sich zurück und stützte sich auf einen Ellbogen. »Ich habe heute Morgen mit Devon telefoniert, bevor wir das Hotel verlassen haben. Ich habe erklärt, was passiert ist. Ich glaube, niemand hat etwas dagegen, wenn ich mir zum Ausgleich noch ein paar zusätzliche Tage freinehme.«

»Wirklich?« Emma war ihre Freude deutlich anzusehen.

»Aber ich musste versprechen, dass du dich benehmen wirst. Schwör mir, Hand aufs Herz, dass du keine Probleme mehr machst!«

Emma setzte sich so plötzlich auf, dass sie fast den Kopf in Matts Nase gerammt hätte. »Nein! Das haben sie doch nicht wirklich verlangt, oder? Was für eine Frechheit!«

»Beruhig dich.« Matt lachte. »Nein, das haben sie nicht. Aber Sie lassen sich wirklich leicht ködern, Mrs. King.«

»Ich weiß nicht, warum ich dir das durchgehen lasse. Inzwischen sollte ich doch wissen, dass du mich immer wieder auf den Arm nimmst.« Emma warf das Haar zurück, das sie heute offen trug. »Du musst dir übrigens keine Sorgen machen. Ich will auch keinen Ärger mehr. Jedenfalls nicht in diesem Urlaub.«

»*Überhaupt nicht* im Urlaub, bitte«, flehte Matt.

Doch Emma dachte an Damians Worte, dass die Ferien mit ihr so interessant seien, weil immer etwas Unerwartetes geschehe.

»Hmmm …«, summte sie gedankenverloren.

»Emma …!«

»Jaja, ich werde es versuchen.« Mit ihren blauen Augen blickte sie unschuldig drein. »Mehr kann ich nicht versprechen.«

»Warum habe ich jetzt nur so eine dunkle Vorahnung?«

Emma tat Matts Ängste brüsk ab. »Du hast schlicht Hunger. Mit leerem Bauch fühlt man sich immer mies. Meinst du nicht, wir sollten langsam mal Damian holen?«

Matt warf einen Blick auf seine Uhr. »Ja. Komm. Ich hoffe, sie ist ihn inzwischen nicht leid geworden.«

Das schmiedeeiserne Tor stand offen. Weit und breit war kein Duncan zu sehen, der es bewachte, und statt Jean öffnete ihnen eine stämmige junge Frau in einem pinkfarbenen Overall die Tür zum Haus von Mrs. Frith.

»Oh, sie sind nicht drinnen«, sagte die Frau. »Sie sind draußen in Mrs. Friths Treibhaus.«

Und da fanden sie Damian und Mrs. Frith dann auch. Sie saßen nebeneinander vor einem langen Tisch, topften Pflanzen ein und plauderten fröhlich miteinander wie zwei alte Freunde. Damians Gesicht war der Inbegriff der Konzentration, während er vorsichtig die Setzlinge in die Erde drückte.

»Ich hätte nie gedacht, dass mal ein Gärtner aus ihm wird«, flüsterte Emma zu Matt.

Als sie hereinkamen, hob Mrs. Frith den Blick, und da sah Emma Duncans Hund. Er hatte auf einem Bett aus alten Säcken in dem warmen Treibhaus geschlafen, dicht an den Füßen der beiden Gärtner. Jetzt trottete er nach vorne, schnüffelte an Emmas ausgestreckter Hand und wedelte zur Begrüßung mit seinem Stummelschwanz. Auch er war begierig darauf, Frieden zu schließen.

»Sind Sie hier, um mir meinen Gehilfen wegzunehmen?« Mrs. Frith lächelte. »Damian, lauf ins Haus und sag Morag, dass sie eine Kanne Tee aufsetzen soll. Wir werden ihn im Garten trinken. Das Wetter ist so schön.«

Pflichtbewusst setzte Damian sich in Bewegung, zwar nicht im Laufschritt, denn sein Knie war noch immer steif, aber mit einem schnellen Humpeln.

»Danke, dass Sie mir den jungen Mann geliehen haben«, sagte Mrs. Frith. »Er war ein großer Trost für mich.«

Sie wischte sich die Hände an einem Tuch ab, nahm ihren Gehstock und ging zur Tür des Treibhauses voraus. Während sie langsam über den Rasen schritten, den Hund auf den Fersen, sagte Emma:

»Das tut uns alles so leid. Wenn Damian Sie wieder aufheitern kann, dann ist es das Mindeste, was wir tun können.«

»Meine Liebe, das ist doch nicht Ihre Schuld.« Mrs. Frith deutete mit dem Stock auf das Haus vor ihnen. Die Türmchen und Zinnen funkelten im Sonnenlicht.

»Dieses Haus«, sagte sie, »wurde vom Urgroßvater meines Mannes gebaut. Er hegte große Hoffnungen, sagt man, dass es eines Tages mit einem königlichen Besuch geehrt werden würde. Vielleicht zum Tee? Aber offensichtlich war er ein wenig zu ehrgeizig, denn Königin Victoria weigerte sich bei ihren Reisen, hier in der Gegend vorbeizukommen. Das ist schade, denn er hatte seinen Architekten explizit angewiesen, das Haus in dem Stil zu errichten, den die Königin so sehr bewunderte. Es gibt da eine außergewöhnliche Geschichte, die man sich bis heute erzählt. Es heißt, als er eines Tages hörte, dass die königliche Gesellschaft diese Straße hinunterkommen würde, da habe er sich zu den Einheimischen mit ihren Fähnchen und Blumen gesellt. Unter großem Jubel näherte sich die königliche Kutsche. Und sie blieb stehen! Den Menschen schlug das Herz bis zum Hals. Der Vorfahre meines Mannes sprang sofort vor und verneigte sich tief. Doch es war John Brown, der aus der Kutsche stieg, der königliche Gutsverwalter und Victorias Favorit, um ein paar Blumen einzusammeln und sie der Insassin der Kutsche zu bringen. Dann setzte sich der ganze Zug wieder in Bewegung, und alles, was die Menschen sahen, war ein weißes Spitzenband von der Haube der königlichen Witwe und eine winkende Hand.« Sie lachte. »Natürlich wissen wir nicht, ob das wahr ist, zumal die Highlands voll von solchen Geschichten sind.«

Sie wurde wieder ernst. »Jean Ross, Duncan und ich, wir waren schon so lange zusammen, dass wir wie eine Familie waren. Alex wiederum hat seit seinem siebten Lebensjahr hier gelebt. Wir alle drei hatten Anteil an seiner Erziehung. Deshalb verstehe ich auch, warum sie so gehandelt haben, auch wenn ich das natürlich nicht billigen kann. Wenn ich an Sie denke, meine Liebe ...«

Mrs. Frith berührte Emma am Arm. »Und an den Jungen. Was hätte passieren können! Sie hätten verletzt werden können. Duncan, dieser alte Narr! Aber ich habe ihm und Jean gesagt, wenn das alles vorbei ist, dann können sie wieder herkommen, nach Hause. Sie gehören hierhin. Auch wenn sie unrecht gehabt haben, so haben an meiner Seite gestanden, und ich werde an ihrer stehen.«

Sie hielt kurz inne. »Auch Alex weiß, dass er immer wieder nach Hause kommen kann. Er weiß, wie dumm er war. Vielleicht war es teilweise ja auch meine Schuld. Er hat mir einfach nicht genug vertraut, um gleich zu Beginn zu mir zu kommen. Ich denke, das macht mich mitverantwortlich.«

»Das war, weil er Sie liebt«, erwiderte Emma.

»Das weiß ich doch. Ich hoffe nur, dass er aus dieser traurigen Angelegenheit etwas gelernt hat. Ich kann nur beten, dass er jetzt sesshaft wird, irgendwann eine Frau in dieses Haus mitbringt, und dann werden hier wieder Kinder spielen.«

Inzwischen hatten sie das gepflasterte Areal neben dem Haus erreicht, wo ein Tisch und Stühle auf sie warteten. Nachdem sie sich gesetzt hatten, schaute Mrs. Frith auf ihre schmutzigen Hände und bemerkte: »Ich sollte mal kurz ins Haus gehen und mich waschen. Aber zuerst möchte ich Ihnen noch etwas sagen. Inspector Loomis hat mich früher am Tag angerufen. Er hatte Neuigkeiten, von denen ich glaube, dass Sie sie auch wissen sollten. Offenbar ist die Meinung der Mediziner inzwischen geteilt, was den Einfluss von Jeans Kräutertee auf Mr. Sherwoods Tod betrifft. Die Ärzte glauben, dass der arme Mann bei wirklich schlechter Gesundheit war, sodass er jederzeit hätte tot umfallen können. Da stellt sich natürlich die Frage, ob und wenn ja, *wie* der Tee das Ganze beschleunigt hat. Vermutlich hat er nicht mehr als starke Bauchschmerzen verursacht. Daher könnte es sein, dass Jeans Strafmaß drastisch reduziert wird.«

»Das sind gute Neuigkeiten«, sagte Emma.

»Das Gute ist«, erwiderte Mrs. Frith, »dass Sie uns das nicht nachtragen. Dafür danke ich Ihnen. Ich hoffe, jetzt werden Sie den Rest Ihres Urlaubs in Ruhe und Frieden genießen können.«

Zwei Leute näherten sich ihnen: Morag mit dem Tee und Damian mit einem Sonnenschirm. Mrs. Frith stand auf.

»Ich werde mir eben die Hände waschen. Bitte, bedienen Sie sich. Warten Sie nicht auf mich.« Sie beugte sich vor und fügte in verschwörerischem Flüsterton hinzu:

»Morag ist meine Putzfrau. Ein nettes Mädchen, aber sie hat definitiv kein Händchen für Gebäck. Machen Sie sich jedoch keine Sorgen.« Sie grinste verschlagen. »Jean hat mir einen ganzen Kühlschrank voller selbst gemachtem Gebäck dagelassen. Ich denke, das wird Damian schmecken.«

Sie machte sich auf den Weg zum Haus. Morag stellte das Tablett ab und lächelte strahlend.

»So! Bitte! Greifen Sie zu!«

Als Morag gegangen war, beäugten Emma, Matt und Damian die Küchlein, Scones und anderen Delikatessen, die vor ihnen ausgebreitet lagen.

»Und Jean Ross hat die gemacht?« Matt starrte sie an. »Dann lasst uns hoffen, dass sie dafür keine … äh … zusätzlichen Zutaten verwendet hat.«

»Also, ich habe da keine Angst«, sagte Damian. Er schnappte sich ein Scone und gab Emma einen Teller.

»Ich auch nicht«, sagte sie.

Der Geist des Kamins

An einem Montag zu Frühjahrsanfang bezogen sie das Haus. Die Katze kam am folgenden Samstagmorgen hinzu. Als Margot die Küchentür öffnete, quetschte sich eine dunkle Gestalt tief geduckt an ihr vorbei und huschte unter den Tisch. Vor Schreck schrie sie auf.

»Was zum Teufel …«, rief Duncan und fing an, das Tier um den Tisch zu jagen. Die Katze flitzte zwischen Duncans Füßen und den Tischbeinen hindurch, bis Duncan stolperte und sich das Knie aufschlug. Er schimpfte und fluchte in einer Sprache, die Margot erstaunte. Normalerweise war seine Ausdrucksweise sehr einfallslos.

Endlich schoss die Katze wieder zur Tür hinaus.

»Das arme Ding, du hast ihm Angst gemacht«, tadelte Margot.

»Gut!«, erwiderte Duncan gehässig und rieb sich das schmerzende Knie.

Während der Hetzjagd war der Porridge klumpig geworden und der Speck unter dem Grill verkohlt; kein guter Anfang für das Wochenende. *Aber nicht anders zu erwarten,* dachte Margot, als sie den Porridgetopf auskratzte. Sie hatte von Anfang an nicht in dieses abgelegene Haus ziehen wollen. Ein trostloser Fleck Erde, so erschien er ihr, mit keiner Menschenseele als Gesellschaft. Unnötig heftig schlug sie die Pfanne gegen die Spüle.

Die Katze war nicht fort. Das Tier kauerte im Nieselregen

unter den Traufen einer der beiden steinernen Scheunen, die auf dem Grundstück standen, den Blick auf das Haus fixiert.

Am Fenster sagte Margot: »Ich möchte wissen, woher sie kommt.«

Duncan stapfte mit Hammer und Nägeln durch die Küche. »Mir egal«, knurrte er. »Jag das Mistvieh bloß weg.«

»Das ist kein Mistvieh«, erwiderte sie. »Er ist ein ziemlich hübscher Kater.«

Heimwerken war Duncans Hobby, und das neue Haus lieferte ihm endlose Möglichkeiten, sich nach Herzenslust zu betätigen. Regale anzubringen war seine Spezialität, egal ob welche benötigt wurden oder nicht; er war erst zufrieden, wenn jede verfügbare Wand vor Kiefernholzbrettern strotzte. Margot wies ihn darauf hin, dass die Regale Staubfänger waren und es unmöglich machten, die Möbel zu verrücken. Ihr Mann beachtete ihre Einwände jedoch gar nicht.

Als der Regen aufhörte und fernes Hämmern ihr versicherte, dass Duncan beschäftigt war, ging Margot hinaus und machte dem Kater Avancen.

Er – denn der Neuankömmling war eindeutig ein abenteuerlustiger Gentleman der Familie *felidae* – war vollkommen schwarz und hatte kein einziges weißes Haar am Leib. Er war ausgewachsen und kräftig gebaut. Wenn etwas an ihm nicht stimmte, dann die Form seines Kopfes, der breit und flach war, sodass seine kleinen Ohren zu beiden Seiten wie die Griffe einer Urne hervorragten. Zum Ausgleich hatte er wunderschöne topasfarbene Augen, die sich funkelnd von seinem pechschwarzen Fell abhoben.

Ansonsten war er in einem bedauernswerten Zustand. Sein Fell war verfilzt, er hinkte und sah aus, als hätte er in der Wildnis gelebt.

Während des ganzen Tages versuchte er, ins Haus zu gelangen, und wurde immer erfinderischer und verzweifelter. Gegen vier Uhr saßen sie im Wohnzimmer und tranken Tee. Duncan hatte gerade festgestellt: »Ich könnte zu beiden Seiten des Kamins Regale anbringen«, als sie das schrille Kreischen von Krallen über Glas auffahren ließ.

Duncan wäre vor Schreck fast gestorben. Ein schwarzer Schatten glitt durch das offene Oberlicht und ließ sich mit einem dumpfen Laut zu Boden fallen. Unternehmungslustig war der Kater von einer leeren Kiste vor der Tür abgesprungen, hatte sich am Fensterrahmen festgehalten und seinen Leib durch die schmale Öffnung geschoben.

Eine weitere Verfolgungsjagd wie bei den Keystone Cops schloss sich an, bei der ein viktorianischer Kartenspieltisch, der Duncans Großmutter gehört hatte, umgestoßen und leicht beschädigt wurde.

Der Kater, wieder hinausgeworfen, zog sich unter die Scheunentraufen zurück und begann mit der Belagerung der Hintertür.

Am Ende erbarmte Margot sich seiner. Sie suchte in der Speisekammer nach etwas, das eine Katze vielleicht essen würde, und brachte – während Duncan den Wäscheschrank ausmaß, um weitere Regalböden einzufügen – eine Untertasse mit Thunfisch nach draußen. Der Kater sah voll Misstrauen zu, wie sie sich näherte, aber er witterte den Fisch. Als sie die Untertasse abstellte, rieb er sein feuchtes Fell an ihrem Bein, bevor er die Gabe inspizierte. Dann schlang er alles herunter. Margot empfand eine absurde Zufriedenheit, wie eine Mutter, deren Kleinkind gerade etwas Neues gelernt hatte.

»Wenn ich nur wüsste, wo du hingehörst«, sagte sie zu ihm.

Er streifte sie mit einem flüchtigen Blick und machte sich daran, sich zu säubern. Er strahlte keine Verzweiflung aus, und er hatte eine gewisse Beständigkeit an sich, wie er dasaß und sich die Schnurrhaare putzte. Wohin auch immer er gehört hatte, eindeutig beabsichtigte er nun hierzubleiben.

Die nächsten paar Tage lungerte er vor der Tür herum. Duncan beschimpfte den Kater und warf hin und wieder etwas nach ihm, aber das Tier wich den Geschossen aus. Margot kaufte bei ihrem nächsten Ladenbesuch heimlich Katzenfutter und fütterte den Kater hinter Duncans Rücken. Das Tier erkannte sie mittlerweile, und wenn es sie kommen sah, lief es ihr entgegen und zirpte zur Begrüßung. Sie nannte den Kater »Puss«, weil sie nicht wusste, wie sie ihn sonst nennen sollte. Margot hatte nie eine Katze gehalten. Duncan missfiel die Vorstellung von Tieren im Haus.

Sie taten immer nur das, was Duncan wollte. Etwa in die Highlands zu ziehen. Margot war in Perth recht zufrieden gewesen. Aber dann hatte Duncan das alte Bauernhaus gekauft, deren gemauerte Nebengebäude zu einer Garage umgebaut worden waren. Zwischen Pitlochry und Aberfeldy lag es, und er hatte verkündet, dass er von dort nach Perth pendeln würde, trotz der langen Fahrt.

All das hatte er beschlossen, ohne es mit ihr zu besprechen. Er schien keinen Gedanken daran zu verschwenden, dass er Margot aus ihrem Freundeskreis riss und ihr die vielen Wohltätigkeitsaufgaben nahm, mit denen sie sich beschäftigt hatte, die Läden, die sie kannte, und jede Form von Unterhaltung, nur um sie mitten im Nirgendwo abzusetzen. An Wochentagen war sie nach dem Frühstück völlig allein, bis Duncan zum Abendessen zurückkehrte. Sie konnte in die beiden Ortschaften fahren, aber sie waren kleine Käffer, und ihr fiel es schwer, sich mehr als eine Stunde lang in einem davon zu beschäftigen.

Nachts saß der Kater während der folgenden Woche meist auf einem Scheunendach und jaulte. Der Laut hallte gespenstisch von den umgebenden Böschungen wider und klang manchmal wie ein Baby in Not, manchmal leise und unheilverkündend, als wäre etwas Uraltes aufgeweckt worden und riefe nach dem, der es in seinem jahrhundertelangen Schlaf gestört hatte.

»Hör dir das nur an«, murrte Duncan und schlug aufs Kissen. »Wie eine verdammte Todesfee.«

Margot kroch aus dem Bett und sah durchs Fenster nach draußen. Der Himmel war bedeckt, aber noch während sie zusah, leuchtete ein blasser, tintenblauer Fleck auf, und der Wolkenschleier glitt beiseite und enthüllte einen totenbleichen Mond. In seinem fahlen Licht glaubte sie eine kleine Gestalt zu entdecken, die auf dem First einer Scheune saß.

»Er möchte hinein«, sagte sie.

»Nur über meine Leiche!«, erwiderte ihr Mann aus dem Bett hinter ihr.

Am nächsten Morgen stand Margot auf der Türschwelle und zahlte die wöchentliche Rechnung beim Milchmann, als der Kater um die Hausecke bog.

Der Milchmann, ein junger Kerl mit glatt rasiertem Schädel und einem Ohrring, rief: »Hallo, Hamish! Haben sie dich also zurückgelassen?«

»Sie kennen ihn?«, rief Margot aus.

»Aye. Das ist Mrs. Fraynes Kater. Die Frau, die hier vor Ihnen gewohnt hat.«

»Aber sie ist doch meilenweit weggezogen! Er muss den Rückweg gefunden haben.« Verwundert sah Margot den Kater an.

»Schlaue Viecher, so Katzen«, meinte der Milchmann.

»Na, dann schreib ihr!«, befahl Duncan. »Sag ihr, wir haben das Biest und stecken es in einen Korb und schicken es mit dem Zug zu ihr.«

Margot verfasste den Brief. Mrs. Frayne schrieb zurück, sie sei froh, dass es Hamish gut gehe; sie habe sich Sorgen gemacht. Gleich am ersten Tag sei er aus seinem neuen Zuhause verschwunden. Seine Verbundenheit mit seinem alten Haus sollte doch belohnt werden? Ob sie ihn gern behalten würden?

»Nein!«, fuhr Duncan Margot an. »Ist die Unverfrorenheit dieser Frau denn noch zu fassen?«

Margot hörte, wie sie laut und fest sagte: »Ich möchte ihn behalten. Er wird mir Gesellschaft leisten, solange du fort bist. Ja, ich denke, ich behalte ihn.«

Duncan starrte sie überrascht an. Sie widersetzte sich ihm so selten. Diesmal verriet ihm ein neuer Unterton in ihrer Stimme, dass sie sich entschieden hatte.

»Also gut«, sagte er mürrisch. »Aber halt ihn mir vom Leib.«

Duncan hätte sich nicht zu sorgen brauchen, dass Hamish ihm auf den Leib rückte. Der Kater weigerte sich, in seine Nähe zu gehen. Wenn Duncan ins Wohnzimmer kam, stand Hamish von seinem Lieblingsplatz vor dem breiten gemauerten Kamin auf und stapfte hinaus, bebend vor Missbilligung. War Hamish gezwungen, mit Duncan in einem Raum zu sein, duckte er sich zusammen, reglos bis auf die Spitze seines langen schwarzen Schwanzes. Sie zuckte von Zeit zu Zeit, als sandte aufgestauter Zorn elektrischen Strom in sein Rückgrat.

Hamish um sich zu haben, bedeutete für Margot einen großen Unterschied. Sie begann mit ihm zu reden, als wäre er ein Mensch. Jeden Morgen nahmen sie wie befreundete Menschen gemeinsam ein zweites Frühstück ein. Margot trank Kaffee, Hamish bekam eine Untertasse voll Milch. Sie hatte immer teilentrahmte Milch gekauft, wegen Duncans Cholesterinspiegel, aber Hamish mochte keine Halbfettmilch, und Margot bestellte bald jede Woche eine Flasche Vollmilch nur für den Kater.

Sie kaufte auch ein Buch über Katzenpflege.

Zu ihrer Beunruhigung war der Verfasser des Buches sehr streng, was das Verfüttern von Milch an Katzen anging. Er bestand darauf, Milch sei ein Lebensmittel, kein Getränk, und brächte die Ernährung der Tiere durcheinander. Er war völlig dagegen, ausgewachsenen Katzen Milch zu geben.

Margot las Hamish den Abschnitt laut vor. Er saß ihr auf einem Stuhl am Küchentisch gegenüber, betrachtete sie mit seinen gelben Augen und lauschte. Als sie fertig war, lenkte er einen vernichtenden Blick auf das Buch und sträubte die Schnurrhaare. »Was weiß der Kerl schon über Katzen!«, schien er zu sagen. »So jemand schimpft sich einen Experten?«

Als der Sommer zu Ende ging, hatte Margot Perth und ihren Groll, aus ihrer alten Heimat gerissen worden zu sein, vergessen. Sie verstand allmählich, weshalb Hamish so sehr an ihrem gegenwärtigen Zuhause ging.

Das Haus war sehr alt und aus grauem Granit erbaut, und wenn man genau hinschaute, erkannte man im Stein schimmernde Anklänge von Schieferblau und Mauve-Pink.

Am großen Kamin, wo Hamish gern schlummerte, gab es noch einen eisernen Haken, an dem man früher einen Kessel aufgehängt hatte. Das Mauerwerk an seiner Rückseite war von den sengenden Flammen mehrerer Jahrhunderte so schwarz wie Hamishs Fell.

Unter den steinernen Bodenfliesen solcher Herdstätten wohnte in alten Zeiten der Geist des Hauses. Die Ursprünge dieser Glaubensvorstellung waren lange vergessen. Vielleicht war der Geist ein Feuergott oder nur ein Hausgott von der Art, wie sie vom alten Rom bis in den Fernen Osten verehrt worden war. In jedem Fall bewachte er seine Domäne gut und konnte von ihr weder getrennt noch vertrieben werden. Jeder neue Besitzer musste ihn zunächst mit kleinen Opfern an Speisen und Getränken begütigen. Unterließ man das, befiel Unglück den Haushalt, denn der Geist war, getreu seiner feurigen Natur, leicht zu erzürnen.

Vielleicht hatte sich irgendwann die Erinnerung an den Herdgeist mit der Legende des heiligen Nikolaus vermischt. Selbst heutzutage stellten die Kinder hoffnungsvoll Opfergaben aus süßem Minzgebäck und Gläser mit Sherry für den Weihnachtsmann an den Kamin, der in seinem flammroten Anzug durch den Schornstein ins Haus kam und alle belohnte, die ihm Wertschätzung zeigten.

Das gewundene hölzerne Treppenhaus knarrte vor Alter, als rieben seine Knochen aneinander. Sein Geländer war von zahllosen Händen glatt poliert, die Stufen hatten sich verzogen und waren uneben.

»Das muss alles ersetzt werden«, sagte Duncan mit einem manischen Funkeln in den Augen.

»Wag es bloß nicht!«, schrie Margot ihn an.

Sie bot ihm in letzter Zeit immer öfter Paroli, und das schien ihn zu verwirren.

Am oberen Ende der Treppe stand ein alter Schrank. Auf der Bekrönung war mit Messingnieten die Jahreszahl 1788 angebracht. Mrs. Frayne hatte ihn zurückgelassen, weil er, wie sie sagte, dort schon gewesen war, als sie eingezogen sei, und soweit sie wisse, habe er immer zum Haus gehört. Die Oberseite dieses Schranks zählte ebenfalls zu Hamishs Lieblingsplätzen. Ihn erreichte er, indem er zuerst auf den Geländerpfosten am oberen Ende der Treppe sprang und von dort auf den Schrank. Margot hatte ihm ein Stück von einer alten Decke auf das Möbelstück gelegt.

Manchmal machte sie mit Hamish einen Sommerspaziergang und stieg den steilen Weg neben dem rauschenden Bach hinauf. Vor wer weiß wie vielen Jahrhunderten waren große Felsbrocken von weit oben heruntergerollt und lagen nun verstreut. Dicht wachsende Bäume verdeckten den Himmel. Hamish ging in würdevoller Haltung ein wenig hinter ihr und hielt sich vom Wasser fern. Begegneten sie jemandem – besonders jemandem mit einem Hund –, huschte er auf den nächsten Baum, bis die Eindringlinge außer Sicht waren. Hunde machten einen respektvollen Bogen um den Baum und um Hamish, oft in beschämter Weise mit eingezogenem Schwanz; nur die Mutigsten wagten ein nervöses Bellen. So groß war die Kraft von Hamishs unheilvollem Topasblick.

Als der Herbst nahte, kleideten sich die Bäume in prächtiges Feuerrot, Hellorange und Goldbraun. Ringsum war es so schön, dass Margot jeden Morgen, wenn sie aufstand, die Fenster aufriss und einfach nur dastand und alles bestaunte.

Ihr wurde klar, dass sie sich zum ersten Mal in ihrem Leben verliebt hatte. Sie liebte das alte Haus, die Berge und Wälder, die es umgaben; einfach alles. Sie liebte es weit mehr, als sie Duncan oder irgendetwas anderes jemals geliebt hatte. Sie wollte es nie mehr verlassen. Sie gehörte hierher, genauso wie Hamish fand, dass er hierhergehörte. Sie und der Kater, sie beide.

Aber etwas ging vor. Es war schon den ganzen Sommer vor sich gegangen. Wenn sie ganz ehrlich war, hatte es begonnen, bevor sie Perth verließen, aber Margot hatte die Zeichen ignoriert.

Immer öfter blieb Duncan lange »im Büro« in Perth. Aber bei mehreren Gelegenheiten, wenn sie anrief, um zu fragen, was sie zum Abendessen kochen sollte, bekam sie nur die Reinigungskraft an den Apparat, die ihr sagte, dass die gesamte Belegschaft längst nach Hause gefahren sei.

Dann rief er spätnachmittags an und meinte, er würde am Abend gar nicht nach Hause kommen. Der Termindruck bedeute, dass er bis in die Nacht arbeiten müsse, und es sei sinnvoller, wenn er in der Stadt übernachtete und erst am folgenden Abend nach Hause fuhr.

Als Nächstes kaufte er sich teure neue Hemden und zwei oder drei farbenfrohe Krawatten, die gar nicht seinem üblicherweise nüchternen Geschmack entsprachen. Er gewöhnte sich auch an, ein duftendes Rasierwasser zu verwenden.

An Wochenenden – um Himmels willen – joggte er nun.

Dafür kaufte er sich einen königsblauen Trainingsanzug mit einem weißen Emblem auf der Jacke. Darin und in wuchtige weiße Laufschuhe gekleidet, schnaufte er die Hügel auf und ab und kam schwitzend und beunruhigend dunkelrot im Gesicht nach Hause.

»Muss mich in Form halten«, sagte er. Aber warum, das sagte er nicht.

Nachdem er an zwei Wochenenden Sport getrieben hatte, schwollen seine Fußknöchel an, und er entwickelte ein schmerzhaftes Schienbeinkantensyndrom. Am Montagmorgen konnte er nur zum Auto humpeln, von Margot und Hamish schweigend beobachtet.

Dazu ging es mit den Anrufen los. Klingelte das Telefon, wenn Duncan zu Hause war, schoss er jedes Mal zum Apparat (oder hinkte schnell, falls sein Fitnesstraining wieder zugeschlagen hatte) und hob ab, bevor sie es tun konnte. War sie als Erste am Apparat, wurde sofort aufgelegt, wenn Margot sich mit »Hallo?« meldete.

»Hamish«, sagte sie eines Morgens über den Küchentisch zum Kater, »man kann sich nur so und so lange dumm stellen. Er hat eine andere.«

Hamish blinzelte sie mit seinen Topasaugen argwöhnisch an.

»Wie lange läuft das schon, möchte ich wissen? Ich wäre nicht überrascht, wenn es bereits eine ganze Weile ginge. Deshalb hat er mich von Perth hierhergeschafft! Damit ich nichts herausfinde und er ungestört seinen Spaß haben kann! Ich nehme an, sie ist jung und hübsch. Was, um alles in der Welt, sieht sie in ihm?«, fügte Margot verwundert hinzu.

Duncan war ein mürrischer Kauz, und soweit sie es wusste, entfachte einzig und allein der Umgang mit Holz seine Leidenschaft. Vielleicht war seine neue Freundin Herz und Seele der Beziehung. Margot fiel es schwer, sich das vorzustellen, aber andererseits, vielleicht sollte sie nicht zu überrascht sein.

Margot war sechsundvierzig. Manche Frauen sahen jünger aus, als sie waren, aber Margot hatte man ihr Alter immer angesehen. Selbst als Kind war sie stets für ein oder zwei Jahre älter gehalten worden, als sie war. (»Erst fünf? Und solch ein hübsches Mädchen!«) Die Brille half auch nicht. Sie war immer kurzsichtig gewesen. Mit Kontaktlinsen hatte sie es versucht, war aber nie mit ihnen zurechtgekommen. Modische Kleidung stand ihr nicht, sie hielt sich an Röcke und Sweater. So war sie nun mal. Im mittleren Alter, bebrillt und reizlos.

»Und bald abserviert!«, informierte sie den Kater. »Gegen ein neueres, schickeres Modell eingetauscht, Hamish!«

Hamish sah sie an, als hätte er etwas einzuwenden.

»Ich weiß, was du denkst«, sagte Margot, »aber da irrst du dich. Mir ist es egal, wenn Duncan mich langweilig findet. Soll sich der alte Ziegenbock doch zum Narren machen. Ich will ihn eigentlich gar nicht. Ich will nur mein Zuhause, dieses Haus, und wenn ich nicht aufpasse, verliere ich es! Und das Gleiche gilt für dich! Wir fliegen beide raus.«

Vielleicht verstand Hamish sie doch ein wenig, denn er senkte die recht kleinen und eigentümlich platzierten Ohren und sah eingeschnappt aus.

Aber sie hatte nur die Wahrheit gesagt. Sie könnte das Einzige verlieren, für das sie je Leidenschaft empfunden hatte: das Haus. Eigenes Geld besaß sie nicht. Sie hatte nie einen Beruf erlernt, weil Duncan nicht gewollt hatte, dass sie arbeitete. (Eine erfolgreiche Frau wäre, das hatte sie zu spät erkannt, eine Bedrohung für sein Ego gewesen.) Sie hatten keine Kinder. Alles gehörte Duncan.

Wenn sie geschieden wurden, würde das Vermögen wohl geteilt werden, aber wie sie Duncan kannte, würde er sicher etwas zu seinem Vorteil zurechtpfuschen. Er war Anwalt, um Himmels willen. Selbst wenn sie ihn dazu bringen konnte, dieses Haus zu behalten, konnte sie es sich nicht leisten, hier zu wohnen. Man brauchte nur an die Kosten für Heizung und Instandhaltung zu denken. Außerdem müsste sie ihren kleinen Wagen unterhalten, wenn sie so abgelegen wohnte, dass es keine nennenswerte Busanbindung gab. Bald kam der Winter, und sobald Schnee lag, wäre sie so gut wie abgeschnitten von der Welt.

»Kaum wird das Wetter schlechter, hat er keine Lust mehr, nach Perth zu pendeln«, prophezeite sie dem Kater. »Wir müssen etwas unternehmen, bevor es so weit kommt, Hamish!« Sie wusste nur überhaupt nicht, was.

Inzwischen putzte sie das alte Haus, wischte darin Staub und hielt es makellos. Die grimmige Besitzgier in ihr wuchs. Sie würde es nicht aufgeben, auf keinen Fall!

Das Telefon klingelte immer mal wieder, und wenn sie den Hörer abnahm, hörte sie wie vorher nur ein Klicken. Duncan kaufte sich, der Himmel helfe ihnen, eine Jeans.

Er weigerte sich außerdem, rotes Fleisch zu essen, und verlegte sich darauf, statt Toast zum Frühstück Knäckebrot zu knuspern.

»Das nur«, sagte Margot, »damit er sich in die Jeans quetschen kann, Hamish. Wenn er so weitermacht, bringt sie ihn noch ins Grab.«

Hamish gähnte heftig, reckte den Kiefer, zog die Oberlippe zurück und offenbarte nadelspitze Zähne und eine gekrümmte rosarote Zunge. Noch nie hatte sie bei einer Katze eine Miene gesehen, die einem höhnischen Grinsen näher kam.

Eines Morgens, als die Luft schon schneidend kalt war, erzählte ihr der Milchmann, dass in den Höhen in der Nacht bereits Schnee gefallen sei. Der Winter war auf dem Weg zu ihnen.

Duncan hatte erklärt, dass er über das Wochenende verreisen müsse, zu einer Konferenz in Edinburgh. Aber als sie am Freitagmorgen ins Schlafzimmer kam, packte er seine bunten Krawatten und die teuren Hemden und die Jeans ein.

Sie hatte nicht vorgehabt, ihn zu beschuldigen, denn sie hatte keinen echten Beweis. Aber irgendwo, vielleicht durch den Anblick dieser hoffnungslos unangebrachten Kleidungsstücke, kam sie nicht gegen den Drang an. Alles brach aus ihr hervor. Sie wisse, dass er eine andere habe, eröffnete sie ihm.

Er stritt es nicht ab. Er gab es auf eine abgeklärte und zugleich pompöse Art zu und sagte, ja, Margot habe recht. Ihr Name sei Fiona. Sie habe gerade die Universität abgeschlossen und sei eine kluge junge Frau und überaus charmant. Alles erzählte er Margot mit einem höhnischen Stolz, der gleichermaßen abstoßend und lächerlich war.

»Und warum«, fragte Margot spöttisch, »fängt eine kluge, charmante junge Frau etwas mit einem humorlosen Mann mittleren Alters an, dem schon die Haare ausfallen?«

Fiona finde ältere Männer interessant. Sie habe Duncan anvertraut, dass sie einen Partner aus ihrer eigenen Altersgruppe niemals in Betracht ziehen würde. Junge Männer seien unreif; ältere Männer besäßen Erfahrung.

»Die einzige Partnerschaft, an der sie interessiert ist«, sagte Margot, »ist ein Anteil an der Kanzlei!«

Duncan erwiderte, so eine Bemerkung sei ihrer nicht würdig. Aber zufällig habe er die Absicht, Fiona eine Partnerschaft in jeder Hinsicht anzubieten. Jawohl, er wolle die Scheidung. Er vertraue darauf, dass sie zu einer annehmbaren Einigung kommen könnten.

»Ach, wirklich? Und was«, fragte Margot mit Erregung in der Stimme, »soll das heißen, eine annehmbare Einigung. Annehmbar für wen?«

Duncan sagte, er hoffe, dass sie nicht kleinlich sein würde. Sie sollte Fiona und ihm das Glück nicht verwehren, nur weil sie so unzufrieden sei. Ihn enttäusche, dass sie ihm solche Schwierigkeiten mache. Vielleicht sollte sie zum Arzt fahren und sich Tabletten holen oder so etwas? Vermutlich sei es die Menopause.

Margot ging darüber hinweg. »Was ist mit diesem Haus?« Ihre Stimme brach.

»Wir verkaufen es natürlich«, sagte Duncan. »Den Erlös teilen wir. Du bekommst genug, um dir eine kleine Wohnung zu kaufen.«

»Ich will keine Wohnung!«, schrie sie. »Ich will mein Zuhause behalten!«

»Sei nicht albern«, sagte er. »Was würdest du denn mit solch einem großen leeren Haus anstellen?« Und damit verließ er das Zimmer und ging zur Treppe.

Sie eilte ihm nach und ergriff ihn am Arm. Er versuchte sie abzuschütteln, aber Margot klammerte sich fest und schrie ihn an.

»Zwanzig Jahre lang habe ich dir den Haushalt geführt, wie eine unbezahlte Wirtschafterin! Zwanzig Jahre lang nur kochen und putzen und einkaufen! Alles, was ich hatte, war ein Dach über dem Kopf – und selbst das musste ich mir verdienen. Was für eine Partnerschaft hast du denn mir je angeboten? Unser Haus habe ich nicht mit dir geteilt, sondern es war mein Arbeitsplatz, wo ich mich um dich gekümmert habe. Und jetzt glaubst du, du kannst es mir einfach abnehmen, wenn dir danach ist? Genauso wie du mir mein Zuhause in Perth genommen hast, willst du mir das Haus jetzt auch noch wegnehmen? Das erlaube ich nicht, hast du gehört? Ich lasse es nicht zu, auf keinen Fall!«

Duncan gab zurück, dass es nicht seine Schuld sei, wenn sie keine Erfüllung im Leben gefunden habe. Er habe immer angenommen, sie sei restlos glücklich, und falls dem nicht so sei, nun, dann sei er dafür nicht verantwortlich.

»Heuchler!«, keuchte sie, worauf er einen Ausruf des Abscheus von sich gab und sie heftig zurückstieß, sodass sie den Halt verlor und nach hinten torkelte.

Sie prallte gegen die Wand und rutschte aus. Sie fand sich am Boden sitzend wieder, ein Bein gekrümmt, das andere ausgestreckt. Sie hatte die Brille verloren und musste um sich tasten, um sie wiederzufinden, bevor sie etwas anderes tun konnte. Als sie das Gestell wieder auf die Nase setzte, sah sie, dass Duncan die Treppe hinunterstieg, ohne auf ihre Notlage zu achten. Sein Rücken war steif vor Selbstgerechtigkeit.

Keiner von ihnen hatte auf den Kater geachtet, so sehr waren sie in ihren Streit vertieft gewesen. Hamish hatte auf dem alten Schrank am oberen Ende der Treppe gehockt, während sie gezankt hatten, die Ohren flach an den Kopf gelegt, und mit dem Schwanz geschlagen. Jetzt sprang er ohne Warnung.

Für Margot, die noch immer auf dem Boden saß, war das Geschöpf, das sich von dem Schrank abstieß, überhaupt nicht Hamish. Es war größer, gewaltig groß, das pechschwarze Fell gesträubt, die spitzen weißen Zähne in wilder Wut gebleckt, und gelbe Flammen schossen aus Augen wie Gruben voller geschmolzenem Gold. Die Vorderpfoten hatte er ausgebreitet wie die Flügel einer Fledermaus, und als er sich durch die Luft katapultierte, stieß er ein grauenerregendes Fauchen aus, das sie nie von Mensch oder Tier zu hören erwartet hätte.

Duncan bemerkte es und fuhr herum. Eine Sekunde lang, einen kurzen Augenblick nur, trat Entsetzen in sein Gesicht. Er hob den Arm, um seine Augen zu schützen, aber es war zu spät. Der Kater umschlang seinen Kopf. Rote Wunden überzogen seine Wangen und seine Stirn. Blut quoll hervor, wo die scharfen Krallen sich tief in die Haut schnitten. Duncan geriet auf den ungleichmäßigen alten Stufen ins Taumeln, während er gleichzeitig versuchte, die Katze von sich zu reißen und das Geländer zu packen.

Ihm misslang beides. Er stürzte krachend die Treppe auf voller Länge hinunter. Hilflos rutschte er von Stufe zu Stufe, schlug mit dem Kopf gegen das Geländer, Mann und Kater in furchtbarer Umarmung vereint.

Sie landeten mit einem Schlag, der die ganze Treppe und den

Flur erbeben ließ. Darauf folgte eine Stille, die noch schlimmer war als alles zuvor.

Margot rappelte sich auf und eilte die Treppe hinunter. »Hamish? Bist du wohlauf? Wo bist du?«

Ein leises Grollen antwortete ihr. Sie sah Topasaugen in der hinteren Ecke der Diele. Dort kauerte der Kater, das Fell noch immer gesträubt, und schlug mit dem Schweif auf den Boden. Duncan lag am unteren Ende der Treppe, halb auf den Rücken gedreht. Sie kniete sich neben ihn.

Seine Augen zuckten zu ihr; sein Mund bewegte sich, aber kein Laut kam hervor. Dickes, dunkles Blut sickerte ihm erst aus einem Ohr, dann aus den Nasenlöchern und schließlich auch aus dem Mund. Endlich machte er einen Laut, ein undeutliches Murmeln. Eine verzweifelte Dringlichkeit trat in seine Augen, aber er bewegte sich nicht oder war dazu nicht imstande.

Sie sprang auf und rannte zum Telefon. Als sie den Hörer abnahm, hörte sie wieder ein warnendes Fauchen. Aus der Ecke fixierte Hamish sie mit seinen Topasaugen, als wohnte ihm eine übernatürliche Kraft inne, mit der er ihr verbot, Hilfe zu rufen.

Gehorsam legte sie wieder auf und setzte sich auf den Sessel neben dem Telefontischchen. Sie saß dort vielleicht eine Viertelstunde. Dann entspannte sich Hamish und schlenderte ins Wohnzimmer davon. Margot erhob sich steif und ging zu Duncan. Er lag mit offenen Augen da, die blicklos nach oben starrten.

Sie kehrte zum Telefon zurück und rief den Krankenwagen.

Duncan wurde beim Eintreffen ins Krankenhaus für tot erklärt. Ein wenig später am selben Tag kamen zwei Polizisten zu Margot, ein Mann und eine Kollegin. Beide waren sie sehr freundlich, aber sie stellten auf sanfte, bohrende Art eine Menge Fragen.

»Das Gesicht des Gentlemans wies zahlreiche Kratzwunden

auf«, sagte die Beamtin. Sie warf einen Blick auf Hamish, der sich schläfrig blinzelnd in einem Flecken aus blassem Sonnenlicht rekelte. »Dabei scheint es sich um Krallenspuren eines Tieres zu handeln. Ist die Katze … bösartig?«

»Ganz bestimmt nicht!«, rief Margot mit Nachdruck.

»Könnten Sie uns schildern, was genau passiert ist?«

»Leider kann ich das nicht, weil ich nicht dabei war, als der Unfall geschah.«

Was war denn nun? Sie war die wahrheitsliebendste Frau, die es gab! Wie konnte sie so mühelos lügen? Sie hörte ihre Stimme, aber irgendwie war nicht sie es, die da sprach. Vielmehr war es, als spräche jemand durch sie, indem er ihre Stimmbänder benutzte. Sie fragte sich, was um alles in der Welt sie als Nächstes sagen würde.

»Meiner Vermutung nach könnte es sich folgendermaßen abgespielt haben«, sprach eine Stimme – ihre Stimme. »Mein Mann liebte den Kater sehr …« Die Stimme brach realistisch ab. »Das Tier ließ sich gern von ihm auf der Schulter tragen. Es schläft auch auf dem Schrank am oberen Ende der Treppe. Ich vermute, es war auf dem Schrank, als Duncan die Treppe hinuntersteigen wollte, und sprang ihm auf die Schulter. Duncan hatte nicht damit gerechnet und wehrte sich instinktiv. Der Kater bekam Angst, krallte sich an ihm fest, und … der arme Duncan stürzte.«

Die Polizisten tauschten Blicke. Sie fragten, ob sie die Treppe untersuchen dürften. Margot hörte, wie sie dabei miteinander sprachen. Der Mann sagte: »Diese alte Treppe ist eine Todesfalle! Ein Wunder, dass nicht schon längst jemand runtergestürzt ist.«

Sie kehrten zurück, und die Frau stellte fest: »Wie ich sehe, steht ein Koffer neben der Schlafzimmertür.«

»Ja, mein Mann wollte heute auf eine Geschäftsreise gehen.« Margots Stimme bebte. »Das war solch ein furchtbarer Schock. Zwanzig Jahre sind wir verheiratet gewesen.«

Die Beamten waren sehr mitfühlend. Sie machten ihr eine Tasse Tee und fragten, ob sie jemanden anrufen könnten, der käme und bei Margot bliebe.

»Denn Sie sollten nicht allein sein, wirklich nicht«, meinte die junge Polizistin.

»Ich habe Freundinnen in Perth«, sagte Margot. »Ich kann eine von ihnen anrufen, wenn ich … wenn ich mich zu einsam fühle.«

Hamish, der vor dem Feuer in dem breiten steinernen Kamin lag, rollte sich auf den Rücken und streckte sich zu einem straffen Band aus schwarzem Fell.

Die junge Frau fuhr zögernd fort: »Könnten wir uns Ihren Kater für ein paar Stunden ausborgen? Wir geben gut auf ihn Acht und bringen ihn heute Abend zurück.«

Sie hatten keinen Katzenkäfig, aber Margot fand einen Picknickkorb aus Weidengeflecht, und trotz seines kläglichen Miauens wurde Hamish dort eingesperrt.

Wie versprochen brachten sie den Kater zurück. »Die Rechtsmediziner wollten nur kurz einen Blick auf seine Pfoten werfen«, erklärten sie.

Hamish hatte es nicht gefallen, im Picknickkorb transportiert zu werden. Er sträubte in zerraufter Würde das Fell und wandte Margot beinahe eine Stunde lang den Rücken zu. Jetzt konnte sie sehen, dass zwischen den Ballen seiner Pfoten Haare abgeschnitten worden waren. Sie nahm an, die Rechtsmedizin hatte dort nach Spuren von Duncans Blut gesucht, und sie fragte sich, ob sie etwas gefunden hatte.

Sehr spät an diesem Abend, nachdem die Polizei gegangen war, klingelte das Telefon, und als Margot abhob, wurde am anderen Ende aufgelegt, so wie schon früher.

»Sie fragt sich, weshalb er nicht aufgetaucht ist, Hamish«, sagte Margot zu dem Kater.

Hamishs Erinnerung an den Picknickkorb schien zu verblassen, und da er nach all der Aufregung hungrig war, ging er in die Küche und setzte sich vor seinen Teller. Margot gab ihm einen halben Vollkornkeks, in lauwarmer Milch zerdrückt, ein Leckerbissen, den er besonders mochte.

Die Polizei kehrte am nächsten Morgen zurück. Die Beamten entschuldigten sich, sie erneut zu belästigen, aber wie wollten gern noch etwas sehen. Sie stiegen auf den Kleiderschrank und entdeckten Hamishs Decke. Sie maßen die Treppe aus. Endlich zeigten sie sich zufrieden.

»Ein tragischer Unfall«, sagte der männliche Beamte. »Wenn man sich überlegt, dass der arme Mann den Kater so gernhatte.«

Am Wochenende klingelte das Telefon noch dreimal. Beim letzten Mal sagte Margot nicht »Hallo«, als sie abnahm, sondern nur: »Er kommt nicht mehr zu Ihnen. Er ist tot.«

Am anderen Ende hörte sie, wie jemand scharf einatmete. Margot legte auf, bevor die Anruferin irgendwelche Fragen stellen konnte.

»So, Hamish«, sagte Margot. »Das war es. Jetzt haben wir das Haus für uns allein.«

Mit der Katze auf den Fersen ging sie ins Wohnzimmer. Dort setzte sich Margot mit Notizblock und Kugelschreiber vor das Feuer. Ihr war der Gedanke gekommen, dass das Haus, in solch einer pittoresken, touristenreichen Gegend gelegen, sich ideal für ein Bed-and-Breakfast während des Sommers eignete. Während sie kritzelte und plante, nahm Hamish seinen rechtmäßigen Platz vor dem Kamin ein. Die Scheite knackten und knisterten ein wenig, aber davon abgesehen war alles ganz friedlich.

Die Wahrheit über die Liebe

»Nun denn«, sagte Miss Garnett und hob die Hand, um sich eine Locke ihres braunen Haars aus dem Gesicht zu streichen und sie mit einer Haarnadel wieder zu befestigen. »Jetzt überlegen wir uns alle gute Vorsätze fürs neue Jahr, aber wir werden niemandem erzählen, *was* wir uns vorgenommen haben.«

»Jawohl, Miss Garnett«, antworteten Lucy und Edward im Chor.

»Hast du das auch verstanden, Sophie?«

»Ja, Miss Garnett«, murmelte Sophie, die aus dem Fenster schaute, wo sie die älteren Familienmitglieder sehen konnte, die gerade von einem Spaziergang ins Dorf zurückkamen. Phoebe, die mit ihren neunzehn Jahren schon längst aus der erstickenden Enge des Schulzimmers entlassen worden war, ging neben Mr. Michael Fulton, in den Sophie schon seit ihrem zehnten Lebensjahr verliebt war.

Und was war das für eine Liebe, die sie für den attraktiven jungen Mann hegte? So voller tiefer, brennender Leidenschaft, die an ihrem innersten Wesen zehrte. Was hatte sie nicht alles für Briefe insgeheim auf herausgerissene Buchseiten gekritzelt, doch nie abgeschickt? Welche Tränen hatte sie vergossen, wenn er heimlich Phoebes Hand hinter dem Weihnachtsbaum gedrückt und ihr süße Worte ins Ohr geflüstert hatte? Und welche Eifersucht, welchen Hass, welches Verlangen und welche Verzweiflung hatte sie verspürt, immer und immer wieder und auch in Zukunft? Ob er sich wohl jemals gefragt hatte, wo sein linker Handschuh geblieben war? Vermutlich nicht. Er war rasch abhandengekommen, als er Mr. Fulton aus dem Hut gefallen war, und dann zwischen Sophies Haarschleifen verschwunden. Haarschleifen! Sie war fast siebzehn, und noch immer war ihr nicht gestattet, das Haar hochzustecken. Das war nicht hinnehmbar. Gleichermaßen intolerabel war der Anblick von Phoebe, wie sie sich gefällig auf seinen Arm lehnte. Er lächelte sie an. Der Schmerz, der Sophie bei diesem Anblick ins Herz fuhr, war so real, dass sie sich vornüberbeugte und die Schultern hochzog.

»Bitte, pass auf, Sophie«, mahnte Miss Garnett. »Und setz dich aufrecht hin. Warum also sollen wir niemandem von unseren Neujahrsvorsätzen erzählen?«

Nervöses Schweigen senkte sich über das Schulzimmer. Das Feuer knisterte hinter dem stabilen Kamingitter und ließ rosafarbene Schatten über die Wände tanzen. *Tanzen,* dachte Sophie. *Tanzen auf dem Neujahrsball. Phoebe, die mit Mr. Fulton tanzt.* Der Gedanke war unerträglich.

»Weil«, antwortete Edward unschuldig, »wenn wir es niemandem erzählen, dann wird auch niemand wissen, wenn wir sie nicht einhalten.«

»Nein, Edward«, erwiderte Miss Garnett und atmete tief durch. »Gute Vorsätze zum neuen Jahr sind eine Willensfrage. Sie sind eine Frage des Charakters. Ganz so wie die bewundernswerten Beispiele, die uns die verstorbene Königin gesetzt hat … und der jetzige König«, fügte Miss Garnett nicht ganz so überzeugt hinzu.

»Papa sagt, der König wechsele seine Mätressen genauso oft wie seine Unterwäsche«, bemerkte Sophie.

»Lucy und Edward, bitte lest leise weiter«, sagte Miss Garnett. »Sophie … auf ein Wort. Hier rüber, bitte.«

Widerwillig folgte Sophie der Gouvernante in die hinterste Ecke.

»Nun, Sophie, du weißt sehr wohl, dass du den Kleinen gegenüber derartige Bemerkungen zu unterlassen hast. Mir ist egal, ob dein Papa das gesagt hat oder nicht. Ich bin mir nämlich ziemlich sicher, dass er das nicht zu *dir* gesagt hat. Ich fürchte, du hast gelauscht, Sophie, und Lauschen ist unanständig. Und vergiss nicht: Lauscher hören über sich selbst nichts Gutes! Bitte, vergiss auch nicht, dass du mit deinen sechzehn Jahre deinen kleinen Geschwistern gegenüber Verantwortung hast.«

»Ja, genau! Ich bin sechzehn!«, platzte Sophie heraus. »Und trotzdem behandelt mich jeder, als wäre ich genauso alt wie Lucy. Das ist einfach nicht gerecht. Schauen Sie.« Sie packte ihre Hollandschürze und hob sie hoch. »Ich muss mich vor Besuchern verstecken. Ja, verstecken! Was sollen die Leute auch denken, wenn sie mich in einer Schürze sehen?«

Was würde Mr. Fulton denken? Er würde denken, sie sei ein Kind. Er würde sie nie auch nur eines zweiten Blickes würdigen. Er würde weiter Phoebes Hand halten und ihr ins Ohr flüstern …

»Nächstes Jahr …«, begann Miss Garnett.

»Wie alt sind Sie, Miss Garnett?«, verlangte Sophie zu wissen und starrte die Gouvernante an. Auf die Kinder hatte Miss Garnett immer schier unglaublich alt gewirkt. Sie trug auch stets langweilige Kleider, das Haar streng zurückgebunden und so gut wie nie irgendwelchen Schmuck. Aber, so fiel Sophie jetzt überraschend auf, sie hatte wirklich hübsche graue Augen und eine feine Haut, im Moment leicht gerötet.

»Ich bin dreißig«, antwortete Miss Garnett, »da du schon fragst … auch wenn das nicht gerade höflich ist, Sophie.«

»Von sechzehn bis dreißig ist es doch gar nicht so weit, oder?« Sophies kritischer Blick wanderte über die Gouvernante. »Mit sechzehn sitze ich hier mit meiner Schürze und darf mir weder das Haar hochstecken noch auf den Neujahrsball gehen, und in nur vierzehn Jahren werde ich genauso alt sein wie Sie!«

Das war so furchtbar rüde und grausam, dass Sophie sich sofort wünschte, sie könne ihre Worte wieder einfangen, doch dafür war es zu spät.

»Nicht ganz wie ich, wage ich zu behaupten«, erwiderte Miss Garnett ruhig, »denn von dir wird niemand verlangen, dass du deinen eigenen Lebensunterhalt verdienst.«

»Es tut mir leid«, sagte Sophie reumütig. »Wirklich. Ich habe das nicht so gemeint. Ich wollte nur … Man hat nie so viel Zeit, wie man zu haben glaubt, nicht wahr?«

»Das stimmt, Sophie«, sagte Miss Garnett im gleichen ruhigen Tonfall. »Die hat man nie.«

»Ich meine, man muss Gelegenheiten doch beim Schopfe packen, aber wenn ich ewig mit Edward und Lucy in einem Schulzimmer hocke, dann werde ich solche Gelegenheiten wohl nie haben.«

»Deine Zeit wird schon noch kommen, Liebes«, sagte Miss Garnett. Das sagten die Leute ständig. Aber was auch immer da kommen mochte, es würde zu spät sein, denn dann wäre Mr. Fulton schon mit Phoebe verheiratet.

An diesem Abend fand der Neujahrsball statt. Sophie durfte Phoebe beim Anziehen zuschauen, und sie musste zugeben, dass ihre Schwester einfach wunderschön aussah, wie eine Märchenprinzessin. Das Kleid besaß eine lange Schleppe und ein tiefes Korsett, und Sophies Taille wurde so fest gebunden, dass Sophie sie fast mit den Händen umfassen konnte. Mr. Fulton würde das vermutlich schaffen. Sophie schauderte vor Ehrfurcht ob dieses furchterregenden, faszinierenden und skandalösen Gedankens. Wie war es wohl, wenn der eigene Körper von einem Mann berührt wurde? Mr. Fultons Hände, seine Finger, die über ihre Haut strichen … Sophie lief scharlachrot an.

»Wirst du Mr. Fulton heiraten, Phoebe?«, fragte Sophie ihre Schwester trübselig.

Phoebe, die sich vor dem langen Spiegel drehte, öffnete probeweise ihren Fächer aus Straußenfedern und antwortete in beiläufigem Tonfall, der niemanden getäuscht hätte, vor allem nicht Sophie: »Oh, ja, wage ich zu behaupten … Wenn er denn darauf besteht.«

Später an diesem Abend kroch Sophie im Nachthemd aus dem Bett und versteckte sich auf der Treppe, um der Musik von unten zu lauschen, dem Raunen der Stimmen und dem Lachen. Seltsame exotische Düfte erfüllten die Luft und stiegen im Haus empor: Parfüm, Champagner und alle Arten von Speisen. Aus ihrem Versteck konnte Sophie die Diener mit voll beladenen Silbertabletts hin und her laufen sehen. Manchmal kam auch eine Dame in glitzerndem Ballkleid durch den Flur unten oder ein Gentleman im Frack, mit Mittelscheitel und gnadenlos pomadisiert.

Dann hörte Sophie Stimmen, doch nicht aus dem Flur, sondern mehr aus der Nähe. Irgendjemand befand sich direkt unter ihr, wenn auch in dem Schatten und damit außer Sicht.

»Aber du weißt doch, dass ich dich liebe«, sagte die Stimme eines Mannes voller Leidenschaft.

Sophies Herz setzte einen Schlag lang aus. Das war Mr. Fulton. Seine geliebte Stimme würde sie überall erkennen. Doch die Worte, von denen sie schon so oft geträumt hatte, waren nicht an sie gerichtet, sondern an eine andere.

Eine Frauenstimme murmelte leise eine Antwort. *Phoebe,* dachte Sophie mit steigendem Zorn. Wie immer spielte sie die Schüchterne. Sie tat so, als würde sie das nicht im Mindesten kümmern, dabei spielte sie mit Mr. Fulton wie der Angler mit dem Lachs am Haken. Oh, warum durchschaute er sie nicht? Warum erkannte er nicht, dass anderswo wahrlich ein Herz für ihn schlug?

»Aber ich will dich heiraten. Ich will. Ein Nein werde ich nicht akzeptieren!«

Phoebe hatte gesagt: »Wenn er darauf besteht«, und er bestand darauf. Unfähig, sich das noch länger anzuhören, kroch Sophie davon und heulte ihr Elend in die Kissen.

Am folgenden Tag schlief der ganze Haushalt ein wenig länger mit Ausnahme der Kinder. Sophie stieg aus dem Bett, zog sich warme Kleider an und machte einen einsamen Spaziergang über die gefrorene Erde. Ihr Atem bildete Wölkchen in der kalten Luft, und ihre Nase wurde taub. Sie stampfte mit den Füßen, klatschte in die behandschuhten Hände und kletterte über hart gefrorene Spurrillen. Sie wollte den bösen Moment so lange wie möglich hinausschieben, da sie wieder ins Haus zurückkehren musste, wo Phoebe und Mr. Fulton so sicher, wie Gott kleine Fische gemacht hatte – das hatte ihr Kindermädchen immer gesagt –, ihren Neujahrsvorsatz verkünden würden, sich zu vermählen.

Schließlich stapfte Sophie wieder betrübt in Richtung Heimat, wo ohne Zweifel die herzzerreißende Nachricht auf sie wartete. Wenn sie dem Paar dann auch noch gratulieren musste, würde sie sich mit Sicherheit die Zunge daran verbrennen.

Aber was war das? Im Haus herrschte Aufruhr. Alle waren aus den Betten und nur mehr oder weniger bekleidet. Papa trug seinen Morgenmantel, brüllte die Diener an und schrie: »Ich werde ihm hinterherjagen! Ich werde das regeln und den verdammten Schurken wieder zurückbringen!«

Mama, die so zerzaust aussah, wie Sophie sie noch nie gesehen hatte, und die von einem weiblichen Hausgast begleitet wurde, beugte sich über eine weitere weibliche Gestalt, die in einem Sessel zusammengebrochen war und mit Riechsalz und Brandy behandelt wurde.

Als Mama sich umdrehte, sah Sophie zu ihrem großen Erstaunen, dass es sich bei der zusammengebrochenen Gestalt um Phoebe handelte. Sie sah verzweifelt aus, ihre Augen wild, und sie wiederholte immer und immer wieder: »Er ist weg … Er ist weg …«

»Wer ist weg?«, fragte Sophie eine junge Lady, eine Freundin von Phoebe, die aussah, als würde sie am liebsten jemandem dem Hals umdrehen – hoffentlich niemandem, der anwesend war.

»Michael Fulton«, knurrte die junge Lady. »Ich wusste doch, dass man ihm nicht vertrauen kann.«

Sophie schlug das Herz bis zum Hals. Im kalten Licht des neuen Tages hatte Mr. Fulton seinen Antrag also noch einmal überdacht und beschlossen, Phoebe eher zu entehren als zu ehelichen. Er war noch immer frei … frei für Sophie … eines Tages …

»Er ist weggelaufen!«, rief sie fröhlich.

»Ja, das ist er«, bestätigte die junge Lady. »Und zwar mit deiner Gouvernante, Miss Garnett …«

Seltsame Träume

Man nennt Oxford die Stadt der träumenden Türme, weil ihre Skyline aus lauter Fialen und Kirchturmdächern besteht. Die Stadt ist verführerisch, besonders, wenn man jung ist und hierherzieht, um an einem der alten Colleges der Universität zu studieren. Dann eröffnet sich einem eine völlig neue Welt. Man ist von den Schönen und den Brillanten umgeben. Nichts, gleich wo, kann jemals mit dieser goldenen Zeit konkurrieren.

Ich bin einer von denen, die im Alter von neunzehn Jahren mit Wissensdurst und einer Kiste voller Bücher nach Oxford gekommen und nie wieder fortgegangen sind. Von uns gibt es viele; wir bleiben in der Stadt, obwohl die Studentenzeit vorüber ist, und reden uns ein, dass wir, solange wir hier leben, auf irgendeine Weise für immer jung sein werden. Leider bin ich nicht mehr jung. Ich bin pensionierter Bibliothekar der Bodleian Library, der Hauptbibliothek der Universität Oxford, wo ich für die Inkunabeln zuständig war.

Die Bodleian liegt am unteren Ende der Broad Street (von den Einheimischen nur »The Broad« genannt). Wenn Sie das Sheldonian Theatre mit seinem Halbkreis aus antiken Steinbüsten auf ihren Plinthen passieren, entdecken Sie einen gewaltigen Torbogen am oberen Ende einer Treppe. Durchqueren Sie ihn, und Sie finden sich von der Architektur der ehrwürdigen Bibliothek aus dem späten fünfzehnten Jahrhundert umgeben. Kein übler Ort, um dort den Großteil seines Lebens zu verbringen.

Im Laufe der Jahre habe ich unzählige junge Leute gesehen, die die Bibliothek aufsuchten. Manchmal kehrten sie Jahre später zurück, um zu forschen. Sie sahen dann älter aus und waren, je nachdem, auch dicker oder kahler geworden, aber im Wesentlichen hatten sie sich nicht verändert. Oxford prägt einem seinen Stempel auf wie ein Silberschmied seiner Arbeit. Er bleibt für immer. Außerdem habe ich ein gutes Gedächtnis für Gesichter.

An einem besonders schönen Sonntag war es, dass ich einem solchen Gesicht aus der Vergangenheit begegnete. Allerdings geschah es nicht in der Bibliothek, denn sie hat sonntags geschlossen.

Ich war die Broad entlanggeschlendert, am Bibliothekseingang vorbei, und nach rechts in die Catte Street abgebogen. Als ich den Kopf nach links drehte, konnte ich die Bridge of Sighs sehen, einen Überweg, der sich zwischen zwei Gebäuden über eine schmale Nebenstraße wölbt. Einige Schritte weiter, und ich überquerte die Kopfsteine des Radcliffe Camera Square.

Die »Camera« ist eine barocke Rotunde im Zentrum des Platzes und fungiert als Teil der Bibliothek. Südlich des Platzes liegt die mittelalterliche Universitätskirche St. Mary the Virgin. Sie war mein erster Anlaufpunkt, denn an der Seite der Kirche mit Blick auf den Platz befindet sich das Convocation Café. Ich freute mich auf eine Tasse Kaffee und ein Stück von der wahrhaft köstlichen Schokoladencremetorte.

Danach ging ich in das Gotteshaus. Ich mag seine einzigartigen Gedenktafeln, und obwohl ich zwar gehört habe, dass man von der Spitze des Turmes eine schöne Aussicht über Oxford genießt, bin ich nicht schwindelfrei. Am ersten Sonntag jeden Monats (mit Ausnahme von Januar und August) borgt sich die Deutsche Evangelische Kirchengemeinde Oxford die Kirche und hält um vier Uhr nachmittags einen Gottesdienst ab.

Ich verließ St. Mary durch die Südtür und trat auf die High

Street hinaus. Hier wandte ich mich nach links und ging in Richtung Magdalen College, das zur Linken am unteren Ende der High liegt.

Als ich dort ankam, überlegte ich, was ich als Nächstes tun sollte. Vor mir befand sich die Magdalen Bridge, die den Cherwell überspannt, einen der beiden Flüsse Oxfords. Der andere Fluss ist die Themse, der in Oxford Isis heißt. Ich überquerte die Straße in der ursprünglichen Absicht, den Botanischen Garten der Universität zu besuchen, der auf der anderen Seite liegt. Doch aus einer Laune heraus bog ich unmittelbar vor dem Garten in die Rose Lane ein.

Die Rose Lane ist eine kurze Straße. Zur Linken befindet sich die Mauer des Botanischen Gartens, und am Ende versperrt ein eisernes Tor den Weg. Durchqueren Sie den Fußgängereingang an der Seite des Tores, und Sie werden kaum glauben, dass Sie mitten in einer belebten Stadt sind. Hier befinden sich die Spielfelder, das offene Grasland und die Baumalleen auf dem Gelände des Christ Church College. Der ferne Verkehrslärm wird gedämpft und ist bald vergessen. Umgehen Sie den Botanischen Garten auf der Rückseite, sodass er immer links von Ihnen bleibt, und Sie gelangen zu einem hübschen schattigen Weg, der am Ufer des Cherwell entlangführt.

Dort fand ich mich wieder. Kaum ein Mensch war zu sehen. Das Wasser floss an mir vorüber, von immer wieder anderen Mustern aus Licht und Schatten gefleckt. Überall herrschten Ruhe, Frieden und Erholung für das Auge. Hin und wieder fuhr ein *punt* stromabwärts vorbei, ein langer, schmaler Stechkahn mit flachem Boden, der mit einer Stake nach dem gleichen Prinzip wie die venezianische Gondel angetrieben wird. Die Boote liegen unterhalb der Magdalen Bridge vertäut und können dort geliehen werden.

Ich hatte einen Punkt am Ufer erreicht, der dem Gelände des St. Hilda's College (einem College für Frauen) auf der anderen

Seite gegenüberliegt. Dort gibt es eine Fähre, die man selbst bedienen muss, in Form eines Kahns mit flachem Boden.

Starke Kabel an einem Flaschenzug laufen von einem Ufer zum anderen über den Fluss. Mit ihrer Hilfe soll man sich hinüberziehen. Ein Schild teilt mit, dass die Fähre privat sei, aber in Wirklichkeit ist das System nicht mehr in Gebrauch, und der Fährkahn ist angekettet. Sanft wiegte er sich am anderen Ufer an seiner belaubten Verankerung auf den Wellen.

Zu meiner Überraschung hörte ich mit einem Mal eine hübsche Tenorstimme, die sich, wie es schien, den Fluss hinunter mir näherte. Und tatsächlich, dort kam ein Kahn, angetrieben von einem jungen Mann. Eine junge Frau saß im Bug, und er hielt ihr ein Ständchen, eine altmodische Ballade. Er hatte nicht nur eine gute Stimme, er wusste auch mit der Stake umzugehen und konnte gleichzeitig singen, gestikulieren, das Boot antreiben und die Balance wahren. Die junge Frau, muss ich sagen, schien seine Kunst gar nicht zu schätzen, sondern flehte ihn rot vor Verlegenheit an, doch bitte aufzuhören.

Mich interessierte, wie sie das Hindernis überwinden würden, das die Fährenkabel darstellten. Der junge Mann brach seinen Gesang ab, kauerte sich nieder, zog die Stake im Wasser hinterher, und mit viel Gelächter quetschten sie sich unter den Kabeln hindurch. Der junge Mann stellte sich wieder aufrecht ins Heck und setzte den schmalen Kahn mit einem starken Stoß erneut in Bewegung. Bald waren sie unterwegs und verschwanden hinter der Biegung aus der Sicht.

Von der kleinen Komödie gebannt, hatte ich auf nichts anderes geachtet. Als ich nun aufblickte, bemerkte ich, dass ich nicht allein war. Unter den Bäumen, ein kleines Stück entfernt, stand ein Mann Ende dreißig, glatt rasiert und in Freizeitkleidung. Wie ich hatte er das Pärchen auf dem Kahn beobachtet. Keiner von uns hatte bis zu diesem Moment den anderen bemerkt. Nun starrten wir einander an.

Er wandte sich rasch ab, als wollte er davongehen, aber in diesem Augenblick erinnerte ich mich an ihn und rief: »Wilson, nicht wahr?«

Widerstrebend drehte er sich zu mir um und trat einige Schritt auf mich zu.

»Ja«, sagte er misstrauisch. Er hatte die Stirn gerunzelt, doch dann verschwand der finstere Ausdruck, und er rief aus: »Was denn, das ist ja Mr. Carter vom Bodleian.«

»Nicht mehr«, sagte ich. »Ich bin pensioniert, ein Gentleman des Müßiggangs. Und Sie? Was führt Sie wieder nach Oxford? Oder wohnen Sie hier?«

Ich glaubte nicht, dass er in der Stadt wohnte. Ich hatte ihn hier noch nie gesehen. Das Zentrum Oxfords ist klein und belebt, und früher oder später läuft man jedem Bekannten, den man in der Stadt hat, über den Weg. Während ich fragte, kamen mir weitere Einzelheiten ins Gedächtnis. Wilson war ein ausgezeichneter Student gewesen. Allerdings hatte es einen Skandal gegeben, und er hatte die Universität verlassen, ohne seine Abschlussprüfungen abgelegt zu haben. Wirklich eine große Schande. Er war ein gut aussehender junger Mann gewesen, doch nun hing die Linie seines Kiefers bereits durch; er trug zu viel Gewicht mit sich herum. Ich vermutete, dass er dem Bier stärker zugeneigt war, als gut für ihn sein konnte.

»Ich wohne nicht hier«, beantwortete er meine Frage. »Ich bin zu Besuch.«

Ein verlegenes Schweigen setzte ein. Ich konnte ihn nicht nach dem Grund fragen, wenn er ihn mir nicht nennen wollte. Ich nahm an, dass er nun weitergehen würde, nachdem wir einander begrüßt hatten. Doch er blieb, wo er war, und stierte über den Cherwell auf den angeketteten Fährkahn.

»Sehen Sie den alten Kahn?«, fragte er plötzlich. »Dort haben Frank und ich die Leiche versteckt.«

»Leiche?«, fragte ich vorsichtig. Ich war erschrocken, aber auch verdutzt. Wenn jemand jemals eine Leiche im alten Fährkahn entdeckt hätte, müsste ich mich daran erinnern, da war ich mir ganz sicher.

Er schüttelte den Kopf. »Keine echte Leiche, nur eine Puppe. Ein Streich war es. Frank war ein Kommilitone von mir am Magdalen College. Er kannte ein Mädchen, das am St. Hilda's studierte.« Mit einem Nicken wies er auf die Bäume, die das andere Ufer säumten, und das Collegegelände hinter ihnen.

»Sie wollten dem Mädchen einen Schrecken einjagen?«, erriet ich.

»Ganz genau. Nicht besonders nett, aber ich glaube kaum, dass wir besonders nette junge Kerle gewesen sind. Das Semester ging dem Ende zu, und wir feierten alle. Frank verabredete sich mit dem Mädchen und einer ihrer Freundinnen um Mitternacht an der alten Fähre. Die Mädchen kamen zu dieser Nachtzeit nicht mehr von ihrem Collegegelände, aber das Flussufer gehörte ja dazu. Wir wollten die ganze Nacht vom Magdalen wegbleiben und uns am Morgen wieder hineinschleichen. Wir planten, unter der Brücke einen Kahn zu stehlen und damit den Fluss hinunter zu unserem Rendezvous zu fahren. Zwei Flaschen Champagner wollten wir mitbringen. Ich habe vergessen, was sie beisteuern wollten.«

»Und die Leichenpuppe?«

Er grinste, und für einen Moment sah er aus wie der junge Mann in meiner Erinnerung. »Wir machten sie aus ein paar Kissen und zogen ihr alte Sachen an. Ihr Kopf war ein weißer Luftballon mit einem aufgemalten Gesicht. Schon bei Tageslicht wirkte sie ziemlich gruselig. Bei Nacht, während wir den Fluss mit ihr als Passagier hinunterfuhren, leuchtete der weiße Ballon im Mondschein, und sie sah richtig furchteinflößend aus.

Wir kamen früher als verabredet an den Treffpunkt, zogen

das Boot an Land, legten unseren toten Freund in den alten Fährkahn und versteckten uns zwischen den Bäumen.«

Er hielt inne. Mir war es nicht aufgefallen, aber wir hatten den Rückweg angetreten, während Wilson seine Geschichte erzählte. Nun erreichten wir die freie Fläche, an welcher der Uferweg begann.

»In welche Richtung?«, fragte er mich.

Ich schlug vor, wir könnten den Rasen überqueren und uns Merton College und dem Stadtzentrum nähern.

Wir machten uns wieder auf den Weg, und Wilson setzte seine Erzählung fort.

»Von Anfang an lief alles schief. Das Mädchen kam zu spät, und sie kam allein. Später fanden wir heraus, dass die andere beschlossen hatte, sich im Dunkeln zu fürchten. Und das war klug von ihr. Wären wir alle so vernünftig gewesen, im Dunkeln Angst zu empfinden, wäre nichts von alledem geschehen.

Endlich sahen wir den Schein einer Taschenlampe. Das Mädchen eilte durch das Unterholz ans Ufer und rief dabei nach Frank. Sie klang nervös, die Arme. Wir Mistkerle warteten. Ich muss dazusagen, dass wir mittlerweile eine Flasche Champagner allein getrunken hatten.

Sie näherte sich dem alten Fährkahn. Ihr Taschenlampenstrahl zuckte vor ihr hin und her. Mit einem Mal stieß sie einen furchtbaren Schrei aus.

›Sie hat sie gesehen‹, flüsterte Frank und lachte leise.

Aber mir tat das Mädchen plötzlich leid, und ich bedauerte auch, dass ich mich an der Posse beteiligt hatte. Ich stand auf und rief: ›Hier drüben sind wir!‹ Wir gingen beide zu ihr. Ich rief ihr zu, dass sie sich vor nichts zu fürchten brauche. Wir hätten ihr nur einen dummen Streich gespielt.

›Einen Streich?‹, schrie sie. ›Ihr habt ihn umgebracht, um mir einen *Streich* zu spielen?‹ Sie drehte sich um und rannte davon, geschwind wie der Wind, brach durch Dorngestrüpp, gelangte kreischend auf das Collegegelände und war verschwunden. Ich rief ihr hinterher, dass es nur eine Puppe sei. Aber sie war zu weit entfernt, um uns noch zu verstehen, und ohnehin nicht geneigt zuzuhören.

›Na los!‹, drängte Frank. ›Wir müssen sie einholen. Wenn sie überall erzählt, wir hätten jemanden umgebracht und die Leiche im alten Fährkahn versteckt, haben wir das halbe College am Hals, ganz zu schweigen von der Polizei.‹

Daher rannten wir ihr nach, aber als der dunkle Umriss des St. Hilda's College sich vor den mitternachtsblauen Himmel schob, ergriff ich Frank am Arm und veranlasste ihn, stehen zu bleiben. Ich wies darauf hin, dass wir sie nicht einholen könnten. Sie hatte das College schon beinahe erreicht. Und falls wir gesehen wurden, wie wir eine schreiende Studentin mitten in der Nacht über den Rasen verfolgten, würde man uns weiß Gott sehr üble Absichten unterstellen. ›Schlimm genug, wenn man uns Mord vorwirft‹, sagte ich, ›doch wenn auch noch versuchte Vergewaltigung hinzukommt …‹

Wir machten kehrt und gingen zu unserem Kahn zurück. Ich hörte, wie das Wasser gegen den Rumpf schlug. Zweige knackten unter unseren Schuhsohlen. Die Uhr von Magdalen schlug in der Ferne eins. Ich stieß mit dem Fuß gegen etwas Großes, Weiches, Schweres. Was es war, wusste ich nicht, aber ich schwöre Ihnen, Mr. Carter, mir gefror das Blut in den Adern. Ich bat Frank, mit der Taschenlampe auf den Boden zu leuchten. Er gehorchte, und wir sahen sie beide. Am Wasserrand lag noch eine Leiche im Unterholz, und diese war echt.

Wir forderten uns gegenseitig auf, nicht in Panik zu geraten, und versuchten zu ergründen, was geschehen war. Der Tote war ein alter Landstreicher in einem schmutzigen Regenmantel, den er um die Körpermitte mit einer Schnur zusammengebunden hatte. Haare und Bart waren lang, grau und verfilzt. Die Leichenstarre hatte eine entsetzliche Fratze auf seinem Gesicht eingefroren, aber wir entdeckten keine Spur von Gewalt. Er schien sich einfach hingelegt zu haben und gestorben zu sein. Wie er dorthin gekommen war, weiß der Himmel. Diese Leiche hatte das arme Mädchen gesehen, und es verwundert nicht, dass sie so abgestoßen war und davonlief, als ich ihr versicherte, es sei ein Streich gewesen.

Frank sagte, er würde nicht darauf warten, dass der Pedell von St. Hilda's kam und uns mit einer echten Leiche erwischte. Er schlug vor, unsere Puppe mit Steinen zu beschweren, sie in den Fluss zu werfen, zur Magdalen Bridge zurückzufahren, den gestohlenen Kahn wieder festzubinden und uns im College in Sicherheit zu bringen. Besser, der Pedell von Magdalen ertappte uns dabei, wie wir uns hineinschlichen, als dass wir mit einer Leiche aufgegriffen wurden.

Ich erwiderte, er sei verrückt. Im Gegenteil, wir müssten die Puppe behalten, damit wir unsere Geschichte beweisen könnten. Wir mussten sie dort lassen, wo sie sei, im Fährkahn.

Aber Frank war anderer Meinung. Trunken stritten wir uns. Die Zeit wurde knapp. Bald würde das Mädchen mit anderen Leuten zurückkehren. Da hatte Frank eine Idee. Sie war einfach. Wir würden den alten Landstreicher in unser Boot legen, die Puppe aus dem Fährkahn holen und dort deponieren, wo der Tote gewesen war. Dann würden wir mit unserer grausigen Fracht stromabwärts fahren und die Leiche des Landstreichers über Bord werfen.

›Verstehst du‹, sagte Frank, ›wenn das Mädchen mit Verstärkung zurückkehrt, finden sie nur die Puppe. Sie wird zugeben müssen, dass sie im Dunkeln etwas anderes zu sehen vermutet hat. Komm schon, sie wird selbst daran glauben, wenn sie die Puppe erst gesehen hat. Kein toter Landstreicher. Wir sind dann längst fort. Ende gut, alles gut.‹

Und leider muss ich sagen, dass wir genau das taten. Wir brachten die Puppe ans Ufer. Dabei platzte der Ballon, und wir mussten eine kopflose Gestalt neben dem toten Landstreicher ablegen. Wir nahmen den alten Mann an Bord. Mir fiel es schwer. Ich hatte noch nie einen toten Menschen gesehen, geschweige denn berührt, und ich hatte entsetzliche Angst. Er war sehr schwer und roch schlecht. Ich merkte, wie mir Übelkeit in die Kehle stieg, und schluckte sie hinunter. Wir legten ihn ins Boot, fuhren stromabwärts und warfen ihn hinaus, nachdem wir ihm die leere Sektflasche in die Manteltasche gesteckt hatten. Das war auch Franks Idee. ›Sie werden annehmen, er wäre betrunken ins Wasser gefallen.‹

Ich wies ihn darauf hin, dass obdachlose Landstreicher in der Regel keinen Champagner tranken. Frank antwortete, wir müssten gar nicht erklären, wie er an die Flasche gekommen sei. ›Vielleicht hat er sie gestohlen‹, meinte er.

Wir kehrten zu der Anlegestelle an der Magdalen Bridge zurück und vertäuten den geliehenen Stechkahn. Dann schlichen wir zum College. Am Tor musste ich mich zum Zorn des Pedells heftig erbrechen. Wir wussten, dass wir am Morgen großen Ärger mit der Collegeleitung bekommen würden, aber das war unsere geringste Sorge. Frank bestand natürlich darauf, dass wir uns gar keine Sorgen mehr zu machen brauchten. Er war immer ein Optimist.«

Wilson verstummte nun. »Also?«, fragte ich ungeduldig. »Was geschah dann?«

»Oh«, sagte er. »Das Mädchen kehrte mit dem Nachtpedell von St. Hildas's zurück, und sie fanden die Puppe. Sie akzeptierte, sich geirrt zu haben. Die echte Leiche, die des Landstreichers, wurde zwei Tage später aus dem Fluss gezogen. Sie war jedoch weit stromabwärts getrieben, bis zur Mündung des Cherwell in die Isis. Daher wurde der Tote in der Isis gefunden, und niemand brachte die beiden Vorfälle miteinander in Verbindung. Immerhin handelte es sich nur um einen alten Landstreicher. Man beschied, dass er betrunken in den Fluss gefallen sein musste. Niemand kümmerte sich besonders um den Fall.

Frank und ich gerieten in große Schwierigkeiten, weil wir das College nachts verlassen, dem Mädchen von St. Hilda's den Streich gespielt, dazu nachts das Gelände von St. Hilda's betreten hatten und betrunken zum College zurückgekehrt waren, Sie können es sich denken. Wir hatten Angst, wir könnten einen Verweis erhalten …«

Er meinte damit den vorübergehenden Verlust der Unterbringung an der Universität, eine gängige Bestrafung.

»Aber am Ende kam es nicht so schlimm, wir hatten wohl Glück gehabt. Das galt zumindest für Frank. Er schien die Eskapade hinter sich lassen zu können.

Ich vermochte den Geruch des alten Mannes nicht zu vergessen, das Gewicht seines Körpers, die verfilzten Haare, den offenen Mund und die starren Augen. Ich zermarterte mir den Kopf, wie schlecht das Leben den armen alten Kerl behandelt hatte. Und wie hatten wir ihn im Tod behandelt? Noch schlimmer. Wir hatten gegen jedes alte Gebot verstoßen, mit den Toten respektvoll umzugehen (ganz zu schweigen davon, dass wir unseren Fund nicht der Polizei gemeldet hatten). Ich wurde krank und erlitt einen Zusammenbruch. Ich verließ das College und kehrte nie wieder zurück.«

Manchmal ist es so mit den brillanten Geistern. Der Verstand wankt auf Messers Schneide. Schock oder Stress können ihn leicht aus dem Gleichgewicht bringen. Ich sagte zu Wilson, dass mir das sehr leidtue, und es war mein voller Ernst.

Er zuckte mit den Schultern. »Dieser junge Kerl in dem Kahn vorhin, der seinem Mädchen ein Ständchen hielt, er wird bessere Erinnerungen an seine Zeit hier haben als ich. Das hoffe ich wenigstens für ihn.«

Danach verabschiedeten wir uns voneinander. Während ich davonging, überlegte ich, dass Oxford in der Tat die Stadt der träumenden Türme sei. Aber nicht alle Träume waren froh.

Eine Frage des Vertrauens

1.

Sagen Sie mir«, knurrte die wütende junge Frau. »Befriedigt Sie das Töten irgendwie?«

Emma schaute sie verwirrt an. Trotz Vorbehalten hatte sie zugestimmt, sich von einem Vertreter der Lokalpresse interviewen zu lassen. Dabei war es vor allem der Homestory-Teil, der ihr Sorgen bereitet hatte.

Oder wie sie es Matt, ihrem Mann, erklärt hatte: »Ich bin es gewohnt, interviewt zu werden. Ich bin Schriftstellerin. Das ist Teil des Jobs. Andererseits schätze ich auch mein Privatleben – *unser* Privatleben. Aber wie auch immer«, hatte sie hinzugefügt, »im Haus sieht es ein wenig chaotisch aus.«

»In jedem Fall könnte die Publicity dir nicht schaden, oder?«, hatte Matt erwidert. »Die Leser wären vermutlich sehr interessiert daran zu erfahren, warum eine bekannte Krimiautorin plötzlich in ihrer Mitte lebt.«

Schließlich hatte Emma nachgegeben, und jetzt saß die Reporterin auf Emmas Sofa, in der Hand Stift und Notizbuch, und sie wartete. Emma dachte über die Frage nach.

»Nein«, antwortete sie schließlich. »Nicht wirklich. Immerhin ist es ja nur ein Buch.«

Doch so leicht ließ die junge Frau nicht locker. Voller Eifer beugte sie sich vor. »Verwenden Sie je echte Menschen als Vorlage in Ihren Büchern? Ich meine, wenn ich an Ihrer Stelle wäre, dann wäre ich stark versucht, es ein paar echten Leuten heimzuzahlen … Sie wissen schon, was ich meine.«

»Nun, Sie sind aber nicht an meiner Stelle«, erwiderte Emma gereizt. »Nein, ich habe nie einen echten Menschen als Figur in einem meiner Bücher eingesetzt. Ein Buch, ein Roman, ist reine Fiktion. Da gehören keine echten Menschen rein.«

Die Interviewerin kritzelte irgendetwas. Emma musterte sie. Das Mädchen war acht, neun Jahre jünger als sie, also ungefähr zwanzig. Offenbar hielt die Zeitung Emma nicht für wichtig genug, um ihr einen erfahrenen Reporter zu schicken. Sie hatte nur den Welpen bekommen. Das Wissen, dass diese junge Frau an ihr lernte, tröstete Emma auch nicht. Sie hatte seltsam gefärbtes, stacheliges Haar, eine Art Orangerot. Ein Ohr war von oben bis unten mit Steckern verziert, und sie trug einen kurzen Rock, darunter eine schwarze Strumpfhose, ein scharlachrotes, ärmelloses Sweatshirt und Schnürstiefel. Auf einem ihrer nackten Oberarme war eine kleine Rose tätowiert. Ihre Lederjacke lag noch immer dort, wo sie sie hingeworfen hatte: auf dem Teppich, neben ihrer Tasche. Ihr Name war Polly Owen. Und der Name passte zu ihr, denn sie erinnerte Emma an Polly, den kunterbunten Papagei aus einer bekannten Zeichentrickserie.

Emma verglich ihr eigenes Outfit damit. Sie trug eine neue Jeans (passend zum Anlass), ein altes Hemd ihres Neffen Damian und eine bunte Weste, die sie in einem Secondhandshop gekauft hatte. Sie war davon ausgegangen, dass ihr das etwas Künstlerisches verlieh, passend für eine Schriftstellerin. Aber vielleicht war das auch ein wenig altmodisch. Was würde Matt wohl sagen, wenn sie sich das Ohr wie Polly piercen lassen würde?

»Hat das wehgetan?«, hörte sie sich selbst fragen.

Überrascht hob Polly den Blick. »Hat was wehgetan?«

»Tut mir leid. Ich habe nur laut gedacht. Ich habe mir Ihr

Ohr angeschaut. Ich habe zwar auch Ohrringe, aber nur je ein Loch pro Ohr.«

Polly strich über die Stecker. »Ja, es hat ein bisschen wehgetan, als es immer höher ging.«

Emma kam zu dem Schluss, dass sie ein Feigling war. Außerdem würde Matt das ohnehin nicht gefallen.

»Mit einem Polizisten verheiratet zu sein ist sicher sehr hilfreich«, sagte Polly. »Zumal mit einem Detective.«

»Nicht wirklich«, erwiderte Emma ein wenig schärfer, als sie beabsichtigt hatte. Deshalb fügte sie auch rasch hinzu: »Aber natürlich kann ich ihn jederzeit fragen, ob es okay ist, wenn mein Detective dies oder jenes im Buch tut, ob die Vorgehensweise korrekt ist. Meist sagt Matt dann auch, nein, das stimme nicht, aber ich lasse es meinen Detective trotzdem tun.«

Matt wusste zwar die Erfolge seiner Frau in der Literatur zu schätzen, doch ihm missfielen generell all die fiktionalen Detectives und ihre Abenteuer.

»Außerdem«, fügte Emma brüsk hinzu, »war ich schon Schriftstellerin, *bevor* ich meinen Mann kennengelernt habe.«

Es ärgerte sie, dass Leute, die vor ihrer Ehe ganz selbstverständlich davon ausgegangen waren, dass sie ohne jede Hilfe etwas erschaffen konnte, nun automatisch annahmen, dass Matt ihr half. Sie rechnete es ihm jedoch hoch an, dass er dem eisern widersprach. Tatsächlich rief allein schon der Gedanke Entsetzen in ihm wach.

»Was würden sie wohl auf dem Revier sagen, wenn bekannt werden würde, dass ich irgendwas mit deinen Büchern zu tun habe? Ich meine, das wäre einfach nur peinlich.«

Emma war hin- und hergerissen zwischen »Das ist aber nicht sehr höflich« und »Da hätten sie auch recht!«.

Sie und Matt waren inzwischen etwas länger als ein Jahr miteinander verheiratet und hatten herausgefunden, dass es verdammt hart war, zwei Karrieren zugleich zu verfolgen … besonders, wenn wie in Emmas Fall – laut Matt – ihre Bücher eine vollkommen falsche Vorstellung davon vermittelten, womit er seinen Lebensunterhalt verdiente.

»Die Leute glauben, ich wäre genau wie *er!*«, protestierte Matt regelmäßig.

»Er« war Felix Watts, Emmas erfundener Schnüffler. Felix ermittelte schon seit vier Büchern mit immer größerem Erfolg, und eine wachsende Leserschaft war von seinem Lebensstil fasziniert. Er wohnte in einem umgebauten Schuppen zusammen mit einem Springer Spaniel mit Namen Bert und fuhr mit einem Oldtimer-Motorrad herum. Bert saß dabei im Beiwagen, und Felix reiste auch immer in fremde Klimazonen. Dann ließ er Bert bei seiner treuen Sekretärin Jemina. Außerdem war Felix knapp über eins neunzig groß, äußerst sportlich und Linkshänder.

»Warum?«, hatte Matt in Bezug auf Letzteres gefragt.

»Ich weiß nicht«, hatte Emma wahrheitsgemäß geantwortet. »Als ich ihn erfunden habe, wurde er ganz von selbst Linkshänder. Manchmal machen Charaktere so etwas.«

Aber wieder zurück zu Polly. So leicht würde sie nicht aufgeben. »Sie lassen sich nicht von seinen Fällen inspirieren?« Für Emma klang sie ein wenig wehmütig.

»Nein. Er diskutiert seine Arbeit nicht mit mir. Meine Ideen entstehen allein in meinem Kopf.«

Oh, nein. Das war ein Fehler. Jetzt wusste Emma, wie die nächste Frage lauten würde.

»Und wo bekommen Sie Ihre Ideen her?«

»Ach, von überall. Möchten Sie noch etwas Kaffee?«

»Nein, danke. Ich muss noch woandershin, und da bietet man mir mit Sicherheit auch etwas zu trinken an. Können Sie mir mal ein Beispiel nennen? Unsere Leser lieben solche Dinge.«

Emma dachte hektisch nach. »Ich habe einmal ein paar

Leute im Bus reden hören, und das hat mich zum Nachdenken gebracht. Es war etwas, das eine der Frauen gesagt hat.«

»Im … Bus …« Polly notierte sich das, schloss dann zum Glück ihr Notizbuch und ließ es zusammen mit dem Stift in ihrer riesigen Tasche verschwinden. »Ich denke, das sollte reichen«, sagte sie. »Der Fotograf kommt noch, um ein paar Bilder zu machen. Wahrscheinlich morgen früh. Ist das okay?« Sie ließ sich auf dem Sofa zurückfallen, streckte die Beine aus und schlug die Füße übereinander.

»Es muss auch morgens sein«, erwiderte Emma. »Nachmittags kommt nämlich mein Neffe, um seine Schulferien bei uns zu verbringen.«

Polly machte nicht die geringsten Anstalten zu gehen. Sie starrte Emma einfach nur an, als dächte sie nach.

Bitte, betete Emma, *lass sie keinen 600-Seiten-Roman geschrieben haben, den ich mir ansehen soll.* Ihr Blick wanderte zu Pollys Tasche. Könnte da ein dickes Manuskript drin sein?

»Manchmal geschehen komische Dinge, nicht wahr?«, bemerkte Polly.

»Ja, das stimmt. Das Leben ist voller Merkwürdigkeiten. Eine Schriftstellerin muss nie lange suchen, sondern einfach nur Augen und Ohren offen halten.«

»Journalisten müssen das auch, wenn sie nach einer Story suchen.« Polly kaute auf ihrer Unterlippe. »Aber manchmal sind die Dinge nicht so, wie sie zu sein scheinen, nicht wahr? Genau wie eine Journalistin muss eine Schriftstellerin alles überprüfen. Sie haben davon erzählt, wie sie Gespräche belauschen, aber was sie da hören, muss nicht unbedingt stimmen.«

Sie beugte sich vor. Emma hielt die Luft an.

»So glaubt zum Beispiel die alte Dame, die neben meinen Eltern lebt, dass jemand sie ermorden will.« Polly schaute Emma an und wartete auf eine Antwort.

»Ah«, sagte Emma. »Die Menschen bilden sich manchmal

etwas ein. Ihre Eltern werden einfach lernen müssen, damit zu leben. Ich nehme doch an, die alte Dame verdächtigt ihre Eltern, oder?«

»Oh, nein!« Entsetzt riss Polly die Augen auf. »Sie glaubt, der arme Jeremy sei der potenzielle Mörder, und das ist einfach lächerlich! Oder wenn es nicht gerade Jeremy ist, dann Guy oder Lucinda.«

Das klang schon jetzt viel zu kompliziert, als dass Emma mehr hätte hören wollen, doch es sprudelte nur so aus Polly heraus. Offensichtlich war sie fest entschlossen, ihre Story loszuwerden, bevor Emma sie unterbrechen konnte.

»Lassen Sie mich Ihnen das erklären. Die Frau ist in den Sechzigern ...«

»Das ist aber gar nicht mal so alt«, unterbrach Emma sie dann doch.

»Ja, da haben Sie wohl recht. Meine Mum ist dreiundvierzig.«

»Ja?«, brachte Emma hervor, um nicht entsetzt und verzweifelt zugleich zu klingen. Betrachtete dieser Jungspund sie etwa als alte Frau? Nur mühsam unterdrückte sie das Verlangen, zum nächsten Spiegel zu rennen und nach den ersten grauen Haaren zu suchen.

»Ihr Name«, fuhr Polly fort, ohne die Verzweiflung zu bemerken, die ihre Gastgeberin erfasst hatte, »ist Mrs. Myra Carter. Ihr Mann war furchtbar reich. Ich meine, Sie wissen schon ... megareich. Er hat förmlich in Geld geschwommen. Ihr Haus ist verdammt groß. Dagegen wirkt das Haus meiner Eltern geradezu winzig. Sie lebt ganz allein da drin. Nur eine Putzfrau kommt täglich vorbei. Also für mich«, sagte Polly mit der Arroganz der Jugend, »ist das unmoralisch.«

»Ich nehme an, die Putzfrau denkt da anders. Immerhin hat sie so einen Job«, erwiderte Emma.

Polly korrigierte sich: »Ich meine, dass sie *sooo* reich und gleichzeitig *sooo* böse ist.«

»Böse?«

»Oh, ja! Und wie! Man sollte meinen, sie habe all das Geld selbst verdient, doch das war ihr Mann, Henry Carter. Guy, Lucinda und Jeremy sind ihre Neffen und ihre Nichte. Mrs. Carter hat keine eigenen Kinder. Da sollte man doch annehmen, sie würde den Kindern ihrer Schwägerin helfen wollen. Ihr Mann hat die drei geliebt. Ihr eigener Vater war hingegen ein echter Loser.«

»Wie alt sind sie denn?«, fragte Emma. »Sind Guy, Lucinda und …«

»Jeremy«, fügte Polly mit verdächtiger Atemlosigkeit hinzu. »Ihr Nachname ist Bryant. Lucinda ist die Älteste. Sie ist fünfundzwanzig und arbeitslos. Sie hatte mal einen Job. In der City. Und er war verdammt gut bezahlt. Aber die Firma ist pleitegegangen oder so. Guy wiederum ist vierundzwanzig. Er hat sein eigenes Unternehmen gegründet. Er ist Kopfjäger.«

»Wie in Borneo?« Emma konnte sich den kleinen Scherz nicht verkneifen.

»Nein, für Topjobs in der City … Oh … Ich verstehe … Das sollte ein Witz sein.« Polly schaute sie tadelnd an. »Tatsächlich ist das ganz und gar nicht lustig. Jeremy ist der Jüngste, und er hatte schon mehrere Jobs. Er will Trainer werden, doch das ist ein Business, in das man kaum reinkommt. Im Moment arbeitet er als Vertreter für eine Sportartikelfirma.«

»Und Myra Carter glaubt, einer der Bryants will ihr das Licht auspusten?«

»Ja. Als ob! Ich mag Lucinda und Guy nicht wirklich, aber sie sind wohl ganz in Ordnung. In jedem Fall würden sie nie jemanden umbringen. Und Jeremy …« Wieder war da dieser Hauch von Atemlosigkeit in Pollys Stimme. »Jeremy ist wirklich nett.« Sie wurde so rot wie ihr Sweatshirt. »Er bringt mir das Surfen bei. Unten in Newquay.«

»Dann lebt er dort in der Gegend?«

»Er hat ein winziges Fischer-Cottage, und das meine ich wörtlich.« Pollys Journalistenausbildung ließ sie das präzisieren. »Die ursprünglichen Bewohner müssen ziemlich klein gewesen sein. Die Decken sind unglaublich niedrig. Die anderen beiden wohnen in London.«

Polly war also schon in Jeremys Cottage gewesen. Emma ermahnte sich, dass nun der Punkt gekommen war, an dem sie ein paar gut gewählte Worte sprechen und diesem Thema eiskalt ein Ende machen sollte. Doch stattdessen fragte sie: »Warum glaubt Mrs. Carter denn, sie sei das Ziel eines Mordkomplotts?«

»Weil da so Sachen passiert sind. Aber dabei hat es sich entweder um echte Unfälle gehandelt, oder aber es ist passiert, weil sie irgendwas durcheinandergebracht hat. Wie zum Beispiel die Sache mit den Tabletten. Sie hat die falschen genommen. Sie dachte, es wären die richtigen, aber sie ist krank geworden, und wie sich herausgestellt hat, waren das Herztabletten, nur dass sie kein Problem mit ihrem Herzen hat. Sie hat behauptet, einer der drei hätte die richtigen Tabletten gegen die hier getauscht. Aber so war das nicht. Die Herztabletten waren schon alt. Sie gehörten Onkel Henry. Er hat sie einfach rumliegen lassen, obwohl man das mit Tabletten ja nicht machen soll. Sie müssen wissen, dass Myra ein wenig eitel ist. Sie mag es nicht, wenn die Leute sehen, wie sie Tabletten nimmt. Also holt sie sie aus den Packungen und steckt sie in Sachen wie alte Cremedosen. Kein Wunder, dass da alles durcheinandergeraten ist! Dann ist sie die Treppe hinuntergefallen und hat gesagt, jemand habe die Teppichauflage gelockert. Das war aber nicht so. Sie braucht einfach einen neuen Teppich, will jedoch nicht dafür bezahlen.«

»Und Sie«, sagte Emma, »wollen Jeremy von jedem Verdacht befreien.«

»Es ist nicht so, als wäre ich irgendwie verknallt in Jeremy oder so was«, log Polly ungeschickt. »Ich will nur, dass alles fair bleibt.«

»Und warum nennen Sie den verstorbenen Mr. Carter Onkel Henry? Er ist doch nicht Ihr Onkel. Ich denke, Jeremy hat Ihnen das alles erzählt, und Sie ergreifen einfach Partei für ihn.«

So! Felix Watts wäre wahrlich stolz auf Emmas Fähigkeiten als Ermittlerin!

»Selbst wenn dem so wäre«, erwiderte Polly. »Irgendjemand sollte sie davon abhalten, solche Dinge zu verbreiten. Das stimmt einfach nicht.«

»Schauen Sie, Polly … Ich glaube nicht, dass irgendjemand die Frau ernst nimmt. Es ist ja auch eine ziemlich wilde Geschichte. Das alles klingt, als wäre Mrs. Carter … nun ja … ein wenig exzentrisch.«

»Sie sind ihr nie begegnet«, erwiderte Polly niedergeschlagen. »Sie ist ausgesprochen energisch, und sie kennt eine Menge wichtiger Leute. Sie ist jemand, dem die Leute glauben, und das Schlimmste ist, sie hat Jeremy und seinen Geschwistern gesagt, dass sie zur Polizei gehen will. Ihr Mann ist doch Inspector, oder? Ich dachte, wenn Sie ihm erzählen, was ich Ihnen erzählt habe, dann würde die Polizei realisieren, dass sie alles falsch verstanden hat.«

Also darauf wollte Polly mit ihrer Story hinaus! Verärgert erwiderte Emma: »Wenn sie zur Polizei geht, dann wird die ihre Geschichte überprüfen und schnell herausfinden, dass sie Tablettenpackungen gegen alte Cremedosen tauscht.«

Polly senkte niedergeschlagen den Kopf.

Emma seufzte. »Wenn ich die Gelegenheit bekomme, werde ich das ihm gegenüber mal erwähnen.«

Emma hoffte, damit sei die Sache erledigt. Oben, in ihrem Arbeitszimmer, flackerte ein halb fertiges Kapitel auf dem Bildschirm und rief nach ihr. Trotz seiner weit reichenden Fähigkeiten war Felix Watts nicht in der Lage, auch nur eine Bewegung ohne seine Schöpferin zu machen.

Polly atmete tief durch. »Ich habe eigentlich gehofft, Sie könnten mehr tun, als es bloß Ihrem Mann gegenüber zu erwähnen. Ich habe gehofft, Sie würden mal mit Mrs. Carter reden. Sie schreiben doch über Mord. Auf Sie wird sie vielleicht hören, wenn Sie ihr sagen, das sei alles nur Einbildung.«

Emma war entsetzt. »Oh, nein! Das würde ich nie tun! Außerdem kenne ich sie doch gar nicht.«

Polly kramte in ihrer Tasche herum. »Ich habe hier die Adresse. Sie ist die Nachbarin meiner Eltern. Also habe ich gedacht, Sie könnten mal zu ihnen fahren und so vielleicht auch Mrs. C kennenlernen. Die Häuser liegen oben auf den Klippen in der Nähe von Rock. Sie sind nicht zu übersehen. Hier ist meine Visitenkarte. Sie können jederzeit eine Nachricht für mich in der Redaktion hinterlassen, und hinten habe ich meine Privatnummer draufgeschrieben. Ich werde meine Eltern anrufen und ihnen sagen, dass Sie vorbeikommen. Sie sind beide große Krimifans. Sie würden sich riesig freuen, Sie kennenzulernen. Rufen Sie mich bitte an, wenn Sie da waren. Ich würde gerne wissen, wie es gelaufen ist.«

»Polly«, begann Emma, »ich beabsichtige keinesfalls, mich persönlich in diese Angelegenheit einzumischen. Lassen Sie es mich so klar und deutlich wie möglich ausdrücken: Ich bin Vollzeitschriftstellerin. Morgen kommt ein junger Besucher für mindestens eine Woche, und am Montag erwarten wir den Klempner, denn unser Badezimmer soll endlich fertig werden. Sie haben ja gesehen, wie das aussieht«, fügte sie hinzu.

Zu Anfang ihres Besuchs war Polly mal oben gewesen und hatte genug Zeit gehabt, sich die Wände anzuschauen, wo man die originalen Fliesen bereits entfernt hatte. Auch der Boden war bis zum Estrich abgetragen. Die alte Wanne mit ihren Rostflecken stand zwar noch an ihrem Platz, doch da sie am Montag ausgetauscht werden sollte, hatte man die Verkleidung bereits entfernt. Dabei hatte man auch eine ganze Reihe von

Stromkabeln freigelegt sowie ein finsteres Loch im Boden hinterlassen.

Unglücklicherweise hatte der Klempner nur noch nächste Woche einen Termin frei gehabt, wenn auch Damian hier sein würde. Die Alternative wäre ein nicht näher definierter Termin irgendwann in ungewisser Zukunft gewesen. Und sobald der Klempner fertig war, würde der Fliesenleger kommen – zumindest, wenn alles nach Plan lief.

»Der Spatz in der Hand … Du weißt schon«, hatte Matt gesagt. »Lass sie ruhig Montag arbeiten. Du und Damian, ihr werdet schon zurechtkommen.«

»Aber dann wird das Wasser abgestellt.«

»Du wirst doch nicht im Haus rumhängen, oder? Mit Damian? Bei dem Lärm, den der Klempner verursacht, wirst du ohnehin nicht arbeiten können. Geh mit Damian doch mal einen Tag in die Stadt … oder zwei … höchstens.«

»Das ist doch nicht viel verlangt«, sagte Polly und schaute Emma vorwurfsvoll an wie ein Welpe, mit dem man nicht genug gespielt hatte. »Jeremy und ich, wir wären Ihnen wirklich außerordentlich dankbar.«

Derart grob wieder in die Gegenwart zurückgeholt, brachte Emma ein entschlossenes »Nein, Polly!« zustande. »Ich werde die Situation Matt gegenüber erwähnen, mehr aber nicht.«

Polly warf sich die Tasche über die Schulter. »Nun, vielleicht ändern Sie Ihre Meinung ja noch.« Sie lächelte Emma an und verschwand endlich.

Emma ging nach oben und versuchte, sich auf Felix Watts' neuesten Fall zu konzentrieren. Ältere Damen, die zu Verschwörungstheorien neigten, kamen nicht darin vor.

Matt King, Emmas Ehemann, war ein Detective Inspector, CID, bei der Polizei von Cornwall. Als er und Emma sich kennenlernten, war sein Revier noch in Devon gewesen. Vor Kurzem war er jedoch weiter nach Westen versetzt worden, nach Cornwall. Deshalb hatten sie auch dieses alte Haus in Wadebridge gekauft und renovierten es gerade.

»Wie ist es mit der Reporterin gelaufen?«, fragte Matt, als er an diesem Abend nach Hause kam.

»Ziemlich gut.« Emma zögerte. Sie hatte Polly versprochen, Matt von Mrs. Carter zu erzählen, doch Matt hatte einen langen Tag hinter sich. Das war nicht der richtige Augenblick dafür.

Matt hatte ihr Zögern jedoch bemerkt, und jetzt wartete er mit hochgezogenen Augenbrauen.

»Sie war sehr jung«, sagte Emma.

»Oh?« Da war ein schelmisches Funkeln in Matts Augen. »Mein Mädchen spürt wohl langsam das Alter.«

»In ihrer Gegenwart kam ich mir zumindest recht erwachsen vor.«

»Warte mal, was passiert, wenn Damian morgen kommt«, warnte Matt. »Dann werden wir beide uns wie alte Seemänner fühlen.«

Emma stocherte in dem Pilzrisotto herum, das auf dem Herd köchelte, und fragte: »Macht es dir auch nichts aus, dass Damian kommt?«

»Natürlich nicht!« Matt klang erstaunt. »Er ist ein toller Junge.«

»Dann ist es ja okay. Ich bin in diesem Land sein Vormund, solange meine Schwester und ihr Mann in Afrika sind.«

Emmas Schwester und ihr Mann waren beide Ärzte, und sie arbeiteten für eine internationale Hilfsorganisation.

Matt trat näher an sie heran. Seine Frau hatte ihr langes braunes Haar zu einem Knoten gebunden und ihn mit einer großen Klammer gesichert. Matt beugte sich vor und küsste sie in den Nacken, wo ein kleines Büschel Locken der Klammer entkommen war. Emma quiekte und wedelte mit dem Holzlöffel. »Das kitzelt!«

Als Antwort packte Matt sie am Handgelenk, was erneut ein Quieken provozierte und ein »Nicht beim Kochen!«.

»Okay, Mrs. King. Ich kann warten.« Hilfsbereit begann Matt, Käse zu reiben. »Schau mal. Du hattest Damian auch dabei, als ich dich kennengelernt habe. Ich weiß, dass du sein Vormund bist, und ich bin gerne sein Onkel. Okay?«

»Er mag dich«, sagte Emma. »Tatsächlich bist du so etwas wie ein Held für ihn.«

»Oh, Gott! Bloß nicht!« Matt klang besorgt. »Das ist ein wenig zu viel Verantwortung.«

»Er will auch Polizist werden. Ein Detective. Genau wie du.«

»Das macht mir nichts aus«, sagte Matt. »Solange er kein Detective wie Felix Watts werden will.«

Emma ignorierte das. »Ich wünschte, ich wüsste, was ich mit Damian die nächste Woche unternehmen soll. Er mag es nicht, einfach nur am Strand herumzuhängen.«

»Dir wird schon etwas einfallen«, erwiderte Matt.

Der Fotograf, den Polly versprochen hatte, kam am nächsten Morgen, an einem Freitag. Er machte Bilder von Emma im Garten, von Emma am Schreibtisch und von Emma in der Küche, wie sie Möhren schnippelte.

»Das ist ja ein altes Haus«, bemerkte er.

»Ja, wir renovieren es gerade.«

»Also, mir wäre das zu viel Arbeit«, sagte der Fotograf. »Ich mag so alte Häuser nicht. Ich will ein neues Haus mit allem Luxus, den man sich vorstellen kann.«

»Das ist auch in Ordnung«, erwiderte Emma höflich. »Wir hatten einfach nur Lust auf das hier.«

»Haben Sie auch schon die Abflüsse überprüfen lassen?«, fragte der Fotograf. »In alten Häusern sind die oft verstopft.«

»Wollen Sie noch mehr Bilder machen?« Dieser Typ wurde

allmählich lästig. Emma trommelte mit dem Gemüsemesser auf der Arbeitsplatte.

»Nein, ich habe alles, was ich brauche. Danke.« Und er ging.

Emma starrte auf den Haufen geschnittener Karotten und beschloss, eine Gemüsesuppe zu kochen. Sie selbst war Vegetarierin, Matt jedoch Fleischfresser, und Damian hatte sich bei seinem letzten Besuch ausschließlich von Hamburgern, Pizza und Wurstsandwiches ernährt. Der Speiseplan nächste Woche versprach, sehr kompliziert zu werden.

An diesem Nachmittag fuhr Emma nach Bodmin, um Damian abzuholen. Sein Internat bestand darauf, dass die Jungs in Uniform reisten. Für die Kleineren mochte das ja noch in Ordnung sein, doch Emma musste zugeben, dass Damian sich zu Recht beschwerte, dass auch die älteren Schüler sich derart gewandet in der Öffentlichkeit zeigen mussten.

Teenager waren sensible Wesen – zumindest, soweit es ihre eigenen Gefühle betraf. Die Gefühle anderer, so hatte Emma inzwischen gelernt, wurden hingegen meist ignoriert. In den letzten zwölf Monaten war Damian stark gewachsen, und er hatte sich von einem Jungen zu einem Jugendlichen entwickelt. Emma sah ihn auf dem Bahnsteig näher kommen. Er schleppte eine Reisetasche und einen Hartschalenkoffer hinter sich her. Die graue Flanellhose schlackerte um seine Beine, und seine Tweedjacke (wenigstens waren die älteren Schüler nicht zu einem Blazer verdammt) war zwar konservativ, aber stylisch geschnitten. Es war die Art von Jackett, wie sie abgesehen von älteren Internatsschülern heutzutage nur noch ehemalige Colonels und Landtierärzte anzogen. Dazu trug er auch seine Krawatte, doch er hatte den Knoten bis zur Brust hinuntergezogen, sodass die Krawatte eher einer Schlinge glich. Sein Gesicht war rot vor Anstrengung, Verlegenheit und Frust.

»Hallo!« Emma winkte, um Damians Aufmerksamkeit zu erregen. Damian sah sie sofort, strahlte und beschleunigte seine Schritte.

Emma ging ihm entgegen und erinnerte sich gerade noch rechtzeitig daran, ihn nur mit einem Tätscheln am Arm zu begrüßen. »Küss ihn bloß nicht in der Öffentlichkeit«, hatte Matt sie gewarnt. »Eine Tante von mir hat das immer gemacht. Wenn man vier ist, ist das ja noch okay, aber nicht mit vierzehn.«

»Schön, dich zu sehen«, sagte Emma. »Und? Gab es irgendwelche Probleme auf der Reise?«

»Abgesehen davon, dass ich mit meinen Sachen aussehe wie ein Flüchtling aus einem Fünfzigerjahrefilm, eigentlich nicht«, knurrte Damian zur Antwort. »Das ist das letzte, das definitiv letzte Mal, dass ich so verreise. Meinetwegen können sie mich ruhig rauswerfen. Das ist mir egal. Nächstes Mal ziehe ich diesen Schulscheiß schon in Paddington aus!«

»Mach dir deswegen keine Sorgen«, erwiderte Emma. »Ich bin sicher, das ist niemandem aufgefallen.«

»Das ist *allen* aufgefallen!«, heulte Damian, und einen Augenblick lang klang er wesentlich jünger, als ihm recht sein konnte. »In Paddington hat mich ein Haufen Kids ausgelacht. Sieh dir das doch nur mal an, Em. Dieses Outfit kann man wohl kaum als *cool* bezeichnen.«

Emma konnte der Versuchung nicht widerstehen, todernst zu erwidern: »Stimmt. Es sieht eher heiß aus.« Als sie das Entsetzen und die Verzweiflung auf Damians Gesicht sah, fügte sie rasch hinzu: »Ich will dich doch nur auf den Arm nehmen, Damian. Sobald wir zu Hause sind, kannst du dich umziehen und das Zeug für eine Woche vergessen.«

»Sie haben mich auch gezwungen, mir die Haare schneiden zu lassen«, fuhr Damian auf dem Weg zum Parkplatz fort. Seinem Tonfall zufolge war die Prozedur offensichtlich von der spanischen Inquisition durchgeführt worden.

»Es wird schon wieder wachsen«, tröstete Emma ihn.

»Ja, klar. Es wird ein wenig wachsen, bis die Schule wieder anfängt, und dann muss ich erneut zum Friseur!«

»Damian«, sagte Emma und versperrte ihm den Weg. »Willst du jetzt die ganze Woche vor dich hin grummeln, oder besteht noch die Chance, dass wir ein wenig Spaß haben?«

Damian besaß wenigstens den Anstand, beschämt dreinzuschauen. »Sorry, Em. Ich hätte dich nicht so anmaulen dürfen. Schließlich ist das nicht deine Schuld.« Sofort änderte er seinen Tonfall und fragte formell: »Wie geht es dir? Wie geht es Matt? Ich hoffe doch, es geht euch gut.«

»Uns geht es sogar sehr gut. Danke.« Emma fiel es schwer, ernst zu bleiben.

Damian vergaß die Etikette jedoch sofort wieder, und sein altes enthusiastisches Ich kam zum Vorschein, wie Emma es nannte. »Hat Matt im Moment ein paar gute Fälle? Du weißt schon … Goldraub? Mord?«

»Sorry, aber ich glaube nicht.«

Damian schaute enttäuscht drein. »Und wie sieht's in deinen Büchern aus? Knackt der alte – wie heißt er noch? – neue Fälle?«

»Du meinst Felix Watts«, sagte Emma und setzte sich wieder in Bewegung.

»Und fährt er noch immer mit seinem Hund im Beiwagen?«, hakte Damian nach. Sie stiegen in Emmas Auto und fuhren einen Hügel hinauf. Dabei röhrte der Motor, als wäre ein Hirsch unter der Motorhaube gefangen. »Du solltest dem armen Kerl endlich ein richtiges Auto gönnen.«

»Das kann ich nicht«, widersprach Emma ihm und schaltete durch die Gänge. »Ich habe ihm im ersten Buch ein Motorrad mit Beiwagen gegeben, und jetzt habe ich das genauso an der Backe wie er auch. Den Lesern würde es gar nicht gefallen, wenn ich irgendetwas an ihm ändere.«

»Ich will ja nicht unverschämt sein oder so«, sagte Damian, »aber dein Wagen hat auch schon bessere Zeiten gesehen.«

»Ja, das stimmt wohl. Aber solange ich das neueste Buch nicht fertig habe und ein wenig Geld damit verdiene, kann ich ihn nicht ersetzen. Jetzt müssen wir erst einmal ein neues Badezimmer bezahlen, und danach ist die Küche dran. Matt will eine Veranda mit Grillecke haben, und die alte Garage steht auch noch auf der Liste.«

»Das ist Pech«, bemitleidete Damian sie. »Hey, Em! Da winkt dir jemand!«

Emma schaute in die Richtung, in die er deutete, und zu ihrer Überraschung sah sie Polly, die ihr wild vom Bürgersteig aus zuwinkte. Emma bremste ab und blieb stehen.

Polly lief zu ihr und bückte sich neben das Beifahrerfenster, das Damian pflichtbewusst herabließ.

»Hallo! Das ist ja ein Glück. Ich habe einen Wagen gehört, den Kopf gedreht und Sie gesehen.«

Damian war wie erstarrt. Schließlich trug er nach wie vor seine Schuluniform, und Polly war ein junger Mensch. Außerdem saß er auch noch in einem Auto, das seine Präsenz über Meilen hinweg ankündigte. Langsam rutschte er in seinem Sitz tiefer, verschränkte die Arme vor der Brust und starrte durch die Windschutzscheibe. Am liebsten wäre er im Boden versunken.

»Ich will Sie nicht lange aufhalten«, sagte Polly atemlos. Heute trug sie eine königsblaue Fleecejacke über einem orangefarbenen Sweatshirt und schwarze Leggins. Mit ihrem stacheligen Haar erinnerte sie erneut an einen exotischen Vogel. »Ich wollte einfach nur mal fragen, ob Sie schon Gelegenheit hatten, es Ihrem Mann gegenüber zu erwähnen – Sie wissen schon, was.«

»Tut mir leid«, gab Emma schuldbewusst zu. »Noch nicht. Ich spreche Matt noch heute Abend darauf an. Okay?«

Zu ihrer Erleichterung schien Polly das zu befriedigen, und sie winkte ihnen zum Abschied.

»Wer war das?«, fragte Damian interessiert und richtete sich wieder auf.

»Eine Journalistin. Sie hat mich gestern interviewt. Sie möchte, dass ich Matt was erzähle.«

Damian wollte Emma offensichtlich fragen, worum es ging, aber er besann sich auf seine guten Manieren. Vermutlich würde er es später ohnehin herausfinden.

Inzwischen hatten sie eine Landstraße erreicht, und Emma und ihr Wagen erwachten zum Leben. Jetzt schnurrten sie über den Asphalt. Nur dann und wann klapperte mal etwas unter der Motorhaube. Emma kehrte wieder zu dem Thema zurück, über das sie vor Pollys Erscheinen gesprochen hatten.

»Am Montag kommt der Klempner, und dann wird für ein paar Tage das Wasser abgestellt. Anschließend erwarten wir den Fliesenleger. Für Matt ist das kein Problem. Er ist ja auf der Arbeit. Ich weiß allerdings nicht, was wir beide dann machen sollen.«

Doch als Matt an diesem Abend nach Hause kam, hatte er genau für dieses Problem eine Lösung parat.

»Cottage!«, verkündete er und warf einen Schlüsselbund auf den Tisch.

»Was für ein Cottage denn?«, fragte Emma.

»Und wo?«, ergänzte Damian.

»Bei Daymer Beach. Es liegt hübsch abgelegen und nur einen Steinwurf entfernt vom Meer und den Klippen. Es gehört einem Kollegen. Es ist sein Wochenendhaus, aber er leiht es uns für die nächste Woche, oder besser gesagt, euch. Ich habe ihm erzählt, dass Damian hier ist und dass der Klempner kommt, und er hat mir das sofort angeboten. Das ist wirklich sehr nett von ihm.«

»Du meinst, wir fahren alle? Du auch?«, fragte Emma. »Jemand muss doch hier sein und den Klempner reinlassen.«

»Das wäre dann ich. Ich kann mir keine Woche freinehmen, aber ein paar Tage halbtags arbeiten und ein Auge auf den

Klempner werfen. Ihr zwei könnt die ganze Woche fahren und euch amüsieren.«

»Klingt gut«, sagte Damian.

»Das ist wirklich nett von deinem Kollegen«, sagte Emma, »aber vom Klempner mal abgesehen, habe ich gehofft, ein paar Stunden am Buch arbeiten zu können, wenigstens abends.«

Matt stützte die Hände auf den Tisch und beugte sich vor. »Was habe ich dir noch mal zu Weihnachten geschenkt?«

»Den Laptop«, antwortete Emma verlegen.

»Und den hast du meines Wissens noch nicht allzu oft benutzt. Dabei war der Zweck des Ganzen, dass du die Abenteuer des alten Felix weiterspinnen kannst, egal wo du gerade bist.«

»Weißt du«, sagte Emma. »Ich wünschte, ich wüsste, was ihr beide, du und Damian, gegen meinen Schnüffler habt.«

»Also eigentlich«, erwiderte Damian, »ist es ganz cool, eine Tante zu haben, die Krimis schreibt.« Das gute, alte »cool« war wohl wieder einmal das Wort der Stunde, und Emma nahm an, dass sie es im Laufe der nächsten Woche noch oft hören würde.

»Nun ja«, sagte Matt. »Tatsächlich bin ich sehr stolz auf meine Frau.« Erstaunt ob dieses Geständnisses (und noch dazu vor einem Zeugen) lief Emma rot an, doch Matt fügte hinzu: »Aber ich will nicht, dass sie den Boden unter den Füßen verliert.«

»Das wird wohl kaum passieren«, erklärte Emma. »Nicht mit euch beiden in meiner Nähe.«

So kamen sie überein, dass Matt zurückbleiben würde, um den Klempner zu überwachen, und Emma und Damian würden in Emmas Klapperkiste zum Meer rumpeln … vorausgesetzt natürlich, das Ding gab auf dem Weg durch die Hügel nicht den Geist auf.

Dann erinnerte Damian sich daran, dass er in seinem Koffer noch Geschenke für Matt und Emma hatte. Er holte eine Tafel Schokolade für seine Tante heraus und Golfbälle für Matt.

»Spielst du überhaupt noch?«, fragte Damian nervös.

»Wenn ich die Gelegenheit dazu bekomme«, antwortete Matt und verzog gequält das Gesicht.

Damian fiel noch etwas anderes ein. »Em, diese Polly wollte doch, dass du Matt was erzählst.«

»Ah, ja …«, sagte Emma schuldbewusst. »Polly, das Mädchen, das mich gestern interviewt hat, macht sich Sorgen, weil die Tante ihres Freundes denkt, dass er – oder sein Bruder oder seine Schwester – versucht, sie umzubringen.«

»Warum? Was hat er denn gemacht?«, fragte Matt schlicht.

»Polly sagt, er habe gar nichts gemacht. Seine Tante hingegen beschreibt sie als ein wenig verrückt. Sie hat jedoch jede Menge Geld, will aber Jeremy nicht helfen – das ist Pollys Freund – und auch den anderen beiden nicht. Warum sollte sie auch? Ich meine, natürlich sollte sie keine bösartigen Gerüchte über sie verbreiten, aber …« Emma hielt kurz inne. »Polly sagt, die Tante habe angedroht, zur Polizei zu gehen. Polly wollte dich wissen lassen, dass du alles, was die Tante sagt, erst einmal hinterfragen solltest.« Emma erzählte Matt die Geschichte mit den vertauschten Tabletten.

»Diese Tante heißt nicht zufällig Mrs. Myra Carter, oder?«

Falls Matt eine Reaktion auf diese Frage erwartet hatte, dann war er jetzt mit Sicherheit mehr als zufrieden.

»Sie war bei dir!«, rief Emma.

»Nein, sie will Montagmorgen vorbeikommen. Danke für die Information, aber wenn du Polly noch einmal sehen solltest, dann sag ihr, dass wir durchaus in der Lage sind, uns um solche Dinge zu kümmern. Wir werden ihren Geliebten schon nicht ohne stichhaltige Beweise verhaften.«

»Das habe ich ihr auch gesagt«, erwiderte Emma.

»Nun, dann besteht ja auch kein Grund zur Sorge. Entspannt euch und genießt die Zeit im Cottage.«

»Daymer Beach«, sinnierte Emma. »Das liegt doch nicht weit entfernt von Rock, oder?«

Emma und Damian brachen am Montagmorgen auf, im selben Augenblick, als der Klempner vorfuhr.

»Ich sollte eigentlich ein schlechtes Gewissen haben, weil ich Matt allein lasse«, sagte Emma zu Damian. »Habe ich aber nicht. Schließlich kommt er auch ohne mich ganz gut zurecht.«

»Natürlich tut er das«, sagte Damian in derart sachlichem Ton, dass Emma sich fragte, ob er wirklich meinte, was er sagte.

»Zumindest, was den Klempner betrifft«, erwiderte Emma. »Und der Kühlschrank ist voll. Außerdem hofft er, morgen früher frei zu haben. Dann kann er zu uns fahren und die Nacht mit uns verbringen.«

Das Cottage lag versteckt am Ende eines Pfades, der von der Straße wegführte, die ihrerseits bis zum Strand reichte. Es war sehr klein und eine Mischung aus Stein und blau bemalten Schindeln. Das Innere war zwar winzig, doch es gab alles, was ein Besucher sich wünschen konnte. Unten befand sich eine offene Küche mit einem großen Herd. Dort stand auch eine Mikrowelle für den modernen Koch. Ein großer alter Tisch diente als Arbeitsplatte und Esstisch zugleich. Bequeme Sessel und ein Sofa waren um einen Fernseher gruppiert. Oben gab es zwei winzige Schlafzimmer unter dem Giebel. Das Badezimmer war ein Anbau unten, den man durch die Küche erreichen konnte.

»Toll«, sagte Damian und stapfte die Treppe hinauf, um auszupacken.

Vorsichtig legte Emma den Laptop auf den großen Tisch und sah sich um. Es war wirklich ein hübsches Haus. Der arme Matt. Er musste sein Leben zwischen einem wasserlosen Haus und seiner üblichen Plackerei auf dem Revier aufteilen. Vielleicht, dachte Emma, würde sein Freund ihnen das Cottage ja noch mal zur Verfügung stellen. Dann könnten sie und er hier ein romantisches Wochenende verbringen.

»Em«, sagte Damian und polterte wieder herunter. »Ich glaube, hier gibt es Fledermäuse.«

»Falls ja«, warnte Emma, »dann dürfen wir sie nicht stören. Fledermäuse stehen unter Naturschutz.«

»Sie könnten uns im Schlaf in den Hals beißen, und wenn wir dann aufwachen, sind wir verrückt.«

»Du denkst an Dracula«, sagte Emma. »Aber ich habe noch nie von Vampiren in Cornwall gehört.«

Emma steckte die Autoschlüssel in die Hosentasche und fand dabei ein Stück Papier. Sie holte es heraus. Es war die Notiz mit der Adresse von Myra Carter, die Polly ihr gegeben hatte.

»Oh«, sagte Emma und setzte sich. »Was haben wir denn da?«

»Was?«, fragte Damian neugierig. Er roch etwas Interessantes.

»Mrs. Carter wohnt nicht weit von hier, oben auf der Klippe in der Nähe von Rock. Außerdem«, fuhr sie fort, »ist es bei Ebbe ein netter Strandspaziergang dorthin. Bei Flut kann man natürlich auch über die Klippe oder die Dünen gehen. Ein Spaziergang würde uns guttun.«

»Vor allem ein Spaziergang zu dem Haus, wo die seltsamen Dinge passieren!«, rief Damian, und seine Augen leuchteten.

»Wir werden nicht herumschnüffeln«, murmelte Emma.

»Natürlich nicht! Ich habe alles unter Kontrolle«, sagte Damian und holte ebenfalls ein Blatt Papier heraus. »Matt hat mir das hier gegeben, bevor wir gefahren sind, er hat es von seinem Kumpel, dem auch das Cottage gehört. Das ist die Gezeitentabelle für diese Woche. Guck mal. Heute Nachmittag können wir gehen.«

»Das ist wunderschön«, seufzte Emma.

Sie waren zum Strand hinuntergegangen und marschierten nun durch den Sand in Richtung Rock. Das Wasser war weit draußen, doch auf ihrem Weg stießen sie immer wieder auf

Rinnsale oder Priele. Inzwischen hatten sie die Schuhe ausgezogen und liefen barfuß weiter. Dass der mit Muscheln übersäte Strand fest war, war jedoch nur eine Illusion. Mit jedem Schritt versanken sie mindestens drei Fingerbreit und hinterließen einen Fußabdruck, der sich rasch mit Wasser füllte und wieder verschwand. Weiter oben, in Richtung Klippen, die die Flut nicht erreichte, war der Sand zu flachen Dünen aufgeschüttet, die von trockenen Grasbüscheln zusammengehalten wurden. Die Klippen selbst bildeten einen mächtigen Hintergrund. Im Licht der Sommersonne funkelten sie grau, blau, pink und türkis. Felsen, die vor Urzeiten heruntergefallen waren, reichten bis zum Meer, als hätte sie ein Riese am Strand verstreut. Bei Flut würden sie unter dem Wasser verschwinden; der lose Seetang würde wieder an die Oberfläche schwimmen, und jeder, der es versäumt hatte, den Strand schnell genug zu verlassen, würde hier unten feststecken. Das hier war eine Küste, an der Schiffbruch einst gang und gäbe gewesen war. Fischerboote und Schiffe hatten sich weit draußen mit allergrößter Vorsicht einen Weg suchen müssen.

Schließlich erreichten sie Rock, und sie schauten über den Meeresarm hinweg nach Padstow auf der anderen Seite.

»Es gibt eine Fähre«, verkündete Damian, nachdem er ein Holzschild gelesen hatte. »Da steht, wenn man sie rufen will, soll man mit der Flagge wedeln.« Er holte eine gelbe Flagge aus einer Halterung und winkte damit.

»Nicht jetzt!«, unterbrach ihn Emma.

»Schon okay. Die Fähre kommt sowieso.« Damian deutete aufs Meer.

Damian und Emma schauten zu, wie das stabile Gefährt immer näher kam und schließlich ankerte. Ein Laufsteg wurde herausgeschoben, und mehrere Leute stiegen aus. Einer davon war mit dem Fährmann offenbar gut bekannt.

»Cheerio, Jeremy! Wir sehen uns!«, rief der Fährmann.

Emma und Damian traten einen Schritt vor, und damit niemand glaubte, sie würden gaffen, schauten sie demonstrativ woandershin.

Das musste Jeremy Bryant sein, dachte Emma. Er war ein sportlich aussehender, junger Mann von durchschnittlicher Größe. Er trug Shorts und ein T-Shirt, und sein blondes Haar war von der Sonne gebleicht. Er bemerkte weder Emma noch Damian, sondern machte sich auf den Weg über einen Pfad, der zu den Klippen führte.

Nach kurzem Warten folgten die beiden ihm.

Es war leicht, Jeremy nicht aus den Augen zu verlieren. Er schien noch immer nicht gemerkt zu haben, dass er verfolgt wurde, aber warum sollte er auch? Hier oben gab es jede Menge Spaziergänger, obwohl die Feriensaison noch nicht wirklich angefangen hatte. Einheimische mit ihren Hunden waren ebenso unterwegs wie Wanderer und auch die ersten Touristen. Gelegentlich verschwand Emmas und Damians Ziel hinter einer Bodenwelle oder ein paar Bäumen, doch immer tauchte er sofort wieder auf. Dann, plötzlich, verschwand er endgültig.

»Wo ist er hin?«, rief Damian besorgt.

»Keine Panik. Da drüben gibt es bestimmt eine Abzweigung.« Und Emma sollte recht behalten. Als sie die Stelle erreichten, wo Jeremy verschwunden war, sahen sie einen Kiesweg, breit genug für ein Auto, und er führte wieder landeinwärts. Am anderen Ende mündete er sicher in eine echte Straße. Drei, vier Häuser standen in unregelmäßigen Abständen am Weg. Jeremy war nirgends zu sehen. Also musste er in eines davon gegangen sein.

Emma und Damian spazierten den Weg hinunter, bis sie die beiden Häuser erreichten, die dichter beieinanderstanden als die anderen. Eines davon war sehr klein, ein älteres Gebäude mit weiß getünchten Ziegeln. Das andere war moderner und eindeutig von einem Architekten entworfen. Es war ein Terrassenhaus mit Fenstern in Richtung Meer. Sicher hatte man eine fantastische Aussicht von dort. Und es gab auch eine Doppelgarage mit breiten, offen stehenden Toren. Das war das Heim von jemandem mit Geld, genau wie Polly es beschrieben hatte. Der Rasen war gut gepflegt, und vier kleine Hasen hüpften furchtlos darauf herum. Emma meinte Jeremy und eine groß gewachsene Frau in Blau hinter den Fenstern zu sehen. Beinahe sofort verschwanden sie außer Sicht.

In diesem Moment trat eine Frau in langer Hose und Sweatshirt aus dem kleinen weiß getünchten Haus. Sie blickte zu den Fremden und schirmte ihre Augen mit der Hand ab.

Einem Impuls folgend, rief Emma: »Hallo! Sind Sie zufällig Mrs. Owen?«

»Ja.« Die Frau kam näher.

»Sie kennen mich nicht«, erklärte Emma. »Im Privatleben heiße ich Emma King, aber beruflich Emma Durrant, und ich bin Schriftstellerin. Ihre Tochter Polly hat mich gestern interviewt.«

»Oh, ja! Sie hat uns angerufen und uns alles darüber erzählt! Sie war so aufgeregt, Sie kennenzulernen. Und sie hat auch gesagt, dass Sie vielleicht vorbeikommen würden. Leider ist Robert, mein Mann, im Augenblick nicht hier«, sagte Mrs. Owen. »Er wird sich sicher ärgern, dass er Sie verpasst hat. Bitte, kommen Sie doch herein.«

Ein wenig später, beim Tee, erzählte Emma Mrs. Owen, dass sie und Damian die Woche nicht weit von hier verbringen würden. Als sie das hörte, bat Frances Owen sie, noch einmal vorbeizukommen. »Robert würde Sie sicher gerne kennenlernen. Er ist ein großer Krimifan. Und um ehrlich zu sein, haben wir nicht viele Besucher hier.«

»Wir sind jemandem von der Fähre gefolgt, einem jungen Mann«, sagte Emma. »Er ist ins Haus nebenan gegangen.«

Mrs. Owen kniff die Augen zusammen. »Oh, das muss einer der Bryants gewesen sein, der seine Tante besucht, vermutlich Jeremy.« Sie runzelte die Stirn. »Polly hat Ihnen doch nicht davon erzählt, oder?«

»Wenn Sie das mit den Tabletten und den anderen Unfällen meinen, dann schon. Ja«, gestand Emma.

»Das hätte sie wirklich nicht tun sollen, aber es wundert mich nicht. Polly mischt sich immer in solche Dinge ein. Deshalb waren wir auch nicht überrascht, als sie Journalistin geworden ist. Außerdem glaube ich«, fügte Frances Owen vertraulich hinzu, »meine Tochter ist in den jungen Mann verknallt.«

»Stört Sie das?«, hakte Emma nach.

»Er ist nett, hat ein gutes Benehmen und ist wirklich angenehm. Auf seine Tante trifft das hingegen nicht immer zu. Sie ist eine schwierige Nachbarin. Und was Jeremy angeht … Er ist definitiv eine Verbesserung, wenn man die anderen jungen Männer bedenkt, mit denen Polly ausgegangen ist.«

»Was ist mit Guy und Lucinda?«, fragte Emma. »Kennen Sie die?«

»Ich habe sie kennengelernt, als sie ihre Tante besucht haben. Ich muss zugeben, hätte Polly sich in Guy verliebt, würde mir das mehr Sorgen machen. Er ist recht großspurig, doch da steckt nichts dahinter. Lucinda wiederum scheint mir ziemlich fähig zu sein, auch wenn ihre Ideen bisweilen ein wenig zu weit hergeholt sind. Aber wissen Sie, viele Familien zerstreiten sich, besonders wenn es um Geld geht. Ich habe Polly schon mehrmals gesagt, dass es nie klug ist, sich in so etwas einzumischen.«

Matt hätte das nicht besser sagen können, dachte Emma. Dann erinnerte sie sich daran, dass Mrs. Carter ihn hatte aufsuchen wollen. War das der Grund, warum Jeremy sie besuchte? Wollte er herausfinden, was sie der Polizei erzählt hatte? Leider hatte sie keinen genaueren Blick auf Myra Carter werfen können. Eine schattenhafte Gestalt hinter dem Fenster war alles, was sie gesehen hatte.

Doch sie sollte Mrs. Carter noch aus der Nähe sehen. Als Emma und Damian sich von Frances Owen verabschiedet hatten und an dem großen Haus vorbeigingen, hörten sie laute Stimmen. Plötzlich flog die Terrassentür auf, und Jeremy stürmte heraus. Er lief ein paar Schritte und drehte sich dann wieder zum Haus um.

»Dazu hast du kein Recht! Du machst uns allen nichts als Ärger! Guy, Lucinda und mir!« Jeremy zitterte vor Wut am ganzen Leib.

Mrs. Carter erschien im Fenster. »Ich tue, was ich will, junger Mann! Ich möchte dich daran erinnern, dass das Geld von Gesetzes wegen mir gehört. Falls nötig, ändere ich mein Testament, und damit meine ich, wenn dieser Unsinn weitergeht.«

Jeremy schnappte hörbar nach Luft. »Das kannst du nicht! Onkel Henry wollte uns das vererben!«

»Henry hat nicht geahnt, was aus euch dreien werden würde!«, schnappte seine Tante. »Wenn du willst, kannst du verdammt charmant sein, Jeremy, aber in Wahrheit bist du nur ein fauler Tagedieb. Und Guy und Lucinda sind nicht viel besser. Sie tun nur so, als hätten sie beruflich Erfolg. Wenn es also noch mehr dieser kleinen ›Unfälle‹ gibt, wie du sie nennst, dann gehe ich zum Notar!«

Sie verschwand im Innern. Der junge Mann stürmte zum Gartentor und lief an Emma und Damian vorbei, ohne von ihnen Notiz zu nehmen. Kurz darauf war er verschwunden.

Stille kehrte ein. Dann sagte Damian:

»Ich weiß zwar nicht, was genau da los ist, aber sie hätte nicht damit drohen sollen, ihr Testament zu ändern. Nicht, wenn einer von denen dringend Geld braucht. Und dieser Jeremy wird den anderen sicher davon erzählen.«

Emma nickte. »Wenn einer von ihnen vorher schon ungeduldig war, dann wird diese Neuigkeit ihn oder sie zur Verzweiflung bringen. Ich weiß, Polly glaubt, Mrs. Carter bilde sich das alles nur ein, aber allmählich frage ich mich, ob da nicht doch mehr dahinterstecken könnte.«

2.

Inspector Matt King richtete sorgfältig drei Kugelschreiber auf seinem Schreibtisch aus, sodass sie wie Wachsoldaten aussahen. Das hatte nichts damit zu tun, dass er besonders ordentlich gewesen wäre; er brauchte nur Zeit zum Nachdenken.

Seine Besucherin, die dieses Manöver beobachtete, fragte gereizt: »Und?«

Matt seufzte und hob den Kopf, um der Frau ihm gegenüber in die feindseligen Augen zu blicken.

»Mrs. Carter«, begann er, »auch wenn Mord die Schlagzeilen von Zeitungen und Fernsehen bestimmt, so ist der Grund dafür recht einfach: Es ist ein eher seltenes Verbrechen in Großbritannien.«

»Das passiert doch ständig«, widersprach ihm seine Besucherin.

»Nein, tut es nicht«, erwiderte Matt sanft, aber bestimmt. »Pro Kopf gibt es hierzulande sogar äußerst wenig Morde.«

Mrs. Carter beugte sich leicht vor. »Sie meinen damit wohl, dass die Polizei nur in wenigen davon ermittelt.«

»Egal, wie verdächtig ein Todesfall auch erscheinen mag, Mrs. Carter, solange es keine konkreten Beweise dafür gibt, dass eine andere Person …«

Mrs. Carter machte ein Geräusch, bei dem seine Frau immer »Pah!« in ihren Büchern schrieb.

Matt hatte das Gefühl, dass er hier einfach nicht gewinnen

konnte. Zum einen war seine Besucherin eine imposante Frau, deren Alter sich nur schwer bestimmen ließ. Sie war groß, aber nicht dick, und hatte breite Schultern und eine gute Körperhaltung. Ihre Hände, von denen Matt eine zur Begrüßung geschüttelt hatte, waren so groß wie die vieler Männer und ebenso stark. Sie trug ein weites blaues und ärmelloses Hemdkleid, das ihr bis zu den Knöcheln reichte. Um den Hals lagen mehrere Goldketten. Ihr Haar wiederum war zwar grau, aber dicht und zu einem schulterlangen Bob geschnitten. Ihre Haut war gebräunt, und Matt nahm an, dass das von lebenslangen Sonnenbädern herrührte, die allerdings auch für viele kleine Falten verantwortlich waren. Und ihr Blick schlug einen in seinen Bann … oder zumindest empfand Matt das so. Er war wie das sprichwörtliche Reh im Scheinwerferlicht: unfähig, der Gefahr zu entfliehen.

Aber der Zauber, mit dem Mrs. Carter ihn belegt hatte, brachte auch noch andere Faktoren mit sich. Matt musste sich ihre irre Theorie anhören, dass irgendjemand sie ermorden wolle, und zwar auf ausdrücklichen Wunsch des Assistant Chief Constable. Offenbar war Mrs. Carter Mitglied in seinem Bridge-Club. Matt nahm an, dass Mrs. Carter eine hervorragende Spielerin war, perfekt in den komplexen Berechnungen und Täuschungsmanövern des Spiels. In jedem Fall entsprach sie nicht dem typischen Bild eines Opfers. Sie schien durchaus in der Lage zu sein, auf sich selbst aufzupassen.

Matt erinnerte sich daran, dass Rock, wo Mrs. Carter lebte, nicht weit entfernt von dem Cottage lag, in das er seine Frau an diesem Morgen geschickt hatte. Zusammen mit Damian, ihrem Neffen, würde sie dort eine Woche lang wohnen, während der Klempner ihr Haus übernahm. Oh, ja … der Klempner …

Matt verdrängte die Situation, die ihn umtrieb, kaum dass seine Frau eine Stunde fort gewesen war – eine Situation, von der Emma nichts erfahren sollte, jedenfalls noch nicht, nicht, bis alles geregelt war. Und jetzt war da auch noch Mrs. Carter.

Matt hörte wieder die Stimme des Assistant Chief Constable in seinem Kopf. »Es ist besser, ihr entgegenzukommen. Mrs. Carter ist eine äußerst respektable Frau, und sie glaubt diesen Un…« Der ACC hustete. »Sie ist fest davon überzeugt, Ziel eines finsteren Plans zu sein. Man könnte sie als … äh … ein wenig exzentrisch beschreiben.«

Exzentrisch, dachte Matt, war oft ein Euphemismus für schlicht verrückt. Manchmal – und er nahm an, das war auch hier der Fall – hieß das, dass ein Besucher reich und unabhängig genug war, um zu tun und zu lassen, was er oder sie wollte, egal, was die Leute dachten. Mrs. Carter war eine Frau, die das Unternehmen nach dem Tod ihres Mannes bis noch vor ein paar Jahren weitergeführt hatte. Das hatte Matt von seinem ACC erfahren. Es hieß unter anderem, dass sie es gewohnt war, Befehle zu geben, und dass andere sprangen, sobald sie mit den Fingern schnippte. Selbst der ACC war davon nicht ausgenommen. Er war sehr ausweichend gewesen, als er Matt angerufen hatte. Jemand wie Mrs. Carter konnte also sogar höhere Beamte zwingen, ihr zu Diensten zu sein. Beim Bridge ging es ja auch um Macht, sinnierte Matt wieder.

»Und?«, verlangte Mrs. Carter nun zu wissen. »Was gedenken Sie zu tun?«

Matt griff nach seinem Notizblock. »Nun, denn … Dann erzählen Sie mir mal genau, warum Sie jemand töten will?«

»Geld«, antwortete Mrs. Carter kurz und bündig.

»Okay …« Gehorsam schrieb Matt das auf. Er musste das zwar gar nicht, aber Mrs. Carter erwartete es offenbar. Matt hoffte nur, dass ihr das bewies, wie ernst er sie nahm.

»Gibt es jemanden Bestimmtes, der … äh … dessen finanzielle Situation sich durch Ihr Ableben deutlich verbessern würde?«

»Grundgütiger!«, rief Mrs Carter. »Reden Sie immer so? Wenn Sie damit meinen, ob jemand die Kohle einfahren wird, wenn ich ins Gras beiße, warum nennen Sie das dann nicht beim Namen?«

»Okay«, erwiderte Matt. »Und? Gibt es da jemanden?«

»Da gibt es sogar drei«, antwortete Mrs. Carter. »Zwei Neffen und eine Nichte.«

»Und diese drei Personen haben Sie auch in Ihr Testament aufgenommen, korrekt?«

»Das habe ich Ihnen doch schon gesagt«, knurrte Mrs. Carter.

»Ich meine, wissen die drei davon?«

»Natürlich wissen sie das!«, erwiderte Mrs. Carter gereizt. »Die sind doch nicht doof. Oder na ja … Jeremy ist nicht wirklich der Hellste, aber er macht so Sachen wie Bungee-Jumping. Er ist also ein Mann der Tat.«

Offensichtlich war das etwas, was Mrs. Carter eigentlich gefiel, nur nicht unter diesen Umständen.

»Es sollte mich nicht wundern, wenn Jeremy davon träumt, mir von der Klippe aus einen Felsen auf den Kopf zu werfen, so bekloppt das auch sein mag. Wenn Sie mich fragen, hat dieses ganze Herumgeschleudere an einem Gummiseil seinem Hirn nicht gutgetan. Das und das Surfen. Wenn man ständig Meerwasser in den Ohren hat, wundert mich gar nichts mehr. Guy hingegen ist mehr der Planer.«

Matt hob die Hand, um sie zu unterbrechen. »Bevor wir zu den einzelnen Personen kommen … Sie haben gesagt, den dreien sei bekannt, dass sie in Ihrem Testament bedacht werden. Das heißt doch dann sicherlich, dass sie Sie nicht verärgern wollen, oder? Es ist durchaus nicht ungewöhnlich, wenn Menschen in Ihrer Situation Anstoß an etwas nehmen und daraufhin alles einer Wohltätigkeitsorganisation vererben.«

»Sehe ich etwa aus wie jemand, der gutes Geld an streunende Katzen verschwendet?«, verlangte Mrs. Carter zu wissen.

»Nein«, gestand der arme Matt.

»Dann reden Sie nicht so einen Blödsinn. Ich habe zwar nicht viel Zeit für die Verwandten meines verstorbenen Mannes, aber ich habe ein ausgeprägtes Pflichtbewusstsein.«

Da war ein wildes Funkeln in ihren Augen. Boudicca, dachte Matt, musste ganz ähnlich gewesen sein. Er konnte sich Mrs. Carter leicht auf einem Streitwagen mit Klingen an den Rädern vorstellen und wie sie damit durch die feindlichen Reihen mähte. Solche Menschen hatten oft viele Feinde. Tatsächlich war sie auch Matt nicht wirklich sympathisch.

Mrs. Carter beugte sich vor und verschränkte die großen Hände auf dem Tisch. An einem Finger trug sie einen Ring mit einem Stein von der Dimension eines Singvogeleis.

»Jetzt hören Sie mir mal zu, junger Mann«, sagte sie. »All dieses Geld hat Henry verdient, mein verstorbener Mann. Sein Pflichtbewusstsein gegenüber der Familie war ebenfalls sehr ausgeprägt. Seine Schwester hat unklugerweise jedoch einen rückgratlosen Kerl geheiratet, der nicht einen Penny in der Tasche hatte. Einen Musiker. Henry hat ihren drei Kindern daraufhin die Schule bezahlt. Es war abgemacht, dass auch ich mich an diese Vereinbarung halten würde, sollte Henry vor mir sterben. Und nicht nur das. Es war ebenfalls abgemacht, dass ich den dreien den Rest seines Vermögens vermachen würde.«

»Warum hat Ihr Mann das Geld nicht einfach in seinem Testament schon vererbt, auf einem Treuhandkonto zum Beispiel?«

»Als er sein Testament gemacht hat, da waren die drei noch jung und in der Ausbildung. Er hat schlicht keinen Sinn in einem Treuhandkonto gesehen. Warum hätte er sein Vermögen auch von Gebühren auffressen lassen sollen? Für meinen Mann war ich die vertrauenswürdigste Person, um das zu regeln, und vor allem, um sein Vermögen zu verwalten! Es galt, Geschäftsentscheidungen zu treffen, und das sollte nun mal *ich* tun. All das haben wir vor seinem Tod vereinbart, und Henry wusste, dass ich mein Wort halten würde. Ich habe ihm gesagt, ich würde dafür sorgen, dass die Kinder irgendwann das Geld bekommen, und er wusste, dass das auch so sein würde.«

Matt lehnte sich auf seinem Stuhl zurück und dachte nach. Allmählich verlor er die Ehrfurcht vor Mrs. Carter, aber er musste zugeben, dass sie Respekt verlangte. Er hielt sie zwar noch immer nicht für sonderlich angenehm, aber sie hatte definitiv eiserne Prinzipien. Von Pflicht zu reden war dieser Tage eher altmodisch, doch Matt zweifelte keinen Augenblick daran, dass Mrs. Carter jedes Wort, das sie sagte, auch so meinte.

Das hieß jedoch nicht, dass sie recht hatte und dass tatsächlich einer der Begünstigten nicht mehr warten wollte. Matt neigte dazu, Polly Owen zuzustimmen. Mrs. Carter hatte wirklich einen an der Klatsche. Das Problem mit so einer Frau war nur, dass es nahezu unmöglich war, sie von etwas abzubringen, wenn sie es sich erst einmal in den Kopf gesetzt hatte. Mrs. Carter würde dergleichen zweifellos als Kapitulation erachten.

»Einer, zwei oder alle drei versuchen, mich umzubringen.« Mrs. Carter ließ keinen Zweifel daran zu. »Sie brauchen alle das Geld. Lucinda hatte einen guten Job, aber die Firma ist pleitegegangen, und sie stand plötzlich auf der Straße. Und sie führt ein verdammt teures Leben. Falls sie geglaubt haben sollte, ich würde das finanzieren, dann hat sie sich geirrt.

Guy wiederum leitet sein eigenes Unternehmen, aber ich weiß, dass er in Schwierigkeiten steckt. Er hat mich nämlich gebeten, ihn rauszuhauen. Natürlich habe ich mich geweigert. Henry hat zwar gewollt, dass ich mich um sie kümmere, aber nicht, dass ich ihnen hinterherlaufe und ständig den Hintern abwische. Sie sollen nicht glauben, dass sie mich jedes Mal um Geld anbetteln können, wenn es gerade mal nicht läuft. Oder sehen Sie das anders?«

»Äh … Nun, das ist natürlich Ihre Entscheidung. Was ist

mit dem zweiten Neffen? Jeremy?« Matt hatte alles fleißig aufgeschrieben.

»Jeremy ist ein netter Kerl.« Mrs. Carters Stimme nahm einen sanfteren Tonfall an.

Matt schrieb »Ihr Liebling?« und verschob seine Ablage so, dass Mrs Carter sich nicht vorbeugen und etwas lesen konnte.

»Er arbeitet für einen Sportartikelhersteller. Er fährt in Läden und Clubs, um sie dazu zu bringen, die Artikel in ihr Sortiment aufzunehmen oder dafür zu werben. Er kann ziemlich überzeugend sein«, fügte Mrs. Carter hinzu.

»Und er braucht kein Geld?«

»Würde er zumindest nicht«, antwortete Mrs. Carter, »wenn er nicht so teure Hobbys hätte. Letztes Jahr ist er zum Beispiel nach Afrika geflogen, nur um von der Victoria Falls Bridge zu springen.«

»Aber wie kommen Sie eigentlich darauf, dass einer der drei Ihnen etwas antun will?«, hakte Matt nach.

»Da ist einiges passiert«, erklärte Mrs. Carter streitsüchtig. »Es sieht immer wie ein Unfall aus, wie etwas, das ständig passiert. Ein Beispiel: poliertes Parkett unter einem Teppich im Flur. Ich wäre fast gestürzt!«

»Könnte das nicht auch Ihre Putzfrau gewesen sein?«

»Unsinn! Sie macht bestimmt nicht so was Dummes. Außerdem habe ich sie gefragt, und sie hat gesagt, sie war das nicht. Sie putzt schon seit fünfzehn Jahren für mich. Ich glaube ihr. Dann hat jemand den Teppich auf der Treppe gelockert. Und die Vorfälle beschränken sich nicht nur aufs Haus. Als ich mal unten am Strand entlangspaziert bin, da sind ein paar Felsen von der Klippe heruntergefallen und haben mich nur knapp verfehlt. Ich habe das sofort der Stadt gemeldet, und die haben es überprüft, aber keinerlei Schwachstellen oder irgendwelche Unsicherheiten am Klippenrand gefunden. Natürlich haben sie mir gesagt, so etwas könne an einer Klippe immer mal vorkommen, aber es sei schon seltsam, dass das ausgerechnet dann geschehen sei, als ich unten entlanggegangen bin, und seitdem ist es auch sonst niemandem passiert.«

Sie hielt kurz inne. »Dann hat jemand meine Tabletten vertauscht. Und bitte wiederholen Sie jetzt nicht diesen Unsinn von wegen, das sei mein Fehler gewesen, weil ich die Pillen in einen anderen Behälter gesteckt habe. Ich weiß ganz genau, was wo ist. Das weiß ich immer. Ich habe noch nie einen Fehler begangen, und das habe ich auch da nicht getan. Irgendeiner war bei mir und hat sie vertauscht.«

»Hat jemand aus der Familie Bryant Zutritt zu Ihrem Haus?«

»Pah!«, platzte Mrs Carter heraus. »Meinen Sie damit etwa, ob jemand einen Schlüssel hat? Ich wünschte, Sie würden sich nicht so geschwollen ausdrücken. Ja, sie haben alle einen Schlüssel für den Notfall.«

»Warum haben Sie dann nicht einfach das Schloss ausgewechselt?«

Mrs. Carter beugte sich wieder vor. »Das sind doch nur Details. Ich will, dass Sie die grundlegende Situation klären. Ich will, dass Sie ermitteln. Verhören Sie die drei. Finden Sie heraus, wer lügt und wer das war.«

»Wir haben viel zu tun«, erwiderte Matt. Allmählich hatte er die Nase voll. »Mein Rat lautet: Wechseln Sie die Schlösser, und lassen Sie Ihre Medikamente in den Originalverpackungen.«

Mrs. Carter erhob sich und ragte über Matt auf. »Sie sind ein wirklich unverschämter junger Mann. Ich werde mich bei Ihren Vorgesetzten über Sie beschweren!«

Und sie schwebte hinaus.

»Tun Sie, was Sie nicht lassen können«, knurrte Matt, als er sicher war, dass Mrs. Carter ihn nicht mehr hören konnte. Er hatte sein Bestes gegeben. Selbst der ACC konnte nicht mehr von ihm erwarten.

An diesem Abend rief Matt Emma an, um ihr zu erzählen, dass er am Dienstag kommen würde. »Aber nicht am Nachmittag, fürchte ich. Ich werde erst später da sein und über Nacht bleiben. Nach dem Frühstück fahre ich dann wieder.«

Emma hatte sich allmählich daran gewöhnt, dass man schnell und effektiv planen musste, wenn man mit einem Detective verheiratet war.

»Was ist mit dem Klempner?«, fragte sie.

»Der kommt voran«, antwortete Matt geheimnisvoll. »Bis morgen.«

Am Dienstag fuhr Emma zu Ehren ihres Wiedersehens nach Polzeath und kaufte ein paar wunderbar frische Seebarsche, gefangen am selben Morgen.

»Ich dachte, du isst nichts Tierisches«, bemerkte Damian.

»Das ist kein Fleisch. Das ist Fisch, und Fisch esse ich manchmal, wenn er richtig gut ist … so wie der hier.«

»Dann bist du also keine Vegetarierin«, argumentierte Damian, »sondern nur eine *Halb*-Vegetarierin.«

»Haarspalterei«, erwiderte Emma.

Besorgt sah Emma, wie müde Matt bei seiner Ankunft aussah. Aber er schien gut gelaunt zu sein, und er versicherte ihr, dass es mit dem Badezimmer bestens voranging, auch wenn es ein wenig länger dauern würde als gedacht. »Aber kein Grund zur Sorge.«

Das überzeugte Emma davon, dass es zu einer größeren Katastrophe gekommen sein musste, aber sie entschied sich dafür, Matt beim Wort zu nehmen. Doch sie hatte auch noch etwas anderes im Kopf.

»War Mrs. Carter eigentlich bei dir?«

»Oh, ja. Sag Polly, sie soll sich keine Sorgen machen.«

»Dann ist alles geklärt? Ich *habe* mir nämlich Sorgen gemacht. Ich habe einen der Verdächtigen gesehen, Jeremy, und auch Mrs. Carter ist kurz durchs Bild gehuscht.«

»Er ist kein Verdächtiger«, korrigierte Matt sie. »Und es versucht auch niemand, Mrs. Carter umzubringen.«

»Wir haben gehört, wie sie ihm gedroht hat, ihr Testament zu ändern«, berichtete Damian in düsterem Ton.

Matt hob überrascht die Augenbrauen. »Hat sie? Mir hat sie nämlich zu verstehen gegeben, dass sie das Versprechen einhalten will, das sie ihrem toten Mann gegeben hat. Aber wenn sie wirklich glaubt …« Matt hielt inne und runzelte die Stirn.

»Wenn sie wirklich ihr Testament ändern will«, erinnerte Emma ihn, »dann verstärkt das jedwedes Motiv, das jemand haben könnte, sie umzubringen, und das wiederum heißt, dass der oder die Täter schneller handeln müssen!«

Nachdem Matt am Mittwochmorgen wieder nach Wadebridge gefahren war, unternahm Emma den kühnen Versuch, ihren Laptop und Felix Watts' neuestes Abenteuer in den Griff zu bekommen. Es lief nicht gut. Drinnen am Schreibtisch zu arbeiten war doch etwas ganz anderes, als an einem schönen, warmen Tag hier draußen zu sitzen. Die Äste über ihr warfen Schatten aufs Gras. Vögel zwitscherten, Insekten summten, und das sanfte Plätschern der Flut war zu hören. Schließlich wurde das Ganze noch von Damian erschwert, der früher am Tag erst einmal allein losgezogen war. Zur Mittagszeit kehrte er jedoch wieder zurück. Verschwitzt, mit rotem Gesicht, aber glücklich, und er verlangte zu wissen: »Was gibt's zum Mittagessen?«

»Mach dir ein Sandwich!«, erwiderte seine Tante gereizt.

»Okay. Soll ich dir auch eins machen?«

Emma seufzte und schaltete den Laptop aus.

»Läuft's nicht?«, erkundigte sich Damian mitfühlend, als Emma sich in der Küche zu ihm gesellte. Er schmierte gerade ein Brot.

»Für mich nicht so viel«, sagte Emma, als sie sah, mit welchen Mengen Damian das Sandwich belegte. »Und nein, es läuft nicht. Unter uns … Allmählich habe ich die Nase voll von Felix.«

Damian belegte ein Brot mit Käse und Tomaten und reichte es ihr. »Ich denke, solange wir hier sind, solltest du nicht an dem Buch arbeiten, Em. Und ich sage das nicht nur, weil ich auch hier bin. Ich denke, du brauchst 'ne Pause.«

Damian kämpfte mit seinem eigenen Riesensandwich. *Er versucht, sich um mich zu kümmern, als könnte ich das nicht selbst,* dachte Emma. Hier kehrten sich gerade die Rollen um. Vermutlich dachte auch Damian, dass sie allmählich alt wurde.

»Lass uns heute Nachmittag doch einen Spaziergang machen«, schlug ihr Neffe fürsorglich vor. »Wir könnten über die Dünen laufen. Da ist es wie in der Sahara.«

Es war ein sehr, sehr heißer Nachmittag. Der tiefe Sand auf den Dünen erschwerte das Gehen. Es gab zwar einen Pfad, aber an manchen Stellen verschwand er schlicht oder war weggebrochen. Sie marschierten in Richtung Rock. Emma hatte vorgeschlagen, mit der Fähre nach Padstow zu fahren.

»Schade, dass Matt nicht freibekommt«, bemerkte Damian. »Aber selbst wenn … Da ist noch immer der Klempner im Haus.«

»Ich glaube, mit diesem Klempner gibt es ein Problem«, vertraute Emma ihm an. »Matt verschweigt mir irgendwas.«

Der Pfad führte eine steile Düne hinunter. Kaum hatten Emma und Damian ihn erreicht, da kämpfte sich auf der anderen Seite jemand hinauf, blieb oben keuchend stehen und schaute in ihre Richtung.

Es war eine außergewöhnlich schöne junge Frau. Sie hatte langes blondes Haar, das auf eine Art frisiert war, für die man locker hundert Pfund bezahlen musste. Sie trug abgeschnittete

Shorts und etwas, das Emma ein Hemd aus purer Seide zu sein schien, in Pink. Ihre Beine waren lang, gut geformt, und sie besaßen einen wunderschönen honigfarbenen Teint, den Emma auch anstrebte, jedoch nur selten erreichte. Tatsächlich zeitigten ihre eigenen Bemühungen im Sonnenbaden eher ungleichmäßige Ergebnisse. So wurden die Vorderseiten ihrer Beine stets dunkler als die Rückseiten. Die Sonnenbrille hatte die Blondine modisch hochgeschoben. Auch das war etwas, was Emma nie gelang. Ihre Brille fiel immer runter.

Es war schwer zu sagen, wer überraschter war, noch jemanden auf dem Pfad zu sehen: Emma und Damian oder die Frau. Dann schob die Blondine die Sonnenbrille auf die Nase und setzte sich mit dem Selbstbewusstsein von jemandem, der sicher war, dass andere ihm Platz machen würden, wieder in Bewegung. Damian trat auch höflich beiseite, und Emma blieb keine andere Wahl, als seinem Beispiel zu folgen.

»Guten Tag«, sagte sie zu der Blondine, doch sie erhielt keine Antwort, abgesehen von einem Hochwerfen der gut frisierten Mähne.

»Wow!, sagte Damian beeindruckt, als die junge Frau verschwunden war.

»Du kannst anfangen, von solchen Mädchen zu träumen, wenn du deine erste Million gemacht hast, vorher nicht«, erklärte Emma.

»Miau!«, schnurrte Damian.

Schließlich erreichten sie das Stück Land am Meeresufer nahe Rock, und das gerade rechtzeitig, um die Fähre nach Padstow losfahren zu sehen.

»Vielleicht sollten wir morgen noch mal gehen, allerdings früher, und dann einen Tagesausflug draus machen«, schlug Emma vor. »Und? Was unternehmen wir jetzt?«

Damians Blick wanderte zu dem Weg, der oben auf die Klippe führte und über den sie an ihrem ersten Tag Jeremy

Bryant gefolgt waren. »Wir könnten uns dieses Haus noch mal ansehen.«

Sie stiegen die Klippe hinauf und gingen bis zu der Stelle, wo der Weg zu den Häusern abzweigte. Zu ihrer Überraschung kämpfte sich ein weißes Fahrzeug von vertrautem Aussehen in Richtung der eigentlichen Straße.

»Das ist ein Rettungswagen!«, rief Damian und rannte los.

Emma folgte ihm. Als sie Mrs. Carters Haus erreichten, sah sie Pollys Mutter, Frances Owen. Sie stand am Tor und schaute dem Rettungswagen besorgt hinterher.

»Was ist passiert?«, fragte Emma atemlos.

»Die arme Mrs. Carter. Sie hatte wieder einen Unfall. Sie ist in der Küche ausgerutscht. Irgendjemand hat Wasser auf die Fliesen gespritzt und es nicht aufgewischt. Sie hat sich den Kopf an der Schrankkante angeschlagen.«

Frances gestikulierte wild in Richtung des Hauses hinter ihr. »Ich habe sie gefunden, aber nur durch Zufall. Ihre Putzfrau geht mittags heim. Myra und ich, wir sind zwar nicht gerade Freundinnen, aber ich versuche immer, eine gute Nachbarin zu sein. Eine Freundin, die Bienenstöcke hat, hatte mir ein paar Gläser Honig gebracht. Eines davon wollte ich Myra geben. Die Küchentür stand offen. Ich habe sie aufgeschoben und nach ihr gerufen. Als niemand antwortete, wollte ich den Honig einfach in die Küche auf die Ablage stellen. Aber kaum hatte ich die Tür noch ein wenig mehr geöffnet, da sah ich sie auf dem Boden liegen. Ihr Kopf war voller Blut. Ich dachte zuerst, sie sei tot, aber sie atmete noch. Allerdings war sie bewusstlos. Ich habe sofort den Krankenwagen gerufen. Stellen Sie sich mal vor, was hätte passieren können, wenn ich nicht zufällig vorbeigekommen wäre. Sie hätte verbluten können!«

Frances verstummte kurz und schaute Damian und Emma verwirrt an. »Wie kann ständig so etwas passieren?« Frances schüttelte den Kopf. »Die Putzfrau ist immer so vorsichtig. Sie würde nie Wasser auf den Fliesen stehen lassen. Ich nehme an, Myra hat selbst …«

Frances schob ihr braunes Haar zurück. »Ich muss los und einen aus der Familie anrufen. Sie müssen das wissen. Irgendwo habe ich Jeremys Handynummer. Bitte, entschuldigen Sie mich …«

Damian und Emma schauten ihr hinterher.

»Und? Was denkst du, Em?«, fragte Damian schließlich.

»Ich denke, das ist ein Unfall zu viel«, antwortete Emma bestimmt. »Was auch immer Polly sagt – und natürlich will sie Jeremy Bryant schützen –, das Ganze stinkt allmählich.«

Damian räusperte sich. »Die Küchentür steht noch immer offen.«

»Ja, das tut sie.« Emma atmete tief durch. »Wir müssen sie schließen, Damian. Offenbar hat das Frances vor lauter Eile vergessen.«

Sie näherten sich der offenen Tür und fühlten sich dabei eher wie gute Bürger denn wie neugierige Schnüffler.

Um keine Spuren zu verwischen, griff Emma nicht nach der Klinke, sondern schob die Tür mit dem Ellbogen auf. Dann hielt sie inne.

»Mach«, drängte Damian. »Nur ein kurzer Blick. Das schadet doch niemandem.«

Sie schlüpften hinein. Es war eine große Küche, gefliest, genau wie Mrs. Owen gesagt hatte. Auf dem Boden trocknete rasch eine Pfütze, und der rote Fleck neben dem Schrank war nicht zu übersehen.

»Sie ist da drübergefallen«, sagte Emma und deutete in die entsprechende Richtung. »Sie ist aus dem Flur in die Küche gekommen und um den Tisch zur Spüle gegangen. Ich nehme an, sie wollte Teewasser aufsetzen. Sie ist ausgerutscht und dann da drübergefallen …« Sie berührte Damian am Arm. »Komm. Wir sollten nicht hier sein.«

Sie gingen wieder hinaus. Emma hob einen Zweig vom Boden auf, schob ihn hinter die Klinke und zog damit die Tür zu.

»Wirst du Matt davon erzählen?«, fragte Damian auf dem Heimweg.

»Natürlich. Die arme Frau ist Montagmorgen zu ihm gefahren, um sich zu beschweren, dass jemand versucht, sie umzubringen. Wir haben beide gehört, wie sie gedroht hat, ihr Testament zu ändern, und jetzt liegt sie im Krankenhaus. Allmählich glaube ich, wir sollten sie vielleicht doch ernst nehmen, und nach dem hier sieht Matt das sicherlich genauso.«

Ein fremdes Auto, fast so alt wie Emmas, parkte vor dem Tor zu ihrem Cottage. Als sie es erreichten, sprang Polly Owen heraus.

»Furchtbare Neuigkeiten!«, brach es aus Polly heraus. »Jeremys Tante Myra liegt im Krankenhaus!«

»Ich weiß«, sagte Emma. »Als wir dort ankamen, fuhr der Krankenwagen gerade los. Wir haben mit Ihrer Mutter gesprochen. Aber wichtiger noch … Woher wissen *Sie* das?«

»Mum hat Jeremy angerufen und Jeremy mich. Er ist vollkommen außer sich. Er hat richtig Angst. Die Polizei wird ohne Zweifel glauben, dass jemand aus der Familie dafür verantwortlich ist. Dabei war das nur ein weiterer Unfall … Das *muss* so sein! Aber sobald sie wach ist, wird Mrs. Carter ihrer Familie die Schuld in die Schuhe schieben. Sie gibt nie zu, selbst schuld zu sein, auch wenn es so ist.« Polly warf verzweifelt die Hände in die Luft.

»Kommen Sie. Lassen Sie uns was Kaltes trinken«, lud Emma sie ein. »Und beruhigen Sie sich.«

Unter den Bäumen und mit einem Krug von Emmas selbst gemachter Limonade verwandelte sich Pollys Aufregung in Niedergeschlagenheit. »Alles hat sich gegen Jeremy verschworen. Haben Sie Ihrem Mann gesagt, worum ich Sie gebeten habe?« Sie schaute Emma besorgt an.

Emma nickte. »Ich glaube, Mrs. Carter war auch bei ihm.«

»Ich wusste, dass sie das tun würde, diese böse, alte Fledermaus«, murmelte Polly.

»Ach, kommen Sie«, sagte Emma. »Sie macht sich einfach Sorgen. Sie sagen, Jeremy habe Angst. Vielleicht sollten Sie sich dann auch mal überlegen, wie Mrs. Carter sich fühlt.«

Polly schnaubte verächtlich. »Sie kennen sie nicht! Jemand wie sie kriegt nicht so leicht Angst.« Sie lehnte sich zurück. »Wissen Sie, was jetzt passieren wird? Sobald sie aus dem Krankenhaus raus ist, wird sie ihr Testament ändern. Sie werden sehen. Sie hat Jeremy schon gesagt, dass sie das vorhat.«

»Vielleicht«, erwiderte Emma in sanftem Ton. »Und aus Jeremys Sicht – und aus der seines Bruders und seiner Schwester –, wäre es das Beste, was sie tun könnte. Dann kann ihnen auch niemand mehr ein Motiv unterstellen.«

»Okay«, erwiderte Polly. »Lassen Sie mich Ihnen sagen, was Jeremy und ich denken. Wir denken, dass sie nur nach einer Rechtfertigung dafür sucht, um ihr Testament zu ändern. Durch das Versprechen, das sie Jeremys Onkel Henry gegeben hat, ist sie daran gebunden. Dabei will sie das Geld in Wahrheit jemand oder etwas anderem hinterlassen. Also braucht sie eine handfeste Entschuldigung, um Henry Carters letzten Willen zu ignorieren.«

»Ich glaube kaum«, protestierte Emma, »dass sie sich dafür den eigenen Schädel brechen würde.«

Polly winkte ab. »Nein. Natürlich nicht. Ich sage ja auch nicht, dass sie das getan hat. Ich sage nur, jedes Mal, wenn etwas passiert, dann ist das ein Mordanschlag, und sie zeigt auf ihre Familie. Sie baut einen Fall gegen sie auf. Dann, sobald alle glauben, dass das stimmt, kann sie ihr Testament ändern, und niemand wird ihr das übel nehmen.«

Polly stand auf. »Ich werde mich jetzt mit Jeremy im Krankenhaus treffen. Guy und Lucinda kommen aus London. Sagen Sie Ihrem Mann, dass sie nichts damit zu tun haben!«

»Hui«, bemerkte Damian, als Pollys Wagen davongebraust war. »Die ist ja wirklich scharf auf diesen Jeremy.«

»Ja, so scharf, dass sie noch nicht einmal die *Möglichkeit* in Betracht ziehen würde, dass Mrs. Carter recht haben könnte. Wie Pollys Mutter schon angedeutet hat: Das sind ein paar Zufälle zu viel.«

Emma lehnte sich zurück und versank in Gedanken. Nach einer Weile konnte Damian die Stille nicht mehr ertragen.

»Und?«, drängte er. »Zu welchem Schluss bist du gekommen?«

Emma schaute ein wenig verlegen drein. »Lach jetzt nicht … Und erzähl bloß Matt nichts davon! Aber ich habe mich gefragt, wie Felix Watts das alles interpretieren würde. Ich weiß natürlich, dass er nicht real ist, dass ich ihn erfunden habe, aber er ist ein Detective. Ich habe immer versucht, mich in seinen Kopf zu versetzen, und irgendwann habe ich genauso gedacht wie ein Polizist. Verstehst du?«

»Absolut, Em!«, antwortete Damian fasziniert.

»Okay. Dann versuchen wir's mal. Irgendjemand könnte im Haus gewesen sein, irgendjemand, von dem Myra Carter nichts gewusst hat. Aber das muss nicht zwingend jemand aus der Familie gewesen sein. Sagen wir einfach, jemand ist ins Haus eingedrungen. Es ist sehr warm, und die Häuser an diesem Weg liegen ziemlich abgeschieden. Menschen, die an so abgelegenen Orten leben, verzichten bei großer Hitze vermutlich darauf, alles zu verrammeln. Erinnerst du dich noch an diese große Terrassentür? Da könnte jemand problemlos reingekommen sein.«

»Bis jetzt ergibt das einen Sinn«, ermutigte Damian sie fortzufahren.

»Diese Person ist ihr in die Küche gefolgt und hat Myra Carter entweder niedergeschlagen oder zu Boden gestoßen und dann das Wasser auf den Fliesen verteilt. Der Angreifer könnte sie so platziert haben, dass es so aussah, als hätte sie sich den Kopf am Schrank angestoßen.«

»Aber wenn sie wieder zu sich kommt, wird sie sich doch daran erinnern«, gab Damian zu bedenken.

»Nicht notwendigerweise, nicht, wenn sie ihn oder sie nicht gesehen hat.« Emma dachte wieder nach. »Andererseits kann der Angreifer sich dessen nicht sicher sein, und das macht ihm bestimmt eine Heidenangst. In dem Fall wird er es mit Sicherheit noch einmal versuchen, und das nächste Mal wird er nichts mehr dem Zufall überlassen. Ich glaube allerdings nicht, dass Myra Carter im Krankenhaus Gefahr droht. Wenn etwas passiert, dann, wenn sie wieder nach Hause kommt. Aber ob ich Matt davon überzeugen kann ...?«

3.

Am späten Donnerstagmorgen tauchte Matt unangekündigt im Cottage auf, sehr zu Emmas Überraschung.

»Ich dachte, du wärst viel zu beschäftigt, um dir einen Tag freizunehmen!«, rief sie und schlang Matt voller Leidenschaft die Arme um den Hals.

»Bin ich auch«, sagte ihr Mann, erwiderte den Willkommenskuss und löste sich dann von ihr. »Aber wie es der Zufall will, hat mein Beruf mich hergeführt.«

»Myra Carters Unfall!«, rief Emma sofort. »Ihr ermittelt. Ihr glaubt, dass jemand versucht hat, sie umzubringen.«

Matt hob die Hände. »Holla! Ich glaube gar nichts. Ja, ich war in ihrem Haus und habe mir den Ort des Unfalls angeschaut. Und ich habe mit der Nachbarin gesprochen, die sie gefunden hat.«

»Das ist Pollys Mutter«, warf Damian ein.

»Und ich habe auch mit den Bryant-Geschwistern gesprochen. Sie sind in das Krankenhaus gekommen, in dem ihre Tante liegt. Deshalb konnte ich mir alle drei zugleich schnappen. Das war hilfreich.«

»Und?«, hakten Emma und Damian im Chor nach.

»Lucinda und Guy sagen beide, dass sie zum Zeitpunkt des Unfalls in London gewesen seien. Guy hat mit seinem Terminplaner vor mir herumgewedelt und behauptet, jede Sekunde seines Tages dokumentieren zu können, bis hin zu dem Zeitpunkt, als sein Bruder ihm die Nachricht übermittelt hat, dass seine Tante ins Krankenhaus gebracht worden sei. Daraufhin hat er all seine Termine abgesagt, ist ins Auto gesprungen und zu ihr gefahren. Äußerst lobenswert.

Lucinda wiederum war an diesem Nachmittag in ihrem Wellnessclub zum Schwimmen. Auf dem Heimweg hat Jeremy sie dann auf dem Handy erreicht und sie informiert. Genau wie ihr Bruder Guy hat sie sofort alle Pläne über den Haufen geworfen und ist zu ihrer Tante gefahren.

Jeremy schließlich hat gerade Badesachen an Läden in Strandnähe verkauft, als Mrs. Owen ihn auf dem Handy angerufen hat. Er ist ebenfalls sofort ins Krankenhaus gefahren. Er ist außerdem der Einzige, der zugibt, in der Gegend gewesen zu sein, aber er leugnet, Zeit gehabt zu haben, zu dem Haus in Rock zu fahren und dort einen ›Unfall‹ zu inszenieren. Das stimmt jedoch nicht ganz.

Am meisten spricht für die Geschwister, dass es keine Beweise dafür gibt, einer von ihnen sei auch nur in der Nähe von Rock gewesen. Die simple Tatsache ist: Wir haben das Haus mit der Lupe durchsucht, und nichts, gar nichts deutet darauf hin, dass da eine andere Person im Haus war, nicht zwischen dem Zeitpunkt, als die Putzfrau gegangen ist, und dem, als Mrs. Owen Myra Carter auf dem Küchenboden gefunden hat.«

»Aber jetzt gibst du doch zu, dass dieser ›Unfall‹ verdächtig aussieht, vor allem nach all den anderen zuvor, oder?«, fragte Emma nervös.

Ihr Mann schaute unglücklich drein. »Jaja … Es sieht für mich schon komisch aus. Es sieht für alle komisch aus. Aber ich bin nicht dein Detective Felix Watts. Der läuft einfach los und jagt einem Bauchgefühl hinterher. Ein echter Polizist kann sich das nicht leisten. Ich brauche Beweise: Einbruchsspuren, einen Zeugen, der einen der Verdächtigen gesehen hat, so etwas. Da ich jedoch nichts in der Hand habe, fürchte ich, der Vorfall wird als Haushaltsunfall abgeheftet werden.«

Alle drei saßen eine Weile schweigend beieinander, bis Damian aufstand und den Wasserkocher anschaltete.

»Was ist mit Mrs. Carter selbst?«, fragte Emma. »Wie geht es ihr?«

»Eigentlich recht gut, aber sie hat starke Kopfschmerzen. Sie musste mit ein paar Stichen genäht werden und hat eine Gehirnerschütterung. Ein, zwei Tage wird sie noch im Krankenhaus bleiben müssen.«

»Dann konntest du noch nicht mit ihr sprechen?«

Matt schüttelte den Kopf. »Nicht wirklich. Aber laut einer Krankenschwester hat sie sich tierisch aufgeregt, als die Bryants sie besucht haben. Die Schwester musste sie bitten zu gehen. Als ich dort angekommen bin, habe ich die drei im Flur gefunden. Sie standen kurz davor zu platzen. Es sieht so aus, als wolle Mrs. Carter ihnen die Schuld an dem Unfall geben oder zumindest einem von ihnen. Ich fürchte, sie verschwendet nicht einen Gedanken an die Möglichkeit, dass sie selbst das Wasser verschüttet haben könnte oder dass sie auf dem losen Boden ausgerutscht ist, den sie nicht hat reparieren lassen.«

»Dann wird sie vermutlich auch ihre Drohung wahr machen und ihr Testament ändern«, sagte Emma in sachlichem Ton und nahm die Kaffeetasse, die Damian ihr reichte.

»Matt, wir haben selbst gehört, wie sie damit gedroht hat«,

ergänzte Damian. »Sie hat es Jeremy förmlich ins Gesicht geschrien, und er hat es dann Polly erzählt.« Er stellte einen dampfenden Becher vor Matt, der ihm mit einem Murmeln dankte.

»Und da ist noch etwas, Matt«, fuhr Emma fort. »Du hast den Wasserfleck auf dem Boden nicht gesehen, ich aber schon. Auch wenn er schon trocknete, war er noch immer groß, und es waren keine Rutschspuren zu erkennen.«

Matt dachte darüber nach. »Würde eine solche Spur nicht als Erstes trocknen?«

»Möglich«, gab Emma unglücklich zu.

Matt lächelte tröstend. »Du hast da schon einen Punkt, Liebling, aber keinen sonderlich starken. Und wie du gesagt hast: Ich habe es nicht gesehen. Vielleicht ist dir die Spur ja auch nicht aufgefallen.«

Emma überlegte wild. »Was hast du damit gemeint, als du gesagt hast, es stimmt nicht, dass Jeremy keine Zeit hatte, nach Rock zu gehen?«

Matt rührte in seinem Kaffee und antwortete bedächtig: »Er hat zugegeben, zum fraglichen Zeitpunkt in der Gegend gewesen zu sein, und es gibt da eine Lücke in seinem Zeitplan für den Tag, so um eins. Er sagt, da habe er in Newquay am Strand gesessen, die Surfer beobachtet und ein Cornish Pasty gegessen. Natürlich hat der Mann das Recht auf eine Mittagspause. Allerdings hat er keine Zeugen dafür. Es ist durchaus vorstellbar, dass er zum Haus seiner Tante gefahren ist, den Wagen ein Stück davon entfernt geparkt und sich ihm dann über die Klippe genähert hat. Es gibt dort einen wenig benutzten Trampelpfad, der direkt hinter dem Garten von Mrs. Carter verläuft.«

»Polly wird nie akzeptieren, dass Jeremy der Hauptverdächtige ist«, bemerkte Emma.

»Bei allem gebührenden Respekt«, erwiderte ihr Mann. »Polly ist voreingenommen. Schließlich ist sie in den jungen Mann vernarrt. Das hast du mir zumindest erzählt.«

»Von ›vernarrt‹ habe ich nichts gesagt«, widersprach Emma. »Ich habe von Liebe gesprochen. Das ist ein Unterschied.«

»Dann meinetwegen ›verliebt‹. Aber wie auch immer … Natürlich glaubt sie an seine Unschuld. Aber hast du mal darüber nachgedacht, dass Jeremy Bryant Polly nur benutzen könnte? Gehen wir einfach mal davon aus, Jeremy hat diese ›Unfälle‹ arrangiert. Er weiß, dass seine Tante allen davon erzählen wird, und er ist ziemlich sicher, dass sie ihm oder einem seiner Geschwister die Schuld daran geben wird. Also beschließt Jeremy, ihr zuvorzukommen. Bevor Myra Carter zur Polizei gehen kann, erzählt er Polly, dass seine Tante eine exzentrische Hexe ist, die ihn und seine Geschwister nur in den Dreck ziehen will. Vielleicht hat Polly ihm da ja schon gesagt, dass sie dich interviewen wird, Emma. Und Jeremy hat seine Hausaufgaben gemacht. Er weiß, dass du mit mir verheiratet bist und dass, sollte seine Tante zur Polizei gehen, es sehr wahrscheinlich ist, dass sie mit mir spricht. Also erzählt er es Polly, und Polly erzählt es dir und bittet dich, es mir zu sagen. Das tust du dann auch. Wenn Mrs. Carter schließlich in meinem Büro auftaucht, bin ich schon voreingenommen.«

»Himmel!«, rief Damian. Er war zutiefst beeindruckt.

Matt schaute zufrieden drein, und Emma verschränkte grimmig die Arme vor der Brust. »Sollte sich das als wahr herausstellen, dann wird es der armen Polly das Herz brechen. Jeremy würde sie doch nicht wirklich so benutzen … oder? Sie liebt ihn, egal ob mit oder ohne Geld.«

»Vergiss nicht«, sagte Matt, »dass Jeremy Bryant mit der Erwartung groß geworden ist, irgendwann ein Drittel des Vermögens zu bekommen. Polly mag Geld ja nicht kümmern, Jeremy jedoch schon! Und für Guy und Lucinda gilt das Gleiche. Ich habe dir ja gesagt, dass ich sie im Krankenhaus auf dem Flur getroffen habe. Als sie gemerkt haben, dass ich ein Bulle bin, haben sie sich förmlich auf mich gestürzt. Guy hat gesagt, seine Tante sei nicht mehr ganz dicht im Kopf, und Lucinda hat behauptet, irgendwer hetze Mrs. Carter gegen ihre Nichte und Neffen auf. Jeremy wiederum hat nur immer wieder wiederholt, dass sie das nicht waren und dass seine Tante einfach nur unfair sei. Was für eine Familie!« Matt knallte die Hände auf den Tisch. »Aber das ist akademisch. Ich habe nicht den geringsten Beweis dafür, dass überhaupt irgendwer irgendwas getan hat, und soweit es die Polizei betrifft, ist die Sache damit erledigt. Wir haben uns den mutmaßlichen Tatort angeschaut und mit den Verwandten gesprochen. Mehr können wir nun mal nicht tun. Aber jetzt muss ich wirklich zurück. Ich sehe euch dann am Wochenende.«

»Matt«, sagte Emma und folgte ihm zum Wagen hinaus, »zu Hause ist doch alles in Ordnung, oder? Ich meine den Klempner …«

»Mit dem Badezimmer ist alles in Ordnung«, versicherte Matt seiner Frau und schloss die Autotür, bevor sie etwas darauf erwidern konnte. Dann warf er ihr noch eine Kusshand zu und fuhr weg.

»Nein, ist es nicht!«, rief Emma ihm hinterher. »Ich weiß, dass da was nicht stimmt!« Natürlich war ihr klar, dass Matt sie nicht mehr hören konnte. Sie wollte einfach nur ihren Frust herauslassen.

»Wir könnten zurück nach Wadebridge fahren und uns das Badezimmer selbst ansehen«, schlug Damian vor.

Emma war versucht, dem zuzustimmen, widerstand der Versuchung aber. »Nein. Wenn Matt sagt, dass alles in Ordnung ist, dann muss ich ihn beim Wort nehmen. Dann darf ich mich nicht vergewissern. Was, wenn wirklich alles in Ordnung ist? Der Klempner würde sich verpflichtet fühlen, ihm von meinem Besuch zu erzählen, und dann …? Hier geht es um Vertrauen, Damian.«

»Nun, dann hör auf, dir deswegen Sorgen zu machen«, erwiderte Damian.

Nachdem Matt gefahren war, trafen Emma und Damian einen Entschluss, der sich als schlecht herausstellen sollte. Trotz Damians ständigem Drängen, sie solle nicht länger darüber nachdenken, was Matt über Polly gesagt hatte, trieb Emma das um, und sie schlug einen schönen, langen Spaziergang vor. Also machten sich die beiden auf den Weg, diesmal in eine neue Richtung, nach Trevetherick und von dort aus an den Klippen entlang nach Polzeath.

»Ich mag Polly«, sagte Emma. »Und sie ist wirklich versessen auf Jeremy. Sie würde alles glauben, was er ihr erzählt. Unschuldig, wie sie ist, könnte er sie durchaus benutzen, um seine Tante in Verruf zu bringen. Das sehe ich auch so.«

»Ich bin nur froh, dass in unserer Familie niemand ein Vermögen besitzt«, sagte Damian. »Jedenfalls, wenn das diese Art von Ärger macht. Aber ich habe auch nachgedacht, Em. Polly hat behauptet, dass Mrs. Carter nur nach einem Grund sucht, um ihr Testament zu ändern. Matt wiederum hat uns erzählt, dass Mrs. Carter Bridge spielt. Wir haben auch einen Bridge-Club in der Schule. Da habe ich kurz mal mitgemacht, aber es war nicht mein Ding. Tatsache ist aber, bei Bridge geht es darum, die Spieler die Karten spielen zu lassen, die du und dein Partner haben wollen. Man versucht, die anderen Spieler dazu zu bringen, das zu tun, was man will, verstehst du? Vielleicht manipuliert Mrs. Carter ihre Nichte und ihre Neffen ja auch. Zugegeben … Demnach zu urteilen, was Matt erzählt hat, ist das ein grauenhaftes Trio. Aber das macht sie noch lange nicht zu Verbrechern … oder?«

Emma schaute ihn zweifelnd an.

»Und noch etwas, Em«, drängte Damian. »Wenn sie wirklich ihr Testament ändern will, wem will sie dann alles schenken?«

»Vererben, nicht schenken«, korrigierte Emma ihn automatisch.

Damian zischte frustriert. »Also ehrlich, Em. Das ist doch

Wortklauberei. Wenn kümmert das? Schließlich reden wir von Mord. Also, wer ist diese geheimnisvolle Person? *Darüber* sollten wir mal nachdenken!«

»Ich bin nicht so überzeugt, dass sie wirklich nach einem Grund sucht, um ihr Testament zu ändern. Ich kann einfach nicht glauben, dass sie sich dafür selbst verletzen oder absichtlich falsche Medikamente nehmen würde. Nein, Damian, das passt nicht zusammen. Irgendjemand da draußen will ihr etwas antun. Aber wenn die drei Bryants unschuldig sind, dann suchen wir nach einem Unbekannten«, sinnierte Emma.

Inzwischen hatten sie kehrtgemacht und gingen wieder zurück. Die steife Brise, die sie schon den ganzen Weg über begleitet hatte, hatte noch an Stärke zugelegt. Sie senkten die Köpfe und liefen so schnell sie konnten, doch der zunehmende Wind packte sie mit voller Wucht von der Seite und brachte sie zum Wanken. Plötzlich war der Klippenrand viel zu nah, aber den Weg zu verlassen und querfeldein zu gehen, war auch zu gefährlich. Damian packte die Hand seiner Tante und zog sie hinter sich her. Emma erkannte, dass Damian zwar viel jünger war als sie, aber er war mindestens genauso stark und irgendwie stabiler. Vermutlich trieben sie viel Sport an seiner Schule, dachte sie. Wasser fand einen Weg Emmas Nacken hinunter und in ihre Kleidung, sodass sie schon bald von innen genauso nass war wie von außen. Nirgends war eine Menschenseele zu sehen. Draußen auf dem Meer waren alle Wasserfahrzeuge in die Sicherheit des Hafens geflohen. Offenbar war außer Emma und Damian niemand so dämlich gewesen, sich bei diesem Wetter rauszuwagen.

Nach einer gefühlten Ewigkeit hatten sie sich durch den peitschenden Regen einen Weg zum Cottage zurück erkämpft. Klatschnass und vollkommen außer Atem taumelten sie hinein.

»Ich dachte schon, es würde uns über den Klippenrand wehen!«, keuchte Damian. Er strich sich über das Haar und drückte das Wasser heraus.

»Geh und nimm erst mal ein Bad«, riet ihm seine Tante. Ihr eigenes langes braunes Haar wand sich in Strähnen um ihr Gesicht. Ihre Schuhe waren vollkommen durchnässt, und ihr Hemd und ihre Jeans klebten unangenehm an ihrem Leib. Sie trat die Schuhe von den Füßen. »Geh, Damian. Mach schon. Sonst bekommst du noch eine Lungenentzündung. Das würden mir deine Eltern nie verzeihen. Auch die Schule hätte mit Sicherheit ein Problem damit.«

»Nein, geh du zuerst«, erwiderte Damian. »Ich bin okay. Ich ziehe nur schnell die nassen Sachen aus. Ich bekomme schon keine Erkältung oder so was. In der Schule lassen sie uns bei jedem Wetter Rugby spielen. Selbst wenn's friert. Der Sportlehrer drückt die Ferse in die Erde, und wenn auch nur die kleinste Delle bleibt, spielen wir.«

»Kälte ist eine Sache, kalt und nass aber etwas vollkommen anderes …«, konterte Emma.

Doch offenbar schickte man nur kleine Kinder in die Badewanne – jedenfalls Damians Meinung nach. So diskutierten beide immer noch darüber, als es plötzlich laut an der Tür klopfte.

Sie schauten einander an. Der Regen prasselte nach wie vor gegen die Fenster. Wer war denn bei diesem Wetter draußen? War Matt doch zurückgekommen?

Emma ging zur Tür und hinterließ dabei nasse Fußspuren auf dem Fliesenboden. Sie machte auf. Draußen stand eine vertraute Gestalt, die sich eine gefaltete Zeitung über den Kopf hielt.

»Polly!«, rief Emma.

»Dürfen wir reinkommen?«, fragte Polly, und Emma bemerkte eine weitere, größere Gestalt im trüben Licht. »Wir sind furchtbar nass. Sie haben Jeremy doch noch nicht kennengelernt, oder?«

Fünfzehn Minuten später saßen sie alle vor dem elektrischen Heizlüfter, die Hände um Kakaobecher gelegt, und genossen die angenehme Wärme. Emma hatte sich umgezogen und Polly ein trockenes Sweatshirt geliehen. Damian hatte ebenfalls die Kleider gewechselt. Nur Jeremy Bryant trug noch seine eigenen Sachen, die nun in der Hitze dampften.

Interessiert musterte Emma ihn. Jeremy war ein attraktiver junger Mann, dachte sie, mit einem hübschen, offenen Gesicht. Allerdings hatte er Sorgenfalten auf der Stirn.

»Wissen Sie, dass meine Tante im Krankenhaus ist?«, fragte er.

Emma nickte. »Wie geht es ihr?«

»Schon besser. Sie ist ziemlich zäh. Allerdings ist sie auch richtig mies gelaunt. Sie lässt nicht zu, dass einer von uns sich zu ihr setzt. Lucinda war so angepisst, dass sie sich schließlich wieder nach London verzogen hat. Sie hat gesagt, sie wolle erst wieder zurückkommen, wenn Tante Myra mit ihren bösartigen Vorwürfen aufhört. Das waren übrigens genau ihre Worte – ›bösartige Vorwürfe‹. Ich muss zugeben, Tante Myras Verhalten tut auch weh. Ja, sie und ich waren nicht immer einer Meinung. Zum Beispiel missbilligt sie meine Hobbys. Aber alles in allem bin ich eigentlich immer recht gut mit ihr zurechtgekommen.« Jeremy seufzte. »Jedenfalls, bevor sie all diese Unfälle hatte. Jetzt hat sie diesen Floh im Ohr, dass einer von uns sie umbringen will. Egal, was wir tun, es macht keinen Unterschied.«

»Was ist mit Ihrem Bruder? Guy?«, fragte Damian. »Ist er auch wieder nach London gefahren?«

»Soweit ich weiß, ja. Polly und ich waren bei ihren Eltern. Polly hat gesagt, Sie würden vielleicht wissen … Nun, sie wollte, dass ich Sie kennenlerne. Also haben wir uns auf den Weg hierher gemacht. Dann hat der Regen uns überrascht.«

»Wie uns auch«, sagte Emma. »Nun, ich freue mich, Sie kennenzulernen, Jeremy. Polly hat uns viel von Ihnen erzählt.«

Plötzlich mochte sie ihn aus irgendeinem Grund und war geneigt, ihm seine Unschuld zu glauben. »Sie wissen vermutlich, dass mein Mann bei der Polizei ist und dass Ihre Tante bei ihm war, oder?«

»Oh ja, das weiß ich. Polly hat es mir erzählt, und ich habe ihn im Krankenhaus kennengelernt. Gott allein weiß, was er über uns gedacht hat. Wir waren so aufgebracht, dass wir im Flur regelrecht übereinander hergefallen sind. Aber der Grund dafür ist nicht, dass wir alle so gierig und herzlos sind. Der Grund ist, dass wir uns große Sorgen um Tante Myra machen. Ihr Mann hat sich doch im Haus unserer Tante umgesehen, nicht wahr? Und er hat nichts gefunden ... oder falls doch, dann hat er zumindest nichts gesagt.« Neugierig schaute Jeremy zu Emma.

»Wenn ich ihn richtig verstanden habe, dann hat er tatsächlich keinen Hinweis auf eine strafbare Handlung entdeckt«, sagte Emma vorsichtig. Also deshalb waren Polly und Jeremy hier, überlegte sie. Sie wollten wissen, was Matt dachte, und sie hofften, dass Emma ihnen das verraten würde.

Aber natürlich konnte sie ihnen nicht sagen, dass Matt zwar keine Beweise gefunden, aber durchaus seine eigene Theorie zu den Geschwistern hatte, vor allem zu Jeremy Bryant, den er als Hauptverdächtigen betrachtete.

Der Regen hatte aufgehört. Obwohl eine wässrige Sonne ihr Bestes tat, alles zu trocknen, tropfte noch immer viel zu viel Wasser von den Bäumen im Garten. Emma improvisierte schnell ein frühes Abendessen: Linsensuppe, Käse, Salat, Baguette und Damians Lieblingsessen, kalte gekochte Schweinswürste. Dann öffnete sie zu Ehren der Besucher noch eine Falsche Wein, die eigentlich für Matts nächsten Besuch gedacht gewesen war, und alle vier versammelten sie sich um den Küchentisch und stürzten sich mit gesundem Appetit auf das Essen.

»Wissen Sie, Jeremy«, begann Emma taktvoll, als sie alle satt und entspannt waren, »vielleicht sehen wir das alles viel zu eng. Nehmen wir einmal an, irgendjemand würde diese Unfälle tatsächlich orchestrieren … und damit meine ich nicht Sie oder Ihre Geschwister. Hat Ihre Tante noch andere Verwandte?«

»Ich glaube nicht«, antwortete Jeremy. »Wir sind die einzigen.«

»Und was ist mit alten Freunden? Gibt es da vielleicht jemanden, dem sie alles hinterlassen könnte, wenn sie ihr Testament ändert?«

»Tante Myra hat keine alten Freunde«, sagte Jeremy. »Im Laufe der Jahre hat sie sich mit allen zerstritten. Sie zerstreitet sich mit jedem. Ständig wechselt sie ihren Anwalt, ihren Steuerberater, Ärzte, was auch immer. Onkel Henry war genauso. Er und meine Mutter haben sich zerstritten, als sie meinen Vater geheiratet hat. Soweit ich weiß, hat er mit meinem Vater nie auch nur ein Wort gewechselt. Er hat uns Kinder zu sich genommen, weil er der Überzeugung war, unsere Eltern seien unfähig, uns großzuziehen. Rückblickend kommt einem das sehr hochmütig vor, aber er hat es nur gut gemeint.

Dann hat uns unser Vater verlassen, unsere Mutter ist gestorben, und Onkel Henry wurde zu unserem Vormund ernannt. Das passte ihm gut. So konnte er uns richtig erziehen! Er pflegte die Menschen regelrecht zu überfahren, und die Klugen gingen ihm aus dem Weg. Ich nehme an, deshalb war er auch ein so erfolgreicher Geschäftsmann. Er hatte mal einen Partner, aber mit dem hat er sich ebenfalls zerstritten. Ich erinnere mich nur vage an diesen Mann. Ich war noch ein Kind, aber ich habe ihn kennengelernt, als er und Onkel Henry noch beste Freunde waren. Sein Name war Erwin Berg, und er hat meinen Onkel ein paar Mal mit seiner Frau und seiner kleinen Tochter besucht. Sie schienen mir eine nette Familie zu sein. Aber wie auch immer … Nachdem sie sich zerstritten hatten, durfte man in Gegenwart von Onkel Henry und Tante Myra nicht einmal mehr ihren

Namen erwähnen. Für Onkel Henry gab es immer nur schwarz und weiß. Tante Myra tickt genauso.«

Polly warf eifrig ein: »Das spricht doch alles für Jeremy, oder? Als die Bryants noch Kinder waren, hatten Mrs. Carter und ihr Mann nichts gegen sie, denn da hatten sie sie im Griff. Jetzt sind sie jedoch erwachsen, Onkel Henry ist tot, und Myra versucht noch immer, Jeremy und die anderen zu kontrollieren. Aber inzwischen hat sie begriffen, dass das nicht länger geht, und so hat sie sich mit ihnen zerstritten – genau wie mit allen anderen auch.«

»Man muss ihr jedoch zugutehalten«, warf Jeremy ein, »dass sie immer offen zu uns war. Sie mag unsere Lebensart nicht, besonders meine. Aber sie war stets fair, wenn auch geizig. Ich weiß, dass Guy sie um Geld gebeten hat. Sein Geschäft droht den Bach runterzugehen. Sie hat nicht gezahlt. Ich habe ihn im Vorfeld davor gewarnt, sie zu fragen. Lucinda mangelt es wohl auch an Kohle, nun, da sie keinen Job mehr hat, aber wenn man andererseits an die Freunde denkt, die sie bis jetzt gehabt hat, so hatten die immer genug. Lucinda musste nie für was bezahlen.«

»Auch nicht für ihre Wohnung?«, hakte Emma nach.

»Für die schon, aber das war's dann auch. Fast täglich lädt irgendjemand sie zum Essen ein. Ihre Ferien verbringt sie auf den Jachten von irgendwem, und im Laufe der Jahre haben die Typen ihr jede Menge tollen Schmuck geschenkt. Den könnte sie jederzeit zu Geld machen.«

Möglich, dachte Emma missbilligend. Ihr gefiel Lucindas Lebensstil nicht, und im Gegensatz zu Jeremy glaubte sie keineswegs, dass seine Schwester nicht auf eigenes Geld angewiesen war. Reiche Freunde würden sie nur weiterhin einladen, solange sie mit ihnen mithalten konnte. Sollte sie ›verarmen‹, würden sie sie fallen lassen wie eine heiße Kartoffel. Doch das sprach Emma nicht aus.

Stattdessen fragte sie: »Und Sie, Jeremy? Ich möchte natürlich nicht neugierig erscheinen, aber hat sie Ihnen in letzter Zeit auch etwas verweigert?«

»Nein!«, antwortete Jeremy entrüstet. Dann lief er rot an und korrigierte sich: »Letztes Jahr habe ich sie um ein paar Pfund gebeten. Ich brauchte neue Skier. Es waren nur ein paar Hunderter, aber ich habe sie nicht bekommen. Das habe ich auch nicht wirklich erwartet. Und mit Sicherheit nehme ich ihr das nicht übel, verdammt! Es ging doch nur um Skier. Der arme, alte Guy hingegen hat all sein Geld in die Firma gesteckt …«

Jeremy verstummte, als ihm klar wurde, was er damit andeutete. »Guy war natürlich wütend, als sie ihm ihre Hilfe verweigerte, aber er würde ihr doch nichts antun! Glauben Sie mir.«

So eine Familie wünschte sich wirklich niemand, dachte Emma, genau wie Damian gesagt hatte. Selbst der so angenehme Jeremy schien nichts Falsches an der Einstellung und dem Verhalten der Geschwister zu sehen. Emma hoffte nur, dass die Freundschaft zu Polly ihn auf den richtigen Weg bringen würde.

Ein wenig später räumten Emma und Damian gerade das Geschirr weg, als sie eine Autotür hörten und kurz darauf das Knarren des Tors.

»Noch ein Besucher!«, sang Damian vom Fenster. »Ein großer Kerl. Himmel, der fährt einen Porsche …!«

Polly wirbelte an der Spüle herum. Fast hätte sie den Teller fallen gelassen, den sie in der Hand hielt. Gerade noch rechtzeitig fing sie ihn wieder auf. Jeremy sah genauso erschrocken aus. Er gesellte sich zu Damian am Fenster.

Als es an der Tür klopfte, schaute er verwirrt zu Polly. »Das ist Guy«, sagte er. »Ich dachte, er wäre wieder in London. Wie hat er uns gefunden?«

»Mach die Tür auf, Damian«, sagte Emma rasch. »Und bitte ihn herein.«

Guy Bryant war größer und schlanker als sein Bruder, eine in jeder Hinsicht schneidigere Gestalt in teurer Freizeitkleidung. Er strahlte eine Menge Selbstvertrauen aus, und das war etwas, was Emma schon immer an ähnlichen jungen Männern gestört hatte. Definitiv teilte er nicht Jeremys angenehmes Wesen, oder falls doch, dann wusste er es gut zu verbergen. Er ging an Damian vorbei und nickte Emma knapp zu, als sein Bruder ihn vorstellte.

»Ich habe Frances gefragt, wo du bist. Sie hat mir gesagt, dass du und Polly vermutlich hier seid.« Seine Worte waren an seinen Bruder gerichtet, und sein Tonfall war kritisch.

Jeremy lief rot an. »Ich dachte, du wärst wieder in der Stadt.«

»Ach, ja?« Sein Bruder hob abschätzig die Augenbrauen. »Ich bin tatsächlich gestern Abend nach London gefahren, doch dann wurde mir klar, dass ich besser hierbleiben sollte, bis alles geklärt ist. Es ist schon viel zu viel hinter meinem Rücken passiert.«

Guy warf seinem Bruder einen bedeutungsvollen Blick zu und schaute sich dann im Cottage um. Es gefiel ihm also nicht, dass Polly und Jeremy hier waren, überlegte Emma. Pech gehabt. Die beiden jungen Leute waren frei in ihren Entscheidungen. Offenbar teilte Guy den Kontrollwahn seines Onkels.

»Ich bin also wieder da«, fuhr Guy fort, »und ich habe mir ein Zimmer im Hotel die Straße runter genommen. So wie die Dinge bei mir gerade stehen, kann ich es mir schlicht nicht leisten, ständig zwischen meinem Büro in der Stadt und dem West Country hin und her zu fahren. Dafür habe ich keine Zeit! Aber so kann es ja wohl kaum bleiben. Und ich nehme nicht an«, fügte Guy spöttisch hinzu, »dass ich mich in dieser Frage auf *dich* verlassen kann.«

Wütend rief Polly: »Hey! Wir tun unser Bestes. Wir haben mit Emma und Damian darüber gesprochen, und …«

»Wir?«, fiel Guy ihr ins Wort. »Das habe ich mir schon gedacht. Das sind Familienangelegenheiten. Das geht nur uns

Bryants etwas an, sonst niemanden. Ich weiß ja nicht, was du erzählt hast, Jerry, aber ich kann nicht behaupten, dass es mir gefällt, wenn du hinter meinem Rücken mit Leuten darüber sprichst, die ich nicht kenne und die das definitiv nichts angeht.«

»Mein Mann«, sagte Emma laut, »ist Inspector King, der zu den Unfällen Ihrer Tante ermittelt.«

Guy drehte sich zu ihr um und musterte sie mit deutlich mehr Interesse, als er bis jetzt gezeigt hatte. »Ach, ja? Nun, dann sagen Sie Ihrem Mann, dass sie genau das sind: *Unfälle.* Niemand versucht, Tante Myra umzubringen. Wenn sie etwas anderes behauptet, dann nur, weil sie allmählich den Verstand verliert.«

Es folgte ein kurzes Schweigen. Schließlich drehte Guy sich wieder zu seinem Bruder um. »Meiner Meinung nach ist sie nicht länger in der Lage, sich um sich selbst zu kümmern. Einer von uns sollte die Vormundschaft beantragen. Lucinda wäre allerdings nicht gut darin. Sie würde nur noch mehr Chaos verursachen. Und du, Jerry, kannst ja wohl kaum von dir behaupten, auch nur den Hauch von Geschäftssinn zu haben. Damit bleibe nur ich. Oder siehst du das anders?«

»Nun, ich …«, begann Jeremy unglücklich.

Polly nahm seine Hand. »Wir glauben nicht, dass es auch nur annähernd so schlimm ist. Jedenfalls ich nicht, und ich habe deine Tante im Lauf der Jahre oft gesehen. Ich kenne sie gut, und meine Eltern kennen sie sogar noch besser. Wir wissen nicht, warum sie das tut und euch alle verdächtigt. Vielleicht irrt sie sich ja, oder vielleicht …« Sie beendete den Satz nicht.

Guy hob die Augenbrauen. »Bitte, sprich weiter, Polly.«

Schuldbewusst schaute Polly zu Jeremy. »Es macht dir doch nichts aus, wenn ich Guy das sage, oder, Jeremy? Guy, wir haben uns gefragt, ob sie das nur veranstaltet, um euch alle zu enterben.«

»Das habe ich mich auch schon gefragt«, warf Damian eifrig ein. »Aber Em sieht das anders.«

»Warum?«, verlangte Guy kalt zu wissen.

Polly ließ sich nicht von ihm beeindrucken. »Damit sie das Geld jemand anderem hinterlassen kann. Immerhin ist es rechtmäßig *ihr* Geld, auch wenn Onkel Henry es erwirtschaftet hat. Sie kann es vererben, an wen sie will.«

Guy legte die flachen Hände auf den Tisch und beugte sich vor. »Und dieser Jemand«, zischte er, »bist nicht zufällig du, oder?«

»Ich?« Polly schnappte entsetzt nach Luft.

»Polly? Bist du irre geworden?«, rief Jeremy.

»Ja, sie!«, knurrte Guy zurück. Unerwartet begann er zu singen: »*Pretty little Polly Perkins of Paddington Green* … Nur dass es in diesem Fall die kleine Polly Owen ist«, fügte er wieder mit normaler Stimme hinzu, »das Mädchen von nebenan. Das Mädchen, das Tante Myra ihr ganzes Leben lang kennt. Das Mädchen, dessen Eltern die Nachbarn von Tante Myra sind und die einzigen Menschen, mit denen sie sich nie gestritten hat!«

»Mach dich doch nicht lächerlich, Guy!«, argumentierte Jeremy. »Polly hätte das doch nie zur Sprache gebracht, wenn sie davon profitieren würde.«

»Ach, ja?«, entgegnete Guy. »Noch nie von doppeltem Spiel gehört? Zufälligerweise kann Polly auch jederzeit in Tante Myras Haus. Vielleicht ist es ja mal an der Zeit, dass jemand …« Er drehte sich zu Emma um. »Ihr Mann zum Beispiel sollte Polly mal zu Tante Myras ›Unfällen‹ befragen.«

4.

»Guy Bryant ist ein scheußlicher Kerl«, erklärte Emma am Telefon. »Ehrlich, Matt, ein anderes Wort gibt es nicht dafür. Er will seine Tante für unmündig erklären lassen, damit er alles übernehmen kann. Es ist wohl klar, was das heißen würde. Und schlimmer noch … Er hat Polly einen furchtbaren Vorwurf gemacht.«

Sie berichtete, was Guy genau gesagt hatte, von wegen, dass Polly hoffe, Mrs. Carters Alleinerbin zu werden.

»Ich bezweifele, dass ein Gericht Guy Bryant als Vormund einsetzen würde«, erwiderte Matt. »Den Versuch kann er sich sparen. So wie ich das sehe, ist Myra Carter vollkommen *compos mentis.* Sie ist einfach nur extrem streitsüchtig und hat sich in den Kopf gesetzt, dass irgendwer sie umbringen will. Ich wiederhole: Es gibt keinerlei Beweise dafür, dass einer der drei das versucht, und nachdem du jetzt zwei von ihnen kennengelernt hast, kannst du dir vermutlich vorstellen, warum Mrs. Carter die Nase voll von ihnen hat.«

»Aber dass Guy Polly verdächtigt …« Wütend schluckte Emma den Rest herunter.

Am anderen Ende der Leitung räusperte sich Matt auf eine Art, die nahelegte, dass er seiner Frau widersprechen wollte.

»Ich mag Guy Bryant auch nicht«, sagte er. »Aber mal ehrlich, Emma … Ältere Menschen finden öfter mal Gefallen an einem jüngeren Nachbarn oder Freund und streichen die Familie aus dem Testament. Das ist nichts Ungewöhnliches. Natürlich würden die Bryants das Testament dann anfechten können, aber da sie nicht Mrs. Carters direkte Nachfahren sind …«

»Ich will kein Wort gegen Polly hören!«, schrie Emma in den Hörer.

»Oi! Denk an mein Trommelfell. Es tut mir leid«, fuhr Matt fort. »Ich weiß, dass du Polly magst, aber sie klingt ziemlich impulsiv, und sie ist in Jeremy verliebt. Und auch wenn Guy sich irrt, was Polly betrifft, besteht noch immer die Möglichkeit, dass sie und Jeremy unter einer Decke stecken, damit Jeremy schneller an sein Erbe kommt.«

»Nun, das glaube ich einfach nicht. Nicht Polly«, erklärte seine Frau. »Okay, vielleicht – aber wirklich nur vielleicht – ist sie Jeremys Werkzeug, aber das macht sie noch nicht zu seiner Komplizin.«

»Es wäre nicht das erste Mal.« Matts Stimme klang nervtötend vernünftig. »Nettes Mädchen trifft attraktiven Jungen und verknallt sich Hals über Kopf in ihn. ›Wir könnten heiraten und bis ans Ende unserer Tage glücklich sein‹, sagt der Junge, ›wenn meine Tante nur ein wenig Geld rausrücken würde, aber das tut sie nicht. Sie ist eine durch und durch bösartige Frau, und niemand würde ihr auch nur eine Träne hinterherweinen, wenn ihr ein Stein auf den Kopf fällt, während sie unten an den Klippen spazieren geht oder wenn sie in ihrem eigenen Haus die Treppe hinunterstürzt.‹ Also setzen sie sich zusammen und baldowern etwas aus.«

»Ich glaube noch immer nicht, dass Polly bei so etwas mitmachen würde«, erklärte Emma stur.

»Wie auch immer … Der scheußliche Guy hat da einen Punkt. Pollys Eltern leben neben Myra Carter. Polly besucht sie regelmäßig. Es überrascht niemanden, sie dort zu sehen, am allerwenigsten Mrs. Carter, die das Mädchen gut kennt. In Pollys Welt wäre es ein Leichtes, sich in Mrs. Carters Haus zu schleichen …«

»Nein!«, fiel Emma ihm ins Wort. »Polly mag ja ein wenig hitzköpfig sein, aber sie ist ein durch und durch gutes Kind, und sie ist nicht dumm. Ich glaube nicht, dass Geld irgendeine Bedeutung für sie hat. Ich habe es dir ja schon gesagt: Wahrscheinlich versichert sie Jeremy, er solle sich wegen Geld nicht den Kopf zerbrechen. Sie kämen auch ohne zurecht.«

»Und ich habe erwidert, dass Jeremy in der Erwartung groß geworden ist, irgendwann ein kleines Vermögen zu erben. Die Bryants glauben, ein moralisches Recht auf dieses Geld zu haben. Ihr Onkel hat es erwirtschaftet. Er war ihr Vormund. Er hat gewollt, dass sie irgendwann alles bekommen.« Matt hielt kurz inne. »Streiten wir uns deshalb zufällig?«

»Nein.« Emma erschrak. »Wir diskutieren.«

»Gut. Das wollte ich nur wissen. Können wir jetzt das Thema wechseln?«

»Ich kann das einfach nicht vergessen, Matt! Ich bin sicher, wer auch immer versucht, Myra Carter umzubringen, wird es wieder versuchen, sobald sie aus dem Krankenhaus entlassen ist.«

»Also am Samstag«, sagte Matt unerwartet.

»Was?«

»Am Samstag. Sie wird am Samstag entlassen.«

»Das kann nicht sein!«, heulte Emma.

»Die Ärzte halten sie für fit genug, und sie quengelt ohnehin die ganze Zeit. Ich glaube auch nicht, dass sie in Gefahr schwebt. Nachdem sie so viel Verdacht auf die Bryants gelenkt hat, müssten die schon verrückt sein, um etwas zu unternehmen.«

»Aber was, wenn es keiner von ihnen ist? Was, wenn …?«

»Emma!« Allmählich verlor Matt die Geduld. »Es gibt niemand anderen außer Polly, und davon willst du nichts wissen. Jetzt lass die Sache auf sich beruhen, ja?«

»Ich habe nur noch eine einzige Frage«, sagte Emma rasch, »dann halte ich den Mund. Versprochen. Guy und Jeremy habe ich kennengelernt, Lucinda aber nicht. Wie ist sie so? Wie sieht sie aus?«

»Groß, langes blondes Haar, gute Figur.« Da lag ein amüsierter Unterton in Matts Stimme. »Du wirst mir doch nicht eifersüchtig, oder? Musst du nämlich nicht. Ich würde mich lieber in ein Nest von wütenden Wespen stürzen, als auch nur in der Nähe von Lucinda Bryant zu sein! Warum willst du das überhaupt wissen?«

»Ich bin nur neugierig«, antwortete Emma. »Du kennst mich doch.«

»Und ich kenne dich auch«, erklärte Damian, nachdem Emma aufgelegt hatte. »Warum wolltest du das über Lucinda Bryant wissen?«

»Erinnerst du dich noch an den Tag, als Myra Carter den Unfall hatte und im Krankenhaus gelandet ist? Da sind wir beide über die Dünen nach Rock gelaufen, und uns ist eine große Blondine entgegengekommen. Eine Blondine, die ziemlich angesäuert wirkte! Das könnte durchaus Lucinda gewesen sein, die vom Haus ihrer Tante kam, wo sie den ›Unfall‹ arrangiert hatte.«

»Aber Lucinda war an dem Tag in London, in ihrem Fitnessclub«, protestierte Damian. »Jeremy hat sie auf dem Handy angerufen, um ihr von dem Unfall zu erzählen. Sie hat sofort ihre Verabredung abgesagt und ist hergefahren.«

»Woher wusste Jeremy denn, dass sie im Fitnessclub war?« Emma lehnte sich erwartungsvoll zurück.

Damian runzelte die Stirn. »Nun … weil sie es ihm gesagt hat.«

»Genau!«, krähte seine Tante. »Wenn du jemanden im Festnetz anrufst, dann muss derjenige den Hörer abnehmen, aber auf dem Handy? So eine Person kann einfach sagen, dass sie Gott weiß wo ist. Wenn Lucinda Stammkundin in dem Fitnessclub ist, dann hat sie vermutlich eine Saisonkarte und geht dort ein und aus. Da dürfte es den meisten schwerfallen zu sagen, ob sie auch an diesem bestimmten Tag dort gewesen ist. Und weil sie die Verabredung abgesagt hat, haben diese Leute auch nicht mehr mit ihr gerechnet. Sie hat kein Alibi, Damian! Als Jeremy sie angerufen hat, hätte sie genauso gut in Rock sein können. Jeremy ist ein netter Junge, aber ich würde nicht gerade behaupten, dass er …« Emma hielt verlegen inne.

»Dass er ein Einstein ist?«, schlug Damian hilfsbereit vor.

»Danke. Sehr nett ausgedrückt. Ja, er ist nicht der Hellste. Glücklicherweise ist Polly klug genug für sie beide. Komm, Damian!«

»Wo fahren wir denn hin?«, fragte Damian und folgte seiner Tante zum Auto.

»Wir machen einen Krankenbesuch … bei Mrs. Myra Carter!«

Sie fanden Mrs. Carter im Tagesraum des Krankenhauses. Sie trug ihr weites blaues Kleid, saß am Fenster und blätterte in einer Zeitschrift. Selbst unter diesen Umständen war sie eine beeindruckende Erscheinung: eine kräftige Frau und nicht im Mindesten schwach oder verletzlich. Als Emma näher kam, nahm Mrs. Carter die Zeitschrift herunter und wartete stumm, während sie die Besucherin mit scharfem Blick musterte.

Nervös erklärte Emma, wer sie war.

»Ihr Mann«, knurrte Mrs. Carter sichtlich verärgert, »hat sich als vollkommen nutzlos erwiesen.«

»Ohne die geringste Spur ist es aber auch schwer für ihn«, verteidigte Emma Matt.

»Gehört es nicht zu seinem Job, diese Spuren zu finden? Oder irre ich mich da?«

»Matt sagt, ich irre mich«, sagte Emma. »Sie müssen wissen, ich schreibe Krimis und …«

Mrs. Carter fiel ihr ins Wort. »Und wer ist der junge Mann da?« Sie deutete auf Damian, der versuchte, so unauffällig wie möglich im Hintergrund zu bleiben. »Um seine Mutter zu sein, wirken Sie ein wenig zu jung auf mich.«

»Ich bin auch nicht seine Mutter. Ich bin seine Tante«, erklärte Emma, »und in diesem Land sein Vormund. Seine Eltern sind gerade im Ausland.«

Mrs. Carter entspannte sich ein wenig. Genau darauf hatte Emma gehofft. »Ihr Neffe also, ja? Und Sie sind sein Vormund. Mein Mann und ich, wir hatten auch die Vormundschaft über seine Neffen und seine Nichte. Ich hoffe, dieser junge Mann wird sich nicht eines Tages gegen Sie wenden, wie es meine Mündel getan haben.«

»Em hat auch kein Geld«, bemerkte Damian taktlos. »Ich meine, natürlich würde ich das auch so nicht tun.«

»Damian«, sagte Emma, »ich glaube, der Freundeskreis des Krankenhauses unterhält hier eine Cafeteria. Warum holst du dir nicht was zu trinken?«

Damian zog sich rasch zurück.

Mrs. Carter grinste hämisch. »Warum haben Sie ihn eigentlich mitgebracht? Um mich zu beeindrucken?«

»In gewisser Weise, ja«, gab Emma zu. »Schauen Sie, Mrs. Carter … Ich glaube Ihnen in dem Punkt, dass diese Unfälle nicht wirklich Unfälle sind. Mehr noch, und ohne Sie verängstigen zu wollen …«

»So leicht lasse ich mich nicht verängstigen!«, fiel Mrs. Carter ihr ins Wort. »Sie wollen mir sagen, sobald ich zu Hause bin, schwebe ich wieder in Gefahr. Daran habe ich auch selbst schon gedacht. Danke!«

»Sagen Sie mal«, drängte Emma. »Woran erinnern Sie sich im Zusammenhang mit dem Unfall, wegen dem Sie hier gelandet sind?«

»An verdammt wenig«, schnaubte Mrs. Carter. »Ich bin in die Küche gegangen, wollte zur Spüle, und das Nächste, woran ich mich erinnere, ist ein Bett und neben mir Lucinda, Guy und Jeremy, die wie die Geier über mir kreisen. Ich habe sie rausgejagt.«

»Aber mit der Zeit könnten weitere Erinnerungen zurückkehren, verstehen Sie? Also muss der Angreifer sich Sorgen machen, und ihm oder ihr läuft die Zeit davon. Ich denke, wenn der Täter oder die Täterin noch einmal etwas versucht, dann sofort, wenn sie wieder zu Hause sind. Deshalb habe ich mir etwas ausgedacht, um ihn aus dem Schatten zu locken – wer auch immer es sein mag.« Emma lehnte sich zurück, hielt die Luft an und wartete.

»Sie sagen, Sie schreiben Krimis«, sagte Mrs. Carter. »Da

nehme ich an, Ränkeschmieden ist Ihr Metier. Okay. Reden Sie.«

Emma verkniff sich ein erleichtertes Seufzen. Sie hatte schon befürchtet, Mrs. Carter würde es gar nicht so weit kommen lassen. »Folgendes«, begann sie. »Alle wissen, dass Sie morgen entlassen werden, korrekt?«

Mrs. Carter nickte mit versteinerter Miene.

»Meine Idee ist, dass Sie nicht nach Hause fahren, sondern in ein kleines Hotel oder in eine Pension. Ich werde ein Zimmer für Sie buchen. Und wir erzählen niemandem davon, vor allem nicht den Bryants. Ich fahre dann in Ihr Haus. Da gibt es ja diesen Pfad hinter dem Grundstück. Über den kann ich unbemerkt hinein. Ich habe auch ein blaues Kleid, genau wie Sie. Damit werde ich dann ein wenig im Haus herumlaufen, sodass jeder, der durchs Fenster schaut, jemanden in Blau sieht. Natürlich werde ich nicht zu nah ans Fenster gehen, und dann werde ich warten …«

Mrs. Carter verschränkte die Hände im Schoß und lehnte sich auf ihrem Stuhl zurück. »Wäre das nicht ziemlich gefährlich für Sie?«

»Ah!« Jetzt spielte Emma ihren Trumpf aus. »Wenn Sie zustimmen und ich das durchziehe, dann wird Matt, mein Mann, mich mit Sicherheit begleiten und sich im Haus verstecken. Er wird mich beschützen.«

»Weiß er schon davon?« Mrs. Carter klang leicht amüsiert.

»Äh … nein … noch nicht«, gab Emma nervös zu. »Wenn ich ihm davon erzähle, wird er natürlich versuchen, mich davon abzuhalten. Deshalb ist es besser, dass ich erst alles arrangiere. Überzeugen kann ich ihn dann immer noch. Gefallen wird ihm das aber nicht«, schloss Emma ehrlich.

»Das kann ich mir denken«, bemerkte Mrs. Carter trocken.

»*Was?*«, brüllte Matt, als Emma später in seinem Büro erschien und ihm ihre brillante Idee erklärte. »Hast du jetzt vollkommen den Verstand verloren?«

»Nein, und schrei nicht so, sonst hören dich die anderen noch, und das soll ein Geheimnis bleiben. Ja, ich weiß, du bist verärgert ...«

»Das kann man wohl sagen!«, fiel ihr ihr Mann ins Wort. Er atmete schwer. »Allerdings trifft das Wort ›wütend‹ es wohl eher.«

»Dann eben wütend. Aber wenn du dich wieder beruhigst, wirst du erkennen, was für ein guter Plan das ist.«

»Das ist irre.«

»Nein, ist es nicht!« Emma blieb hartnäckig. »Mrs. Carter hat keine Erinnerung an den Angriff ...«

»Wenn es denn ein Angriff war! Es gibt keinerlei Hinweis darauf.« Matts Stimme klang eisig.

Das, dachte Emma, war sogar noch schlimmer als Matts Brüllen. Sie nahm all ihren Mut zusammen.

»Ich glaube schon, dass es den gab, und ich glaube auch, dass ich dir das beweisen und den Täter rauslocken kann. Tatsächlich glaube ich, es ist Lucinda.«

Auf Matts Frage hin, wie sie darauf käme, erklärte sie es ihm genau so, wie sie es bei Damian getan hatte: »Damian und ich haben dieses Mädchen in den Dünen gesehen. Ich bin sicher, das war Lucinda. Und Mrs. Carter könnte sich jeden Moment an etwas erinnern. Das dürfte Lucinda in Panik versetzen.«

»Du hast mir nicht erzählt, dass du an diesem Tag jemanden in den Dünen gesehen hast«, knurrte Matt wütend.

»Das ist an sich doch auch nichts Ungewöhnliches. Es spazieren immer Leute durch die Dünen. Zu Beginn habe ich mir nichts dabei gedacht, später aber schon, nachdem Jeremy mir den Lebenswandel seiner Schwester beschrieben hat. Seine Beschreibung passt perfekt zu dem Mädchen, das ich gesehen habe. Dann habe ich mich daran erinnert, dass du gesagt hast, Jeremy habe seine Schwester auf dem Handy angerufen.«

Matt trommelte mit den Fingernägeln auf den Tisch. »Wenn ich dabei mitmache«, sagte er, »dann wirst *du* das nicht tun. Deine Rolle kann auch eine Polizeibeamtin übernehmen.«

»Das ist *meine* Idee!«, protestierte Emma. »Außerdem ... Denk doch mal nach. Wenn du eine Polizistin ins Haus steckst, dann wird das eine offizielle Ermittlung, und wenn dann nichts passiert, stehst du verdammt dumm da. Und Mrs. Carter geht jetzt auch davon aus, dass ich dort sein werde. Es macht ihr nichts aus, wenn ich durchs Haus gehe. Bei einer Polizistin wäre das vielleicht anders. Du weißt doch, wie seltsam sie ist.«

»Wir werden sie einfach fragen«, entgegnete Matt.

Zu Matts großer Verärgerung und Emmas Befriedigung stellte Mrs. Carter sich fest auf Emmas Seite. Ihre Argumentation war wie immer unfair, aber typisch.

»Eine Polizistin sieht auch wie eine Polizistin aus. Selbst durchs Fenster. Überlassen Sie das Ihrer Frau. Sie ist vermutlich die bessere Schauspielerin.«

»Das ist viel zu gefährlich«, erklärte Matt stur.

»Aber du glaubst doch, dass nichts passieren wird«, wehrte Emma sich.

»Ich bezweifele es zwar, aber ich schließe es nicht aus. An deiner Stelle würde ich zumindest eine Beamtin mitnehmen. Sie kann sich ja im Schlafzimmer verstecken – nur für den Fall. Ich werde ebenfalls mitkommen.«

Es war eine Sache, sich den Plan auszudenken, jedoch etwas vollkommen anderes, ihn auch umzusetzen. Emma konnte ihre Nervosität nicht unterdrücken, während sie am Samstagnachmittag in ihrem blauen Kleid durch Mrs. Carters Haus wanderte.

Doch nichts geschah. Nur Frances Owen klopfte einmal an die Tür, und als ihr niemand aufmachte, schob sie einen Zettel unter der Tür hindurch.

Ich verstehe schon, dass du heute keine Besucher haben willst. Wir melden uns dann morgen.

Emma beobachtete aus einem der oberen Fenster, wie Mrs. Owen zu ihrem eigenen Haus zurückkehrte. »Was auch immer geschieht«, betete sie, »lass es nicht Polly sein, die wir schnappen!«

Der Abend nahm seinen Lauf, und schließlich verkündete Emma, dass sie jetzt zu Bett gehen würde.

»Aber natürlich werde ich nicht wirklich schlafen. Ich werde mich noch nicht einmal ausziehen, sondern einfach nur unter die Tagesdecke legen.«

»Ich werde mich in diesem großen, alten Kleiderschrank verstecken«, sagte Sergeant Brenda Mayhew, ein großes, sportliches Mädchen. »Sollte jemand ins Schlafzimmer eindringen, bin ich sofort da.«

»Und ich werde unten sein und im Garderobenschrank kauern«, fügte Matt hinzu. Er seufzte. »Das ist wirklich eine furchtbare Idee.«

»Keine Sorge, Sir«, tröstete ihn Sergeant Mayhew. »Ich finde sie sogar richtig gut … selbst wenn sie nicht funktioniert.«

Emma war nie bewusst gewesen, wie lang eine Nacht eigentlich sein konnte. Die leuchtende LED-Anzeige des Radioweckers änderte sich nur quälend langsam. So lang konnte doch keine Sekunde sein. Dann und wann war ein Geräusch aus dem geräumigen Schrank zu hören, in dem Brenda Mayhew kauerte. Emma hoffte nur, dass das nicht allzu unbequem war.

Sie musste eingenickt sein. Plötzlich riss Emma die Augen auf. *Mist!*, dachte sie. *Ich wollte doch nicht schlafen.* Sie fragte sich, ob Brenda ebenfalls eingedöst war. Emma drehte den Kopf auf dem Kissen. Auf der Uhr stand 03:45 Uhr. Nicht mehr lange. Und es sah wirklich so aus, als würde nichts geschehen. *Was dann?*, sinnierte Emma. *In dem Fall muss ich mir etwas anderes ausdenken. Eine zweite Sache wie diese wird Matt aber nicht mitmachen, nicht, wenn die hier scheitert. Er wird mir auch so nie verzeihen, dass er die Nacht unten in einem Schrank verbringen musste.*

Aber wie es manchmal so ist, wenn man mitten in der Nacht aufwacht, verspürte Emma plötzlich das dringende Bedürfnis, ins Badezimmer zu gehen. Zwar versuchte sie, sich einzureden, dass dem nicht so war, doch in diesem Fall vermochte der Geist den Körper nicht im Zaum zu halten. Vorsichtig schwang sie sich aus dem Bett und stapfte zum Schrank.

»Brenda?«

Keine Antwort. Brenda war auch eingeschlafen. Emma tapste zur Tür. Es raschelte im Schrank, und die Tür öffnete sich einen Spalt.

»Ich gehe ins Bad«, flüsterte Emma.

»Okay …«, lautete die leise Antwort.

Emma schlurfte durch den schwach beleuchteten Flur zum Bad. Vor ihr fiel das Mondlicht durch ein Fenster am anderen Ende des Flurs und erzeugte einen weißen Fleck auf dem Teppichboden vor der Badezimmertür. Doch kurz davor, in einer Nische unter einem Bogen, war es pechkohlrabenschwarz. Emma zögerte. War das Einbildung, oder hörte sie wirklich jemanden atmen? Falls ja, dann war das nicht ihr Atem und auch nichts Brendas im Schrank und schon gar nicht der von Matt unten. Emma streckte die Hand nach dem Lichtschalter aus. Er war nicht weit von ihr entfernt. Doch bevor sie ihn erreichen konnte, bewegte sich eine Gestalt in den Schatten und stürzte sich auf sie.

Wer auch immer das war, er prallte mit solcher Wucht gegen Emma, dass sie nach hinten geschleudert und mit einem lauten Krachen auf den Rücken geworfen wurde. Die andere Person verlor jedoch auch das Gleichgewicht und brach auf ihr zusammen. Sofort versuchte die Gestalt, sich wieder aufzurappeln. Emma streckte die Hand aus und packte zu. Sie bekam eine lange Haarsträhne zu fassen und krallte sich daran fest.

Die Angreiferin schrie vor Schmerz, gefolgt von einem langen, wütenden Zischen. Die Frau – es war eindeutig eine – packte Emma am Handgelenk, um sie dazu zu zwingen, ihr Haar loszulassen. Doch noch während die beiden Frauen miteinander rangen, kamen schnelle Schritte aus Richtung Schlafzimmer. Dann erschien eine weitere Gestalt und ragte hoch über den Kämpfenden auf. Sie packte Emmas Gegnerin und riss sie von ihr herunter und nach oben. Die geheimnisvolle Frau schrie wieder.

»Loslassen!«, brüllte Brenda Mayhew.

Emma bemerkte, dass sie noch immer das Haar der Angreiferin umklammerte. Rasch ließ sie los, rappelte sich auf und schaltete das Licht ein.

Vor ihr, die Arme von Brenda Mayhew auf den Rücken gebogen, stand eine keuchende, knallrote, zerzauste, aber immer noch schöne Blondine.

»Sie sind es also wirklich!«, rief Emma. »Ich habe Sie an dem Tag in den Dünen gesehen, als Sie den ›Unfall‹ Ihrer Tante arrangiert haben! Sie haben mich angegriffen, weil sie mich für Ihre Tante gehalten haben!«

»Ich habe Sie nicht angegriffen!«, schnappte die Blondine und schüttelte das Haar vor die Augen. »Sie wollten das Licht einschalten. Ich habe schon an Ihrer Größe und Statur gesehen, dass Sie nicht Myra sind. Da war mir klar, dass das eine Falle ist. Ich habe Sie nur aus dem Weg gestoßen, damit ich fliehen kann!«

Während sie zuhörte, bemerkte Emma, dass ihr Herz noch

immer wie wild schlug. Unten war ein furchtbarer Lärm zu hören.

Brenda Mayhew legte der Blondine die Handschellen an und keuchte: »Das klingt nach dem Inspector. Er steckt wohl fest.«

»Matt!«, rief Emma und lief nach unten. Die Schranktür bebte unter wiederholten Schlägen von innen, und Matt verlieh seinem Frust laut Ausdruck.

Emma drehte den Schlüssel. Die Tür flog auf, und Matt stürmte heraus.

»Was ist los?«, brüllte er.

»Sie hat dich eingesperrt«, erklärte Emma.

»Wer?«, heulte Matt.

»Lucinda Bryant. Es ist alles okay. Brenda hat sie oben fest im Griff.«

Matt rannte die Treppe hinauf. Emma folgte ihm dichtauf, doch Matt erreichte den Absatz zuerst, und sie prallte gegen ihn.

»Da!« Emma schnappte nach Luft und deutete triumphierend auf die Blondine. »Ich habe es dir doch gesagt. Es war Lucinda!«

Matt drehte den Kopf und schaute seine Frau frustriert an. »Das ist nicht Lucinda Bryant.«

»Wer ist es dann?«, verlangte Emma irritiert zu wissen. Sie starrte die Blondine an, die nun spöttisch lächelte. »Wer sind Sie?«, wandte Emma sich direkt an sie.

»Mein Name ist Sonia Berg«, sagte die Blondine.

Es folgte ein kurzes Schweigen, dann rief Emma: »Sie sind Erwin Bergs Tochter! Matt, Erwin Berg war Henry Carters Geschäftspartner! Sie haben sich zerstritten und …«

Sonia Berg fiel ihr ins Wort. »Sie haben sich nicht zerstritten! Henry Carter hat meinen Vater betrogen. Das Unternehmen beruhte auf den Ideen meines Vaters. Henry hat gewartet, bis das Geschäft lief, und meinen Vater dann rausgemobbt!«

»Ich dachte, es habe einen Prozess gegeben und Ihr Vater habe verloren«, sagte Emma.

»Mein Vater ist ungerecht behandelt worden!«, schrie Sonia. »Er ist als gebrochener Mann nach Schweden zurückgekehrt. Er hat zwar noch mehrmals versucht, als Unternehmer Fuß zu fassen, ist aber jedes Mal gescheitert. Meine Mutter, eine wunderschöne, lebenslustige und modebewusste Frau, war gezwungen, in einer winzigen Wohnung zu leben. Auslandsreisen waren ebenso unmöglich wie Theaterbesuche und alles andere, was sie liebte. Ich habe zusehen müssen, wie ihr Licht nach und nach verblasste. Letztes Jahr sind sie dann beide innerhalb weniger Wochen gestorben. Dabei hätten sie in einem großen Haus leben sollen, genau wie dieses hier. Gemeinsam hätten sie das Geld genießen sollen, das mein Vater mit seinen Ideen verdient hat!«

»Moment mal«, mischte Matt sich ein. »Haben *Sie* all diese ›Unfälle‹ arrangiert?«

»Ein paar davon«, gestand Sonia trotzig. »Aber das mit den Pillen war ich nicht.« Sie schnaubte verächtlich. »Das war Myra selbst. Schauen Sie, ich wollte sie doch nicht umbringen! Ich wollte nur, dass sie die Bryants verdächtigt und aus dem Testament streicht.«

»Aber was hätte Ihnen das denn genutzt? Sie hätten doch nicht geerbt«, wollte Emma wissen.

»Ich habe es nicht für mich getan«, erklärte Sonia. »Ich wollte nur, dass diese elende Familie das Geld nicht länger hat! Die Bryants sind die Verwandten von Henry Carter. Henry konnte ich zwar nicht aufhalten, solange er noch lebte, und ich konnte auch nicht verhindern, dass Myra das Geld jetzt genießt, aber wenigstens konnte ich dafür sorgen, dass der Rest der Familie es nicht in die Finger bekommt!«

Unerwartet lächelte Sonia. »Und glauben Sie jetzt bloß nicht, dass die Sache vor Gericht kommt. Dass ich der Welt meine Geschichte erzähle, ist das Letzte, was Myra Carter will! Sie würde die Publicity hassen.«

»Das war's dann also«, sagte Damian. »Und was passiert jetzt?«

Ihr Aufenthalt im Cottage war vorbei, und Emma fuhr mit ihrem Neffen nach Wadebridge zurück.

»Mit Sonia? Ich weiß es nicht«, gestand sie. »Sie hat inzwischen alles widerrufen und leugnet, für die Unfälle verantwortlich zu sein.«

»Aber ihr drei habt das Geständnis doch gehört!«, protestierte Damian.

»Ein Geständnis allein hat heutzutage nicht mehr viel zu sagen. Es gibt keinen weiteren Beweis, der sie mit den Unfällen in Verbindung bringt, abgesehen davon, dass wir sie in den Dünen gesehen haben, und auch das heißt nicht zwingend, dass sie im Haus gewesen ist. Natürlich kann sie nicht leugnen, Samstagnacht ins Haus eingebrochen zu sein, als Matt, Brenda und ich dort gewesen sind und sie erwischt haben. Aber sie leugnet noch immer, mich angegriffen zu haben. Sie sagt, sie habe mich nur aus dem Weg stoßen wollen. Und als Begründung dafür, warum sie dort war, führt sie jetzt an, dass sie das Haus nach irgendwelchen Papieren durchsuchen wollte, die beweisen, dass ihr Vater ungerecht behandelt worden sei – auch wenn das reichlich spät dafür ist. Sie sagt, sie wolle seine Ehre wiederherstellen.«

»Wie auch immer … Nun, da sie erwischt worden ist, wird sie sich in jedem Fall von Mrs. Carter fernhalten müssen«, bemerkte Damian.

Emma nickte. »Trotzdem rät Matt Myra dazu, eine einstweilige Verfügung zu erwirken, die es Sonia verbietet, sich ihr zu nähern. Sonia hat übrigens recht gehabt. Myra Carter will Sonia wirklich nicht vor Gericht sehen. Myra ist eine ziemlich toughe Frau. Es gibt nicht viel, wovor sie sich fürchtet, aber sie will unbedingt vermeiden, dass irgendjemand allzu viele Fragen zum Geschäftsgebaren ihres Mannes stellt. Die Annahme war also durchaus korrekt, dass Myra die Öffentlichkeit meiden will.

Myra wiederum spielt jetzt alles herunter und sagt, die Unfälle seien eben genau das gewesen: Unfälle. Missgeschicke, mit denen Sonia nichts zu tun habe. Sie hat Matt gegenüber auch ihre Aussage zurückgezogen, dass jemand versuche, ihr etwas anzutun.«

»Mist«, sagte Damian. »Das nenne ich mal eine Kehrtwende!«

»Nicht wahr? Nach all dem Aufstand, den sie gemacht hat, hat Matt so richtig die Nase voll von ihr. Und ich nehme an, der Assistant Chief Constable ist auch ziemlich angesäuert. Damit hat Myra wohl einen Bridge-Partner verloren.«

»Was ist mit den Bryants?«, fragte Damian.

»Laut Matt tut es Myra wirklich leid, dass sie sie verdächtigt hat, und um es wiedergutzumachen, will sie Guy bei seinen Geschäften unterstützen und auch den anderen beiden helfen.«

»Nicht schlecht«, bemerkte Damian.

»Ich muss zugeben, das ist mehr, als sie verdient haben, aber andererseits ist es wohl offensichtlich, dass der verstorbene Henry Carter diese Kinder sehr geliebt hat, und wäre er noch am Leben, er hätte ihnen vermutlich auch geholfen.«

»Polly wird es jedenfalls freuen«, sagte Damian.

»Polly ist sogar außer sich vor Freude. Sie wollte immer nur, dass Jeremy Bryant für unschuldig erklärt wird. Die anderen beiden waren ihr vollkommen egal. Sie hat mich angerufen, und wenn ich unser Gespräch richtig interpretiere, dann wollen sie und Jeremy sich verloben.«

»Guy Bryant wird das gar nicht gefallen«, bemerkte Damian.

»Ich denke, das ist ihm egal, nun, da Myra Carter sein Geschäft rettet.«

Emma bog in ihre Wohnstraße ein. »Aber weißt du was, Damian? Wenn ich an Pollys Stelle wäre, dann würde ich es mir zweimal überlegen, in diese Familie einzuheiraten.«

Sie parkten vor dem Haus, und als sie ausstiegen, wartete eine Überraschung auf sie. Matt, von dem Emma angenommen hatte, er sei auf der Arbeit, öffnete die Tür und grinste sie an.

»Ich wusste nicht, dass du hier sein würdest!«, rief sie.

»Ich konnte mir doch nicht dein Gesicht entgehen lassen, wenn du unser brandneues Badezimmer siehst«, erwiderte Matt.

Emma rannte nach oben und stieß die Badezimmertür auf. »Oh, Matt! Das ist wunderschön! Sie haben wirklich einen fantastischen Job gemacht!« Sie hielt kurz inne und fügte dann zweifelnd hinzu: »Ist das anderes Fensterglas? Das Muster ist nicht das Gleiche.«

»Aaah«, murmelte Matt. »Das alte Glas war nicht mehr zu bekommen.«

»Matt!« Emma wirbelte zu ihm herum. »Warum musstest du denn das Glas ersetzen? Sag mir sofort, was passiert ist! Ich weiß, dass was nicht stimmt!«

»Ich wollte dir nicht unnötig Sorgen machen«, begann er. »Aber als der Klempner und seine Leute kamen, um die alte gusseiserne Wanne zu entfernen, da sind sie zu dem Schluss gekommen, dass es viel zu viele Schäden im Treppenhaus verursachen würde, sollten sie versuchen, sie herunterzutragen. Die Treppe ist aber auch wirklich schmal. Tatsächlich konnten sie sich noch nicht einmal vorstellen, wie die Klempner beim Bau die Wanne raufgebracht haben. Also haben sie schwere Hämmer geholt, die Wanne zerschlagen, und sie dann Stück für Stück abtransportiert. Dabei ist allerdings ein Teil herausgebrochen und geradewegs durchs Fenster geflogen. Aber wie du weißt, war es ja ohnehin nur einfach verglast.«

»Oh«, sagte Emma.

»Und nachdem das Stück durchs Fenster geflogen ist, ist es

auf dem Dach der Fertiggarage gelandet und hat auch die durchschlagen. Natürlich musste das dann auch geflickt werden.«

»Ich verstehe«, sagte Emma.

»Und … äh … nachdem es durchs Garagendach gekracht ist, ist es oben auf meinem Wagen gelandet und hat so eine tiefe Beule hinterlassen, dass man es herausbrechen musste.« Matt dachte an das Ereignis zurück. »Es war irgendwie, als wäre ein Meteor eingeschlagen und hätte alles auf seinem Weg zerstört. Glücklicherweise war kein Lebewesen im Weg.«

Emma atmete tief durch. »Es ist wohl ganz gut, dass ich nicht da war. Und ich verstehe auch, warum du mir das nicht erzählen wolltest. Ich hätte mich tierisch aufgeregt. Tatsächlich war es sehr lieb von dir, mir das zu ersparen, und jetzt ist ja alles gut.«

Matt seufzte erleichtert und legte den Arm um seine Frau. »Nun weiß ich auch wieder, warum ich dich so liebe, Mrs. King. Willkommen daheim!«

Rhabarberkuchen

Mutter war eine wunderbare Köchin. Außerdem hatte sie den grünen Daumen und baute unser ganzes Gemüse und Obst in dem lang gestreckten, schmalen Gartengrundstück hinter dem Cottage an. Bei ihr gedieh so gut wie alles, aber mir steht besonders ihr Rhabarber lebhaft im Gedächtnis, die Faszination, die ich angesichts seiner rosigen bis rosaroten Stängel und der großen grünen Blätter empfand, die je nach Wetter als Regen- oder Sonnenschirm fungierten. In der Erinnerung rieche und schmecke ich noch Mutters Rharbarberkuchen, -törtchen, -puddings, -mousses und -marmeladen … Egal was es war, Mutter zauberte es auf den Tisch.

Sie war eine zierliche Frau, aber voller Energie. Niemals ging sie irgendwohin, sondern wuselte wie ein Terrier, der einer Witterung folgte, strebsam der nächsten Aufgabe zu. Oder wenigstens erschien es mir damals so. Mit zunehmendem Alter wird man klüger und erkennt Dinge, die man als Kind nicht begriffen hat. Oder zumindest stellen sie sich nun anders dar.

Was meinen Vater anging, so unterschied er sich völlig von ihr. Stets schien er über irgendetwas zu brüten, ein schlaksiger Mann mit einem Gesicht wie eine ganze Woche verregneter Sonntage, der im besten Fall nur mürrisch war. Er galt von jeher als ein wenig schwierig, aber mit der Zeit wurde es immer schlimmer.

Mit jedem überwarf er sich: Nachbarn, Arbeitskollegen, Ladenbesitzern. Er verlor eine Arbeit nach der anderen, und zuletzt fand er gar keine Stelle mehr, weil niemand mit ihm zusammenarbeiten wollte. Er behauptete, das Dorf habe sich gegen ihn verschworen. Schließlich mietete er das einsame Cottage eine Meile abseits von allen, und Mutter legte ihren Garten an.

Wir hatten nur geringe Einkünfte. Vom Staat bekam man damals nicht viel Hilfe. Arbeite oder hungere, so lautete die Devise, und weil Vater nicht arbeitete, hätten wir ohne Mutter wohl ständig gehungert. Am Ende hatte sie jeden Quadratzoll Boden rings um das Cottage umgegraben, um noch eine Reihe Bohnen oder Kartoffeln hineinzuquetschen oder einen Stachelbeer- oder Johannisbeerstrauch. Manchmal sagte sie, sie würde so gern etwas Fläche abzwacken für ein paar Blumen, aber Blumen waren Luxus, und Luxus gab es für uns keinen. Sparsamkeit war unsere Losung.

Damals gab es noch keine Kühlschränke. Mutter kochte Marmeladen und Chutneys, machte Zwiebeln und Rote Bete ein. Die grünen Bohnen wurden geschnitten und in Salz eingelegt, das wir in Blöcken geliefert bekamen und mit einem Nudelholz zermahlen mussten. Letzteres war meine Aufgabe.

Sie hielt auch Hühner, sodass wir frische Eier hatten, und wenn eine Henne nicht mehr legte, wanderte sie in den Kochtopf; das war jedes Mal ein richtiges Festessen.

Vom Frühling bis ans Jahresende stand Mutter beim ersten Morgenlicht auf und ging in den Garten. Ich wachte in meinem kleinen Zimmer unter dem Strohdach auf, wenn die Sonne ihre Finger durch das Mansardenfenster streckte, und hörte, wie Mutter das Unkraut mit der Hacke jätete. Zusätzliches Geld verdiente sie, indem sie in den größeren Häusern ringsum putzte. Nach dem Frühstück – dann hatte sie schon einige Stunden Gartenarbeit hinter sich – setzte sie sich auf ihr altes Fahrrad und fuhr davon, um den Leuten die Böden zu bohnern und die Fensterscheiben zu polieren. War sie damit fertig, kam sie zurückgeradelt und putzte in unserem Haus. Schon als Knirps begriff ich, dass sie nichts dagegen hatte, für Fremde zu arbeiten, weil sie dadurch Gelegenheit erhielt, das Cottage zu verlassen, andere Menschen zu treffen und sich mit ihnen zu unterhalten. Wir hatten keine Freunde. Vater hätte uns Besuch auch gar nicht gestattet.

Seine Tage verbrachte er mit allen möglichen anfallenden Reparaturen oder hörte Radio. Zuerst hatte er Gelegenheitsarbeiten für andere Leute erledigt, um ein wenig Geld zu verdienen, aber seine gallige Art führte bald dazu, dass er keine Angebote mehr erhielt. Kurz nach unserem Umzug ging er an schönen Tagen noch ins Dorf und las Zeitungen und Zeitschriften in der kleinen Bücherei, der Miss Nibbs vorstand, die Bibliothekarin. Sie war eine freundliche Frau, kurzsichtig mit einem Kneifer, und an den Sonntagen spielte sie in der wesleyanischen Kapelle die Orgel.

Ich brauche wohl nicht erwähnen, dass Vater sich schon bald mit Miss Nibbs überworfen hatte. Sie räumte ein, dass er sie von Anfang an unruhig gemacht habe, wenn er den ganzen Tag in der Bücherei verbrachte. Zum endgültigen Bruch kam es, weil er begann, mit einem Rotstiftstummel alles in den Zeitungen anzustreichen, womit er nicht einverstanden war. Miss Nibbs betonte, sie achte ihn dafür, dass er fest gefügte Überzeugungen vertrete; sie habe selbst recht fest gefügte Überzeugungen. Zu ihren Überzeugungen gehöre allerdings, dass niemand etwas in den Büchern und Zeitungen ihrer Bücherei anzustreichen habe. Darum erhielt Vater Hausverbot.

Danach saß er zu Hause, brütete über jeden Streit und jede Meinungsverschiedenheit, die er je mit irgendwem gehabt hatte, und polierte seinen Hass wie Mutter die Fenster.

Eines Tages, als ich vielleicht sieben Jahre alt war, kam ich von der Schule zurück und trat in unsere Küche, wo Mutter vor ihrer Vorratskammer stand und die Einweckgläser und Flaschen musterte. Als ich zu ihr trat, sagte sie, ohne mich anzublicken: »So kann es nicht weitergehen. Etwas muss geschehen.«

»Was kann nicht weitergehen?«, fragte ich, aber sie gab keine Antwort, und ich glaube, sie sprach mehr mit sich selbst als zu mir.

Am nächsten Tag brodelten auf dem Küchenherd alle Töpfe und Pfannen. In einer davon schmorte Gemüse. Es roch bitter, und ich war nicht traurig, als Mutter sagte: »Davon haben wir nicht viel, Stevie, also bekommt Dad die ganze Portion.«

Ich nahm ihre Entscheidung hin, denn wenn das Essen knapp war, hatte Dad trotzdem immer einen vollen Teller. Meiner wurde ganz gut befüllt. Mutter aß nicht viel.

Vielleicht glaubte sie, ich könnte enttäuscht sein, denn sie fuhr fort: »Aber wir haben gedämpften Rhabarber, aus dem ich Pudding mache. Den magst du doch, nicht wahr, Stevie?«

Ich hatte die rosa-grünen Rhabarberstangen schon auf dem Küchentisch entdeckt.

Mutter unterhielt eine Kompostgrube am Ende des Gartens, und dorthin kamen alle Schalen und anderen Abfälle. Am Abend brachte ich den Müll zum Kompost, und als ich ihn hineinwarf, ging mir durch den Sinn, dass keine Rhabarberblätter darunter waren. Ich dachte mir aber nichts dabei.

Damals war ich nämlich in ein Mädchen verliebt, das Winifred Pearce hieß. Sie hatte die längsten Zöpfe aller Mädchen in der ganzen Klasse. Sie konnte auf ihnen sitzen. Sie war auch klug, immer Klassenbeste, und konnte jedes Wort buchstabieren, das einem einfiel. Ich durfte ihr die Bleistifte spitzen.

Danach sah ich oft, wie auf dem Herd die dunkelgrünen Blätter in dem kleinen Topf kochten; dessen Inhalt erschien neben den Kartoffeln und Karotten als glänzender Haufen auf Dads Teller. Ein oder zwei Mal murrte er: »Dieser Spinat schmeckt mir nicht besonders, Jeanie.«

Darauf erwiderte Mutter: »Er enthält Eisen, dein Spinat.

Aber wenn du ihn nicht magst, kann ich Stevie ins Dorf schicken, eine Dose Erbsen kaufen …«

Darauf pflegte Dad zu entgegnen: »Das lässt du schön bleiben! Spar in der Zeit, dann hast du in der Not!« Und entschlossen stopfte er das Gemüse in sich hinein.

Mir fiel auf, dass in der Vorratskammer eine neue Reihe von Einmachgläsern mit zerstoßenem Salz erschien. Sie enthielten aber keine geschnittenen grünen Bohnen, sondern dunkle, zerrupfte Blätter. Mutter machte die neue Spinatsorte für den Winter ein.

Im Spätsommer saß ich mit Winifred auf der Bank am hinteren Ende des Schulhofs. Sie flocht eine Blumenkette, und ich pflückte ihr die Gänseblümchen dafür. Mit einem Mal sagte sie: »Deine Mutter hat meiner Mutter erzählt, dass dein Vater im nächsten Frühjahr vielleicht nach Norden geht, um einen Job zu suchen.«

Ich war ganz entgeistert. Die Angelegenheiten unserer Familie besprachen wir nie mit anderen Leuten, und dass Mutter einer Nachbarin gegenüber so etwas beiläufig erwähnt haben sollte, fand ich richtig schockierend. Allerdings nicht so schockierend wie die Vorstellung, dass mein Vater vorhatte, sich zusammenzureißen und wieder nach Arbeit zu suchen und dafür sogar zu reisen …

Aber vor Winifred wollte ich nicht wie ein völliger Trottel dastehen, deshalb sagte ich wie nebenbei: »Ja, stimmt.«

Die Neuigkeit sprach sich im Dorf herum, und mehrmals sagte jemand zu mir: »Ich habe gehört, dein Dad überlegt, im Frühling nach Norden zu gehen, Stevie.«

Ich fragte Mutter danach, und sie bestätigte es, bat mich aber, nichts davon Dad gegenüber zu erwähnen, denn er würde sich nur aufregen, wenn er glaubte, wir hätten getratscht. Deshalb sagte ich nichts zu ihm, und er, das brauche ich wohl nicht zu erwähnen, sagte nichts zu mir. Er neigte nicht zur Gesprächigkeit.

Selbst an seinen besten Tagen sah Vater nicht besonders gesund aus, aber gegen Ende dieses Sommers verfiel er. Er klagte über Magenschmerzen, Kopfweh, Benommenheit und Übelkeit. Seine Haut hatte einen Gelbstich angenommen. Mutter gab ihm Wasser mit doppeltkohlensaurem Natron zu trinken.

Ihm Winter ging es ihm schlechter, und im Frühjahr schlief er im Erdgeschoss, damit er es nicht weit zur Toilette hatte. Unser Cottage war alt, bei Badezimmer und Toilette handelte es sich um Neuerungen in einem Anbau an der Hausseite. Vater musste nun regelmäßig in der Nacht aufstehen, und daher musste er nah an den sanitären Anlagen sein.

Dr. Briggs war unser Arzt, aber Vater hatte sich schon längst mit ihm zerstritten und nannte ihn hinter seinem Rücken einen Quacksalber. Davon wusste Dr. Briggs, und er hielt von Dad ebenfalls wenig. Aber als seine Magenschmerzen wirklich übel wurden, musste Vater zum Arzt in die Sprechstunde. Er wurde kurz abgefertigt. Der Blinddarm könne es nicht sein, erklärte Dr. Briggs, denn meinem Vater war der Blinddarm schon entfernt worden, als er noch ein Junge war. Dr. Briggs' Meinung nach war Vater ein Simulant. Der Arzt sagte, wenn er (Vater) glaube, dass er (Dr. Briggs) ihm ein Attest ausstelle, er (Vater) sei arbeitsunfähig, um es bei den Behörden vorzulegen, irre er sich, schon gar nicht, wenn er sich damit vor dem Umzug in den Norden drücken wolle.

Als Vater nach Hause kam, sagte er, Dr. Briggs sei ein Scharlatan und außerdem nicht bei Verstand; er habe von einem Umzug nach Norden gefaselt. Vater konnte sich darauf keinen Reim machen, aber wenn er eines wisse, dann, dass er diesen Arzt nie wieder konsultieren werde.

Mutter ging daraufhin in die Bücherei, und Miss Nibbs suchte ihr das medizinische Handbuch heraus. Mutter las darin und sagte, als sie wieder zu Hause war, dass Symptome wie die, die er hatte, von Stress und Depression herrühren konnten. Vater erwiderte, mit Magenschmerzen, wie er sie habe, wäre jeder deprimiert und gestresst, ganz ohne Hilfe bis auf einen schwachsinnigen Arzt mit der fixen Idee, in den Norden zu ziehen.

Mutter sagte, im Frühling werde er sich besser fühlen, aber im Frühjahr wurde alles schlimmer. Er wurde lethargisch, seine Gelenke und Hände schwollen an, und die Magenschmerzen wurden zum Dauerzustand.

Eines Morgens wachte ich früh auf, kurz bevor es hell wurde, und hörte, wie er unten herumpolterte. Abwechselnd ächzte, schimpfte und würgte er. Dann schrie er laut auf und rief mit einer schrecklichen Stimme: »Jeanie!«

Ich sprang aus dem Bett, aber als ich den Kopf aus der Tür steckte, kam Mutter den Gang entlanggelaufen. Sie schob mich zurück in mein Zimmer und sagte: »Du gehst wieder ins Bett, Stevie. Das ist nur Dad, er hat wieder einen Anfall.«

Ich lag dort und hörte, wie sie unten umhergingen. Ich glaubte zu hören, wie Vater etwas murmelte, als hätte er hohes Fieber, doch dann wurde er still. Trotzdem hörte ich noch immer viele Schritte.

Ich stand wieder auf, zog mich an und fragte mich, was ich tun sollte. Ich hatte Angst, nach unten zu gehen, aber Mutter kehrte zurück. Sie trug noch ihr Nachthemd, darüber einen abgewetzten alten Morgenmantel, und ihr Haar war zu einem einzigen langen Zopf geflochten, der ihr über die Schulter hing. Sie wirkte ganz ruhig. Mutter setzte sich auf die Bettkante, nahm meine Hand und sagte: »Stevie, dein Vater ist verstorben. Ich habe ihn anständig hingelegt. Willst du mit hinunterkommen und ihn sehen?«

Ich ging also nach unten, und dort lag er auf seinem Bett. Mutter hatte ihn gewaschen und rasiert und die Laken gewechselt. Er sah friedlich aus und, um die Wahrheit zu sagen, auch glücklicher als jemals zu Lebzeiten.

Mutter meinte: »Nun, Stevie, erinnere dich, dass Dad uns gesagt hat, wie wichtig es ist, bei allem sparsam zu sein. Beerdigungen sind eine sehr teure Angelegenheit, und er würde die Vorstellung verabscheuen, dass wir viel Geld für so etwas ausgegeben hätten. Wie wäre es also, wenn wir Dad im Garten beerdigen? Unten an der Kompostgrube? Ich wollte dort sowieso ein neues Rhabarberbeet anlegen. Du müsstest mir nur ein wenig zur Hand gehen und darfst niemandem etwas sagen. Der Pfarrer könnte sonst schimpfen und behaupten, wir hätten ihn um seine Gebühr gebracht, und der Leichenbestatter würde es uns verübeln, dass wir keinen seiner Särge gekauft haben.«

Und so taten wir es dann auch. Wir machten unsere Sache gut und anständig. Dad wurde in eine blaue Steppdecke gehüllt, und wir legten ihn in das Grab, das wir für ihn ausgehoben hatten, schön tief und gerade. Dann bedeckten wir ihn sehr sorgfältig mit Erde. Mutter gab sich große Mühe, damit es ordentlich aussah, als es fertig war, genauso akkurat, wie sie die Glasur auf ihre Kuchen auftrug. Danach nahmen wir uns bei den Händen und sprachen ein Gebet. Ich glaube nicht, dass der Pfarrer es besser gekonnt hätte.

»Wenn die Erde sich ein wenig gesetzt hat, pflanze ich hier etwas an«, erklärte sie mir, »damit es hübscher aussieht.«

Mutter ging ins Dorf und ließ fallen, dass Dad nach Norden gereist sei, um dort Arbeit zu suchen, ganz wie er es gesagt hatte. Mehrmals sagte jemand zu mir, hoffentlich habe mein Vater Glück.

Die Unwahrheit machte mich befangen, wenn ich mit Winifred zu tun hatte. Ich mied sie, und das nahm sie mir übel. Wenn sie spitze Bleistifte brauchte, brachte sie die nun zu einem großen Lümmel mit ingwerbraunen Haaren, dessen Vater Schweine züchtete.

Nach ein paar Wochen ging meine Mutter ins Dorf und ließ im Lebensmittelgeschäft einige Tränen fließen. Als eine besorgte kleine Menge sich um sie scharte, schniefte sie nur eine Andeutung … aber das genügte.

Als ich das nächste Mal hörte, wie Leute über meinen Vater redeten, da flüsterten sie. Sie raunten sich zu, dass Norman Yarrow im Norden eine andere Frau gefunden habe und nicht zu Ehefrau und Sohn zurückkehren werde. Sie sagten: »Wenn ich ehrlich bin, sind Jeanie und der Junge ohne ihn besser dran. Er war immer ein wehleidiger Sonderling und arbeitsscheu obendrein. Seine tolle Frau im Norden kann ihn meinetwegen geschenkt haben!«

Niemand erwähnte Vater noch einmal. Ungefähr ein Jahr danach blätterte ich an einem verregneten Nachmittag in Mutters *Leitfaden für den Gartenbau u*nd stieß auf einen Abschnitt über Rhabarber. Dort stand, dass man Rhabarberstängel bedenkenlos verzehren könne, nicht aber die Blätter, die giftig seien, weshalb man sie »unter keinen Umständen zu sich nehmen« dürfe. Ich klappte das Buch zu, stellte es ins Regal zurück und sagte kein Wort zu Mutter.

Als ich alt genug war, um die Schule zu verlassen, suchte ich mir Arbeit, und weil dadurch Geld hereinkam, brauchte Mutter nicht mehr bei fremden Leuten zu putzen und hatte nun Platz im Garten für Blumen übrig. Winifred besuchte die höhere Schule in der Stadt und wurde Bibliothekarin. Ich habe ja schon erwähnt, dass sie klug war. Sie übernahm von Miss Nibbs die Bücherei, bis sie geschlossen wurde. Dann zog sie woandershin, um dort zu arbeiten, und wie ich gehört habe, hat sie einen Lehrer geheiratet.

Das alles ist über vierzig Jahre her. Mutter ist vor fünfzehn Jahren an Weihnachten gestorben. Ich wohne noch immer im Cottage. Dort ist es nicht mehr einsam, weil ringsum Häuser gebaut worden sind. Der Mann von nebenan ist ein freundlicher Kerl. Er lehnt sich über den Zaun, wenn ich im Garten bin, und schwatzt mit mir und bewundert mein Obst und Gemüse.

»Meine Güte, Mr. Yarrow, da haben Sie ja wirklich einen prächtigen Rhabarber! Damit gewinnen Sie bei jeder Landwirtschaftsausstellung einen Preis. Einen Rhabarber wie Ihren habe ich noch nie gesehen«, sagt er immer und weist auf das Beet am Ende des Gartens.

Ja, das hat er wohl noch nicht. Die Stängel sind drei Fuß lang und dick wie mein Handgelenk, und die Blätter sind groß wie an einer Palme.

Ich ernte ihn nur nie, um davon zu essen. Irgendwie mag ich ihn nicht.

Zeitschienen

Ich sollte diesen Brief eigentlich mit »Wen auch immer es betreffen mag« beginnen, doch das klingt zu formal, und ich bin kein formaler Mensch. Ich nehme an, wäre ich das, dann wäre ich nie in diese Sache verstrickt worden. Ich weiß ja noch nicht einmal, wer diesen Brief lesen wird, vielleicht nur Felix, aber ich will, dass alle wissen, wie es dazu kommen konnte. Es soll meine Geschichte sein, meine Version der Ereignisse, und nicht das, was andere glauben, gesehen oder gehört zu haben.

Als ich das Haus zum ersten Mal sah, war es genau das, was Felix und ich seit Monaten gesucht hatten. Tatsächlich hatten wir zu diesem Zeitpunkt schon fast den Mut verloren. Dabei lag das nicht daran, dass wir das, was wir wollten, nicht finden konnten. Der Grund dafür war, dass wir uns schlichtweg nie leisten konnten, was uns gefiel, und was wir uns leisten konnten, das gefiel uns nicht.

Unsere Wohnung in London war eng und laut. Auch lag sie nicht gerade in einem guten Viertel oder auch nur in einem, das eine positive Entwicklung versprach. Stattdessen gab es dort bloß heruntergekommene Geschäfte und Bürgersteige voller Müll. Wir hatten die Wohnung nur gekauft, weil sie billig war, und wir hatten kein Geld für etwas anderes. Felix verdiente mit seiner Schreiberei damals nur Almosen, und ich musste uns mit meinem Gehalt als Rechtsanwaltsgehilfin bei Partington über Wasser halten.

Das war vor fünf Jahren. Dann wurde es besser. Felix' Romane hatten Erfolg. Mit einem Mal zeigte sogar Hollywood Interesse an ihnen. Wenn alles funktionierte, würden wir eine Menge Geld machen, und ich brannte förmlich darauf, meinen Job kündigen zu können. Der nette, alte Mr. Partington war in Rente gegangen, und jetzt arbeitete ich für Andy Wilkes, der zwar klug, aber auch wirklich nervig war.

Wir beschlossen, die Wohnung zu verkaufen und aufs Land zu ziehen. Dort könnte Felix dann ungestört schreiben, und ich würde mich vielleicht sogar auf meine Malerei konzentrieren können.

Bitte, verstehen Sie mich nicht falsch. Ich bin kein Renoir, aber ich konnte ein paar Kinderbuchillustrationen verkaufen. Es war immerhin einen Versuch wert, dachte ich, und wir begannen, uns nach einem Haus umzusehen.

Felix war jedoch viel zu beschäftigt dafür. Er hatte eine Deadline, an die er sich halten musste, und das Angebot aus Hollywood wurde auch erst mal auf Eis gelegt. All das machte ihn zunehmend gereizt. Und wenn es eng wird, dann lässt man ihn am besten in Ruhe, genau wie mich auch. Ich sagte Andy, dass ich mir den Freitag freinehmen würde. Das gefiel ihm zwar nicht, aber ich hatte genug Überstunden angesammelt, sodass er nichts dagegen vorbringen konnte.

Felix murmelte: »Okay, Jess. Ein Wochenende auf dem Land wird dir guttun. Ich komme schon zurecht. Ist noch was im Kühlschrank?« Und das alles, ohne den Blick vom Bildschirm zu nehmen.

Ich ließ Felix weitertippen und fuhr am frühen Freitagmorgen nach Sussex. Ich habe mir Sussex ausgesucht, weil ich als Kind dort immer Urlaub gemacht habe. Ich fand ein recht günstiges Hotel in Chichester und machte mich von dort aus auf die Suche nach einem Haus.

Es war Mittsommer, und an einem warmen, goldenen Abend

folgte ich einem Impuls und fuhr weiter landeinwärts. Mein Weg führte mich zu einem Dorf, in dem ich vorher noch nie gewesen war. Die Hauptstraße schlängelte sich durch einen Weiler mit einem Gemischtwarenladen, der gleichzeitig als Post diente, drei Pubs, einer Kfz-Werkstatt und einem Antiquitätengeschäft. Einen Antiquitätenladen hier zu sehen überraschte mich nicht, denn das war eine Touristengegend. Der Gemischtwarenladen überraschte mich mehr. Ich parkte den Wagen und wanderte ein wenig umher, bis ich in einer Nebenstraße ein Verkaufsschild entdeckte.

Nach monatelanger Suche war ich darauf konditioniert wie der berühmte pawlowsche Hund. Ich ging sofort darauf zu, und mir lief das Wasser im Mund zusammen.

Ich muss zugeben, als ich an dem Schild ankam, zerschlug sich meine Hoffnung wieder. Das Haus war aus roten Ziegeln gebaut und hatte einen steilen Giebel sowie Spitzbogenfenster in vermutlich viktorianischem Stil. Es stach deutlich aus den anderen Häusern in der Straße heraus, einer Reihe von älteren Bungalows. Das Verkaufsschild hing schief an seinem Pfosten. Offenbar stand es schon sehr, sehr lange da. Brennnesseln wucherten um es herum, und der Vorgarten war ein Meer von Farben – Violett, Pink und Weiß –, denn alle möglichen Pflanzen hatten sich dort unkontrolliert verbreitet. Sie wuchsen auch über den Weg, und ich musste sie beiseiteschieben, um die Tür zu erreichen.

Ich schaute durch die mit Spinnweben verhangenen Fenster. Die Zimmer sahen erbärmlich aus. Die Tapete schälte sich von den Wänden, der Stuck bröckelte, und das Holz war verrottet. Seit Jahren hatte hier niemand mehr etwas gemacht. Trotzdem fühlte es sich irgendwie richtig an. Es war, als hätte dieses Haus die ganze Zeit auf mich gewartet, und endlich war ich da.

Der Garten hinterm Haus war genauso überwuchert wie der vordere, nur weniger pittoresk. Hier gab es fast nur Unkraut. Stare hatten sich ein Nest in einem Baum gebaut und stritten miteinander. Mit einem Stock bahnte ich mir einen Weg in den hinteren Teil des Gartens, und fast vollständig begraben unter dem langen Gras fand ich eine kaputte Bank aus Gusseisen mit einer verrosteten Inschrift, von der ich jedoch nur noch ein Wort entziffern konnte: *Eisenbahn.* Ich nahm an, das gute Stück hatte jemand auf dem Flohmarkt gefunden.

Dann, plötzlich, überkam mich das seltsamste Gefühl. Meine Umgebung zog sich zurück, und ich war wie in einer Blase. Die sanfte Abendsonne war mit einem Mal so gleißend hell wie am Mittag. Der Lärm der Vögel war verstummt und wurde von schnellen Schritten und verwirrtem Plappern ersetzt, als wäre ich plötzlich von Menschen umgeben, doch ich sah niemanden. Und alles wurde von einem Knirschen und Knarren überlagert, als wäre plötzlich eine riesige Maschine zum Leben erwacht.

Genauso unvermittelt, wie es gekommen war, verflog das Gefühl. Ich war wieder im Garten mit dem alten Haus und den kreischenden Staren, genau wie zuvor. Keine Stimmen, keine Maschine. Ich schob die Erfahrung als einen dieser geistigen Aussetzer beiseite, die man manchmal hat, wenn man müde oder hungrig ist, und dazu kam ja auch noch die Aufregung. Ich war alles drei.

Ich notierte mir die Kontaktdaten des Immobilienmaklers und kehrte zur Hauptstraße zurück, wo ich mir in einem der Pubs etwas zu essen bestellte. In dem Pub ging es nicht gerade geschäftig zu, und die Frau, die mir mein Hühnchen brachte, schien sich ein wenig unterhalten zu wollen, und so fragte ich sie nach dem leer stehenden Haus.

»Ach, das ist das Eisenbahn-Cottage«, sagte sie. »Ein richtiger Schandfleck ist das. Vor Jahrzehnten gab es hier mal eine private Bahnstrecke, und da war es das Haus des Bahnhofsvorstehers. In den Fünfzigern hat man die Gleise dann rausgerissen und diese Bungalows gebaut. Eine alte Frau lebte dort, und die hat nichts an dem Haus gemacht. Jetzt ist niemand mehr so dumm, es zu kaufen.« Sie beäugte mich misstrauisch. »Sie sind doch nicht daran interessiert, oder?«

»Vielleicht doch«, antwortete ich vorsichtig. »Wir suchen schon lange nach einem Haus, das wir renovieren können.«

»Renovieren?« Sie lachte. »Um das Ding zu *renovieren,* müsste man es abreißen und neu bauen.«

Ich war halb mit dem Essen fertig, als ich die Frau mit dem Wirt flüstern sah. Sie nickte in meine Richtung. Der Mann sah besorgt aus.

Er musste mich im Auge behalten haben, denn kaum hatte ich meine Mahlzeit beendet, trat er zu mir. Er nahm meinen Teller, blieb aber stehen, ein schlaksiger Mann mit glattem Haar und fischgrauen Augen.

»Darf ich Ihnen noch etwas bringen?«

»Nein, danke«, sagte ich. »Ich muss zurück nach Chichester.«

»Leben Sie da?«, fragte er mit einer Neugier, die mir nicht gefiel.

»Nein, ich lebe in London, doch ich kenne Sussex gut aus meiner Kindheit«, antwortete ich.

»Brenda hat gesagt, dass Sie am Eisenbahn-Cottage interessiert sind.« Er schaute zu der Frau hinter dem Tresen. »Stimmt das?«

Ich war ein wenig sauer auf Brenda. Dabei war es eigentlich meine Schuld. Schließlich hatte ich sie ja gefragt. Ich versicherte dem Wirt, dass ich einfach nur neugierig sei.

»Das ist wirklich eine Ruine«, sagte er. »Das passt nicht zu Ihnen.«

Das brachte das Fass zum Überlaufen. In diesem Moment war ich fest entschlossen, das Eisenbahn-Cottage zusammen mit Felix zu kaufen und etwas Wunderbares daraus zu machen, wenn auch nur, um es Brenda und diesem Mann zu zeigen. Ich dankte dem Wirt für das Essen, stand auf und ging.

Wieder im Hotel, rief ich Felix an und erzählte ihm von dem Haus. Trotz seiner Proteste drängte ich ihn, alles stehen und liegen zu lassen und herzukommen.

Am Samstagmorgen fuhr ich zur zuständigen Maklerin. Mein Interesse schien auch sie zu überraschen. Sie wirkte nervös, als sie mir die Broschüre gab, als wüsste sie nicht, was sie mit mir anfangen solle. Wenn wir unsere Wohnung verkauften, konnten wir uns den verlangten Preis gerade so leisten. Mein Herz schlug immer schneller, und ich fragte nach den Schlüsseln, um mich im Haus ein wenig umzusehen.

»Jetzt?«, fragte die Frau. »Da muss ich den Chef fragen.«

»Und? Ist er hier?«, hakte ich ungeduldig nach.

Die Frau zog sich in einen hinteren Raum zurück, und nach einem längeren verstohlenen Flüstern, das mich an den vergangenen Abend im Pub erinnerte, kehrte sie in Begleitung eines dürren Mannes zurück, der genauso finster aussah wie der Wirt. Ich fragte mich, ob dieser Blick wohl eine lokale Eigenheit war, auf die ich bis dato schlicht nicht geachtet hatte. Aber wie auch immer … Widerwillig gab er mir die Schlüssel.

»Ich sollte Ihnen wohl sagen, dass das Haus in äußerst schlechtem Zustand ist«, jammerte er.

Ich antwortete mit einem strahlenden Lächeln, einfach nur, um ihn zu ärgern.

Ich holte Felix vom Mittagszug ab, und gemeinsam fuhren wir direkt zum Eisenbahn-Cottage. Es sah sogar noch heruntergekommener aus als am Tag zuvor. Ich fragte mich, ob Felix sich wohl auch in das Haus verlieben würde.

Und das tat er. Er verknallte sich genauso in den heruntergekommenen Charme wie ich. Wir streunten in und um das Haus herum. Es war wirklich eine Ruine, aber das konnte man reparieren. Natürlich würde das Zeit und Geld kosten, und wir hatten eher mehr von Letzterem, wenn überhaupt, aber wir waren fest davon überzeugt, dass wir es schaffen würden.

Als wir schließlich wieder abfahren wollten und Felix bereits im Wagen saß, hörte ich ein seltsames Geräusch, das anscheinend vom hinteren Teil des Grundstücks kam.

Ich blieb am offenen Wagenfenster stehen und fragte: »Hast du das gehört?«

»Habe ich was gehört?«, erwiderte Felix und fummelte am Zündschlüssel herum.

»Ich weiß nicht«, antwortete ich verwirrt. »Es klang wie ein lautes Seufzen oder Dampf aus einem Schnellkochtopf. Das hat mich an was erinnert.«

Doch Felix sagte, er habe rein gar nichts gehört. Er wollte einfach nur nach London zurück.

Wir fuhren heim, und da wir hundemüde waren, gingen wir früh zu Bett. Aber Sie kennen sicher dieses Gefühl, wenn ein ungelöstes Rätsel unterbewusst ständig an einem nagt. Irgendwann hat man dann die Antwort und wacht mitten in der Nacht auf. Genau das passierte mir.

»Felix?«, flüsterte ich. »Dieses Geräusch, das ich gehört habe, bevor wir vom Eisenbahn-Cottage weggefahren sind … Das klang wie eine alte Dampflok im Bahnhof.«

Doch Felix schlief.

Wir kauften das Eisenbahn-Cottage, obwohl der Makler noch einmal versuchte, den Preis in die Höhe zu treiben. Er sagte, der Testamentsvollstrecker der alten Dame wolle mehr, doch ich hatte das Gefühl, dass er nur versuchte, uns vom Kauf abzuhalten. Andy Wilkes, der zugestimmt hatte, das Juristische für uns zu übernehmen, spielte ein paar unerwartete Trümpfe aus. Angesichts seiner klaren und eindeutigen Briefe gaben der Makler und der unbekannte Testamentsvollstrecker rasch nach, und wir kauften das Eisenbahn-Cottage zum ursprünglich verlangten Preis. Der Verkauf unserer Wohnung in London wiederum lief vollkommen problemlos. Wir verbrachten jeden freien Moment in Sussex und versuchten, das Haus bewohnbar zu machen.

Als sich der Tag des Umzugs näherte, beschlossen wir, uns ein paar Quilts und Schlafsäcke zu schnappen und das Wochenende im Cottage zu verbringen, damit soweit alles fertig war, wenn die Möbel kamen.

Wir arbeiteten den ganzen Samstag durch und legten uns schließlich auf den Boden im Schlafzimmer. Felix kann überall schlafen, und so schlief er auch hier sofort ein. Ich hingegen fand den Boden zu hart, und ich döste nur unruhig und wachte ungewöhnlich früh wieder auf. Während ich wach dalag, hörte ich recht deutlich das Pfeifen einer Dampflok.

Ich kroch unter meinem Quilt hervor und lief zum Fenster.

Wir hatten Vollmond, und der hintere Garten war in ein silbernes Licht getaucht. Der Garten war noch immer von Unkraut überwuchert. Trotzdem konnte ich bis zum Ende sehen, bis zu der Stelle, wo die alte Bank stand.

Und dort saß jemand. Mein erster Gedanke war: *Verdammt! Da machen irgendwelche Kinder Mist in unserem Garten!* Ich wollte sofort das Fenster aufstoßen, doch der Rahmen klemmte.

Während ich dort stand und überlegte, ob ich Felix wecken oder mir eine Taschenlampe schnappen und die Eindringlinge verjagen sollte, erkannte ich plötzlich, dass es tatsächlich nur *ein* Eindringling war.

Es war eine Frau, und sie saß vollkommen regungslos auf der Bank. Soweit ich das in dem silbrigen Licht erkennen konnte, war sie elegant gekleidet. Sie trug einen Gehrock oder einen Hosenanzug mit gepolsterten Schultern. Auf ihrem Kopf saß ein Hut mit breiter Krempe, der an einen umgedrehten Blumentopf erinnerte. Ich glaubte, auch einen Gesichtsschleier zu sehen. Meine Großmutter hatte 1944 in einer ähnlichen Kleidung geheiratet. Neben der Frau stand eine große Tasche, oder vielleicht war es auch ein Koffer.

Da wusste ich mit absoluter Sicherheit, dass das kein Eindringling war. Felix und ich waren die Eindringlinge hier. Die Frau hatte jedes Recht, dort unten auf der Bank zu sitzen. Sie wartete auf ihren Zug, und während ich dastand, hörte ich wieder das Pfeifen in der Ferne, gefolgt vom Rattern näher kommender Räder.

Ich lief ins Schlafzimmer zurück und schüttelte Felix, um ihn zu wecken. »Was ist?«, grummelte er, als ich ihn hochzog, zur Tür zerrte und ihm gleichzeitig alles erklärte. Protestierend stolperte er mir hinterher, bis wir das Fenster erreichten.

»Da!«, rief ich aufgeregt.

Er schaute hinaus. »Da – was?«, verlangte er mürrisch zu wissen.

Da war nichts. Ungläubig starrte ich in den Garten hinaus. Ich konnte direkt bis zu der alten Bank am anderen Ende sehen, doch niemand saß dort, und es war auch nichts mehr zu hören.

»Das hast du dir nur eingebildet«, knurrte Felix und stapfte zu seinem Schlafsack zurück. »Der Umzug nach Sussex hat dich an deine Großeltern und alte Familienfotos erinnert, und im Traum sind sie wieder zum Leben erwacht.«

Ich hätte dem gerne widersprochen, doch das ging ohne Beweise schlecht. Also musste ich es auf sich beruhen lassen. In Gedanken aber sagte ich mir, dass ich das keineswegs geträumt hatte. Ich wusste ganz genau, was ich gesehen hatte.

Die nächsten paar Monate verbrachten wir ausschließlich mit Arbeiten am Haus, um das Wichtigste noch vor dem Winter zu erledigen. Das ließ uns nur wenig Zeit fürs Gesellschaftsleben. Allerdings war offensichtlich, dass es davon im Dorf nicht viel gab. Die Dorfbewohner schienen unter sich bleiben zu wollen. Nur die Besitzerin des Gemischtwarenladens war stets freundlich zu uns. Vermutlich freute sie sich über jeden neuen Kunden.

Und wir hatten auch keine guten Nachbarn. Das Haus auf der einen Seite war vernagelt und schien inzwischen als Lagerhaus zu dienen. Dort war nie jemand zu sehen. Und auf der anderen Seite befand sich ein Bungalow, in dem ein älterer Mann wohnte, der nur selten vor die Tür ging, und wenn, dann reagierte er nicht auf meine Freundschaftsangebote. Ich kam zu dem Schluss, dass er taub sein musste. Zu der Zeit waren wir aber auch viel zu beschäftigt, als dass uns das gekümmert hätte.

Dann musste Felix für drei, vier Tage weg, und zum ersten Mal war ich allein im Eisenbahn-Cottage. Die Nächte wurden allmählich kälter. Ich zündete ein Feuer im Kamin an und machte es mir abends davor bequem. Es war richtig gemütlich. Ich begann zu lesen, doch all die Arbeit in letzter Zeit forderte ihren Tribut, und ich döste ein.

Kurz nach elf wachte ich wieder auf. Das Feuer war heruntergebrannt. Nur ein wenig Glut war noch in der Asche zu sehen. Ich war steif von der seltsamen Position, in der ich geschlafen hatte, und so rappelte ich mich mühsam auf und schlurfte in die Küche, um mir eine Tasse Tee zu machen. Als ich zum Wasserhahn ging, hörte ich es wieder: das tiefe Seufzen einer Dampflok.

Ich ließ den Kessel stehen und rannte zum Fenster. Die Nacht war nicht so klar wie beim letzten Mal, und deshalb konnte ich auch nicht so gut sehen. Aber als ich angestrengt in die Dunkelheit blickte, fingen meine Ohren das langsame, mächtige Geräusch von großen Rädern auf, die sich schwerfällig zu drehen begannen, um die Dampflok aus dem Bahnhof zu bewegen.

Darauf konnte ich es natürlich nicht beruhen lassen. Ich musste Gewissheit haben. Ich riss die Hintertür auf und lief in den Garten hinaus. Auf halbem Weg zur Gartenbank blieb ich jedoch stehen und fragte mich, ob das wirklich klug war. Ich hatte noch nicht einmal eine Taschenlampe mitgenommen. Das Geräusch des Zuges war verhallt, und die Nachtluft strich mit kalten Fingern über mein Gesicht und meine Beine. Ich zitterte.

Dann kam der Mond hinter den Wolken hervor, und in dem bleichen Licht tauchte er auf: ein Mann in der Uniform eines altmodischen Gepäckträgers. Er ging direkt vor mir vorbei, von links nach rechts, und verschwand in der Hecke zwischen uns und dem Haus des Mannes, den ich für taub hielt.

Einen Moment lang war ich wie erstarrt. Dann wagte ich mich mit pochendem Herzen ein Stück vor und sah mich um. Nichts. Nur die alte Bahnhofsbank und ein Haufen Müll von unseren Renovierungsarbeiten. Nichts deutete darauf hin, warum ich mir das eingebildet hatte. Und ich hatte mir das doch eingebildet … oder?

Ich lief ins Haus zurück, freute mich über die Wärme, schlief schlecht und wachte mit den Vögeln wieder auf. Ich verlor keine Zeit und untersuchte den Garten noch einmal, und ich fand … nichts. Dort, wo der »Gepäckträger« verschwunden war, war die Hecke dünn. Ich blickte hindurch, doch auf der anderen Seite gab es nur einen vernachlässigten Dschungel und einen Holzschuppen, der kurz vor dem Zusammenbruch stand. Unser Nachbar, der ältere Herr, war definitiv kein Gärtner.

Ich ging wieder rein und fragte mich, was ich Felix erzählen sollte, wenn überhaupt. Zuerst beschloss ich, ihm gar nichts zu sagen, doch zu guter Letzt konnte ich es einfach nicht für mich behalten, und als er zurückkehrte, da sprudelte es nur so aus mir raus.

Felix' Reaktion war vorhersehbar. »Schau mal, Jess. Du gibst doch zu, dass du vor dem Feuer eingedöst bist. Du hast wieder geträumt. Die Geschichte des Hauses nimmt dich einfach zu sehr mit.«

»Ich habe nicht geträumt«, widersprach ich stur. »Zugegeben, ich bin aufgewacht und habe den Zug gehört, aber als ich den Gepäckträger gesehen habe, da war ich im Garten. Hellwach! Er ist nur wenige Schritte vor mir vorbeigegangen. Ich habe ihn gesehen, Felix!«

Felix stand vor mir, runzelte die Stirn und suchte nach einem Fehler in meinem Argument. »Was hast du gelesen, bevor du auf dem Sofa eingenickt bist?«

Soweit ich mich erinnern konnte, war das ein Roman von Agatha Christie gewesen.

»Aha! Da haben wir's«, rief Felix triumphierend. »Ich wette, in dem Buch ist jemand mit dem Zug gefahren. Das passt zu der Zeit. Du hast einfach die Vierziger im Kopf. Außerdem kann das Mondlicht einem schon mal etwas vorgaukeln. Das war nur ein Schatten.«

Felix klang so sicher, dass ich allmählich in Erwägung zog, er hätte recht. Ich kann nicht behaupten, dass ich je an die Existenz von Geistern geglaubt hätte oder auch nicht. Ich hatte schlicht nie darüber nachgedacht.

»Du bist einfach überarbeitet«, sagte Felix sanft.

Und vielleicht hatte er auch damit recht.

Doch als ich den Gepäckträger das nächste Mal sah, war es mitten am Tag. Unnötig zu erwähnen, dass Felix wieder weg war. Er war nach Chichester gefahren, um irgendetwas zu holen, und ich hatte beschlossen, mit dem hinteren Garten anzufangen. Es war ein schöner Nachmittag, kühl, aber sonnig. Glücklich arbeitete ich eine Weile vor mich hin, bis ich schließlich meinen schmerzenden Rücken streckte und zu dem Schluss kam, dass es für heute genug sei. Ich schnappte mir das letzte Bündel Unkraut und machte mich auf den Weg zum Müllhaufen … und da war er. Der Gepäckträger erschien genau wie beim letzten Mal. Er schenkte mir nicht die geringste Aufmerksamkeit, sondern ging einfach vor mir von einem Garten in den anderen und verschwand in der Hecke.

Ich schrie, ließ mein Unkrautbündel fallen und lief zur Hecke. Diesmal stürmte ich mitten hindurch in den Garten meines Nachbarn und schaute mich aufgeregt um. Da war kein Bahnhofsgepäckträger, aber mein älterer Nachbar war da und stocherte mit einem Stock in einem Gestrüpp herum. Er trug eine weite Cordhose und eine uralte Tweedjacke über einem Strickpullover, und er funkelte mich an, wohl zu Recht. Immerhin war ich einfach in sein Grundstück eingedrungen und hatte ihn vermutlich erschreckt.

»Entschuldigung …«, begann ich.

»Was?« Er legte die Hand ans Ohr. »Was machen Sie hier? Sind Sie durch die Hecke gekommen?« Er hob den Stock und richtete ihn drohend auf mich.

»Tut mir leid!«, rief ich. »Ich dachte, ich hätte …« Ich zögerte. »Ich dachte, ich hätte jemanden in meinem Garten gesehen. Er ist da durch die Hecke gegangen.«

»Da ist noch nie jemand durchgegangen«, sagte der alte Mann. »Falls doch, dann hätte ich ihn ja wohl gesehen, nicht wahr? Sie haben nichts in meinem Garten zu suchen, gar nichts!«

So viel dazu. Mir blieb nichts anderes übrig, als mich noch mehrmals zu entschuldigen und den Rückzug anzutreten. Doch jetzt war ich wütend, denn einmal hatte ich ja vielleicht geträumt, womöglich auch zweimal, aber dreimal in keinem Fall.

Als Felix zurückkam, war ich auf ihn vorbereitet. Diesmal würde er mich nicht wieder abwimmeln. Ich *wusste,* dass ich etwas gesehen hatte. Seltsamerweise tat Felix das aber auch nicht.

Er legte mir die Hände auf die Schultern. »Beruhige dich, Jess. Ich bin auf deiner Seite. Du hast etwas gesehen – oder gehört. Aber ich glaube nicht an Geister, und deshalb werde ich jetzt Andy anrufen.«

»Andy Wilkes?« Ich starrte ihn mit großen Augen an. »Was hat Andy denn damit zu tun? Er ist doch in London.«

»Andy kennt einen Privatdetektiv. Irgendjemand versucht, uns an der Nase herumzuführen, Jess, und das gefällt mir genauso wenig wie dir.«

Ironischerweise begann ich auch, das Ganze für einen schlechten Scherz zu halten, als Felix mir glaubte, und ich wusste, dass jemand den »Gepäckträger« untersuchte. Ich wusste nicht, warum, aber je mehr ich darüber nachdachte, desto mehr kam ich zu dem Schluss, dass wir – oder besser ich – Opfer eines unangenehmen Scherzkekses geworden waren. Aber wer war das, und warum machte er das?

Wie um meinen neuen Glauben zu bestätigen, gab es keine Geräusche von Dampfloks oder Sichtungen eines Phantomgepäckträgers mehr und auch nicht von der Frau auf der Bank.

»Wer auch immer der Kerl ist«, sagte Felix, »er weiß, dass Andys Mann jetzt Fragen stellt, und er hält sich zurück. Mit ein wenig Glück haben wir ihn schon verjagt. Trotzdem würde ich gerne wissen, wer das war.«

Eine Woche später kam Andy. Er donnerte in seinem roten Porsche durchs Dorf und hielt schließlich mit quietschenden Reifen vor dem Eisenbahn-Cottage.

»Holla, edles Landvolk!«, begrüßte er uns. »Ich will mir mal euer Traumhaus ansehen.« Er hielt eine Flasche Wein in die Höhe. »Zur Hauseinweihung.«

Stolz führten wir ihn durchs Haus und erklärten ihm all die Arbeit, die wir bereits geleistet hatten.

»Nun«, sagte Andy, als er ein wenig später auf unserem Sofa saß, »das ist ja alles schön und gut, aber für mich wäre das nichts, auch wenn es wohl richtig hübsch wird, sobald ihr fertig seid. Aber wie auch immer …« Er holte kurz Luft. »Ihr wollt doch sicher gerne wissen, wer Jess diese Heidenangst eingejagt hat, sodass sie sich fast in ihre schönen Gummistiefel gemacht hätte.«

»Du weißt das?«, riefen Felix und ich im Chor.

Andy tippte sich an die Nase. »Überlasst so was ruhig eurem Onkel Andy. Das Problem mit euch beiden ist eure Fantasie. Ich hingegen bin ein ganz und gar pragmatischer Mensch. Kaum hatte Felix mir erzählt, dass das Haus auf der einen Seite vernagelt ist und das auf der anderen einem alten Gentlemen gehört, da habe ich es sofort gerochen: Spekulanten.«

Wir schauten ihn stumm an.

Unsere ehrfürchtige Reaktion war genau das, worauf Andy abgezielt hatte, und er lächelte süffisant. »Ich habe überprüft, wem die Grundstücke links und rechts gehören, und oh, Überraschung! Sie gehören beide derselben Person.«

»Dem alten Mann nebenan!«, rief ich.

»Nein. Der ist nur Mieter, und er wird demnächst ausziehen, um bei seiner Tochter in Bournemouth zu leben. Der Besitzer der beiden Grundstücke ist derselbe Kerl, dem auch der Pub hier gehört. Er hat darauf spekuliert, auch dieses Grundstück zu bekommen – natürlich so billig wie möglich –, doch dann seid ihr gekommen. Sobald er alle drei gehabt hätte, hätte er einen neuen Bebauungsplan beantragt. Die alten Häuser haben riesige Gärten. Das ist eine Menge Land, darauf lässt sich schon was bauen. Also hat er mithilfe seiner Kellnerin, ein paar Bandaufnahmen von Dampflokomotiven und einer alten Gepäckträgeruniform das Ganze aufgezogen. Er hat sich nur auf Jess konzentriert, denn hättet ihr beide diese Dinge gesehen oder gehört, dann hättet ihr Verdacht geschöpft. So jedoch hast du irgendwann geglaubt, es mit etwas Übernatürlichem zu tun zu haben, Jess.«

»Ich fass es nicht!«, rief Felix. »Tut mir leid, Jess, dass ich dir zuerst nicht geglaubt habe.«

Ich dachte darüber nach. »Als ich die Lok zum ersten Mal deutlich gehört habe«, sagte ich, »da war ich mit Felix hier, damit er sich das Haus erst einmal ansehen konnte. Da hatte der Wirt doch keine Zeit gehabt, das vorzubereiten.«

Andy zuckte mit den Schultern. »Dafür warst vermutlich du selbst verantwortlich, Jess. Schließlich hast du im Pub schon vorher von deinen Absichten erzählt.«

»Und was ist mit dem alten Mann nebenan?« Ich blieb hartnäckig. »Als ich dem Gepäckträger durch die Hecke gefolgt bin, da hat der Alte gesagt, er habe niemanden gesehen.«

»Der alte Knabe ist der Onkel des Wirts. Dein ›Gepäckträger‹ hat sich in dem verfallenen Schuppen versteckt, und der alte Kerl war vorbereitet und hat dir einfach einen Bären aufgebunden. Das war alles geplant, Jess. Zufälligerweise ist der Immobilienmakler auch noch mit dem Wirt verwandt.«

»Die haben mich zum Narren gehalten!«, knurrte ich wütend.

»Nun, jetzt werdet ihr zumindest keine Probleme mehr haben«, versicherte uns Andy.

Ich hätte eigentlich glücklich sein und es darauf beruhen lassen sollen. Aber vielleicht bin ich ja zu romantisch veranlagt, oder ich sehne mich nach Abenteuern. In jedem Fall war ich zutiefst enttäuscht, als Andy gegangen war. Ich wollte einfach glauben, dass ich einen Blick in die Vergangenheit hatte werfen können. Es gefiel mir ganz und gar nicht, dass das Ganze von so einer derart nüchternen Erklärung vom Tisch gefegt worden war.

»Du bist auch nie zufrieden«, hatte Felix erst gestern gesagt. »Erst willst du glauben, das seien Geister gewesen. Dann bist du froh, dass sich alles als Scherz erwiesen hat. Und jetzt willst du wieder Geister haben.«

Ich erwiderte nichts darauf, doch ich habe Pläne gemacht. Heute haben wir wieder Vollmond, genau wie in der Nacht, da ich die Frau auf der alten Bahnhofsbank habe sitzen sehen, die Frau, die auf ihren Zug gewartet hat. Es gibt nur eine Möglichkeit, wie ich das alles klären kann. Heute, wenn Felix schläft, werde ich mich hinausschleichen, in den Garten gehen und mich selbst auf die Bank setzen. Wenn ich nichts sehe, dann werde ich endlich zufrieden sein. Wenn doch, dann wird es mein Geheimnis bleiben. Ich werde Felix nichts davon erzählen. Doch für den Fall der Fälle werde ich diesen Brief hinterlassen. Allerdings glaube ich nicht, dass mir etwas passieren wird. Frühmorgens werde ich dann wieder zurückgehen und den Brief vernichten. Felix wird nie etwas erfahren. Es ist nur eine Vorsichtsmaßnahme.

»Gibt's was Neues?« Andy Wilkes stand neben seinem roten Porsche und starrte nervös zur Haustür. »Als ich deine Nachricht bekommen habe, bin ich sofort los.«

Felix kam ihm langsam entgegen. »Nichts. Die Polizei geht davon aus, dass sie irgendeine Art Zusammenbruch gehabt hat. Sie stand ziemlich unter Stress. Dieser Zug, den sie gehört, und all die Dinge, die sie gesehen hat … Sie sagen, sie habe vermutlich eine Amnesie erlitten und wandere irgendwo rum. Ich habe ihnen den Brief gegeben, den sie hinterlassen hat. Sie gehen davon aus, dass Jess mehr und mehr von der Geschichte des Cottages besessen war und dass sie … dass sie den Bezug zur Realität verloren hat. Aber es ist jetzt schon über eine Woche. Da müsste doch irgendwer eine Spur von ihr gefunden haben. Wo schläft sie? Was isst sie? Wie kommt sie an Geld?« Vor Verzweiflung wurde seine Stimme immer lauter.

»Schau mal«, sagte Andy verlegen. »Sie werden sie schon finden. Sie …«

Felix fiel ihm scharf ins Wort. »Nicht, wenn das alles nicht nur ein schlechter Scherz war!«

Andy blinzelte. »Was meinst du damit?«

Felix zögerte. »Es gibt da etwas, was du wissen solltest. Etwas, was ich noch nie jemandem erzählt oder gezeigt habe.« Er führte Andy ins Haus und ging zu einer Schublade. »Ich habe dich nicht nur hergerufen, damit du mich bemitleiden kannst. Ich will deinen Rat. Sag mir, was ich damit machen soll.«

Felix legte eine kleine rechteckige Karte auf den Küchentisch.

Andy hob sie auf. »Das ist ein alter Eisenbahnfahrschein«,

sagte er überrascht. »Von einer Privatgesellschaft nach Chichester. Wo hast du den her?«

»Den habe ich am Morgen auf der alten Bank gefunden – an dem Morgen, an dem Jess verschwunden ist. Schau dir das Datum an, Andy.«

»Das … Das ist das Datum, an dem sie verschwunden ist, nur … Oh, mein Gott! Das Jahr! 1943!« Verwirrt hob er den Blick. »Was hat das zu bedeuten?«

»Das bedeutet«, antwortete Felix, »dass Jess durch ihren Zeittunnel gegangen ist. Sie hat in jener Nacht auf den Zug gewartet, und er ist gekommen. Sie ist eingestiegen. Und jetzt führt kein Zeittunnel mehr zurück.«

Auntie … bist du das?

Lorna stand auf der Türschwelle und nestelte nervös an einem Knopf ihres plüschverbrämten Mantels. Sie verdrehte den Kopf, um sich zu vergewissern, dass die Nähte ihrer brandneuen taubengrauen Lisle-Strümpfe gerade saßen, und entdeckte zu ihrem Entsetzen, dass die Louis-Absätze ihrer Knopfstiefel schlammbespritzt waren – sie musste in eine Pfütze getreten sein, ohne es bemerkt zu haben. Lorna seufzte und drückte den Klingelknopf.

Die Tür wurde von einem Zimmermädchen in zu großer Schürze und Haube geöffnet, das fragte: »Jou?«

Zumindest nahm Lorna an, dass es das war, was sie gesagt hatte. Leicht schwerhörig zu sein wurde immer mehr zum Ärgernis. In den Jahren, die sie in Torquay bei ihrer Tante gewohnt hatte, war es ihr nie so ernst vorgekommen, denn Auntie hatte immer geschrien. In ihrem Kopf hörte Lorna die grauenvolle Stimme nach wie vor überdeutlich:

Lorna! Zieh dich an und geh zur Leihbücherei! Ich brauche neue Lektüre – so schlimm ist der Regen nicht. Spring in die Galoschen, und sei nicht so ein Weichling!

Auntie hatte nie von Lornas Gehörschwäche erfahren, weil diese sie sorgsam vor ihr verborgen hatte. Denn Lorna war bewusst gewesen, dass sie nur die Verachtung der alten Tante für sie genährt hätte. Die Schwerhörigkeit hatte sich jedoch zu einem Problem entwickelt, seit Lorna nach London gezogen war.

Sie hatte sogar schon überlegt, eine Hörhilfe zu kaufen, für die Werbung gemacht wurde. Nur war dergleichen so unhandlich und offensichtlich. Zwei lange Drähte, die ihr aus den Ohren hingen und mit einer großen Steuerung verbunden waren, einem eckigen Kasten mit Knöpfen und Zeigerinstrumenten. Nein danke, zumindest vorerst.

»Ich habe eine Verabredung mit Madame Eva«, sagte Lorna mit so viel Aplomb, wie sie zusammenbekam. »Mein Name ist Miss Harris.«

Unverhohlen gelangweilt führte das Mädchen sie durch eine enge, schlecht beleuchtete Halle, in der es nach Lavendelpolitur roch, und ließ sie in einem Salon stehen, einem recht bescheidenen, zur Straße gelegenen Raum mit sorgsam polierten, aber alten Möbeln und Messing aus Benares. Im Fenstererker stand ein kleiner Tisch, bedeckt von einem orientalischen Tuch; Sessel zu beiden Seiten luden zu vertraulichem Gespräch ein. Lorna verließ der Mut.

Jane hatte die Idee gehabt, sie solle hierhergehen. »Du musst ein Medium aufsuchen, liebste Lorna«, hatte sie gesagt. »Viele meiner Freundinnen haben Madame Eva konsultiert. Sie erklärt alles so gut, und ihre Fähigkeit, mit der anderen Seite in Verbindung zu treten, ist einfach wundervoll.«

Vor Jahren, bevor der Weltkrieg ausbrach, waren Lorna und Jane gemeinsam zur Schule gegangen. Beide hatten sie nicht geheiratet, Lorna nicht, weil sie sich um Auntie kümmern musste, und Jane, weil sie eine Verfechterin der freien Liebe war. Nicht, dass Jane, soweit Lorna wusste, besonders viel freie Liebe erfahren hatte. Aber es ging um das Prinzip; Jane glaubte an die freie Liebe. Sie glaubte auch an Madame Eva.

»Ich habe an einer Séance teilgenommen, die sie durchführte«, hatte Jane ihr zitternd in ihrem Georgette-Kleid anvertraut; ein Büschel grau meliertes Haar war als nervöse Tentakel einem gehäkelten seidenen Kapuzenschal entkommen. »Sie hat mehrere Geister gerufen. Man spürt ihre Präsenz überaus deutlich, auch wenn nur Madame Eva sie sehen kann, du verstehst.«

Lorna glaubte allerdings allmählich, dass das ganze Unterfangen ein Fehler war. Dieses Haus, das Stubenmädchen, die Gardinen, das Benares-Messing und die altertümlichen Möbel: Fast war es, als wäre sie wieder in Torquay. Gewiss würde doch die Geisterwelt nicht regelmäßig mit jemandem kommunizieren, der solch ein gewöhnliches Leben führte?

Andererseits führte auch Lorna selbst ein gewöhnliches Leben, und trotzdem hatte sie Unglaubliches erlebt. Als sie an diesem Morgen in der U-Bahn-Station gewartet hatte, war sie ihren Bericht über ihr Erlebnis gelassen und methodisch durchgegangen. Nun wollte ihr von dem, was sie zu sagen hatte, kein einziges Wort mehr einfallen. Die Station war nicht weit von ihrer Wohnung entfernt, eine der Annehmlichkeiten, die Lorna in das Viertel gelockt hatten. Der U-Bahnhof war neu und oberirdisch, eine Erweiterung der Linie, die einige Hundert Schritte entfernt in den Untergrund tauchte und Lorna in unfassbar kurzer Zeit ins Gewirr des Londoner Stadtzentrums bringen konnte. Die Wohnung lag in der neuen Vorstadt, nur drei Jahre alt und preisgünstig. Als Lorna zum ersten Mal ihren eigenen Schlüssel ins eigene Türschloss gesteckt hatte, war sie sich wie neu geboren vorgekommen. Und nun? Jede Hoffnung war zerschmettert. Sie fühlte sich betäubt, unfähig zu begreifen, warum das Schicksal gerade für sie solch eine grausame Enttäuschung bereithielt.

Sie hörte nicht, wie die Tür hinter ihr geöffnet wurde. Ohne Ankündigung trat eine kleine dunkle Frau herein, begleitet von einem weißen Pudel mit hellen Augen, der Lorna ansprang und mit seinen Krallen die neuen Lisle-Strümpfe in Gefahr brachte.

Lorna musste schlucken. »M-Madame Eva?«, fragte sie, während sie gleichzeitig die begeisterte Begrüßung durch den Pudel abwehrte.

»Das bin ich«, verkündete die kleine Dame. Sie sprach mit einer hohen, kristallklaren Stimme, die Lornas Schwerhörigkeit durchdrang und sie mit Dankbarkeit erfüllte.

Nun erst sah sie, dass Madame Eva alt war. Ihr verschrumpeltes Gesicht war allerdings dick gepudert und mit Rouge versehen, und die Haare hatte sie in einem aggressiven Ingwerton färben lassen. Sie trug ein verblasstes Teekleid aus Samt und eine Menge ausländisch aussehenden Schmuck. Mit hellen, forschenden Augen, die sehr an die des Pudels erinnerten, sah sie hoch in Lornas Gesicht.

»Wie geht es Ihnen?«, fragte Lorna. »Was für ein bezaubernder kleiner Hund.«

Madame Eva hob einen beringten Zeigefinger. »Er ist mehr als ein Hund, meine liebe Miss Harris! Bei ihm handelt es sich um die aktuelle zeitweilige Gestalt von Pharao Thutmosis dem Dritten! Für mich ist er ganz unverzichtbar.« Madame Eva grinste auf eine unangenehm anzügliche Art. »Er ist mein Kontakt – zu ihnen! Setzen wir uns nun«, fuhr sie fröhlich fort, »und erzählen Sie mir von Ihrem kleinen Problem, Miss Harris.«

Als sie hörte, wie sie es Madame Eva schilderte, empfand Lorna zum ersten Mal seit Wochen Ermutigung und einen Schimmer Optimismus. Sie saßen zu beiden Seiten des Tisches. Das Medium legte die Spitzen der manikürten Finger zusammen und lächelte Lorna ermutigend zu. Thutmosis III. stieg in einen Hundekorb und legte sich nieder, die Nase auf den Pfoten.

»Bis vor Kurzem wohnte ich bei meiner Tante in Torquay. Ich hatte kein eigenes Geld, und Auntie benötigte eine Gesellschafterin …« Lornas Stimme verebbte. Madame Eva nickte. Diese Situation war recht verbreitet. »Ich schreibe ein wenig«, fuhr Lorna befangen fort, »Geschichten, die ich von Zeit zu Zeit an Damenzeitschriften verkaufen kann. Aber leben könnte ich davon nicht.«

Madame Eva lächelte mitfühlend. Thutmosis III. begann zu schnarchen.

»Auntie – ich weiß, ich sollte von den Toten nicht schlecht reden … ich meine, von … von *ihnen* …« Lorna blickte sich nervös in dem Zimmer um. Der Himmel wusste, wer in den dunklen Ecken stand und das Gespräch belauschte, unsichtbar außer für Madame Eva. »Auntie war ein wenig schwierig … Aber als sie 1926 starb, vor etwas mehr als einem Jahr, hinterließ sie mir ihren Bungalow und alles andere. Ich erhielt eine Chance auf ein neues Leben.« Lorna atmete tief durch. »Ich bin fünfunddreißig. Ich wollte wirklich nicht den Rest meines Lebens in Torquay verbringen. Jane – Miss Fanshawe, sie hat Sie mir empfohlen – hat vorgeschlagen, dass ich verkaufe, mir eine kleine Wohnung in einem Londoner Vorort anschaffe und neu beginne.«

Lorna versagte die Stimme. Zu Anfang war alles zu wunderbar gewesen, um wahr zu sein. Frei von Auntie und ihrem ständigen krittelnden Genörgel. Frei von Torquay und seinen Bridgerunden aus pensionierten Colonels und reichen Witwen. Nach dem Kauf der Wohnung hatte sie genügend Geld investiert, um auf ein Jahreseinkommen von zweihundertundfünfzig Pfund zu kommen. Genug, um mit dem gelegentlichen Zusatzverdienst durch eine verkaufte Geschichte ein bescheidenes Leben zu führen. Zum ersten Mal in ihrer irdischen Existenz kostete Lorna den Geschmack von Freiheit und Unabhängigkeit.

Sie riss sich zusammen. »Die Wohnung fand ich über eine Zeitungsannonce. Sie erschien mir als genau das Richtige. Nur drei Jahre alt, in einem kleinen Block, in der Nähe der neuen U-Bahn-Station und nicht weit von Geschäften entfernt. Oh, sie war ideal!« Lorna hob vor Verzweiflung die Stimme. »Und dann, nicht lange nach meinem Einzug, genau gesagt vor sechs Wochen, begann es.«

»Ja?«, ermutigte Madame Eva sie. Thutmosis rührte sich in seinem Körbchen und stieß ein Quietschen aus. Er träumte. Vom palmengesäumten Nil? Oder von der Katze des Nachbarhauses? Unmöglich zu wissen.

»Ich muss Ihnen sagen«, fuhr Lorna tapfer fort, »dass ich ein wenig schwer höre. Zuerst fand ich eine zerbrochene Vase. Ich dachte, ich hätte sie vielleicht ein bisschen zu dicht an den Rand der Fensterbank gestellt. Aber andere Dinge fallen ebenfalls ohne jeden Grund zu Boden und zerbrechen. Dann war da die Sache mit dem Gemälde ...« Nun bekam Lorna die Worte nicht mehr schnell genug heraus; sie war begierig, den Schrecken zu schildern, den sie erduldet hatte. »Ich stellte fest, dass es an der Wand lehnte, unterhalb der Stelle, wo es gehangen hatte. Der Nagel war noch fest an Ort und Stelle. Die Schnur war nicht gerissen. Die Scheibe vor dem Bild war intakt. Das Gemälde schien sich einfach selbst abgehängt zu haben. Es handelte sich um ein sehr gewöhnliches Aquarell von Torbay. Aber es gehörte Auntie und hing im Bungalow. Ich behielt es, als ich alles andere verkaufte, weil sie es so sehr mochte und so wütend gewesen wäre ...«

»Oh, ja ...«, sagte Madame Eva mit tiefer Befriedigung. »Sie empfinden sehr stark wegen ihrer Besitztümer.«

»Das war der Moment«, sagte Lorna laut und unverblümt, »in dem ich auf den Gedanken kam, dass womöglich Auntie hinter diesen Vorfällen stecken könnte. Dass sie mir irgendwie gefolgt sei, wütend über den Verkauf des Bungalows, und dass ... Ach, Madame Eva! Ich glaube, sie will mich heimsuchen, selbst nach ihrem Tod, genau wie sie es tat, als sie noch lebte. Ich werde nie frei von ihr sein, nie!«

Mit diesem wilden Aufschrei verstummte Lorna. Madame Eva beugte sich über den Tisch und tätschelte ihr tröstend die Hand.

»Liebe Miss Harris, bekümmern Sie sich nicht. Ihr Erlebnis

ist längst nicht ungewöhnlich. Leider weigern sich viele Menschen, dergleichen zuzugeben. Aber sie sind offensichtlich eine feinfühlige Person.«

»Auntie sagte immer, ich hätte zu viel Fantasie«, klagte Lorna. »Ihr missfiel, dass ich Geschichten schreibe. Sie sagte, es sei ungesund. Zuerst war ich so glücklich in meiner Wohnung. Jetzt fürchte ich mich, wenn ich zu Hause bin. Ich spüre Dinge. Immer wieder bemerke ich, wie ein Schauder mich durchläuft. Ich weiß, dass sie da ist.«

»Aber ja, das glaube ich fest«, sagte Madame Eva ruhig.

»Nur, kann ich sie denn vertreiben?«, fragte Lorna mit erhobener Stimme. »Oder wird sie mir überallhin folgen, wohin ich auch gehe? Ich meide die Wohnung, so gut ich es kann. Ich besuche Museen und Galerien und Bibliotheken und halte mich in Geschäften auf. Bei schönem Wetter setze ich mich in den Park. Ich nehme mein ganzes Schreibmaterial mit und versuche, meine Geschichten in der Bibliothek zu schreiben – aber mir fällt es mittlerweile schwer, mich zu konzentrieren. Ich denke immer wieder daran, dass ich irgendwann ja doch nach Hause gehen muss und dort – was vorfinde? Wieder etwas Zerbrochenes oder Verschobenes? Manchmal ist die Veränderung nur ganz gering, aber ich merke es, wenn etwas bewegt worden ist. Ich bilde mir das alles nicht nur ein, wirklich!«

»Selbstverständlich nicht«, sagte Madame Eva abgeklärt. »Sie haben einen geisterhaften Besucher. Die Menschen sprechen vom Übernatürlichen, aber all dies ist in Wahrheit ganz natürlich. Die Geisterwelt ist ebenso wirklich wie die unsere, und es besteht nicht die leiseste Notwendigkeit, sich vor ihr zu fürchten. Ich glaube, dass die Ursache für Ihr kleines Ungemach dort zu suchen ist. Als Sie bei Ihrer Tante lebten, waren Sie nicht glücklich. Ihre Tante hat Sie nicht sehr freundlich behandelt. Nun tut es ihr leid. Das möchte sie Ihnen sagen. Sie müssen einen Kontakt zu ihr herstellen.«

»Aber das möchte ich nicht«, wandte Lorna ein. »Ich will, dass sie verschwindet.«

»Zuerst müssen Sie die Dinge mit ihr besprechen, von Angesicht zu Angesicht«, entgegnete Madame Eva nachdrücklich. »Ich könnte den Geist Ihrer Tante herbeirufen …«

Lorna blickte über die Schulter, und Thutmosis öffnete ein Knopfauge.

»Aber da sie bereits in Ihrer Wohnung ist und sich so sehr bemüht, Sie zu kontaktieren, müssen Sie es dort zuerst versuchen. Das nächste Mal, wenn Sie ihre Gegenwart spüren, heißen Sie sie laut in Ihrem Zuhause willkommen. Versichern Sie ihr, dass Sie ihr nichts nachtragen und mit Zuneigung an sie denken. Sagen Sie ihr, dass es Ihnen leidtue, wenn sie bekümmert sei, weil Sie den Bungalow verkauft haben, aber Ihnen sei nach Veränderung gewesen, und Sie hofften, dass sie Verständnis habe und Ihnen vergeben werde. Gegenseitige Vergebung wird Ihnen beiden die Ruhe schenken, die Sie suchen. Sobald Ihre Tante Gewissheit hat, dass alles gut ist, wird sie Sie nicht weiter behelligen.«

»Sind Sie sicher?«, fragte Lorna voller Zweifel.

»Vollkommen sicher«, sagte Madame Eva voller Zuversicht. »Lassen Sie mich wissen, wie Sie zurechtkommen.«

Lorna erhob sich, und Thutmosis erwachte vollständig und sprang aus dem Körbchen. Auf einer Anrichte stand eine leere Untertasse, zu der Madame Evas Blick zu schweifen schien. Lorna begriff den Hinweis und legte eine Pfundnote darauf. Sie verabschiedeten sich in aller Liebenswürdigkeit voneinander.

Als Lorna in ihre Wohnung kam, sah alles schön und normal aus. Kein zerbrochener Zimmerschmuck. Keine verschobenen Möbel. Alle Bilder hingen an den Wänden. Die Sonne schien mit dem goldenen Schimmer des endenden Tages herein und überschwemmte den polierten Tisch und die Vase voll großer weißer Tausendschönchen mit Licht. Lorna seufzte erleichtert und setzte Tee auf. Nachdem sie mit Madame Eva gesprochen hatte, fühlte sie sich so viel besser. Nicht dass sie großen Gefallen an der Aussicht fand, Kontakt zu Auntie zu erhalten, aber wenn Madame Eva recht hatte, wünschte sich Auntie ein freundschaftliches Verhältnis und wollte Vergangenes »wiedergutmachen«. Allerdings passte dies überhaupt nicht zum Charakter der alten Dame, denn Auntie hatte im Leben keine Kränkung vergeben. Aber hinüberzugehen in den Tod hatte sie offenbar geändert.

In der Nacht wachte Lorna plötzlich auf. Im Schlafzimmer war es sehr dunkel. Ein Schauder überfiel sie, und sie war sich recht sicher, nicht allein zu sein.

In Panik rollte sie sich herum und tastete nach dem Schalter der Nachttischlampe. Schweiß brach ihr am ganzen Körper aus. Das Zimmer erschien ganz normal. Die Schranktür stand halb offen und zeigte einen Zipfel ihres Mantels, der über ihren Schuhen hing. Sie sah ihre Hutschachtel und ihr Bibliotheksbuch.

In ihrem Nacken prickelten die Härchen. Lorna stand auf und zog sich ihren Morgenmantel über. Sie spähte in den Schrank und schob die Kleidungsstücke hin und her, dann trat sie in den winzigen Korridor und schaltete das Licht ein. Sie musste jedes Zimmer inspizieren, jeden Winkel und jeden Spalt, nichts anderes konnte sie beruhigen.

Lorna öffnete die Tür zu ihrem kleinen Wohnzimmer, schaltete das Licht ein und stieß augenblicklich einen Schrei des Entsetzens aus. Die Vase mit den Tausendschönchen war umgefallen und hatte Blumen und Wasser über den Tisch und den Fußboden vergossen. Auntie spielte ihr wieder ihre zerstörerischen, boshaften Streiche.

Lorna rang um Fassung, damit sie nicht in völlige Hysterie verfiel. Sie musste Kontakt aufnehmen. Nichts gab es, was Lorna weniger gewollt hätte. Dennoch, sie räusperte sich und stammelte: »Auntie? Auntie … bist du das?«

Sie erhielt keine Antwort, weder durch Ton noch Zeichen.

Lorna seufzte erleichtert und entschied sich, noch eine Tasse Tee aufzusetzen. Die Küche war das einzige Zimmer, das sie bisher nicht untersucht hatte, und als sie die Tür geräuschlos öffnete, umwehte ein Hauch eiskalter Luft ihre Schultern und strich ihr über die Wange.

Lorna schrie auf. Da war der Geist! In der Küche! Sie suchte hektisch nach dem Lichtschalter.

Die Küche war leer – aber das Fenster stand offen. »Ach du meine Güte!«, rief Lorna aus. So eine simple Erklärung. Halb weinend und halb lachend durchquerte sie den Raum und schloss es.

Doch nur Einbildung! *Also dann, Mädchen, eine Tasse Tee mit einem Tropfen Brandy, das brauchst du jetzt dringend!* Lorna nahm eine Tasse und eine Untertasse und stellte sie auf die Arbeitsfläche. Sie griff gerade nach dem Wasserkessel, als es geschah.

Die Tasse schüttelte sich von ganz allein, ohne jede menschliche Einwirkung. Sie rasselte auf ihrer Untertasse, auch wenn Lorna es nicht hören konnte; sie vermochte nur mit gebannten, von Entsetzen erfüllten Augen zuzusehen, wie die Tasse ihren lautlosen Tanz aufführte.

Ein Schauder durchfuhr sie. Lorna fasste sich an den Ausschnitt ihres Morgenmantels.

»Auntie? Auntie, falls du hier bist, bitte zeig dich mir!«

Die genaue Natur der Vision, sollte diese entscheiden, sich ihr zu offenbaren, erfüllte Lorna mit neuem Schrecken. Voll Grausen wartete sie darauf, dass die vertraute und verhasste Gestalt ihrer Tante vor ihr sichtbar wurde – in welcher Spielart, das konnte sie nicht einmal erraten. Eine menschliche Erscheinung, aber gespenstisch blass und ätherisch, wäre erheblich leichter zu ertragen gewesen als eine schreckliche Missgestalt oder eine amorphe schwebende Masse aus Ektoplasma, die formlos war und ihr widerwärtiges Aussehen in immer furchterregendere und bizarrere Formen manifestierte. Sie konnte wachsen und anschwellen, bis sie die ganze Küche erfüllte und Lorna in erstickender Umarmung umschloss. Genauso gut konnte es leicht und hauchzart sein, sie mit unsichtbaren Ketten fesseln, so als liefe jemand unachtsam in ein Spinnennetz. Oder Auntie konnte aussehen, wie sie immer ausgesehen hatte, auf einem Küchenstuhl sitzend, das eisengraue Haar zu einem festen Dutt gebunden, auf dem hohen Rücken ihrer schmalen Nase einen goldenen Kneifer vor funkelnden Luchsaugen. Erneut würde Lorna ihre gefürchtete Stimme hören: *Lorna! Wie konntest du den Bungalow verkaufen und in diese vulgäre Wohnung ziehen? Lorna! Du hast ja schon wieder deine absurden Spinnereien niedergekritzelt!*

Nichts. Als Lorna sich nach langem Warten bewegte, war sie steif und kalt und fühlte sich so erbärmlich, dass sie nicht wusste, was sie tun sollte. Tränen liefen ihr die Wangen hinunter.

»Auntie? Das ist nicht fair, wirklich nicht. Jahrelang habe ich alles getan, was du verlangt hast! Kann ich denn niemals mein eigenes Leben führen?«

Nicht, solange ich dich daran hindern kann!, schien Aunties Stimme durch ihren Kopf zu hallen.

»Ich hasse dich!«, schrie Lorna unvermittelt, so laut sie konnte. Sie eilte in den Korridor, öffnete alle Türen und wiederholte ihren Schrei in alle Zimmer. »Du bist ein grässliches altes Weib! Das warst du immer, und das wirst es immer sein! Du bist hier nicht willkommen! Ich bin so froh, dass ich den Bungalow verkauft habe! Ich verzeihe dir nichts! So, jetzt weißt du es!«

Die Stille verspottete sie. Ihre Wut verblasste und hinterließ tiefes, schmerzvolles Elend. Sie gab ihren Versuch auf, Tee zu machen, und hatte nicht den Mut, ins Bett zurückzukehren. Sie ließ sich auf ihr Sofa sinken und kauerte in einer Ecke, zu verzweifelt, um sich zu bewegen.

Dort war sie noch, als die Dämmerung einbrach. Die Sonne kroch über die Fensterbank und berührte Lornas reglose Gestalt mit neugierigen blassgelben Fingern. Kalt und mit

Schmerzen in allen Gliedern löste sie ihre Arme von den Knien und stand auf. Sie nahm die umgeworfene Blumenvase und ging in die Küche.

Weil sie das Summen der normalen Türklingel nicht hören konnte, hatte Lorna eine große Türglocke wie in einem Geschäft einbauen lassen, als sie in die Wohnung gezogen war. Während sie den Korridor durchquerte, schwang die Glocke wild hin und her und läutete.

Lornas Herz machte einen schmerzhaften Satz. Sie erstarrte. Aber Geister läuteten keine Türglocken. Sie spähte durch einen Spalt und erkannte die Frau, die vor der Tür stand. Sie wohnte in der Wohnung unter ihr.

Zwar war sie noch im Morgenmantel, aber ihr Bedürfnis nach menschlicher Gesellschaft war so überwältigend, dass sie die Tür weit öffnete und bat: »Ach, bitte, kommen Sie herein.«

Im Wohnzimmer setzte sich die Frau wie gebeten und hauchte Lorna etwas zu.

»Es tut mir leid«, entschuldigte sich Lorna. »Ich bin schwerhörig. Sie müssen lauter sprechen.«

»Ich bin Mrs. Belling«, wiederholte die Besucherin vernehmlich. Sie machte übertriebene Bewegungen mit dem Mund und beugte sich befangen vor, damit Lorna sie verstand. »Ich wohne unter ihnen. Ich möchte mich entschuldigen, dass ich Sie so früh belästige, aber ich habe mich gefragt, ob Sie wohlauf sind … Wie ich sehe, sind Sie noch im Morgenmantel. Ich habe Sie doch hoffentlich nicht aus dem Bett geklingelt? Ich glaube, ich habe Sie in der vergangenen Nacht schreien hören. Diese Wohnungen sind sehr hellhörig. Man versteht …« Ein tiefes Rot zog über ihr Gesicht, als ihr klar wurde, dass sie taktlos war, weil ihr Gegenüber längst nicht alles hörte oder verstand. »Ich meine, ich wollte Sie ohnehin besuchen. Ich wollte Ihnen nur Zeit geben, sich einzuleben.«

»Danke«, sagte Lorna mit bebender Stimme.

»Darf ich Ihnen eine Tasse Tee machen?«, fragte Mrs. Belling. »Sie wirken sehr blass.«

Lorna schüttelte den Kopf. »Mir geht es gut.«

»So sehen Sie nicht aus«, sagte Mrs. Belling voller Zweifel. »Aber ganz wie Sie wünschen. Da ist allerdings etwas, Miss Harris, worüber ich mit Ihnen reden wollte. Ich spreche im Namen aller anderen Hausbewohner. Schließen Sie sich unserem Brief an den Bezirksrat an? Wenn wir ihn alle unterzeichnen …«

»Worum geht es?«, fragte Lorna. Sie war gewillt, sich alles anzuhören, vorausgesetzt, es hielt ihre Besucherin noch ein wenig bei ihr.

»Um die Belästigung durch die Untergrundbahn. Die Tunnelmündung ist nur ein kurzes Stück von uns entfernt, und der Tunnel selbst verläuft direkt unter dem Häuserblock. Das Fundament ist nicht so fest, wie es sein sollte, und ganz gewiss haben Sie es doch auch bemerkt, Miss Harris? Haben Sie nicht die Erschütterungen durch die Züge gespürt?«

»Züge …?«, fragte Lorna langsam.

»Ja, manchmal sind sie recht stark. Hören Sie denn nicht … oje, nein, es tut mir leid. Sie hören sie wohl nicht. Aber ist Ihnen denn gar nichts aufgefallen? Mir sind Nippessachen im wahrsten Sinne des Wortes vom Kaminsims gesprungen; sogar Möbel wurden verschoben. Wir alle leiden unter ähnlichen Belästigungen, und ich glaube, wir haben ein Recht auf eine Entschädigung. Miss Harris?« Mrs. Belling beugte sich besorgt vor. »Sie sehen schrecklich krank aus. Bitte erlauben Sie mir, dass ich Ihnen ein Glas Wasser hole.«

Sie erhob sich, aber Lorna sprang auf und packte sie am Arm. Ihr Griff war so fest, und in ihren Augen funkelte es so wild, dass Mrs. Belling erbleichte.

»Z-züge …!«, stotterte Lorna. »Sie meinen, die Erschütterungen … kommen von den Zügen? Was … was die Sachen umwirft?« Sie begann zu weinen, laute, unschöne Schluchzer, zwischen denen Wörter zu vernehmen waren: »Züge … Vase … Auntie … Tunnel … taub … Züge …«

Mrs. Belling riss sich von ihr los und ergriff die Flucht.

Als Lorna wieder allein war, wischte sie sich die Augen, eilte ans Fenster und riss es auf. Ein schöner, wundervoller Tag! Sie war einem Albtraum entkommen. Keine Geister, keine Auntie, nur Sonnenschein und Freiheit! Sie würde Jane anrufen und ihr ein Mittagessen vorschlagen, bei dem sie die Sache mit den Zügen erklären und ihre Freundin zurechtweisen konnte, dass sie an Madame Evas Unsinn glaubte.

Als Lorna summend vor dem Spiegel stand und ihren Glockenhut zurechtzupfte, sah sie in der Reflexion, wie ihr geliebter kleiner Reisewecker einfach so vom Kaminsims sprang und auf den Boden aufschlug. Sie ärgerte sich, aber selbst die Beschädigung eines geschätzten Gegenstands konnte ihr neues Glück nicht schmälern. »Aha«, sagte sie. »Wieder die Züge. Ich muss unbedingt Mrs. Bellings Brief unterzeichnen. Gegen diese Erschütterungen muss etwas unternommen werden!«

Lorna eilte aus dem Haus und ging den Bürgersteig entlang. Ihr Herz war leicht wie die Luft, und ihre Füße tanzten beinahe über das Pflaster. Vor dem Eingang zur U-Bahn-Station blieb sie stehen. Das eiserne Tor war geschlossen, und ein Zettel war daran angebracht.

Wegen Gleisarbeiten heute kein Zugverkehr.

Originaltitel und Übersetzernachweise

Einleitung
Alles, was eine Dame wissen muss; Originaltitel: A Lady Should Avoid Murder
Blind Date; Originaltitel: Blind Date
Der Beobachter; Originaltitel: The Watcher
Mord auf dem Speiseplan; Originaltitel: Murder on the Menu
Ein Unglück kommt selten allein; Originaltitel: Troubles Go in Threes
Die Wahrheit über die Liebe; Originaltitel: The Truth About Love
Eine Frage des Vertrauens; Originaltitel: A Question of Trust
Zeitschienen; Originaltitel: Time Tracks

ins Deutsche übertragen von Rainer Schumacher

Ein seltener Fino; Originaltitel: A Rare Fino
Optische Täuschung; Originaltitel: A Trick of the Light
Chili, Feuerwerk und eine Prise Mord; Originaltitel: Chili, Fireworks and a Little Murder;
Arme Connie; Originaltitel: Poor Connie
Ein gefährlicher Schritt; Originaltitel: A Step into Danger
Auf Abwegen; Originaltitel: One Bad Turn

Der Geist des Kamins; Originaltitel: The Spirit of the Hearth
Seltsame Träume; Originaltitel: Strange Dreams
Rhabarberkuchen; Originaltitel: Rhubarb Pie
Auntie … bist du das?; Originaltitel: Auntie, Are You There?

ins Deutsche übertragen von Dietmar Schmidt

Die Geschichte »Blind Date« erschien bereits auf Deutsch in der Anthologie: »Die Nacht der Masken – neue Halloween-Geschichten«, herausgegeben von Marco Schneiders und Stefan Bauer, Bastei Lübbe Taschenbuch, 2003

Die Community für alle, die Bücher lieben

Das Gefühl, wenn man ein Buch in einer einzigen Nacht verschlingt – teile es mit der Community

In der Lesejury kannst du

- ★ Bücher lesen und rezensieren, die noch nicht erschienen sind
- ★ Gemeinsam mit anderen buchbegeisterten Menschen in Leserunden diskutieren
- ★ Autoren persönlich kennenlernen
- ★ An exklusiven Gewinnspielen und Aktionen teilnehmen
- ★ Bonuspunkte sammeln und diese gegen tolle Prämien eintauschen

Jetzt kostenlos registrieren: www.lesejury.de

Folge uns auf Instagram & Facebook:
www.instagram.com/lesejury
www.facebook.com/lesejury